〈蘭亭序〉全文

永和九年，歲在癸丑，暮春之初，會於會稽山陰之蘭亭，脩禊事也。群賢畢至，少長咸集。此地有崇山峻嶺，茂林脩竹，又有清流激湍，映帶左右，引以為流觴曲水，列坐其次。雖無絲竹管絃之盛，一觴一詠，亦足以暢敘幽情。是日也，天朗氣清，惠風和暢，仰觀宇宙之大，俯察品類之盛，所以遊目騁懷，足以極視聽之娛，信可樂也。夫人之相與，俯仰一世，或取諸懷抱，悟言一室之內，或因寄所託，放浪形骸之外。雖趣舍萬殊，靜躁不同，當其欣於所遇，暫得於己，快然自足，不知老之將至。及其所之既惓，情隨事遷，感慨係之矣。向之所欣，俯仰之間，已為陳跡，猶不能不以之興懷。況脩短隨化，終期於盡。古人云，死生亦大矣，豈不痛哉！每攬昔人興感之由，若合一契，未嘗不臨文嗟悼，不能喻之於懷。固知一死生為虛誕，齊彭殤為妄作，後之視今，亦猶今之視昔，悲夫！故列敘時人，錄其所述，雖世殊事異，所以興懷，其致一也。後之攬者，亦將有感於斯文。

蘭亭序殺局

卷一 玄甲衛

suncolor 三采文化

王覺仁——著

目錄

楔子

血字

呂世衡戰死的那天早晨，朝陽如血，把東方天際染得一片殷紅。

戰鬥是從凌晨開始的。

按事先擬定的政變計畫，禁軍中郎將呂世衡奉命死守太極宮的北正門——玄武門，以便秦王李世民狙殺太子、齊王並全面控制太極宮。那天的戰況混亂而慘烈，東宮與齊王府兵為了入宮救主，集結了三千精銳猛攻玄武門。呂世衡以寡敵眾，帶著手下弟兄苦戰了一個多時辰，身上多處負傷。

破曉之際，一枝流矢呼嘯著射向呂世衡的面門。他下意識地揮刀一擋，把箭砍成了兩截——後面的大半截斜飛出去，可前端的箭鏃卻力道不減，噗的一聲沒入他的脖子，並自後頸穿出。

呂世衡的喉嚨出現了一個窟窿，鮮血汩汩地往外冒，有如泉湧。

他仰面朝天，直挺挺地向後倒下。

一隻白色的鷺鳥在空中靜靜盤旋。呂世衡看著牠，感覺周遭的廝殺聲忽然變得無比遼遠……

唐武德九年六月四日，旭日噴薄，晨光灑遍長安。

玄武門城樓下，屍體枕藉，血流遍地，空氣中瀰漫著刺鼻的血腥味。

李世民一身鎧甲，在一群僚佐和將校的簇擁下大步走來。他神情凝重，目光從一具具僵硬的屍體上掃過，心中隱隱刺痛。片刻前，他的麾下驍將尉遲敬德提著太子和齊王的首級出現在東宮和齊王府兵面前，當場瓦解了他們的士氣。幾千人降的降、逃的逃，頃刻間作鳥獸散。戰鬥就此結束，一場險象環生的政變大功告成。就在李世民長吁一口氣的時候，士兵飛報：中郎將呂世衡身負重傷，迫切求見秦王殿下。

李世民的心猛然揪緊了。

玄武門外的一座禁軍營房中，呂世衡半躺在床榻上，脖子上的傷口雖已包紮，鮮血仍然止不住地往外冒。一群士兵焦急無奈地圍繞在他床邊。聽見身後傳來雜遝的腳步聲，士兵們知道秦王來了，紛紛讓開一條道，單膝跪地向秦王行禮。

李世民擺擺手，示意他們起身，同時快步走到床榻邊，俯下身來，用雙手緊緊握住呂世衡垂在床沿的右手。

這隻手冷得像冰，李世民不禁心頭一顫。

面白如紙的呂世衡緩緩睜開眼睛。看見李世民的瞬間，他的眼中光芒乍現，張嘴想要說話，但喉嚨中只冒出一串含混不清的咕嚕聲。

「呂將軍，」李世民緊緊握住他的手。「有什麼話等你傷好了再說，往後有的是時間。」

呂世衡直直盯著李世民，搖了搖頭，目光急切而無奈，喉頭又發出了一串更響的咕嚕聲。見此情景，李世民身後的長孫無忌、房玄齡、尉遲敬德、侯君集等人無不詫異，一個個面面相覷。

李世民眉頭一蹙，凝視著呂世衡的眼睛。「呂將軍，你究竟想告訴我什麼？」

呂世衡嘴角動了動，臉上是一種近乎絕望的表情。突然，他把自己的右手從李世民的手掌中掙脫出來，用食指在傷口處蘸了蘸血，然後停下來，看了看滿屋子的人。

李世民會意，頭也不回道：「無忌，玄齡，你們先出去。」

長孫無忌和房玄齡、尉遲敬德、侯君集等人交換了一下眼色，雖然都是滿腹狐疑，但也只能按捺住好奇心，帶著眾人悄無聲息地退了出去，反手帶上了房門。

屋裡只剩下李世民和呂世衡。

呂世衡的食指，開始在灰白色的葛麻床單上顫顫巍巍地寫了起來。

李世民不自覺地屏住了呼吸，目光一直聚焦在那根食指上。

慢慢地，床單上出現了歪歪扭扭的一個字：蘭。

李世民眉頭緊鎖，目光中滿是困惑。

接著，床單上出現了第二個字：亭。

蘭亭?!李世民深望著呂世衡。「你指的，莫非是王右軍的書法名帖……〈蘭亭序〉？」王右軍即東晉大書法家王羲之，曾任右軍將軍，後世慣以其職務稱之。

呂世衡垂了垂眼瞼。

「然後呢？」李世民越發困惑。「你告訴我這個，究竟何意？」

呂世衡又艱難地抬起手，剛寫了一橫，就發現食指上的血乾了，只好在傷口處又蘸了蘸，然後慢慢寫下一個「天」字，接著又在旁邊寫下一個「千」的字樣。就在李世民全神貫注等著他往下寫的時候，呂世衡的手突然頓住。

李世民微微一驚，抬眼去看呂世衡，只見他眼球凸出，表情猙獰，然後猛然吐出一大口鮮血，頭往旁邊一歪，就再也沒有了半點動靜。

李世民雙目一紅，正欲伸手去探他的鼻息，忽覺身體被什麼東西扯住了，低頭一看，卻見呂世衡的右手居然緊緊抓著他腰間的佩劍。

這隻手指節粗大，青筋暴起，雖已無半點血色，卻仍硬如鋼爪。饒是征戰沙場多年，見過死人無數，眼前這一幕還是令李世民有些頭皮發麻。

這是呂世衡臨死前的無意識動作嗎？或者是，他用盡最後一絲力氣向自己傳達什麼信息？

李世民愕然良久。

「安心去吧，呂將軍，我會找到答案的。」

他伸出手，輕輕合上了呂世衡圓睜的雙眼。

房門打開，李世民面無表情地走了出來。長孫無忌、房玄齡、尉遲敬德、侯君集等人趕緊圍攏上來。「殿下……」剛想開口問，長孫無忌眼角的餘光就瞥見了屋內的情景，於是下面的話就不用再說了。

站在周邊的士兵們也都料到發生了什麼，一個個忍不住眼眶泛紅。

「厚葬吧！」李世民負手而立，目光越過眾人，有些空茫地望著遠處。

「是。」長孫無忌回答。

「他家裡還有什麼人？」李世民問。

長孫無忌正在努力搜索記憶，房玄齡上前一步道：「上有老母，下有妻子和三個兒女，還有幾個弟弟妹妹。呂將軍在家中……是長子。」

李世民輕嘆一聲，略加思忖，道：「優加撫恤，追贈官爵，其母其妻皆封誥命，兒女弟妹中，年幼者送入縣學，年長者送入太學，適齡者直接蔭封入仕！」

「遵命。」長孫無忌和房玄齡同聲答道。

跟隨李世民離開營房之前，長孫無忌實在忍不住好奇，又往屋內深長地瞥了一眼。

他很想知道，呂世衡臨死前到底寫了什麼。

遺憾的是，長孫無忌什麼都沒發現。

呂世衡依舊僵直地半躺著，身旁的床單被撕掉了一塊，有幾條似斷未斷的葛麻布條耷拉在床沿，隨著吹進屋中的晨風飄飄蕩蕩，看上去怪異而淒涼。

被撕掉的那塊布，上面肯定寫著什麼東西。長孫無忌這麼想著，驀然看見李世民掃了他一眼，頓時心中一凜，趕緊低下頭，輕輕咳了兩聲。

武德九年六月四日午後，秦王府的兩隊飛騎奉命衝進東宮和齊王府，把太子李建成的五個兒子和齊王李元吉的五個兒子全部砍殺。

六月七日，即「玄武門之變」三天後，唐高祖李淵被迫冊立李世民為皇太子，並下詔稱：自即日起，一切軍國政務，皆由太子裁決之後再行奏報。

八月九日，李世民在東宮顯德殿登基，是為唐太宗。

第一章 滅門

深夜，長安城的寬衢大道上闃寂無人。

一隊武候衛騎兵提著燈籠從街上慢慢行來，每個人都在警覺地觀察著四周。

唐代實行夜禁制度，長安的所有城門及坊、市之門，皆夜閉晨啟。每日黃昏酉時，隨著宮城承天門上的暮鼓擂響，設於六條主幹道上的「六街鼓」隨之擊八百聲，諸門皆閉，夜禁開始；五更二點，承天門上晨鼓擂響，六街鼓擊三千聲，諸門開啟。夜禁期間，無論官吏還是庶民，皆不可無故在街上行走，否則便是「犯夜」，一旦被巡邏的武候衛發現，輕則鞭笞拘禁，重則當場杖斃。

此刻，一個黑影正躲藏在街邊一株枝繁葉茂的槐樹上，一對森寒的眸子冷冷地盯著從樹下魚貫而過的騎兵隊。

很快，武候衛騎兵便漸漸走遠了。

黑影從樹上縱身躍下，拍了拍沾在身上的幾片樹葉，然後輕輕一揮手，附近幾棵樹上同時躍下六、七條黑影，迅速聚攏過來，個個身手矯健、悄無聲息。

這些人都穿著夜行衣，頭上罩著黑色斗篷，臉上遮著黑布，只露出一雙雙精光四射的眼睛。

最先下來的黑衣人身形頎長，臉上戴著一張古樸而詭異的青銅面具。他背著雙手，望著不遠處一堵暗黃色的夯土坊牆，沉聲道：「是這裡嗎？」

「昭行坊，錯不了。」邊上一個瘦削的黑衣人躬身答道。

面具人的眼中閃過一道寒光。「上！」

六、七個黑衣人立刻躥出去，迅捷無聲地躍過那堵一人高的坊牆。

面具人又站了片刻，才不急不緩地走過去，到距離坊牆約一丈遠的地方時，雙足猛一發力，從容躍過牆頭，消失在黑暗中。

宮中敲響三更梆子的時候，東宮麗正殿的御書房中依舊燈影搖曳。

李世民並未就寢。

李淵退位為太上皇後，仍居太極宮，因而李世民雖已登基、貴為天子，卻也只能暫棲東宮。此刻，御書房中坐著五個人，卻沒人說話，氣氛安靜得有些可怕。

李世民坐在北首的一張錦榻上，面前是一張黑漆髹面的紫檀書案，左邊下首坐著房玄齡和長孫無忌，右邊下首坐著尉遲敬德和侯君集。

檀木書案上，赫然放著四塊葛麻布片，正是呂世衡在政變當日寫下的那四個血字：蘭、亭、天、千。因時隔兩個多月，布片上的血跡已然泛黑。

「怎麼，」李世民環視四人，笑笑打破了沉默。「那天不讓你們看，你們一個個心裡直犯嘀咕，今夜特意召你們入宮來瞧個仔細，反倒都不說話了？」

自從呂世衡留下這個詭異的謎題，李世民便獨自一人朝思暮想、反覆揣摩，卻始終不得要領。因此，今日他終於下定決心，把事發當天在場的四個人找來，希望能夠集思廣益，在最小範圍內破解這個謎題。

「回陛下，」面龐方正、膚色白皙的長孫無忌率先答言。「『蘭亭』二字定是指王右軍書法〈蘭亭序〉無疑，蹊蹺的是『天干』。呂世衡指的是天干地支、甲乙丙丁的『十天干』呢，還是別有所指？若是天干地支的天干，那它跟〈蘭亭序〉又有什麼關係？這個啞謎實在是費人思量。」

長孫無忌現任吏部尚書，職位雖在中書令房玄齡之下，但因是長孫皇后之兄，兼有佐命元勛和國朝外戚雙重身分，這種時候自然要比別人表現得積極一些。

「正因為費人思量，才找你們來。」李世民淡道：「『天干』二字暫且不理會。你先說說，一個出身行伍、久經沙場的武將，為何會在臨終時突然提及一件書法作品，二者究竟有何關聯？」

「這說明，〈蘭亭序〉背後應該藏著什麼重大的祕密……」長孫無忌思忖道。

「這就無須說了。」李世民道：「肯定是有祕密，關鍵在於是怎樣的祕密。」

長孫無忌有些尷尬。「陛下，恕臣愚鈍，實在是沒有頭緒。」

「事有反常必為妖！」臉膛黑紅、時任右武候大將軍的尉遲敬德粗聲粗氣道：「陛下，書法本是文人雅士玩的東西，呂世衡居然如此看重，那只能說明他的遺言非關文事，而是關乎武事。」

武事?!

李世民心中一凜，眼前猛然閃過呂世衡嚥氣時死死抓著他佩劍的一幕。

「尉遲將軍說得對，臣也這麼覺得。」臉形瘦削、雙顴高聳的侯君集附和道：「一介武夫談文說墨，確實違其秉性，恐怕呂世衡的祕密，還是與兵戈之事有關。」

在座四人中，時任左衛將軍的侯君集職位最低，故而顯得較為低調。他自少便當兵打仗，幾乎不通文墨，最近才在李世民的勸導下開始習字讀書，怎奈讀得頗為痛苦，所以這番話雖屬附和之詞，卻也不失為個人感悟。

李世民沉吟了片刻，最後還是把呂世衡臨死前抓劍的那個動作說了。眾人莫不驚詫。尉遲敬德卻嘿笑道：「陛下，果真讓臣說對了吧？呂世衡想說的肯定是武事，否則他抓您的劍幹麼？」

長孫無忌被兩個武將搶了風頭，心中有些不悅，便道：「尉遲將軍、侯將軍，你們別忘了，呂世衡的遺言是對聖上說的，而聖上肩上所擔，莫不是天下大事。既然是天下大事，又豈能狹隘地分什麼文事和武事？」

尉遲敬德語塞，撓撓頭不說話了。

「長孫尚書所言有理。」侯君集怕得罪長孫無忌，趕緊點頭贊同。「對於陛下而言，確實都是天下事。」

「玄齡，」李世民把目光望向一直沉默的房玄齡。「你有何看法？」

房玄齡面目清臞、相貌儒雅，他捋著下頜的短鬚，略微沉吟了一下，才不緊不慢道：「回陛下，方才諸位同僚的分析，皆有道理。臣亦以為，無論文事武事，〈蘭亭序〉背後的祕密定然干係重大，但眼下線索太少，殊難推究真相，此事恐怕須從長計議。不過，對於『天干』二字，臣倒是有些想法。」

「什麼想法？」李世民眼睛一亮。

房玄齡站了起來，走到檀木書案前，把寫著「蘭」字和「亭」字的兩塊布片並排放置，又把「天」字和「干」字並排放在下面。「陛下、諸位同僚，不知你們是否看得出，這四個字的字形有何異同？」

長孫無忌、尉遲敬德、侯君集聞言，趕緊圍了過來，盯著那四塊布片端詳良久，卻什麼都看不出來。李世民凝神看了半晌，同樣一無所獲，便困惑地看著房玄齡。

「陛下，您仔細看，這個『干』字，其字形比起另外三個字，是否相對瘦削？」房玄齡耐心地說。「而且，這個『干』字的一豎，是不是寫得稍稍偏左了？」

「唉呀我說房相公，你就別賣關子了，這不是活活把人急死嗎?!」尉遲敬德不耐煩了。「你到底看出什麼了？」

李世民忽然抬手止住尉遲敬德，眼睛盯著那個血字。「朕明白了。」

長孫無忌、尉遲敬德、侯君集都盯著李世民。

房玄齡微笑不語。

「呂世衡留下的，其實並非四個字，而是三個半字。」李世民用食指比劃著「干」字。「這個字只寫了一半，並未寫完，右邊肯定還有筆畫！這就說明，呂世衡想寫的不是『天干』，而是另外一個詞。」

房玄齡雙手一揖。「皇上聖明！」

長孫無忌、尉遲敬德、侯君集恍然大悟。

「若果如此，那這沒寫完的到底是哪個字？」尉遲敬德瞪著眼睛問。

他這一問，屋裡頓時又安靜了下來。

筆畫中帶有「干」的字似乎並不多，眾人開始在心中默默羅列相關字眼。就在此時，緊閉的御書房門外，忽然傳來內侍的一聲輕喚。「大家……」

唐代，宮中內侍、后妃一般稱呼皇帝為「大家」。

李世民臉色一沉，對著門口。「朕不是吩咐過，任何人不許來打攪嗎？」

「大家恕罪！」外面的內侍顫聲道：「老奴本不敢打攪，只是……只是長安令來報，昭行坊的一座民宅失……失火了。」

長安城的行政區以中軸線上的朱雀大街為界，分為東、西兩部，東面為萬年縣，西面為長安縣，昭行坊位於長安城的西南角，歸屬長安縣管轄。由於地處京畿重地，萬年、長安兩縣的縣令品秩為正五品，比一般州縣的七品縣令高得多，職權也大得多，若遇緊急事件，可直叩宮門稟報。

「一座民宅失火，居然夤夜叩宮驚擾聖上，這個長安令是怎麼當的?!」長孫無忌大為不悅，衝著門口道：「叫他立刻回去，派人救火，統計損失，具體事宜明日早朝再奏！」

李世民苦笑了一下，心想這個長安令的確有些拿不準分寸，但民生無小事，既已來奏，自己肯定要過問，便對著門口道：「長安令心繫百姓，值得嘉許，傳他入宮吧。」

「遵旨。」門外的內侍應著，正欲退下。

「等等！」長孫無忌喊了一聲，回頭勸道：「陛下，現在子時已過，您還是趕緊安寢、保重龍體為宜，此等失火小事，就讓臣去處置吧。」

「民生無小事……」李世民擺擺手，示意他不必再說。突然，李世民想到了什麼，表情怔住了，手僵在半空，下意識地望向房玄齡。此時房玄齡也意識到了什麼，恰好望向李世民。

君臣二人目光交接，瞬間同時醒悟過來。

李世民倏然起身，大踏步走到門口，嘩啦一下把門拉開，大聲道：「長安令說沒說是誰的宅子失火了？」

年近五十的內侍總管趙德全原本彎腰俯首站在門前，被突然出現的皇帝嚇了一跳，囁嚅道：「回大家，是……是前陣子殉國的呂……呂世衡將軍。」

李世民渾身一震。

屋內的人除了方才已經猜到的房玄齡，其他三人盡皆目瞪口呆。

昭行坊是長安城最南端的里坊之一，與南面城牆僅一街之隔。當位於昭行坊東面的呂世衡宅悄然起火之際，那七、八條身手敏捷的黑影正從南坊牆翻越而出。

他們的行動照舊迅疾無聲。

七、八條黑影躥過橫街，緊貼著高大城牆的牆根蹲下，每個人各自從腰間的包袱中掏出一把飛鉤、一捆麻繩，把飛鉤在繩子上繫緊，然後用力朝城牆上擲去。

七、八個飛鉤唰唰地飛過城牆，利爪般的鉤頭齊齊扣在雉堞[1]上。所有人的動作整齊劃一，顯得訓練有素。

眾人正準備抓著繩子攀上城牆，為首的面具人驀然發現了什麼，一抬手，所有人立刻停止了動作，靜靜地看著他。

「何方朋友，躲在暗處做甚？」面具人望著不遠處冷冷說道。

黯淡的月光下，一個身影慢慢從右側的城牆陰影處走了過來。此人一路沿著牆根，看不清面目，但隱約看得出是個三十多歲的男子。

男子徑直走到距面具人兩丈開外的地方站定，低聲道：「先師有冥藏。」

面具人聞言，眼中的警覺之色旋即淡去，回了一句。「安用羈世羅。」

男子拱手一揖。「見過冥藏先生。」

「玄泉，」面具人目光有些狐疑。「你在此做什麼？」

被稱為玄泉的人似乎苦笑了一下，沒有回答，而是把目光轉向昭行坊。此時大火漸漸燃起，坊中隱約傳出有人奔走救火的雜亂聲響。

「先生，您終於還是做了。」玄泉的聲音中似有無限的傷感和悲涼。

「我乃替天而行。」冥藏先生淡淡說道。

「是啊，我們每個人都認為自己在替天而行，『無涯』他何嘗不是這麼認為的？」

「這個逆賊，死有餘辜！」那個瘦瘦的黑衣人一步搶到冥藏先生身邊，對玄泉怒道：「休在先生面前再提他！」

「死有餘辜？他一家上下十幾口人，也都是死有餘辜嗎？」

1 雉堞：古代城牆上作為掩護守城人之用的矮牆，中間有方形的射孔，方便攻擊與守望。

「無涯背叛先生的時候，就應該想到會有今天。」

「罪不及父母，禍不及妻兒，這是最起碼的江湖道義！」玄泉不自覺提高了音量，顯然也有些怒了。

「你！」瘦黑衣人正待反駁，冥藏先生一揚手止住了他，看著玄泉。「玄泉，聽你的口氣，是在責怪我？」

「屬下不敢。」玄泉拱拱手，但還是掩不住內心的憤懣。

「你方才說無涯認為自己在替天而行，照你的意思，李世民肯定也認為自己在替天而行。那我問你，李世民的皇位是怎麼得來的？莫非弒兄殺弟、囚父逼宮、霸占弟媳，還把十個姪子的腦袋全部砍掉，這些事情通通都是在替天而行？」

玄泉語塞。

「你方才又提到『道義』二字，那我再問你，既然李世民幹的這些事情有違道義，那麼暫且不提無涯背叛我這一條，單說他去替李世民賣命一事，豈不是為虎作倀，又談得上什麼道義？為何無涯不講道義的時候你不去勸，卻時至今日才來責怪我不講道義？」

玄泉被駁得啞口無言，乾愣在那兒。

昭行坊東面的大火已經在熊熊燃燒，把夜空映照得一片通紅，就連呂宅梁木斷裂坍塌的聲音都已清晰可聞。與此同時，從長街西邊傳來了雜遝的馬蹄聲，顯然是巡街的武候衛正快速趕來，準備從南邊坊門進去救火。

瘦黑衣人的眼中露出驚恐之色。「先生，咱們該走了。」

冥藏先生神色不變，只定定地看著玄泉。「你還沒回答我剛才的問題。」

玄泉回過神來。「什……什麼問題？」

「你在此做什麼？難道你今夜特意等在這兒，就是為了來責怪我嗎？」

玄泉赧然，抱拳道：「先生明鑑！屬下並無責怪先生之意，屬下今夜來此，是想跟先生一起離開長安。」

「離開長安？」

「是的，正如先生方才所言，李世民不擇手段篡奪皇位，屬下卻要忍辱偷生在其朝中為官，深感恥辱，遂決意隨先生遠走天涯、馳騁江湖，庶幾可暢平生之志！」

冥藏先生冷哼一聲。「這是你的真心話？」

「當然是真心話，李世民給的烏紗帽，屬下早就不想戴了！」

「恐怕，你還有一層心思不便明言吧？」

玄泉一怔。

冥藏先生扭頭望著火光沖天的夜空，猙獰的火焰在他的瞳孔中燃燒。「無涯跟你一樣，原本效命於我，後來又同朝為官，但今日卻落得這般淒涼的下場！在你心中，頗有唇亡齒寒之懼、兔死狐悲之傷，二者交織，令你惶恐不安、夙夜難眠，你很怕有朝一日也會遭遇跟他一樣的命運，我說得對嗎？」

玄泉無奈地垂下了頭。他不得不承認，冥藏先生確實目光如炬，一眼就把他看穿了。

此時，長街那一頭的武候衛馬隊已經越來越近，瘦黑衣人和同伴們交換了一下眼色，個個焦急萬分。

「先生，快走吧，再不走就來不及了！」瘦黑衣人再次催促。

冥藏先生依舊沒有理他，仍然看著玄泉。「玄泉，你跟隨我多年，別的話我就不多說了，我只想告訴你一句──我，相信你的忠誠！所以，我也相信你不會走到無涯這一步。」

玄泉抬起臉，目光中有了感激和振奮之色。

「所以，李世民給你的烏紗，你必須戴，而且還要一直戴下去！」

「那……那屬下該做什麼？」

「你只管安心當你的官，當得越大越好！」

「僅僅如此？」玄泉感到疑惑。

「對。你的任務，就是潛伏。」

「潛伏到什麼時候？」

「時機一到，我自然會告訴你，也自然會告訴你該做什麼。」

玄泉似乎想明白了，點點頭。「屬下懂了。先生快走吧！」

冥藏先生又看了他一眼，才回手抓住垂在城牆上的繩索。忽然，他想到什麼，又回頭道：「對了，有一件事，我還是想跟你說一下。」

瘦黑衣人剛剛才鬆了口氣，一聽此言，忍不住又重重跺了下腳。因為武候衛馬隊更近了，瘦黑衣人甚至可以看到他們燈籠上的「武候衛」字樣。

「先生要說何事？」玄泉不解。

「今夜之事，是個意外。」冥藏先生似乎嘆了口氣。「我的本意，並不欲將呂家滅門，只是想把他們迷暈之後，找到『羽觴』……」

羽觴是一種飲酒器具，外形橢圓，兩側有半月形雙耳，形似鳥之雙翼，故而得名。羽觴起源於戰國，流行於南北朝時期，至隋唐年間幾近絕跡。冥藏先生此處所指，顯然不是酒杯，而是代稱某種重要而特殊的物品。

玄泉自然知道所指何物，故急切問道：「那您找到了嗎？」

冥藏先生搖了搖頭。「正因為遍尋不獲，我們才將呂家人弄醒，想問個清楚。不料，呂家兄弟幾人都有武功，且身手不弱，雙方打鬥起來，呂家的婦孺和下人也都驚醒了。既然露了行藏，我和弟兄們也只好……」

玄泉終於明白了一切，長嘆一聲。「先生，屬下明白了，您這麼做實屬無奈。快走吧，武候衛馬上就到了。」

冥藏先生頷首。「好，那你我就此別過，保重！」

玄泉抱拳。「先生保重！」

七、八個人各自抓著繩索飛快地攀上城牆，轉眼便越過城垛，然後迅速收起飛鉤和麻繩。玄泉後退幾步，仰頭目送他們消失在一排雉堞之後，這才閃身躲到一棵樹後。

武候衛騎兵隊飛馳而來，從玄泉藏身的大樹旁邊一掠而過。

大火已被撲滅，一座三進大宅此刻只剩下滿目焦黑的斷壁殘垣。

李世民和長孫無忌等四人面對著眼前的廢墟，神色凝重。長安令蕭鶴年束手侍立一旁，額頭上冷汗涔涔。不遠處的地上，並排陳放著十幾具大大小小的屍體，上面都蓋著白布，有一、兩具屍體的腳露了出來，看上去形同焦炭。

「一個活人都沒剩下嗎？」李世民問。

蕭鶴年揩了一把冷汗。「回稟陛下，呂家上下十五口人，無一……無一倖免。」

「你適才入宮奏報，說是失火，剛剛又改口說是人為縱火，朕究竟該相信哪個？」

「回陛下，應該是縱火。」

「應該？」李世民臉色一沉。

「不，是……是肯定。」蕭鶴年的冷汗又冒了出來。「可以肯定是人為縱火。」

「何以見得？」

「方才微臣命仵作仔細勘驗了一番，發現所有死者的鼻、口、咽喉中均未吸入煙灰炭末，證明起火之時已然沒有呼吸，故可斷定起火前均已遇害。」

李世民閉上了眼睛。「這麼說，凶犯是先殘忍地殺害了他們，再焚屍滅跡？」

「皇上聖明！」

「除此之外，還有沒有別的發現？」

「微臣無能，暫時……暫時還沒有。」

李世民閉著眼睛，呼吸沉重而急促，胸膛一起一伏。長孫無忌和房玄齡不禁對視了一眼。他們追隨李世民多年，都知道這是他在壓抑怒氣時慣有的表現。

「陛下，」長孫無忌小心翼翼道：「更深露重，您還是先回宮安歇吧，善後事宜及追捕凶犯等事，都交給臣等來辦。」

房玄齡、尉遲敬德、侯君集三人也同聲附和。

李世民又沉默了片刻，呼吸才慢慢平緩下去。

「傳朕口諭，凡我大唐臣民，皆與此案凶犯不共戴天，人人得而誅之！重金懸賞，不惜一切代價，也要將此等罪大惡極之人捉拿歸案，明正典刑，以告慰呂卿世衡及一家老小在天之靈！」

「臣等遵旨！」在場眾人同時朗聲答道。

李世民策馬狂奔在筆直寬闊的朱雀大街上，心中一片翻江倒海。

那四塊寫著血字的布片，呂世衡臨死前抓住他佩劍的樣子，呂宅那一堆焦黑的瓦礫，還有那十五具燒成黑炭的屍體，不斷在他眼前交錯閃現。

呂世衡究竟想告訴自己什麼？〈蘭亭序〉背後到底隱藏著什麼祕密？這個祕密與眼下的滅門慘案有沒有關聯？究竟是什麼人殺了呂世衡一家？他跟呂世衡到底有著怎樣的血海深仇，以致在他死後還要將其滅門？還有，呂世衡沒寫完的那個字到底是什麼？

李世民一邊焦灼思考，一邊揮動鞭子狂抽馬臀。馬兒吃痛，昂首奮蹄拚命奔跑。尉遲敬德、侯君集和一隊禁軍騎兵在後面死命追趕，卻總是被李世民拉開一截。

一行人飛馳著接近皇城朱雀門的時候，李世民仍然毫無頭緒，坐騎的速度也絲毫未減。幾個守門甲士眼見皇帝風馳電掣般而來，忙不迭地跑過去推開那兩扇沉重的城門。

城門緩緩打開，一把把佩刀在低頭推門的那些甲士腰間一晃一晃。

就在這一瞬間，李世民腦中靈光乍現，那個苦思不得的字頓時熠熠生輝地出現在他的眼前。現在他終於知道，呂世衡為何會在臨死之前死死抓住他腰間的佩劍了。

長安城外，少陵原。

少陵原地勢高聳，北望長安，南接秦嶺，滻水和潏水在兩側潺潺流過。

冥藏先生和他的六、七個手下策馬從一片樹林中馳出，身上的黑衣皆已換掉，每個人都是一身商人打扮。

冥藏先生也換了服裝，但臉上依舊戴著那張青銅面具。此時天已微明，他打馬走上一片高崗，然後勒住轡繩，靜靜地眺望遠處的長安城。那個瘦瘦的副手放馬過來，與他並轡而立，看了他幾眼，想說什麼，卻欲言又止。

原上的大風獵獵吹動著他們的鬢髮和衣袍。

「老六，你是不是有話想問？」冥藏先生目視前方，淡淡地道。

老六姓韋，跟隨冥藏多年，是冥藏最為倚重的左膀右臂。

他嘿嘿一笑。「什麼都瞞不過先生。」

「你是想問，為何適才要騙玄泉，說我是不得已才殺呂家人的，對吧？」

「屬下是有所不解。」

「你知道玄泉這個人，最大的弱點是什麼嗎？」

韋老六搖搖頭。

「他這個人，忠誠、能幹、機敏，但是太重感情，說難聽點，就是婦人之仁。」

韋老六沒說話，靜靜聽著。

「所以，我必須讓他相信，我是迫不得已才對呂氏一門痛下殺手的。若非如此，他必然會認為我太過殘忍無情，然後就會恨我、怕我……」

「讓他怕有什麼不好嗎？」老六忍不住插言。「就是要讓他怕先生，他才不會重蹈呂世衡那個白眼狼的覆轍。」

「你錯了，老六。當忠誠源於恐懼，就不可能持久。」

韋老六有些迷糊了。「那依先生看來，忠誠……應當源於什麼？」

「信任。倘若一個人發自內心地信任你，你還怕他不忠於你嗎？」

韋老六似懂非懂。「先生這話，看似簡易，實則難解啊……」

冥藏先生目視前方，彷彿是在自語。「人心本就是世界上最難解的東西，你想簡單，除非跟死人打交道。」

「先生高見！」韋老六賠笑道。

不知道該怎麼接話的時候，奉承話永遠是最合適的。

「走！」冥藏先生驀地掉轉馬頭，鞭子一甩，坐騎發出一聲長嘶，向原下奔去。韋老六和其他手下拍馬緊隨其後。

東方天際露出了魚肚白，又一個朝陽即將噴薄而出……

第二章 白衣

貞觀十六年正月，太極宮，甘露殿。

早晨，大雪初霽。陽光透過一排雕花長窗和敞開的殿門漫進來，給大殿增添了幾許暖意。

此刻，人到中年、略顯發福的太宗李世民正專注地伏案臨帖，手中一管翡翠雕飾的象牙紫毫在潔白的宣紙上虎步龍行。落墨之處，筆力遒勁，氣象宏偉。他所臨之帖，正是王羲之留存於世的著名行書〈快雪時晴帖〉。此帖只有四行，短短二十八字。李世民在鋪展開的長紙上一遍遍反覆臨寫，一直寫到宣紙末端，才意猶未盡地戛然收筆。

「大家，您真是越發深得右軍書法之三昧了！」侍立在旁的內侍趙德全一邊躬身接過紫毫，擱在筆架上，一邊忙不迭地誇讚道：「瞧瞧這字，一個個鳳翥龍蟠的，真是傾倒世人、羨煞眾生啊！」

李世民欣賞著自己的作品，難掩自得之色，嘴上卻道：「『鳳翥龍蟠』是朕給王羲之的讚語，你倒是膽子不小，竟敢拿來對朕說？」

趙德全掩嘴而笑，道：「老奴笨嘴拙舌，加之胸無點墨，只好借大家的讚語一用了，還請大家恕罪！」

李世民瞥了他一眼。「說錯了話，自己掌嘴。」

「是，老奴該打，老奴該打。」趙德全笑著，作勢打了打臉。

「把這帖收起來，給朕換一帖草書。」李世民活動著手腕，伸展了幾下胳膊。

「遵旨。」趙德全小心翼翼地收起書案上的法帖，走向李世民身後的一整排書架。

一整排的楠木書架靠北牆而立，架上整齊陳列著一卷卷精心裝裱的法帖，其中相當一部分是李世民自武德九年後，不遺餘力從全天下搜羅的王羲之書法作品。迄今為止，已收集王羲之楷書、行書二百九十紙，裝裱為七十卷；草書二千紙，裝裱為八十卷。

然而，令李世民深感遺憾的是，直至今日，他最想得到的王羲之行書代表作〈蘭亭序〉卻依然不知所蹤。這些年來，他一直被當初呂世衡留下的那個謎題困擾著，既無力破解，也無法擺脫。就連那起慘絕人寰的滅門案，後來也不了了之，成了李世民多年來難以忘卻的一個隱痛。

「大家，這卷〈采菊帖〉可好？」趙德全從書架上取下一卷法帖，問道。

李世民正欲回答，一個小黃門快步趨進殿中，躬身道：「啟稟大家，魏王殿下求見。」

「青雀來了？」李世民臉上泛出喜色。「快傳！」

小黃門答應著退下。

「青雀」是李世民第四子魏王李泰的小名。李泰時年二十三歲，與二十四歲的太子李承乾、十五歲的晉王李治是一母同胞，都是文德皇后長孫氏所生，因自幼聰明絕倫、才華橫溢，故而寵冠諸王，最受李世民喜愛。

趙德全見皇帝今日心情大好，便湊上前來。「大家，看來今兒是個大喜日子啊！」

「喜從何來？」李世民閉著眼睛，左手背在身後，右手做握筆狀，舉在半空用意念寫字。此舉既能鍛鍊臂力和腕力，又能訓練專注力，善書者最喜為之。

趙德全一笑，知道皇帝是在明知故問：「聽說魏王殿下的皇皇大作《括地志》已經編纂完成、功德圓滿了，今兒他一定是給大家報喜來了。」

因李泰自少喜愛文學、多才多藝，李世民便特許他在府中開設文學館，自行延攬天下名士。貞觀十二年起，李泰便在一批碩學鴻儒的輔佐下，開始大張旗鼓地編纂《括地志》。該書是一部大型地理學著作，正文五百五十卷，序略五卷，全面記述了貞觀時期的疆域區劃和州縣建置，博采經傳地志，旁求故志舊聞，詳載各政區建置沿革及山川、物產、古蹟、風俗、人物、掌故等，既有很強的學術性，又對當時大唐朝廷的行政治理大有裨益。

歷時三年多，此書終於在年前編纂完成。其實，李世民早在數日前便已得到了消息，所以他當然也知道，李泰今日入宮，應該是正式獻書來了。

「德全，你今年幾歲了？」李世民閉著眼睛，冷不防道。

趙德全一怔。「回大家，老奴今年六十有三了。」

「你平日養生，都吃些什麼補藥啊？」

趙德全越發迷糊了。「大家，老奴……老奴除了一日三餐，很少進補。」

「喔？」李世民睜開眼睛，看著他。「那就奇了。既然很少進補，你為何到了這把年紀，還能如此耳聰目明呢？」

趙德全終於聽出了弦外之音，慌忙跪地。「大家恕罪！魏王殿下之事，老奴也是偶然聽聞的，絕非有意打探，還望大家明鑑！」

李世民淡淡一笑。「慌什麼？朕又沒罵你，不過是誇你身子骨硬朗而已，瞧把你嚇的。」

趙德全趴在地上使勁磕頭。「老奴託大家洪福，又一心一意侍奉大家，所以上蒼垂憫，才讓老奴這把賤骨頭多活幾年，倘若哪天大家不需要老奴了，老奴立馬挖個坑把自個兒埋了！」

李世民哈哈大笑。「行了，起來吧，你都說今天是大喜之日了，還淨說些不吉利的話？」

趙德全這才顫顫巍巍地爬起來，賠著笑臉。「大家說得是，老奴就是嘴欠。」

這時，殿門外響起魏王中氣十足的聲音。「兒臣叩見父皇，恭祝父皇萬歲萬歲萬萬歲！」

「你們都下去吧，朕要跟魏王說說話，任何人不許打擾。」李世民收起笑容，正色道。

「遵旨。」趙德全領著殿裡的宦官們躬身退下，一滴冷汗從他的額角悄然滑落。

甘露殿內殿，四卷黃綾裝裱的帛書整齊排列在書案上，李世民手裡另外拿著一卷，正坐在榻上閱讀。魏王李泰躬身侍立一旁，一直留意著李世民的表情。

「父皇，這五卷是《括地志》總序，兒臣想讓您先睹為快，正文五百五十卷，也已送入宮中祕閣，您若想御覽，可隨時命人呈上。」李泰低聲道。他身形魁梧，器宇軒昂，一雙大眼炯炯有神，無論身材還是相貌都酷似李世民。

「嗯，不急。」李世民仍舊看著帛書，臉上漸漸露出讚許之色。

李泰察覺，心中暗喜。

對於《括地志》的編纂，李世民一直保持了極大關注。在朝野看來，這無非是李世民寵愛魏王，想透過這部書讓李泰提升個人聲望和政治威望罷了。然而，朝野上下卻很少有人知道，除了這個表面原因之外，李世民讓李泰編纂這套書，其實另有一層隱祕的原因，那就是以編書為名，暗中動用大量人力物力來尋找一個人——一個與〈蘭亭序〉密切相關、極有可能知道其下落的人。

片刻後，李世民又翻了翻其他四卷，才放下帛書，欣慰地看著李泰。「青雀，此書纂成，是有功於朝廷的一件大事，朕一定要好好賞你。」

李泰心中大喜，但表情仍克制著。「多謝父皇讚賞！不過，此書得以纂成，上則仰賴父皇天恩，下則依靠群僚輔弼，兒臣不敢居功。」

「好了，咱們父子之間，這些客套話就不必說了。」李世民拍拍旁邊的御榻。「過來坐吧。」

李泰再也抑制不住喜色，躬身一揖。「謝父皇賜座！」

能與皇帝共坐一榻，顯然不是一般的榮寵，別說滿朝文武無人有此待遇，就算李世民的十幾個兒子，也就只有李泰能得享這份殊榮。而在此刻，「共坐一榻」對於李泰還不僅只是一份殊榮，更是一個暗示，暗示他可以向李世民稟報某些更隱祕的東西了。

對此，他們父子自然心有靈犀。

「父皇，兒臣還有一件喜報要奏。」李泰坐在一旁，壓低聲音說。

李世民故意閉上眼睛，用手輕揉太陽穴。「說吧。」

「兒臣已經發現辯才的線索了。」

李泰所說的辯才，是一個和尚，也是王羲之七世孫智永和尚的弟子。根據李世民最初的調查，智永本名王法極，是王羲之第五子王徽之的後人，傳承家風，工於書法，於蕭梁年間在會稽郡山陰縣的雲門寺出家，此寺後由梁武帝蕭衍賜名，改為永欣寺。據可靠情報顯示，〈蘭亭序〉真跡一直在智永手中。隋末天下大亂，群雄紛起，蕭銑據江陵稱帝，智永與弟子辯才忽然離開永欣寺，前往江陵大覺寺，之後便駐錫於此。武德四年，江陵被唐軍攻破，蕭銑兵敗身亡，智永與辯才遂離開大覺寺，不知去向。

上述情報，有一些是李世民從大臣虞世南處獲取的。虞世南曾是秦王府十八學士之一，是李世民極為欣賞的一位書法大家，年輕時跟隨智永學習書法，不止一次見過〈蘭亭序〉真跡。武德九年呂世衡事件發生後，李世民曾多次密召虞世南，詢問〈蘭亭序〉及智永之事，可虞世南所知有限，無法提供更有價值的線索。

貞觀十二年，虞世南病逝。此時李世民已暗中授意李泰開始了《括地志》的編纂，並透過大量祕密調查得知，智永和辯才於武德四年離開江陵後，便回到了家鄉越州，於蘭渚山隱居。這座蘭渚山，便是永和九年王羲之與數十友人聚會之地。是年三月初三上巳節，王羲之等人在此山間的蘭亭溪畔曲水流觴、飲酒賦詩，王羲之更是逸興遄飛，於酒酣耳熱之際，援筆寫下了千古名作〈蘭亭序〉，後世譽之為「天下第一行書」。

根據李泰接下來的調查，武德九年，也就是李世民登基後不久，智永便於某夜毫無徵兆地去世了，享年一百二十歲。智永圓寂後，一直侍奉他的弟子辯才也跟著也消失了，從此蹤跡全無。

李世民和李泰據此判斷，辯才很可能攜著〈蘭亭序〉真跡潛逃他方，而且極有可能蓄髮還俗、改名換姓，就此泯然於芸芸眾生之中。在李世民看來，辯才之所以刻意隱匿行蹤，唯一的解釋只能是——〈蘭亭序〉隱藏著某個重大的祕密！這個判斷，與李世民從呂世衡事件中得出的判斷完全一致，所以李世民一直對此深信不疑。

當然，李世民並未與李泰分享這一點。他讓李泰編纂《括地志》、祕密尋找辯才，只是以酷愛王羲之書法為由，希望透過辯才找到千古名帖〈蘭亭序〉而已。

此刻，當李世民聽李泰說已經查出辯才的線索時，內心頓時頗為激動，畢竟十幾年來，這是最接近〈蘭亭序〉真相的一刻，只要找到辯才，就不難從他身上查出所有祕密。

不過，作為一代雄主，李世民的定力還是在這時候發揮了作用。他依舊閉著眼睛，手指輕揉太陽穴，動作不緊不慢，半晌才問：「都查到什麼線索了？」

「回父皇，」李泰留意著李世民的表情。「兒臣已在幽州、揚州、洛州三地下轄各縣中，共鎖定了十七個可疑對象，據各種線報綜合分析，可以推斷，辯才定在這十七人之中！」

「十七人？」李世民「嗯」了一聲。「還不錯，比漫天撒網、大海撈針強多了。」

「是的父皇，兒臣打算派出一批最精幹的人手，對這些嫌疑對象展開祕密調查，相信很快就會有結果。」

「嗯，你打算派些什麼人過去？」

李泰欲言又止。

李世民直到此刻才睜開眼睛。「為何不說話了？」

李泰遲疑道：「父皇，為了儘快查出辯才，兒臣……有一個不情之請。」

「說。」

「兒臣希望您能下旨，調動……玄甲衛的人。」

李世民微微一怔，沉吟了起來。

玄甲衛是一支特殊部隊，直接聽命於李世民，人數僅兩千餘人，卻都是精銳中的精銳。該部隊是從當年李世民麾下最驍勇的鐵騎「玄甲軍」演變而來，其中小部分是原玄甲軍將校，大部分是近年來嚴格遴選的青年才俊。

在大唐王朝建國的歷程中，玄甲軍曾追隨李世民掃滅群雄、統一海內，立下了赫赫戰功。玄甲軍屬於重騎兵，由李世民從四方唐軍中親自選拔組建，主要在野戰中擔負衝鋒陷陣之責，人馬皆披黑鐵盔甲，故名玄甲。該軍分為左、右兩部，由驍將秦叔寶、程知節、尉遲敬德、翟長孫率領。每逢重大戰役，李世民必親披玄甲上陣，以玄甲軍為前鋒，無堅不摧，所向披靡，令敵人聞風喪膽。武德三年，李世民圍攻洛陽，曾率一千玄甲精銳擊破王世充，斬俘六千餘人；繼而在著名的虎牢關之戰中，以三千五百名玄甲騎兵，大破竇建德主力十餘萬眾，生俘竇建德，一舉鼎定天下。

李世民登基後，對昔日王牌玄甲軍進行了改編，大部分劃歸李靖麾下，在擊敗突厥的戰爭中發揮了關鍵作用，然後以餘下部分精銳為主體，由兵部尚書李世勣擔任大將軍，組建了玄甲衛。與玄甲軍叱吒沙場、高調煊赫有別，玄甲衛低調而神祕，偶爾在皇帝出巡時擔負禁衛之責，但主要職責是執行皇帝直接下達的祕密任務，如針對有問題的高官重臣實施監控、調查、緝捕、審訊等，類似於後世的錦衣衛。在當時的大唐，滿朝文武及諸道都督、刺史，一聽「玄甲衛」三字，莫不聞之色變、心驚股慄。

玄甲衛沿襲玄甲軍建制，以大將軍為統領，下轄左、右兩部，由左、右將軍分統，各領一千零八十人；每名將軍下轄兩名中郎將，各領五百四十人；每名中郎將下轄兩名郎將，各領二百七十人；每名郎將下轄三名旅帥，各領九十人；每名旅帥下轄三名隊正，各領三十人。因是直屬於皇帝的近衛部隊，所以玄甲衛雖然人數不多，但品級很高：大將軍為正三品，左、右將軍為從三品，中郎將為正四品下，郎將為正五品上，旅帥為從六品上，隊正為正七品上。

由於玄甲衛身分特殊且職能重大，所以裝備也特別精良，其全體官兵一律身著玄武甲，腰佩龍首刀，坐騎均為純黑的焉耆馬。玄武甲是一種鐵甲與皮甲複合、以獨特工藝製造的多重甲冑，兼具明光鎧的華麗、鎖子甲的堅固和皮甲的輕便，因材質多樣、工序複雜而造價昂貴。龍首刀的刀型源於漢代的環首刀，窄身、長刃、直背，並在漢代「百鍊鋼」的鍛造工藝上進一步採用「包鋼」技術，硬度更大，韌性更強，且去掉了柄首的扁狀圓環，代之以霸氣精美的龍頭造型，故以「龍首」命名，總體製作成本十分高昂；焉耆馬來自西域，騎乘速度快，負重大，以善走著稱，並能入水暢游，故有「海馬龍駒」的美譽。

因玄武甲通體黑色，龍首刀的刀柄和刀鞘也是黑色，焉耆馬又都選用純黑，所以玄甲衛一現身，就會有一股陰冷肅殺之氣逼人而來，尤其是集體出動時，更有一種黑雲漫捲、壓城欲摧的奪人氣勢。

這樣的一支特殊部隊，一般是不會輕易調動的，故而當李泰乍一提出這個要求，李世民著實有些始料未及，一時沉吟不語。

李泰觀察著李世民的臉色，有些心慌，忙道：「父皇，此事是兒臣考慮欠周，玄甲衛實在不宜輕易調動……」

李世民忽然抬手止住了他。「不，好鋼就得用在刀刃上，朕准了！」

李泰大喜過望。「父皇聖明！」

洛州，伊闕縣。

縣城的市廛[1]上，車馬駢闐、人煙輻輳，街道兩旁店肆林立，一派繁華熱鬧景象。

楚離桑一大早就從家裡後院翻牆而出，瞞著爹娘偷偷溜到了街市上。

今天是二月十九，觀世音菩薩聖誕，城南菩提寺有一年一度的廟會，吃喝玩樂一應俱全。楚離桑打從正月十五上元節後就盼著這天的到來，一直纏著母親一起來逛，可母親總說姑娘家不宜到人堆裡拋頭露面，硬是沒答應。因實在拗不過母親，心癢難耐的楚離桑索性換了一身男人的行頭，天一放亮就從後院翻牆出來了。

此時的楚離桑，頭戴青黑襆頭紗帽，身穿淡青圓領袍衫，腰束一條白玉革帶，腳踏一雙烏皮六合靴，英姿颯爽，玉樹臨風，活脫脫就是一個剛從縣學走出來的青年士子。

方才楚離桑換上這身行頭時，一看到銅鏡中的「男子」，著實吃了一驚，差點沒認出自己來。在一旁幫她拾掇的丫鬟綠袖更是看呆了，腆著一張花痴臉道：「我的娘親，這是打哪兒來的一位俊秀郎君！」

楚離桑得意極了，粗著嗓子道：「這位娘子如此發問，是何用意？」

綠袖衝她拋了個媚眼。「郎君真是明知故問！奴家的意思，就是想問郎君可曾婚娶？」

「已婚如何，未婚又當如何？」楚離桑背起雙手，學著男人慣有的作派。

「已婚且罷。若是未婚，那……」綠袖配合得很好，一副嬌羞之狀。

「那什麼？」楚離桑逼近她。

綠袖以袖掩面，側過身子。「那……君既未娶，妾亦未嫁，何不……何不……」

「何不什麼？」楚離桑撩起她的袖子，一臉輕薄相。

綠袖看著她色瞇瞇的樣子，終於忍俊不禁，噗哧一聲笑了出來。楚離桑硬是憋了一會兒，最後也忍不住笑彎了腰。二人嬉鬧一陣，直到前院傳來母親楚英娘的說話聲，才趕緊捂住了嘴。

楚離桑翻身騎上後院牆頭的時候，對站在下面的綠袖道：「記住了，我娘若問起，就說我昨夜做女紅做到很晚，三更才躺下，這會兒還沒起呢。」

「趕緊走吧，再不走，奴婢也要跟妳一塊兒翻牆了！」綠袖噘著嘴說。

楚離桑衝她眨眨眼。「綠袖乖，下回一準帶妳去。」說完一個轉身，敏捷地從牆頭跳了下去。

綠袖看著空蕩蕩的牆頭，一臉悵然。

廟會設在菩提寺前的廣場上，雖然天色尚早，這裡卻已是人聲鼎沸、萬頭攢動。

楚離桑在街邊小吃攤買了一包油炸蠶豆，一邊在擁擠的人群中遊逛，一邊咯嗞咯嗞地咬著豆子，還把豆皮啐得老遠。她就喜歡這種無拘無束、自由自在的感覺，可惜是個女兒身，從小到大都被爹娘調教要溫婉賢淑，語默動靜都要合乎禮儀，還成天被關在家裡，大門不出二門不邁，偶爾見

1　廛：古代城市中的平民住宅地，古字同「纏」。

人也得低眉斂目、笑不露齒。

憑什麼呢?!

楚離桑很不服氣。就說當街吃零嘴這事吧，憑什麼男人可以，女人就不行?所以這會兒，拿著包蠶豆在大庭廣眾之下晃悠，還故意把嘴裡的豆皮啐得老遠，楚離桑就覺得特別帶勁，心裡甚至有種離經叛道的快意。

廟會上充斥著各種新奇好玩的表演，有走索、角抵、登刀梯、噴火、舞蛇、鬥雞、耍猴、歌舞、說書等，圍觀人群一個個伸長脖子踮著腳尖，不時爆出陣陣喝采。楚離桑這裡湊一湊，那裡瞧一瞧，最後被一攤演皮影戲的吸引住了。

戲裡演的是一個落難書生和一個痴情女子的故事，楚離桑小時候跟著母親看過幾回，只覺得那些紅紅綠綠的皮影好玩，卻壓根兒沒看懂。沒想到今天一駐足，剛聽了幾句戲文，她就情不自禁地入戲了。

女子與書生歷經磨難，終於走到了一起。花前月下，二人互訴衷腸，只聽女子用纏綿悱惻的聲音唱道:「山無陵，江水為竭，冬雷震震，夏雨雪，天地合，乃敢與君絕!」

剎那間，楚離桑的心猛地被擊中了。

究竟是怎樣刻骨銘心的情感，才會讓一個女子發出如此動人心魄的愛情誓言啊!又該是一個怎樣的男子，才配得上這份感天動地的痴情呢?

兀自浮想聯翩、心潮起伏之際，忽覺袍衫下襬被扯了幾下，楚離桑一低頭，只見一個蓬頭垢面的小叫花正眼巴巴地看著她，手裡高舉著一個破碗。他坐在一塊裝有木輪的板上，雙腿似有殘疾。

楚離桑心生憐憫，剛要伸手從懷裡掏錢，忽然記起母親說過，這附近有不少裝病裝瘸、騙人錢財的乞丐，切勿輕信上當，便把手縮了回來，看著小叫花道：「喂，你成天在這兒裝瘸騙錢，也不怕被人戳穿嗎？」

小叫花一怔。「你……你胡說，我哪有裝瘸？」

「別嘴硬了。」楚離桑笑道：「當心哪天被人揭穿，真把你打成瘸子，那可就得不償失了。」

小叫花知道騙不過她，便狠狠瞪了她一眼，低聲咒罵。「吝嗇鬼，留著錢去買棺材吧！」

楚離桑一聽就急了。「哎，你這臭叫花子，怎麼一張嘴就罵人呢？」

小叫花兀自嘴裡罵罵咧咧，雙手拄地，撐著滑板想跑。楚離桑快步追上去，一把抓住了他的後脖領子。小叫花拚命掙扎，一陣哇哇亂叫，引得周圍人群紛紛側目。

「住手！」身後傳來一個男子渾厚低沉的聲音。

楚離桑驀然回頭，看見一名年輕男子正站在面前威嚴地看著她。

我的娘親，好一個俊秀的郎君！

楚離桑心裡怦怦，猛然一動。該男子二十出頭，一身儒雅潔淨的白色袍衫，劍眉星目，鼻梁端直，嘴唇和下頜的線條剛毅有力，整個人的氣質俊逸出塵，只是神情不太友善。

「這位兄臺，看你也是讀書人，何故當街欺凌弱小？」白衣男子盯著她，語氣冰冷。

楚離桑趕緊穩住微微搖蕩的心旌，撇了撇嘴。「這臭叫花是個騙子，騙人不成就惡語傷人，我為何不能教訓他一下？」

「你胡說！」小叫花見有人幫腔，頓時有了底氣，大喊道：「明明是你小氣不肯施捨，還追著我打罵，我惹不起還躲不起嗎？」

見這小子振振有詞，楚離桑越發氣惱，揚起右手作勢要打，白衣男子飛快抓住了她的手腕。楚離桑只覺手腕處傳來男子手心的溫熱，心旌又是一蕩，不禁微微紅了臉。「你……你放手。」

「你先放。」男子沉聲道。

楚離桑這才意識到自己的左手仍然抓著小叫花的領子，本想鬆開，可又想到自己明明占理，現在反倒成了惡人，心中不忿，對白衣男子道：「方才發生什麼你並未瞧見，憑什麼就幫著他說話？」

「方才發生什麼，在下是沒有看見，不過你口口聲聲罵他臭叫花子，還追打人家，我可是耳聞目睹了。」男子緩緩道：「更何況他只是一個身患殘疾的孩子，可憐可憫，而兄臺卻衣冠楚楚、道貌凜然，縱然不說你倚勢欺人，至少在下得幫他說句公道話吧？難不成還幫著你來打他嗎？」

此人說話溫文爾雅、有理有據，引得圍觀人群不住點頭稱是。楚離桑越發顯得理虧，只好憤憤地鬆開了小叫花。男子見狀，也鬆開了她的手腕。小叫花得意一笑，轉身要走。「小兄弟，等等。」男子從懷中掏出一只錢袋，倒出十來文銅錢，想了想，又倒出幾文，輕輕放進小叫花的碗中，溫言道：「去買些吃的吧。以後行乞也要帶眼識人，明白嗎？」

楚離桑聞言，登時氣得直翻白眼，卻又沒法發作。

小叫花終日在街上廝混，自是極會「帶眼識人」，只瞥了一眼男子的錢袋，便知還有油水可榨，遂雙目一紅，哽咽著道：「這位大哥有所不知，小的在此行乞，不是要給自己買吃的，而是要給家裡生病的老娘。」

男子一聽，頓時也紅了眼眶，便把袋裡的銅錢悉數倒進小叫花的碗中，足有三十幾文。「對不住，小兄弟，我手頭也不寬裕，只能幫你這麼多了。」

「多謝大哥，多謝大哥！」小叫花頻頻點頭，一把抓起銅錢塞進懷裡，同時還不忘挑釁地斜了楚離桑一眼。

楚離桑怒目而視。小叫花卻有恃無恐，居然咧嘴朝她笑了笑。

楚離桑越怒，正待發作，人群中突然躥出幾個小混混，指著小叫花破口大罵。「二賴子，那天賭輸了錢就跑，看老子今天怎麼收拾你！」

二賴子一驚，立刻從滑板上跳了起來，一雙麻稈腿竟然健步如飛，嗖地一下鑽進人群之中，轉瞬就沒影了。幾個小混混一路罵著追了過去。白衣男子被這突如其來的一幕驚呆了，手裡拿著空空的錢袋子，看了看地上的滑板，又看了看二賴子消失的地方，一臉愕然。

楚離桑看著他，無比暢快地哈哈笑了幾聲。

「這位兄臺，你可真是會帶眼識人，在下佩服至極！」楚離桑得意地踱到他身邊，絲毫不掩飾幸災樂禍的表情。

白衣男子啞然失笑，朝她拱拱手。「是在下看走了眼，錯怪了兄臺，還請見諒！」

「看你衣冠楚楚、道貌凜然，我還以為你出手會多麼闊綽呢，怎麼才給二賴子那麼點錢？」楚離桑一臉報復的快意。「莫非兄臺的大善之心，只值三十幾文？」

「兄臺說笑了。」男子窘迫。「在下最近遇上了難處，手頭的確不太寬裕。」

「哦？這麼說，你若是手頭寬裕，便會多給他嘍？」

「那是自然。在下若真有餘裕，自是不會吝惜。」

「這好辦！」楚離桑眉頭一揚。「這一帶多的是裝病裝瘸的大賴子、二賴子，你哪天有錢了，再來充一回大善人，絕對會有很多人捧你的場，我保證。」

男子聽著她的冷嘲熱諷，卻不慍不怒，淡淡笑道：「不瞞這位兄臺，即便在下早知二賴子裝瘸，也依然會施捨給他。」

楚離桑哈哈一笑，完全不以為然。「行了行了，這位仁兄，你也別死鴨子嘴硬了，偶爾受騙上當沒什麼錯，硬是給自己找理由就不對了。」

男子搖搖頭。「兄臺也許不信，不過在下所言，並非文過飾非之辭，而是出自本心。」

楚離桑一聽，忍不住看著他，只見男子目光真誠，確實不像狡辯，便悻悻道：「這是為何？」

「一個十來歲的孩子會淪落到裝瘸行騙，想來家中定然困頓，甚至有沒有家都不好說。」男子語氣淡然，但聲音中卻有一種讓人感覺溫暖的東西。「所以即便知道他是騙子，我也不會怪他，更不會感到後悔。在下恨的是，自己沒有能力幫助更多的窮苦人……」

楚離桑聞言，頓時心頭一熱。她自忖平時也算是心善的人，可似乎直到今天才知道什麼是真正的善良。不過她轉念一想，男子的話好像也不盡然，因為世人若都像他這般淳樸心善，騙子豈不是更囂張，好人豈不都變成了傻子？

「我說仁兄，你莫不是讀聖賢書讀傻了？心善是好的，但總得有個原則吧？」楚離桑心裡對這男子雖已生出些許好感，嘴上卻不願認同他。「說句不好聽的，若世人都如你這般心善，只怕傻子一多，騙子反倒不夠用了。」

「兄臺此言差矣！」男子忽然正色，說道：「老吾老以及人之老，幼吾幼以及人之幼，這是聖賢仁民愛物的襟懷，讀書人理當以此自勵自勉，豈能視之為傻？兄臺奚落我自無不可，但請勿褻瀆聖賢！」

楚離桑本是想開個玩笑，緩和一下氣氛，不料這個書呆子竟聽不懂玩笑話，只會搬弄古人之言，當真是無趣得緊！楚離桑沒好氣道：「明知是騙子卻還送錢給他，這不是傻子是什麼？」

男子臉色微慍，雙拳一抱。「道不同不相為謀，既然你我話不投機，多言無益。兄臺請便，在下告辭！」說完便頭也不回地拂袖而去。

楚離桑看著他快步離去的背影，不禁好氣又好笑。

莫名其妙吵了這一場，皮影戲已接近尾聲，落難書生不知何故死了，痴情女子哭得肝腸寸斷。楚離桑看得心堵，索性撥開人群，想去別處逛逛。

剛從人堆裡擠出來，附近就發生了騷動，一個行商模樣的老丈跌坐地上，口中大喊。「抓賊啊！那惡賊搶了我的金錠啊——」楚離桑踮起腳尖望去，只見不遠處有個絡腮鬍壯漢抓著一個藍布包袱，正用力撞開周圍人群，飛快奔逃。緊接著，有人扶起那個老丈，匆忙問了句什麼，立刻追那個壯漢去了。

楚離桑定睛一看，追賊的正是方才的那個白衣男子。

她不禁苦笑。這個書呆子雖然個頭不小，但以他方才抓住自己手腕的力度來看，便知不過是個文弱書生，而那個絡腮鬍壯漢敢在光天化日下搶劫財物，背後絕對有同夥。這個自不量力的書呆子就算追上了，也鐵定要吃虧，搞不好會被那幫惡賊打死。

路見不平、拔刀相助，是楚離桑一貫的信條，所以她一邊心念電轉，一邊朝著他們的方向追了過去。

楚離桑的母親楚英娘出身於武學世家，功夫了得，雖然平時深藏不露、極少示人，但私底下卻一直勤練不輟。楚離桑從小就活潑好動，因此死纏著母親教她練武。母親拗不過，便教了她一些防身健體的入門功夫，然後說什麼都不再教了。楚離桑無奈，便暗中偷學，並把母親收藏的武學祕笈偷出來抄錄了一份，多年來一直背著母親盲修瞎練，沒想到竟憑著聰穎的天資和刻苦的練習學成了，如今的功力至少也有母親的六、七分，平常男子十個八個近不了她的身。

楚離桑一追出廟會廣場，便不見了那白衣男子和絡腮鬍的蹤影，而後憑直覺在菩提寺周邊轉了半天，才在一處偏僻的院落發現了他們。

果不其然，六、七個手持棍棒的混混正把白衣男子圍在院子裡。那搶錢的絡腮鬍好像是個頭目，此刻那個藍布包袱正揹在他身上。這座院落顯然是賊窩，絡腮鬍是故意把白衣男子引進來的。

楚離桑施施然走進院子的時候，所有人都有些詫異。

白衣男子一看是她，大聲喊道：「你快走，這裡沒你的事，別管我！」

楚離桑抓了幾顆蠶豆扔進嘴裡，然後把皮啐得老遠。「我才懶得管你，本郎君是來看熱鬧的，你們繼續。」

混混們相顧愕然。

絡腮鬍往地上吐了口唾沫，看著楚離桑。「小子，識相的就快點給老子滾蛋，這兒可不是你看熱鬧的地方！」

「你別不信，我真不是來救他的。我跟這個呆子有仇，就想看他挨打。」楚離桑一邊嚼著豆子，一邊笑道：「至於是打死還是打殘，你們隨意，反正我都高興。」

白衣男子聞言，頓時目瞪口呆。

混混們面面相覷，都看著絡腮鬍。他一聲冷笑。「你以為他死了，你就走得出這個門？」

「我走不得嗎？」楚離桑故作驚訝。

絡腮鬍冷笑不語。

楚離桑點點頭，走過去把院門關上，又插上門閂，然後抱起雙臂，斜靠在門板上，看著眾人。

「這樣行了吧？要動手就快點，別磨磨蹭蹭了，一群大男人打個架廢這麼多話，也不嫌害臊！」

絡腮鬍先是一怔，然後仰天大笑。「好，你小子有種！等我收拾了這小子，再來修理你！」

混混們又朝白衣男子圍了上去，男子突然拉開一個架勢。「都別過來！本郎君只想取回你們搶劫的財物，不想傷害你們，別逼我動手！」

楚離桑的眼睛微微一亮。

莫非這男子不是自不量力，而是有武藝在身？剛這麼一想，兩根棍棒就已經一前一後朝他招呼了過去。

只聽啪啪兩聲，一棍打在背上，一棍正中面門。白衣男子的臉上立刻爆開了花，血流如注。

白衣男子一聲慘叫，絡腮鬍和混混們哄堂大笑。楚離桑失望地閉上了眼睛。

「小子！」絡腮鬍大笑道：「跪下給老子磕三個響頭，叫一聲爹，說不定老子可以饒你一命。」

話音剛落，滿臉是血的白衣男子猛地把一口帶血的唾沫啐到了絡腮鬍臉上，然後也仰天大笑了幾聲。

看來這個書呆子雖然窩窩囊囊沒啥本事，骨子裡還是有點血性的。楚離桑想。

絡腮鬍一把抹掉臉上的口水，臉頰的肌肉抽搐了幾下，然後大喝一聲，手中那根粗大的棍棒高高揚起，正對著白衣男子的腦門。

這一棍子下去，書呆子小命休矣！說時遲那時快，楚離桑右腳一踢，地上一顆石子飛出，正中絡腮鬍手腕，棍棒噹啷落地。緊接著，又有兩顆石子飛來，分別擊中絡腮鬍左右兩腿的膝彎。絡腮鬍痛得大叫，同時雙膝一軟，竟然跪在了白衣男子的面前。

此變故就發生在剎那，混混們登時愣住了。

「都愣著幹什麼？還不給老子上?!」絡腮鬍一邊忍痛爬起來，一邊扯著嗓子大喊。

混混們回過神來，揮舞著棍棒衝向楚離桑。絡腮鬍狠狠瞪了白衣男子一眼，然後抓起棍棒加入了戰團。楚離桑赤手空拳以一敵眾，卻是一副氣定神閒之色。白衣男子只見一道淡青色身影在呼呼飛舞的棍棒間閃展騰挪，翩如驚鴻，不禁看得呆了。

「呆子你看什麼，還不快跑？」楚離桑大喊。

白衣男子這才清醒過來，想從院門跑，試了幾次都被棍棒飛舞的勁風擋了回來。情急之下，看見右手邊的院牆下擱著一架木梯，便順著梯子爬上牆頭，接著搖搖晃晃地走到牆頭盡處，費力爬上了大院的屋頂，然後戰戰兢兢摸到屋簷邊，想從這裡跳到隔壁的屋頂，卻又因恐高而手足無措。

正彷徨間，一隻手忽然拍了下他的肩膀。

白衣男子猛一哆嗦，回頭一看，卻是楚離桑，再探頭一看，下面院門大開，混混們早都被打跑了，只留下一地的棍棒。

「拿去還給那位老丈吧！」楚離桑把藍布包袱遞了過來。

「是你搶回來的，該當你去還，我不能奪人之功。」男子嘟囔道。

楚離桑好氣又好笑。「我說呆子，就你這樣的，也敢幫人抓賊？你就不怕幫人不成，反被賊人打死？」

「義之所在，無遑多想。」男子只是道：「誠如《孟子》所言，見孺子將入於井，皆有怵惕惻隱之心……」

「行了，別跟我掉書袋了。」楚離桑把包袱往他懷裡塞。「趕緊去還了吧，我還有事呢！」男子不接，又把包袱推了回來。楚離桑側身一閃，轉身就走。男子撲了個空，腳下一滑，唉呀一聲向屋簷下跌去。楚離桑大驚，猛然回頭，右手急伸，飛快攬住了他的腰。男子嚇得臉色煞白，雙手亂舞，無意中一隻手竟然抓到了楚離桑的胸部。

男子突然意識到什麼，手像被燙到一樣立刻縮了回來。

此時，楚離桑的臉已經唰地紅到耳根子了。她又羞又惱，下意識一抬手，啪地給了男子一記響亮的耳光。

白衣男子捂著熱辣辣的臉頰，怔怔地看著楚離桑從屋頂上飛了下去，輕盈地落在院中，然後頭也不回地走出了院門。

低頭看著自己那隻惹禍的手掌，白衣男子久久回不過神來。

忽然，他一抬手，又給了自己一巴掌。

楚離桑從牆頭跳進自家後院的時候，綠袖已經急得團團轉了。

「唉呀娘子，妳怎麼才回來，主母都來找妳三回了！」綠袖氣得跺腳。

楚離桑歉然一笑，拉著她就往閨房跑，然後讓綠袖守在閨房門口，自己跑進房裡，把門一關，開始手忙腳亂地摘帽子解頭髮。不料紗帽竟被頭髮纏住了，越急越解不開，氣得楚離桑連叫該死。

屋外，楚英娘沿著迴廊走了過來，一臉不悅。綠袖暗暗叫苦，硬著頭皮迎上去，高聲道：「主母您別擔心，娘子真的沒事。她就是貪睡，奴婢都跟她說好幾遍太陽照屁股了，可她翻個身就又打起了呼嚕……」

「綠袖，」楚英娘臉色一沉。「跟妳講過多少回了，說話要注意措辭，大姑娘家的，一張嘴就是粗言俚語，像什麼話！」

綠袖賠著笑臉。「是是是，主母教訓得是。奴婢太笨了，老是記不住您教的話，那詞是怎麼說來著……」

「應該說『日上三竿』。」

「對對對，日上三竿，日上三竿！」綠袖嘿嘿笑著，心裡卻說死娘子妳再不快點，我綠袖的屁股可真要挨板子了！

楚英娘笑笑，伸手點了一下綠袖的額頭，繞過她就要去推門。

綠袖大驚，想攔又不敢攔，急得跳腳。就在楚英娘的手搭上房門的同時，屋裡終於傳出楚離桑慵懶的聲音。「怎麼這麼吵啊？是娘來了嗎？」

綠袖長吁了一口氣，拍了拍胸口。

楚英娘走進來，撥開閨房的珠簾，看見楚離桑把自己嚴嚴實實地裹在被褥裡，只露出頭臉。

「娘，您跟綠袖在外邊說什麼呢，吵死了！」楚離桑嘟囔著，打了個長長的呵欠。

楚英娘在床榻邊沿坐下，看著她。「桑兒，妳學做女紅是對的，可也不能折騰得那麼晚呀！」

「對、對，娘說得對，下不為例。」楚離桑賠著笑，對母親做了個鬼臉。「娘，您忙去吧，我要換衣服了。」

「換就換唄，幹麼趕娘走？」

「人家都二十了，您還讓我當著您的面換衣服啊？」

「行行行，妳長大了，女大不由娘了！」楚英娘笑著剛想起身，忽然發現她的額頭和鼻尖上布滿了細密的汗珠，頓時眉頭微蹙。「妳怎麼出這麼多汗哪？」

楚離桑一怔。「喔，可能是……被褥太厚了吧。」

「太厚妳還捂那麼嚴實？」楚英娘說著，就想去掀她的被子。

楚離桑「啊」了一聲，雙手在被子裡面緊緊抓著被頭。「娘，我現在身上也都是汗，您掀了被子，我會著涼的！」

楚英娘若有所思地看著她，半晌才笑了笑。「那好吧，妳換完衣服趕緊出來，吃過飯，娘接著教妳讀經，今天該學《禮記》了。」說完就走了出去。

直到聽見母親掩門出去，楚離桑才長長地呼出一口氣。

她猛然把被子掀到一邊，只見身上那一襲青衫早已被汗水濡濕，而那雙烏皮六合靴赫然還穿在腳上。

綠袖恰在這時跑進來，看到這一幕，驚得捂住了嘴。

魏王李泰的府邸，位於長安延康坊的西南隅，占地近二百畝，重宇飛簷，富麗堂皇。依照唐制，凡王公貴戚及三品以上高官，皆可把自家府門直接開在坊牆上，以方便出入，而不必經由坊門。是以魏王府便在南邊坊牆開了一個正門，又在西邊坊牆開了一個邊門。從魏王府正門出來左拐，往北過三個街口就是皇城；從西側邊門出來，往北過一個街口就是西市；交通極為便利，地理位置十分優越。

二月下旬的一日午後，將近酉時，一駕馬車趕在暮鼓敲響之前，從西門悄悄進入了魏王府。

來人是黃門侍郎劉洎，門下省的副長官。

劉洎，字思道，年近五十，平日沉穩寡言，在朝中卻以剛直敢諫著稱，受到李世民倚重。不少人認定，他三年之內必能升任門下省最高長官——侍中。

馬車從西外門進入一片大院，剛剛停穩，早已等候在內門的魏王府司馬蕭鶴年便快步走下臺階，迎了上來。

劉洎身著便裝，步下馬車。

「思道兄，你怎麼才來，魏王殿下都等急了。」蕭鶴年笑著拱拱手。

劉洎還了一禮。「勞駕鶴年兄親自在此迎候，劉某怎麼敢當！」

二人稍加寒暄，便一起朝內門走去。

「殿下急著找我來，究竟為何事？」劉洎問。

「喜事，大喜事！」蕭鶴年面帶笑容。

劉洎看了他一眼，沒說什麼。

都說人逢喜事精神爽。近來魏王因《括地志》而深受皇帝眷寵，連日來賞賜不斷，朝野上下也是人人矚目。為此，魏王本人自然是躊躇滿志，就連他府上的這些大小官員，也都一個個眉飛色舞，恨不得整天把「喜」字貼在腦門上。

劉洎有些不以為然。

在他看來，越是這種時候，越要沉得住氣。因為，奪嫡是一條何其凶險又何其曲折的道路，稍有不慎，就有可能墜入深淵，萬劫不復！

劉洎隨蕭鶴年走進正堂時，看見李泰與府中長史杜楚客正說著什麼，同時發出一陣大笑。

劉洎的眉頭微微皺了一下。

見劉洎到來，李泰和杜楚客起身相迎。眾人又是一番寒暄，隨即落坐。

「劉侍郎，你猜今早父皇召我入宮，都跟我說了什麼？」李泰眉眼含笑，一臉神祕。

劉洎微微一笑。「聖上近來賞給殿下的金帛，已可謂車載斗量、不可勝數，還能讓殿下及諸位如此喜悅之事，我想，定然是錢財之外的別樣榮寵。」

李泰朗聲大笑。「不愧是劉侍郎，一語中的啊！」

「思道兄，」杜楚客接過話頭。「那你再猜一猜，具體是什麼樣的榮寵。」

杜楚客五十多歲，是開國功臣杜如晦胞弟，字山實，年輕時曾於嵩山隱居，志意甚高，自詡為宰相之才。貞觀四年，杜如晦病逝，杜楚客奉詔入仕，曾任蒲州刺史，現任工部尚書兼魏王府長史，是李泰最為倚重的心腹智囊。

「山實兄，你就別再賣關子了，劉某再猜下去，恐有揣測聖心之嫌了。」劉洎道。

杜楚客搖頭笑道：「思道兄這樣就無趣了。在朝堂上謹言慎行是對的，可在這兒，你也須如此謹小慎微嗎？難道連殿下和我等，你都要防著？」

劉洎笑笑不語。

他們二人雖同為魏王心腹，個性卻不太合拍。劉洎覺得杜楚客張揚，杜楚客認為劉洎怯懦，加之二人又都有意成為魏王麾下的頭號謀臣，因此明裡暗裡總是較著勁。

「行了行了，也該說正事了。」李泰打著圓場。「鶴年，你來跟劉侍郎講吧。」

蕭鶴年清了清嗓子。「事情是這樣的，今早殿下奉旨入宮，剛一進甘露殿，聖上便屏退左右，密語殿下：為便於殿下參奉往來，不日將讓殿下移居宮中的武德殿。當然，此事暫不宜對外聲張，聖上講，他會擇日正式下旨，並於朝會上公開宣布。」

武德殿位於太極宮東側，與東宮僅一牆之隔，比東宮距離李世民的居處還要近。魏王一旦入居此殿，便能天天與皇帝「參奉往來」，得到比太子更多的參與軍國大政的機會，從而獲取更多的政治籌碼。這對於眼下一心想要奪取太子位的李泰而言，無疑是天大的喜訊。

這件事一說完，李泰、杜楚客、蕭鶴年便齊齊把目光盯在劉洎臉上，等著看他的反應。出乎三人意料的是，劉洎居然毫無反應，彷彿沒聽到一樣。

「劉侍郎，你在聽嗎？」李泰狐疑地看著劉洎。

片刻之後，劉洎才開口道：「當然，殿下，如此重大的事，我怎麼可能沒在聽呢？」

「那，侍郎對此有何看法？」

「殿下想聽實話嗎？」

「當然。」

「對於此事，在下一則以喜，一則以憂。」

杜楚客無聲冷笑了一下。

蕭鶴年若有所思。

李泰蹙眉。「侍郎能把話說清楚一些嗎？」

劉洎點點頭，卻依舊面無表情。「先說喜吧。聖上寵愛殿下，朝野共知，自不待言，但此次竟然主動提出讓殿下入居武德殿，絕非一般榮寵可比。換言之，這是一個重大的信號，既是在暗示殿下，也是在暗示滿朝文武和天下臣民：魏王殿下距離東宮，僅有一步之遙了，倘若太子無德，那麼普天之下唯一有資格入主東宮的人，便是殿下您！說得更透澈一些，一旦邁出這一步，殿下就是我大唐不言自明的『隱形儲君』了。是為喜。」

李泰聽得心花怒放，眼睛炯炯發亮。

「再說憂。正因為殿下如今聖眷正隆，風頭儼然壓過了太子，才更易引發東宮的嫉恨和反擊，所以這種時候，恰恰要比平日更加低調、韜晦、謹言慎行、如履如臨。在下擔憂的，是殿下一味沉浸在喜悅之中，而忘記了這些。試觀古往今來，歷朝歷代，因樂極而生悲、因得意忘形而功虧一簣之事，還少嗎？」

李泰臉上的喜色漸漸淡去，有些不自在。

杜楚客冷冷一笑。「思道兄，你這些話，未免有些危言聳聽了吧？」

「山實兄說對了。」劉洎看著他。「慣以危言聳人之聽，正是劉某立身之本！錦上添花的好聽話，又有誰不會說？何須劉某再來多言？」

杜楚客被嗆了一下，正待回嘴，李泰忽道：「劉侍郎所言極是！這正是本王急著請你來的目的。這種時候，是該有人給本王澆一瓢冷水了。」

「殿下，既然話說到這兒了，在下還想給您再澆一瓢冷水。」劉洎道。

李泰爽朗地笑了下。「侍郎但說無妨！」

「殿下即將入居武德殿一事，現在有多少人知道？」

李泰兩手一攤。「除了本王，只有你們三位。」

劉洎搖了搖頭。「恐怕不止吧？」

「侍郎此言何意？」李泰眉毛一挑，看著劉洎。

「常言道隔牆有耳，殿下府上這麼多人……」

「思道兄，」杜楚客臉色一變。「你這麼說是什麼意思？難不成……你懷疑我和鶴年兄會洩露機密？」

「絕無此意！」劉洎道：「我只是想提醒二位……」

「那就是多慮了。」杜楚客拉長聲調。「杜某忝為本府長史，這點小事還無須你來調教！」

「思道兄提醒也是對的。」蕭鶴年道：「此事的確干係重大，萬一洩密，東宮定不會坐視。」

杜楚客不悅地掃了蕭鶴年一眼。

蕭鶴年趕緊噤聲。

杜楚客是長史，相當於王府總管，蕭鶴年是司馬，只是他的副手，加之杜楚客為人強勢，蕭鶴年生性謙和，所以無論大小場合，杜楚客總是壓著蕭鶴年一頭。

「殿下，您這件事，一般朝臣即使知道也無大礙，因為他們不會幫太子，即使想幫也勸不動皇上。」劉洎神色凝重。「怕只怕，在聖上公開下旨之前，讓一個人提前得知了這個機密，那這件事，恐怕就雞飛蛋打了。」

「誰？」李泰一臉緊張。

杜楚客和蕭鶴年也不約而同地看向劉洎。

「魏徵。」

沒有人注意到，劉洎話音一落，蕭鶴年的目光便閃爍了一下。

第三章

暗流

長安東北部的永興坊，與皇城東牆隔街相望，坊中雲集著眾多達官貴人的宅邸。

魏徵府邸就位於永興坊的西北隅。

魏徵是隱太子李建成的舊部，當年對李建成忠心耿耿，在李世民的奪嫡行動逐步升級、雙方的鬥爭白熱化之際，魏徵曾斷然勸李建成先下手為強，除掉李世民，只可惜李建成優柔寡斷，終至敗亡。事後，李世民以既往不咎的姿態招撫了魏徵等一大批前東宮大臣。魏徵也捐棄前嫌，全力輔佐李世民，在滿朝文武中首倡以王道治天下，並屢屢犯顏直諫，從而與虛懷納諫的李世民共同成就了一段君臣佳話。

貞觀中期，魏徵已官至侍中、位列宰輔，風頭甚至一度蓋過了房玄齡等人。貞觀十六年，李世民察覺太子李承乾有失德之舉，便拜魏徵為從一品的太子太師，希望他悉心教導太子，將其培養成合格的儲君。

這一年，魏徵已經六十三歲，雖精力日衰，但還是勉力承擔起了這個重任。

二月二十三的清晨時分，魏徵像往常一樣準備乘車前往東宮。御者扶著他，一邊走一邊小聲道：「太師，今日逢三了。」

魏徵「嗯」了一聲。「那就照老規矩。」

「是。」御者扶他上了馬車，然後坐上前座，熟練地揮了下鞭子，馬車轔轔啟動。

正如魏王府一樣，身為一品大員的魏徵，其府邸也直接在西面和北面的坊牆上開了大門。魏徵若要去皇城，可從自家西門出，斜對過便是皇城東面的景風門；若要去東宮，則從自家北門出，過一個街口就是宮城的延喜門，進門走不多遠，便是東宮的南正門嘉福門了。可奇怪的是，今日魏徵明明要跟往常一樣去東宮，御者卻駕車出了魏府的南門，繼而直奔東坊門而去，完全是背道而馳。

這，就是魏徵口中的「老規矩」。

每逢三、六、九日，他都讓御者走這條「南轅北轍」的路線，其他日子才從自家北門出，走宮城延喜門。御者雖然心裡覺得奇怪，但也不敢多問，只奉命行事而已。

馬車經過永興坊東邊的忘川茶樓時，御者漸漸放慢了速度。

這也是魏徵的「老規矩」。

當然，御者還是不知道原因。

魏徵在車內挑起一角車簾，仔細看著二樓東邊第一間雅室的窗戶。此時，六扇長窗全部洞開著，窗臺上赫然擺著三盆醒目的山石。

魏徵目光一凜，嘴裡卻平靜地道：「停車。」

御者把車停在路邊，扶著魏徵下了馬車，來到茶樓門口，早有茶樓的夥計一溜小跑著過來，把魏徵恭恭敬敬地扶了進去。

在御者看來，太師什麼時候想進忘川茶樓喝茶，什麼時候不想進，完全是隨興的。若叫他停車，他就在外頭等，時間或長或短，沒個定準；若沒叫他停車，他則直接駕車出東坊門，先左拐北行，再掉頭往西，仍舊往宮城的延喜門而去。

而無論前者還是後者，最後，御者都等於要駕著馬車平白無故多繞一大圈。至於這到底是為什麼，御者當然還是一無所知。

魏徵在雅室裡席地而坐。

一個茶博士[1]正在熟練地煮茶，先將茶餅在炭火上烘炙，接著碾磨成茶末，再篩成茶粉，然後燒水，撒入鹽、薑等調料，等水三沸之後，將茶湯舀入茶碗，雙手奉到魏徵面前的食案上。

「太師，請！」

「有勞了。」

簡短對話之後，茶博士躬身退了出去，輕輕帶上了房門。

魏徵知道，這會兒工夫，要向他呈交情報的人也快到了。

這間雅室的窗臺上，平日無事時，擺著三盆樹木盆栽，若有情報，則換上一盆山石；若情報緊急，換上兩盆山石；今日窗臺上三盆皆為山石，意味著來人有緊急且重大的情報要呈交。

片刻後，房門上響起了熟悉的敲門聲：一長二短，反覆三次。

魏徵輕輕咳了兩聲，以示回應。

「望岩愧脫屣。」敲門者在門外吟道。

魏徵啜了一口香茗。「臨川謝揭竿。」

房門推開，一身便裝的蕭鶴年走了進來，躬身一揖。「見過臨川先生。」

魏徵笑笑。「不必拘禮，坐吧。這蜀地的蒙頂茶，不愧是茶中極品啊！」說著便替蕭鶴年舀了一碗，還端到了他面前。

蕭鶴年剛一坐下，趕緊又起身，雙手接過茶碗。「先生，這如何使得……」

魏徵示意他坐下。「這兒就咱倆，沒那麼多規矩！」

蕭鶴年這才恭敬地坐了下來。

「這麼急著見我，究竟何事？」魏徵等蕭鶴年喝了幾口茶，才開口問道。

「稟先生，兩件事。頭一件事，發生在昨日清早……」接著，蕭鶴年便把皇帝欲召魏王入居武德殿一事，詳細稟報，連同昨日在魏王府中四人交談的情形也一併說了，然後靜等魏徵示下。

魏徵沉吟片刻，緩緩說道：「魏王奪嫡之勢已成，朝中暗流洶湧，聖上卻在此時走這步棋，耐人尋味啊！」

蕭鶴年有些困惑。「依您看，聖上此舉，究竟何意？」

魏徵略加思索，道：「目的有三。」

蕭鶴年不由身子前傾，認真聽著。

「敲打太子，促他警醒，此為其一；考察魏王，觀其行止，此為其二；投石入水，試探百官，此為其三。」

1 茶博士：古代對茶館夥計、使役的稱呼。

蕭鶴年恍然大悟，同時面露驚訝。「真沒想到，聖上這一子，落得如此凶悍！」

「創業之君，雄霸之主，豈有閒心去下閒棋！」魏徵說著，心中似有無限感慨。

「只怕一石激起千層浪，局面會變得難以收拾……」

魏徵淡淡一笑。「這就是你杞人憂天了。聖上投這顆石子，就是想讓暗流湧出水面，看看朝野上下會泛起多少波瀾。僅此一點，便足以證明，聖上對朝局的掌控依然強而有力！」

蕭鶴年釋然，又問道：「此事，您打算如何應對？」

「首先，自然要讓太子知情。」魏徵道：「既然聖上本意就是要敲打太子，老夫又忝居東宮首席教職，當然要借此機會，對太子曉以利害了。」

蕭鶴年追隨魏徵多年，知道魏徵一貫堅持嫡長繼承制。無論是當年輔佐隱太子，還是如今身為太子太師，這都是他的信念所在，也是不可推卸的職責。因此，儘管對太子的個人品行並不滿意，但他還是在竭盡全力幫助並維護太子——說到底，魏徵還是擔心武德九年那場兄弟鬩牆、手足相殘的奪嫡慘劇重演。

「先生，聖上那兒，您要不要去勸諫？」蕭鶴年問。

「現在不行！」魏徵斷然道：「此事目前尚屬宮禁之祕，我若勸諫，聖上立刻會懷疑我的消息來源，這樣就把你置於險境了。此外，聖上也會將我視為私結朋黨的『暗流』之一，那我無論說什麼話，他都不會再聽。」

「先生所慮甚是。」蕭鶴年想著什麼。「可要是等到聖上下旨後再諫，到時木已成舟，要讓他收回成命豈不更難？」

魏徵道：「這我當然知道。」

「那怎麼辦？勸也不是，不勸也不是！」蕭鶴年一臉憂慮。「這不是進退維谷了嗎？」

魏徵略加沉吟。「辦法還是有的。」

蕭鶴年一喜。「什麼辦法？」

「讓聖上自己主動向我透露！如此，我便能在聖上下旨之前，勸他回心轉意。」

蕭鶴年如釋重負。他知道，魏徵既然能想到這個辦法，必已是成竹在胸。

「你要說的第二件事，是什麼？」魏徵呷了一口茶。

蕭鶴年這才想起差點把那事忘了，歉然一笑，然後輕輕吐出了兩個字。「辯才。」

魏徵手上的茶碗晃了一下，旋即穩住。「是不是君默傳回什麼消息了？」

「那小子，別提了！」蕭鶴年苦笑。「自從進了玄甲衛，就把我這個爹當賊防著，啥都不肯透露。這回聖上和魏王到底派他去了哪裡，幹些什麼，他也一概守口如瓶。」

想起那個叫蕭君默的年輕人，魏徵也不禁笑了笑。「這也不能怪他。玄甲衛的規矩向來森嚴，他們的頭條守則，就是得把親人當賊防著，要是不這麼做，他就沒資格幹玄甲衛了。說起來，這孩子現在出息了，也是你的功勞。」

蕭鶴年擺擺手。「屬下哪有什麼功勞，無非是把他養大成人而已。」

「養大成人就不容易了。」魏徵嘆了口氣，忽然有些傷感。「想當年，周遭的情形那麼險惡，這孩子能保住一條命，還能活到現在，實屬不易啊！」

蕭鶴年看他眼眶泛紅，趕緊道：「太師，當年的事都過去了。咱們……還是說正事吧？」

魏徵抹抹眼，嘆了口氣。「對，不提了。你剛才說到辯才，是怎麼回事？」

「屬下上回向您稟報過，魏王已經找到了十幾個疑似辯才的人，大致在幽州、揚州、洛州一帶，此次玄甲衛出動，就是衝著這件事去的。據屬下從魏王那兒探查到的最新消息，他們眼下已將重點放在洛州一帶，制定了一個據說很完美的計畫，相關行動也已展開。屬下擔心，以玄甲衛的辦案手段，估計不用多久，就會找出辯才。」

「具體是什麼計畫，行動目標是什麼人，查得到嗎？」魏徵問。

蕭鶴年搖頭。「魏王對屬下並不完全信任，始終留著一手，核心機宜只與杜楚客一人商討。」

魏徵神色凝重起來。「自從武德九年呂氏滅門案後，聖上就一直在找〈蘭亭序〉，這回要是真的找到辯才，〈蘭亭序〉也就呼之欲出了。」

說起呂氏滅門案，蕭鶴年至今記憶猶新。他當時官居長安令，從頭到尾參與了此案，但最後還是沒抓到凶手，故而耿耿於懷。「先生，我這麼多年一直沒想明白，聖上為何會把呂世衡一案和〈蘭亭序〉牽扯到一起？」

「據我推測，呂世衡臨死前，應該是給聖上留下了什麼線索。」

「線索？」蕭鶴年詫異。「難道呂世衡他知道〈蘭亭序〉的祕密？」

魏徵點點頭。「對此我毫不懷疑。」

蕭鶴年驀然一驚。「照您的意思，呂世衡他……他也是咱們的人？」

「據我猜測，呂世衡應該就是『無涯』。」

蕭鶴年不解。「無涯？無涯是什麼人？」

魏徵壓低聲音，湊近他說了幾句。

蕭鶴年恍然。「這麼說，他是冥藏先生的人？」

魏徵點點頭。「只可惜，在當年那場政變中，呂世衡背叛了冥藏先生，也背叛了隱太子，暗中投靠了聖上，也就是當年的秦王。我猜，就是這件事激起了冥藏先生的怒火。所以，呂氏一家十五口慘遭滅門，應該也是冥藏先生所為。」

蕭鶴年越發驚訝。「他這麼做，難道就為了洩憤？」

「殺雞儆猴，以誡來者，不是江湖上常有的事嗎？」魏徵淡淡說道：「當然，除此之外，還有一種可能，倘若呂世衡真是『無涯』，他手中定然握有『羽觴』。冥藏先生很可能是擔心『羽觴』落入聖上手中，牽扯出太多祕密，甚至把他牽扯出來，故而為了取回『羽觴』才潛入呂宅，最終引發了血案。」

蕭鶴年聽得目瞪口呆，好半晌才道：「先生，您對這些事情早已洞若觀火，可為何直到今天才對我說？」

魏徵一聲長嘆。「聖上登基這十多年來，我大唐天下河清海晏、國泰民安，所以這些事情，就應該徹底忘掉，誰也沒必要再提起。但是眼下，魏王一意奪嫡，太子岌岌可危，當年的悲劇儼然又將重演！另一方面，辯才一旦被找到，〈蘭亭序〉祕密被揭開，後果也將不堪設想！如此緊要關頭，還有多少事情等著我們去做，我豈能再對你有所隱瞞？」

蕭鶴年恍然，點點頭。「先生一片苦心，屬下今天才真正明白。那屬下接下來該做些什麼？」

魏徵垂首沉吟，右手食指在食案上一下一下地敲著。敲擊聲很輕，但在蕭鶴年聽來卻咚咚有聲，恍若出征的鼓點。

從雅室洞開的窗戶望出去，可以看見方才還是一片蔚藍的天空，此刻烏雲四合、陰霾密布。一場暴雨即將來臨。

伊闕縣的爾雅當鋪遠近聞名，所收納的質物以字畫古玩為主。老闆吳庭軒對於古代名人字畫的鑑賞水準很高，坊間盛傳他經營這家當鋪十六載，從未誤收過一件贗品。

這一天午後，生意冷清，客人稀少，吳庭軒正準備叫夥計提早打烊，一個年輕男子忽然抱著一只黑布帙袋急不可耐地闖了進來，聲稱要典當，而且要立刻辦理。

男子二十出頭，相貌英俊，氣質儒雅，可惜樣子有些落拓，尤其身上那一襲白色袍衫雖然用料考究，但多日未曾換洗，周身上下汙漬斑斑，胸前好像還有幾片褐黃的血跡。

吳庭軒閱人無數，只掃了年輕人一眼，便對他的身分和來歷生出了幾分警覺，心裡已經不大想接這單生意了。可畢竟來者皆是客，起碼的禮貌和尊重還是要有的，便迎上前去，露出一個職業性的笑容。「這位郎君，請問所欲典當者為何物？」

「敢問，您便是吳庭軒吳大掌櫃吧？」白衣男子不答反問。

「正是區區在下。」

「那我算找對人了！」白衣男子似乎鬆了口氣，徑直走進店裡，一屁股坐在專為貴賓設置的錦榻上，從帙袋中取出一卷紫綾裱褙的字畫，輕輕放在面前的案几上，看著吳庭軒。「吳掌櫃，這幅字是小生家傳之寶，乃東晉書法大家真跡，價值連城，世所罕見，可我今天跑了好幾家當鋪，碰上的卻都是些不學無術的俗物，愣說這幅字是贗品。小生實在氣不過，後來多方打聽，才得知您是這伊闕縣城裡品鑑書畫的大行家，今兒就請您老掌掌眼，務必幫小生討回這個公道！」

白衣男子一口氣說完，胸膛猶自起伏不定。看他額頭冒汗、唇乾舌焦的樣子，今日可能真是跑了不少地方，更受了不少氣。吳庭軒心下不忍，便吩咐夥計給他端上茶水。男子也不客氣，捧起茶碗咕嚕咕嚕喝了起來。

吳庭軒等他喝完茶喘勻了氣，才微微一笑道：「不知郎君所說的東晉書法大家，是哪一位？」

「王羲之。」男子朗聲答道。

吳庭軒心中一驚，終於明白為何其他當鋪會把這個年輕人拒之門外了。他當即就想婉拒送客，可「王羲之」三字卻著實令他心癢難耐，於是決定看一眼也無妨。

「方才郎君說在下是大行家，萬萬不敢當，那不過是坊間父老抬舉而已，實屬溢美，當不得真。不過，既然郎君如此信任在下，那在下也就不揣淺陋了。」吳庭軒在案几對面的一隻圓凳上坐下，做了個請的手勢。「請郎君把墨寶打開吧。」

白衣男子一喜，當即把卷軸打開，在案几上緩緩鋪展開來。借著案角上一盞薄紗燈籠的光亮，一個個飄若遊雲、矯若驚龍的草書字體驀然映入了吳庭軒的眼簾。

吳庭軒暗暗吸了一口涼氣，心中連連驚嘆。

果然是王羲之的真跡！

憑藉過人的眼力和經驗，吳庭軒一眼就看出來了，這幅字乃是王羲之最著名的草書代表作——〈十七帖〉，共彙集二十九種王羲之的草書短帖，相傳是南朝年間由王氏後人精心匯成，以第一帖首二字「十七」得名。此帖是後人學習草書的無上範本，被歷代書家譽為「書中龍象」，但據說早在蕭梁時期的「侯景之亂」中便已亡佚。吳庭軒萬萬沒料到，此帖竟仍留存於世，且保存得如此完好，實在是一件絕無僅有的稀世珍品！

儘管心中感慨萬千，吳庭軒臉上卻絲毫不動聲色。這是從事這個行當多年練就的職業素養，何況他此刻還在有意識地抑制內心的波瀾。

白衣男子一直緊盯著吳庭軒的臉，似乎有一剎那，他發現吳庭軒眼中閃過一道光芒，但轉瞬即逝，此後便再也看不出任何表情。

「吳掌櫃，您看完了嗎？」男子盯著吳庭軒的眼睛。

吳庭軒默默點頭。

「我相信您已經看出來了，這是真跡無疑，對吧？」

吳庭軒抬起頭，臉上恢復了職業性的笑容。「這位郎君，請恕在下直言，這件墨寶，乃是後世高人以雙鉤廓填技法製作的摹本，雖摹寫得極其逼真，但終究……不是真跡。」

白衣男子騰地立起身來，難以置信地看著吳庭軒。「您看走眼了吧？」

吳庭軒慢慢起身，淡淡一笑。「郎君若信不過在下，大可另尋高人品鑑。恕在下眼拙，讓郎君失望了。」說完側了側身，已有送客之意。

白衣男子一臉冷笑，將字帖收起，放進帙袋中，大聲道：「都說這伊闕縣人傑地靈、雅士雲集，沒想到，一個個竟然都是有眼無珠的酒囊飯袋！」

「嘿，小子！」一旁的夥計聽不下去了，指著男子道：「你算什麼東西，也敢在此口出狂言、大放厥詞？」

「我有說錯嗎？」男子也梗著脖子大聲道：「偌大一個縣城，收納字畫的當鋪十幾家，竟然沒有一個人識得王羲之真跡，說出去豈不讓天下人恥笑？」

「喲呵，你還來勁了！」夥計逼了過來，捋起袖子。「我看你小子是成心來找碴的吧？」

聽見前廳吵了起來，櫃檯後面的一道門簾突然被掀開，好幾個人高馬大的夥計一塊兒衝了進來。當鋪收納的質物很多都價值高昂，所以當鋪裡的夥計通常兼著看家護店的武師之責，身上都有功夫。而爾雅當鋪裡的這些夥計，都是老闆娘楚英娘的族人，從小跟隨她練武，比起一般當鋪的武師更顯彪悍。這會兒，四、五個武師一起朝白衣男子圍了過來。

男子抱著帙袋一直往後縮，一臉驚懼。

「你們幹什麼？」吳庭軒沉聲道：「這位郎君是客人，有你們這麼待客的嗎？都給我下去！」

夥計們互相看了看，只好退開，但都站在櫃檯邊不走，眼睛仍死死盯著白衣男子。吳庭軒正想好言勸他離開，門簾再次掀起，楚離桑忽然走了進來。

白衣男子聽見腳步聲，扭頭看去，正好跟楚離桑四目相對，兩個人頓時都愣住了。

吳庭軒微覺詫異，看著二人。楚離桑意識到失態，趕緊把目光挪開。白衣男子也早已紅了臉，略顯慌亂地低下頭，然後抱著黑布帙袋匆匆走了出去。

楚離桑望著他離去的背影。「爹，這個呆子來做什麼？」

吳庭軒就是楚離桑的父親，因年輕時家貧，入贅到楚英娘家為婿，所以楚離桑就隨母親的姓。

聽女兒喊那個人「呆子」，吳庭軒更覺詫異，扭頭看著她。

「喔，我是看他愣頭愣腦的，就這麼隨口一叫。」楚離桑用笑容掩飾尷尬。「爹，他到底是來做什麼的？」

「他要來當什麼？」

「來當鋪自然是來典當東西的，還能做什麼？」

吳庭軒掃了那些夥計一眼，等他們都退下了，才說：「一幅東晉的字帖。」

「那他怎麼走了？莫非他的字帖是贋品？」

吳庭軒搖頭。「不，是真跡。」

楚離桑不解。「既然是真跡，您為何不讓他當？」

「因為，那是王羲之的字。」

「王羲之？」楚離桑越發困惑。「那不是更值錢了嗎？」

吳庭軒苦笑。「妳不知道，眼下只要是王羲之的書法，都是惹禍之源。」

楚離桑蹙緊了眉頭。「為什麼？」

吳庭軒在錦榻上坐下，有些怔怔出神，似乎在回憶什麼如煙往事，又像是在憂慮什麼。楚離桑一連叫了幾聲，他才回過神來，長嘆一聲道：「今上喜歡書法，酷愛王羲之的字，對其推崇備至，故自登基之後，便在普天之下極力搜羅王羲之的法帖。正所謂『上有所好，下必甚焉』，各地官吏為了討皇帝歡心，便不擇手段，巧取豪奪，凡家中藏有王羲之真跡者，都不得不拱手交給官府。部分官吏又借機敲詐盤剝，連其他名人字畫也一併奪取，占為己有，若抗命不從，輕則鋃鐺入獄，重則家破人亡……既如此，誰還敢斗膽收藏王羲之的書法呢？那不是引火焚身嗎？」

楚離桑恍然。

都說當今天下是自古難遇的太平盛世，今上李世民也一直以聖主明君自期，與一幫賢臣同心戮力，聲稱以王道仁政治天下，豈料背後竟還有如此不堪之事！楚離桑這麼想著，不禁替那個白衣男子擔憂了起來。

匹夫無罪，懷璧其罪！

這種時候，這個呆子竟然還抱著一卷王羲之的真跡四處典當，這不是找死嗎？

東宮宜春苑。

苑中綠草如茵，一株株桃花開得正豔。

一個錦衣華服的年輕男子，披散著頭髮，靜靜站在庭院中央的草地上，手上舉著一把劍。男子身材修長，五官俊美，臉上的皮膚異常白皙，甚至隱然透著一種病態的蒼白。他的眼神冷峻而陰鬱，嘴角卻掛著一抹淡淡的、邪魅的笑容。

他就是大唐太子李承乾。

此刻，李承乾的周圍，站著十幾個身穿栗色短袍、頭上編著髮辮、手中握著彎刀的武士，都是典型的突厥人裝扮。忽然，李承乾揮劍在空中劃過一道優美的弧光，突厥武士們彷彿得到命令一般，嘶吼著朝他撲了上去。

第一個率先衝到李承乾面前的高大武士，被他當胸一腳踹飛了出去，緊接著李承乾又是一個迴旋踢，把右側的兩個武士也踢倒在地。三個武士從左側揮著彎刀砍來，李承乾長劍掄出一道圓弧，兵刃相交，火星四濺，三把彎刀竟有一把被攔腰砍斷，兩把被震落。

一截斷刃飛向半空，李承乾出腳飛踢，斷刃迎面飛向一個奔跑中的武士，噗的一聲刺入他的肩頭。武士發出一聲慘叫，癱軟了下去。與此同時，李承乾的劍上下翻飛，已將那三個丟失兵刃的武士接連砍倒。

頃刻間，十幾個武士已倒下七個，剩下的五、六個武士頓時止住腳步，不敢上前。

就在這時，天上暴雨突然傾盆而下。一個武士囁嚅著。「殿……殿下，下雨了。」

李承乾的目光如鷹隼般射在他臉上，然後平舉著劍直直朝他衝了過去。

利劍飛速刺破一個個豆大的雨點，最後刺向武士面門。武士驚愕，揮刀格擋，李承乾忽然身形一矮，長劍一晃，準確刺入了武士的腹部。

武士雙眼圓睜，一口鮮血噴了出來。

李承乾獰獰一笑，猛然把劍抽出，一串血點隨著揚起的劍刃飛進雨幕之中。

武士仰面倒地，身體不停抽搐。

李承乾又把凌厲的目光掃向其他武士。武士們面面相覷，然後紛紛扔掉兵器，一個個跪伏在地，渾身不住顫抖。

李承乾的嘴角浮起輕蔑的笑意。雨水順著他的臉龐潺潺流下，幾綹烏黑的鬢髮貼在他的額頭和臉頰上，令他看上去更顯蒼白，眼神也更顯冷冽。

一陣拍掌聲響起。一個同樣身著華服的年輕男子從不遠處的迴廊中走出來，一邊走一邊拍掌，身後緊跟著一個撐傘的宦官。另有幾個宦官撐著幾把傘，慌慌張張地跑向李承乾。

「承乾，你的武藝是越來越精湛了！」男子笑著走到他身邊。

李承乾接過宦官遞來的羅帕，慢慢擦拭劍刃上的血水，冷冷一笑。「無非是我的劍好，七叔不要睜著眼睛說瞎話。」

這個被稱為「七叔」的男子，正是太宗李世民的七弟——漢王李元昌。論輩分，他是李承乾的叔父，可二人卻是同歲，都是武德二年出生，現年二十四歲。也許是因為年齡相同，加上性情相投，這對叔姪的關係一直很密切。

李元昌被李承乾噎了一下，也不以為意，仍舊笑道：「承乾，你就是這張嘴不饒人，也難怪朝堂上那些腐儒不喜歡你。」

「七叔心裡真正想說的，不是這話吧？」

李元昌一怔。「心裡？我心裡就是這麼想的啊！」

「七叔是想說，也難怪父皇不喜歡我吧？」

李元昌又是一怔，旋即笑道：「哪能呢？皇兄要是不喜歡你，又怎麼會把他最器重的魏徵派來給你？」

「那依你看，魏徵是不是腐儒？」李承乾把劍擦得纖塵不染、精光四射，卻任憑臉上的雨水流淌，擦都不擦。幾個宦官交換著眼色，卻沒人敢出言提醒。

李元昌撓了撓頭。「魏徵麼，腐是有點腐，不過好歹人家是來幫你的，你可別得罪了他。」

李承乾不語。

這時，一名宦官撐著傘，腋下夾著一根金玉手杖，急急忙忙跑了過來，氣喘吁吁道：「啟稟殿下，魏……魏太師來了。」

李承乾一聽，下意識一轉身，朝遠處望去。

遠處一座兩丈來高的假山亭上，站著一位神色凝重的老者，正是魏徵。

李承乾面露微笑，深深地朝假山方向鞠了一躬，然後把劍扔給宦官，接過金玉手杖，右腿微跛地往迴廊走去。幾個宦官撐著傘緊跟著。

由於小時候生了一場病，之後李承乾便落下了微瘸的毛病。他喜歡拿劍，最討厭拿手杖，但遺憾的是，一天中的大部分時間，他還是不得不與這根手杖打交道。

直到李承乾走遠，趴在地上的那幾個武士才敢爬起來，然後和一群宦官七手八腳去抬地上那些或死或傷的武士。

在東宮，這一幕時常發生，而且有時候陣仗更大，死傷更多。

魏徵遠遠望著被抬下去的那具屍體，神色越發凝重。

東宮麗正殿，西廂書房。

已換上正裝、束起頭髮的李承乾坐在榻上，靜靜聽魏徵講完了魏王入居武德殿的事。

「太師，您喜歡鷹嗎？草原上的鷹。」李承乾忽然沒頭沒腦地問道。

就任太子太師這一個多月以來，魏徵早已習慣了李承乾無常乖戾的性情，也早已知道該如何應對，便淡淡說道：「老夫自然是喜歡。」

「哦？為何喜歡？」

「鷹有翱翔天際的自由，又有搏擊長空的力量。人生得此二者，夫復何求？」

李承乾看著魏徵，陰鬱冷厲的眼神中漸漸有了一絲明亮和暖意。

在李承乾看來，雖然魏徵也總是跟他講一些仁義道德，還是有不少酸腐氣息，但與此同時，魏徵身上卻另有一種其他朝臣沒有的東西，那就是——真誠、率性、勇悍。這也正是李承乾打心眼裡尊重魏徵的地方。

「太師既然喜歡鷹，如果有人勸您把鷹關在籠子裡，儘管那籠子金碧輝煌，您願意嗎？」

魏徵搖搖頭。「當然不願意。」

「那不就結了？」李承乾笑道：「魏王就是隻鸚鵡，羽毛漂亮，說話也漂亮，他喜歡籠子，那就讓他去住籠子好了，我一點也不嫉妒他。」

「殿下錯了。魏王不是一隻鸚鵡，而是一頭狼；武德殿也不是一個籠子，而是一座山頭。讓狼登上山頭，呼朋引伴，對月長嗥，將是一件危險的事情。」

李承乾呵呵一笑。「再凶惡的狼，登上再高的山頭，牠也永遠咬不著鷹，不是嗎？」

魏徵也笑了。「殿下，能容老夫問一個問題嗎？」

「太師請講。」

「殿下見過永遠在天上飛的鷹嗎？」

李承乾微微一怔。

「飛得再高的鷹，牠也要到地上覓食的，對不對？」

李承乾的笑意慢慢凝結在臉上。

「永遠在天上飛的鷹，只是一個夢，一個只存在於殿下心裡的美麗的夢，它並不現實。尤其是，當這隻鷹還是隻雛鷹的時候，牠就只能躲在地上的巢裡，一不留神，就有可能被惡狼一口吞掉！我說得對嗎，殿下？」

李承乾苦笑，眼中的陰鬱之色再次凝聚。「太師犀利！沒錯，我李承乾說到底，也只是一隻雛鷹罷了。」

「既然是雛鷹，就要學會保護自己。」

李承乾怔了片刻，才道：「請太師指教。」

「只要殿下做到老夫說的以下三點，這東宮之位，便可堅如磐石。」

「哪三點？」李承乾看著魏徵，目光急切。

「首先，就是愛惜自己的羽毛。」

李承乾知道，魏徵是在暗示他，要維護儲君的良好形象，不要再玩那些打打殺殺的危險遊戲，以免再受朝野輿論的詬病。雖然這個道理容易明白，可要讓自己放下最喜歡的劍，又談何容易！

「其次，就是培養自己的利爪。」

這話李承乾愛聽。在文武百官中培植自己的勢力，同時暗中蓄積武力，以應對突發事變，的確是眼下的當務之急。

「最後，就是耐心蟄伏，靜待對手露出破綻，再斷然出擊！」魏徵直視著李承乾。「只有這樣，你才有可能翱翔天際、搏擊長空！」

李承乾聽得有些激動，接著霍然起身，對魏徵長長一揖。「太師，我都聽明白了！既如此，那魏王入居武德殿之事，我該如何應對？」

「很簡單，什麼都不要做。」

李承乾眉頭一皺。「什麼都不要做？」

魏徵點點頭。「對，一動不如一靜。」

「為何？」李承乾大為不解。

「這件事，聖上就是要看你們兄弟二人如何反應的。魏王蹦得越高，對他就越不利；你越若無其事，對你則越有利。所以，你就當什麼都沒發生，什麼都不知道，剩下的事，讓老夫來做。」

李承乾若有所思。

魏徵的背影剛剛消失在西廂書房門口，李元昌就從屏風後面繞了出來。

「這個魏徵，口才果真是極好的，難怪皇兄那麼器重他！」

李承乾坐在榻上，似乎陷入了沉思。

李元昌走過去，伸手在他眼前晃了晃。「喂，傻了？」

李承乾回過神來。「太師絕不僅僅是口才好而已。」

「哦？看來你還真喜歡上這個田舍夫了？」李元昌嬉皮笑臉。

李承乾冷冷掃了他一眼。

李元昌趕緊收起笑容。

「對了，魏徵讓你什麼都別做，你真打算聽他的？」李元昌坐了下來。

「我覺得太師言之有理，一動不如一靜。」

「哼！」李元昌冷哼一聲。「那你就等著任人宰割吧！」

李承乾臉色一沉。「你什麼意思？」

「我問你，」李元昌索性又站了起來。「魏徵他幾歲了，你幾歲？」

「你到底想說什麼？」

「我的意思明擺著嘛！他一個都快入土的人了，哪裡還有什麼鬥志和血性？他當然勸你什麼都別做了。可你不一樣啊，你風華正茂、血氣方剛，幹麼要處處忍著魏王？魏王他算什麼東西？他憑什麼住到武德殿去？讓他在皇兄耳邊天天進讒言，不是我嚇唬你，皇兄他遲早會動廢立的念頭！」

李承乾聽著，剛剛理順的心情忽然又有些雜亂。

「我跟你說，這自古奪嫡之事，沒有不是你死我活的。皇位只有一個，誰都搶著要坐，怎麼辦？那就看誰更狠、下手更快了嘛！遠的不說，當年我大哥不就是優柔寡斷，才讓你父皇奪了位置的嗎？所以老話說得好，先下手為強，後下手遭殃……」

李承乾忽然示意他噤聲，側耳聆聽著什麼。

李元昌不以為然。

「瞧你，在自己家裡都不敢說話，我看你啊，真是被魏徵調教得連膽子都沒了！」

李承乾一直聆聽著屏風後面的動靜，突然跳了起來，大步衝向屏風後面。李元昌一愣，趕緊跟了過去。

西廂書房還有一個後門。此時，李承乾和李元昌一起站在門外，狐疑地左右張望。兩側迴廊都空空蕩蕩，一個人影都沒有。後門對面有一片小竹林，此時風吹竹葉，颯颯作響，但除此之外，再也沒有別的動靜。

「你聽到什麼了？」李元昌問。

李承乾蹙眉不語。

一輪半圓月孤懸夜空。

四周烏雲翻湧，把月光遮擋得忽明忽滅。

楚離桑躡手躡腳地貼著菩提寺的牆根走著，跟前面的白色身影始終保持著一段距離。

自從白天聽父親說了朝廷搜羅王羲之書法的事，楚離桑整個晚上都有些心煩意亂。雖然她一直告訴自己沒必要替一個不相干的人擔心，可那個白衣男子的身影卻總是在她眼前揮之不去。

他肯定是遇上了什麼難事，急需用錢，才會那麼著急要把王羲之的真跡典當掉。可就是在如此窘迫的情況下，廟會那天他卻還把僅有的三十幾文給了二賴子，後來又奮不顧身地幫助路人，最後面對一大包金錠也絲毫不起貪念。假如換成別人，隨便取一錠就足以解燃眉之急了。由此可見，這個「呆子」的確是個重義輕利的正人君子。

這樣的人落了難，難道不該幫他嗎？

一番糾結之後，楚離桑終於下定了決心。可當她換上行頭翻出後院時，才驀然想起，自己根本不知道他住在哪兒、姓甚名誰。那一瞬間，楚離桑心裡打起了退堂鼓，可不知為何，她的雙腳還是不聽使喚地走出了巷子。

後來，楚離桑決定到城南的菩提寺碰碰運氣。那是他倆相遇的地方，她有一種直覺，相信他很可能就住在附近，或者就借住在菩提寺裡。

果不其然，當楚離桑在菩提寺附近等了差不多一炷香之後，那個熟悉的身影就出現了。忽明忽暗的月光下，他的神情還是那麼落寞，孤單的身影甚至有些悽惶。楚離桑的心裡忽然有點難受。

他手裡提著一串大大小小的紙包，腳步匆忙。

楚離桑從背後迅速跟上了他。

月亮就在這時被濃厚的烏雲徹底遮住了，眼前一片黑暗，楚離桑不小心絆到一顆大石頭，疼得差點叫出聲來。等她揉了一會兒腳趾再抬起頭時，白衣男子已經敲開寺門走了進去，然後寺門又吱呀一聲關上了。

猜得沒錯，這個呆子果然借住在寺院裡。

楚離桑抬眼目測了一下寺院圍牆的高度，然後後退幾步，嗖地一下攀上牆頭，翻了進去。

這是一座破舊窄小的禪院，一個小天井，兩間屋子，一間大點的是臥房，院門邊一間小耳房充當灶屋。

楚離桑趴在小禪院的牆頭上，整座禪院幾乎一覽無餘。

白衣男子正在灶屋裡生火，看得出是個生手，忙活了半天才把火點著，還把自己弄得灰頭土臉。臥房裡點著一盞昏暗的油燈，從敞開的門洞裡可以看見，一個瘦瘦的老者躺在床榻上，正發出一陣劇烈的咳嗽聲。

片刻後，灶屋飄出濃釅的藥香。白衣男子端著一碗黑乎乎的藥走進臥房，楚離桑聽見他叫他父親喝藥。

終於全明白了。

楚離桑心中不禁有些酸楚。她想，這個「呆子」不但仁義，而且還很孝順，只是不知他們父子遭遇了什麼變故，才會落魄至此。可惜現在身上沒帶錢，三更半夜也不方便，楚離桑決定明日一早再拿些錢過來，順便提醒他把王羲之真跡藏好了，千萬別讓官府知道。

主意已定，楚離桑便從牆頭上滑了下來。

剛一轉身，空中忽然劈下一道閃電，只見一條又黑又壯的身影直挺挺立在面前，楚離桑頓時發出一聲刺耳的尖叫。

面前的黑影是個大塊頭和尚，正凶狠地瞪著她。楚離桑摸著胸口，正尋思怎麼對付，白衣男子聽見叫聲跑了出來，一看見她，先是一怔，繼而好像明白了什麼，趕緊笑著對和尚道：「對不起法師，這位郎君是……是我的朋友，打擾您清修了，真是對不住！」

和尚聞言，又瞪了楚離桑一眼，才轉身離開。

一陣響雷滾過，楚離桑又被嚇了一跳，慌忙捂住耳朵。

白衣男子走過來，看著她。「妳在這裡做什麼？」

楚離桑支吾了一下。「我……我沒做什麼啊，就是隨便逛逛，這寺院又不是你們家的，你來得，我為何來不得？」

男子冷笑，道：「喬裝打扮，半夜尾隨，還隔牆偷窺！似妳這般鬼鬼祟祟，我完全可以把妳扭送官府！」

楚離桑一聽就急了。「我……我是來幫你的，你別血口噴人！」

「幫我？」男子蹙眉。「妳要幫我什麼？」

「就是……看看你有什麼難處唄。」

「妳為何要幫我？」男子口氣很冷。

楚離桑有些惱。「這還用問，看你可憐唄！」

男子面露憤懣之色。「我周祿貴堂堂七尺男兒，用不著妳來可憐！」

周祿貴?!

我的親娘啊，世上還有比這更俗氣的名字嗎？真是白瞎了這張俊臉了！

楚離桑在心裡一陣哀嘆。彷彿是為了配合她糟糕的心情，天空又滾過一陣雷聲，然後豆大的雨點劈劈啪啪落了下來。楚離桑梗著脖子跟男子對視著，不想就這麼落荒而逃。

兩人在雨中僵持，楚離桑接連打了好幾個噴嚏。男子看著她，眼神漸漸柔和下來，忽然脫下身上的袍衫，無聲地罩在她頭上。

楚離桑心裡一陣溫潤。從小到大，她還從未有過這種溫潤的感覺。然而，她又猛然意識到自己還在跟他賭氣，不能就這麼舉手投降，隨即扯下袍衫，扔回給他。「你這衣服幾天沒洗了？臭烘烘的，我不要！」

男子看著手中的袍衫，苦笑了一下，默默轉身離開了。

他的背影還是那麼落寞而悽惶。

楚離桑有些不忍，很想叫住他，告訴他自己是真心想幫他，可她卻開不了口。

片刻後，楚離桑轉身離開了這座禪院。

雨越下越大，天地間一片迷濛。

楚離桑在雨中怔怔地走著，不明白自己為什麼一見到這個周祿貴就跟他吵架，其實她心裡明明是不想這樣的。

四周一片漆黑，只有前面不遠處的一盞石燈籠透出微光，照亮了一條碎石小徑。楚離桑有些恍惚地走上小徑。忽然，她感覺自己站立的地方好像沒雨了，抬頭一看，一把油紙傘正穩穩地撐在她頭上。

楚離桑猛然轉身，看見這個名叫周祿貴的男子正打傘遮著她，可他自己卻完全暴露在雨中。借著一旁石燈籠的微光，楚離桑看見他的眼神是那樣明亮而清澈，又是那樣深邃，彷彿要把她整個人都吸進去……

這樣的眼神，不應該屬於一個叫「周祿貴」的男子。楚離桑心裡真恨禪院裡那個生病的老者，天底下的好名字那麼多，怎麼偏偏給兒子取了這麼一個銅臭熏天的名字?!

就在她胡思亂想的時候，男子把傘塞進她手裡，回頭走進了厚厚的雨幕。

「唉，你就這一把傘嗎？」楚離桑衝著他的背影喊。

男子沒有回答，很快就消失在雨幕之中。少頃，遠處才傳來他的聲音。「我這件袍衫臭烘烘的，就讓大雨洗洗吧！」

楚離桑啞然失笑。

這個死呆子，沒想到還有點人情味。

第四章 內鬼

魏王府，書房。

李泰坐在案前看書，旁邊的一座獬豸銅爐輕煙裊裊。

一陣匆忙的腳步聲從外面傳來，李泰一聽就知道是杜楚客來了。而且他還聽出來了，杜楚客肯定有什麼急事要報。饒是如此，李泰還是儘量穩住心神，目光仍舊停留在面前的書卷上。臨大事而有靜氣，是父皇對他的一貫教誨，李泰一直在勉力實踐。

杜楚客一到門口，就把侍立兩旁的宦官打發走了，然後立刻把門關上。

「殿下，出事了！」

李泰眼角一跳，把頭緩緩抬起。「什麼事？」

「果然讓劉洎那個烏鴉嘴說中了！」杜楚客一屁股在書案對面坐了下來。「剛剛得到消息，魏徵昨日入東宮，已將武德殿一事告知了太子。」

「怎麼可能？」李泰一驚，下意識地拍了一下書案，馬上又想到「靜氣」二字，趕緊深長地吸了一口氣。「消息確鑿嗎？」

「是『黃犬』剛剛遞出來的，豈能有錯！」杜楚客喘著粗氣，一臉懊惱。

李泰難以置信。「前天才有的事，魏徵昨日便能得知，這怎麼可能?!」

「殿下，事情明擺著，咱們身邊有鬼！」

李泰眉頭一緊。「鬼？這事就你、鶴年和劉洎三個人知道，你說誰是鬼？」

「當然是劉洎那老小子了，還能有誰?!」

「為什麼是他？」

「我和鶴年都是咱們府裡的人，怎麼會向魏徵和太子告密？可劉洎那傢伙就不好說了，他完全有可能表面向著您，背地裡投靠東宮，腳踩兩條船，到時候不管哪條船沉了，他都還有退路。」

李泰看著杜楚客，忽然笑了笑。「咱們府裡的人，為什麼就不能向東宮告密？東宮裡不也有咱們的人嗎？」

杜楚客一怔。「這……這不一樣啊，『黃犬』是咱們安插進去的。」

「咱們可以在東宮安插人，為什麼魏徵就不能在我身邊安插人？」

杜楚客聞言，驀然一驚。「殿下，您……您不會是懷疑我吧？」

「從道理上講，你們三個現在都值得懷疑，不是嗎？」李泰冷冷道。

杜楚客連連苦笑，臉上的表情說不清是氣惱還是痛心。

李泰看了他一會兒，才呵呵一笑。「行了，別哭喪著臉了，我要是懷疑你，還會坐在這兒跟你講這些？」

杜楚客鬆了一口氣，埋怨道：「殿下，這都什麼時候了，您還有心情開玩笑？」

「臨大事而有靜氣。父皇的教誨，我勸你也學學。」

「是，聖上教誨，人臣自然該學。」杜楚客敷衍了下，忙道：「不過，眼下的當務之急，還是得趕緊想個辦法，把這隻鬼揪出來！」

李泰伸手在額頭輕輕摩挲著，陷入了思索。

太極宮，兩儀殿。

此殿是太極宮中僅次於太極殿的第二大殿，也是李世民在正式朝會之外聽政視事之處，被稱為「內朝」，只有少數股肱重臣可以入內與皇帝商談國事。殿內不擺儀仗，朝儀簡約，君臣的舉止也較為隨便。

此刻，李世民正在接見魏徵，二人似乎談到了什麼趣事，發出一陣笑聲，氣氛顯得頗為輕鬆融洽。內侍趙德全躬身侍立一旁，也跟著露出了笑容。

「玄成啊，」李世民一邊微笑，一邊若有所思地看著魏徵。「你今日入宮，應該不只是來陪朕聊閒天的吧？」

魏徵字玄成，李世民心情好的時候，就會以字稱呼他。

「陛下聖明！」魏徵雙手一揖。「臣確有一事要奏。」

「你瞧瞧，」李世民對趙德全道：「朕就知道，他陪朕說了一堆閒話，就是預備要奏事。」

趙德全賠著笑。「是啊大家，魏太師公忠體國，自然是時刻惦記國事。」

「說吧，」李世民轉向魏徵。「何事要奏？」

「稟陛下，自從魏王進獻《括地志》以來，陛下對魏王便賞賜不斷，所贈金帛、物料及日常用度等，均遠遠超過太子。朝野輿情，頗多物議，皆認為此舉不妥，臣亦有同感，故如鯁在喉，不吐不快。」

李世民臉色驀地一沉。「魏王編纂《括地志》有功於朝，朕多賞他一些東西以示勗勉，這有什麼大不了的，也值得你們說三道四？」

「陛下向來賞罰嚴明，魏王也的確有功應賞，對此臣絕無異議。臣擔心的是，魏王恃寵而驕，對儲君之位生出非分之想。若然如此，斷非我社稷之福！」

李世民冷笑。「魏愛卿，你是不是操心得過頭了？無非就是賞一些金帛物料，你就聯想到奪嫡上去了，要是朕再賜給魏王一些更大的榮寵，你是不是會擔心他篡位啊？」

趙德全微微一驚，沒想到皇帝剛剛還和顏悅色，一轉眼就說出這麼重的話了。

「陛下，臣相信您不會這麼做的。」

「你憑什麼認為朕不會？」

「陛下天縱聖明，德比堯舜，什麼事該做，什麼事不該做，您自然是心如明鏡。」

「魏徵，你少拿高帽子來唬朕！」李世民一臉不悅。「你現在說朕『德比堯舜』，那朕要是真做了什麼你覺得不該做的事，你豈不是要把朕說成夏桀商紂了？」

「陛下！」魏徵忽然起身，深長一揖。「請恕臣直言，您若真做了不該做的事，臣必冒死諫諍，絕不諱言！」

李世民大聲冷笑。「好，那朕就實話告訴你，你認為不該做的事，朕還真做了！」

魏徵心裡一動，看來自己的辦法還是奏效了，臉上卻故作錯愕。「陛下……您做什麼了？」

「朕已經決定讓魏王入居武德殿，不日便將正式下旨，遍告朝野！」李世民盯著魏徵大聲道：

「這事朕也已提前告知魏王了。怎麼樣，現在你又想說什麼？」

趙德全又是一驚，萬沒料到皇帝一氣之下，還真把這事給說了。

魏徵做出一副大為震驚、難以置信的表情。「陛下，萬萬不可這麼做！」

「為什麼？」

「陛下一旦這麼做，必然會進一步激發魏王的奪嫡野心，也會讓滿朝文武將之視為您廢黜太子的先兆！」

李世民冷哼一聲。「危言聳聽！」

「陛下！」魏徵突然摘下頭上的烏紗，高舉過頭，雙腿一跪，朗聲道：「陛下，您若執意為之，那臣今日便懇請陛下恩准，讓臣致仕還鄉、歸老林泉！」

李世民一怔，沒料到魏徵的反應會如此激烈，一時竟不知該說什麼。

趙德全眼睛一轉，趕緊跑過去，幫魏徵把烏紗帽戴回頭上。「唉呀魏太師，有什麼話您跟大家好好說嘛，哪有動不動就摘烏紗帽的？」

魏徵不語，執拗地把帽子又摘了下來。趙德全趕緊又給他摁回去。如是反覆三次，最後帽子還是沒戴回魏徵頭上。趙德全無奈，只好搖搖頭放棄了努力，悻悻地走回李世民身邊。

「魏徵，」李世民緩和了一下情緒。「你具體說說，朕這麼做有何不對？」

「回陛下，武德殿既在深宮大內，參奉往來，固然極為近便。然而，此殿在東宮之西，地位尊崇，甚於東宮，魏王若居之，欲將太子置於何地？儲君乃一國之本，若放任親王凌駕其上，則國朝禮制將形同虛設，天下臣民亦無法可依，必遺禍階，實堪肇亂！陛下既愛魏王，又何忍將其置於嫌疑之地？此外，武德殿乃昔日海陵王所居，其以悖逆伏誅，此朝野共知，魏王若移此殿，豈非大不祥之舉？故此，還望陛下三思，儘早收回成命！」

海陵王就是當年的齊王李元吉，曾居此殿數年，武德九年與隱太子李建成一同被誅後，被李世民降爵為海陵郡王。魏徵現在提這一茬，表面上是說「不祥」什麼的，實則是在暗示李世民，若讓魏王入居此殿，必將引發與當年一樣的兄弟鬩牆的慘劇。

儘管李世民明知魏徵必然會反對此事，但還是沒料到他會反對得這麼厲害。

沉吟片刻後，李世民忽然笑了笑。「玄成啊，你輔佐朕這麼多年，每次犯顏直諫，朕心裡多少都有些不快，但事後來看，你每次所言，又幾乎都有道理。所以，你方才這一席話，朕也會仔細考慮的，你先退下吧。」

「陛下聖明！」魏徵這才鄭重地把烏紗帽重新戴回頭上。「臣告退！」然後躬身退了出去。

魏徵一走，李世民臉上的笑容旋即消失。

「大家，」趙德全小聲道：「您方才真該忍住，別跟這個一根筋的魏徵提這事。」

李世民冷然一笑。「德全，你真以為，朕剛才是一時情急說漏嘴了嗎？」

趙德全一怔。「那……那大家是……」

「這件事就是顆石子。」李世民目光中帶著深邃的笑意，彷彿自語一般。「不把這顆石子扔出去，朕又怎麼會知道，朝廷這口大池塘裡到底藏著多少隻蝦蟆，這些蝦蟆又會叫出多少種聲音？」

趙德全恍然大悟。「大家真是天縱聖明！老奴真蠢，差點以為您真是說漏嘴了。」

李世民瞥了他一眼。「你不是差點，你已經這麼以為了。」

「是，大家說得對，老奴愚鈍，老奴愚鈍！」

「方才魏徵鬧這麼一下子，至少可以證明，他沒有朋黨，還是那個清高孤傲的耿耿諍臣！」

「大家何以見得？」

「他要是有朋黨，早有人把消息漏給他了，還需朕來『說漏嘴』嗎？」

趙德全頻頻點頭，一臉佩服之色。「大家英明！」

楚離桑從那天深夜回家之後就發起了高燒，整整在床上躺了三天。

楚英娘急得眼淚都快掉下來了，天天守在床邊，親自餵她喝藥。楚離桑燒得不知白天黑夜，迷糊中卻還惦記著送錢到菩提寺去給那個「呆子」，只是這三天連清醒的時候都不多，更別提要下床出門了。

到了第三天夜裡，楚離桑的燒才漸漸退了，意識也終於清醒。

楚英娘不停地撫著胸口，把滿天的神佛菩薩都感謝了一遍。楚離桑看見母親眼裡布滿了血絲，知道她這幾天幾夜肯定都沒合眼，心裡既感動又歉疚。

餵她喝粥的時候，楚英娘嗔怪道：「妳這幾天快把娘嚇死了，淨說些胡話！」

楚離桑一驚。「我……我說什麼了？」

「娘都聽不懂，只聽妳瞎喊什麼『呆子別走』，還說『我要幫你』、『給你錢』什麼的。到底誰是呆子？」

楚離桑支吾著。「我……我做惡夢了，夢裡的話妳也當真？」

楚英娘若有所思地看著她，旋即笑了笑。

「算了算了，妳病好了才要緊，謝天謝地，阿彌陀佛！」

楚離桑咧嘴陪著母親笑，心裡卻一直在想自己病得真不是時候，一晃就好幾天，也不知道「呆子」現在怎麼樣了。

天色微明的時候，爾雅當鋪的夥計剛剛卸下第一塊門板，就看見幾天前的那個白衣男子又站在門前，手裡依舊抱著那只黑布帙袋。

夥計氣不打一處來，大聲轟他走，男子卻一改前些天的態度，一直低聲下氣地求著情，說這回不是來典當的，而是專程來向吳掌櫃道歉的。

「道什麼歉？」夥計一邊卸門板，一邊沒好氣地說：「你以為別人都跟你一樣，成天遊手好閒騙吃騙喝嗎？去去去，我們先生要幹正事，沒工夫理你！」

男子終於失去了耐心，臉色微變。「這位兄臺，在下跟你好言好語說話，你……你怎麼能隨口誣衊人呢？」

「我看你小子就是有病吧？」夥計怒了。「是不是真想找打呀？」

男子正待聲辯，吳庭軒走了出來，對夥計道：「大壯，忙你的去吧，這兒沒你的事了。」

叫大壯的夥計又狠狠瞪了男子幾眼，才罵罵咧咧地走開了。

吳庭軒看著男子。「這位郎君，咱們那天該說的話都說了，不知你今日……」

男子忽然撲通一下跪倒在地，眼裡含著淚花。「吳掌櫃，請您救救小生吧，小生這回真的是沒活路了！」

吳庭軒一驚，慌忙將他扶起。「有話好好說，到底是怎麼回事？」

男子的眼淚掉了下來。「官府的人，找上我了……」

吳庭軒終於恍然領悟，忍不住一聲長嘆。

爾雅當鋪後院的小花廳裡，吳庭軒和男子在蒲團上席地而坐。男子剛剛講述完自己的遭遇，眼眶仍舊紅紅的。

男子說，他叫周祿貴，父親是本地人氏，年輕時離家經商，置了些產業，因平素喜愛書法，多年前一次偶然的機會，重金購得王羲之草書真跡〈十七帖〉，視為無上珍寶。數月前，父親忽然思念家鄉，想要葉落歸根，便將所有產業變賣，帶著他和母親踏上了歸鄉之路。不料卻在半路遭遇山賊，所有金銀細軟被洗劫一空，母親也不幸遇害。但不幸中的萬幸是，賊人本來已將王羲之墨寶一併搶去，後來發現只是一卷沒用的文字，便棄置道旁。就這樣，因山賊無知無識，他們父子才得以撿回這件無價之寶。

回到伊闕後，他們已身無分文，只能寄居菩提寺，吃廟裡的齋飯。雖然吃住有了著落，但經此劫難，父親一病不起。為了給父親抓藥治病，他把所有能典當的東西陸陸續續全部當了，可父親的身體卻每況愈下。他焦急萬分，最後實在沒辦法，只好瞞著父親把〈十七帖〉偷出來典當，後來就發生了吳庭軒知道的那些事。

而令周祿貴萬萬沒想到的是，就在昨天，伊闕縣令派人找到了他，命他交出〈十七帖〉，說是要獻給皇帝，但只答應以區區一百緡銅錢作為補償。他據理力爭，卻遭到威脅，說他再不識相，連那一百緡都沒得拿，並且限他三日之內把法帖送到縣廨，否則便以抗上為由，將他們父子投進監獄。他百般無奈，最後只好來請吳庭軒幫忙，求他救他們父子一命……

吳庭軒聽完，眼睛不覺濕潤，嘆氣道：「周郎，你現在該明白，為何伊闕縣的所有當鋪都把這幅王羲之真跡說成贋品，還把你拒之門外了吧？」

周祿貴表情苦澀地點了點頭。

「其實那天，我本應把所有事情都告訴你，只是出於商賈之人的秉性，想著多一事不如少一事，便對你隱瞞了真相。」吳庭軒面露愧疚。「我真是對不住周郎，也對不起令尊啊！要是早告訴你，你們父子或許便能躲過此劫。」

周祿貴趕緊道：「先生切勿自責，都怪我自己太過書生意氣，不知世道險惡……」

吳庭軒想著什麼，有些不解。「你剛才說要我幫忙，可吳某也只是一介平民，無權無勢，如何幫你？」

周祿貴誠懇地望著他。「吳先生，這個忙您一定幫得了，在整個伊闕縣城，恐怕也找不出第二個人了！」

吳庭軒越發困惑。

「吳先生，我知道，您不僅是品鑑書畫的大行家，本身的書法造詣也極為精深，所以……」周祿貴遲疑了一下，然後鼓起勇氣道：「所以我想請您，依照王羲之的筆跡，將這幅〈十七帖〉重新臨寫……」

「萬萬不可！」吳庭軒猝然一驚。「官府之中能品鑑書法的大有人在，況且今上本身就是一位書法高手，朝中能人更是不勝枚舉。這麼做，一定會被識破的！」

「先生誤會了。」周祿貴笑笑。「我怎麼敢做這種欺君罔上的事？就算我敢，我也萬萬不能拖先生下水啊！」

吳庭軒蹙緊了眉頭。「那你的意思是……」

「我已經想好了，我一介窮書生，斷斷無法與官府抗衡，只能把真跡交出去。所以，我請先生臨寫此帖，並不是要給皇上看，而是要給家父看的。」

吳庭軒終於恍然。「你是說，用臨本瞞住你父親，讓他以為真跡還在？」

周祿貴沉重地點點頭，眼中又浮出了淚光。「家父原已病重，若再失去他視同生命的這幅墨寶，他定然承受不住打擊，所以，小生只能出此下策，還望先生成全！」

吳庭軒聞言，心中頗為感動，但同時卻想著什麼，面露難色。「周郎，我也想成全你的一片孝心，問題是，雖然我在鑑賞古字畫方面略有心得，但個人在書法上實無造詣，恐怕……恐怕無力擔當此任啊！」

「先生過謙了。」周祿貴懇切道：「小生回伊闕的時間雖然不長，但對您還是略知一二的。以您的書法造詣，莫說一個小小的伊闕縣，就算放眼整個洛州，也罕有比肩之人。」

吳庭軒的目光閃爍了一下。

「周郎切勿聽信外間傳聞，那都是些捕風捉影、無中生有的東西……」

「吳先生，」周祿貴直直地看著他。「請恕小生直言，去年秋天，洛州刺史楊秉均為母做壽，請您寫的那幅賀壽帖，應該不是無中生有的東西吧？」

吳庭軒一怔，頓時無語。

想起此事，吳庭軒仍然頗為懊悔。他自從十六年前來到伊闕，開了這家爾雅當鋪後，便一直沒寫過一個字，但前年春節卻心血來潮，一時技癢難耐，便寫了一副春聯貼在當鋪門口，不料卻被偶然經過的洛州刺史楊秉均一眼看上，連聲讚嘆他的字有王右軍之神韻，遂於其母八十大壽之際，硬逼著吳庭軒寫了一幅賀壽帖，從此吳庭軒工於書法的名聲就傳開了。

見他蹙眉不語，周祿貴趕緊道：「吳先生，小生之所以提及您的舊事，實在是救父心切，並非有意唐突，還望先生諒解！」

事已至此，吳庭軒也無法再隱瞞了，只好苦笑著擺了擺手。「我並無責怪周郎之意。的確，吳某年輕時也學過幾年書法，但只是對行楷稍有涉獵，比如你剛才提到的賀壽帖，便是以行楷書寫。至於像〈十七帖〉這種典型的草書，吳某卻素未深研，又如何幫你呢？」

「先生又過謙了。」周祿貴笑道：「僅憑一對春聯的寥寥數字，便能寫出右軍行楷之神韻，如此大手筆，我相信草書也定是卓然可觀的。」

吳庭軒聞言，不禁又苦笑了下。「不知周郎想過沒有，即便我有本事寫這個臨本，可令尊賞玩此帖多年，必已熟識王羲之筆跡，萬一臨本被令尊瞧出破綻，豈不是弄巧成拙，反倒害了他？」

「家父年事已高，且抱病在身，眼神已大大不如往日。我想，以先生的大手筆，定不會讓家父看出破綻。」周祿貴很執拗地堅持道：「所以，只要先生盡力而為便可，至於與真跡能像到幾分，倒也不必強求。」

吳庭軒眉頭深鎖，似乎極為矛盾，沉吟良久，才緩緩說道：「實不相瞞，吳某自十六年前移居此地，便發誓不再寫一個字了。為刺史楊秉均寫帖一事，實屬迫於無奈，絕非出於吳某個人意願。所以，還請周郎諒解吳某的苦衷，此事……你還是另請高明吧！」

這回輪到周祿貴沉默了。他的頭耷拉下去，顯得失望已極。

氣氛幾近凝固。

「既如此，那小生也不便強人所難了。」周祿貴站起來，給吳庭軒深鞠一躬。「叨擾先生多時，小生深感抱歉，這就告辭。」

吳庭軒起身，回了一禮，眼中頗有些不忍，但嘴唇動了動，終究沒有說什麼。周祿貴神色黯然，抱著那只黑布帙袋慢慢走了出去。吳庭軒怔怔地目送他離去，心中五味雜陳。忽然，他察覺身後有什麼動靜，回頭一看，只見楚離桑從屏風後面走了出來，定定地看著他，眼圈有些泛紅。

吳庭軒一驚。「桑兒，妳……妳怎麼在這兒？」

楚離桑直視著父親。「爹，您自小便教我，做人要以義字為先，救人急難、扶危濟困，乃是做人的本分，可您剛才……」

吳庭軒把目光挪開。「不是爹不幫他，而是這件事沒有那麼簡單。」

「無非是臨寫一幅字帖而已，到底有多複雜？」

「桑兒，妳也知道，爹十六年前便已封筆，為刺史寫帖只是被逼無奈。所以這一次，爹不會再破例了。」

「為什麼？」楚離桑驀然提高了聲音。「您為什麼就不能再破一次例？」

吳庭軒想著什麼，沉默了片刻，才冷冷道：「這是爹個人的事情，與妳無關，妳不必再問了！」說完便轉身朝外走去。

楚離桑氣急，追上幾步，對父親大聲道：「爹！您這麼做是無情無義、見死不救！這不是我認識的爹！」

吳庭軒一震，停住了腳步。

「桑兒，不能這麼跟妳爹說話！」楚英娘從花廳的邊門走了進來，用一種從未有過的嚴厲目光看著楚離桑。

楚離桑越發委屈。「娘，您不知道，剛才爹他……」

「我都知道。」楚英娘冷冷地打斷她。「方才那個年輕人的話，我也都聽見了。」

楚離桑一怔。「那就是說，您的想法也跟爹一樣，是嗎？」

楚英娘沉默不語。

楚離桑點點頭，淒然一笑，轉身走出了花廳。

楚英娘和吳庭軒對視一眼，卻相顧無言。

楚離桑離開花廳後，就把自己反鎖在閨房裡，午飯和晚飯都沒出來吃，任憑楚英娘和綠袖在門口百般相勸、好話說盡，她卻始終躲在房中一聲不吭。

當天傍晚，吳庭軒從外面匆匆回到爾雅當鋪，和楚英娘在臥房裡悄悄商議了大半夜。次日一早，吳庭軒便又出門了。楚英娘隨即來到楚離桑的閨房門口，讓綠袖先下去，然後叩響了門扉。「桑兒，把門打開，娘有話跟妳說。」

屋裡照舊一片沉寂。

「桑兒，妳爹改變主意了。」楚英娘平靜地說。「妳不想聽聽嗎？」

屋裡立刻傳出楚離桑翻身下床的聲音，緊接著是珠簾被猛然撥開的嘩啦啦響動，然後腳步聲咚咚地傳來，最後房門呼啦一下打開，露出楚離桑三分憔悴七分驚喜的臉。

楚英娘在心裡一聲長嘆。

楚離桑一把拉住母親的手。「娘，你們決定幫他啦？」

楚英娘點了點頭。

楚離桑大喜，猛地抱住了母親。「我就知道，您和爹都是那麼善良的人，你們一定不會見死不救的！」

楚英娘沒有說話，苦笑了一下。

母女倆拉著手，並排坐在閨房外間的繡榻上。

「妳爹昨日下午去找了菩提寺的方丈，把情況都問清楚了，那個年輕人所言之事，確屬實情。」楚英娘道。

「當然了！那個呆子本來就是個正人君子，怎麼會撒謊騙人呢？」楚離桑開心地說，突然意識到什麼，趕緊捂住了嘴。

楚英娘看著她。「原來，他就是那個『呆子』！」

楚離桑正想編個謊，楚英娘抬手止住了她。「妳不必再隱瞞了。其實，妳背著娘做了什麼，娘都知道。」

楚離桑裝糊塗。「娘，您說什麼呢，我哪有背著您做什麼了？」

楚英娘沒說話，站起身走進了閨房的裡間，片刻後走了出來，手裡拿著一件皺巴巴的衣物，赫然正是楚離桑喬裝所穿的那件青色圓領袍衫。

楚離桑登時傻了眼，半晌才低聲罵道：「該死的綠袖！」

「妳別罵綠袖。」楚英娘把衣服放在一旁，坐了下來。「她一直守口如瓶，嘴嚴著呢！是娘自己發現的。」

楚離桑尷尬地笑笑。「您……您是怎麼發現的？」

楚英娘卻沒有笑，而是正色地看著女兒。「桑兒，妳是把娘當成了瞎子和聾子，還是當成了傻子呢？」

楚離桑低下頭，小聲嘟囔。「瞧您說的，我怎麼會呢……」

「這幾年，妳早把娘的武藝偷學了六、七成，別以為娘不知道；這身行頭，妳也置辦了大半年了，從後頭翻牆出去更不下十次八次，這娘也知道；還有，二月十九那天，妳偷偷去逛廟會，回來時來不及換衣服，用被褥把自己包得滿頭大汗，娘也都知道；另外，那個『呆子』妳早就在外面認識了，否則也不至於對他的事情如此上心。娘說得對嗎？」

楚離桑目瞪口呆，竟不知該說什麼。

「桑兒，娘今天說破這些，並不是要責罵妳。娘說過了，女大不由娘，想當年我年輕的時候，又何嘗不是像妳這樣？只要妳別太出格，娘也就睜一隻眼閉一隻眼了。娘今天跟妳說這些，是想告訴妳，每個人都有祕密。有些祕密，揭破了也無傷大雅，比如妳的事情；但世上還有一些祕密，卻是……卻是不可去觸碰的。」楚英娘看著楚離桑。「娘的意思，妳能明白嗎？」

楚離桑若有所思道：「您指的，是爹封筆的事嗎？」

楚英娘不語，算是默認了。

「爹這次是不是為了我，才破例幫那個周祿貴的？」楚離桑想著昨天對父親的態度，心裡不免有些自責。

楚英娘笑著摸摸她的臉。「妳爹這麼做，其實也不全是因為妳。他向來心善，對於周氏父子的遭遇，心裡還是很同情的。」說著拉起楚離桑的手。「好了，不說這些了。妳都一天一夜沒吃東西了，娘給妳做好吃的去。」

「娘，」楚離桑為難地摸了摸肚子。「我……我吃不下。」

楚英娘詫異。「妳都幾頓沒吃了，怎麼會吃不下呢？」

楚離桑不好意思地笑了笑。「昨天半夜，我讓綠袖到灶屋去弄了些吃的，這會兒還脹著呢。」

女兒原來是這麼鬧「絕食」的，楚英娘嗔怪地白了她一眼，不禁好氣又好笑。

長安的皇城位於太極宮之南，是大唐中央衙署所在地，百僚廨署列於其間。

劉洎是門下省的副長官，辦公地點在皇城北部承天門街的東側。門下省的主要職責有二：一是對中書省草擬的詔敕政令進行審核，然後交尚書省頒布執行，查有不妥者，可封還中書省重擬；二是審驗百官章奏，交中書省進呈皇帝，查有不妥者，亦可駁回修改。

這日上午，劉洎正伏案處理政務，書吏忽然來報，說工部尚書杜楚客來訪。

劉洎心中微覺詫異，命書吏迎客，同時稍稍整理了一下書案上凌亂堆積的卷牘。

這幾日，劉洎在審讀中書省下發的詔敕時，一直在留意有沒有關於魏王入居武德殿的內容，卻始終沒有任何發現。

今天杜楚客忽然到訪，會不會與此事有關？

劉洎這麼想著，剛一起身，杜楚客就已經大步走了進來。「思道兄，外面春光爛漫，你也不出去曬曬太陽，整日伏案，對身子不好啊！」

劉洎拱拱手，笑道：「山實兄這一來，劉某便覺春光滿室，頓感神清氣爽，去不去外面也無所謂了。」

二人對視了一下，同時發出朗聲大笑。

不管心裡怎麼看對方不爽，這種表面的哈哈還是要打的。劉洎一邊請杜楚客入座，一邊對書吏道：「給杜尚書看茶。」

「不必了。」杜楚客道：「我說幾句話就走。」

劉洎越發相信自己剛才的直覺了。他示意書吏退下，然後看著杜楚客。「山實兄是不是想說武德殿的事？」

杜楚客笑笑。「難怪魏王殿下對你如此看重，思道兄果然是料事如神啊！」

劉洎也笑了笑。「山實兄謬讚了，我也就隨便一猜。」

杜楚客湊近，壓低聲音道：「殿下讓我跟你知會一聲，聖上已決定在下月初一的朝會上正式下旨，宣布這件事。」

劉洎大為詫異，心裡一算，離初一也沒幾天了，倘若真如杜楚客所言，為何中書省直到現在還密不透風，一點跡象都沒有？

「殿下是讓你專程來跟我說的？」劉洎有些狐疑。

「沒錯。殿下凡有喜事，不都急著跟你分享嗎？」杜楚客道：「殿下還說了，他入居武德殿後，下一步該做些什麼，讓你幫著籌劃籌劃。」

「請轉告殿下，劉某自當盡力。」

「那好，我話帶到了，這就告辭。」杜楚客拱拱手，仍舊邁著大步走了出去。

「慢走，恕不遠送。」劉洎看著杜楚客離去的背影，若有所思。

就在杜楚客告訴劉洎這件事的同時，李泰也正在魏王府中對蕭鶴年提及武德殿之事。

不過，李泰的說法卻與杜楚客截然相反。

他告訴蕭鶴年。「父皇不知為何改變了主意，不打算讓我入居武德殿了。」

蕭鶴年有些詫異，但轉念一想，肯定是太師入宮誘使皇上主動說出了武德殿的事，並且成功地進行了勸諫。

蕭鶴年心中暗喜，表面卻做出一副懊惱之狀，陪著李泰長吁短嘆。

李泰暗暗觀察著他的表情。

儘管一時看不出什麼破綻，可李泰相信，不出三天，自己一定會知道內鬼是誰。因為，他釋放的這兩條消息都是假情報。如果到時候「黃犬」傳回來的是杜楚客告訴劉洎的消息，那麼內鬼就是劉洎；反之，內鬼就是蕭鶴年。

第五章 玄甲

吳庭軒整整花了一天的時間，才完成了對王羲之草書〈十七帖〉的臨寫。

他把自己關在書房裡，臨寫之前特意靜坐了一個時辰，眼觀鼻，鼻觀心，直到胸中灑灑、心境澄然，一切俗情雜念皆摒棄盡淨，才鋪箋揮毫、從容落墨。

一百零七行，九百四十三字，彷彿就在一瞬間一揮而就。

自始至終，吳庭軒都感覺自己完全處在一種物我兩忘的境界之中。戛然收筆的一剎那，身體是幾近虛脫的疲累，心魂卻有一種無與倫比的酣暢之感，如上九霄，如登極樂。

已經好多年沒有如此淋漓盡致的體驗了。寫完臨本的這一刻，吳庭軒覺得與其說是自己在幫周氏父子，不如說是他們給了他一個彌足珍貴的機會，讓他重新做回年輕時的自己。

「周郎，你必須答應我，這個臨本，除了你和令尊，不能讓任何人見到！」

決定幫周祿貴的時候，吳庭軒向他提出了這個條件。

周祿貴自然是喜出望外，滿口答應。

此刻，吳庭軒的心中雖仍不免惴惴，但一想到周祿貴那麼真誠的眼神，他還是告訴自己：這個年輕人肯定會信守承諾的，只要臨本一直祕不示人，就沒什麼好擔心的。

臨本寫完後，吳庭軒又花了一天時間進行裱褙、做舊等。第三天一早，他就讓店裡那個叫大壯的夥計，把幾可亂真的臨本送到了周祿貴的手上。

周祿貴千恩萬謝，連聲表示過後會親自登門拜謝。

「拜謝就免了！」大壯沒好氣地道：「我們掌櫃說了，只要你打起精神，謀個正經營生，能夠安身立命，好好奉養你父親，便是對他最好的答謝了。」

周祿貴忽然笑了。「那是自然！請轉告吳先生，周某再去拜會之時，一定會讓他刮目相看！」

大壯冷哼了一聲就走了。

不知道為什麼，直到走出菩提寺，大壯才驀然感覺，方才那個落魄書生的笑容似乎有些詭異，至於詭異在什麼地方，卻也說不上來。

上午巳時三刻左右，魏徵的馬車進入了東宮。

今日，魏徵的心情頗有幾分喜悅。因為就在剛才，蕭鶴年在忘川茶樓把一則最新情報告訴了他：皇帝已經收回成命，不打算讓魏王入居武德殿了。

魏徵沒料到皇帝會這麼快就接受他的諫言，自然喜出望外。他決定立刻把這個好消息告訴太子，同時再多跟他講講如何修身進德，以儘快改變皇帝和朝野對太子的不良印象。

太子照例在麗正殿西廂書房接待了魏徵。

此時，一雙眼睛正隱藏在書房後門對面的小竹林中，十分警惕地觀察著四周。

差不多在魏徵從前門進入書房的同時，一道淡青色的身影也從東邊迴廊迅疾走來，一閃身就沒入了書房後門。

竹林中的那雙眼睛倏然一亮。

剛一落坐，魏徵便把皇帝收回成命的消息告訴了李承乾。

「這麼快？」李承乾幾乎不敢相信自己的耳朵。「太師是如何讓父皇回心轉意的？」

「說實話，此事老夫也覺得有些意外。」魏徵微笑道：「老夫不過是諫諍了幾句，沒想到聖上這麼快就做決定了。」

李承乾若有所思，卻不由自主地瞟了一下屏風。

魏徵看在眼裡，微覺詫異，但也不點破，而是若無其事地與太子談起了修身進德的諸多要旨。李承乾盡力做出洗耳恭聽的樣子，實則有些心不在焉。

此刻，屏風後面這個淡青色的身影顯然也不耐煩了，又勉強聽了幾句之後，便悄悄轉身，從後門溜了出來。

突然，這個人差點撞在一個錦衣華服的人身上，抬頭一看，李元昌正背負雙手站在面前，後門兩旁的迴廊上則站著十幾個東宮侍衛，個個凶神惡煞地盯著她。

方才躲在竹林中監視的人，正是李元昌。

「小翠，這就要走了？幹麼不多聽一會兒？」李元昌笑吟吟地道。

這個叫小翠的宮女自知插翅難逃，頓時臉色煞白，撲通一下跪倒在地。

此時，李承乾和魏徵也一起繞過屏風，走到了小翠的身後。

看著這一幕，魏徵不用問也全明白了。這個小翠顯然是魏王府的細作，而他之前與太子在這裡的多次談話，肯定都被這個細作一一稟報給了魏王。

李承乾蹲在小翠面前，用一根食指挑起她的下巴，邪魅一笑。「小翠，當細作好玩嗎？」

小翠的面孔早已因恐懼而扭曲。她只能拚命搖頭，說不出話。

「既然不好玩，幹麼還做？」

「殿下，奴婢自知難逃一死，但是……」小翠在絕望中竟然平靜了下來，兩行清淚從眼角流出。「但是，請殿下念在奴婢伺候您多年的分上，賜奴婢一個全屍吧！」

「行，我成全妳。」李承乾笑道：「我這人心軟，最見不得人哭，尤其是女人。」說著，李承乾的右手猛然掐住了小翠的喉嚨。

隨著手勁慢慢加大，小翠的面孔變成了絳紫色，眼球漸漸凸出，四肢開始不停抽搐。

「殿下，這個人不能死。」背後傳來魏徵淡淡的聲音。

李承乾冷笑不語，手勁反而加大。

「殿下，死人毫無價值，活人才有用。」魏徵的聲音依舊平靜。

李承乾仍然沒有鬆手，但眼中卻現出了猶豫之色。片刻後，他忽然把手鬆開。小翠一下癱軟在地，趴在地上不住乾嘔，大口大口喘氣。

李承乾起身，靜靜看著地上的小翠。他知道，魏徵的意思，是想利用小翠進行反間。

此刻，魏徵表面上靜如止水，心中卻已是波瀾萬丈。

東宮既然藏有魏王的細作，那就意味著上次他跟太子的談話，早已被魏王掌握了。但魏王卻不知消息是何人走漏，是故肯定會向蕭鶴年等嫌疑人釋放假情報，以此確定走漏消息的人。假如今天沒有逮著小翠，讓她再次把情報送出去，那麼魏王立刻便知道這兩次消息都是蕭鶴年洩露的，蕭鶴年必死無疑！

想著這些，魏徵的後背不禁一陣陣發涼。

好險！

這一天，午時剛過，李泰在後花園的春暖閣小寐，剛迷迷糊糊地睡過去，杜楚客就輕輕把他叫醒了。

李泰半睜睡眼，不悅道：「跟你講過多少遍了，午休時不要吵我……」

「殿下！」杜楚客一臉喜色。「『黃犬』剛剛傳回消息，內鬼現形了！」

李泰頓時清醒，一骨碌從榻上坐起。「是誰？」

「您猜猜？」杜楚客笑道。

李泰莫名火起，盯著他。「你再不說，信不信我把你從這樓閣上扔下去？」

杜楚客尷尬，趕緊道：「劉洎。」

「劉洎?!」李泰一副難以置信的表情。

「正是這老小子！」杜楚客不無得意地笑道：「我一開始就知道是他，果然不出所料！」

李泰眉頭緊鎖，沉吟不語。

「立即停止一切行動！這段時間什麼都不要做！」

是日深夜，魏徵破天荒地主動把蕭鶴年約到了忘川茶樓的雅室中，對他下了這個命令。

蕭鶴年一臉懵懂，不知道為何今天上午剛剛給了太師一個喜報，他現在卻如此臉色凝重地給了自己這麼句話。

魏徵沒等他發問，就把今日在東宮抓獲「黃犬」的事情一五一十告訴了他。

蕭鶴年瞠目結舌，半晌才道：「這麼說，所謂聖上收回成命一事，純粹是魏王故意放給我的假消息？」

「這還用說嗎？假如不是太子機敏，察覺身邊有細作，特意布了這個局，成功抓獲『黃犬』，你我二人這回就都栽了！」

蕭鶴年一臉苦笑。若果如此，那可真叫陰溝裡翻船了！

「那太師最後讓『黃犬』給魏王傳回了什麼消息？」蕭鶴年問。

「這件事，今日我跟太子討論了許久。」魏徵道：「由於不知道魏王究竟給了幾個人假情報，更不知道情報的具體內容，所以頗費躊躇。後來我想，既然魏王給你的消息是說聖上收回成命，那麼最簡單的辦法就是反其道而行之，讓『黃犬』去稟報魏王，就說我今日告訴太子的，是聖上已決定公開下旨的消息。如果我猜得不錯，此刻，劉洎或者別的什麼人已經當了你的替罪羊了。」

蕭鶴年心有餘悸。「先生，多虧您運籌帷幄，否則屬下現在，說不定已經身首異處了。」

「現在你暫時沒有危險。不過，魏王生性多疑，且頗具謀略，我擔心，他不會這麼輕易上當，肯定會對你有所防範。所以，我才會讓你在近期停止一切行動。」

蕭鶴年想起上次在這裡，魏徵下達給他的命令，就是盡一切可能獲取辯才案的最新情報。這些天他一直在密切關注，雖然洛州方面暫時沒有新的消息傳來，但他相信肯定就在這幾日了。然而現在，魏徵為了保護他，卻突然命他放棄行動，如此一來，豈不是就沒辦法阻止朝廷找到辯才了？

「先生，既然您已經把魏王的懷疑對象轉嫁到了劉洎頭上，那我應該就是安全的，所以……我不想就此放棄。」

「絕對不行！」魏徵不容置疑道：「即便只有萬分之一的危險，我也不能讓你賭這一把。」

「先生，據屬下判斷，辯才一案的最新情報很可能這幾天就會呈上來。在這個節骨眼上放手，屬下心有不甘啊！」

「別說了。讓你停止行動，不是在跟你商量，這是命令！」

「可是，您也說過，一旦辯才被找到，〈蘭亭序〉的祕密就有可能被揭開，到那時候，朝野上下又將掀起一片血雨腥風！先生，只要能阻止這一切，縱然賭上屬下這一條命，屬下還是覺得千值萬值——」

「住口！」魏徵驀然變色。「你要是違抗命令，我明日便將你調出長安！」說著，魏徵站起身來，徑直走了出去。

走到門口，魏徵忽然止步，卻沒有回頭。「還有，最近這段時間，我不會再跟你見面了。我會通知茶樓掌櫃，這個聯絡通道暫時對你這條線關閉，何時重啟，等我指令！」說完，魏徵的身影就從門口消失了。

蕭鶴年知道，魏徵之所以如此「絕情」，甚至下達了關閉聯絡通道的死令，正是擔心他會違抗命令冒險行動。換言之，這麼做就是要讓他徹底死心，放棄行動，說到底仍然是為了保護他。

蕭鶴年心中大為感動。

然而，恰恰是出於這份感動，蕭鶴年才更加堅定了繼續行動、獲取情報的決心。

士為知己者死。

從追隨魏徵的那一天起，蕭鶴年就已做好這個準備了。

清晨，太陽剛剛昇起，薄霧還未散盡，一隊全副武裝的騎兵就從伊闕縣城的主街上呼嘯而過，把兩旁的路人嚇得紛紛躲閃。

馬上的騎士一律身披黑甲、腰挎黑刀、騎著黑馬，看上去就像一股黑色的洪流。

伊闕地面上還從未出現過這樣的黑甲騎士，路人無不睜大眼睛看著他們，臉上寫滿了如出一轍的驚訝和好奇。

當雜遝的馬蹄聲從長街那一頭傳來的時候，大壯剛剛卸下爾雅當鋪的第一塊門板。陽光從門洞中斜射進來，形成一道窄窄的光束，一些灰塵在光束中凌亂飛舞。吳庭軒掀開櫃檯後的門簾，像往常一樣緩步走了出來。此時門板被一一卸下，明亮的陽光一點一點地灑滿了整間當鋪。

吳庭軒走到門外，閉著眼睛，深長地呼吸了一口清晨特有的新鮮空氣。

他完全沒想到街上的那隊飛騎是衝著爾雅當鋪來的，所以，當那些面無表情的黑甲騎士策馬來到當鋪門口，呈一個半月形將當鋪圍住的時候，吳庭軒依然沒有睜開眼睛。他以為是過往的商旅正準備到對面的酒樓打尖歇腳。

一個身材挺拔的黑甲騎士翻身下馬。

一雙高筒烏皮靴穩穩地踏在青石板上，一步一步朝吳庭軒走來。

直到腳步聲逐漸迫近，吳庭軒才意識到什麼，驀然睜開了眼睛。由於面朝陽光，吳庭軒感覺有些刺眼，看不見來者是誰，只依稀覺得眼前的這個身影似曾相識。

黑甲騎士走到離吳庭軒大約五步遠的地方站定，然後靜靜地看著他。

吳庭軒瞇著眼睛，終於看清了面前這張既熟悉又陌生的面孔。

周祿貴?!

這個身披黑甲、腰挎黑刀、腳踏黑靴的騎士，竟然是周祿貴！

吳庭軒完全反應不過來。他無論如何也不敢把眼前這個身姿挺拔、英氣逼人的騎士跟幾天前那個貧困交加的落魄書生聯繫在一起。

「吳先生，別來無恙。」

騎士開口了，聲音也是那樣既熟悉又陌生。

直到此刻，吳庭軒才終於意識到自己遭遇了什麼——改頭換面、臨深履薄地躲了十六年，他終究還是沒能躲開這個結局！

一個淒涼的笑容在吳庭軒的臉上緩緩綻開。「這位將軍，不知吳某該稱呼您什麼？」

「稱呼並不重要。一個人的稱呼可以變來變去，但無論怎麼變，他都不可能變成另外一個人。」騎士微笑道：「我說得對嗎，辯才法師？」

吳庭軒渾身一震。

已經有好多年沒有被人這麼稱呼了。「吳庭軒」乍聽之下，無數前塵往事就在一瞬間齊齊湧上心頭，幾乎令他難以自持。

「法師，雖然稱呼不重要，但為了日後方便，咱們還是正式認識一下為好。在下姓蕭，名君默，奉職於朝，忝為郎將。此次奉旨前來，只為一事，就是找到法師您，然後恭請您入京面聖。」

辯才聞言，這才想起，平日風聞朝廷有一支特殊部隊，直接受命於皇帝，專門稽查重案特案，名為「玄甲衛」，朝野上下人人聞之色變。看來，眼前這個自稱蕭君默的通身黑甲的人，就是玄甲衛無疑了。

「蕭將軍，」辯才穩了穩心神，淡淡道：「您說的什麼辯才法師，吳某從未聽聞，更不認識，不知將軍為何會把吳某跟他混為一談？」

蕭君默微微一笑。「法師，事到如今，您還不肯承認自己的真實身分，那在下辛苦了這麼些日子，豈不是白白忙活了？」

「將軍的戲演得實在不錯，只是吳某還是不明白您做這些是為了什麼。」

「當然是想還您的本來面目了。法師改頭換面隱藏了這麼多年，難道不辛苦嗎？」

「吳某乃一介卑微商賈，青州北海人氏，繼承先父家業，以經營當鋪為生，武德九年遷居此地。所有這一切，在伊闕縣廨的編戶簿籍中都白紙黑字寫得清清楚楚，皆有據可查。所以，吳某實在聽不懂將軍的話是什麼意思。」

「我的意思很簡單，您的身分、籍貫、來歷都是偽造的！」蕭君默直視著吳庭軒，緩緩說道：「當然，青州北海確有吳庭軒這個人，此人也的確是開當鋪的，並於武德九年因經營不善而關張，同年離開北海，打算前往陝州投親。只可惜，吳庭軒時運不濟，當年便染病死在了半途，並且死得極為淒涼，身邊沒有半個親友，所以也就沒人知道他死了。結果，在官府的簿籍裡，吳庭軒便仍然是一個大活人，而法師您則借機冒名頂替，以吳庭軒的身分，讓一個死人又多活了十六年！我說得對嗎？辯才法師。」

玄甲衛果然名不虛傳，看來自己還是低估對手了。辯才苦笑了一下。「蕭將軍，即便您說的這些都是事實，那也只能以偽造戶籍的罪名拿我，卻還是不能證明，我就是您口中所謂的辯才。」

「當然，僅憑這些，我肯定不能證明您就是辯才。也正因此，在下才不得不化身落魄書生周祿貴，在您面前演了這麼多天的悲情戲，最後總算拿到了您的草書手跡。法師，現在我的戲已經落幕，而您這場演了十六年的改頭換面的大戲，也該收場了吧？」

辯才無奈地閉上了眼睛。

蕭君默看著辯才，眼中忽然閃現出一絲愧疚。

事實上，從扮演周祿貴的那一刻起，這種愧疚之情就一直纏繞著他了。因為，用這種手段騙取「吳庭軒」的手跡，利用的是他的善良和同情心。這麼做，說好聽點叫做不擇手段，說難聽點就是卑劣下作！為此，當遠在京城遙控的魏王李泰發出手令，命他依此計畫行事時，蕭君默的第一反應便是抗命。然而，身為玄甲衛郎將，肩負著皇帝和朝廷的重託，職責與使命感最終還是戰勝了他的良心，迫使他不得不聽命行事。可也正是從那天起，蕭君默幾乎每天都是在不安和自責中度過……

「蕭將軍，」辯才試圖進行最後的掙扎。「雖然您千方百計拿到了我的手跡，但這又能證明什麼呢？天下善於摹寫王羲之書法的人多了，憑什麼我寫得像，就可以認定我就是那個辯才？」

「對，法師說得沒錯。」蕭君默點點頭。「單憑這一點，我的確無法認定。可不知法師是否還記得，當年您在越州永欣寺跟隨師父智永學習書法的時候，曾經留下了許多臨摹王羲之草書的字紙，上面還有您的落款和圖章。」說到這兒，蕭君默給了身後的手下一個眼色，立刻有人取出一遝泛黃的字紙遞給他。

蕭君默晃了晃手中的字紙。「法師，當年親手寫下的字跡，您總該還認得吧？這是前不久在下前往永欣寺調查時得到的。很可惜，數百年的古剎永欣寺，如今已破敗凋零。在下原本是想找到您當年的師兄弟，帶他們來指認，可惜當年那些人都不在了，只剩下幾個年輕和尚，都沒見過您。所幸，他們在您當年住的那間禪房中，找到了我手上的這些東西。在下讀過幾年書，還算粗通文墨，對書法也有所涉獵，所以，當那天您把〈十七帖〉臨本交給在下時，在下兩相比對，很快便得出了一個結論——兩種筆跡完全出自一人之手！法師，事已至此，您還有何言？」

辯才黯然無語。

「法師，如果我沒有猜錯的話，王羲之的名作〈蘭亭序〉，應該也在您手裡吧？」

辯才嘆了口氣。「我年輕時倒是見過幾眼，只可惜，後來就不知所蹤了。」

「難道不是您的師父智永臨終前，把它交給你了嗎？」

辯才苦笑。「我也希望如此，可惜沒有。」

蕭君默觀察著辯才。「法師，我離京前，聖上特意交代，倘若您願意交出〈蘭亭序〉，就不必辛苦到長安走一趟了。」

辯才又沉默良久，才蒼涼一笑。「蕭將軍，可否讓在下進屋跟妻女道個別，再跟你走？」

蕭君默無奈一笑，旋即頷首。「當然，您是朝廷的客人，不是囚犯。」

他很清楚，辯才隱姓埋名躲藏了十六年，肯定是為了守護〈蘭亭序〉，如今又豈能輕易交出？就在這時，當鋪裡忽然傳出一聲厲斥。「憑什麼要跟他走?!」

隨著話音，楚離桑大步走了出來，楚英娘和綠袖在身後想拉她，都被她用力甩開了。「妳們別拉我！我就想跟這個卑鄙陰險的傢伙問個清楚！」

方才蕭君默他們一到，夥計大壯便認出了他，當即嚇傻了，回過神後趕緊去通報了楚英娘。楚離桑在一旁聽到，又驚又怒，抄起一把劍就要衝出來，楚英娘等人慌忙拉住她，奪下了她的劍。剛才，蕭君默跟辯才的一席話，楚離桑在裡面聽了大半，越聽越怒不可遏，最後終於掙脫楚英娘的拉扯走了出來。

楚離桑走到蕭君默和辯才中間站定，用一種悲憤莫名的目光死死盯著蕭君默。

蕭君默強抑著內疚之情，行了個禮。「楚姑娘……」

「姓蕭的，你的良心是不是被狗吃了？為什麼使出如此卑鄙下作的手段?!」楚離桑怒視著他，雙目幾欲噴火。

幾個玄甲衛騎士一聽，立刻就要上前呵斥，被蕭君默一伸手擋住了。

「職責所在，只能如此。」蕭君默冷冷道：「況且玄甲衛辦案，從來只求結果，不問良心。」

「好一個不問良心！」楚離桑大聲冷笑。「那我問你，二月十九那天的事，全都是你一手安排的對嗎？你故意裝成好人給二賴子錢，還演了一場見義勇為的好戲給我看，就是想讓我相信你是個正人君子，好讓我在日後幫你說話，對不對？」

此時，在蕭君默身後的玄甲衛騎士中，那天假扮成混混的絡腮鬍等人全都赫然在列。

蕭君默沉默，片刻後才道：「有一、兩處細節，絕非事先安排，純屬……純屬意外。」

楚離桑一聽，眼前驀然閃過那天在屋頂上，蕭君默慌亂中抓了她胸部的尷尬一幕，臉頰頓時又是一片緋紅。

蕭君默面無表情，把目光挪開。

楚離桑強忍怒火，想著什麼，眼睛忽然有些泛紅。「那天晚上在菩提寺，你拿了一把傘來遮我，也都是虛情假意，想騙取我的信任和好感，對不對？」

蕭君默一怔，萬沒料到她會提及此事，承認和否認顯然都不合適，一時語塞，張口說不出話。

「我再問你，就算我爹是你口口聲聲說的什麼辯才，可他憑什麼就要跟你走？」

「這是聖旨，任何人不得違抗。」

「難道聖旨就不需要理由嗎？」

「聖上這麼做，自然有他的理由。作為臣子，我無權過問。」

「那要是皇上讓你去殺人放火、殘害無辜，你也不問良心就去做嗎？」

此言一出，在場眾人全都一片驚愕。就憑這句話，已足以夠得上殺頭之罪了。絡腮鬍等人再也忍不住，唰地抽出龍首刀，全都圍了上來。蕭君默猛然回頭，凌厲的目光從他們的臉上一一掃過。絡腮鬍等人一凜，只好停下腳步。

就在蕭君默回頭的間隙，楚離桑突然出手抽出他腰間的龍首刀，一下抵在了他的喉嚨上。在場眾人盡皆大驚失色。

絡腮鬍等人想衝上來，卻再次被蕭君默的手勢阻止。

楚英娘和辯才同聲大喊：「桑兒，不許胡來！」

蕭君默垂眼看了下寒光閃閃的龍首刀，道：「楚姑娘，妳知道持刀威脅玄甲衛是什麼罪嗎？」

「叫你的人都退開，馬上！」楚離桑穩穩地拿著刀，一字一頓地說。

「妳這麼做，只會傷害妳自己，還有妳的家人。」

「我再說一遍，叫你的人退開！」楚離桑厲聲道。

蕭君默淡笑，頭也不回地大聲道：「羅隊正聽令！帶弟兄們上馬，退到一箭之地外候命！」

羅隊正就是絡腮鬍，名羅彪。他聞言一怔。「將軍……」

「我說了，立刻！」蕭君默依舊沒有回頭。

羅彪無奈，只好收刀入鞘，帶著眾騎士拍馬馳到了一箭開外的地方，遠遠觀望著。

「然後呢？」蕭君默雙手一攤，看著楚離桑，目光中似乎帶著笑意。

楚離桑被他的笑意激怒了，手中的龍首刀一挺。「你別以為我不敢殺你！」

「妳當然敢，只是妳捨不得。」

「你——」楚離桑大為羞惱。

「別誤會。我是說，我現在是妳的人質，妳必須好好利用我，不是嗎？」

楚離桑竟然語塞。

蕭君默又是一笑。「接下來該怎麼做，想好了沒有？」

楚離桑方才只是一時情急搶了蕭君默的刀，卻壓根兒不知道下一步該怎麼辦，一時愣在那兒，不知如何是好。

蕭君默嘆了口氣。「楚姑娘，既然妳沒想好，那在下就不等妳了。」說著身子一閃，頭一偏，同時閃電般出手，右手三指扣住了楚離桑的手腕，再輕輕一扭，那把龍首刀就神不知鬼不覺地回到了他的手上，刀尖反倒指向了楚離桑。

然而，楚離桑的反應也超出了蕭君默的意料。

就在蕭君默奪刀的剎那，楚離桑一直垂著的左手忽然揚起，袖中一道寒光吐出，一把精緻而鋒利的匕首竟然深深插入了蕭君默的右臂，鮮血立刻湧出。

這些都發生在電光石火的一瞬間，連楚離桑都被自己下意識的激烈反應驚呆了，看著眼前的一幕不知所措。楚英娘一個箭步衝上去，把楚離桑擋在身後，毅然面對著蕭君默的刀。

不遠處的羅彪等人見勢不妙，立刻飛馳過來，翻身下馬。羅彪一邊抽刀一邊怒喝。「弟兄們，把這個不知天高地厚的惡女子給我拿下！」

辯才大驚，當即跨前一大步，跟楚英娘並肩而立。綠袖和大壯等五、六個夥計也紛紛衝上來，把楚離桑護在身後。

「反了反了！」羅彪大怒。「把這些刁民通通抓起來！」

眾騎士齊喊「得令」，抽刀將眾人團團圍住。

「羅彪，」蕭君默忽然淡淡道：「我還沒死呢，你居然敢替我發號施令了？」說著收刀入鞘，卻不急著拔去右臂上的匕首。

鮮血順著他的手臂流淌下來，一滴滴落在地面的青石板上。

「將軍，卑職是看見您受傷了……」

「一點皮肉傷，就值得你這麼大驚小怪？」蕭君默白了羅彪一眼。「楚姑娘分明是想送我這把匕首，只是心情有些迫切、方式有些欠妥而已。」說著，他猛地從臂上拔出匕首，卻連眉頭都沒皺一下。

楚離桑不禁替他倒抽了一口冷氣。

蕭君默端詳著那把手柄上鑲嵌有紅、綠兩色寶石的匕首，嘖嘖讚嘆了幾聲，笑著對楚離桑道：「楚姑娘，謝謝妳以如此貴重之物相贈，蕭某就不客氣了。日後若有機會，蕭某定當還禮。」說完便把匕首插進了腳上的高筒皮靴中。

楚英娘情知蕭君默是有意幫女兒脫罪，便道：「對不起蕭將軍，都怪小女莽撞，誤傷了將軍，還請將軍移步，到舍下敷一些止血藥。」

「多謝大娘。敷藥就不必了，這點傷對在下算不上什麼，無足掛齒。」蕭君默笑了笑，然後看著辯才。「法師，時候不早了，咱們是不是該上路了？」

辯才苦笑了一下，轉頭看著楚英娘。「英娘，皇上是請我入宮作客的，不會為難我，妳別擔心，更不可做什麼節外生枝的事。聽懂我意思了嗎？」

楚英娘顯然聽出了他的弦外之音，艱難地點了點頭。

辯才又轉向楚離桑，摸了摸她的頭。「桑兒，爹只是離開一陣子，去去便回，妳在家要聽娘的話，千萬不可自作主張，凡事都要三思後行。能答應爹嗎？」

楚離桑含著淚，正想再問什麼，卻被辯才慈愛而又嚴厲的目光制止住了，只好道：「爹，我答應您，我和娘在家裡等著，您一定要回來！」

辯才笑笑，對綠袖、大壯等人揮了揮手，然後從容地走到蕭君默面前。「走吧。」

羅彪和眾騎士這才收刀入鞘。一名騎士立刻牽了一匹馬過來，扶著辯才登上馬背。

蕭君默轉身朝自己的坐騎走去，走到一半，忽然回頭看了一眼。楚離桑也正看著他的背影，二人四目相對，眼神都有些複雜，當即各自彈開。

辯才在蕭君默及一眾玄甲衛騎士的簇擁下，緩緩離開了爾雅當鋪。

此時，周圍早已聚滿了看熱鬧的街坊鄰居和過往路人。直到蕭君默一行人走遠，圍觀人群依然在指指點點、竊竊私語。

楚英娘握住了楚離桑的手，發現她的手一片冰涼。

「娘，您應該有很多話要對我說吧？」楚離桑定定地望著長街的盡頭，那裡早已沒有了辯才和蕭君默等人的身影。

楚英娘苦笑了一下。「妳想知道什麼？」

「一切。」楚離桑轉頭看著母親，目光很冷。「您和爹這麼多年來，對我隱瞞的一切！」

一扇雕花長窗的木插銷被一根細細的鐵絲輕輕挑起，然後窗戶便從外往裡被慢慢推開了。黯淡的月光下，一個身影輕手輕腳地跳了進來。

此人是蕭鶴年，而他進入的這個房間，正是魏王的書房。平日只要魏王不在，這間書房都是關門落鎖的，唯一的鑰匙則掛在魏王腰間。所以，要想背著魏王進入書房，扒窗戶是唯一的辦法。

一個時辰之前，洛州方面以八百里加急送來了一份奏表，直接送到了魏王手上。本來奏表都是要透過門下、中書兩省呈遞給皇帝的，但玄甲衛的奏表屬於密奏性質，可以直接上呈皇帝。由於魏王負責辯才一案，所以該案的奏表便都先送到他這裡，再由他入宮呈報。

這天夜裡，魏王閱完這份奏表，喜不自勝。是夜在府上當值的蕭鶴年很清楚，該奏表肯定是辯才案的最新情報。這份情報若是白天送達，魏王必定會立刻入宮呈給皇帝，但因眼下正值深夜，魏王才把奏表暫時鎖在了書房之中。

此時已是寅時二刻，再過半個多時辰，承天門上的晨鼓便會敲響，魏王便會帶上奏表入宮。所以，要想獲取情報，這是最後的一線機會。

於是，蕭鶴年幾乎沒有任何猶豫——在魏王熄滅書房的燈火，關門離開片刻之後，他便從後窗進入了書房。

魏王李泰酷愛文學和書法，是以府中藏書卷帙浩繁。偌大的書房中，除了門窗之外，四壁都是靠牆而立的書架，架上整齊堆放著一卷卷帛書，以「經、史、子、集」分門別類。書架堆滿了，很多書便只能五卷、十卷地裝在帙袋中，胡亂堆積在屏風後面的地上。

在幾乎完全摸黑的情況下，蕭鶴年憑藉對地形的熟悉，深一腳淺一腳地越過那些鼓鼓囊囊的帙袋，然後繞過屏風，來到了案榻前。

他知道，魏王收到的文牒信函，普通的會隨意放在書案上，重要的則會鎖進一只精緻的鎏金銅匣中。

此刻，蕭鶴年已經完全適應了房中的黑暗，依稀可以看見那只銅匣仍舊位於原處——魏王坐榻的裡側。

蕭鶴年迅速抱起銅匣，走到有些微月光的西窗下，把銅匣放在地上，從袖中掏出了一把小巧的銅鑰匙。這是一把複製的鑰匙，並非原配。

這只銅匣的原配鑰匙，魏王一直帶在身上。有一次，魏王喝多了，開完銅匣便將鑰匙遺留在了鎖上。蕭鶴年立刻到灶屋抓了一塊麵團，在麵團上摁下了鑰匙印，過後成功複製了一把鑰匙。

蕭鶴年深長地吸了一口氣，然後屏住呼吸，把鑰匙插進了鎖孔。

啪嗒一聲，銅匣上的鎖應聲而開。

蕭鶴年一喜，立即打開銅匣，抓起裡面的一遝文牒，迅速翻看了起來。此時的蕭鶴年並未注意到，就在他打開銅匣的剎那，在匣蓋與匣身接合的地方，一片小小的金色羽毛被碰落到了地上。由於羽毛的顏色與鎏金的顏色非常相近，不易發現，加之光線極為昏暗，所以蕭鶴年根本沒有察覺。

很快，蕭鶴年就找到了自己要的那一小卷帛書奏表——黯淡的月光下，隱約可以看見展開的帛書中，寫有「臣蕭君默奏」的字樣。

蕭鶴年快速讀了起來。奏表並不長，很快就看完了。把帛書重新捲回去時，蕭鶴年的目光異常凝重。

所有取出的文牒都依照原有順序放回了銅匣中。蕭鶴年在蓋上匣蓋的瞬間，眼角的餘光忽然瞥見了地上的那片金色羽毛。他撿起羽毛，略一思索，嘴角浮起了一絲笑容，旋即重新打開匣蓋，把那片羽毛小心翼翼地放在匣蓋與匣身接合的縫隙處，然後輕輕放下匣蓋，上了鎖。

李泰只躺了半個時辰，幾乎未曾合眼便起身下床了。他稍加洗漱後，便匆匆來到了書房。此時天色尚暗，幾個隨行宦官趕緊把書房裡的燈燭全都點亮了。

李泰命宦官們候在門外，然後徑直走向坐榻。

那只鎏金銅匣還是跟他離開的時候一樣，放在坐榻的裡側。李泰沒有直接打開銅匣，而是整個人趴在榻上，輕輕把銅匣挪出一寸稍許，仔細查看著什麼。

這張坐榻的靠背底部，有一些雕花鏤空的裝飾圖案，而這只鎏金銅匣的背面，同樣有鏤空圖案。方才李泰在離開之前，特意扯下了自己的一根頭髮，把坐榻和銅匣的兩處鏤空繫在了一起。所以，只要有人移動銅匣，頭髮就會被輕易扯斷。

此刻，那根長長的頭髮絲已經斷了！

李泰臉色大變，立刻掏出鑰匙打開銅匣。只見匣蓋與匣身接合的縫隙處，那片金絲雀的羽毛還在，但位置卻稍有不同，而且原本是羽根朝內、羽枝朝外，現在卻變成了羽根朝外、羽枝朝內。

很顯然，在他離開書房的這短短半個時辰裡，有人不但潛入了書房，並且成功打開了這只銅匣。而此人的目的，自然是想看玄甲衛剛剛從洛州送來的那份奏表。

想到這裡，李泰立刻起身，走出書房，快步穿過大半個府邸，來到了正堂西側的司馬值房。此時，一名書吏正趴在書案上打盹。

李泰臉色一沉，站在了書案前。

隨行宦官趕緊上去把書吏弄醒了。

書吏迷迷糊糊睜開眼睛，看見李泰，嚇得一個激靈，慌忙跪地行禮。「殿下恕罪，卑職沒有睡著，只是瞇了一下眼……」

「你們司馬呢？」李泰心裡著急，懶得跟他計較。

「回……回殿下，蕭司馬說要出門去辦個事，剛剛才走的。」

「他是不是走得很急？」

書吏思忖著。「確實有些急，連卑職要給他開個夜行公函，他都說不用就急急忙忙走了。」

一切都清楚了！李泰想，這個潛入書房盜取情報的人正是蕭鶴年，而向魏徵洩露消息的內鬼肯定也是他！

可讓李泰百思不解的是，蕭鶴年為什麼要偷取辯才一案的情報？他現在又急著要把情報送給誰？會是魏徵嗎？如果是的話，他和魏徵到底跟辯才有何瓜葛，跟父皇不遺餘力想找到的〈蘭亭序〉又有什麼瓜葛？

蕭鶴年騎著快馬趕往魏徵府邸的路上，先後遇到了三撥巡夜的武候衛。

按照唐律，官員或百姓夜間若有急事需要上街，必須由官府或坊正開具公函，出示給武候衛查驗，才不算犯夜。蕭鶴年雖然十萬火急地出了魏王府，來不及開公函，但憑藉魏王府司馬的身分，還是沒遇上什麼麻煩，一口氣趕到了永興坊。

蕭鶴年叩響魏徵府西門的門扉時，承天門上的晨鼓恰好擂響。聽著激昂的鼓點，蕭鶴年的胸中也陡然湧起了一股莫名的激情。

剛剛起床的魏徵在書房接待了蕭鶴年。他知道，蕭鶴年突然前來，必定是不聽他的勸阻採取了行動，然後得到了什麼重大情報，因此才打破了多年來的規矩，貿然闖到了他家裡。

魏徵用一種異常嚴厲的目光盯了蕭鶴年好一會兒，才道：「鶴年，你跟我多少年了？」

蕭鶴年明白他的意思，歉疚地笑笑。「快三十年了。」

「既然快三十年了，怎麼還會犯下如此愚蠢的錯誤？」魏徵一臉嚴肅。「不按約定的方式聯絡，冒冒失失跑到我家裡，你知道這是多麼危險的舉動嗎？」

「先生，實在是情況緊急，我不敢再耽擱了。再說，方才我來之時，夜禁還沒過呢，街上又沒人，誰也沒看見我。」

「誰也沒看見你？」魏徵冷笑。「你在路上碰到幾隊武候衛了？」

「三……三隊。不過，我有魏王府司馬的身分——」

「我不是指這個！」魏徵不客氣地打斷了他。「我想說的是，日後倘若有人想查你今天的行蹤，只需找到那三隊武候衛，一核實，就可以大致推斷出你行走的路線，繼而就可能推斷出你是來找我的！」

蕭鶴年赧然良久，才道：「先生，屬下知錯，願受責罰。」

「責罰肯定是要的，但不是現在。」魏徵冷冷道：「你不宜在此久留，有何事要報，快說！」

蕭鶴年知道魏徵一向面嚴心慈，這麼說其實就等於原諒他了，暗暗鬆了口氣，隨即把蕭君默密奏中的大意扼要說了一遍。

「洛州伊闕縣，爾雅當鋪，吳庭軒？」魏徵重複著這幾個關鍵字，低首沉吟。

「是的，這就是辯才的偽裝身分。先生，您打算何時派人過去？」

「我會儘快安排。」魏徵說著，忽然想到什麼，欲言又止。

蕭鶴年察覺。「先生是不是想說什麼？」

魏徵嘆了口氣。

「咱們這次是要從君默手裡搶人，若真搶成了，就等於把這孩子的仕途給耽誤了。」

蕭鶴年苦笑了一下。「他還年輕，以後有的是機會。再說了，他進玄甲衛才三年，一口氣就幹到了正五品上的郎將，這放眼滿朝文武也找不出第二個！依我看，就算真耽誤他一下也不礙事，權當給他一點挫折，歷練歷練！」

魏徵笑笑。「聽你這口氣，你這當爹的好像醋勁還挺大。」

蕭鶴年裝糊塗。「有嗎？」

「還不承認？你熬了快二十年，才從一個正五品上的長安令，熬成從四品下的魏王府司馬，就升了一級。可瞧瞧你兒子，才三年就升了多少級？說不定過兩年官都比你大了，你敢說你一點都不嫉妒？」

蕭鶴年嘿嘿一笑。「什麼都瞞不過先生。」

這麼說笑了幾句，原本沉重壓抑的氣氛輕鬆了少許。可一沉默下來，兩人便又同時心事重重。

「你昨夜如此鋌而走險，魏王府還回得去嗎？」魏徵道。

「先生放心！屬下做得還算隱祕，相信魏王一定不會察覺。」

「這種事可不能掉以輕心。你再回想一遍，有沒有哪個細節疏忽了？」

蕭鶴年想了片刻，還是搖搖頭。「沒有，沒有什麼疏漏。」

魏徵不語，似乎仍不太放心。

「先生，」蕭鶴年起身。「晨鼓響了有一會兒了，如果先生沒有別的吩咐，屬下就告辭了。」

魏徵沒說什麼。

蕭鶴年躬身一揖，轉身朝外走去。

「等等。」

蕭鶴年回頭。「先生還有什麼吩咐？」

魏徵遲疑了一下。「也……也沒什麼了，你自己保重。」

蕭鶴年一笑，又拱拱手，大步走了出去。

魏徵望著空蕩蕩的房門，不知為何，心裡竟有一種悵然若失之感。

此時的魏徵當然不可能知道，這是他跟蕭鶴年的最後一面。

第六章

辯才

一隊黑甲騎士、一駕單轅雙輪馬車，在伊闕通往洛州的驛道上緩緩而行。

伊闕縣距洛州治所洛陽縣約七十里，途經蒼翠秀美的伊闕山。此處兩山相對，伊水中流，遠望如天然門闕，故名「伊闕」。名聞天下的龍門石窟，便雕刻在伊水兩岸的山崖之上。此時臨近三月，驛道兩旁青山碧水、草木蔥蘢，倘若不是那些黑甲騎士身上的殺氣破壞了氛圍，這樣的時光和景致幾乎可用婉約與唯美稱之。

與其他騎士如出一轍的冷峻表情不同，此刻，蕭君默策馬行走在馬車旁，神色中倒有幾分愜意和閒散。

儘管經過了包紮，右臂的傷口還是有些隱隱作痛。不過這點小傷對蕭君默來講屬於家常便飯，只是他入職玄甲衛以來的諸多「紀念」之一罷了。

馬車窗牖上的布簾掀開著，辯才從窗中默默遙望遠處的龍門山。只見滿山的翠綠之中，掩映著一座紅瓦飛簷的寺院，還有幾縷鐘磬梵唄之聲隱約可聞。

「法師是憶念當年的出家生活了嗎？」蕭君默笑著問道。

「出家或有不修善，則不如在家；在家能修善，則勝於出家。」辯才淡淡說道，彷彿在自語，又彷彿在回答。

「法師這句話，我記得是出自《十住毗婆沙論》。對嗎？」蕭君默隨口說道。

辯才一愣，有些意外地看著他。「沒想到，蕭將軍年紀輕輕，對佛教經論也有研究。」

「談不上研究，略略讀過幾本罷了。」蕭君默道：「法師引用這句話，是不是想說，你雖然以吳庭軒的身分過著在家人的生活，但心性卻可以不受紅塵染汙？」

辯才警覺地看了他一眼。「將軍想說什麼？」

「沒什麼。」蕭君默一笑。「我只是有個問題一直想不明白。」

「什麼問題？」

「佛在《四十二章經》中說：『人繫於妻子舍宅，甚於牢獄。』又在《心地觀經》中說：『在家逼迫如牢獄，欲求解脫甚為難。』我想請教法師，作為一個志求解脫的出家人，你為何會捨棄清淨自在的出家生活，把自己投入這樣的『牢獄』呢？到底是怎樣的壓力，迫使你做出了如此艱難的選擇？」

辯才呵呵一笑。「將軍不要把我形容得這麼悲壯。我離開寺院、蓄髮還俗，完全是出於自願，並未受到什麼壓力，更談不上什麼艱難的選擇。」

「法師這麼說就言不由衷了。」蕭君默言語犀利，臉上卻仍舊是雲淡風輕的表情。「在還俗的十六年中，你立誓不再落墨寫一個字，如果不是在下奉旨找到你，你完全有可能終身封筆。而對於一個酷愛王羲之書法的人來說，這絕對是一個艱難的決定。由此我聯想到，你蓄髮還俗的原因，肯定也跟王羲之書法有關。準確地說，就是與〈蘭亭序〉有關。」

「將軍的聯想真是不著邊際！」辯才哂笑道：「一個人竟然會為了一幅字帖，完全改變人生，這樣的理由，將軍不覺得有些牽強嗎？」

「這不叫牽強，只能說非同尋常。」蕭君默也笑道：「法師既然肯對自己的人生做出如此非同尋常的改變，那也就證明了，與你息息相關的〈蘭亭序〉，背後隱藏的祕密一定也非同尋常。」

辯才的眼角微微跳動了一下。

他不得不承認，這個年輕人的洞察力要比他想像的可怕得多。跟這樣的人交談，你隨時有可能掉入陷阱，說出不該說的話。

辯才輕輕放下了車窗上的布簾，索性閉上眼睛開始打坐。

言多必失。他決定從這一刻起，不再多說一個字。

看著辯才突然緘口，還把車窗遮擋得嚴嚴實實，蕭君默笑了。

這種時候，沉默其實就是無聲的告白。他越是對這個話題諱莫如深，越證明這就是他想守護的祕密。蕭君默現在基本上可以斷定，辯才手中藏有〈蘭亭序〉，或至少知道它的下落。他蓄髮還俗、改頭換面躲藏了這麼多年，就是為了守護〈蘭亭序〉的祕密，而今上李世民不惜花費大量人力物力尋找辯才和〈蘭亭序〉，肯定也是想獲取這個祕密。現在的問題只是：這個祕密到底是什麼？〈蘭亭序〉眼下又在什麼地方？

當然，這並不是蕭君默該犯愁的事。只要把辯才帶回長安，他的使命就完成了，剩下的問題就讓皇帝去犯愁吧。

未時時分，太陽剛過中天，蕭君默一行來到了洛州府廨。

玄甲衛辦案，向來不須知會當地官府，但一旦要把當地人犯帶走，則須到州、縣兩級公廨進行報備，辦理相關手續，所以蕭君默一行才不得不進入洛州。若非如此，依蕭君默的性子，根本不想跟當地官府有任何瓜葛。

遠遠望見府廨大門的時候，蕭君默有些詫異，因為洛州刺史楊秉均竟然帶著一幫僚佐幹吏親自站在大門口迎候。

洛州在唐代為上州，刺史為從三品，無論品級還是職位都比五品郎將高出許多，儘管玄甲衛的郎將身分特殊，很多地方官員都爭相籠絡，但搞出這麼大陣仗，還紆尊降貴出門迎接，也實在是誇張了些。

楊秉均到底是何用意？

蕭君默稍一轉念，馬上就明白了，這傢伙如此煞有介事，肯定不光是衝著他玄甲衛的身分，更是衝著他身後馬車上的那個人——辯才。

想到此，蕭君默不免多留了一個心眼。

楊秉均一看到蕭君默，便笑容滿面地迎了上來。「蕭將軍，一早聽說你破了大案，本官便命人置辦了宴席，一來為你慶功，二來為你接風，可將軍為何姍姍來遲啊？」

「龍門形勝，伊闕風流，蕭某一路貪圖春光山色，便走得慢了。」蕭君默下馬行禮。「有勞楊使君久候，蕭某真是過意不去。」唐代稱刺史為使君，稱縣令為明府，對其他各級官員通常也以職務相稱，不像後世動不動便以「大人」稱呼官員。

楊秉均聞言大笑。「將軍要是喜歡這裡，不妨逗留一、兩日，本官也好盡盡地主之誼。」

「多謝使君美意。」蕭君默笑道：「蕭某倒是很想逗留，只怕聖上不答應。」

楊秉均乾笑了幾聲。「將軍恪盡職守，令人欽佩啊！」

二人寒暄著，一起走進了府廨。

宴席非常豐盛，楊秉均頻頻勸酒，蕭君默只喝了一、兩杯便以職責在身為由一再婉拒。宴罷，洛州府的相關書吏領著羅彪去辦手續，楊秉均則與長史姚興一起請蕭君默到正堂後的花廳喝茶。

「蕭將軍，本官聽說，你今日一早抓獲辯才後，卻沒查問〈蘭亭序〉的下落，更沒有查抄爾雅當鋪，這是為何？」楊秉均才喝了兩口茶，就迫不及待地問。

終於圖窮匕見了！

蕭君默在心裡冷笑。前面那些盛大歡迎、熱情款待的陣仗，都是為這一刻準備的，典型的先禮後兵的套路。

今日上午，當蕭君默去伊闕縣廨辦理相關手續、順便包紮傷口時，伊闕縣令便提出要查抄爾雅當鋪，蕭君默斷然否決，並嚴厲警告他，除非有皇上的旨意，否則任何人也不能動爾雅當鋪。伊闕縣令沒料到他的反應這麼大，懵了半天才問道：「為什麼？」

「這個案子由本官負責，你沒有資格問為什麼！」蕭君默毫不客氣道。

伊闕縣令心中惱怒，卻不敢發作。蕭君默卻看都不看他一眼，隨即帶著辯才上路了。

此刻，事情明擺著，伊闕縣令一定是未能得逞，便暗中派快馬飛報了楊秉均。由於辯才乘坐的是馬車，蕭君默一行走得慢，所以被他們趕在了前頭。

「楊使君，你剛才那句話，有個小小的謬誤，蕭某想更正一下。」

楊秉均一愣。「謬誤？什麼謬誤？」

「辯才法師是聖上的客人，不是朝廷欽犯。」蕭君默不慌不忙道：「所以，不能用『抓獲』這個詞，只能說是『找到』。」

「話是這麼說，但聖上之所以找辯才，目的也是要找到〈蘭亭序〉。這一點，蕭將軍不會不知道吧？」

「這我當然知道。」

「既然知道，為何不審問辯才，也不查抄爾雅當鋪？」

「因為我可以確定，〈蘭亭序〉不在辯才身邊，當然也不會藏在爾雅當鋪。」蕭君默道：「我相信，辯才沒有那麼蠢。」

後面這句話顯然語帶雙關，楊秉均的臉色一下就變了。

「蕭將軍，」旁邊的長史姚興發話了。「請你別忘了，你是在跟一位堂堂的三品大員說話，請注意你的口氣。」

蕭君默聞言一笑。「是啊，可辯才一案，聖上是命我辦理的，而不是命我們的三品大員楊使君，不是嗎？」

姚興一下噎住了，只好悻悻閉嘴。

楊秉均強忍怒火，又道：「你說〈蘭亭序〉肯定不在爾雅當鋪，憑什麼這麼有把握？」

「不憑什麼，就憑蕭某一點小小的辦案經驗。」蕭君默仍舊笑道。

楊秉均冷笑。「不過是個小小的五品郎將，入職玄甲衛短短三年，哪來這麼大的口氣！」

「楊使君如果看不慣蕭某，大可以請御史臺參蕭某一本，或者直接向聖上遞密奏也行。要是您不方便跑這一趟，蕭某願意代勞，反正我正要回朝，順帶的事！」

「你！」楊秉均終於拍案而起，官威大發。「蕭君默，你別以為你是玄甲衛就了不起！你有權向聖上遞密奏，本官照樣也可以，別以為本官不敢拿你怎麼樣！」

「楊使君消消氣。」蕭君默抿了一口茶，露出一個意味深長的笑容。「巧了，說到密奏，蕭某現在身上就帶著一份，楊使君想不想看看，這份密奏跟誰有關？」

楊秉均微微一震。「你什麼意思？」

蕭君默微笑著從懷中掏出一卷帛書，對姚興晃了晃。「姚長史，勞駕。」

姚興一臉訝異，立刻走過來接過帛書，交給了楊秉均。楊秉均一屁股坐下來，噹啷一下掃落了案几上的茶碗，把帛書攤在案上看了起來。

蕭君默依然面帶笑容，注視著他的臉色。

楊秉均看著帛書，一開始滿面怒容，繼而臉色鐵青，最後卻是一片慘白，整個人像洩了氣的皮囊一樣萎靡了下去。

蕭君默的這份密奏，揭露了楊秉均及下轄洛陽、伊闕、偃師、陽翟、澠池、汜水等各縣縣令，這些年來打著為皇帝求購王羲之書法的幌子，對鄉紳百姓巧取豪奪、敲詐勒索的種種罪行，連帶他們幾年來貪贓納賄的斑斑劣跡，也都一筆一筆寫得清清楚楚。可想而知，這樣的密奏遞上去，必將令皇帝震怒，也必將引發洛州官場的地震，而楊秉均作為一州刺史、封疆大吏，更是首當其衝，萬死莫贖！

這件事情，是蕭君默在扮演書生「周祿貴」期間幹的。起初他只是暗中調查「吳庭軒」，偶聞民間的一些怨言，就想不如摟草打兔子，順帶查一查，不料一查下去，竟然一發不可收拾。當他耳聞目睹這些官員對百姓犯下的種種罪行時，心中大為憤慨，於是專門花心思搜集了大量罪證，最後寫成了這道密奏。

「楊使君，」蕭君默終於收起笑容，直視楊秉均。「如果你執意要抄爾雅當鋪，我也沒辦法，只能在這份密奏上面再加一筆！該怎麼做，你看著辦。」

蕭君默不讓楊秉均等人查抄爾雅當鋪，首先當然是因為他相信辯才不會把〈蘭亭序〉藏在家裡，其次是想阻止這些貪官借機侵吞民財，但更重要的，是因為他總覺得自己在良心上對辯才一家人有所虧欠，所以不想再讓他們受到傷害。尤其是那個叫楚離桑的女子，雖然與她僅有數面之緣，但不知為什麼，蕭君默心裡總是惦記著她。

楊秉均頽唐良久，才抬起頭。「蕭君默，你想要多少錢，開個價吧。」

蕭君默朗聲大笑。「楊秉均，你這是在侮辱我，還是在侮辱你自己？你真以為天底下所有人，都可以用錢買嗎？」

楊秉均冷哼一聲。「少在這兒唱高調！千里做官只為財，自古皆然，我就不信你是個例外！」

這時，羅彪辦好手續，剛好回到花廳，一看到氣氛不對，趕緊站在門口，不敢進來。

蕭君默無聲冷笑了一下，站起身來，拍了拍身上的灰塵。「羅隊正，事情都辦妥了？」

羅彪忙道：「回將軍，都辦妥了。」

蕭君默走到楊秉均面前，收起帛書揣進懷裡。「楊使君，多謝你的盛情款待，來日若回長安，不管你變成了什麼身分，蕭某定當作東！告辭。」說完拱了拱手，大踏步走出了花廳，帶著羅彪揚長而去。

楊秉均睜著一雙死魚眼，直盯著蕭君默遠去的背影，猛然掀翻了案几，把愣在一旁的姚興嚇了一大跳。

姚興戰戰兢兢地湊過來。「使君，這小子油鹽不進、軟硬不吃，得給他點顏色了。」

楊秉均想著什麼。「先生還有幾天會到？」

「今日一早就把信鴿放出去了。前陣子我聽韋左使說，先生最近在汴州一帶活動，要是及時趕過來，頂多兩天後就到了。」

「辯才乘的是馬車，走不快。」楊秉均略加思索。「蕭君默最快也要三天後才能到陝州，剛好出了咱們的地盤。先生要是及時趕到，咱們就三天後在陝州動手，把辯才交給先生，我親手宰了蕭君默！」

「對，事情做在陝州，到時候就算辯才被劫了，蕭君默死了，也沒咱的責任。」姚興附和道。

「還有，你現在馬上召集精幹人手，去伊闕。」

姚興沒反應過來。「去伊闕？做什麼？」

「這還用問?!」楊秉均咬牙切齒。「去把爾雅當鋪給老子抄了！不管有沒有〈蘭亭序〉，所有字畫珍玩一概抄沒！」

姚興恍然。「是，屬下這就去。」說完轉身要走。

「慢著。」楊秉均目光陰狠，然後命姚興湊近，附在他耳旁說了句什麼。

姚興咧嘴一笑。「使君高明！」

楊秉均獰笑。

日影西斜，家家戶戶的房頂上炊煙裊裊。

自從清早「吳庭軒」被帶走之後，爾雅當鋪便大門緊閉，不少街坊鄰居一直在外面探頭探腦，可當鋪裡卻一片沉寂，始終聽不見半點動靜。

一整天，楚英娘和楚離桑都各自躲在臥房裡，也不知在想些什麼。綠袖跟這個說話也不搭理，跟那個說話也不回應，急得不知如何是好。中午，綠袖跟幾個僕傭張羅了好些飯菜，盛到主母和娘子房裡，好話說盡，她們卻愣是不動筷子。現在眼看又到飯點了，綠袖也沒心思再去做飯了，索性也把自己關在屋子裡頭生悶氣。

楚離桑其實很想去找母親把所有事情問個清楚，可又覺得母親應該主動找她解釋，所以就賭氣不去。在房裡悶坐了一天，最後她實在忍不住了，剛想去找母親，門忽然被推開，楚英娘面無表情地走了進來。

「說吧，妳想知道什麼？」楚英娘在繡榻上坐下，看著她。

「不是應該您跟我解釋嗎？」楚離桑心裡還有氣。「從小到大，您和爹瞞了我多少事情，不應該一一跟我解釋清楚嗎？」

楚英娘嘆了口氣。「好吧，那就從妳爹說起吧。那個蕭君默說得沒錯，妳爹本來就是個出家人，法名辯才，他不是妳的親生父親。娘當年帶著妳和他一起來到伊闕的時候，妳才四、五歲，不懂事，娘就讓妳喊他爹，然後就過了這麼多年。桑兒，雖然他不是妳的親生父親，但這些年他待妳，比親生女兒不差半點，這些妳都知道，對吧？」

楚離桑今天回想了很多往事，其實也隱約記起來了，小時候她第一次看見「爹」的時候，他還是光頭，頭上好像還有戒疤。「娘，雖然我不是爹親生的，但他還是我的爹，永遠都是！」

楚英娘欣慰。「妳這麼說，娘就放心了。」

「那您告訴我，我的親生父親是誰，他現在在哪兒？」

楚英娘的目光閃爍了一下。「娘懷上妳的時候，是在江陵，當時那兒在打仗，兵荒馬亂的，妳爹他……他沒能活下來。」

楚離桑一震。「您是說，我的親生父親，在我沒出生的時候就……就死了？」

楚英娘沉重地點點頭。

「那您後來是怎麼遇上我爹的，你們又為什麼到了這裡？」

「娘離開江陵後，到越州投親，不想親戚也都離散了。娘孤身一人，舉目無親，又帶著年幼的妳，日子過得很艱難。當時，妳爹出家的永欣寺也破敗了，他被迫還俗，然後就跟娘結識了，之後一直照顧咱們娘兒倆……」

「不對！爹肯定不是正常還俗！」楚離桑直視著母親。

楚英娘微微一驚。「為什麼這麼說？」

「他要是正常還俗，就會有自己的俗家身分，完全不必假冒那個吳庭軒，不是嗎？」

「當時到處都在打仗，哪兒還有官府會管還俗的事？吳庭軒是你爹年輕時的故交，二人打算搭夥做點生意，不料吳庭軒卻染病死了。你爹一來是為了紀念他，二來自己也還沒有俗家戶籍，乾脆就頂了他的身分……事情經過，就是這樣的。」

楚離桑狐疑地看著母親。「就算這些都是真的，可爹他明明酷愛書法，為什麼要發誓封筆？他不就是想隱藏真實身分嗎？可他為什麼不敢讓別人知道他就是辯才？」

楚英娘一怔，目光又躲閃了一下。「這……這是妳爹的隱私，娘也不是很清楚。等過些日子他回來了，妳再問他，如果他願意說的話。」

「娘，您不必再隱瞞了。事情明擺著，爹之所以千方百計隱藏真實身分，都是因為王羲之的〈蘭亭序〉，對不對？」

楚英娘一震，卻不知該說什麼，顯然是默認了。

「娘，您告訴我，當今皇上，還有那個蕭君默，為什麼都認定爹手裡有〈蘭亭序〉？」

楚英娘想著往事，眼神有些邈遠，片刻後才緩緩道：「妳爹的剃度師父智永，是王羲之的七世孫，當初〈蘭亭序〉就傳到了他的手中。妳爹年輕時也見過，不過後來永欣寺頻遇亂兵，〈蘭亭序〉就在戰亂中遺失了。朝廷不知實情，才會認定〈蘭亭序〉在妳爹手裡。」

楚離桑一直盯著母親，憑直覺就知道她沒說真話，可眼下一時半會兒也不可能問出真相，想了想只好作罷，道：「娘，您打算怎麼把爹救回來？」

楚英娘一驚。「妳爹現在在玄甲衛手裡，就憑咱們，怎麼救得回來？」

楚離桑也急了。「您自小就練武，大壯他們也都有功夫，就連我的身手也不算太差，憑什麼救不回來?!」

「桑兒，妳聽我說，皇上請妳爹入朝，只是想詢問〈蘭亭序〉的下落，妳爹只要把實情告訴皇上，說〈蘭亭序〉根本不在他手裡就好。皇上就算不信，也不能把妳爹怎麼樣，最後肯定會放妳爹回來的……」

「娘！」楚離桑突然大聲道：「可要是皇上一直不讓他回來呢？」

楚英娘猶豫了一下，搖搖頭。「不會的，皇上也不能不講道理……」

「娘，您要是不敢去，就讓大壯他們跟我走，我去救！」

「不行！」楚英娘冷冷道：「你們誰也不能去！」

楚離桑憤怒地看著母親，淚水忽然湧出，在眼眶裡打轉。

這時，外面忽然傳來嘈雜的聲音，緊接著房門被猛然推開，綠袖慌慌張張地跑進來。「主母，娘子，不好了！玄甲衛他們……他們要來抄家了！」

楚英娘和楚離桑同時一震，驚駭地看著對方。

李世民得到李泰稟報，知辯才已經找到，不日將帶回長安，頓時龍顏大悅，當即命趙德全賜給李泰帛三千段、錢一萬緡。李泰忙不迭地跪地謝恩。李世民意猶未盡，又命趙德全傳中書令岑文本上殿。李泰心中暗喜，知道這回肯定是要宣布武德殿之事了。

果不其然，岑文本到後，李世民命他立刻擬旨，特准魏王在三月初一後正式入居武德殿。李泰心中狂喜，再次跪地謝恩。在李泰看來，後天便是三月初一，一旦木已成舟，像魏徵這種太子黨再想諫阻，恐怕也是難上加難了。

聽到皇帝的旨意，岑文本有些意外，但並未多言，馬上領命前去中書省擬旨。

當天，詔書便由中書省發出，送到了門下省。時任侍中的長孫無忌看到詔書，稍微愣了一下，隨即命黃門侍郎劉洎加蓋門下省印，將詔書發往了尚書省。時任尚書左僕射的房玄齡接詔，絲毫不感訝異，立即將詔書頒布施行。稍後，朝廷六部長官如吏部尚書侯君集、民部尚書唐儉、禮部尚書李道宗、兵部尚書李世勣、工部尚書杜楚客等人，禁軍方面如右武候大將軍尉遲敬德等人，也全都得到了消息。

一時間，大唐朝廷的這些高官重臣人人表情各異，個個心思不一。

貞觀十六年二月末的這天，這個消息彷彿一顆石頭扔進一池春水，驟然掀起了陣陣漣漪……

就在朝中波瀾乍起的同時，魏徵正坐在忘川茶樓二樓的那間雅室中，一邊品著蒙頂茶，一邊靜靜地等待一個人。

熟悉的敲門聲響起，魏徵照例在案上敲了兩下以示回應。

「望岩愧脫屣。」敲門者在門外吟道，同時咳嗽了幾聲。

聽聲音，來者並非蕭鶴年，而是另有其人。

魏徵啜了一口香茗，照舊對了一句。「臨川謝揭竿。」

門推開，一個四十開外、膚色泛青的精瘦男子走了進來，躬身一揖。「見過臨川先生。」來者名李安儼，時任左屯衛中郎將，專門負責宮禁宿衛，是最接近皇帝的禁衛將領之一。當年，李安儼跟魏徵一樣，也是李建成的屬下，李建成敗亡後才一起歸順了李世民。

魏徵招呼他入座，稍加寒暄，便開門見山道：「你召集一些人手，要最精幹的，今日便出發，目標是玄甲衛郎將蕭君默押送的辯才。事成後，把辯才送得越遠越好，不要再讓任何人找到他！」

幾日前魏徵便跟李安儼交了底，讓他向皇帝託疾告假，並得到了允准。此時，李安儼已大致了解此次行動的內容，唯一讓他心存顧慮的，便是蕭君默。

「先生，蕭君默若強力抵抗，屬下該怎麼做？」

魏徵聞言，不禁沉吟起來。說實話，他也知道，蕭君默是此次行動中最大的難點，既要從他手中搶走辯才，又不能傷害到他，實在是兩難。片刻後，魏徵才道：「你儘量設法引開他，不要跟他正面衝突。」

李安儼微微遲疑。玄甲衛個個是心思縝密、功夫了得的高手，蕭君默更是此中翹楚，要想做到這一點，談何容易？

當然，這個遲疑只是一瞬間的事。

李安儼當即道：「是，屬下遵命。」說著，又忍不住咳了一聲。

魏徵關切地看著他。「怎麼，舊疾又犯了？」

李安儼苦笑了一下。「說來也巧，那天剛剛跟聖上託疾告假，當晚舊疾就復發了。這麼看來也不算『託疾』，是真的生病。」

魏徵也笑了笑。「世上還真有如此巧合之事。」旋即想著什麼，又道：「你要是身體不適，我可以另行安排……」

李安儼趕緊道：「不必了先生，這兩天我服了幾服藥，已好了許多，我沒問題。」

魏徵想了想，沒再說什麼，然後兩人又討論了一些行動細節。臨走之前，李安儼忽然想起什麼，道：「先生，我剛才來的時候，聽到朝中傳言，說聖上已正式下旨，讓魏王入居武德殿了。」

魏徵不語，似乎早已預料到這個結果。

李安儼見他沒說話，便起身告辭。魏徵忽然道：「安儼，最後，我想再給你一句話。」

李安儼看著他。

「如果蕭君默強力阻攔，寧可放棄行動，也不可傷害他。」

「屬下明白。」

姚興帶人強行闖入爾雅當鋪的時候，每個人身上都穿著黑甲。

楚英娘、楚離桑帶著綠袖、大壯等人，手上都拿了兵器，衝到前廳與他們對峙。姚興聲稱他們是玄甲衛，奉蕭君默之命前來查封當鋪，命楚英娘等人放下武器，否則便以抗拒官府的罪名全部逮捕。楚離桑大怒，大聲說蕭君默自己怎麼不敢來。姚興冷笑，說蕭將軍公務繁忙，哪有閒工夫來處理這種小事。

楚離桑一聽，頓時氣不打一處來，揮劍直取姚興。

雙方就這麼打了起來。

楚英娘原本極力想控制局面，無奈一旦動了刀劍，事情便再也無法挽回。為保護女兒，她只好加入了戰鬥。

打鬥中，有人撞倒了一盞燭臺，火焰點著了櫃檯上的幾卷字畫，火勢迅速蔓延開來。

楚離桑又驚又怒，砍倒了一個官兵，想衝到櫃檯那邊救火，不料卻被三個官兵死死纏住。她以一敵三，奮力廝殺，好不容易砍倒了兩個，卻有更多的官兵圍了上來。

由於楊秉均志在必得，所以命姚興足足帶了三十多人過來，而且個個武功都不弱。楚英娘、楚離桑等人雖然武功比他們高，無奈寡不敵眾。纏鬥片刻，便有三、四個當鋪夥計躺在了血泊中，綠袖也被兩個官兵逼到了牆角，發出聲聲尖叫。

楚離桑偷學武功的時候，也順帶教了綠袖一些，日常防身綽綽有餘，但碰上這種你死我活的廝殺，那點功夫連保命都難。楚離桑眼看綠袖危急，手中長劍一振，舞起一團劍花，逼退了兩個官兵，然後從缺口處衝了出去，又縱身一躍，一劍刺入一個官兵的後心，把他刺了個對穿，緊接著左腳飛踢，把另一個官兵踹飛了出去。

方才綠袖已被逼得蹲在了牆角，見危險解除，終於哇的一聲哭了出來，一頭撲進楚離桑懷裡。楚離桑拍了拍她的後背，正待安撫，突覺背後有異，猛一轉身，只見一個大塊頭官兵正揮著一把大刀劈頭砍下。

此刻躲閃已經不及，綠袖又發出一聲刺耳的尖叫。

千鈞一髮之際，只見一道劍光飛速閃過，大塊頭官兵輕輕晃了一下，然後他的頭和身軀瞬間分離開來，頭顱往旁邊掉落下去，高大的身軀重重撲倒在地上。

當他倒下之時，楚離桑驚愕地看見了母親楚英娘收劍的姿勢。

剛才那一劍，無聲地削斷了這個官兵的脖頸，速度快得令人匪夷所思。

此時大火已經在整間當鋪中熊熊燃起，濃煙四處瀰漫。官兵死了十幾個，爾雅當鋪的夥計也都已倒下，只剩下大壯一人還在苦苦支撐。姚興早就退到當鋪門外，大聲叫囂，卻絲毫不敢靠近。伊闕縣廨又派來了一大隊援兵，都圍在外面鼓譟。

楚離桑大怒，揮劍就要衝出去，被楚英娘一把拉住。

「妳和綠袖從後院走，快！」楚英娘大喊著，又砍倒了一個官兵。

楚離桑想和母親爭，可一張嘴就吸入了一大口濃煙，嗆得不住咳嗽，眼淚鼻涕直流。綠袖慌忙拉著她往後門跑去。楚英娘護在她們身後，抵擋著六、七個官兵，且戰且退。大壯殺紅了眼，接連砍倒兩個官兵後，也衝到了楚英娘身邊，與她並肩禦敵。

四個人很快退到了通往後院的門口處。綠袖死命抱著楚離桑，把她拉進了後院。楚英娘剛想叫大壯先撤，突然被大壯拽住胳膊，用力一推，把她也推過了門洞。

「快走——」大壯嘶吼著，整個人堵在門洞處，用盡最後的力氣死命抵擋。他的身上已多處負傷，鮮血染紅了衣袍。

楚英娘含淚看了大壯最後一眼，拉起楚離桑的手。「走！」

楚離桑還想掙扎，卻被母親和綠袖一人一邊架著疾走，瞬間沒入了後院的夜色之中。當她們翻牆而出的時候，大壯終於支撐不住，身上被同時刺入三把刀，一口鮮血噴了出來……

暮色四合，曠野上風聲嗚咽。

楚英娘、楚離桑、綠袖相擁站在一片高崗上，遠遠望著伊闕城中那一束沖天而起的火光。辯才十六年來收藏的所有名人字畫和古董珍玩，就這樣葬身火海、毀於一旦。

悲憤的淚水濡濕了這三個女人的眼。

一股仇恨的光芒連同遠處的火焰，一起在她們的瞳孔中燃燒。

●

李世民正式下旨讓李泰於三月初一入居武德殿，此事恰好與李泰數日前傳給劉洎的假消息吻合，連時間都完全一致，既沒早一天也沒晚一天。如此歪打正著的巧合，著實讓李泰和杜楚客一說起來就忍不住笑。

「殿下，您猜猜劉洎白天來找我時，那臉上是什麼表情？」此刻，在魏王府的書房裡，杜楚客正對李泰說道。

李泰憋著笑。「還能是什麼表情？那一定是感激得無以言表嘍！」

「沒錯！」杜楚客一拍大腿。「這傢伙表面裝得沉穩，其實我一眼就看出來了，那心裡頭可是被殿下感動得一塌糊塗啊，恨不得把一顆心都掏出來，讓我帶來給殿下看！」

李泰笑了笑。「劉洎還說了什麼？」

「還是那些老套的說詞，我覺得不聽也罷。」

「聽不聽，得是我拿主意。」李泰冷眼一瞥。「而不是你覺得如何便如何。」

杜楚客心頭微微一凜，忙道：「劉洎說，殿下入居武德殿後，一定要低調，而且從此在聖上面前，只要提及東宮，就必須說好話，一句壞話都不能提，就連聖上說太子不好，也要替太子辯解說情。如此，聖上自然會更加看重殿下，疏遠太子。」

李泰聞言，不禁蹙眉沉吟。

「殿下，劉洎這個法子，過於保守，甚至可以說懦弱——」

「你錯了，這個法子是以弱制強，以柔克剛。」李泰淡淡地打斷了他。「夫唯不爭，故天下莫能與之爭！劉洎此言，頗得老子思想之精髓，我覺得未必不可採納。」

「不爭？」杜楚客冷笑。「自古以來，有人憑龜縮之術奪嫡成功嗎？有人靠著『不爭』二字令對手俯首稱臣嗎？殿下，人人都說您最像聖上，到底哪一點最像，在屬下看來，就是睥睨天下、捨我其誰的王者之氣！設若聖上當年也不爭，如今恐怕已是荒塚之中的一堆白骨了。」

「住口！」李泰低聲喝道：「這種話也是臣子當說的嗎？」

「殿下恕罪。」杜楚客卻不驚懼。「屬下只是實話實說罷了。」

「不說這個了。」李泰緩了緩口氣。「內鬼已經現形，說說吧，該怎麼辦？」

「蕭鶴年這個渾蛋！」杜楚客恨恨道：「沒想到他竟然是太子和魏徵的狗！」

「說起這個，有件事得趕緊做。」

「殿下是指『黃犬』？」

李泰點點頭。「現在看來，事情很明顯了，『黃犬』肯定是在暴露之後，被太子和魏徵指使，對咱們使了反間計，結果害咱們差點把劉洎當成內鬼。所以，這條狗不能再留了，得趕緊除掉。」

「殿下放心，我明天就讓她消失。」

「還有，蕭鶴年盜取辯才情報這事，你怎麼看？」

「這事有點蹊蹺。」杜楚客思忖著。「暫且先不管太子和魏徵與此事有何關係，單說蕭鶴年冒險偷取辯才情報就足以說明，辯才身上肯定藏著什麼天大的祕密。換句話說，聖上這些年費盡心力尋找辯才和〈蘭亭序〉，肯定不只是喜愛王羲之書法那麼簡單。」

「辯才改頭換面在伊闕躲藏了十六年，這本身就非同尋常，而這也正是我的困惑。」李泰道：「這幾年，我利用《括地志》幫父皇暗中尋找辯才，卻一直弄不明白，辯才和〈蘭亭序〉背後到底隱藏了什麼，以致讓父皇如此牽腸掛肚、志在必得。」

杜楚客忽然想到什麼。「不知殿下是否還記得，武德九年那件轟動一時的呂氏滅門案？」

「你是說呂世衡？」

「對。我聽說玄武門事變當天，呂世衡臨死之前，曾迫切求見聖上，聖上也去見了他最後一面。據我推測，呂世衡肯定留給了聖上什麼線索，而這個線索正指向〈蘭亭序〉。後來又發生了滅門案，令此事更加詭異，此後聖上就開始廣為搜羅王羲之字帖了。由此可見，不管〈蘭亭序〉隱藏了什麼祕密，都源於這個呂世衡。」

「你知不知道，當時還有誰陪同父皇去見呂世衡？」

「據我所知，有四個人。」

「哪四個？」

「房玄齡、長孫無忌、尉遲敬德和侯君集。」

李泰揣摩著這四個人的名字，若有所思，片刻後道：「這事一時半會兒也弄不清，得從長計議。眼下需要考慮的是，要不要把蕭鶴年盜取辯才情報一事，向父皇稟報？」

杜楚客想了想。「屬下以為不可。」

「為何？」

「殿下這幾年一直在幫聖上尋找辯才，聖上可曾對你透露過他的真實動機？」杜楚客不答反問。

「絲毫沒有。」

「既然沒有，就說明聖上不想讓殿下介入此事，至少目前還不想。倘若殿下貿然把蕭鶴年的事情報上去，只會讓聖上對殿下產生警覺和提防，對殿下沒半點好處。」

「言之有理。」李泰深以為然，卻又想到什麼。「但問題是，蕭鶴年盜取情報，很可能也是衝著〈蘭亭序〉去的，如果他和魏徵派人半道去劫辯才，朝廷又毫無防範，沒人去接應蕭君默，那豈不危險？」

「殿下所慮甚是。」杜楚客想了想。「那就只能派咱們的人去接應了。」

「不妥。」李泰當即否決。「正如你方才所言，聖上目前還不想讓我介入，要是派人接應，難免興師動眾，聖上定會懷疑我們事先得到了什麼消息。」

「那就只有一個辦法了。」杜楚客湊近李泰，低聲說了句什麼。

「就這麼辦！」李泰一拍書案。「你立刻吩咐下去。」

杜楚客剛要起身，忽然想到什麼。「壞了！這蕭君默是蕭鶴年的兒子，他們爺兒倆會不會早就串通好了？」

「不可能。」李泰笑道：「倘若如此，蕭鶴年何須三更半夜跑到我這裡來偷情報？」

杜楚客一拍腦門。「對對，我把這一茬給忘了。」

「還有，既然咱們不想把蕭鶴年交給父皇，那就只能自己處理了。」李泰思忖著。「另外，關於〈蘭亭序〉的祕密，想必蕭鶴年也一定知情。若能把他的嘴撬開，咱們就什麼都清楚了。」

杜楚客點點頭，已明白李泰的意思。

第七章
劫殺

蕭君默一行自洛州啟程，三天走了三百多里，進入了陝州地界。陝州東據崤山，西接潼關，北臨黃河，扼東西交通之要衝，鎖南北津渡之咽喉，自古乃兵家必爭之地。陝州治所陝縣，位於崤山的群嶺環抱之中，古來亦有「據關河之肘腋，扼四方之襟要」的說法，地勢極為險峻。

這一天黃昏時分，蕭君默一行抵達陝縣城南的甘棠驛。此處四面環山，一條驛道在崇山峻嶺間蜿蜒穿過，甘棠驛便位於道旁的山坳之中。

蕭君默一到驛站門口，觀察了周遭地勢，忍不住笑道：「怪不得叫陝縣，果然名副其實！」他們一個多月前從長安過來時，一隊飛騎風馳電掣，只用三天就到了洛州，幾乎完全未曾在意沿途州縣的山川地形。這次返程為了照顧辯才，也出於安全考慮，讓他乘了馬車，速度大大減慢，不過蕭君默也正好借此機會飽覽大唐的壯麗山河。

旁邊的羅彪不解，問他方才所言何意。蕭君默道：「陝者，隘也，險要難行、山勢四圍之意，所以名之陝州、陝縣。」

羅彪聞言，這才仔細察看了一下周圍環境，只見驛站四周絕崖壁立、松柏森然，不覺便有一股寒意從脊背躥了上來。

「要是有人想打咱們的主意，此處倒是個動手的好地方！」蕭君默輕描淡寫地說著，策馬向驛站大門走去。

羅彪一聽，右手忽然下意識地按在了腰間的刀柄上。

「現在不必緊張，不過今晚睡覺最好睜著一隻眼。」蕭君默已經進了驛站，卻頭也不回地扔過來這句話。

羅彪尷尬地鬆開了手，心裡一陣嘀咕：奇怪了，你腦後又沒長眼，怎麼知道我緊張？

甘棠驛規模不小，是一個四方形的大院落。大門在南邊，進門左手是兩座硬山頂的房屋，為驛卒寢室；右手也是兩座屋，一座是驛丞的值房兼寢室，另一座是飯堂；驛站的東、西兩面各有一座懸山頂的普通客房，北面則有一座重簷歇山的雙層建築，為驛站上房；北樓西側是一排馬廄，馬廄旁邊還有一扇緊閉的小門。

驛丞姓劉，五十開外，老成幹練，一看到蕭君默等人的裝束，便知他們的身分，當即開了北樓二樓的三個單間，蕭君默、辯才、羅彪一人一間；另外開了一樓的五間四人房，剛好讓蕭君默的二十名手下都住了進去。

劉驛丞安排眾人入住的時候，沒有人注意到，一個馬夫模樣的人，正在庭院裡認真地擦洗一匹馬。他一直假裝低頭忙活，目光卻不時瞟向蕭君默等人。直到看清蕭君默、辯才等人各自入住的房間，才提起水桶，牽著馬兒離開。

馬夫離開的時候，下意識地望了南面山崖一眼。

此刻，南面山崖上有一群黑衣人正躲藏在山林間，目不轉睛地盯著驛站內的一舉一動。而與此同時，北面山崖上也有一群黑衣人，正居高臨下地俯瞰著整座驛站。兩群神祕人雖然都身穿黑衣、面遮黑布，但稍有些不同的是，南邊的黑衣人是頭裹黑巾，北邊的黑衣人則罩著黑色斗篷。

正如驛站中的人不知道這兩撥黑衣人的存在一樣，兩撥黑衣人彼此也並不知道對方的存在。而讓庭院中那個馬夫完全沒料到的是，他剛才的詭異舉動，其實也早已被蕭君默盡收眼底。

天色擦黑之際，眾人在飯堂用餐，一個下巴尖尖的精瘦驛卒非常殷勤，一直在旁邊噓寒問暖，還張羅著給眾人加菜。蕭君默不免多看了他幾眼。

自從離開洛州，辯才這一路上便成了啞巴，幾乎沒說過話。蕭君默主動坐到辯才身邊，不時找話跟他說，可辯才卻始終埋頭喝粥，一言不發。蕭君默只好笑笑作罷。一旁的羅彪卻看不過眼，甕聲甕氣道：「喂，和尚，我們將軍問你話呢，幹麼裝聾作啞？」

辯才喝光了碗裡的最後一點粥，才抬頭看著羅彪。「軍爺，讀過《論語》嗎？」

羅彪一怔。「少跟我在這兒賣弄！我是問你怎麼不回將軍的話！」

「子曰：『食不語，寢不言。』軍爺難道沒聽說過？」辯才慢條斯理道：「何況你還叫我一聲和尚。出家人戒律更嚴，吃飯不說話，是本分！」

玄甲衛中很多人是憑武藝入職，沒讀過《論語》的粗人不在少數，羅彪便是其中之一。此刻被辯才揭了短，不禁臉色漲紅，怒道：「那你現在吃完了，可以言語了吧？」

「抱歉！一路車馬顛簸，在下累了，想去安寢。」辯才淡淡道：「所以，也不能言語。」說完便徑直走出了飯堂。四名玄甲衛立刻起身跟了出去。這是蕭君默的安排，這四人必須時刻不離辯才左右。

羅彪被說得啞口無言，勃然大怒，起身要追。

一旁的蕭君默早已忍不住笑，一把按住他。「嘤嘤兄弟，少安毋躁！人家是出家人，自然該守規矩，咱不能破了人家的戒律不是？」

「他連老婆孩子都有了，還不算破戒？」羅彪怒意未消。

「老婆未必是真娶，女兒肯定非親生。」蕭君默望著辯才離去的背影，道：「再說了，這是人家的私事，咱們最好不要亂嚼舌頭。」

羅彪扭頭看著他，忽然促狹地笑笑。「既是私事，將軍如何得知？」

「直覺而已。」蕭君默說著，見羅彪一臉壞笑，拍了他腦袋一下。「收起你邪惡的笑容！」

羅彪撓了撓頭。「乖乖，跟一個婆娘同床共寢十六年，居然不是真娶，這得修煉到什麼境界？這還算人嗎？」

蕭君默感覺這話題再扯下去就不雅了，便笑笑不語。剛想離開飯堂，忽然察覺後面有什麼動靜，立刻回身衝到東面的窗邊，猛然把窗戶推開，探出頭去。

外面一片漆黑，不見任何異樣，只有山風呼嘯來去，把一大片灌木叢吹得沙沙作響。

羅彪跑了過來。「將軍聽見什麼了？」

蕭君默凝視著窗外的黑暗，沉吟不語。

剛一出飯堂，才走了幾步，蕭君默抬頭一瞥，就發現北樓二樓的走廊有個身影閃了一下，等他快步衝到庭院中時，那個身影已經消失了。

方才身影所在的位置，正是蕭君默的房間門口。

蕭君默緩步走上二樓，來到自己的房間，打開門後，並未馬上進去，而是掃視了房內一圈，確定無異後，才抬腿走了進去。

剛踏出兩步，蕭君默就感覺踩到了什麼東西，低頭一看，是一張摺成四方形的紙條。很顯然，這是剛才那個神祕身影從門縫裡塞進來的。

蕭君默湊近燈燭，展開紙條：

消息已洩　辯才危險　千萬當心　早做防範

蕭君默蹙眉思索。

紙條用的是最為常見的黃麻紙，這是一種以苧麻、布頭、破履為主原料生產的紙張，成本低廉，價格比宣紙、硬黃紙等名貴紙張便宜許多。此外，這並不是一張完整的紙，而只有半張，切口清晰齊整，應該是用裁紙刀裁的。

蕭君默又掃了一眼字跡，發現落筆雖顯匆忙，但字體幹練有力，說明此人經常寫字。另外值得注意的是，十六個字都有一種不太自然的傾斜。

是誰寫了這張紙條？他又是從哪兒得到的消息？既然是好意提醒，證明此人是友非敵，那為何又要鬼鬼祟祟？

蕭君默來到走廊上，把整座驛站掃視了一遍。片刻後，他的目光停留在了某個地方。

他心裡已經有了一個推斷。

入夜，風越來越大，在甘棠驛上空來回盤旋，聲聲嗚咽恍如鬼哭。

劉驛丞打著一盞氣死風燈在驛站中四處轉悠。這種燈籠通身塗滿桐油，外面的紙又糊得特別嚴實，所以儘管夜風吹得凶猛，卻吹不滅籠中的一點微光。劉驛丞把每個角角落落都查看了一遍之後，才慢慢踱回庭院東南角的值房。

剛打開門，劉驛丞就感覺有些不對勁，慌忙把手中燈籠舉高，只見蕭君默正坐在一把條凳上，蹺著二郎腿，悠然自得地看著他。

劉驛丞一驚，強作鎮定道：「蕭將軍，你……你怎麼在這兒？」

「月黑風高，無心睡眠，找你聊聊天。」

「將軍說笑了。明日將軍還要趕路，在下也忙了一天，還是各自歇息吧。」

「好，那就不說笑了。」蕭君默站起來。「其實，我是想請你幫個小忙。」

「將軍有何吩咐？」

「幫我寫一張便條。」

「我這兒筆墨是比較齊全，要不我拿出來，將軍自己寫吧？」劉驛丞放下燈籠，掀開案上一隻盛紙的函匣，從一遝黃麻紙中取出一張，放在案上，又在硯臺上研了些墨。「將軍，請吧。」

「我右臂受了點傷，不便寫字，你幫我寫吧。」

劉驛丞遲疑了一下，勉強坐在案前，剛要提筆，蕭君默忽道：「稍等，不用整張紙寫，裁成半張即可。」

劉驛丞已有些張皇，但還是依言把紙張對摺，然後取過一把裁紙刀，裁下了半張紙。蕭君默一直注視著這一切。

接著，劉驛丞習慣性地用左手拿起毛筆，蘸了蘸墨，看著蕭君默。「將軍要寫什麼？」

蕭君默直視著他，一字一頓道：「消息已洩，辯才危險。」

饒是劉驛丞如何鎮定自若，至此也無心再掩飾了，只好嘆了口氣，把筆擲在案上，道：「將軍，我是受人之託，給你傳達消息，實在別無惡意……」

「這我知道。」蕭君默笑了笑。「不過我還想知道，你是受誰之託？」

劉驛丞猶豫片刻，才道：「不瞞將軍，在下是受魏王殿下所託。」

「魏王？」蕭君默有些意外。「我此次也是受魏王之命。既如此，他為何不直接派人給我消息，卻要搞得如此神祕？」

「這個在下就不清楚了。杜長史派快馬給我口信，讓我暗中給將軍遞個匿名紙條，別的在下一無所知。」

蕭君默知道他說的是實話，再問也問不出什麼，轉身要走。

劉驛丞忽然叫住他。「將軍留步。」

「還有何事？」

劉驛丞笑道：「在下有一事不明，還望將軍賜教。」

「什麼事？」

「將軍一眼便識破是在下寫的紙條，莫非我方才塞紙條之時，被將軍發現了？」

「我只看到一個影子，並不知道是你。」

「那將軍又為何這麼快就找到我？」

「這並不難。」蕭君默淡淡道：「首先，你用的紙很平整，邊角既無捲曲也無摺痕，不像是行旅之人隨身攜帶的東西，更像是放置在固定處所的，所以我暫時先排除了其他客人，覺得你和驛卒的可能性更大。」

劉驛丞點點頭。「很合理，然後呢？」

「其次，紙條只有半張紙，且切口清晰齊整，這說明寫字之人細心、穩重、做事有條理。更重要的是，此人很節省，能用半張紙的時候，就不用整張紙。由此我便想到，在驛丞和驛卒兩種人之間，此人更應該是前者，因為只有當家之人，才會如此珍惜物力，不願浪費。」

劉驛丞眼中露出了佩服之色。

「最後，也是最明顯的，就是你的字跡。你雖然寫得匆忙，但字體工整有力，顯然是經常寫字的人，這就更像驛丞而不是普通驛卒了。此外，這十六個字，都有一種不太自然的傾斜。我立刻想起晚飯之前，曾無意中看見你用左手執筆寫字。所以，這些字體的傾斜就有了一個最合理的解釋：寫紙條的人是個左撇子，也就是你——劉驛丞。」

劉驛丞大為嘆服，笑道：「早就聽說玄甲衛有個心細如髮、斷案如神的青年才俊，今日一見，果然名不虛傳！」

蕭君默卻沒有笑，而是有些凝重地看著他。「劉驛丞，方才我說今夜月黑風高，無心睡眠，其實不是玩笑話。」

劉驛丞也斂起笑容，鄭重地道：「魏王既然專門命人送來消息，今夜必定不會太平。將軍有何吩咐，在下一定全力配合！」

「你只須做一件事，就是帶上你的手下，照看好所有馬匹和那駕馬車即可。其他的事，你一概不要管。」

「一概不要管？」劉驛丞大為詫異。

「是的。」蕭君默看著他。「今夜就算有人在你的驛站裡殺得血肉橫飛，你和你的手下都不必管。如此，你便是幫了我，也幫了你自己。」說完，蕭君默拍了拍他的肩膀，徑直走了出去。

直到蕭君默離開值房好一會兒，劉驛丞依舊愣在那兒，想不出個所以然。

北樓二樓走廊，羅彪在辯才房間門口守著。

蕭君默走過來，朝他勾了勾手指頭。羅彪趕緊湊過去，蕭君默附在他耳旁輕聲說了幾句。羅彪一臉驚詫。「將軍何須如此？咱們這麼多弟兄……」

「照我說的做。」蕭君默冷冷道，然後推開辯才的房門，走了進去。羅彪不及細想，也趕忙跟了進去。

房中，辯才正坐在床榻上閉目打坐，四名玄甲衛都守在一旁。

蕭君默回頭給了羅彪一個眼色。

羅彪猶豫了一下，面露無奈，叫上那四個玄甲衛一起出了房間。

蕭君默走到床榻前，看著辯才。「法師，我本無意打擾你清修，只是，今夜恐怕會有麻煩，還需你配合一下。」

辯才彷彿沒有聽見，良久後才慢慢睜開眼睛。「什麼麻煩？」

「有人會來劫你，或者……殺你！」

辯才冷然一笑。「貧僧十六年前便已是行屍走肉、死灰槁木了，浮生所欠，唯有一死，還怕人來殺我嗎？」

這是辯才第一次以「貧僧」自稱。隨著離伊闕越來越遠，他似乎也在一點一點割捨過去十六年的世俗生活，漸漸變得心如止水。

蕭君默心裡既有些同情，又有些歉疚，臉上卻還掛著笑。「法師若是死了，在下也只能提著腦袋回長安。出家人以慈悲為懷，我還這麼年輕，法師捨得讓我死嗎？」

「你披上這身黑甲，就該想到會有今天。」

「法師好像很討厭我這身黑甲？」

「說不上討厭，但也並不喜歡。」

「謝謝法師的坦誠！不過，不希望你死的，不僅是我，還有你尚在伊闕心心念念盼你回家的妻女，不是嗎？」

辯才微微一震，沉靜的表情立刻起了波瀾，少頃才道：「將軍需要我怎麼配合？」

蕭君默粲然一笑。「法師想開了，在下的頸上人頭便可保了。」說著，他湊近辯才，低聲說了幾句。

辯才一怔。「這麼做，妥當嗎？」

「沒問題。」

「將軍可想清楚了？」

「當然。」

辯才深長地看著他。「將軍方才還說，這麼年輕，不捨得死，現在為何又不惜命了？」

「在下固然惜命，但更希望能夠不辱使命，把法師安全送到長安。」

蕭君默的表情依舊雲淡風輕，但眼中卻透著一股決絕和堅毅。

羅彪和四名玄甲衛站在庭院中，遠遠看見蕭君默從辯才房間走了出來，穿過走廊，下了樓梯，然後身子一拐，朝西北角的馬廄方向去了，並沒有向他們走來。

四個玄甲衛互相看了看，又看向羅彪。

「看我幹麼？都回辯才房間守著。」羅彪道：「辯才要是睡下了，你們也別點燈，就在房間裡給我守到天亮。」

「是！」四人答應著，飛快地跑開了。

他們一走，羅彪也快步朝北樓西側走去，那是剛才蕭君默身影消失的地方。

四個玄甲衛再次進入辯才房間的時候，發現燈已經熄了，辯才面朝臥榻裡側躺著，正發出細微而均勻的鼾聲。四人遵照命令，在黑暗中坐了下來，靜靜守著。

驛站外的東邊有一片黃楊灌木，此刻，三條纖細的黑影正躲在灌木叢中。

她們就是楚英娘、楚離桑和綠袖。三人都穿著夜行衣，頭臉都包著黑布，只露出眼睛。半個多時辰前，楚離桑摸到飯堂窗外，想打探情況，恰好聽見蕭君默和羅彪在談論她家的事，口氣似乎還有幾分戲謔。楚離桑一怒，不小心弄出了動靜，還好及時跑回灌木叢中，才沒讓蕭君默發現。

三人從午後一直躲藏到現在，不僅腰痠背痛，還被各種蚊蟲不時叮咬。楚離桑大為不耐，低聲道：「娘，他們估摸也都睡下了，動手吧？」

楚英娘不語，目光一直警惕地觀察著四周。

綠袖好像又被蟲子咬了，啪地在後脖子上拍了一下，連聲嘟囔。楚英娘扭頭，嚴厲地瞪了她一眼，綠袖伸伸舌頭，趕緊噤聲。

「娘……」楚離桑還想說什麼，楚英娘忽然噓了一聲，目光凌厲地望向左手邊。

楚離桑和綠袖同時順著她的目光看去，只見南邊山崖上，突然扔下十幾條長索，然後十幾道黑影正從崖上快速縋[1]下來。

綠袖驚得捂住了嘴。

楚離桑也是一驚。「娘，這些是什麼人？」

「肯定是衝妳爹來的。」

楚離桑越發驚異。「既然來者不善，那咱們得趕緊動手了！」

「現在不行！」楚英娘一臉鎮定，壓低聲音道：「他們人多勢眾，而且看樣子身手都不弱，咱們拚不過他們。」

楚離桑著急。「那怎麼辦？難道就任憑他們把爹抓了，或者把爹……」她心裡是想說「殺」字，卻不敢說出口。

「妳別忘了，還有蕭君默他們在裡面呢，玄甲衛也不是吃素的，自能抵擋他們。」楚英娘頓了頓，又道：「這票人突然出現也好，省得咱們跟玄甲衛硬拚，等他們兩敗俱傷，咱們再出手不遲。」

楚離桑想了想，覺得有道理，也就不吱聲了。

就在南邊黑衣人從崖上縋下的同時，北邊山崖上也下來了十幾個黑衣人，迅速躲在了幾棵大樹之後。

其中一個黑衣人喘息未定，立刻拉下面罩，模仿鷓鴣鳥發出幾聲「咕咕、咕咕」的叫喚。片刻後，驛站東北角響起了相同的聲音。緊接著，一道黑影迅速摸了過來。

黑影來到近前，居然是飯堂中那個下巴尖尖的精瘦驛卒。

1 縋：形容從上方攀著繩子往下的動作。

「情況怎麼樣？」學鳥叫的黑衣人迫不及待地問。

此人正是洛州長史姚興。

瘦驛卒答道：「蕭君默、辯才、羅彪就住在北樓二層的三、四、五號房，有四個玄甲衛守在辯才房裡，其他人都住樓下。」

姚興「嗯」了一聲。「幹得不錯，我會記你一功。你先回吧，免得讓人起疑。」

瘦驛卒連連稱謝，然後轉身往回走，可還沒走出幾步，姚興就從背後撲上來，一手捂住他嘴巴，另一手持刀在他脖子上一抹，瘦驛卒就軟軟地倒在了地上。

姚興拿刀在他身上擦了擦，低聲道：「兄弟，使君有命，不能留你這條舌頭，你別怪我，改天一定多給你燒些紙錢。」說完，貓著腰跑到不遠處的一棵樹下，對一個身材較為高大的黑衣人道：「使君，都摸清了，動手嗎？」

這個黑衣人正是楊秉均。

他無聲地揮了一下手，率先朝驛站東北角摸了過去，姚興等人緊隨其後。

楊秉均等人翻過驛站北牆，迅速躥上了北樓二樓的走廊，然後分別蹲在三、四、五號房的窗外，各自掏出一根竹管，刺破窗戶上的紙，朝裡面吹著什麼。

辯才房間裡，一股淡淡的煙霧在黑暗中瀰漫開來，四個玄甲衛原本都閉目坐著，很快就開始東搖西晃，緊接著便一個個栽倒在地。

門閂被一把小刀輕輕撥開，然後房門就吱呀一聲開了，楊秉均、姚興和幾個手下貓著腰摸了進來。他們一一查看了地上的四個玄甲衛，發現都已被迷暈，才直起腰身，同時把目光轉向床榻上的辯才。

辯才仍然面朝裡側躺著，正發出粗重的鼾聲。

楊秉均拉下面罩，獰笑了一下，對姚興道：「你帶幾個弟兄，馬上帶他去見先生，我去隔壁親手宰了蕭君默！」

「是！」姚興跟兩個手下一起扶起辯才，用一只黑布袋罩在他頭上，然後把他架了起來，迅速走出了房間。

楊秉均看著姚興等人下了樓梯，才重新拉上面罩，走到蕭君默房間門口，對手下道：「把門弄開！」手下迅速掏出一把小刀，插進了門縫裡，開始撥門閂。

就在這時，從南邊山崖上下來的十幾個黑衣人也正好翻過南牆，進入庭院。一道黑影從角落裡躥出，跑到為首黑衣人身邊，輕聲稟報了蕭君默等人的住宿情況，所說正與那個驛卒毫無二致。

這個黑影就是傍晚在庭院裡洗馬的馬夫。

為首黑衣人聽著，剛想說什麼，忽然用手捂嘴，忍不住輕咳了一下。

此人正是魏徵派來的李安儼。

李安儼抬頭，忽見北樓走廊上黑影幢幢，所在位置正好是馬夫說的蕭君默房間，暗叫一聲不好，大手一揮，立刻帶著手下朝北樓衝了過去。

楊秉均察覺樓下動靜，剛一轉身，李安儼已經從庭院中飛身躍上二樓欄杆，手中長劍直刺過來。楊秉均大驚失色，慌忙一閃，堪堪躲過。

姚興和兩個手下費了好大勁，才把軟綿綿的辯才從驛站北牆弄了出去。

「這老頭，真是死沉！」一個手下抱怨。

「廢什麼話？快走！」姚興低聲罵道，伏著身子觀察了一下四周，才深一腳淺一腳地躥入一片半人多高的荒草叢中。兩個手下一左一右架著辯才，緊隨其後。

此時的姚興並不知道，他們剛一離開，便有八名玄甲衛正從同樣的位置翻牆而出，悄無聲息地跟上了他們。

驛站東邊的灌木叢中，早已焦躁難耐的楚離桑終於聽見了東北角的動靜，探頭一看，正好看見幾個黑影架著一個人慌慌張張地跑遠。楚離桑趕緊對楚英娘道：「娘，您看，那幾個傢伙綁走的是不是爹？」

「是有點像。」楚英娘睜大了眼睛，正想著要不要追過去，忽然又察覺什麼，連忙一手一個拽住楚離桑和綠袖，猛地伏低了身子。

「娘，又怎麼了？」楚離桑不解。楚英娘朝左手邊努努嘴。楚離桑轉頭一看，才發現七、八條黑影正從前面不遠處急速掠過，緊跟著前面的黑影朝東邊而去。

恰在這時，驛站中又傳出刀劍撞擊的廝殺聲。綠袖眉頭緊皺。「今晚真邪門！這驛站到底來了幾撥人?!」

楚英娘兩頭望了望，一時也有些困惑。楚離桑則一直望著東邊，滿臉焦急。「娘，別猶豫了，我看被劫走的那個人肯定是爹，趕緊追吧！」

楚英娘又想了想，一咬牙。「走！」

驛站裡，李安儼和楊秉均這兩撥人剛一交手，便有八名玄甲衛從一樓客房衝了出來，同時對雙方展開攻擊，於是三撥人瞬間打成了一團。

在這場混戰中，每一撥人都鬧不清真正的敵人是誰，只好同時與另外兩方開打，於是每一方都打得驚心動魄且一頭霧水。

此時，劉驛丞正遵照蕭君默的指示，帶著五、六個驛卒守在驛站西北角的馬廄前，個個持刀在手，緊張地保持著防禦姿勢。

他們耳聞著庭院方向激烈的廝殺打鬥聲，每個人臉上都寫滿了驚懼和困惑。

最感困惑的人，當然是劉驛丞。

他到現在還是沒弄明白，蕭君默叫他守在馬廄前到底是什麼意思。他唯一能想到的理由，就是蕭君默早就料到今夜的情況會很複雜，所以叫他們躲在這裡避險保命。

儘管困惑不安，但僅此一點，劉驛丞就足以對蕭君默心存感激了。因為他知道，就憑他和手下這幾個驛卒的本事，真要是衝出去，立馬就會變成別人的刀下之鬼！

劉驛丞正胡亂想著，忽然聽見身後好像有人說話。他問左右驛卒。「誰說話了？」驛卒們個個搖頭。劉驛丞回頭看向馬廄，可除了並排站著的幾十匹馬，外加一駕孤零零的馬車之外，馬廄中空無一人。

一匹高大的黑馬突然噴了一下響鼻，前蹄在地上刨了幾下，顯得有些焦躁不安。

劉驛丞認出來了，那是蕭君默的坐騎。

然而眼下，蕭君默到底在什麼位置，究竟在做些什麼，劉驛丞卻一無所知。

姚興等人帶著辯才，順著北山的崖下往東走了約莫一炷香工夫，進入了一片松林。八名玄甲衛一直悄悄跟在他們身後，而楚英娘三人則緊緊咬著玄甲衛。

在松林中又摸黑走了半里多路，來到一片相對開闊的空地，姚興才停下腳步，掏出火鐮打著了火，點燃一根松枝，仔細觀察了一下四周，嘴裡唸叨著。「應該就是這裡了。」

「長史，快跟先生接頭吧，咱可快累死了！」一個手下氣喘吁吁道。

姚興回頭瞪了他一眼，扶著一株樹，清了清嗓子，對著松林深處唸了一句。「先師有冥藏。」

四周一片死寂，毫無回應。

姚興又提高嗓門唸了一遍。片刻後，林中終於傳來一個低沉渾厚的聲音。「安用羈世羅。」

姚興長長地鬆了口氣。

此刻，八名玄甲衛埋伏在姚興身後三丈開外的地方，而楚英娘她們則離得更遠，所以根本聽不到前面在說些什麼。

林中的話音一落，周圍便同時亮起十幾枝火把。姚興一下難以適應光亮，趕緊抬手遮眼，只見幾十個戴著斗篷、面遮黑布的身影從四周的松林中走了出來。為首的黑衣人身形頎長，臉上戴著一張造型古樸、神態詭異的青銅面具，旁邊跟著一個瘦瘦的人，正是多年來一直追隨其左右的韋老六，他是冥藏的左使。

「見過冥藏先生。」姚興慌忙上前行禮，又側身對韋老六道：「見過韋左使。」

「楊秉均呢？」冥藏先生問道。

「我們使君，可能……可能是被玄甲衛纏住了。」姚興僅見過冥藏先生幾面，每次見面都會不由自主地感到緊張。

「聽說你們使君很有能耐啊！」冥藏先生淡淡道：「借著給李世民搜羅王羲之字帖的機會，中飽私囊，不知道搜刮了多少民脂民膏！」

「先生，我們使君把絕大部分都上交給您了……」

「絕大部分？」冥藏先生一聲冷哼。「應該是九牛一毛吧？」

姚興低下頭，不敢吱聲了。

冥藏先生瞟了姚興身後的人一眼。「把辯才帶來了？」

「回先生，帶來了，他就是辯才。」

「聽說他在楊秉均眼皮子底下隱藏了十六年，去年楊秉均還讓他寫了一幅為母賀壽的字帖，愣是沒發現他就是辯才，最後反倒讓玄甲衛捷足先登！你自己說說，我要你們使君這種人何用？」

「先生明鑑，天下善寫王羲之書法的人太多了，使君他根本沒想到這個吳庭軒竟然會是辯才啊！」姚興頭上已經冒出了冷汗。

「你倒很會替楊秉均說話，看來他待你這個長史不薄啊！」冥藏先生乾笑了幾聲。「也罷，過去的事暫且不提。就說這回吧，玄甲衛在伊闕調查了那麼多天，楊秉均卻始終毫無察覺，直到人家把人押到了州縣公廨，他才如夢初醒，趕緊把消息報給了我。這種人，不要說不配當我的手下，就連做李世民的官也不夠格！我真後悔，當初怎麼會讓玄泉幫著把這種人弄上刺史的位置。」

「先生，玄甲衛辦案向來神祕莫測，別說我們使君這種級別很難知情，就算是朝中那些宰相，也往往被蒙在鼓裡——」

「夠了！」冥藏先生終於發怒，厲聲道：「楊秉均就是被錢財蒙住了狗眼，才會如此閉目塞聽、如盲如聾！你一心替他說話，是不是也想替他受罰?!」

姚興嚇得撲通跪地，磕頭如搗蒜。「先生息怒，屬下不敢……」

這時，八名玄甲衛開始悄悄向前移動，楚英娘她們也緊跟著移動。借著遠處火把的光亮，楚英娘隱約看見了什麼，頓時露出萬分驚駭的神色。楚離桑和綠袖一心只顧林中的動靜，壓根兒不知道楚英娘眼神的劇烈變化。

冥藏先生不再理會姚興，而是遠遠地瞟了辯才一眼，道：「把他的面罩拿下來吧。這位老友我已多年不見，心中很有些想念啊！」

由於剛才一直在跟姚興說話，沒怎麼留意辯才，此時細看眼前這個人，冥藏先生就驀然感覺不對勁了，又定睛一看，眼神立時大變。與此同時，手下揭下了「辯才」的頭罩，蕭君默的臉赫然出現在眾人眼前。

揭面的瞬間，蕭君默粲然一笑，同時右手一動，一把匕首從袖中滑入掌中，緊接著手腕一翻輕輕一抹，就割開了右邊黑衣人的喉嚨。當這個黑衣人捂著噴血的喉嚨撲倒在地的時候，蕭君默已經飛快抓住了左邊黑衣人，把匕首抵在了他的脖子上。

這把匕首的手柄上鑲嵌著紅、綠兩色寶石，名貴而精緻，正是數日前楚離桑刺在他右臂上的那一把。

驛站北樓，辯才房間中，躺在地上的四名玄甲衛幾乎同時起身。他們互相看著對方，不禁相視一笑。

「方才那幾個傢伙進來，老子真想宰了他們！」一個玄甲衛低聲道。

「你要是動手，就壞了將軍的好事了。」另一人也輕聲道：「將軍的計畫就是讓咱們『睡』上一小會兒，你乖乖聽命就是。」

還好這四個人都是蕭君默精心訓練過的，都有不錯的閉息功夫，否則方才從走廊窗戶吹進來的迷魂香，足以讓他們一覺睡到大天亮。

儘管現在走廊上和庭院裡正打得不可開交，但這四名玄甲衛卻彷彿沒有聽見一樣，徑直走到北面的窗邊，拉開窗戶，一個接一個跳了出去。

馬廄前，劉驛丞和手下依舊持刀在手，保持著防禦的姿勢，只是他們到現在為止還是不知道自己在防禦什麼。

忽然，劉驛丞再次察覺背後有什麼動靜，猛然扭頭一看，只見那駕馬車的簾幕被掀了開來，然後羅彪和另一名玄甲衛竟然從車廂中鑽了出來。劉驛丞顧不上訝異，又仔細一看，羅彪身旁的這個「玄甲衛」居然是辯才！

至此劉驛丞終於明白，蕭君默讓他守在這兒，不僅是在保護他，也是順便讓他保護辯才。劉驛丞深知憑自己的本事擔不起保護之責，蕭君默這麼安排，事實上是照顧到了他的自尊心，讓他和手下感覺沒在這兒白站大半個晚上。

「老劉，等前面打完了，你們再過去。」羅彪對他咧嘴笑笑。「估計沒少死人，明天夠你和弟兄們忙的，光挖坑埋屍就能把你們累死！」

劉驛丞張了張嘴，一時竟不知該說什麼。

這時，一個驛卒突然衝著黑暗的巷道喊了一聲。「來者何人？站住！」

劉驛丞趕緊回頭，只見四條黑影正沿著北牆的巷道快步走來。

「別慌，自己人！」羅彪笑道。

那四條黑影走近了，果然正是辯才房中那四名玄甲衛。

隨後，羅彪命四人從馬廄中牽出各自坐騎，他自己和辯才共乘一騎，然後六人五騎從西北角的小門離開了驛站，徑直朝西邊驛道疾馳而去。

臨走前，羅彪對劉驛丞道：「老劉，待會兒蕭將軍回來，麻煩轉告一聲，就說我們按照原計畫先行一步，在西邊等他！」

劉驛丞用力點了點頭，不知道自己為何還是說不出話來。

松林中，蕭君默方才的一連串動作迅疾如電，把所有人都看得目瞪口呆。

「你是何人?!」冥藏第一個反應過來，沉聲一喝。

蕭君默笑了笑。「你猜猜？」

冥藏凝視著他，忽然眸光一閃。「莫非，你就是那個查出辯才的玄甲衛郎將蕭君默？」

「算你有眼力！」蕭君默笑道：「是不是覺得如雷貫耳？」

冥藏冷哼一聲。「年紀不大，口氣不小！」

「三天前，楊秉均也對我說過這話，不過他一說完就後悔了。」蕭君默說著，朝早已癱坐在地、一臉驚愕的姚興努努嘴。「不信你問問他。」

此時，那八名玄甲衛早已又往前移動了一段，距冥藏的手下不過一丈，隨時可以出手保護蕭君默。而楚英娘三人雖然也緊隨其後摸了過來，但適才蕭君默露出真面目的一幕卻令她們極度驚愕，同時又大失所望。此刻三人面面相覷，一時竟不知該怎麼辦。

楚英娘盡力用失望的神色掩蓋著內心翻江倒海的複雜情緒，因為從她現在埋伏的位置，已經可以真真切切地看見冥藏。

那張面具在她看來無比熟悉，卻又無比陌生。

「娘，咱們快回驛站，說不定爹還在那兒。」楚離桑低聲道。

楚英娘從恍惚中回過神來。「妳……妳說什麼？」

楚離桑和綠袖對視一眼，都有些狐疑。楚離桑看著她。「娘，您怎麼了？」

楚英娘極力壓抑著自己的情緒，淡淡道：「沒什麼，我是在想妳爹現在在哪兒……」

林中空地，冥藏深長地看著蕭君默。「年輕人，你冒充辯才的行徑十分可惡，不過你孤身前來的勇氣卻著實可佩。你這麼做，難道就不怕死嗎？」

「我當然怕死！」蕭君默仍舊微笑著。「不過，就你們這些個流竄山野的剪徑小賊，恐怕還殺不了我。」

此時的蕭君默當然知道，眼前這些人絕非剪徑山賊那麼簡單，僅憑剛才這個「冥藏先生」與姚興的一番對話，便足以說明此人的能耐和勢力均不可小覷。而蕭君默今夜煞費苦心唱這齣調包計，並主動出擊以身犯險，正是想查清來劫辯才的到底是什麼人。所以，他現在故意用激將法，就是想從這個面具人嘴裡撈出更多線索。

冥藏聞言大笑。「年輕人，你未免太貪心了！方才已聽了那麼多，現在還想用激將法誑我?!可是，就算讓你知道更多又有何用？你一個快死的人，難不成要拿這些消息去跟閻王稟報？」

此言一出，韋老六、姚興和其他黑衣人頓時放聲大笑。

就在此時，不遠處突然傳來刀劍相擊的鏗鏘聲，所有人的目光不由一凜。

剛才，就在楚英娘三人正準備離開的時候，綠袖不小心踩到了一根枯枝，立刻被附近的三名玄甲衛發現。他們一看三人身穿黑衣，以為是埋伏的敵人，未及細想便攻了過去，雙方就此開打。

那邊一動手，這邊自然也無話可說了。冥藏左手微微一揚，一枚暗器瞬間射入被蕭君默劫持的那個黑衣人的眉心。此人當即癱軟，從蕭君默手裡滑溜了下去。蕭君默搖頭苦笑，對冥藏道：「面具人，你殺自己手下，連眼都不帶眨，這可不是什麼好習慣！」

話音未落，韋老六及手下幾十個黑衣人便同時朝蕭君默撲了過來。與此同時，埋伏在蕭君默後側的五名玄甲衛也飛身而出，迎戰黑衣人。頃刻間，一場三方混戰再次上演，與適才驛站裡的那一幕如出一轍。

驛站裡，李安儼心裡惦記辯才和蕭君默，便從廝殺中抽出身來，查看了北樓二樓的三個房間，卻發現裡面都空無一人，遂無心戀戰，立刻帶著手下脫離戰場，仍舊從南牆翻了出去。撤出後，清點人數，發現十幾個人已折損大半，只剩下五、六人。

同樣，楊秉均和玄甲衛也是兩敗俱傷。

當李安儼一方撤離後，早已筋疲力竭的楊秉均也慌忙帶著僅剩的三、四個手下，從東北角翻牆而出，倉皇逃竄。一名玄甲衛殺紅了眼，還想追出去，另一名玄甲衛趕緊拉住他。「別追了，將軍還沒回來，咱們得在這兒接應。」

直到廝殺結束，庭院裡再也沒了聲響，劉驛丞才帶著手下驛卒戰戰兢兢地走過來，一見滿地橫陳的屍體，臉色唰地一下全都白了。

八名玄甲衛，現在也只剩下三人。

見他們費力地把同伴的遺體從死人堆中抬出來，劉驛丞長嘆，趕緊招呼手下一起清理戰場。

這一夜，甘棠驛中還住著四、五十名房客，他們都是行經此處的各地官吏及其僕從。其中不少官員仕宦多年，時常在驛道上來來往往，也沒少住驛站，卻還是頭一回遇上如此血腥的廝殺場面，自然個個心驚膽戰。方才打鬥正酣時，他們都緊閉門窗，熄滅燈燭，大氣也不敢出，直到看見驛卒們開始清理戰場，才陸陸續續打開房門，探頭探腦地走了出來。

聞著飄散在庭院中的血腥氣息，好些個平日威風八面的官員此刻依然手足冰涼、心有餘悸。

第八章 死別

一跟這些身披斗篷的黑衣人交上手，蕭君默就意識到自己輕敵了。

這些人的身手絲毫不比玄甲衛弱，而且個個悍不畏死，一上來便都是凌厲至極的殺招。最可怕的是為首的那個面具人，手中的暗器無影無形，並且出手快如閃電，令人防不勝防。蕭君默憑藉手裡的一把匕首幹掉四、五個黑衣人後，一回頭驀然發現，身旁的五個弟兄已經倒下了三個，遂不再戀戰，與剩下的兩名玄甲衛且戰且退，很快便與後邊的那三名玄甲衛合兵一處。

此刻，這三人正與楚英娘她們及另外六、七個黑衣人纏鬥不休。蕭君默目光一瞥，忽然看見了一道熟悉的身影，心中大為驚愕，脫口喊了一聲。「楚離桑，是妳嗎？」

楚離桑正殺得興起，一聽到蕭君默的聲音，頓時更怒，立刻撇開對手，徑直向他殺來，嘴裡卻下意識地大喊。「不是我！」

蕭君默聞言，忍不住一笑，一邊輕盈地躲避她的攻擊，一邊對那三個玄甲衛喊道：「弟兄們，她們是自己人，別跟她們打！」

那三人先是一怔，旋即反應過來，趕緊掉頭攻擊那些黑衣人。這一來，楚英娘和綠袖壓力驟減，都暗暗鬆了口氣。綠袖本就不是任何人的對手，全憑身材嬌小、反應敏捷東躲西閃，數度險象環生，都靠楚英娘及時化解。現在情勢一緩，楚英娘也就全力保護綠袖，與那三名玄甲衛一起對付起了黑衣人。

楚離桑聽蕭君默說她們是「自己人」，心裡不由一暖，但旋即想起他欺騙自己的一幕幕，還有爾雅當鋪葬於火海的情景，心頓時又冷了，手中長劍攻勢更猛，嘴裡喊道：「你不要臉，誰跟你是自己人?!」

蕭君默一邊左閃右避，一邊笑道：「咱們都是拿命保護妳爹的人，當然是自己人了。」突然，斜刺裡躥出一個黑衣人，趁楚離桑不備，揮刀從旁偷襲，蕭君默眼疾手快，一個旋轉躲開楚離桑的劍，手中匕首刺入黑衣人心窩，黑衣人悶聲倒下。

楚離桑愣了一下，旋即又一咬牙，繼續朝蕭君默攻來。

「喂，我在救妳，妳卻在殺我，妳這人好不講道理！」

「跟你這種騙子、偽君子、強盜、縱火犯，沒有道理好講！」

聽著這一串罵詞，蕭君默不禁苦笑。「『騙子』和『偽君子』我勉強笑納，可『強盜』和『縱火犯』又從何說起？」

「你派人去抄我家，還把我家都燒光了，還說不是強盜和縱火犯?!」

蕭君默一怔，立刻明白是怎麼回事，邊躲邊道：「楚離桑，妳誤會了，害妳們的人是洛州刺史楊秉均，不是我。」

「你還狡辯?!」楚離桑又砍又刺。「那些人都穿黑甲，還口口聲聲說是你派去的。」

「那是他們栽贓陷害！」

「你這人又虛偽又無恥，我憑什麼信你的話？」

「又來了！」蕭君默再度苦笑。「『虛偽』我承認，『無恥』還給妳。」

「要還，就把你手上的刀還我！」楚離桑冷笑。「拿著別人的東西還用得這麼帶勁，你不無恥誰無恥！」

蕭君默這才想起匕首是她的，笑道：「要還妳也成，不過妳刺我那一下怎麼算？」

「那是你罪有應得！」楚離桑喊著，又一劍刺了過去——

因看對方已處劣勢，冥藏先生早與韋老六一起站在周邊冷眼旁觀。此時，他見蕭君默和一個黑衣女子一邊打鬥一邊吵嘴，不免覺得好笑，對韋老六道：「你瞧瞧，年輕就是好啊，打個架都跟打情罵俏似的。」

「先生要是嫌吵，屬下這就讓他們閉嘴！」韋老六說著就要上去。

「站著。」冥藏慢悠悠道：「難得有好戲看，這不挺好玩的嗎？你這人就是太死板，真真無趣得緊。」

韋老六悻悻地站住了。

冥藏又把目光轉向楚英娘那邊，看著看著，眼中忽然露出疑惑的神色，立刻往前邁了兩步，緊盯著楚英娘的身影，目光越發驚疑，對韋老六道：「去，把那個女子的面罩揭下來。」

韋老六順著他的目光望去。「是。」

「小心別傷著她，我要活的。」

「遵命！」

韋老六答應著，飛身撲向楚英娘，手中橫刀出鞘，帶出一聲嗡嗡長吟。此時楚英娘正與兩名黑衣人纏鬥，還要保護綠袖，只能與對方打個平手，見韋老六忽然殺來，連忙揮劍上前格擋。綠袖一下失了蔭庇，再度落入險境，不禁發出連聲驚叫。

楚離桑聞聲，只好扔下蕭君默，返身去救綠袖。蕭君默這才脫身，見旁邊一個手下正被三名黑衣人圍攻，遂撿了地上一把橫刀，右手長刀左手短刃，殺向那三名黑衣人。

韋老六與楚英娘交上了手，雙方你來我往，片刻間便打了十幾回合。韋老六一心想揭她面罩，所以手中橫刀雖虎虎生風，卻都是虛招，右手屢屢抓向楚英娘面門。楚英娘察覺他的意圖，遂牢牢防住面門，讓他根本無機可乘。

二人打鬥時，冥藏一直死死盯著楚英娘的身形和動作，眼中的驚疑之色越發強烈，遂不再等待，雙足運力，縱身飛起，同時左手一揚，暗器飛出，正中楚英娘手腕。楚英娘的劍噹啷落地。還沒等她反應過來，冥藏已落在她面前，右手急伸，如同鷹爪一般抓向她的面罩。

楚英娘驀地一驚，身子一閃，向左側急退一步，堪堪躲過他的一抓。

楚離桑見母親被二人圍攻，大為焦急，立刻衝過去，對著冥藏的右肋就是一劍；韋老六見狀大驚，一刀向楚離桑胸前刺去；楚英娘見女兒危急，立刻把她往旁一拽，同時縱身向前一擋；冥藏則不顧一切地揭下了楚英娘臉上的黑布……

四個人的動作幾乎在同一瞬間做出，也在同一瞬間完成。

冥藏右肋中了楚離桑一劍。

楚離桑躲過了韋老六的一刺。

然而，韋老六的刀卻深深插入了楚英娘的胸膛，刀尖自後背透出。與此同時，她的臉也徹底暴露在了冥藏的眼前。

剎那間，四個人都僵住了。

冥藏的眼中露出萬分驚愕、難以置信之色，嘴裡吐出了兩個字。「麗娘?!」

楚離桑雙目圓睜，迸發出一聲嘶吼般的厲斥，手中長劍高高揚起，對著韋老六當頭劈落。韋老六情急，下意識抽出橫刀格擋，雙刃相交，火光飛濺，二人同時震開了數步。楚英娘被橫刀抽出的力道往前帶了一下，差點撲倒。冥藏伸手欲扶，卻被楚英娘狠狠一掌擊中胸部，整個人向後飛去，一口鮮血從嘴裡噴了出來。

楚英娘淒然一笑，身子晃了晃，旋即向後倒去。

楚離桑扔掉長劍，飛身上前抱住楚英娘，帶著哭腔大喊一聲。「娘！」綠袖的眼淚也奪眶而出，趕緊跑了過去。

這一切發生得太快，所有人都被這突如其來的一幕驚呆了。

蕭君默也愣在當場。

韋老六暴怒，對著手下大吼：「殺了他們！」然後向躺在地上的冥藏跑去。

那些黑衣人回過神來，再次對玄甲衛發起攻擊。有兩個黑衣人高舉橫刀，殺向楚離桑和綠袖。蕭君默大驚，縱身一躍，擋在她們身前，右手橫刀掄出一圈弧光，將兩個黑衣人手中的刀全部砍落，然後身子一旋，左手匕首一抹一刺，那兩個黑衣人便一人捂著喉嚨、一人捂著胸口，同時撲倒在地。

此時，玄甲衛只剩下三人，而黑衣人還有十六、七個，雙方力量對比一目了然。三名玄甲衛主動撤到了蕭君默身邊，將楚離桑她們護在中間，而黑衣人則從四方逼了過來，將他們圍在當中。

韋老六扶起冥藏，拉下自己的面罩，愴然道：「先生，您怎麼樣了？」

冥藏顯然傷得不輕，氣息有些虛弱。「叫弟兄們……停手，撤。」

韋老六以為自己聽錯了。「您說什麼？」

冥藏抬起頭，陰沉地盯著他。「我說，讓弟兄們撤！」

韋老六大為不解。「可……可她們把您傷成這樣……」

冥藏先生目光如刀，「釘」在了韋老六臉上。

韋老六悚然，轉頭對著手下大喊：「弟兄們，撤！」

那些黑衣人遲疑了一下，隨即依言撤了過來。

韋老六揹起冥藏，帶著手下朝松林的東邊撤去。離開之前，伏在韋老六背上的冥藏緩緩回頭，朝楚英娘的方向望了一眼，目光中似有無限的憾恨和憂傷。

楚英娘躺在楚離桑懷中，雙目緊閉，臉色蒼白，傷口處的鮮血汩汩流出。楚離桑用手死死按住母親身上的傷口，滿臉淚痕，一旁的綠袖也一直啜泣，不知所措。蕭君默急道：「楚離桑，得趕緊把妳娘送到驛站，給她止血……」

楚離桑回過神來，伸手要把母親抱起，卻因悲痛而手軟無力。蕭君默不由分說抱起楚英娘，快步向驛站跑去，楚離桑和綠袖只好緊跟在後面。

蕭君默對手下道：「你們先走，叫劉驛丞準備金瘡藥，最好再找個醫師，快！」

三名玄甲衛得令，飛速朝驛站跑了過去。

此時天已微明，遠處的甘棠驛在淡淡的晨光中露出了模糊的輪廓。

驛站中，恰好有一位回鄉省親路過此地的張姓老太醫，隨身帶著藥箱。當蕭君默抱著楚英娘大汗淋漓地回到驛站時，劉驛丞趕緊幫著把人抬進了一間客房中，張太醫立即取出金瘡藥，叫眾人在外面暫候，說這麼多人都擠在裡面也沒用。

楚離桑和綠袖只好站在外面等。蕭君默看著楚離桑心急如焚、淚流不止的樣子，心中大為不忍，想安慰她幾句，又怕惹她更傷心，只好把話嚥回去，埋頭在庭院裡來回踱步。

約莫半炷香後，張太醫臉色沉重地走了出來。楚離桑、綠袖、蕭君默、劉驛丞一下全都圍了上去。楚離桑一把抓住他的手。「太醫，我娘沒事了吧？」

張太醫一聲長嘆。「這位娘子，老朽不敢瞞妳，妳娘受創太深，臟器破裂，雖然老朽暫時幫她包紮傷口，但內臟創傷無法補救，且體內的大出血也止不住……抱歉，老朽實在是回天乏術！」

楚離桑渾身一震，呆呆地看了張太醫一會兒，然後一頭衝進了客房，綠袖也哭著跟了進去。

床榻上，楚英娘的臉已經毫無血色，但她睜開了眼睛，目光中居然透著一股安詳和平靜。楚離桑一下跪倒在榻前，抓住母親的手，眼淚不可遏止地潸潸而下。綠袖也跪在一旁，不停地抹眼淚。

「桑兒，別哭……」楚英娘輕撫楚離桑的臉，微微笑道：「人固有一死，娘唯一的遺憾，就是沒有看著妳出嫁……」

「娘！妳不會死，妳不能死！」楚離桑終於開始號啕大哭。「現在爹被抓走了，妳又要丟下我，我不讓妳死！」

「桑兒，聽娘說，娘時間不多了，有些話必須告訴妳。」楚英娘虛弱地道。

楚離桑驀然想起母親被揭下面罩的一瞬間，那個面具人似乎喊了她一聲「麗娘」，當時根本來不及去想，可現在一想起來就覺得不對勁了。

「桑兒，妳聽著，娘過去不叫英娘……」

「是叫麗娘嗎？」楚離桑漸漸止住了哭泣。

楚英娘點點頭。「娘過去的名字是虞麗娘，現在用的這個名字，是妳外祖母的……」

「娘，您和爹為什麼都要隱姓埋名，你們到底在躲什麼？」

「我們在躲避仇恨、野心、殺戮……桑兒，不管娘過去是誰，經歷過什麼，妳都不要再追究，什麼都不要管。妳和綠袖要逃得遠遠的，平平安安過日子……」

「娘，發生了這麼多事情，您教我怎麼平平安安過日子？」楚離桑哽咽地說。「您說有些話要告訴我，難道就只有這個嗎？」

楚英娘苦笑。「娘何嘗不想把什麼都告訴妳，但是……桑兒，娘現在只能對妳說一句話，發生在咱們身上的所有事情，都跟〈蘭亭序〉有關。」

「〈蘭亭序〉到底藏著什麼祕密，為什麼會把我們害得家破人亡？」

「桑兒，還記得娘對妳說過的話嗎？這世上有些祕密，是永遠不可去觸碰的……」

楚離桑苦笑了下。「好，我不問這個，那我問您，那面具人是誰？他跟您是什麼關係？」

楚英娘臉上露出複雜的神色。「他是……是娘的仇人。」

楚離桑一驚。「他對您做了什麼？」

「就是因為他，娘才會帶著妳流落他鄉，四處漂泊。桑兒，這是上一輩人的恩怨，與妳無關，妳別再問了。」

「既然他是您的仇人，今天他為何會放過我們？」楚離桑看著母親。

方才在松林中，楚離桑雖然因為母親的傷而萬分焦急，但當時的事情並非沒有察覺。那些黑衣人其實已經完全占據了優勢，只要面具人一聲令下，她和蕭君默等人便危險了，說不定就會葬身於此。可面具人卻在這個節骨眼上突然罷手，顯然非常理所能解釋。

楚英娘一怔，停了片刻才道：「或許……或許他這個人，還有一點良心吧。」

楚離桑思忖著，腦中忽然閃過一個念頭，連她自己都覺得荒謬。她不敢把這個念頭說出來，甚至僅僅是讓它停留在腦中，便是對自己和母親的一種侮辱和嘲諷。然而，令楚離桑在此後很長的一段時間裡深感痛苦的是，這個念頭從躍入她腦海的一刻起，便像烙印一樣深深地刻下了，無論如何也無法抹去……

這一天，楚英娘在說完這些話後，又接連吐了幾口鮮血，然後便閉上眼睛，再也沒有醒來。楚離桑趴在母親身上撕心裂肺地哭了很久，直到最後似乎把眼淚都哭乾了，才迷迷糊糊感覺到，有人攬起了她，還扶她走進了另一個房間，把她放在床榻上，並且輕輕幫她蓋上了被褥。

楚離桑依稀感覺，這個人有一副寬廣的肩膀、一個厚實的胸膛，還有一雙溫暖有力的手。有那麼一瞬間，她甚至想把頭靠在這個人的胸膛上，依偎在他懷裡，然後舒舒服服地閉上眼睛，什麼都不再去想，把一切痛苦和悲傷全部忘掉……

這個人走出房間的時候，明媚的陽光從外面照射進來，勾勒出了他輪廓分明、線條硬朗的側臉，並且讓他的臉彷彿閃現出一種金黃色的光芒。

一個人的臉竟然會發出光芒？

楚離桑好想讓時光就在這一刻靜止……

蕭君默安頓好楚離桑後，讓綠袖陪著她，說有什麼需要可以隨時告訴劉驛丞。接著，他從行囊中掏出幾枚金錠交給了劉驛丞，並跟他叮囑了一些事情。然後，他集結了僅剩的六名部下，仔細詢問了昨夜他離開驛站後發生的一切。最後，他拍了拍這些部下的肩膀，只問了一個問題。「這兩撥黑衣人，一個活口都沒留下嗎？」

這些部下很清楚，在昨晚的計畫中，蕭君默特別重視的一環，便是儘量抓一、兩個活口，以便獲取這些人的更多情報。然而事實卻是，兩撥黑衣人在庭院裡扔下了二十多具屍體，卻一個活口都沒留下。

「將軍，」一名部下歉疚地道：「我們也想按您的吩咐抓個活口，可這些人的武功實在不弱，我們力有未逮。還有，這兩撥人都是瘋子，有幾個受傷倒地的，我們本以為十拿九穩可以逮住了，沒想到他們最後一刀，都是朝自己胸口捅的，所以……」

蕭君默徹底明白了。

這兩撥人都是訓練有素、紀律嚴明的死士！他們顯然在執行著相同的鐵律——寧可自盡，也不能被捕。

「弟兄們，你們都盡力了，我蕭君默感謝你們。」蕭君默道：「雖然沒抓到活口，但就你們方才說的這一點，便足以告訴我們一些東西了。所以，我們也不算一無所獲。」

六名部下聞言，不禁都露出如釋重負的表情。

他們之所以喜歡追隨這位年輕的將軍，不由自主地信賴他，願意為他盡忠效死，不僅因為他智勇雙全、聰明能幹，還因為他總是很體恤下屬。

蕭君默心裡惦記著先行一步的羅彪和辯才，不敢在驛站中多有耽擱，隨即命部下準備出發。上路之前，他又到房間裡看了楚離桑一眼，才默默離開。

劉驛丞送蕭君默出了驛站門口，然後互道珍重，揮手作別。

跟這個年輕人認識、相處才幾個時辰，劉驛丞對他的智慧、勇氣和仁義已佩服得五體投地。

蕭君默剛才給了他幾錠金子，除了委託他辦一些楚離桑的事情之外，又特別叮囑他雇一些鄉民，把驛站中這些屍體，連同松林中那些玄甲衛和黑衣人的屍體好生掩埋，別讓他們暴屍荒野。劉驛丞感動，特意問他。「將軍連敵人的屍體也要一起安葬嗎？」蕭君默笑笑道：「敵人也是人，他們也是兒子、丈夫、父親，跟我們一樣，只不過是為了各自忠於的東西而戰罷了。」

劉驛丞深深嘆服，覺得從這個年輕人身上還真是學了不少東西。看著蕭君默等人在西邊的驛道上絕塵而去，直至身影消失，劉驛丞依然久久捨不得離開。

蕭君默萬萬沒有想到，直到他離開甘棠驛馳上了驛道，這場劫殺依然沒有結束。

驛站西邊六、七里處，有一片鬱鬱蔥蔥的麻櫟樹林，驛道從樹林中間穿過，蜿蜒向西。當昨夜羅彪按照蕭君默事先擬定的計畫，與四名玄甲衛帶著辯才先行一步，快馬加鞭地穿越這片林子的時候，他完全沒料到，還有一群黑衣人已在這裡等候多時。

他們是李安儼的手下，足足有將近二十人。

這次任務，李安儼從長安總共帶出了三十多人。他生性謹慎，心思周密，每次行動都不會把全部籌碼一次押上，因此，昨天他只帶了一半人手去夜襲甘棠驛，而把另一半人手留在了這片麻櫟樹林裡，以備策應。

羅彪一頭闖進林子之時，夜色仍然漆黑，李安儼的手下只用一根絆馬索就成功地攔截了他。隨著身下坐騎一聲淒厲的嘶鳴，羅彪、辯才和馬匹同時飛了出去，然後重重地摔在地上。後面四名玄甲衛大驚，立刻勒住了韁繩。

羅彪畢竟是訓練有素之人，在落地的瞬間蜷身屈腿、雙手拄地，然後順勢往前翻滾了幾下，卸去了大半墜落的力道，所以並未受傷。然而辯才就沒有這麼幸運了，落地的時候咔嚓一響，不知什麼地方的骨頭斷了，當即痛得叫了一聲。

就是這聲痛叫，讓林子裡的人立刻意識到此人絕非玄甲衛。

「朋友，把你們帶的人留下，可饒你們不死。」林中傳出一個陰沉的聲音。

羅彪一骨碌從地上爬起，張口對著林中大罵。

林中安靜了片刻，然後便有許多黑影從驛道兩旁的密林中衝了出來。羅彪是個粗中有細之人，嘴裡雖然罵罵咧咧，腳上卻一點沒停，趁對方還沒殺到，早已跑過去扶起地上的辯才，一轉身就躥進了茂密的林子中。

與此同時，那四名玄甲衛為了分散敵人的注意力，也立刻向四個方向散開。於是，一場捉迷藏般的暗夜劫殺，便在這片麻櫟樹林中展開了……

大約三刻之後，李安儼也帶著倖存的五、六名手下撤出甘棠驛，趕到了這裡。他稍一觀察，便知道這裡發生了什麼，旋即和手下分頭進入驛道兩旁的樹林，加入了這場劫殺。

又過了一個時辰，天已大亮，蕭君默也終於來到了這裡。

一匹烏黑的駿馬躺在驛道旁，因傷重而奄奄一息。蕭君默下馬，蹲在牠面前，輕輕撫摸牠的鬃毛。馬兒雙眼無神地望著他，輕輕甩了一下尾巴。

牠的脖頸顯然已經折斷，所以現在除了尾巴，哪兒都不能動了。

蕭君默眼眶微微泛紅，幫馬兒合上了雙眼，然後慢慢站起身來。

六名部下看見蕭君默抬起右手，食指和中指併攏，向驛道兩旁各指了一下。眾人會意，立刻向四面八方各自散開，開始對這片林子展開搜索。

蕭君默掃了周圍一眼，憑直覺朝西南方向策馬走去。行走了一刻左右，他先後看見了兩具玄甲衛和五具黑衣人的屍體。蕭君默下馬向那兩名犧牲的部下默哀片刻，然後繼續朝密林深處走去。又走了半里多路，不遠處傳來了山澗泉水嘩嘩奔流之聲，其中似乎還夾雜著有人說話的聲音。

蕭君默立刻下馬，把坐騎繫在一株樹上，然後把食指豎在唇上，對著馬兒輕輕「噓」了一下。馬兒似乎明白他的意思，眨了眨眼睛，身體卻一動不動。

在山澗旁的一堆亂石邊上，站著四、五個黑衣人，其中一個黑衣人面朝山澗，背對樹林站立，其他幾個黑衣人躬身站在他身後，似乎正在低聲稟報什麼。蕭君默悄無聲息地摸了過去，躲在一棵樹後，終於從那幾個黑衣人的隻言片語中，得到了令他倍備感安慰的消息：辯才仍然沒有被找到。

為首那名黑衣人靜默片刻，忽然低頭咳了幾聲。

蕭君默眉頭微蹙，正想探出頭去看清那人，忽然感覺脖子上有些冰涼刺痛，微微扭頭一看，兩名黑衣人正各自拿著一把刀抵著他。蕭君默搖頭笑笑，立刻舉起雙手，很主動地站了出來，並大步朝亂石那邊走去。兩個黑衣人一愣，趕緊跟上他，同時有些忙亂地抽走了他腰間的佩刀。

驀然看見蕭君默被兩名手下押著走過來，李安儼大感意外。昨晚他一直在擔心蕭君默的安危，卻始終沒找到他，現在看他安然無恙，且一副氣定神閒之狀，終於放下心來。

蕭君默走到李安儼面前一丈開外站定，雙手仍然舉著，嘴裡卻笑道：「你們昨晚折騰了大半夜，死了那麼多人，今天一大早又在這裡瞎忙活，還是沒找到辯才。要我說，就你們這能耐，可比我們玄甲衛差遠了！」

李安儼默然不語。他旁邊一個黑衣人卻忍不住了。「蕭君默，你現在已經被我們抓了，休得再狂妄！」

蕭君默一聽，索性把手放了下來，盯著這個黑衣人。「這麼說，你們認識我？」

黑衣人自知上了蕭君默的當，頓覺尷尬，只好閉口不言。

蕭君默把目光轉向李安儼。「這位朋友，雖然你把臉遮得嚴嚴實實，可惜你的站姿和氣勢還是把你出賣了！如果我猜得沒錯，你也是在朝中任職之人，對吧？」

李安儼聞言，不禁又咳了一聲，不知道是真沒忍住，還是在掩飾身分被揭的尷尬。

蕭君默淡淡一笑。「既然大家同朝為臣，又何必同根相煎呢？我有個提議，你們不妨把真面目露出來，咱們坐下來聊聊，你們說說為何要劫走辯才，要是能把我說動了，說不定我會把人交給你們呢？」

「蕭君默，你別忘了，你現在還在我們手上，有什麼資格跟我們談條件？」那個黑衣人又道。

「喂，我說，你們老大都沒發話，你老是這麼越俎代庖不太好吧？」蕭君默跟這個人鬥著嘴，眼睛卻始終盯著李安儼。

李安儼忽然輕笑了兩聲，附在黑衣人耳邊說了什麼。

黑衣人馬上對蕭君默道：「年輕人，我們先生說了，就算你剛才猜對了，可朝中文武何止成千上萬，你又怎麼猜得出他是誰，別白費心思了。」

「也對，像你這種藏頭縮尾、連話都不敢說的人，跟你聊天實在無趣！既然如此，那我就不奉陪了，告辭。」蕭君默輕描淡寫地說完，轉身就走。

他身後那兩個黑衣人一愣，趕緊要攔他。蕭君默突然出手，只用了幾招又準又狠的擒拿功夫，就把兩人全都打趴下了，然後撿起自己的佩刀，唰的一聲收回鞘中，拍了拍手，對李安儼等人道：「還打嗎？」

那四、五個黑衣人登時大怒，同時抽刀就要上前，被李安儼低聲喝住了。

「別跟他糾纏了，通知弟兄們，撤！」李安儼低聲下令。幾個黑衣人雖然不甘心，但也只能聽命，趕緊護著李安儼快步離去。地上那兩人也慌忙爬起來，跌跌撞撞地追了上去。

「幾位慢走，恕不遠送！」蕭君默對著他們的背影喊了一句。

就在李安儼等人消失在密林深處時，蕭君默忽然聽見山澗那邊傳來了一、兩聲模糊的呻吟。他立刻抽刀在手，循著聲音跑到山澗旁，繞過一堆亂石，來到一塊大石頭處，然後用刀撥開石頭底部的一叢雜草，發現裡面有個小洞居然可以藏身，而羅彪和辯才正躲在其中。

羅彪躺在洞口，居然睡著了，正微微發出鼾聲。

蕭君默忍不住笑了，拍拍他的臉。「喂，天亮了，醒醒。」

羅彪睜開惺忪睡眼，見是蕭君默，嘿嘿一笑。「我醒著呢，這種鬼地方，我哪睡得著？」

「你是沒睡，可辯才被抓走了。」蕭君默逗他。

羅彪大吃一驚，趕緊回頭，見辯才仍舊躺在洞裡，才長長地鬆了口氣。

蕭君默蹲下，這才看清了裡頭的辯才，於是剛剛放鬆的心情瞬間又變得沉重——辯才痛苦地蜷縮著，雙目緊閉，臉色慘白，幾乎已經不省人事，連呻吟的力氣都快沒了。

楚離桑醒來的時候，夕陽的餘暉正透過窗櫺暖暖地照在她臉上。

她用了好一會兒，才想起自己身在何處、經歷了什麼。

此刻，楚離桑多麼希望這些日子發生的所有事情，包括母親的死，都只是一場惡夢，夢醒後一家人仍然其樂融融地生活在伊闕縣的那個家裡。然而她知道，這一切並不是夢，而是可怕冰冷的現實。短短幾天之間，她就經歷了此前二十年都難以想像的一切，彷彿墜入了一個黑暗無底的深淵。

淚水無聲地湧出眼角，一滴一滴濡濕了枕頭。

不知道過了多久，楚離桑拭乾了眼角的最後一滴淚，然後告訴自己：妳現在已經是一個家破人亡、無處依憑的人了，今後的路只能一個人走。父親需要妳去解救，母親的仇也需要妳去報，所以妳必須堅強！還有那個所謂〈蘭亭序〉的祕密，便是造成這一切的罪魁禍首，妳同樣也要去面對。娘說世上有些祕密不可觸碰，但是現在，妳不但要去觸碰這個祕密，還要去揭開它！

楚離桑從床榻上坐起，綠袖要來扶她，她忽然抓住綠袖的手，說：「綠袖，從今以後，咱們只能自己照顧自己了，對嗎？」

綠袖怔了怔，趕緊點頭。

「所以，從現在起，咱們都不哭了，一滴眼淚也不再流了，好嗎？」

綠袖不明所以，但還是乖巧地點了點頭。

庭院裡停著一輛牛車，上面放著一具貴重的楠木棺槨，楚英娘的遺體已經躺在裡面。牛車旁邊有一駕馬車，正是原來辯才乘坐的那一駕。牛車和馬車上各坐著一名車夫，都是劉驛丞雇來的。

這就是蕭君默臨走前委託劉驛丞辦的事情。

劉驛丞走到楚離桑面前，說了一些「節哀順變」之類的話，然後把一個包裹遞給了她，說這些是蕭君默讓他轉交的。

楚離桑打開一看，裡面有一錠金子，還有十幾緡銅錢。

「蕭將軍給了在下三錠金子。」劉驛丞道：「辦完其他事情後，剩下的，都在這裡了。」

楚離桑冷笑了一下，把包裹遞了回去。「那個人的錢，我不要。」

劉驛丞一怔，接也不是，不接也不是。

楚離桑把包裹往他懷裡一塞，朝馬車走去。綠袖趕緊追上來，扯了扯她的袖子，低聲道：「娘子，咱們現在已經身無分文了，管他是誰的錢，不要白不要！」

楚離桑停下腳步，想了想，又走回劉驛丞面前，拿過包裹。「那我就收下了，多謝劉驛丞！」

「這錢是蕭將軍的。」劉驛丞忙道：「妳不必謝我，要謝就謝他。」

楚離桑淡淡一笑。「對，你說得對。你放心，我一定會去長安，當面謝謝他。」她在「謝謝他」三個字上面加重了語氣，但劉驛丞顯然沒有察覺。

暮色漸濃，一駕馬車和一輛牛車在東邊的驛道上慢慢走遠。

劉驛丞照例站在驛站門口，目送著扶棺歸葬的楚離桑遠去，就像他清晨時目送蕭君默一樣。

從昨日黃昏蕭君默一行入住驛站，到現在相關人等盡皆離去，恰好是一天一夜。劉驛丞感覺自己好像經歷了一場亦真亦幻、似有似無的夢魘。

太陽完全落山後，黑暗就徹底籠罩了整座驛站。

甘棠驛像往常一樣寧靜，彷彿什麼都沒發生過。

長安城周邊水源豐富，歷來便有「八水繞長安」之稱。為了滿足都城內的生活用水及水運需要，隋文帝楊堅於開皇初年引水入城，先後修鑿了龍首渠、永安渠和清明渠。其中，永安渠自南向北流經八個坊，當中便有魏王府所在的延康坊。

清清渠水從魏王府中潺潺流過，為其平添了幾許優美的景致。府裡的亭臺水榭、蓮池荷塘、瀲灩水波、煙霞氤氳，皆得益於永安渠水的造就和滋養。

魏王府裡還有一處隱祕的所在，同樣要拜永安渠水所賜，那就是——地下水牢。在王府後花園一片由太湖石堆疊而成的假山下面，李泰修建了一處密室，然後引入永安渠水，打造了一間不為外界所知的地下水牢。

此刻，李泰和杜楚客正站在這間水牢中，微笑地看著一個被囚禁在水池中的人。此人被鐵鍊捆綁在一根鐵柱上，脖頸被一個鐵圈鎖著，左右手各鎖著一條鐵鍊，鐵鍊的另一端都牢牢固定在水牢的石壁上。

這個人就是蕭鶴年。

他閉著眼睛，臉色蒼白，頭髮散亂，身上仍然穿著司馬的官服，整個身體的大部分都沒入水中，只剩下頭和胸露在水面上。

李泰定定地看著他，嘴角始終保持著一絲微笑，半晌才道：「鶴年，你憑良心說，這些年，本王待你如何？」

「平心而論，還算不錯。」蕭鶴年平靜地回答。

「既然如此，你為何還要背叛本王？」

「我並未背叛殿下。」

「你還要狡辯?!數日前，是誰把本王即將入居武德殿的消息，洩露給了魏徵和太子，難道不是你嗎？」

「是我。」

「三天前，又是誰深夜潛入本王書房，盜閱了玄甲衛捕獲辯才的密奏？」

「也是我。」

「既然都是你，你還敢說你不是背叛？」

「我這麼做，歸根結柢是為了維護我大唐社稷的安寧。」

李泰和杜楚客相視一笑。「哈哈，多麼冠冕堂皇的理由！」

「不管殿下信與不信，這是蕭某的真心話。」蕭鶴年也坦然地笑了笑。

「那好啊，本王今天就是想聽你說一說真心話。」李泰道：「你先回答本王，你跟魏徵是什麼關係？」

「亦師亦友，志同道合。」

李泰忍不住又笑了。「什麼話到你嘴裡都變得這麼好聽！鶴年，其實你也不必跟本王玩這些虛的。你所謂的『志』，不就是跟魏徵一塊兒抱太子的大腿嗎？你所謂的『道』，不就是巴望著太子登基後，賞給你們高官厚祿嗎？這些東西我也給得起啊，你又何苦吃裡扒外背叛我呢？」

「你錯了，殿下，蕭某雖然不才，但卻從不貪圖非分的功名富貴，更不會靠著阿諛諂媚去求取富貴。」

「那你貪圖什麼？人活一世，總得圖點什麼吧？」

「蕭某心中所念，唯『仁義』二字。」

杜楚客一聽，不禁冷笑插言。「鶴年啊，既然你這麼喜歡仁義，那當初何苦做官呢？官場就是個名利場，既然你和我等俗人一樣混跡其中，說到底不還是貪圖富貴嗎？」

「蕭某做官，是為了安社稷、利萬民。至於富貴，若義之所在，當取則取；若不義而富且貴，於我如浮雲。」

李泰一笑。「連孔子都搬出來了！那照你的意思，追隨本王就是不義，效忠太子就是義？」

「太子是嫡長子，是儲君，是未來的天子！身為人臣，維護他便是義；危害他便是不義。」

「就憑太子的人品，還有他的所作所為，他也配當天子嗎?!」李泰有些怒了。

「太子人品如何，配不配當天子，自有聖上裁斷，非人臣所敢置喙。」蕭鶴年依然平靜。「但只要還在東宮一天，他就是一天的大唐儲君。」

「也罷，我不跟你扯這些！」李泰拂了一下袖子，盯著他。「我現在就問你，你為何要盜取辯才情報？是不是受魏徵指使？辯才和〈蘭亭序〉背後到底有什麼祕密？你和魏徵到底想幹什麼？」

「殿下，我剛才已經說過，我這麼做，是為了維護社稷的安寧。」

「照你的意思，是不是〈蘭亭序〉一旦被找到，祕密被揭開，社稷就不安寧了？」

蕭鶴年閉上了眼睛，沒有說話，但已有默認的意味。

李泰目光一動，和杜楚客對視一眼，似乎都有些興奮。「鶴年，」杜楚客笑了笑，放緩了語氣。「只要你說出〈蘭亭序〉的祕密，殿下便不會為難你，畢竟你在府上也幹了好幾年了，殿下會惦記這個情分的。」

「山實，你和殿下都不必再多費心了。」蕭鶴年仍然閉著眼睛。「今天就算是聖上在此，我也不會說的。」

「你寧可死，也要保守這個祕密嗎？」杜楚客加重了語氣。

蕭鶴年睜開眼睛，忽然笑了笑。「人固有一死，死又何足懼哉？」

「蕭鶴年，」李泰的目光變得森冷。「你可以不怕死，但是，你有沒有替你的兒子想想？他還那麼年輕，風華正茂，前途似錦，你忍心讓他被你牽連嗎？」

「殿下！」蕭鶴年緊張了起來。「此事與他沒有絲毫干係，你不可株連無辜！」

「沒有干係？」李泰冷笑。「只要我告訴父皇，說是蕭君默把抓獲辯才的消息洩露給你，你說與他還有沒有干係？」

蕭鶴年一震，登時說不出話。

「鶴年啊，識時務者為俊傑。」杜楚客道：「只要你把該說的說了，殿下定可保你們父子無虞。你自己不要富貴，你兒子總要吧？何必這麼認死理，鬧得大家不愉快呢？」

蕭鶴年把頭耷拉了下去，半晌才道：「給我一點時間，讓我想想。」

李泰和杜楚客相視一笑。

「行，你在這兒好好想想。」李泰道：「想好了隨時喊一聲，我馬上把你放了。」說著和杜楚客轉身朝外走去，走到一半，忽然又停下來，回頭道：「對了，這水牢裡有不少老鼠，經常餓得兩眼發綠，要是不小心咬了你，你可得趕緊叫人，否則被老鼠咬死可太冤了！」

李泰說完，又跟杜楚客交換了一下眼色，兩人都暗暗發笑，隨即走上一旁的臺階，上面立刻有人打開了一扇鐵門。

稍後，鐵門哐啷一聲關上，整個水牢就安靜了下來。

蕭鶴年依舊垂著腦袋，怔怔出神。

水牢石壁的上方有個小小的通氣孔，一束陽光斜斜地照射進來，給這個陰暗潮濕的地方帶來了些許光明。蕭鶴年面無表情地看著眼前的水面，與自己的倒影對視著。不知道過了多久，外面的天色似乎暗了，那一束光芒一點一點消隱，水牢隨之變得昏暗，可蕭鶴年仍舊一動不動地盯著漆黑的水面。

漸漸地，水面在蕭鶴年眼中彷彿亮了起來，然後水上慢慢浮現出一個畫面。

畫面中有一個三、四歲的小男孩，一張胖嘟嘟的小臉惹人憐愛。年輕時的蕭鶴年，把一只紙風車遞給男孩。男孩接過，邊跑邊吹，高興得咯咯直笑。蕭鶴年在一旁看著，也跟著笑了起來。片刻後，畫面中又出現了一個年輕男子修長的身影。男子服飾華貴，氣質雍容，但卻看不清臉。他慢慢走到男孩身前，蹲了下來，撫摸著男孩的臉頰。男孩有些怕生地躲了一下，卻沒有跑開。

男子從懷裡掏出什麼東西，在男孩眼前晃了晃。

那是一枚玉珮，上面好像還刻了字。男子似乎對男孩說了什麼，然後把玉珮掛在了他的胸前。男孩拿起玉珮看了看，又看看男子，開心地笑了起來，陽光把他的小臉照得一片明亮……

蕭鶴年開心地笑著，可忽然間，水上的畫面就模糊了，緊接著光亮慢慢隱去，畫面漸漸消失，水面復歸漆黑。

蕭鶴年的臉上一片憂傷。

此時，水池的一個角落泛起了圈圈漣漪，一隻碩大的老鼠把頭臉露出水面，鬍鬚靈敏地抖動著，四肢在水裡快速划行。

牠前進的方向，正對著蕭鶴年。

很快，水池的各個角落相繼冒出一隻又一隻老鼠。牠們從四面八方向蕭鶴年游了過去。黑暗中，蕭鶴年突然發出了驚恐的叫聲，然後雙腳在水裡用力踢踏，身子拚命扭動，把綁在身上的鐵鍊弄得叮噹亂響。

在他的周圍，老鼠越來越多，幾乎已是成群結隊地向他擁去……

水牢外，兩個看守站在鐵門邊，細聽著下面的動靜。

「肯定是被老鼠咬了，要不要下去救他？」甲看守道。

乙看守又聽了一會兒，道：「殿下說了，除非他叫人，否則就別管他。」

水牢下傳出的動靜越來越大，有鐵鍊的扯動聲、踢水的嘩啦聲、老鼠嘰嘰啾啾的叫聲，還夾雜著蕭鶴年痛苦的慘叫和咒罵。

「再這麼下去，不會把人咬死了吧？」

「你操那麼多心幹麼？大活人還能被老鼠咬死？實在受不了他就叫了，等他叫再下去。」

水池裡，老鼠已經爬滿了蕭鶴年的肩膀和頭臉，嘰嘰啾啾響成一片。

蕭鶴年扭動的幅度慢慢變小，然後他用盡最後的力氣，狠命地甩了甩頭，把五、六隻老鼠甩了下去，但更多的老鼠立刻又爬了上來。

他安靜了片刻，接著猛然張嘴，咬住自己的舌根，又一用力，一股鮮血就從他嘴裡冒了出來。

蕭鶴年的頭往下一勾，之後就一動不動了。

鐵門遽然打開，兩個看守慌慌張張地從臺階上跑了下來……

蕭鶴年躺在水池邊，一張臉血肉模糊，身上的官服被老鼠咬得破破爛爛，腳上的鞋子也脫落了一隻。一個仵作蹲在他身邊查驗。李泰和杜楚客站在一旁，眉頭緊鎖。那兩名看守站在他們身後，躬身俯首，神情緊張。

片刻後，仵作站了起來。

「怎麼樣？」李泰急切問道。

仵作搖了搖頭。

李泰頓時大怒，一回身就給了甲看守一巴掌，接著猛一抬腿，把乙看守踹進了水池裡。「窩囊廢！竟然讓一個大活人在眼皮子底下被老鼠咬死?!」

「殿下恕罪！」甲看守慌忙跪地。「小的也想下來救來著，可……可又想起了您的吩咐……」

「你們是死人嗎？」李泰聲色俱厲。「就不會隨機應變?!」

「殿下息怒。」一旁的仵作道：「據卑職初步查驗，蕭司馬並非死於老鼠噬咬。」

「那是什麼？」

「咬舌。」

「咬舌？」李泰眉頭一皺。

杜楚客想著什麼，狐疑道：「可是我聽說，咬舌不可能馬上就死人，所謂的咬舌自盡只是以訛傳訛罷了。」

「杜長史說得沒錯。」仵作又道：「通常的情況下，咬舌並不能立刻致人死亡，但很多時候，劇烈的疼痛會使舌根收縮，或者引起嗆血，從而堵塞咽喉，導致窒息。而蕭司馬的死亡原因，正是這個。」

李泰和杜楚客恍然。

「殿下，事已至此，只能趕緊處理屍體了。」杜楚客低聲道。

李泰嘆了口氣。「拉到城外，找個偏僻的地方埋了。」

第九章 失蹤

蕭君默經歷了一番驚險波折，終於把辯才帶回了長安。

那天在麻櫟樹林中發現辯才受傷後，蕭君默立刻把他送到了陝州公廨找醫師診治。醫師發現辯才只是右腿脛骨骨折，其他並無大礙，隨即為他正骨、敷藥，並用木板夾住了斷骨。陝州刺史得知甘棠驛一事，怕擔責任，滿心惶恐。蕭君默說此事與他無關，只需他調派些軍士，幫忙把辯才護送到長安便可。刺史轉憂為喜，當即派遣親兵一百人歸蕭君默指揮。

蕭君默讓辯才多休養了一日，翌日便帶著大隊人馬，護送辯才再度上路。此後過虢州，入潼關，經華州，一路太平無事，於五天後回到了長安。

路上這幾天，蕭君默把甘棠驛的這場劫殺案從頭到尾仔細回顧了一遍，整理出了一些比較重大的線索和疑點：

一、洛州刺史楊秉均不僅是個貪贓枉法的官員，背後還有一股不可小覷的神祕勢力，為首者就是那個被稱為「冥藏先生」的面具人。

二、楊秉均之所以能當上從三品的洛州刺史，是因為朝中有高官替他運作，此人代號「玄泉」。若能調查楊秉均的朝中關係，就有可能找出這個玄泉，從而進一步了解這支神祕勢力。

三、冥藏與手下的接頭暗號是「先師有冥藏，安用羈世羅」，這應該是一句古詩，而且聽上去很耳熟，自己一定在什麼地方見過這句詩。

四、麻櫟樹林中的另一股神祕勢力，很可能是朝中之人，可是這些人是從什麼管道獲知辯才的消息的？

五、魏王既然知道辯才的消息已經洩露，為何既不向皇帝稟報，也不派人來接應，而只是給自己傳遞了一個匿名消息？他到底在顧忌什麼？

六、上述兩點之間會不會有關聯？也就是說，朝中神祕勢力所探知的辯才情報，會不會正是從魏王府中洩露出去的？倘若如此，這件事跟父親有沒有關係？

七、兩支神祕勢力都要劫殺辯才，動機顯然都與〈蘭亭序〉的祕密有關，但到底是什麼樣的祕密，會讓上自皇帝、魏王、朝中的隱祕勢力，下至地方刺史和江湖勢力，全部都捲進來且不惜大動干戈？

儘管理清了上述線索和疑點，可有關〈蘭亭序〉的祕密卻越發顯得撲朔迷離。蕭君默越想越感到困惑，生平第一次覺得自己的腦子變成了一團亂麻。

回朝後，蕭君默第一時間入宮，把辯才交給了禁中內侍趙德全，然後立刻回到皇城北面的玄甲衛衙署，向自己的頂頭上司、玄甲衛大將軍兼兵部尚書李世勣覆命。

李世勣年約五十，臉龐方闊，眉目細長。他心情凝重、專注思忖的時候，眉頭就會不由自主地擰成一個「川」字。此時，當蕭君默把甘棠驛事件及一干線索、疑點悉數稟報完後，便再次看見了李世勣臉上這個熟悉的表情。

片刻後，李世勣抬起眼來，讚賞地看著他。「君默，你這趟辛苦了，不僅尋獲辯才是大功一件，而且附帶查到了這麼多線索，我一定替你向聖上請功！」

李世勣與蕭鶴年是故交，自小教蕭君默習武，後來又親自薦舉他加入玄甲衛，所以二人不僅是上下級關係，更有很深的師徒之情。平常無人之時，蕭君默便不以「大將軍」稱呼李世勣，而是直呼「師傅」。其實在蕭君默的心目中，與其說李世勣是他的上司和師傅，不如說更像是一位義父。

「師傅，為我請功就不必了。」蕭君默道：「您該為羅彪這些弟兄請功，他入玄甲衛都六、七年了，破的案子也不少，可到現在還是個隊正；還有其他弟兄，好些人資歷比他還深，這麼多年什麼都沒混上，這對他們不公平。」

「羅彪一直是你的屬下，無非都是跟著你這個領頭的幹，」李世勣輕描淡寫道：「哪來多大的功勞？」

「您說得沒錯，可羅彪他們一直是提著腦袋跟我幹的。」蕭君默直視著李世勣。「不知師傅是否還記得，兩年前的那起突厥叛亂案，如若不是羅彪扮成胡商打入突厥人內部，又怎麼可能把幾十個意圖謀反的突厥降將一網打盡？當時形勢萬分險惡，突厥人對他起了疑心，嚴刑誘供，可他寧死都沒有洩密。我記得行動那天，弟兄們把他救出來的時候，他只剩半條命了。像這種拿命替朝廷做事的人，豈能說沒有功勞？」

李世勣微微有些動容，旋即淡淡一笑。「羅彪的辦案能力還是有的，對朝廷也算忠心，只可惜，憑他的出身，要再往上升，恐怕不太可能了。」

師傅終於說了句大實話，而這實話就是蕭君默向來最為厭惡的官場規則——門第出身比才幹能力更重要。儘管貞觀一朝總體來講還算吏治清明，可自古以來相沿成習的陋規還是牢不可破、大行其道。蕭君默入朝任職這三年來，目睹許多資質平庸、品行惡劣的權貴子弟躋身要職，可像羅彪這種寒門庶族出身的人，往往幹得半死卻升遷無門。就連蕭君默自己，要不是有父親和李世勣的背景，也不可能在短短三年內便升至郎將，說不定到現在連隊正都還混不上。

一想起這些，蕭君默心裡就有說不出的鬱悶。

「師傅，這回在甘棠驛，情形之險惡比當年的突厥案有過之無不及，可不可以向聖上請旨，別看羅彪他們的家世出身，只論功勞和貢獻給他們升職呢？」

「君默啊，你是第一天當官嗎？」李世勣苦笑。「你也知道，聖上只管五品以上官員的任免，五品以下，都是要到吏部去論資排輩走流程的，哪有你說的那麼簡單？」

蕭君默當然知道這些。所謂「走流程」，實際上也還是走關係，看背景，總之拚的還是出身。說白了，要想在這世上當官，會不會做事不重要，會不會投胎才重要。思慮及此，蕭君默也只有苦笑而已，旋即作罷，談回了正事。「師傅，甘棠驛一案牽連朝野，非同小可，您是不是該儘快入宮向聖上稟報？」

「當然，此事我自當稟報。」李世勣道：「適才聽羅彪說你在伊闕傷了右臂，傷情如何？」

「一點小傷而已，早就不礙事了。」蕭君默覺得李世勣似乎有意迴避這個話題。「師傅，聖上急於找到辯才和〈蘭亭序〉，想必也是為了查清〈蘭亭序〉背後的祕密，如今這些線索都是查清此事的關鍵——」

「你此次離京，好像都一個多月了吧？」李世勣忽然打斷他。

蕭君默一怔，只好點點頭。「是的，還差三天就兩個月了。」

「時間過得真快！」李世勣不著邊際地感嘆了下。「快回家吧，你父親想必也思念你。」

蕭君默微微蹙眉。「師傅，我想我還是暫時別回去吧。」

「為何？」

「甘棠驛一案枝節甚多，我想留在這裡，一旦皇上要召對詢問，也好及時入宮。」

李世勣笑了笑。「怎麼，你怕師傅老糊塗了，連跟聖上奏個事都說不清了嗎？」

「我不是這意思，我是說我親歷其事，許多細節會記得比較清楚——」

「好了好了。」李世勣擺擺手。「你關心案子我明白，但也不急在這一時，何況就像你說的，此事牽連甚廣，又豈是一時半會兒弄得清楚的？快快回去，別在這兒磨蹭了。」

蕭君默心中越發狐疑，便道：「即便如此，我暫時也還不能走。」

「又怎麼啦？」李世勣有點不耐煩了。

「這次折了十二位弟兄，我得去跟有司討要撫恤……」

「這事也輪得到你操心？」李世勣明顯是不耐煩了。「照你的意思，我一個堂堂大將軍還要不到一點撫恤嗎？」

蕭君默無語了。

李世勣看著他，緩了緩語氣。「我知道，你向來體恤部下，可我難道不體恤嗎？你放心，這殉職的十二位弟兄，該多少錢帛撫恤，都包在我身上，我直接去跟聖上討要！這你該滿意了吧？」

蕭君默無話可說，只好行禮告退。

李世勣目送著蕭君默離去，眉頭瞬間又擰成了一個「川」字。

蕭君默出了值房，剛拐過一個牆角，一道身影便從背後突然出現，一隻拳頭直直襲向他的後腦。蕭君默不動聲色，直到拳頭近了，才忽然一閃，回身抓住了對方手腕。對方立刻變招，手臂一彎，用手肘擊向他的面門。蕭君默左掌一擋，對方卻再次變招……

眨眼之間，雙方便打了五、六個回合。蕭君默瞅了個破綻，迅疾出手，再次抓住對方手腕，另一手抓住對方肩胛往下一按，對方整個人就被他按得單腿跪下了。

「唉呀呀，疼死我了，快放手！」一個身穿玄甲衛制服的纖細身影跪在地上，誇張地哇哇大叫，聲音居然是個女子。

「妳說一聲『服了』，我便放妳。」蕭君默笑道。

「不服！」

「不服就跪著，跪到妳服為止。」

女子使勁扭動，一直試圖擺脫，卻始終被蕭君默牢牢箝制著。

「小心我告訴舅舅，說你欺負我！」女子又叫道。

「妳覺得，師傅他會信妳嗎？」蕭君默依舊笑道。

「他是我親舅舅，當然信我！」

「他是妳親舅舅，我還是他親徒兒呢！師傅信誰可不好說。」蕭君默嘴裡抬著槓，手上卻鬆開了女子。「不過話說回來，兩個月不見，妳功夫倒是長進了。」

女子叫桓蝶衣，是李世勣的外甥女，比蕭君默小一歲，自幼父母雙亡，由李世勣撫養成人。她從小和蕭君默一起長大，又一塊兒跟隨李世勣習武，青梅竹馬，情同兄妹。三年前蕭君默入職玄甲衛後，桓蝶衣也鬧著要加入，李世勣不同意，說玄甲衛都是大老爺們，一個姑娘家來湊什麼熱鬧？桓蝶衣大為不服，說姑娘家怎麼了？當初平陽公主還幫先皇和聖上打天下呢，她為什麼就不能進玄甲衛？沒聽過巾幗不讓鬚眉嗎？

平陽公主是唐高祖李淵的三女兒，太宗李世民的親姊姊，隋末大亂時曾組織一支數萬人的義軍，在關中攻城掠地、所向披靡，隨後幫李淵攻克了長安，後來又率領一支七萬人的娘子軍駐守長城關隘，為大唐帝國的開創立下了汗馬功勞，堪稱一代巾幗英雄。武德六年平陽公主去世，李淵不惜逾越禮制，以「羽葆鼓吹、虎賁甲卒」的軍禮為她舉行了隆重的葬禮，被傳為一時佳話。桓蝶衣拿她說事，李世勣雖不好反駁，但還是沒同意。不久李世民得知此事，頓時大笑，遂親自下旨，破格把她招進了玄甲衛。

此時桓蝶衣聽蕭君默誇她，登時一喜，揮舞拳頭又要跟他打，蕭君默忙道：「行了行了，今天就到這兒吧，我沒空陪妳了，師傅趕我回家呢。」

「那正好，我也好久沒去你家了，順便去看看伯父，咱們一道走！」桓蝶衣說著，拉起蕭君默的手就走。

蕭君默尷尬。「喂，這兒是皇城，妳收斂點行嗎？」

「幹麼要收斂？」桓蝶衣不以為然。「咱倆是好兄弟，手把手怎麼啦？」

「正因為是好兄弟，才不適合把手。」

「為什麼？」

「妳什麼時候見過兩個大男人手把手一塊兒走路？」

桓蝶衣想了想，說了聲「也對」，便把手抽了出來，緊接著眼珠子一轉，忽然搭上蕭君默肩頭，然後把他的手也拉過來搭在自己肩上，一臉得意。「好兄弟就得這麼走，勾肩搭背地走！」

由於兩人身高差了許多，硬要勾肩搭背，不免走得搖搖晃晃，十分彆扭。蕭君默苦笑。「喂，好兄弟也沒這樣的，這麼走的是醉漢。」

桓蝶衣聞言，頓時咯咯直笑。

蕭君默偷偷想把手拿下來，卻硬被桓蝶衣按了回去，只好翻了下白眼，任由她了。

兩人回到位於蘭陵坊的蕭宅，剛走進前院，管家何崇九便快步迎了上來。「二郎，你可回來了！」然後匆匆跟桓蝶衣打了下招呼，臉上似有焦急的神色。

蕭君默有個哥哥，一出生即夭折，故而他雖是家中唯一的孩子，論排行卻是老二，所以家中僕傭都稱呼他「二郎」。

蕭君默察覺何崇九神色有異，趕緊問道：「我爹在嗎？」

何崇九臉色一黯。「主公他已經……有五天沒回家了。」

蕭君默和桓蝶衣同時一怔，不禁對視了一眼。

「是不是魏王派他去何處公幹了？」桓蝶衣道。

「不可能。」蕭君默眉頭緊鎖。「我爹他若是出遠門，必會告訴九叔，不會不告而別。」

「二郎說得對。」何崇九道：「而且我前天便去魏王府打聽過了，杜長史也說好幾天沒見到主公了，事先也沒聽他說要告假什麼的。」

「這就奇了。」桓蝶衣一臉困惑。「那他會去哪兒呢？」

蕭君默思忖著，心中忽然湧起一種不祥的預感。「九叔，你最後一次見到我爹，他有沒有什麼異常？」

何崇九回憶著，搖了搖頭。「跟平時沒什麼兩樣，就是提了幾回你小時候的事情……再有麼，喔對了，我差點忘了。」說著從袖中掏出一枚玉珮。「主公說這是二郎小時候，一位故友送給二郎的，當時怕你年紀小弄壞了，就幫你收藏了起來。那天主公離家之前，忽然拿出這枚玉珮，說你現在已長大成人，該把玉珮還給你了……」

蕭君默接過玉珮，細細看了起來。

這枚玉珮是用稀有名貴的羊脂白玉雕琢而成，白中泛黃，玉質晶瑩，溫潤細膩，如脂如膏，正面雕飾著一株靈芝和一朵蘭花，反面刻著兩個古樸的篆文文字：多聞。蕭君默看著看著，眼前忽然出現了一幅久遠的模糊畫面。畫面中的他還只是三、四歲模樣，然後有個身材修長、服飾華貴的年輕男子走過來，把這枚玉珮掛在了他的胸前……

「這事也有點奇怪啊！」桓蝶衣道：「就算蕭伯父要把這枚玉珮還給師兄，他可以自己還呀，幹麼要交給九叔你？」

「就是說嘛！」何崇九急著道：「我那天也是這麼對主公說的，可他也說不出個所以然，就說先放我這兒，然後就匆匆忙忙走了。」

這顯然是一條重要線索。蕭君默想，父親忽然把收藏了十多年的舊物拿出來，這絕非尋常之舉。他這麼做，是不是預感到自己會遭遇什麼不測？

蕭君默把玉珮揣進懷中，又問：「九叔，你再想想，還有什麼別的事嗎？」

何崇九又仔細想了想，道：「不知道這算不算，主公那幾天，在書房裡臨寫了幾幅字帖……」

蕭君默目光一亮。「誰的字帖？」

「王羲之。」

蕭鶴年的書房簡潔雅致，書架上和書案上都堆放著許多卷軸裝的書。

蕭君默坐在案前，翻看著父親留下的幾張行書臨帖，沒看出任何異常。而父親所臨的王羲之法帖，也非真跡，只是後世公認較為成功的摹本而已，照樣看不出什麼。

蕭君默站起來，走到書架前，隨意翻看著吊繫在書軸上的檀木標籤，上面寫有每卷書的書名和卷號。翻著翻著，他的目光忽然被一根書籤吸引住了，那上面用朱墨寫著三個字：蘭亭集。

桓蝶衣和何崇九站在一旁，一直注視著他的一舉一動。見他驀然有些出神，桓蝶衣趕緊道：「師兄，你發現什麼了？」

蕭君默充耳不聞，突然把那卷書抽了出來，放在案上，當即展開，匆匆看了起來。桓蝶衣跟何崇九對視了一眼，都有些不明所以。

《蘭亭集》是東晉永和九年，王羲之與諸友人在會稽山陰蘭亭聚會上所作詩歌的合集。王羲之所作的著名散文〈蘭亭序〉，正是這卷詩集的序言。蕭鶴年的這個藏本，是他自己親手抄錄的手寫本。蕭君默知道，父親不僅親手抄寫了這卷詩集，而且平時經常翻閱，似乎對其有著非同尋常的喜愛。他受父親影響，也讀過一、兩次，但並沒有什麼特別的感覺。此時，蕭君默匆匆打開這卷書，是想證實心中的某個猜測。

很快，書中的一行字就驀然跳進了蕭君默的眼簾：

先師有冥藏，安用羈世羅。未若保沖真，齊契箕山阿。

這是王羲之五子王徽之在蘭亭會上所作的一首詩，而開頭兩句，正是蕭君默在甘棠驛松林中聽見的冥藏與手下的接頭暗號！

蕭君默當時一聽到這句暗號就覺得非常熟悉，可就是想不起在哪兒看過；這一路回來又一直在記憶中搜索，還是一無所獲，不料此刻卻無意中發現——這句暗語竟然就出自父親最喜愛的這卷《蘭亭集》。

「師兄，你倒是說話呀！」看他怔怔出神，桓蝶衣越發好奇。「你到底發現什麼了？」

蕭君默搖搖頭。「暫時還沒有。」然後轉向何崇九。「九叔，你回想一下，我爹失蹤之前那幾天，有沒有哪一天是在魏王府值夜的？」

何崇九不知他為何問這個，但還是馬上就想了起來，道：「二月二十六。」

蕭君默略微沉吟，心中倏然一驚。

二月二十六，差不多正是他的密奏以八百里加急遞進長安魏王府的日子，而父親恰好在這一天值夜，這難道只是巧合嗎？

「蝶衣，能幫我個忙嗎？」蕭君默忽然道。

桓蝶衣一喜。「你說。」

「幫我去慰問一下，那殉職的十二位弟兄的家人。」

桓蝶衣一愣，旋即明白過來。「你就是想支開我。」

「我是分身乏術。」蕭君默淡淡道：「妳要是不幫，就算了。」

「我沒說不幫啊！」桓蝶衣急道：「再說他們也是我的兄弟，我去慰問他們家人也是應該的，可我現在最想幫你的是查找伯父的下落啊！」

「我答應妳，有任何進展隨時告訴妳，需要妳幫忙的時候，我也會跟妳說，好嗎？」

桓蝶衣無語，只好點了點頭。

蕭君默來到魏王府的時候，杜楚客雖然心裡發虛，但還是滿面笑容接待了他。

二人稍加寒暄後，話題自然轉到了蕭鶴年頭上。杜楚客還是那套說詞，聲稱已多日未見蕭鶴年。蕭君默一邊靜靜聽他說，一邊留意著他的表情。

很快，蕭君默就得出了一個判斷：杜楚客在撒謊。

他說話的時候目光閃爍，且不時會用手去摸鼻子。

蕭君默偵辦過多起大案，閱人無數，很清楚這是人在撒謊時下意識的表情和動作——饒你為官多年、城府再深，表面上多麼滴水不漏，這種下意識的流露往往是騙不了人的。

此行目的已經達到，蕭君默當即起身告辭。

杜楚客熱情地送他出來，邊走邊道：「賢姪放心，本官與令尊不僅是同僚，且相知多年，一定會盡力幫你查找令尊下落。再說了，魏王殿下一向賞識令尊，也不會不管這件事的。」

「那就多謝杜長史和殿下了。」蕭君默笑著敷衍。

「賢姪這一路護送辯才回朝，可謂勞苦功高啊！」杜楚客忽然轉了話題。「不過，聽說你在陝州遇上了點麻煩，還犧牲了多名部下，可有此事？」

尋找辯才一事雖由魏王負責，但辯才一旦找到，蕭君默便無須再向魏王稟報任何事情，只需直接向李世勣和皇帝稟報即可。換言之，自二月二十六日魏王接到蕭君默的那道密奏之後，他便無權再過問辯才一案了，所以此刻，杜楚客才不得不出言打聽。

「杜長史消息真是靈通。」蕭君默淡淡笑道：「蕭某今日剛剛回朝，您就已經聽說了。」

「小道消息而已，也不知是真是假。」杜楚客道：「本官是看到賢姪才想起此事，一時忍不住好奇，就順便問問。」

「長史和殿下若欲詳知此事，可向聖上請示詢問。蕭某職責在身不便明言，還望長史見諒。」

「當然當然。」杜楚客打著哈哈。「玄甲衛的規矩，本官還是懂的，方才也就隨口一問，賢姪不必放在心上。」

從魏王府一出來，蕭君默便立刻啟動玄甲衛的情報網，對魏王府的多名書吏進行了調查，隨即鎖定了二月二十六日晚與父親同班值夜的那名書吏。

此人姓郭，三十多歲，是個未入九品的流外雜吏，薪俸不高，家中卻有一妻二妾，還時常流連花街柳巷。這樣的人，錢從哪裡來？

答案不言自明：貪贓受賄。

玄甲衛平常便掌握了不少這種小官吏的貪墨罪證，但往往隱而不發，待偵辦高官重臣時才從這些人身上突破。蕭君默找了幾位同僚，便拿到了十幾份郭書吏的犯罪證據。

是日午後，蕭君默在平康坊的一處青樓找到了郭書吏。

一看到他，郭書吏的臉唰地一下就白了。

「別緊張，」蕭君默面帶笑意。「我今天不為公事找你，只想跟你聊聊。」

在一間茶樓的雅室中，郭書吏一聽蕭君默道明來意，便雙手直搖，連聲說他什麼都不知道。蕭君默很清楚，魏王或杜楚客必定是跟他打過招呼了，這反倒進一步證明，魏王和杜楚客心裡有鬼。

「自己看看吧！」蕭君默從袖中掏出幾本硬皮摺頁的卷宗，往案上一扔。「這是你最近半年來，利用職務之便幹的事。你倒是挺神通廣大的，刑部要給犯人定罪，你就拿錢替人疏通減刑；吏部要核查外縣官員履歷，你就拿錢替人詐冒資蔭；工部要修一段城牆、蓋幾間大殿，你也可以拿錢替人攬活。還有，就連魏王府的一些機密文牒，只要價錢好，你也可以拿出去賣。我問你，這裡頭隨便挑出哪一件，不夠判你一個重罪的？」

郭書吏拿起那幾本卷宗略略一翻，頃刻間便渾身顫抖，汗如雨下。

「二月二十六日那晚，我父親有沒有離開過魏王府？」蕭君默不想再說廢話了，遂單刀直入。

郭書吏失神地點點頭。

「他離開時有沒有什麼異常？」

「他……他挺著急。」

「怎麼說？」

「當時還是夜禁，他就急著要出門，我要給他開個公函以便通行，他都說不用就匆匆走了。」

「他出門的時間還記得嗎？」

郭書吏想了想。「大概……大概是寅時末刻了。」

「你為何能記得這個時間？」

「因為他出去不多一會兒，晨鼓就響了。」

「這件事，魏王知道嗎？」

郭書吏點點頭。「令尊前腳剛走，魏王就來了。」

「他去做什麼？」

「他也是來找令尊的。」

「知道我父親匆匆離開，他作何反應？」

「他黑著臉，沒說什麼就走了。」

事情全都清楚了！蕭君默想，二月二十六日晚，父親一定是冒險盜閱了那份有關辯才的密奏，然後迫不及待地把情報送了出去；而魏王當時便已發現，卻隱而未發，數日後才對父親下手。據此來看，父親現在很可能已經遭遇了不測……

蕭君默心裡，遽然感到了一陣猶如刀割的疼痛。

母親早在他童年時便已病逝，父親怕他受委屈，此後一直沒有續弦，這麼多年都是父子二人相依為命。蕭君默萬萬沒想到，他這一次離京，竟然成了與父親的永訣！

儘管心中萬般痛楚，蕭君默臉上並未流露絲毫。郭書吏看他怔怔出神，便顫聲問道：「蕭將軍，在下……是否可以走了？」

蕭君默默然不語。

郭書吏戰戰兢兢地爬起來，躡手躡腳地朝外走去。

「郭書吏，請好自為之！」蕭君默忽然說道：「下一次，玄甲衛再來找你，你可就沒那麼容易走了。」

「是是是，在下一定痛改前非，一定痛改前非！」

郭書吏連連點頭哈腰，然後逃也似地跑了出去。

蕭君默冷笑了一下。這種人是死不悔改的，遲早有一天會鋃鐺入獄，在大牢裡度過餘生。

這麼想著，他忽然意識到了什麼，嚇得整個人跳了起來。

既然有關辯才的情報是從父親這裡洩露出去的，那麼麻櫟樹林中那群黑衣人的情報來源很可能正是父親！倘若師傅李世勣現在已經把甘棠驛一案的全部經過都稟報給了皇帝，那麼一旦開始追查麻櫟樹林中的黑衣人，最後必定會查到父親頭上，而父親也必定難逃謀反的罪名！

想到這裡，蕭君默立刻像瘋了一樣地衝出茶樓，策馬向皇城狂奔。

他必須趕在李世勣入宮奏報之前攔住他，否則後果不堪設想！

李世勣仍然坐在玄甲衛衙署中。

上午蕭君默走後，他便一直在權衡，到底該不該把蕭君默說的所有情況全部向皇帝稟報，因為此事不知牽連到了多少朝中大臣，更不知牽連到了誰，所以不可不謹慎對待。

雖然身為大唐的開國功臣，現在又兼兵部尚書和玄甲衛大將軍這兩大要職，李世勣對皇帝絕對是忠心耿耿，但他深知，有些時候，忠心並不等於要把什麼話都對皇帝說。

尤其是這些年坐在玄甲衛這個位置上，從他手中經過的每個案子，由他向皇帝奏報的每條線索，都有可能置一個或多個當朝大員於死地，並且禍及滿門，所以李世勣做事更是如履如臨、慎之又慎，生怕辦錯了案子傷害無辜。

此刻，當蕭君默像瘋了一樣滿頭大汗地衝進來時，李世勣憑直覺便意識到，自己今天的審慎又是對的。

聽蕭君默上氣不接下氣地講完今天調查的經過，李世勣的眉頭瞬間又擰成了一個「川」字。

最讓他感到震驚的當然是蕭鶴年的失蹤。

而蕭鶴年的失蹤，顯然又與辯才一案息息相關。

李世勣想，倘若蕭君默今天的調查沒有走錯方向的話，那麼可以料定，蕭鶴年很可能是盜取了辯才情報，然後洩露給了朝中的某個神祕勢力；而這個神祕勢力，正是麻櫟樹林中那群攔截辯才的黑衣人。

所以，假如把此事上奏皇帝，蕭鶴年立刻便會成為有罪之人，而蕭君默也必定會受到株連！

「師傅，」蕭君默喘息了半天才道：「我判斷，魏王很可能已經發現了我爹盜取情報的事，所以，我爹怕是……怕是遭遇不測了。」

「現在下這個結論還為時過早，你趕緊讓弟兄們幫著查一查，或許還能找到你爹。」李世勣心裡的判斷其實跟蕭君默一樣，可他當然不能說實話。

「那，甘棠驛的案子，該怎麼向聖上奏報？」

「這個我自有分寸，你就不必操心了，趕緊查你爹的事去吧。」

蕭君默走後，李世勣又把所有事情前前後後疏理一遍，才從容入宮，向李世民稟報。當然，他把涉及蕭鶴年的東西全部隱藏了，其中也包括魏王向蕭君默匿名傳遞消息一事。

即使隱藏了一部分，但僅僅是甘棠驛劫殺事件的大體經過，以及洛州刺史楊秉均等人的犯罪事實，便足以令李世民感到震駭了。

此刻，在兩儀殿中，李世勣已經說完了好一會兒，李世民才慢慢回過神來，開口道：「看來朕當年的判斷沒錯，呂世衡留下的線索，果然指向了一個可怕的祕密！」

李世勣沒有答言，他知道這時候只能聽皇帝說。

「依你方才所奏，至少可以得出一個結論。」李世民緩緩道：「如今的大唐天下，潛伏著一支神祕而龐大的勢力，這支勢力不僅存在於江湖之中，而且已經把手伸進了官府和朝堂。天知道朕的身邊，已然埋伏了多少他們的人！天知道這些人到底想幹什麼！」

聽聞此言，李世勣心中一凜，更不敢答話。

「你剛才說，那個面具人叫什麼？」

李世勣趕緊答道：「回陛下，他的手下都稱其為『冥藏先生』。」

「那句接頭暗號，你再唸一遍。」

「先師有冥藏，安用羈世羅。」

李世民閉上眼睛，在嘴裡反覆默唸。突然，他睜開眼睛，大聲道：「德全，取《蘭亭集》來！」

趙德全一驚，趕緊跑出殿去，片刻後便將一卷《蘭亭集》取了來。李世民迅速展開來看，很快，他就與蕭君默有了完全相同的發現。

李世民苦笑了一下，合上書卷往案上一扔，示意趙德全拿給李世勣看，嘆道：「先是〈蘭亭序〉，現在又是《蘭亭集》，這個王羲之啊死了兩百多年了，還給朕布下一個這麼大的謎局！」

李世勣看見了書卷上所寫，也頗為驚詫，忙道：「陛下，無論是〈蘭亭序〉還是《蘭亭集》，也無論其背後藏著多少祕密，辯才必定都知情，現在既已將他帶回宮中，理當即刻審訊！」

「朕方才召見過他了，不卑不亢，是個頗有定力的出家人。對這種人只能攻心，不可用強。」

「陛下聖明！」

「辯才這個人，朕自己來對付。你那邊有件事，要立刻著手去辦。」

李世勣當即跪地。

「楊秉均是怎麼當上洛州刺史的，給朕徹查，揪出潛伏在朝中的這個『玄泉』，徹底肅清其同黨！然後順藤摸瓜，查出『冥藏』及其勢力，不惜一切代價將其剿滅！」

「臣遵旨！」李世勣朗聲道。

「德全。」

「老奴在。」

「即刻傳朕的口諭，玄甲衛郎將蕭君默辦案有功，朕心甚慰，著即賜緞五百疋、錢三千緡，以資勗勉！」

「老奴領旨。」

「另外，命中書省即刻擬旨，褫奪楊秉均、姚興二人所有官爵，誅其三族，家產籍沒，同時發布海捕文書，全境捉拿此二人！還有，凡洛州下轄各縣涉案官員，一律撤職嚴辦，概不姑息！」

「老奴領旨。」

李世民一口氣說完，眼中射出了一道威嚴而冷冽的光芒。

要追查父親的下落，肯定得從他二月二十六日深夜的行蹤入手。

蕭君默趕在暮鼓擂響之前，到武候衛的衙署走了一圈，查訪了一些朋友，便徹底弄清了父親那一夜的大致行蹤。

當夜，先後有三隊武候衛的巡邏隊遭遇了蕭鶴年。第一隊是在西市的東北角，此時蕭鶴年從延康坊的魏王府出來後，大致走了兩個坊區，然後在此右拐向東行去；第二隊是在皇城朱雀門前，此時蕭鶴年在朱雀橫街上自西向東而行。第三隊，是在皇城東面的景風門與永興坊西門之間，蕭鶴年的蹤影大致在此消失，此後便再無其他武候衛看見他了。

這一天暮色降臨、夜禁開始後，蕭君默策馬重走了一遍父親那夜走過的路。

蕭君默騎得很快，模擬父親當夜急著要送出情報的心情。然後他一路上也遭遇了幾隊巡夜的武候衛，蕭君默出示玄甲衛腰牌，隨後繼續前行。

大約用了兩刻的時間後，蕭君默到達了永興坊的西門。

基本上可以確定，父親要呈交情報的那個對象，就住在永興坊。

蕭君默敲開了坊門，找到了當地坊正，詢問二月二十六日深夜至次日晨鼓之前，有沒有人從西門進入此坊。坊正回憶了一下，很確定地說沒有。

蕭君默大為詫異。「已經是七、八天前的事情了，你為何如此確定？」

坊正一笑。「因為幾乎沒有人會半夜來敲坊門。在下當了二十多年的坊正，總共也就兩回，所以不要說七、八天前了，就算是七、八年前，在下也可以回答將軍。」

蕭君默聞言，不禁啞然失笑。

其實這個道理非常簡單，自己卻一時間糊塗了。看來，焦躁不安的心情足以障蔽人的心智！自己急於要查清父親的下落及其所為之事，以致心浮氣躁，連最普通的判斷力都失去了。思慮及此，蕭君默不禁連聲提醒自己，越是這種時候，越要沉著冷靜。

辭別坊正之後，蕭君默又從西門出來，慢慢策馬向北而行。

父親的行蹤就是在這裡消失的，可他又沒有從西門進入永興坊，那他到底上哪兒去了呢？難道他從景風門進入皇城了？

由於適才調整了心情，所以此刻蕭君默心思明澈，馬上就推翻了這個結論。因為皇城中就是百官衙署，夜裡當值的官員很多，而父親當夜所為又是極其隱祕之事，所以不大可能冒著被眾多官員目睹的風險，貿然進入皇城送情報，這太愚蠢了。

又往前走了一段，蕭君默忽然想到了一點：其實不從坊門也可以進入坊區，因為三品以上官員都可以把府門開在坊牆上！

一想到這裡，蕭君默不禁有些興奮，同時又暗罵了自己一下——如此簡單明瞭的事實，居然繞了這麼一大圈才想起來！

那麼，接下來的問題就是：朝中有哪些三品以上高官，就住在這個永興坊的西邊？

許多人名從蕭君默腦中飛速閃過，又因為各種情況被他一一排除：有些人的府邸並不在此坊，是他記憶有誤；有些雖然住在這裡，但品級不夠；還有的雖然品級夠，也住此坊，但府邸並不在西邊，而是在其他方位。

當所有不可能的名字一一剔除，一個符合所有條件的名字便跳了出來，出現在他的腦海中。

是他?!

就在蕭君默靈感突現的這個瞬間，他無意中一抬頭，就看見不遠處的坊牆上出現了一個宅門，那個宅門的門匾上赫然寫著兩個字：魏府。

剎那間，蕭君默被自己最終找到的這個答案驚呆了。

「我都安排好了，你就等著看好戲吧！」

東宮麗正殿中，漢王李元昌一臉得意地對李承乾道。

「玩這種把戲，你不覺得很幼稚嗎？」李承乾不以為然。

自從數日前皇帝正式下詔，命魏王入居武德殿，李承乾頓然覺得自己的地位一落千丈。這些日子，不僅東宮的各種賞賜用度都不如魏王，而且父皇召見他的次數也越來越少，彷彿忘記了他這個太子的存在，就連文武百官看他的目光也大大不同以往，似乎覺得他這個儲君已經名存實亡了。與此相反，越來越多的權貴子弟紛紛靠向了魏王，而這些人的背後，顯然都是朝中的高官重臣。他們自己不便出面向魏王示好，便讓子弟與其交結，似乎也都認定了魏王遲早有一天會正位東宮。

李承乾這才意識到，魏徵說得沒錯，李泰果然是一頭惡狼！讓他登上武德殿這座山頭，呼朋引伴，對月長嗥，果然是一件十分危險的事情！

然而，當李承乾向魏徵求取對策的時候，魏徵卻始終只有兩個字：隱忍。

魏徵說，越是這種時候，越要隱忍不動，儘管讓魏王去春風得意好了，因為人一得意，就容易忘形。

李承乾聽了，也只好按魏徵所言，隱忍不動，以不變應萬變。

然而，李元昌卻極力反對。他說這麼做只能任人宰割。李承乾不悅，說那你認為該怎麼辦，有本事你拿個法子出來！李元昌被他這麼一激，隨後就消失了幾天不見人影，直到這一晚才神神叨叨地來到東宮，附在李承乾耳旁說了他的辦法。

李承乾乍一聽，頗有些嗤之以鼻。李元昌卻信誓旦旦，說此法肯定能奏效。此刻，當李承乾再次表露輕蔑之意時，李元昌不樂意了。「左也不行右也不行，那你想怎麼樣，總不能現在就勒兵入宮吧？」

李元昌本以為說句重話，會把李承乾嚇住，不料他卻投來冷冷一瞥。「別以為我不敢！把我逼急了，我什麼都幹得出來！」

這下反倒是李元昌慌了，他一哆嗦，道：「你可別衝動，咱們現在還沒那實力。」

「現在是沒有，但馬上就會有了！」

「你指什麼？」李元昌不解。

「昨日，侯君集已經託人傳話了，想跟我聯手。」

「吏部尚書侯君集？」李元昌低頭思忖。「此人行伍出身，也是開國功臣，在朝中的勢力倒是不小，文臣武將都有他的人。不過，他怎麼會在這種時候找上你？」

李承乾一聽這話味道不對，斜著眼看他。「什麼叫『這種時候』？他怎麼就不能找我了？聽你這話的意思，我現在就活該倒楣，誰都不該理我了是吧？」

「沒，我不是這意思。」李元昌雙手直搖。「我是說人心隔肚皮，現在朝局這麼複雜，誰知道他是不是不懷好意？咱們得揣摩一下他的動機。」

「他的動機很簡單，他恨魏王。」

「為何？」

「兩年前他率部平定高昌，私吞了高昌王的珍寶，回來就被人告發了，還坐了幾個月大牢。你猜，當時是誰告發他的？」

「莫非……是魏王？」

李承乾點頭。

「魏王幹麼要這麼做？」

李承乾冷冷一笑。「在父皇和百官面前討好賣乖唄！借此顯示他是一個多麼剛正嚴明的親王，又是一個多麼懂得維護朝廷綱紀、幫父皇分憂的好兒子！」

李元昌恍然，旋即一笑。「為此不惜招怨樹敵，也不知這魏王怎麼想的。」

「凡事都有代價，有一利必有一弊，總不能什麼好處都讓他占了。」

「這倒也是。」李元昌點點頭，想到什麼。「這話題扯遠了。我剛才說的事，你倒是給個話呀，幹還是不幹？」

「隨你吧。」李承乾拂了下袖子。「要幹也成，好歹弄他一下，出口惡氣！不過告訴你的人，千萬小心，可別讓人給逮住。」

李元昌嘿嘿一笑。「這就不用你操心了。」

蕭君默領著羅彪等七、八個弟兄，把皇帝賞賜給他的五百疋綢緞和三千緡銅錢分成十二份，挨個兒送給了那殉職的十二名弟兄的家人，順便祭拜了他們。隨後，他帶眾人來到長安著名的蝦蟆陵郎官清酒肆，一來是犒勞眾弟兄，二來也是為無力替他們爭取官職而致歉。

「頭兒，你這麼說就埋汰[1]兄弟們了。」酒過三巡，已然微醺的羅彪粗著嗓子道：「大夥兒是心甘情願跟著你幹，豈是貪圖那點功名？是因為老大你做人仗義！再說了，我們這些人，家裡頭都是種田的、打鐵的、殺豬的，生下來就是賤命一條，這輩子能混成這樣已經知足了，對功名利祿早就死了心！」

其他弟兄也紛紛附和，都說他們的命不值錢，只要能跟著蕭君默幹，掉腦袋也無怨無悔。

蕭君默頗為感動，端起酒盅敬了眾人，然後一口喝乾，朗聲道：「弟兄們也不必妄自菲薄，出身不好又如何？王侯將相，寧有種乎?!男兒立身，憑的是真本事。要我說，你們都是真男兒，比那些空腹高心、卑劣無能的權貴子弟強多了！」

「話是這麼說，可這世道，就只認出身，有本事的不如會投胎的！」羅彪打了個酒嗝。「從古到今，哪朝哪代不這樣？古人那話怎麼說來著，什麼『如泥如雞』的？」

「寒素清白濁如泥，高第良將怯如雞。」蕭君默淡淡苦笑，接過話頭。

「對，就這話！」

眾人聞言，也不禁搖頭苦笑。

1 埋汰：一指東西弄髒、被汙染了，二指情感上的諷刺、取笑之意。

這句話出自東漢末年的民謠，原話前面還有一句：「舉秀才，不知書；察孝廉，父別居。」兩漢的選官制度主要是「察舉制」，即由地方官對當地民眾進行考察，以品行為標準，以鄉評為根據，把人才選拔出來，向中央舉薦。「秀才」「孝廉」指的就是被選舉的有學問、品行好的人才。察舉制從漢文帝開始施行，一直沿用到東漢末年，其本意是消滅特權、破除世襲，不料後來又造成了新的特權階層和變相世襲。到了東漢末年，察舉制更是流弊叢生、不堪一問，選舉出來的往往是無德無才之人，因此便有了上述民謠，以諷刺當時的社會現象——被選舉的所謂秀才卻不學無術，所謂孝廉也不孝順父母；寒門子弟縱使德才兼備，也只能活在社會底層、骯髒如泥，而士族子弟往往身居高位卻昏庸無能、怯懦如雞。

「我朝號稱吏治清明，以科舉取天下士，」眾人中一位年紀最長的下屬嘆道：「可到頭來也只是面子上好看罷了。寒門子弟就算考上進士又如何？吏部銓選那一關就能把你活活卡死！我有個同鄉，家境貧寒又生性耿介，不願阿附權貴，貞觀二年就中了進士，結果年年到吏部赴試卻年年落空。現在都四十好幾了，還是一介白衣、兩袖清風，窮得都快要飯了，全靠我們這些同鄉接濟才沒餓死。」

眾人一聽，都觸動了心中的不平，於是你一言我一語，紛紛借著酒勁大發牢騷。蕭君默在一旁靜靜聽著，雖明知這些牢騷有抨擊朝政之嫌，卻未出言阻止，因為他今天宴請眾人的目的之一，就是讓他們傾吐怨氣。正所謂不平則鳴，雖然他們的牢騷無法改變任何現狀，但發洩出來總比憋在心裡痛快。

「頭兒，」羅彪又灌了好幾杯，睜著赤紅的雙眼對蕭君默道：「你讀書多，跟弟兄們說說，為啥千百年來，老祖宗就不能想個什麼好法子，讓這世道變得公平一點？」

「老祖宗不是沒想過，」蕭君默淡淡笑道：「只可惜再好的法子弄出來，不用多久就走樣了。」

「為啥就走樣了？」羅彪一臉不解，其他人也紛紛看向蕭君默。

「遠的不說，就說漢代吧。兩漢實行察舉制，本意就是想破除先秦以來的貴族世襲制，然而察舉之權是在地方官手上，而一個家族中只要有人當過郡太守，擁有過察舉之權，那麼經他察舉入仕的人就成了他的門生故吏，這些人日後一旦得勢，便會投桃報李，回過頭察舉『恩師』的後人。所以在一個家族中，只要先輩察舉過別人，子孫往往也能被察舉。久而久之，每個郡就會有那麼一、兩個家族，幾乎把『秀才』『孝廉』的名額全占了，這樣的家族慢慢就有了所謂的『郡望』，形成了高高在上、擁有特權的『士族門第』。」

羅彪恍然大悟。「原來『寒素如泥，高第如雞』這話就是打這兒來的！那後來呢，就不能再變一變？」

「變了，曹操就想出了『唯才是舉』的法子，之後曹丕根據他的想法確立了『九品中正制』。」蕭君默道：「朝廷在地方設立『中正官』，以三等九品為標準，品評人物，選拔人才。這個辦法，原則上只論人才優劣，不看世族高卑，目的就是破除門閥，讓真正有才幹的人入仕。」

「這就對了嘛！」羅彪一拍大腿。「曹阿瞞不愧是一世梟雄，這辦法多實在！」

「沒錯，曹阿瞞是個務實之人，他的『唯才是舉』思想以及其後的九品中正制，初衷也是為了公平，然而……」蕭君默無奈一笑。「好景不長，也就短短幾十年，這個制度的流弊就比兩漢的察舉制更甚了。」

「這又是為何？」羅彪既失望又困惑。

「九品中正制最大的問題，就在於中正官的一己愛憎和個人好惡決定了一切。正所謂『高下逐強弱，是非由愛憎』，雖然表面上朝廷也有一套選擇人才的標準，但實際操作中很難做到真正客觀，到頭來還是要憑中正官的個人意志，於是請託、行賄、利益交換等流弊由此滋生，結果便是『上品無寒門，下品無世族』『世冑躡高位，英俊沉下僚』。所以，自魏晉南北朝以來的四百年間，權力都被世家大族把持，真正的人才湮沒無聞，官場腐敗叢生，吏治一團黑暗，又到哪裡找公平二字？」

羅彪聞言，滿臉懊喪，其他人也是唏噓不已。

「前朝的隋文帝父子，興許便是看到這個九品中正制的弊端，才將其廢除，另行科舉制的吧？」方才那個年長的下屬問道。

蕭君默點點頭。「正是，跟以前歷朝歷代相比，我朝從隋楊繼承而來的科舉制，應該說是最合理、最公平的。但咱們也都知道，科舉只是我朝選官的途徑之一，至今為止，憑藉家世門第入仕的還是比科考入仕的人多。何況正如你方才所言，科舉及第也僅是取得做官的資格而已，最後還要到吏部再拚一輪，而這一輪拚的恐怕就不只是才學了，更要拚官場人脈和家世背景，所以你那位同鄉若是不肯攀附權貴，恐怕到老、到死都不能入仕。」

下屬搖頭苦笑。「看來從古到今都一個樣，這世道就沒有一天是真正公平的。」

「去他的，喝酒喝酒！」羅彪索性換了個大大碗公，猛灌了幾口。「咱們這些苦出身的，這輩子是甭想有出頭之日了，只能指望下輩子投個好胎吧！」

蕭君默也自飲了一杯，然後看著他們。「世道不公，咱們都無能為力，但諸位弟兄的前程，卻是蕭某的責任。弟兄們，我蕭君默今日就誇一個海口，總有一天，我會幫大夥兒討一個公道，讓諸位頭上的烏紗，配得上你們的忠勇與才幹！」

羅彪等人聞言，無不感激動容。

蕭君默把酒斟滿，高高舉起。「來，為了公道，乾！」

「乾！」眾人齊聲一吼，八、九只酒盅碰到了一起。

第十章 天刑

清晨，細雨斜飛。

永興坊內，魏徵的馬車在泥濘的道路上轆轆而行。後面不遠處，一個行商打扮的男子騎著一頭毛驢，頭戴斗笠，身披蓑衣，始終不緊不慢地跟著。

這個人的斗笠壓得很低，看不見眉眼，只露出鬍子拉碴的下半截臉。

他就是蕭君默。

今日是三月初九，也是蕭君默及手下跟蹤魏徵的第四天。由於魏府有北、西、南三個門，所以蕭君默派遣了羅彪等人分別守在北門、南門及其沿線，自己在中間點的西門坐鎮，一旦魏徵從西門出來，蕭君默便親自跟蹤；若是魏徵從北門或南門出來，羅彪他們便會跟上去，同時其他多名手下立刻將信號一站一站傳遞過來，然後蕭君默迅速趕過去，接替羅彪繼續跟蹤。

從第一天起，也就是三月初六，蕭君默就發現了一個奇怪的現象：魏徵要去東宮，卻偏偏不從自家的西門或北門出來，反而從南門出去，往東坊門而行，然後再繞一大圈去東宮，途中也未見他在任何地方停留。

蕭君默大惑不解，同時也認定這裡頭必有玄機。

此後，連續兩天，魏徵卻不繞路了，都是從西門出來，走了正常的最短路徑。蕭君默一度懷疑自己的跟蹤被發現了，但想想又不太可能，因為他每次化的妝都不一樣，而且以他的化妝術和跟蹤手段，斷不會這麼輕易被發現。直到今天，當魏徵再次不走尋常路徑，又往東開始繞路，蕭君默才確信自己沒有暴露。

初六、初九繞路，中間的兩天正常，這意味著什麼？

蕭君默稍一思索，便有了一個推斷：如果接下來的幾天，魏徵又走尋常路的話，那麼就可以斷定——到了十三日那一天，魏徵必定又會繞路！也就是說，每逢三、六、九，都是魏徵刻意繞路的日子。

可是，他為何要這麼做？

憑著豐富的辦案經驗，蕭君默很快便有了答案：在永興坊的東部，必定有某個地方是魏徵與手下的祕密聯絡點。蕭君默相信魏徵繞路的目的，一定是想接收那個聯絡點向他發出的信號，一旦看見約定的信號，魏徵肯定會在那裡停下來，與手下接頭。

就在蕭君默這麼想著的時候，馬車又往前走了一段，忽然靠著路邊慢慢停了下來。

蕭君默心念一動，立刻抬眼望去，只見魏徵的馬車停在了一家名為「忘川」的茶樓門前。蕭君默立刻回想起來，三天前，天氣晴朗，魏徵的馬車跑得很快，卻在這個地方放慢了速度，片刻後才繼續朝東馳去。

很顯然，那一天，魏徵沒有看見信號，而今天，信號出現了！

蕭君默拍打著毛驢快步前行，目光犀利地把整個茶樓的臨街一面全部掃了一遍。很快，他便發現了意料之中的東西：在茶樓二樓的一整排窗口處，大多數窗臺都擺著樹木盆栽，唯獨東邊第一間雅室的窗臺處，赫然擺著一盆醒目的山石！

毫無疑問，魏徵正是看見這盆山石才停下的。

此刻，魏徵緩緩步下馬車，被兩個茶樓夥計殷勤地扶了進去。蕭君默把毛驢繫在一根樹幹上，也不緊不慢地跟進了茶樓，找了個偏僻角落坐下，要了一碗現成煮好的茶。

蕭君默用眼角的餘光，瞥見魏徵慢慢走上樓梯，然後走進了東邊第一間雅室中。

倘若父親那一夜不是急於要送出情報的話，蕭君默想，他第二天一定是來此處跟魏徵接頭的。這麼想著，蕭君默眼前恍若出現了父親的身影。他彷彿看見清癯儒雅、衣袂飄然的父親緩步走進茶樓門口，眉間似乎凝結著一股拂不去的憂鬱，但目光中卻自有一種浩然坦蕩的神采……不知不覺間，蕭君默的眼睛模糊了，而父親的身影就此消失不見。

意識到自己失態，蕭君默趕緊偏過頭去，擦了擦眼。好在此時天色尚早，茶樓裡客人不多，稀稀拉拉地坐著，也沒人在意他。

一碗深黃色的茶水端了上來，冒著絲絲熱氣。這種現成的茶水要比在雅室中自煮的茶便宜許多，口味當然好不到哪裡去。

蕭君默端起茶抿了一口，不禁微微皺眉。

就在這時，一個四十多歲的男子大踏步走了進來，眼神犀利地掃了大堂一圈。蕭君默本來剛要放下茶碗，趕緊低頭繼續喝茶，用茶碗擋住了大半邊臉。

男子快速掃視一遍後，未發現有何異常，便快步走上了樓梯。

蕭君默覺得此人非常面熟，肯定在朝中任職，卻一時想不起來他是誰。而他的背影和走路的姿勢，更讓蕭君默覺得眼熟。

突然間，蕭君默眼前閃過一個畫面——甘棠驛西邊麻櫟樹林中的那個黑衣人！

恰在此刻，男子微微低頭咳嗽了一聲。

沒錯，咳嗽聲也一樣，就是他！

至此，所有零散的環節終於形成了一個閉合的鏈條：父親從魏王府盜取了辯才情報，夤夜送到了魏徵手上；魏徵立刻派遣了這個男子，在陝州甘棠驛對他進行了攔截。也就是說，父親也是朝中這支神祕勢力的成員，而魏徵很可能便是這支勢力的首領！

此時，男子敲響了東邊第一間雅室的門，然後壓低聲音說了句什麼。

儘管聲音很輕，但蕭君默還是憑藉長期練就的敏銳聽力，聽到了他說的五個字：望岩愧脫屣。

蕭君默驀然一驚。

不用聽魏徵在房中答了什麼，蕭君默也知道下一句是：臨川謝揭竿。

蕭君默之所以這麼肯定，是因為這幾天他早就把《蘭亭集》中的每一首詩都背得滾瓜爛熟了，而剛才這兩句，便出自蘭亭會中一位賓客的詩作。該詩的全文是：

三春陶和氣，萬物齊一歡。明後欣時豐，駕言映清瀾。
亹亹德音暢，蕭蕭遺世難。望岩愧脫屣，臨川謝揭竿。

這首五言詩的作者，是王羲之的屬下、時任會稽郡功曹的魏滂。

又是《蘭亭集》！此刻，這句暗號不但與「冥藏先生」的那句接頭暗號同出一源，而且以詩中文句為暗號的這種做法也是如出一轍。

這些都是巧合嗎？

當然不可能！

蕭君默心念電轉，立刻意識到——以冥藏為首的這支江湖勢力，與以魏徵為首的這支朝中勢力，二者勢必息息相關，甚至完全有可能隸屬於同一支更大的勢力，或者說同屬於一個更大的祕密組織！

如此大膽的推斷，不禁讓蕭君默自己倒抽了一口涼氣。

假如這些推斷是正確的，那麼這個祕密組織的存在，無疑對大唐的江山社稷構成了極為嚴重的威脅。倘若這個組織有何叵測居心，那麼它一旦發難，勢必在整個大唐天下掀起一場前所未有的血雨腥風！

蕭君默越想越是心驚，連呼吸都急促了起來，掌心也隱隱沁出汗水。

必須馬上將這一切向大將軍和皇帝稟報，刻不容緩！

蕭君默猛地站起身來。

然而，就在他剛剛起身的時候，一個無比冷靜的聲音卻在他的心中驟然響起：你想好了嗎？你確定去稟報是對的嗎？你別忘了，你父親正是這個祕密組織的一員，而且盜取了有關辯才的情報，導致了甘棠驛的那場劫殺。假如你把這一切稟報給皇帝，你父親能逃脫謀反的罪名嗎？自己不會遭到株連嗎？即使皇帝以你舉報有功，免除你的死罪，但是你能擺脫賣父求榮的惡名嗎？即使世上的人們能夠諒解你，認為你是替社稷蒼生著想，可你的良心能原諒自己嗎？百年之後，你又有何面目去見九泉之下的父親?!

蕭君默頹然坐了回去，額角冷汗涔涔。

茶樓的夥計注意到了他的異常，不禁往他這邊多瞟了幾眼。

再待下去必然會露出破綻，蕭君默趕緊掏出幾枚銅錢扔在食案上，匆匆走出了忘川茶樓。

雨下大了，天色一片灰暗。

蕭君默騎上毛驢，衝進雨中，同時一把扯掉臉上的「鬍鬚」，猛地仰起頭，任冰冷的雨水打在臉上，又任憑它們順著自己的臉頰恣意流淌……

茶樓雅室中，魏徵和李安儼對坐著，室內的氣氛安靜得近乎凝固。

李安儼一回京，肺部舊疾便嚴重復發，不得不臥床數日，拖到今天才來向魏徵覆命。適才，他已經把甘棠驛事件的經過詳細稟報，並連連自責，一再向魏徵請罪。魏徵苦笑，說你已盡力，何罪之有？然後命他好生撫恤那些死去的弟兄，自己靜心養病，其他事不必多想。

二人沉默良久，魏徵才提了一個話頭。「那日鶴年送來辯才消息後，便和我斷了聯絡，我派人打探過，他已多日未去魏王府，也沒回家。此事十分蹊蹺，我甚感不安！」

李安儼驀然一驚。「怎會如此？難道一點消息都沒有嗎？」

魏徵搖搖頭。「毫無消息。」

「咱們的弟兄也沒人見過他？」

魏徵又搖搖頭。

李安儼眉頭緊鎖。「這就奇了……」

「我很不想得出這個結論，但又沒有別的解釋。」魏徵長嘆一聲。「我擔心，鶴年他……已然遭遇不測！」

「莫非是他暴露了，被魏王下了毒手？」

「恐怕是這樣。」魏徵道：「數日前，魏王安插在東宮的一個細作，叫小翠，也無故失蹤了，幾乎與鶴年同時。我懷疑，正是魏王識破了我和太子的反間計，所以一邊下手除掉了小翠，一邊對鶴年……」

「會不會是魏王將他祕密關押了？」

「我也猜到了這一點。但依鶴年的性子，寧可自盡，也絕不會受辱，更不會說出魏王想聽的任何一個字！所以……」魏徵說不下去了，眼眶已微微泛紅。

李安儼黯然。「都怪我！鶴年拿命換回了情報，我卻無功而返……」

魏徵擺擺手。「不必再自責了，現在說這些已然無益。」

「先生，要不，咱們做個計畫，再把辯才劫出來？」

魏徵苦笑。「人已在聖上手裡，再劫出來談何容易？」

「先生，我既然在聖上身邊當值，機會還是很大的！」李安儼忽然有些興奮。「只要咱們妥善地計畫——」

「不要再說了！」魏徵冷冷地盯著他。「為這件事，鶴年已經搭上了性命，我不想任何人再步他後塵！」

李安儼嘴唇嚅動了一下，還想說什麼，但終究沒有出聲。

蕭君默渾身濕透、狼狽不堪地回到家時，看見身著便裝的桓蝶衣正扠腰站在門廊下，一臉幸災樂禍地看著他。

「阿……噓！」直到換了一身乾淨衣裳，從臥房出來，蕭君默還是噴嚏連連。衣服好換，頭髮卻不容易乾，蕭君默拿著條麻布面巾用力搓揉一頭披散的長髮。

桓蝶衣幫他點了一個火盆，叫他過去烘烘。蕭君默剛一湊過去，一不留神，頭髮差點被炭火點著，嚇得趕緊跳開。

「瞧你，笨手笨腳的！」桓蝶衣白了他一眼，搶過他手裡的麻巾，用力幫他擦了起來。「坐下，你那麼高我怎麼擦？」

蕭君默嘿嘿一笑，坐了下來，閉上眼睛任她擦。

「蝶衣，妳來得正好，聖上賜給我好多緞子，我又用不上，妳拿些去做衣裳吧。」

「你不是把緞子都送到那些殉職弟兄家裡了嗎？」

「聖上去年賞的，還剩好多呢。」

「你自個兒留著吧，我又難得穿一回。」

「我覺得，妳還是穿姑娘家的衣服好看。」

桓蝶衣微微一喜，卻故意一嗔。「誰要你看了？我以後偏不穿，就穿玄甲衛的衣服！」

「隨妳吧，反正妳穿什麼都好看。」

桓蝶衣又是一喜，嘴裡卻仍道：「我看你就是有口無心，漫說好話哄人的。」

「這妳可冤枉我了，我這人從不說言不由衷的話。」

「不對吧？玄甲衛兩千多號弟兄，我看就數你最會騙人！」

「這話從何說起？」蕭君默不禁睜開了眼睛。

「你要不是最會騙人，怎麼能把辯才騙回京城？」

蕭君默一怔，苦笑了一下。「那是職責所在，身不由己，妳又不是不知道。」

「那你也得有騙人的本事呀，否則硬要裝也裝不來吧？」

蕭君默無奈，索性又閉上眼睛。「隨妳怎麼說吧，反正我問心無愧。」不知道為什麼，桓蝶衣一提起這個話頭，他的眼前就出現了楚離桑的身影，也不知她現在怎麼樣了。本來蕭君默就對她心懷歉疚，加上她母親又在甘棠驛罹難，蕭君默心裡就更不好受了。

「說你是騙子絕沒冤枉你，你連我都騙！」

「我怎麼騙妳了？」

「你那天不是說，伯父下落的事，不管查到什麼都會告訴我嗎？」

「我現在……暫時還沒查出什麼。」

桓蝶衣不悅，把麻巾往他臉上一扔。「當著面你又撒謊了！要是真的沒查到什麼，你跟蹤魏徵作什麼？」

蕭君默語塞，半晌才道：「我不告訴妳，是怕妳擔心。」

「你不告訴我，我不是更擔心?!」桓蝶衣跺了跺腳。「你那天還說隨時會找我幫忙，結果呢，找了羅彪他們幾十號弟兄去監視魏徵，可就是不找我！」

「好了好了，是我不對，消消氣。」蕭君默賠笑臉。「那種粗活，我怎麼捨得讓妳去幹？」

「嘴裡說得好聽，我看你就是瞧不起我，總認為我沒你們男人能幹！」

「我絕對沒這麼想！在我眼中，妳就是平陽公主第二，長安城裡絕無僅有的巾幗英雄、女中豪傑！羅彪他們算什麼，幾十個羅彪綁在一起也比不上妳！」

桓蝶衣聽得心裡美滋滋的，終於破顏一笑。「空口白牙不算數，你說，派什麼任務給我？」

蕭君默一想，忽然有了主意。「妳等等，我畫張像給妳看。」說著取過紙筆，伏案畫了起來，片刻之後，便用簡潔流暢的線條勾勒出了李安儼的臉部輪廓和五官，形雖簡略卻異常傳神。

「幫我查查，此人是誰，在朝中官居何職。」蕭君默把畫像遞過去。

桓蝶衣接過一看，不屑地笑道：「這還用查嗎？我現在就可以告訴你。」

「妳認得他？」蕭君默一喜。

「當然認得！左屯衛中郎將李安儼，專門負責聖上的宿衛和宮禁安全。」

蕭君默這才恍然想起李安儼這個人，不禁暗罵自己的記性。緊接著，他心裡悚然一驚，差點叫出聲來——專門負責皇帝人身安全的禁軍將領竟然是祕密組織成員，那皇帝的安全從何談起？假如此人要挾持皇帝或乾脆弒君，豈不是易如反掌?!

見他忽然呆住了，桓蝶衣狐疑道：「又怎麼了？」

蕭君默回過神來。「喔，沒什麼，我是被妳驚人的記憶力嚇著了。朝中文武成千上萬，妳居然誰的臉都記得住，我真是佩服得緊！」

桓蝶衣有些得意。「所以，你還不找我幫忙？」

蕭君默又想起什麼，道：「當然要找妳。」說著又在紙上寫了兩個字，遞給她。

桓蝶衣一看，紙上寫著兩個字：魏滂。

「這個魏滂是誰？」

「東晉永和年間會稽郡的一名功曹。」蕭君默道：「妳幫我查查，看他跟魏徵是什麼關係，會不會……是他的先祖？」

「又是魏徵？」桓蝶衣眉頭一皺。「你最近幹麼老是查他？」

「因為我懷疑，他和我爹的下落有關。」

桓蝶衣一聽，立刻精神一振。「包在我身上！」

長安城的夜晚有一種奇特的景象：整座城市的大街通衢都因夜禁制度而闃寂無人之際，城中里坊的夜生活則剛剛開始，到處是一派燈火通明、繁華熱鬧之狀。其中，南面里坊多為低級官吏和平民所居，相對較為冷清；而中部和北部里坊，則因達官貴人、富商巨賈雲集，所以青樓妓院、酒肆茶館便隨之興隆，每當華燈初上之時，這些里坊無不是車馬輻輳、人群熙攘，與坊外黑暗沉寂的街衢恰成鮮明對照。

在所有燈紅酒綠的里坊中，最繁華的當數平康坊。

平康坊位於春明門大街南側，東面緊鄰東市，西北角又與皇城的東南角隔街相望，因交通便利、位置優越，向來是舉子、選人、外地州縣入京人員的聚集地，故而青樓妓業特別發達。坊曲之中，紅袖招搖，粉黛飄香，晝夜喧呼，燈火不絕。時人稱「京中諸坊，莫之與比」，譽其為「風流藪澤」，意指此坊是笙歌燕舞的溫柔鄉，也是紙醉金迷的銷金窟。

這一天入夜時分，魏王李泰輕車簡從來到了此坊南面的一處青樓前。

李泰從馬車上下來，抬眼一望，門楣的匾額上寫著秀媚婉麗的三個大字：棲凰閣。

今夜，李泰是應房玄齡次子房遺愛之約，前來此處密晤。自從十天前正式入居武德殿，朝中的勛貴子弟便紛紛向他示好，其中便有房玄齡之子房遺愛、杜如晦之子杜荷、柴紹之子柴令武等人。儘管李泰對此頗感自得，但也絕非來者不拒。想巴結他的人，首先當然得是他瞧得上眼的，其次還得拿出一些有分量的、令他感興趣的東西，否則一概免談。

比如今夜，房遺愛就答應要送他兩件非同尋常的禮物。

事前，李泰曾問他到底要送什麼，房遺愛卻神神祕祕地說到了便知，反正絕不會讓他失望。李泰被勾起了好奇心，遂趕在暮鼓敲響之前來到了平康坊。他當然不是怕夜禁，而是不想讓武候衛或者更多的人知道他的行蹤。進了平康坊，他又故意到別處轉了轉，以防身後有「尾巴」。直到確定無人跟蹤，他才命御者驅車前來。

一到棲凰閣門口，眉清目秀、錦衣華服的房遺愛便親自迎了出來，滿臉堆笑道：「春宵一刻值千金，四郎何故姍姍來遲呢？」

為了不暴露彼此身分，他們約定以排行相稱。

「我可比不得二郎清閒自在。」李泰道：「我這人就是勞碌命，天天被一堆破事纏著。」

「那是四郎你能者多勞。」房遺愛笑著，湊近他低聲道：「我爹就常說，在這麼多位皇子當中，就數四郎你最聰明能幹，不但才學兼備，而且志存高遠，最像當年的聖上！」

千穿萬穿，馬屁不穿。儘管李泰早就聽慣了這些話，可還是很受用。他一邊走，一邊故作矜持道：「這種話可不敢隨便說，傳到外人耳朵裡就不好了。」

房遺愛一聽李泰的口氣，儼然已把他視為「自己人」，頓時一喜。

「四郎所言甚是，我自有分寸。」

說著話，二人已穿過一群搔首弄姿的鶯鶯燕燕，信步來到二樓，走進了一間裝飾奢華、空間寬敞的雅室。雅室分內外兩間，房遺愛恭請李泰在外間坐下，早有侍者奉上酒菜，佳釀珍饈擺滿了食案。李泰拿眼一瞥，但見裡間坐著一位女子，身前放著一張髹漆彩繪、色澤豔麗的錦瑟，只可惜兩室之間隔著珠簾，影影綽綽，看不清女子面目。

房遺愛看在眼裡，故作不見，只輕輕拍了兩下掌。裡間女子應聲而動，抬手在弦上輕輕一抹，接著輕攏慢挑，一串清音便自纖纖玉指淙淙流出。

李泰立刻把目光轉向裡間。

一段前奏響過，女子輕啟朱唇，和著弦樂開始徐徐吟唱：呦呦鹿鳴，食野之蘋；我有嘉賓，鼓瑟吹笙……

李泰也是雅好琴瑟之人，一聽便聽出來了，這是古曲〈鹿鳴〉，歌詞采自《詩經》，旋律也是古來既有的琵譜，曲風輕盈歡快，歌詠賓主相敬之情，乃聚會宴飲時常有的應景之作。雖然彈琵女子技法嫻熟、歌聲清婉，但聽上去跟平康坊中的芸芸歌姬也相差不大，並沒有什麼吸引人的地方，所以李泰只聽了幾句，便有些興味索然了。

房遺愛卻沒有注意到李泰的細微反應，端起酒盅敬道：「四郎，這是我讓專人用『雞鳴麥』釀造的『九醞』，芳香醇美，還請四郎品鑑！」

「雞鳴麥？」李泰笑道：「就是晉人說的『用水漬麥，三夕而萌芽，平旦雞鳴而用之』的酒麴吧？聽說如此釀造既耗時又費力，二郎你還真有閒工夫！」

「四郎果然見多識廣，在下佩服，請！」

李泰笑笑，端起酒盅，抿了一口，咂巴了幾下，當即讚道：「醇香濃烈，微苦回甘，好酒！」

「四郎若是喜歡，我明日便讓人給你拉一車過去。」房遺愛道。

李泰卻放下酒盅，看著他。「二郎，你今日請我來，不會就是要送我這個禮物吧？」

房遺愛神祕地笑笑。「當然不是。」

「那是什麼？」

「頭一件禮物是家父讓我轉贈的，我想，這個四郎一定感興趣。」

「你就別賣關子了。」李泰有些不耐。「到底何物？」

房遺愛端起酒盅，起身來到李泰案前，然後一屁股坐下來，湊近他。「四郎，武德九年的呂氏滅門案，你聽說過吧？」

李泰微微一怔，狐疑地盯著房遺愛，不知他葫蘆裡賣的什麼藥，片刻後才道：「在這種地方談這種事，合適嗎？」說著朝裡間的女子努努嘴。

「她彈她的，咱聊咱的，兩不相礙。」房遺愛笑道：「何況這種事，恰恰只合在這種地方談，這也是家父的意思。」

李泰知道，房玄齡這麼安排，當然是想借聲色之娛掩人耳目，以此向他傳遞某個重要的消息。事實上，方才房遺愛一提到「呂氏滅門案」，李泰就已經意識到，今天房氏父子要送給他的這份「禮物」，絕對不同尋常！

此刻，裡間那名女子依舊在專注地彈唱，似乎連眼皮都沒抬一下。李泰瞟了她一眼，對房遺愛道：「你想說的，是不是呂世衡在武德九年六月四日臨終前，留給父皇的線索？」

房遺愛朝他豎了個大拇指。「四郎果然通透！」

李泰記得，杜楚客曾經跟他講過，當年有四個人陪同父皇去見呂世衡，而房玄齡便是其中一個。「說吧，什麼線索？」

「當年，呂世衡給聖上留下了三個半血字，還做了一個動作。」

「三個半？」李泰瞇起眼睛。「哪三個半字？」

房遺愛把食案上的菜餚挪了一下，空出一小塊地方，用食指從酒盅裡蘸了些酒水，在案面上陸續寫了四個字：蘭、亭、天、干。

「『蘭亭』應該就是〈蘭亭序〉，但『天干』二字又作何解？難道是天干地支的意思？」李泰困惑。

「聖上和家父他們，當初也是被這個『干』字誤導了。」房遺愛道：「事實上，這個『干』並非全字，而是半個字，呂世衡沒來得及寫完就死了。當初家父首先發現這個字不全，『干』的那一豎稍稍偏左，於是便提醒了聖上。後來，家父便想到，既然這個『干』字的一豎偏左，那呂世衡的本意，是不是想在右邊再寫一豎呢？」

房遺愛說著，便在那個「干」字上添了一豎，變成了「开」。

「然後呢？」李泰緊盯著他。

「然後就要說到呂世衡臨死前的那個動作了。」

「什麼動作？」

「呂世衡死前，用盡最後的力氣，抓住了聖上的佩劍。」

李泰不禁蹙眉。「抓住了父皇的佩劍?!這又是何意？」

房遺愛一笑，指著案上那個「开」。「四郎，你想，若在它的右邊加上一把刀，會變成什麼字？」說著，未等李泰回答，便在「开」的右邊加上了兩筆。

李泰定睛一看，案上赫然出現了一個「刑」字。

「天刑?!」

房遺愛點點頭。「家父說，他當時也想了很久，後來偶然經過宮門，看見帶刀甲士開啟宮門的情景，頓時就悟出來了——呂世衡臨死前的那個動作，就是想告訴聖上，他還有一個『立刀旁』未及寫出。根據家父推測，聖上本人，以及知悉此事的其他三位大臣，後來應該也都猜出呂世衡的意思了。」

李泰盯著那個字，越發困惑。「可是，『天刑』又是何意？」

「這就是咱們接下來該做的事了。」房遺愛道：「家父說，若能破解此二字的全部含義，庶幾便可破解〈蘭亭序〉之謎了！」

太極宮甘露殿的東側有一座佛光寺，屬於宮禁之內的皇家寺院。

辯才被送入宮中後，自然就安置在佛光寺。此刻，在佛光寺藏經閣後面一間寧靜的禪房中，皇帝李世民與辯才正面對面坐在蒲團上。

辯才已恢復了出家相，身上一襲土黃色的僧衣，光亮的頭頂上隱約可見當年受戒時留下的戒疤。他雙目低垂，神色沉靜，而李世民則是目光炯炯地凝視著他。

「法師，你真打算讓朕陪你這麼坐著，一直坐到天明嗎？」

「貧僧不敢。」辯才淡淡答道：「這普天之下，有誰敢讓天子陪坐呢？」

「朕現在不是在陪你嗎？」

「貧僧方才已經懇求多次，夜深了，請陛下保重龍體，回宮安寢。」

「這是朕第三次來見你了，可你什麼問題都不回答，讓朕如何安心就寢？」

「陛下的問題，貧僧一無所知，所以回答不了。」

「『不妄語』是學佛修行的基本五戒之一，連初學佛的居士都能持守，但法師受持比丘的二百五十大戒多年，卻還敢當著朕的面打誑語，如何對得起佛陀？」

「陛下所言甚是！不過，貧僧並未打誑語。」

「你說你根本不知道〈蘭亭序〉的下落，這就是一句誑語！」

「陛下明鑑，貧僧確實不知。」

李世民冷笑。「好，那咱們暫且不說這個，就說你隱姓埋名在伊闕躲藏這麼多年的事吧！你盜用他人身分，冒名頂替，欺騙官府，這不是犯了盜戒和妄語戒嗎？你並未正式還俗便娶妻生子，不是犯了淫戒嗎？你以在家人身分過俗家生活，飲酒吃肉，不是犯了酒戒嗎？此次玄甲衛護送你入京，又有多少人因你而死，你不是間接犯了殺戒嗎？辯才，朕想問你，你五戒全犯，如何當得起朕叫你一聲『法師』?!」

辯才微微一震，半晌才道：「盜用他人身分，乃不得已而為之，貧僧懺悔！但貧僧表面上娶妻生子，實則這麼多年一直未與妻子同房，女兒也非貧僧親生。此外，貧僧十六年來一直茹素，並未飲酒吃肉。如此種種，還望陛下明察！至於此次入京，死了那麼多人，貧僧確有罪過，但貧僧並不希望出現這種殺戮，也無力阻止這起慘劇，更何況，貧僧也絕非這一起殺戮和慘劇的始作俑者。」

李世民臉色一沉。「聽你的意思，朕才是這個始作俑者？」

「佛法論事，首重發心，若陛下做這些事是為了社稷蒼生，非為一己私欲，那麼即使陛下真是這個始作俑者，也不能算錯。」

李世民聞言，緊繃的表情才鬆緩下來，道：「法師能這麼看，朕心甚慰！既然法師知道朕做這一切是為了社稷蒼生，那就不該對朕有所隱瞞。」

辯才嘆了口氣。「陛下，恕貧僧直言，世間善惡，本就夾雜不清，一利起則一害生！故而老子才說『聖人不仁，以百姓為芻狗』，莊子也說『聖人不死，大盜不止』。我朝既然崇道，更應以道家任運自然的無為精神治國，正所謂治大國若烹小鮮，躁而多害，靜則全真，若一意除惡，勢必攪動天下，恐非社稷蒼生之福。」

「照你這麼說，朕就該眼睜睜看著那些惡勢力危害天下、禍亂朝堂了？」

「善惡有報，因果昭然，各人自作還自受。作惡者即使猖獗一時，最終也會自取滅亡，但若陛下以權謀御之，以武力討之，迫使其鋌而走險，則不免爾虞我詐、干戈再起。設若到最後玉石俱焚，豈非得不償失？道家言『其國彌大，其主彌靜』，又言『以無事取天下』，皆是此意，還望陛下三思！」

李世民深長地看著他。

「辯才，看來你還真是什麼都知道，只是不願意告訴朕罷了，是這樣嗎？」

辯才默然無語。

李世民忽然笑了笑。「與君一席談，勝讀十年書！法師對佛道二家的深刻領悟，令人欽佩！若法師不棄，朕明日便下詔，封你為國師，如何？」

辯才淡淡一笑。「多謝陛下美意，但貧僧無德無才，實在不堪此任。」

「你若不想當國師，也可以再次還俗。以你的品德與才學，當個尚書綽綽有餘！」李世民盯著他。「法師意下如何？」

辯才又笑笑。「陛下如此抬愛，貧僧誠惶誠恐！但貧僧若真為了名聞利養就放棄個人原則，陛下還會認為貧僧的德才堪任尚書嗎？」

「辯才！」李世民的臉瞬間陰沉下來。「世上還沒有人敢如此一而再、再而三地拒絕朕！我奉勸你，不要無限度地挑戰朕的耐心！朕再給你三天時間，若還不能給朕一個滿意的答覆，休怪朕翻臉無情！」

說完，李世民霍然起身，大袖一拂，徑直走出了禪房。

辯才一動不動，悄然閉上了雙目。

棲凰閣的雅室中，李泰和房遺愛還在低聲地說著什麼，渾然不覺裡間的琴聲與歌聲都已止息，更沒有意識到那個女子已撥開珠簾，悄然走到了他們身旁。

李泰無意間一抬頭，頓時吃了一驚，慌忙一把抹掉食案上那幾個用酒水寫成的字。房遺愛也是一驚，不悅道：「錦瑟，妳好生無禮，沒看見我和四郎在說話嗎？」

名為錦瑟的女子嫣然一笑。「是啊，二位郎君光顧著說話，視奴家如同無物，奴家也彈得了無意趣，索性不彈了，免得攪擾二位郎君說話。」

李泰直到這時才看清了女子的容貌，心裡不由一顫。

只見女子面若桃花，膚如凝脂，長裙曳地，身姿娉婷，一雙明眸顧盼生輝、風情萬種，卻又不失端莊和矜持，整個人非但毫無風塵之氣，反而隱隱透著一股冷豔和孤傲。李泰平生見過煙花女子無數，卻從未見過如此驚豔脫俗的女子，一時竟看得呆了。

房遺愛聞言，頓時臉色一沉。「錦瑟，妳這麼說話，可不像你們棲凰閣的待客之道啊！」

「二郎又不是頭一次來。」錦瑟笑道：「若是不喜歡我蘇錦瑟的待客之道，大可找別人哪，反正棲凰閣最不缺的便是賣笑女子。」

房遺愛有些怒了，正想訓斥，李泰忽然發出笑聲，道：「錦瑟姑娘，既然不賣笑，那妳來平康坊做什麼？」

「奴家賣藝呀！」

「賣藝?!」李泰噗哧一笑。「以妳的姿色，賣笑或許還能賺幾個銅錢，若說賣藝麼，請恕在下說一句實話，恐怕養不活妳自己。」

蘇錦瑟聞言，非但不怒，反倒咯咯笑了起來。「說得對，奴家的藝只賣雅士，不賣俗人，寧可曲高和寡，也不譁眾取寵！至於能不能養活自己，就不勞四郎費心了。」

李泰哈哈大笑。「就妳剛才那一首〈鹿鳴〉，也談得上曲高和寡？」

蘇錦瑟也笑。「郎君是不是覺得剛才的曲子，特別俗？」

「對，特俗，俗不可耐！」

蘇錦瑟瞟了一眼房遺愛。

「二郎，聽見了吧？這位郎君也說你俗不可耐，可不光是奴家這麼說你。」

房遺愛頓時大窘，對李泰道：「方才那首曲子，是……是我讓錦瑟彈的。」

李泰聞言，這才正色起來，重新打量了蘇錦瑟一眼。「既然如此，那麼錦瑟姑娘有何高曲，我願洗耳恭聽。」

「高曲是給高人聽的，四郎自認為是高人嗎？」

「在下不才，對琴瑟之音也算略有心得，真心恭請錦瑟姑娘賜教！」

蘇錦瑟眸光流轉，在李泰臉上停留了一會兒，然後粲然一笑。「都說當仁不讓，看來奴家今晚還真躲不掉了。」

李泰看著她眼波流轉、笑靨嫣然，心裡又猛地一顫，連忙做了個請的手勢，以掩飾自己內心的悸動。

蘇錦瑟翩然轉身，走進裡間，重新坐了下來。李泰無意中聞到了她轉身時散發的體香，又是心神一蕩，情不自禁地翕了翕鼻翼。

很快，錦瑟的弦聲再次響起。李泰一怔，竟然發現這個曲譜他從未聽聞，不禁凝神望向蘇錦瑟，等著聽她接下來的吟唱。

隨著旋律，蘇錦瑟的歌聲再次響了起來。李泰一聽，頓覺與剛才判若兩人，只感到她清澈幽遠的歌聲彷彿來自天外，絕無半點人間煙火的氣息。

「彼黍離離，彼稷之苗。行邁靡靡，中心搖搖。知我者，謂我心憂；不知我者，謂我何求。悠悠蒼天，此何人哉？」

李泰知道，這支曲子的歌詞采自《詩經》中的〈黍離〉，本來是古已有之的瑟譜，但蘇錦瑟顯然只保留了歌詞，自己重新譜寫了曲子。

這首〈黍離〉的文意原本便充滿了悽愴和蒼涼之感，蘊含著主人公綿綿不盡的故國之思，以及對家國天下的興亡之嘆，此刻被蘇錦瑟憂傷淒美的曲調和恍若天籟的歌聲再一襯托，越發令人扼腕神傷，不覺有種仰天一哭、愴然涕下的衝動。

「彼黍離離，彼稷之穗。行邁靡靡，中心如醉。知我者，謂我心憂；不知我者，謂我何求。悠悠蒼天，此何人哉？」

第二段歌詞唱起的時候，李泰已經完全沉醉其中，深深不可自拔了。

房遺愛把這一切看在眼裡，暗暗一笑，也不跟李泰道別，悄悄退了出去，並帶上了房門。

「彼黍離離，彼稷之實。行邁靡靡，中心如噎。知我者，謂我心憂；不知我者，謂我何求。悠悠蒼天，此何人哉？」

這首曲子一唱三嘆，纏綿悱惻，直到蘇錦瑟唱完起身，李泰還依然神遊天外，眼睛竟然不知不覺地濕潤了。

「四郎……」

蘇錦瑟走到他面前，發出一聲輕喚，才把李泰的心魂從天外喚回了人間。

李泰回過神來，尷尬地抹了抹眼睛。「對不起，我……我失態了。」

蘇錦瑟深長地看著他。「四郎，你的確是懂瑟的，奴家彈了這首曲子不下數十次，你卻是……第一個為它流淚的人。」

李泰抬起目光，和蘇錦瑟四目相對。

一種伯牙子期、高山流水般的情愫，在二人的目光中緩緩流淌。此刻的李泰驀然意識到面前這個驚才絕豔的奇女子，定然便是房遺愛要送他的第二份「禮物」了。

微雨濛濛，打濕了一座木橋，也打濕了佇立在橋上的一個人。

蕭君默一身便裝，已經在橋上站了半個多時辰。

他怔怔地望著橋下的永安渠水，全然不顧過往行人詫異的目光。

木橋位於延康坊的北面，永安渠水自南向北流經延康坊，再從這座橋向北面的光德坊流去。也就是說，倘若有什麼東西從魏王府的水渠中流出來，便會從這座橋下流過。

不知道為什麼，蕭君默這幾天一直有一種強烈的直覺，覺得自己可以在這裡找到一些跟父親有關的線索。

橋下，綠草青青的岸邊，有個頭戴斗笠、身披蓑衣的老漢，正在悠閒自得地垂釣。

蕭君默看了他這麼久，也沒見他釣上一條魚，甚至沒看見魚兒咬半次鉤，但這似乎絲毫沒有妨礙老漢的興致。

「老丈，這裡釣得到魚嗎？」蕭君默走到老漢身邊搭訕。

老漢扭頭看了他一眼。「坐久了，自然釣得到。」

「這種下雨天，魚兒都沉了，不太咬鉤吧？」

「所以得有耐心。」

蕭君默笑了笑，不禁有些佩服老漢。他抬眼望著碧波蕩漾的渠水，發現水面上偶爾漂過一些雜物，有爛菜葉，有破布條，有舊掃帚，不一而足。

「老丈，我聽喜歡釣魚的朋友說，常在水邊釣魚的話，不時就會釣上來一些稀奇古怪的東西，是嗎？」

老漢呵呵一笑。「這倒是。」

「您都釣過什麼？」

「啥都釣過，就差沒釣過死人。」

蕭君默心裡忽然一凜，勉強笑笑。「真有死人，也會嫌您鉤小，不吃鉤。」

老漢哈哈一笑，又看了他一眼。

「我就是好奇，想知道您釣過什麼。」

「你這後生也是閒得慌，不去幹正事，卻在這兒陪我老漢瞎侃。」

「說實話，前兩天，我還真釣上來過一樣東西。」

「什麼東西？」

「一隻鞋。」

蕭君默一愣，不知為何忽然心跳加快。「鞋？什麼樣的鞋？」

「烏皮靴，有點舊了，不過看上去，像是當官的人穿的。」

「那您……把鞋子扔回去了？」

「哪能呢？」老漢白了他一眼。「誰都往裡頭瞎扔東西，這條渠水不早就臭了？」

「那您帶回家了？」

「哼！」老漢冷哼一聲，又白了他一眼。「我老漢再貪心，也不能穿著一隻鞋上街吧？」

「我不是這意思。」蕭君默趕緊賠笑。「您老一看就是心胸曠達之人，就算給您釣上來一雙，您也不會拿正眼瞧它，我說得對吧？」

老漢聽得笑逐顏開，便往不遠處的一處草叢努努嘴。「喏，我扔在那兒了。」

蕭君默立刻衝了過去，速度快得把老漢都嚇了一跳。

「這後生，莫不是犯病了吧?!」

蕭府庭院中，何崇九捧著一隻烏皮靴，雙手在微微顫抖。

蕭君默神色凝重地看著他。「九叔，你真的確定，這隻鞋是我爹的嗎？」

何崇九眼睛紅了，點點頭，指著靴子的某個地方。「上回主公雨天蹚水弄濕了，我拿到火盆上烤，不小心烤焦了一塊，就在這兒，你看。」

蕭君默沒有去看，猛然扭頭就朝外走去。

不是因為他完全相信九叔的眼力，而是他怕忍不住自己眼中的淚水。

第十一章

身世

蕭君默又來到了一座橋上。

這也是一座木橋，不過不是位於延康坊北面的那一座，而是位於南面的另一座。

要尋找從魏王府水渠中流出的東西，必須到北面的下游去找，而要想知道魏王府的水渠中是否有什麼東西，就得從南面的上游進入。

現在蕭君默基本上可以確定，父親已經遭遇魏王的毒手了。所以，即使現在進入魏王府，他也不可能再找到父親。可不知為什麼，從剛才撿到烏皮靴的那一刻起，蕭君默就有了一種強烈的衝動，想到魏王府中一探究竟。

不管能不能發現什麼，他都決定這麼做。因為，他現在迫不及待地想要知道，父親在最後的時刻到底置身何處，又遭遇了什麼！

蕭君默來到木橋底下。橋面上的人群熙來攘往，但此刻橋下空無一人。遠處有一些婦人在水邊淘米、洗衣裳，但隔了幾十丈遠，沒人會發現他。

為了減少阻力，蕭君默把外面的袍衫和上半身的內衣都脫了，藏進了岸邊的草叢裡，然後光著膀子躍入了水中。

春天的渠水仍然有些冰涼。皮膚剛剛觸水的一剎那，他不由打了個寒噤。

魏王府位於延康坊的西南隅，由於直接在坊牆上開了府門，所以坊牆也就成了府牆，永安渠水從牆下流入。蕭君默潛入水中後，向北游了四、五丈，就摸到了一排鐵柵欄。這些柵欄從隋朝開皇初年開鑿永安渠的時候就矗立在這裡了，迄今已近六十年，因年久失修，每根鐵條都鏽跡斑斑。

蕭君默浮出水面深吸了一口氣，然後一個扎猛子到了水底，沒費多大勁就把兩根鐵條分別向兩邊扳彎了。接著，他便像一尾魚兒一樣靈巧地鑽過了柵欄。

渠水在偌大的魏王府中蜿蜒流淌，水道彎彎曲曲且引了許多支流，蓄成了水池荷塘；也有些支流繞經亭臺水榭之後，又七拐八彎地匯入了主渠。蕭君默彷彿進入了一座巨大的迷宮，不多久就被繞暈了，好幾次游著游著又繞回了相同的地方。

導致迷路的原因，不光是魏王府的水道複雜，更是蕭君默不知道自己要去哪兒，也不知道自己到底要找什麼。

雨越下越大，在天地間織出了一片厚厚的雨幕。蕭君默又一次浮出水面換氣的時候，看見四周一片迷濛，一時竟不知身在何處，不覺苦笑。

忽然，附近傳來了說話聲，蕭君默慌忙游到岸邊，躲在一塊石頭下面，悄悄探出頭去。只見兩個宦官打著傘從水邊的石徑上匆匆走過，很快就走遠了。蕭君默順著他們的來路望去，依稀可見不遠處有一座奇石堆疊、氣象崢嶸的假山。

這裡顯然是魏王府的後院，寂靜冷清。蕭君默忽然有了一種直覺，覺得他想要的東西很可能就在這附近。他深吸一口氣，重新潛入水中，循著水岸游了六、七丈遠，就看見右手邊出現了一條分岔的水道，水道口呈圓形，直徑三尺來寬。依據方位判斷，這條水道正通往假山方向。蕭君默再次浮出水面吸了一口長氣，然後毫不猶豫地游進了水道。

剛一游進去，光線便完全消失，眼前只剩下一片黑暗。

蕭君默奮力游了七、八丈遠，水道依然沒有到頭，但他已明顯感覺氣息不夠了。這時，身邊又突然躥過什麼東西，把他嚇了一大跳，猛然嗆了幾口水。一瞬間，蕭君默心裡打起了退堂鼓。可現在要是回頭，氣息肯定不夠；若繼續往前游，雖然不知道盡頭在哪裡，至少還可拚命一搏。

這麼想著，蕭君默不再猶豫，用盡最後的力氣又往前游了兩、三丈，感覺水道逐漸向上傾斜，而且前方的水面終於出現了一絲微光。

就在即將窒息的一剎那，蕭君默死命往上一蹬，頭部終於露出了水面。

他兩眼發黑，大口大口地吸氣，生平第一次覺得呼吸是一件這麼幸福又奢侈的事情。

劇烈地喘息了好一會兒，蕭君默的呼吸才平穩下來，眼前景物也逐漸清晰。只見面前橫著一道鐵柵欄，柵欄另一頭是一塊方形的水池，池中有兩根烏黑的鐵柱，柱子上有項圈、鐵鍊等物。

水牢！

看來自己的直覺是正確的，父親最後肯定是被囚禁在這座地下水牢中。

水牢的整體位置比水道和外面的渠水略高，所以父親那隻脫落的靴子才會流到外面的水渠中。這幾日連降大雨，水流比平時湍急，靴子便順著渠水流到了延康坊北面的橋下。

看著這座陰森悽惻的水牢，蕭君默幾乎能夠感受到父親死前遭遇了怎樣的折磨，一股熱血頓時直往上衝。假如此刻魏王站在面前，蕭君默一定會不顧一切地殺了他！

正憤恨間，幾隻碩大的老鼠突然從柵欄裡躥出來，擦著他的肩膀游過，嘰嘰啾啾地鑽進了水道頂壁的一個洞裡面。蕭君默這才想起方才從身邊躥過的正是老鼠。也不知這些老鼠吃的是什麼，竟然會長得如此肥大。

現在，父親的下落已經完全清楚了。儘管沒有任何直接證據，但所有間接證據都表明，父親正是被魏王關進了這個水牢中，然後折磨至死！

留在此處已然無益，蕭君默深吸了一口氣，準備游回去。忽然，他瞥見柵欄的一根鐵條上似乎纏著什麼東西，解開來一看，原來是一片長條狀的緋色布條，看質地，應該是綾。

蕭君默驀然一驚。官服才能用綾，而緋色則是四、五品官員的專用色。很顯然，這極有可能是從父親身上的衣服上撕下來的。可父親臨死前到底遭遇了什麼？為何衣服會被撕爛？

此時，耳畔又傳來了一陣嘰嘰啾啾的聲音。

蕭君默頓時恍然，老鼠！

父親死前，很可能遭到了大群老鼠的撕咬，以至身上的衣服都被咬爛了！

蕭君默不敢再想下去了。那麼恐怖的畫面只要稍微一想，就足以令他因悲憤而窒息。蕭君默潛入水中，又見其他鐵條上纏著三、四塊長條狀的布片。他把那些布片一一解下，回到水面一看，發現它們居然不是緋色的綾，而是米色的帛。

帛書？難道這是父親留下的帛書?!

蕭君默大為訝異，再次潛入水中，直到確定鐵條上的布片都取下來了，才掉頭游出去……

從渠水中剛一露頭，蕭君默就著實吃了一驚。

桓蝶衣正站在岸邊，一手撐著傘，一手扠在腰上，定定地看著他。「你過一會兒再不出來，我可去長安縣廨喊人了！」

「我無非游個泳而已，妳喊什麼人？」蕭君默爬上岸，鑽進草叢裡，一邊抖抖瑟瑟地穿衣服，一邊道。

「天這麼冷，你游什麼泳？」桓蝶衣滿臉狐疑。「再說游泳就游泳，撿那麼多破爛幹麼？」

蕭君默趕緊把手中緊緊攥著的那幾塊布片揣進懷裡，笑道：「我剛剛培養的新愛好，又沒礙著妳，妳管那麼多幹麼？」

「你別再瞞我了。」桓蝶衣走到他面前。「我知道，你剛剛進魏王府了。」

蕭君默披散著頭髮，身子伏在書案上，專心致志地拼接著那幾塊布片。

桓蝶衣站在他身後，拿著一把木梳在幫他梳頭。

「我發現我都快成你的丫鬟了，成天幫你擦頭梳頭的。」桓蝶衣不滿道。

蕭君默充耳不聞。

桓蝶衣嘟起嘴，扯了扯他的頭髮。

蕭君默渾然不覺。

桓蝶衣又用力扯了一下。

「那是因為妳每次一出現，老天就下雨。」蕭君默頭也不回道：「另外，妳再那麼用力扯，我會變禿頭的。」

桓蝶衣咯咯直笑。「誰教你不理我，活該變禿頭！」

蕭君默又不答話了，把那幾塊布片擺來擺去。

「看出什麼了？」桓蝶衣瞟了一眼書案，發現布片上的墨字都被水洇開了，字跡模糊難辨。

蕭君默眉頭緊鎖，忽然唸出了兩個字。「玉珮？」

桓蝶衣趕緊湊過去，只見兩塊布片拼在一起，上面果然有「玉珮」二字，但別的字就殘缺不全了。「你爹指的，應該就是九叔給你的那塊玉珮吧？」

蕭君默沒有作聲，又把另外兩塊較大的布片調了個方向重新拼接，於是又有三個字完整地出現在眼前。

「非汝父？」桓蝶衣唸了出來。

蕭君默整個人呆住了。

桓蝶衣擔心地看了他一眼，又忍不住去看布片，只見「非」字的前面似乎有一個「口」字，只是「口」的上半部分已經缺失了。

然而，即便如此，桓蝶衣也立刻猜出了，這個字應該是「吾」，所以這四個字就是完整的一句話：吾非汝父。

蕭君默突然伸出手，把書案上的布片全都掃落在地，然後身體往後縮了一下，眼中露出驚恐的神色，彷彿那些字眼是什麼可怕的東西。

「師兄，依我看，這份帛書也不見得是你爹留下的，說不定……」桓蝶衣極力想安慰他，可自己都覺得自己的話很無力。

日暮時分，天上烏雲低垂，沉沉地壓著太極宮的飛簷。

兩儀殿中，李世勣在向李世民奏報著什麼。李世民臉色陰沉。趙德全站在一旁，下意識地屏住了呼吸，大氣也不敢出。

「這麼說，朕這顆石子一扔，池塘裡的蝦蟆果然都跳出來了？」李世民一臉冷笑。

李世勣不敢接言。

「你剛才說，就這短短半個月，朝中就有三個國公、十六個三品以上官員、三十七個五品以上官員，都跟魏王接上線了？」

「回陛下，」李世勣忙道：「以臣掌握的情況來看，與魏王私下結交的大多是這些人的子弟，而不是他們本人。」

「這不是一回事嗎？」李世民忽然提高了聲音。「朕不過是讓魏王入居武德殿，動靜就這麼大，倘若朕讓他入主東宮，豈不是滿朝文武都要把東宮的門檻踩爛?!」

李世勣又沉默了。

趙德全偷眼瞄著皇帝，低聲道：「大家息怒，保重龍體要緊。老奴斗膽說句話，這些勛貴子弟跟魏王結交，說不定只是後生們之間意氣相投，不一定就是大臣們在背後——」

「一派胡言！」李世民狠狠打斷他。「意氣相投？早不相投晚不相投，朕一讓魏王入居武德殿，他們立刻就相投了？這不明擺著都是那些高官重臣指使的嗎？他們以為自己不出面，朕就被蒙在鼓裡了？那也太小看朕了！」

趙德全趕緊俯首，不敢再吱聲。

李世民把目光轉向李世勣。「你剛才說，房玄齡之子房遺愛、杜如晦之子杜荷、柴紹之子柴令武，這三個國公之子，跟魏王來往最密是吧？」

「是的。房遺愛與魏王密會達七次之多，杜荷三次，柴令武兩次。」

「虧得是杜如晦和柴紹早亡，否則也是晚節不保。」李世民冷冷道：「讓你的人繼續盯著，隨時奏報。朕倒要看看，這房玄齡老了來這一齣，晚節還想不想保了！」

「臣遵旨！」

蕭宅的書房中，蕭君默怔怔坐著，手上拿著那枚玉珮。

桓蝶衣坐在一旁看著他，一臉擔憂。何崇九坐在另一邊，神色有些不自在。

「九叔，你說實話，我真的不是我爹親生的嗎？」蕭君默的語氣很平靜，但是這種平靜卻讓人害怕。

何崇九囁嚅了半晌，終究還是說不出一個字，只好點了點頭。桓蝶衣一直緊張地盯著他，看到他最後點頭，頓覺難以置信，想說什麼，但看到蕭君默那樣子又不敢說。

「九叔，那你告訴我，我的親生父親是誰？」

「這個我就真不知道了。」何崇九滿臉的皺紋都堆到了一起。「我到咱們府上來伺候主公的時候，二郎你已經六、七歲了，我只知道主母自頭胎難產後便不能生育，也知道你是抱養的，但你的親生父親我真的從沒見過，也從未聽主公提起過。」

「那我是抱養的這件事，有多少人知道？」

「似乎只有主公、主母和我知道，其他應該沒人知道。」

「這怎麼可能？」蕭君默冷笑了一下。「我娘當初有沒有懷胎十月，難道別人都是瞎子看不出來嗎？」

「這事我倒是略有所知。」何崇九道：「據主公說，當初要抱養你之前，主母就回娘家躲了大半年，後來便說你是主母在娘家生的，因而也就沒人懷疑了。」

「如此說來，我親生母親一懷上我的時候，我的親生父親和我爹就把一切都計畫好了，一心要掩人耳目。」蕭君默苦笑。「他們想得還真是周到！」

「師兄，」桓蝶衣終於忍不住開口。「你也別太難過，這種事在我們老家很常見的，爹娘怕孩子多了養不起，一懷上就商量著要送人了……」

「有這枚玉珮的人，會養不起一個孩子嗎？」蕭君默把玉珮的掛繩高高提起，讓玉珮在三人眼前蕩來蕩去。「看見了嗎？這是最純正的羊脂玉。天下之玉以和闐玉為最尊，此玉又是和闐玉中之極品，埋藏在崑崙山下千百萬年，世上罕見，人間稀有。就這麼一小塊，足以抵得上我們家這座大宅子了，蝶衣妳說，我的親生父親會養不起我嗎？」

桓蝶衣語塞。

蕭君默把玉珮收回掌心，摩挲著上面的圖案和文字，在心裡對自己說：蕭君默，一株靈芝、一朵蘭花、兩個字「多聞」，便是你尋找親生父親的全部線索了！

雷聲轟隆，暴雨傾盆，太極宮被一道又一道閃電打得忽明忽暗。

李泰躺在武德殿的床榻上輾轉反側。

自從入住武德殿，李泰的睡眠就變得很差，不知是因為不習慣還是別的什麼，總之這半個月來，他幾乎沒有一個晚上是睡得好的。

大多數時候，他總是翻來覆去睡不著，好不容易睡著了，又總是做些亂七八糟的夢，然後天還未亮就又醒了，只好睜著通紅的眼睛躺到雄雞報曉、東方既白。而像今夜這種鬼天氣，睡覺對李泰而言就更成了一件苦差事，或者說是一項更難完成的任務。

西邊的幾扇長窗好像被大風吹開了，在那裡撞來撞去，啪啪作響。大風猛烈地灌了進來，殿內的所有燈燭一瞬間全被吹滅。床榻四周的白色紗帳在大風中凌亂飛舞，就像是什麼人拚命揮動白色的長袖。

李泰心裡發毛，連喊了幾聲「來人」，可偌大的寢殿除了他自己，半個人都沒有。

平時為了讓自己不受打擾，儘快入睡，李泰總是把寢殿裡的所有宦官宮女都轟出去，甚至連門口都不讓他們站，他覺得這樣子清靜多了。可現在，李泰卻對自己的這個決定深感後悔。那些宦官宮女都住在隔壁的偏殿裡，平常若有需要，叫一聲就一群人過來了，可現在雷打得震天響，就算喊破喉嚨恐怕都沒人聽見。

李泰無奈，只好翻身下床，準備去關窗。

忽然，他感覺好像有人在他的後脖子摸了一把，頓時嚇得跳了起來，猛然轉身，可眼前除了飄飛亂舞的白色紗帳，什麼都沒有。

李泰暗暗叫自己冷靜，沒必要自己嚇自己。

他套上鞋子，往西邊的窗戶走去。走到一半，李泰又突然回頭，想看看背後有什麼。可還是一切如舊，寢殿裡除了自己再無旁人。李泰鬆了一口氣，來到了窗邊。

大風挾著冷雨猛然打在他臉上，令他重重打了聲噴嚏。

「這鬼天氣！」李泰嘟囔著，關了兩扇窗，然後又走到旁邊，準備關另外兩扇。就在這時，一道閃電忽然劈下，李泰從敞開的窗口望出去，無意中竟然看見通往偏殿的走廊盡頭，居然站著一個披頭散髮、渾身白衣的人。

李泰這一驚非同小可，脫口大喊了一聲：「誰？誰在那兒?!」

此時閃電已過，外面恢復了黑暗，李泰拚命揉了幾下眼睛，又定睛望去，走廊上空空蕩蕩，似乎剛才那一幕完全是自己的錯覺。

啪地一下，李泰慌忙把窗戶死死關上。

剛回過身，又一串雷在耳邊炸響，李泰渾身打了一個激靈。還沒鎮定下來，他就聽見雷聲中似乎還夾雜著一個淒涼慘惻的聲音，那聲音彷彿在喊他的小名。「青雀、青雀……」

聲音像是從外面的走廊上飄進來的。李泰毛骨悚然，又轉身面朝窗戶，然後鼓足了勇氣，猛地把窗戶打開。

又一記閃電劈下，方才那個披頭散髮的白衣人赫然正站在他面前，與他隔窗對視。說是對視，其實白衣人的頭髮完全披散在臉部，根本看不見面目。

李泰大叫一聲，整個人跌倒在地，雙手拄地不住往後退。

這一次，白衣人未再消失，而是伸出一雙慘白的手，扶住自己的腦袋，慢慢地轉了一圈。當他的後腦勺轉過來的時候，竟然跟前面一模一樣，都被黑色的長髮完全遮擋住了。

李泰面如死灰，圓睜著雙眼，拚命想喊，卻一點聲音都發不出來，連往後退的力氣都沒有。

白衣人的雙手依舊扶在腦袋上。緊接著，他的兩隻手用力向上一提，竟然把整顆腦袋拔了下來，捧在胸前。

「青雀，我是你四叔，我是三胡、三胡啊……」

無頭的白衣人竟然還在朝他說話?!

李泰終於爆發出一聲撕心裂肺的長嚎，然後兩眼一翻，暈倒在地。

窗前的無頭白衣人倏然不見。

淒厲的長嚎響徹武德殿的上空。

偏殿的門開了，一群宦官、宮女提著燈籠，慌慌張張地跑了過來……

窗外風雨交加。

何崇九已經離開，書房中只有蕭君默和桓蝶衣默默對坐。

「師兄，你在魏王府裡究竟發現了什麼？」桓蝶衣終於把憋了一晚上的話說出了口。「你怎麼會找到這些帛片的？」

蕭君默又靜默片刻，然後便把自己進入魏王府所看到的一切都告訴了她。

桓蝶衣聽得驚駭不已。「魏王為什麼會對伯父下毒手？」

蕭君默不想讓她捲進來，便道：「這一點，我也還沒弄清楚。」

桓蝶衣又想了想，道：「既然伯父的東西出現在魏王府的水牢裡，那魏王就有很大的嫌疑，咱們可以告發他呀！」

「告發魏王？」蕭君默苦笑。「他一向寵異諸王，如今又是聖眷正隆，大有入主東宮之勢，妳告得了他嗎？更何況，就憑著咱們手裡這幾塊爛布片，怎麼證明他囚禁了我爹？又怎麼證明他殺害了我爹？」

「可是，這緋色的綾片就是伯父的官服，這帛片上也有伯父的筆跡啊！」

「朝中四、五品以上官員數以千計，憑什麼說那一定是我爹的官服？這些帛書上的字早已模糊難辨，連認出來尚且困難，還談得上什麼筆跡？」

桓蝶衣一臉憤恨，卻又啞口無言，半晌才道：「那伯父死得不明不白，難道就這麼算了？」

「這個仇，遲早肯定要報。」蕭君默的眼中閃過一道寒光，道：「但不是現在，也不能用妳說的辦法。」

桓蝶衣怏怏不樂。「那伯父亡故的事情，你對外怎麼說？」

蕭君默略微沉吟了一下，道：「就說他到鄉下走親戚，失足墜馬，傷重不治。我會跟九叔交代，讓他就這麼說，妳也要如出一口，對誰都不要透露內情。」

「連我舅舅都不能說嗎？」

蕭君默一怔，心想師傅其實已經大致知道了內情，但他肯定也不想讓桓蝶衣捲進來，所以自己必須和師傅一塊兒瞞著她。主意已定，便道：「沒必要。」

「為什麼？」桓蝶衣大為不解。

「明知是魏王所為，我們又沒有任何直接證據，妳就算告訴了師傅，他便有辦法了嗎？除了令他徒增困擾，又能奈魏王何？」

桓蝶衣一聽，也覺得有道理，便不說話了，片刻後忽然想到什麼。「師兄，你說伯父為什麼會給你留這份帛書？」

「他肯定是預感到了什麼，所以做兩手準備。」蕭君默思忖著。「如果沒出事，就繼續保守我身世的祕密；萬一遭遇不測，就讓這份帛書告訴我真相。」

「我納悶就納悶在這兒，他為什麼要告訴你真相？他養了你這麼多年，視你如己出，這不就夠了嗎？是不是親生父親還有什麼重要的？」

「我也不知道。也許，他最後還是覺得重要吧。」蕭君默有些傷感。「或許他認為，他沒有權利把這個祕密帶走。」

「這麼說的話，你的身世肯定不簡單！」

蕭君默看了桓蝶衣一眼。

其實這一點他早就猜到了。因為他的生父既然擁有這枚價值連城的玉珮，那就絕非一般人，所以若不是出於什麼非同尋常的原因，斷不會在他尚在母腹之中時就已經計畫好了要把他送人。

不知道為什麼，蕭君默總是強烈地感覺到，有關自己身世的一切，包括自己的生父是誰，有一個人肯定都知道，這個人就是魏徵！

「此事一時半會兒也猜不出來。」蕭君默淡淡地轉移了話題。「還是說說那個魏滂吧，妳查得怎麼樣了？」

「這個人著實不好查，我到戶部和吏部跑了十多趟，腿都快跑斷了，好歹總算有了結果。」桓蝶衣衝他眨眨眼。「你要怎麼謝我？」

蕭君默攤攤手，指了指周圍的東西。「除了以身相許做不到，這屋裡我能作主的所有東西，隨便妳挑！」

桓蝶衣的臉唰地紅了，瞪了他一眼。「你這人臉皮真厚！再說這種沒臉沒皮的話，我就不告訴你了。」

蕭君默笑，合掌朝她拜了拜。「拜託拜託，都怪我口無遮攔，我收回。」

桓蝶衣又白了他一眼，才正色道：「如你所料，魏滂正是魏徵的先祖。」

蕭君默心裡一動，眼睛頓時亮了起來。

「你查魏徵查得這麼細，究竟是想做什麼？」桓蝶衣緊盯著他。

蕭君默旋即恢復平靜。「沒什麼，我只是懷疑他跟我爹的事有關，現在看起來，好像也沒什麼瓜葛，可能是我判斷錯了。」

桓蝶衣看著他，一臉狐疑。

陽光燦爛，把武德殿照得一片明媚，彷彿昨夜那恐怖的一幕從沒發生過。

李泰雙目微閉，臉色蒼白地躺在床榻上，一名太醫坐在床邊給他搭脈，李世民和趙德全站在一旁，滿臉關切。一群宦官宮女跪在後面，個個惶懼不安。

片刻後，太醫起身，躬身對李世民道：「啟稟陛下，魏王殿下只是庶務繁劇、勞神憂思，導致肝鬱脾虛、失眠多夢而已，並無大礙，只需服幾服藥，安心靜養幾日便可。」

李世民「嗯」了一聲，太醫躬身退下。李世民對趙德全道：「你們也下去吧。」趙德全隨即帶著殿裡的宦官宮女們躬身退出。

李世民在床榻邊坐下，摸了摸李泰的額頭。李泰睜開眼睛，想要坐起，被李世民按住。「躺著吧，太醫說你要靜養幾日。」

「多謝父皇！」李泰躺了下去，神色還有些不安。

李世民看著他。「聽下人說，你昨夜大叫了一聲，聲音淒厲，進殿就見你躺在地上。你告訴朕，昨夜到底發生了什麼？」

李泰眼中掠過一絲驚恐，囁嚅道：「回父皇，其實……也沒什麼，兒臣這些日子老是睡不好，總做噩夢，其他的……倒也沒什麼。」

「那你都做些什麼噩夢了？」

「這……無非就是些亂七八糟的夢，兒臣也記不得了。」

李世民狐疑地看著兒子。「青雀，不管發生什麼事，都有父皇替你作主，但是，你必須對朕說實話。」

李泰猶豫半晌，才道：「父皇，兒臣……兒臣想問您一件事。」

「四叔……四叔的小字，是不是叫……三胡？」

李世民頓時一震，凝視著他。「你為什麼突然問這個？」

「昨夜兒臣……好像夢見四叔了。」

李世民騰地站起身來，難以置信地看著李泰。

李元吉的小字正是「三胡」！當年，李世民在玄武門誅殺四弟李元吉時，李泰年僅七、八歲，根本不可能知道他的小字，就連朝中大多數文武官員都不知道，但此刻李泰竟然準確說出了「三胡」二字，不能不令李世民感到震驚。而且此殿當年便是李元吉所居，後來便一直空著，這些年不時有人風傳此殿陰氣太重、居之不祥云云，就連魏徵幾次勸諫也有意無意提到了這一點，但李世民一向視其為無稽之談，根本不信這些，不料眼下真就出了這等咄咄怪事。

「你夢見他什麼了？」李世民神色嚴峻。「難道『三胡』二字也是他告訴你的？」

李泰有些驚慌，卻不得不點了點頭。

李世民聞言，先是怔了一下，旋即面露譏誚之色。「青雀，男兒立身，當以浩然正氣為本，此氣若存，自然百邪不侵！人人都說你很多地方像朕，可就這一點，你可絲毫都不像朕！」

李泰囁嚅著。「父皇，這亡者托夢之事也是常有的，兒臣雖說受了些驚嚇，但正如太醫所說，只需靜養調理——」

「這麼說，」李世民冷冷打斷他。「你果真相信昨夜之事，是你的四叔在托夢給你了？」

李泰怔住，不知該說什麼。

李世民看著他萎靡不振的樣子，驀然想起李世勣關於他結交權貴子弟的奏報，心裡頓時沉吟了起來。片刻後，李世民嘆了口氣，道：「也罷，那你便回你的府邸去靜養調理吧，這武德殿既然不祥，你也不必再住了！」說完，頭也不回地拂袖而去。

李泰一愣，少頃才回過神來，趕緊起身。「父皇、父皇……」

李世民大步走出了殿門，對他的呼叫置若罔聞。

李泰頹然坐了回去，臉上寫滿了懊惱和沮喪。

貞觀十六年三月十六日，李世民一從武德殿出來，便發布了三道詔令：

一、將武德殿的所有宦官宮女全部逮捕，投入內廷詔獄，命玄甲衛和內侍省共同審訊，務必查出是何人在武德殿「鬧鬼」，並徹查背後主使之人。

二、命魏王即日出宮，回延康坊的原府邸居住。

三、即日追封已故海陵郡王李元吉為巢王。

從三月初一入居武德殿，到今日被逐出宮，魏王李泰在武德殿才居住了短短半個月。詔令一下，頓時在三省、六部及滿朝文武的心中再度掀起巨大的波瀾，有人震驚錯愕，有人扼腕嘆息，有人則是幸災樂禍、彈冠相慶。

同時，滿朝文武也都把目光轉向了玄甲衛和內侍省，對此案的審理結果充滿了關注和好奇。因為倘若真審出了什麼幕後主使之人，那就真有一場好戲可看了。

而對於第三道詔令，朝野上下幾乎都不太關注，因為不管追封一個死人當什麼王，都沒有太大的現實意義。倒是皇帝在此時做這個舉動，背後的動機有些耐人尋味——既然皇帝認定武德殿之事純屬人為陰謀，那麼與死去的李元吉便沒有絲毫關係，何故又在此時追封他呢？唯一的解釋只能是：今上李世民對於多年前發生的那一幕兄弟相殘的人倫慘劇，至今仍然心存陰影，所以儘管絲毫不相信所謂的「鬧鬼」之事，但還是被勾起了愧怍和歉疚之情，故而有了追封的舉動。

對於魏王李泰因一起荒唐透頂的鬧鬼事件而被逐出武德殿，很多人都覺得莫名其妙，無不替李泰感到惋惜，但只有李世勣和趙德全等少數洞悉內情的人知道，李泰被逐的真正原因其實與鬧鬼無關，而是他私下結交權貴子弟之事觸犯了皇帝的忌諱。說到底，魏王還是太過張揚、得意忘形了，犯了古往今來無數人臣曾經犯過的私結朋黨、恃寵而驕的毛病。

東宮麗正殿書房中，李承乾和李元昌同時發出了暢快的笑聲。

「怎麼樣，我這一招，比起魏徵的隱忍之術管用多了吧？」李元昌一臉得意。

李承乾仍然止不住笑。「管用、管用！沒想到我四叔死了這麼多年，『亡魂』居然還如此英武，這一嚇就把魏王給嚇出宮了，還差點沒把他嚇死！」

「說起我這個四哥，當年可死得慘啊！」李元昌感嘆。「這回歪打正著幫他追封了一個親王之位，他在九泉之下當可瞑目了。」

李承乾一聽，臉色頓時陰沉下來。「七叔，說這種話可得過過腦子！什麼叫『死得慘』？什麼叫『當可瞑目』？父皇當年殺他是『周公誅管、蔡』，這可是父皇幾年前就定下的調子，難道你還想替四叔鳴冤叫屈不成？」

李元昌意識到自己說漏了嘴，慌忙賠笑道：「是，當然是周公誅管、蔡！我四哥純屬為虎作倀、咎由自取，皇兄殺他是大義滅親、天經地義！」

李承乾白了他一眼。「行了，你也不必在我面前裝模作樣了。我知道，你跟四叔當年關係不錯，可正因如此，你才更得小心，別胡亂說話讓人抓住把柄。」

李元昌點點頭，驀然有些傷感。

「不瞞你說，承乾，這麼多年了，我有時候做夢還會夢見四哥……」

「巧了，我昨晚也夢見一個兄弟了。」

李元昌一怔。「你夢見誰了？」

「安州的那位。」

「你是說……吳王李恪？」

李承乾不置可否，目光卻倏然變得陰冷。「不知道為什麼，只要一想起這個三弟，我的心情就一點也不輕鬆。我有一種預感，吳王將來對我的威脅，可能絲毫不會比魏王小。」

吳王李恪是李世民的第三子，但並非長孫皇后所生的嫡子，而是妃子楊氏所生，算是庶出，年二十四，時任安州都督。李恪丰神俊逸，文武雙全，在朝野頗有人望。李世民曾在多個場合說過李恪「英武類我」之類的話，顯然對他頗為器重。

李元昌驀然聽李承乾提起他，有些意外。「你是不是多慮了？李恪只是庶子，就算皇兄喜歡他，可他充其量就是個外放的藩王，怎麼可能威脅到你呢？」

「這可不好說。」李承乾冷然一笑。「歷朝歷代，庶子奪嫡之事也並不少見。」

李元昌沉吟片刻，道：「你也不必自尋煩惱，即便李恪真有奪嫡的心思，可眼下他人在安州，還能幹啥？要我說，等咱們收拾了李泰，回頭再想個法子把他除掉便是。」

李承乾又定定地想了一會兒，才道：「罷了，還是先說眼下吧。裴鬼這事雖然幹得漂亮，但你的人現在被玄甲衛抓了，你打算怎麼辦？」

「還能怎麼辦，當然是讓他閉嘴了！」

「你玄甲衛裡頭有人？」

「那倒沒有，玄甲衛那鬼地方，連蒼蠅蚊子都飛不進去。」

「那你如何讓他閉嘴？」

李元昌嘿嘿一笑，做了個抹脖子的動作。「讓他自行了斷。」

李承乾有些懷疑。「你憑什麼相信他會自行了斷？」

「不憑什麼，就憑他欠我兩條命！」

「怎麼說？」

「兩年前，這小子的父兄仗著他在宮裡當差，橫行鄉里，打死了人，事情鬧到刑部，是我找人幫他疏通的，後來大事化小，賠錢了事。這回我找到他，他就知道還命的時候到了，而且我事先也叮囑過了，萬一被抓，即刻了斷！」

「就怕玄甲衛看得太緊，他連自殺都沒機會。」李承乾思忖著。「我聽說，一進玄甲衛就得搜身，不管身上藏什麼都會給你搜出來，連上吊都找不到繩子；然後手枷腳鐐伺候，讓你動彈不得；此外一人一間牢房，既防止彼此串供，也防止殺人滅口。」

「這些我早就想到了，而且我想得比你還多！我擔心玄甲衛抓人的時候，他來不及自盡，也擔心抓進去以後，咬舌、撞牆這些老辦法都不能立刻斃命，就教了他一個新招。」李元昌忽然湊近，附在李承乾耳旁神神祕祕地說了幾句。「如此一來，萬事皆休！說不定咱們說話的這會兒，他已經魂歸地府了。」

李承乾有些意外。「看不出來啊七叔，這種殺人越貨的江湖勾當，你居然會如此精通！」

李元昌得意一笑。「我平日喜歡結交三教九流，朋友多，便學了幾招。別看這些小花招不太起眼，關鍵時刻就派上大用場了！」

「這招是不錯！」李承乾笑道：「而且這種死法，說不定玄甲衛連他的死因都查不出來。」

「玄甲衛號稱神通廣大、無所不能。」李元昌陰陰笑著。「可我這回就想讓他們吃癟！」

一具年輕宦官的屍體直挺挺地躺在牢房裡，桓蝶衣、羅彪等五、六個玄甲衛圍在旁邊，臉上都是驚詫和困惑的表情。

蕭君默走了進來。

羅彪趕緊迎上去。「蕭將軍……」

蕭君默盯著地上的屍體。「怎麼死的？」

羅彪撓撓頭。「我們都查過了，可就是……查不出死因。」

「依我看，這傢伙肯定從沒進過牢房，是被活活地嚇死了！」桓蝶衣道：「又或是什麼舊疾復發了吧？」

蕭君默蹲下，翻開死者的眼皮看了看，只見兩邊的眼球都有些紅腫充血，心裡旋即有了想法，然後從頭到腳觀察著屍體，道：「帶進來的時候沒搜身嗎？」

「搜了！」羅彪趕緊道：「這些閹宦歸我搜，那些宮女歸蝶衣她們搜，從頭髮到衣服到鞋子，渾身都搜遍了！」

「是啊師兄，我們搜得很仔細，這傢伙不可能藏什麼凶器進來。」桓蝶衣也道。

蕭君默的目光停留在屍體的腳上，隨即扒下左腳的靴子，拿在手裡上上下下翻看了起來。

「將軍，您不用看了，這鞋什麼都藏不了……」羅彪話音未落，蕭君默便徑直把靴子遞到了他眼前。「看看，這是什麼？」

羅彪定睛一看，只見這隻靴子厚厚的鞋跟處，居然有一個小洞。

桓蝶衣也看見了，詫異道：「怎麼會有個洞？可這個小洞能幹麼用？」

蕭君默不語，又在屍體身旁蹲下，用手摸索著他的頭頂。忽然，他像是摸到了什麼，用三根手指揑住了什麼東西，用力往外一抽，然後一根足足有六、七寸長的沾滿腦漿的鐵釘，便赫然出現在眾人眼前。

羅彪等人大吃一驚，桓蝶衣更是嚇得捂住了嘴。

蕭君默把鐵釘在屍體的衣服上擦了擦，然後拿過靴子，對著鞋跟的那個小洞，就把整根鐵釘完全插了進去。由於鐵釘的頂部平頭和鞋跟都是黑色的，所以不仔細看根本看不出來。

羅彪氣急敗壞地踢了屍體一腳。「跟老子玩這一手！」

「死者為大，你就別跟屍體過不去了。」蕭君默淡淡道。

「可是，我就不明白了，」羅彪憤憤道：「既然把釘子都帶進來了，眼珠、喉嚨、心口，哪兒不好插，幹麼非把釘子插頭頂上?!」

「這說明，這個人或者他背後的主使之人，故意不讓我們查出他的死因。」

「這又是為何？」桓蝶衣不解。

「顯示他們的聰明，」蕭君默淡淡一笑。「或者，嘲笑我們的愚蠢。」

羅彪大窘，嘟囔道：「這小子明明戴著手枷腳鐐，想把釘子插進頭部絕非易事，他到底怎麼辦到的？倘若無法立刻斃命，豈不是自找麻煩？」

「手枷夾的是手腕，不是手指；腳鐐是不讓他跑，可他的腳還能動。只要手腳能動，取出釘子就不是問題。」蕭君默說著，又抽出釘子，走到牢房的牆壁前觀察著。「正如你所說，他需要考慮的問題，是怎麼把六、七寸長的釘子在剎那間完全釘入自己腦部，這需要很大的力氣才能辦到。」

說到這裡，蕭君默似乎已經找到了答案，補充道：「或者說，需要很大的衝擊力。」只見他一手摸索著一處磚縫，另一隻手把釘子的頂部平頭用力塞進磚縫中，於是釘子便牢牢地嵌在了牆面上，釘尖筆直地朝著所有人，看上去令人心悸。

「羅彪，你試試看把頭撞上去，會不會立刻斃命。」蕭君默道。

羅彪撓撓頭，尷尬笑笑。「這個……這個屬下就不必試了。」

桓蝶衣和旁邊幾個玄甲衛都忍不住掩嘴竊笑。

「下回，你要是再出現這樣的紕漏，就算我不讓你試，恐怕大將軍或聖上也會。」蕭君默面無表情道：「聽清了嗎？」

「聽清了，聽清了！」羅彪滿臉慚悚。「絕對沒有下回！」

佛光寺的禪房裡，辯才一動不動地在蒲團上結跏趺坐[1]，雙目緊閉，彷彿已經坐化。

他面前的食案上擺滿了各種各樣的菜餚，但都已毫無熱氣。

趙德全站在食案前，看了看辯才，又看了看那些一口都沒動過的食物，長長地嘆了一口氣。

兩儀殿裡，李世勣誠惶誠恐地跪在地上。

李世民端坐御榻，閉著眼睛，胸膛一起一伏。

良久，李世民才睜開眼，輕嘆一聲。

「罷了，既然已經畏罪自殺，你請罪也於事無補，平身吧。」

「謝陛下！」李世勣站起身來，卻仍俯首躬身，一臉愧疚。

「一個鐵了心要死的人，就算不自殺，估計也不會說半個字。」李世民道：「看來，青雀的這個對手不簡單，竟然能在宮裡收買這樣的死士！」

「臣無能，辜負了陛下信任，罪該萬死！」

這種時候，除了這種話，李世勣也不知道該說什麼了。

「算了，此事就不追究了，到此為止吧。」

李世民話音剛落，趙德全便急急忙忙地跑了進來，躬身走到御榻前，想說什麼，又看了一眼李世勣。

「有什麼事就說，不必吞吞吐吐。」

「是，啟稟大家，辯才他……他已經絕食一天一夜了！」趙德全一臉愁容。「老奴笑臉賠盡、好話說盡，可他愣是一言不發、一口不吃啊！」

李世勣微微一驚，但仍然保持著原來的姿勢。

李世民先是一怔，繼而哈哈大笑了幾聲。「世勣，你聽見沒有，又是一個鐵了心要死的人！朕怎麼覺得，最近這視死如歸之人是越來越多了？」

李世勣不知如何答話，只好把頭埋得更低了。

「德全，世勣，你們幫朕想想，對於一個連死都不怕的人，朕還有什麼辦法對付他。」

趙德全苦著臉想了半天，道：「陛下恕罪，老奴愚鈍，實在是想不出來。」

李世民又笑了幾聲，看向李世勣。「你呢？」

---

1 結跏趺坐：佛教及印度教的用語，是指雙腳交疊，右腳置於左腿上，而將左腳置於右腿上盤坐的姿勢，也是禪坐的姿勢之一。

李世勣略微沉吟，半晌才道：「陛下天縱聖明，胸中定然已有良策，臣不敢置喙，只唯陛下之命是從！」

李世民呵呵一笑，指著李世勣對趙德全道：「瞧見沒有？這個傢伙，狡猾！當初瓦崗寨出來的這些傢伙，就數他跟魏徵兩個最為狡猾，所以活得最久，官也當得最大！」

李世勣嘴角動了動，卻不敢笑，忙道：「臣當年只是一介流寇，落草瓦崗，若非我大唐盛德昭昭、陛下天威赫赫，予臣蔭庇之所，賜臣再造之恩，臣早已命喪黃沙、埋骨荒塚了！所以臣雖狡猾，卻不敢有所懈怠，唯願為陛下盡忠效死！」

「行了，這些漂亮話就不必說了。」李世民又笑了笑，旋即正色道：「李世勣聽旨。」

李世勣趕緊跪地。

「朕命你即刻調遣人手，明日出發，目標仍然是洛州伊闕，任務麼……也是跟上次一樣，給朕再帶回一個人來。」

「臣遵旨！」

儘管皇帝的這道詔令語焉不詳，李世勣卻已然心領神會。

第十二章

世系

從長安城東的春明門出來，往東南方向走二十里，便是世人熟知的白鹿原。

白鹿原地勢雄偉，北首是高聳的漢文帝霸陵，南眺是一平如砥的八百里秦川，灞水和滻水一東一西，從原下潺潺流過，岸邊垂柳依依，古木繁盛。

這一天，灞水北岸一片綠草萋萋的山坡上，新起了一座墳塚。

這是蕭鶴年的衣冠塚。

此刻，蕭君默正把手中的三炷香，恭恭敬敬地插在墓碑前的香爐上。由於不可能找到父親的遺體，蕭君默和九叔商量了之後，便把自己找到的那隻烏皮靴和幾塊布片，以及父親生前穿戴過的衣冠、用過的筆墨紙硯等物放入了棺槨，埋進了墓穴。

蕭君默面目沉靜，眼中沒有一絲淚水。

何崇九帶著一群僕傭站在他身後，卻一個個啜泣嗚咽，不停地抹著淚。

一陣雜遝的馬蹄聲傳來，何崇九等人回頭一看，只見一隊黑甲從西邊的黃土原上疾馳而下，轉眼便到了近前。為首的人通身黑甲，英姿颯爽，赫然正是桓蝶衣。

桓蝶衣下馬，一番跪拜敬香之後，不無擔憂地看著蕭君默，道：「師兄，我奉舅父之命要離京幾日，不能陪你了。你要節哀，別太難過。」

「說不難過是假話。」蕭君默淡淡道：「但我還是答應妳，儘量不難過。」

「你得好好的，我才能走得安心。」

「不過是離開幾日，又不是生離死別，有什麼不安心的？」

「不知道為什麼，最近只要一天不看見你，我心裡就會七上八下。」桓蝶衣說著，忽然意識到這話聽上去像是表白，趕緊又解釋道：「你別誤會，我的意思是說，你最近有太多事情瞞著我，所以我心裡會胡思亂想。」

「我沒誤會，」蕭君默瞥了她一眼。「倒是妳這個解釋有點多餘。」

「你真的沒誤會？」桓蝶衣盯著他。

「我當然沒誤會。」蕭君默也看著她。「妳想讓我誤會什麼？」

桓蝶衣大窘，擺擺手道：「唉呀不說了不說了，反正我就是不喜歡你什麼事都瞞著我。」

「我不是故意要瞞妳，只是很多東西我自己也沒弄明白，所以暫時跟妳說不清楚。」

「反正你總是有話說。」桓蝶衣嘟起嘴。

蕭君默瞟了眼不遠處那隊黑甲，低聲道：「帶著那麼多兄弟，妳可得拿出點隊正的派頭，別一副女兒態，小心被他們看輕了。」

桓蝶衣聞言，趕緊收起女兒態，做出一副莊重表情。

「趕緊走吧。」蕭君默道：「玄甲衛出任務，那可都是十萬火急的，哪能像妳這麼磨磨蹭蹭？」

「你就不問問我，這趟是出什麼任務？要去哪兒？」

「玄甲衛的規矩就是不能瞎打聽。」蕭君默道：「妳說我一個堂堂玄甲衛郎將，至於犯這麼低級的錯誤嗎？」

「那你就一點不好奇？」

「桓蝶衣，妳再說下去，我擔心有人會告發妳了。」蕭君默故作嚴肅道。

「告發我？」桓蝶衣微微一驚，下意識看了看那些黑甲。「告發我什麼？」

「一、無故拖延時辰，貽誤戰機；二、與非執行任務者交頭接耳，有洩密之嫌。」

桓蝶衣冷哼一聲。「危言聳聽！小題大做！」雖然嘴上這麼說，心裡其實已經不大自在，隨即挪動腳步，道：「那，我走了，你自己保重。」

「走吧，好好執行任務，別胡思亂想。」蕭君默道：「最重要的是別想我。」

桓蝶衣聞言，好氣又好笑，忍不住回頭朝他做了個鬼臉，旋即翻身上馬，帶著那隊黑甲朝東邊的官道飛馳而去。

空中飄起了濛濛細雨。

蕭君默目送著桓蝶衣等人在雨霧中漸行漸遠，心裡說：蝶衣，希望妳別太為難楚離桑，那個姑娘被我害得家破人亡，已經夠苦了，不應該再受到傷害……

事實上，對於桓蝶衣的此次任務，蕭君默早已心知肚明。因為世上沒有不透風的牆，而皇宮中也很難有絕對的祕密，當蕭君默得知辯才絕食的消息時，他便已預感到皇帝會利用楚離桑來迫使辯才就範了。

對此，蕭君默心中自然是五味雜陳。因為辯才是他抓來的，倘若真的絕食而亡，他必然無法原諒自己，這輩子都要受到良心的譴責。現在皇帝又命玄甲衛去抓楚離桑，蕭君默的歉疚和自責之情就更深了。然而，他卻無法阻止這一切。思前想後，他決定等楚離桑到了長安再說。總之，他已經虧欠她太多，所以只能盡自己所能去幫助她，到時候見機行事，儘量別讓她再受到傷害。

蕭君默與何崇九等人正準備離開的時候，一駕馬車不疾不徐地駛了過來，在河岸邊的柳樹旁停下，車後跟著幾名騎馬的侍衛。

細雨紛飛中，一位鬚髮斑白、神色凝重的老者從車上下來，與蕭君默遠遠對望。

來人正是魏徵。

在蕭鶴年的墓前上完香，魏徵就靜靜站著，眉毛鬚髮皆被細雨打濕，眼中似乎也有些濕潤。

何崇九等人已先行離開，只剩下蕭君默一人站在魏徵身後。

良久，魏徵轉過身來，看著蕭君默。「賢姪，斯人已逝，還請節哀順變。」

不遠處的侍衛想打傘過來，被魏徵用目光制止了。

「太師，今日家父下葬，並未通知任何人，但您不僅知道了，而且還特意趕來，讓晚輩十分意外，亦頗為感動啊！」

魏徵並未理會他的弦外之音，淡淡道：「老朽與令尊同朝為官，私交也算不錯，自然該來送他一程。」

「那太師怎麼不問問，家父為何會猝然離世呢？」蕭君默盯著魏徵的眼睛。

「日前令尊下落不明，老朽亦有耳聞，本想到府上探問，又被瑣事牽纏。」魏徵平靜地道：「直至今晨，老朽偶然聽說賢姪扶棺出城，便猜到令尊可能已經過世，所以……怕勾動賢姪傷心，老朽便不敢輕易打問。」

如此城府，如此定力，難怪會位列國公、官至宰相。蕭君默在心裡冷笑了一下，道：「太師方才說與家父私交不錯，不知是什麼樣的私交？」

「同慕古聖格致誠正、修齊治平之道，共學先賢修己安人、濟世利民之術！不過如此而已，別無其他。」

「是嗎？既然如此志同道合，那家父一定時常到府上打擾嘍？」

「偶爾有之，也不經常。」

魏徵的臉如同一口千年古井，表情近乎紋絲不動。

蕭君默看在眼中，決定不再跟他繞圈子了，遂單刀直入。「上月二十六日深夜，實際上已經是二十七日凌晨，家父不顧武候衛夜禁之制，突然到了您的府上。這件事，不知太師是否還記得？也不知那一次，你們談論的又是怎樣的聖賢之道？」

魏徵微微一震，旋即笑道：「老朽年事已高，近期更是日益昏聵，賢姪所言之事，老朽已記不清了，也許有這麼回事，也許沒有。」

「太師過謙了！」蕭君默也笑道：「連永興坊的忘川茶樓換了一盆盆栽，您都可以做到洞若觀火，又怎麼能說老邁昏聵呢？」

此言一出，對魏徵而言不啻一聲平地驚雷！饒是他城府再深、定力再強，此刻也不禁面露驚愕之色。他竭力掩飾著內心的波瀾。「賢姪在說什麼，老朽完全聽不懂！」

「太師，晚輩都把話說到這分兒上了，您還有必要再隱瞞晚輩嗎？」蕭君默直視著魏徵，目光像一把刀。

魏徵心中懊悔不迭。其實，自從蕭鶴年失蹤以來，他不是沒有擔心過蕭君默會順藤摸瓜查到他頭上，因為他深知蕭君默的能力，從來也不敢低估。但是，他終究還是心存僥倖，覺得蕭君默即使要查他父親的下落，也會從魏王身上入手，而不太可能往他這個方向查，所以喪失了警惕，對蕭君默毫無防範，以致連忘川茶樓如此隱祕的聯絡點都暴露了。除此之外，蕭君默到底還知道多少，他真的不敢再想下去了。

此刻，魏徵只能強作鎮定。「賢姪，對於令尊的過世，老朽深感痛心，也能理解你現在的心情，但你也不能因為傷心過度而胡言亂語啊！」

「既然太師聽不懂晚輩在說什麼，那咱們便換個話題。」蕭君默笑道：「晚輩最近忽然對六朝古詩發生了興趣，其中一句，晚輩很喜歡，卻一直未能深解其意，今日趁此機會，希望太師能不吝賜教。」

魏徵眼中掠過一絲慌亂，冷冷道：「要談詩論賦，也不是在這種時候、這種地方！賢姪，雨下大了，老朽這就告辭，你也趕緊回家去吧。」說完便快步朝馬車走去，不遠處的侍衛趕緊打著傘跑過來。

「太師！」蕭君默衝著他的背影喊。「望岩愧脱屣，臨川謝揭竿。這句詩您應該很熟吧？」

魏徵又是一震，不自覺地停住了腳步。

他萬萬沒料到，蕭君默竟然已經查到了這一步！頃刻間，老成持重、足智多謀的魏徵也亂了陣腳，竟不知該如何應對。

蕭君默緩緩走到他身後站定。「太師，我知道您現在深感震驚，但請恕晚輩直言，我不僅查到了這一步，還查出了更多有趣的東西，如果您不希望我把這些事情說出去，您就只有兩個選擇，最好現在就做決定。」

魏徵示意侍衛到馬車那邊等他，依舊背對蕭君默道：「什麼選擇？」

「一、讓您的侍衛現在就把我滅口，我絕不反抗！」蕭君默道：「如果您不忍心下手，那就只有第二個選擇——把您和我爹一直保守的祕密全都告訴我，讓我知道我爹他到底因何而死！」

魏徵額頭上的細雨匯成了水珠，沿著他縱橫如溝壑般的皺紋艱難地流了下來。

一只青瓷花瓶被狠狠地摔在地上，碎成了無數小塊。

李泰滿臉怒容，喘著粗氣，在書房中來回踱步。劉洎、杜楚客坐在一旁，怔怔地看著他。

「殿下，您消消氣，氣壞了身子可不值當！」杜楚客勸道。

「本王萬萬沒想到，太子居然是如此卑鄙陰險的小人，竟然幹得出如此無恥下作的事情！」李泰依舊大步來回走著，怒氣沖沖。此時李世民那句「臨大事而有靜氣」的教誨，早被他拋到九霄雲外了。

「殿下，請恕屬下說一句不該說的話。」杜楚客道：「您那天真不該跟聖上說實話，您就隨便編個什麼夢不就過去了嗎，何苦去提海陵王呢？」

「可我真的是被嚇著了啊！」李泰餘悸未消。「我自從住進武德殿就從沒睡過一天好覺，心裡一直很納悶，總覺得那地方有什麼邪祟在作怪。偏偏那天晚上又電閃雷鳴，那個無頭鬼又那麼恐怖，要換作是你，我看你早被嚇死了！」

杜楚客撇了撇嘴，不說話了。

「殿下這麼說也情有可原。」劉洎慢條斯理道：「武德殿原本陰氣就重，殿下多日失眠即為明證，加之又有人處心積慮地裝神弄鬼，受到驚嚇也是情理中事，怪不得殿下。」

「就是嘛！」李泰這才怒氣稍解，停住了腳步。「劉侍郎這麼說就通情達理了！」

杜楚客暗暗瞪了劉洎一眼，訕訕道：「是啊，思道兄說話，向來喜歡揀好聽的，可這麼說有用嗎？能解決什麼實際問題？」

劉洎淡淡一笑。「山實兄所言甚是，劉某今日，正是要來幫殿下解決實際問題的。」

李泰一聽，終於坐了下來。「劉侍郎有話請講。」

「殿下，您有沒有想過，此番聖上讓您出宮，真正的原因是什麼？」

李泰又是一怒。「還不都是太子這個卑鄙小人在背後搞的鬼！」

劉洎笑著搖了搖頭。「非也，非也！」

李泰眉頭一蹙。「難道還有別的？」

杜楚客聞言，也不禁看向劉洎。

「殿下，鬧鬼之事只是表面原因。真正的原因，其實是殿下這半個月來，私下跟朝中的權貴子弟結交太密，觸犯了聖上的忌諱。聖上懷疑您有結黨營私之嫌，也覺得您近期有些恃寵而驕、過於張揚了。」

李泰恍然大悟，良久才道：「言之有理，言之有理！都怪我沒聽侍郎所言，若能低調、韜晦一些便好了，唉，悔之晚矣！」

「殿下，儘管原因在此，但也不必因噎廢食。朝中有幾個重要的權貴子弟，該結交還是得結交，只要不太過招搖、不結交過濫就行了。」劉洎道：「再者說，失之東隅，收之桑榆。若殿下能吃一塹、長一智，則壞事便成了好事，怎麼能說晚呢？」

「思道兄這話不錯，我愛聽！」杜楚客道：「殿下，謀大事者，不在一城一地之得失。東宮雖然僥倖贏了一局，但只要殿下振奮精神、重整旗鼓，要扳回一城絕非難事！」

李泰一聽，頓時精神一振。

「山實兄說得是。」劉洎道：「事實上，太子此番裝神弄鬼，聖上也不見得猜不出來。正因為聖上心中有數，所以那個閹宦在獄中畏罪自殺後，聖上便順水推舟不予追究了，其實就是怕深究下去把東宮給挖出來，事情會不好收拾。因此，太子此番所為，其實是傷敵一千、自損八百的愚蠢之舉，而他在聖上心目中的地位，自然也更不穩固了。這，恰恰便是殿下的機會所在！」

聽聞此言，李泰更是精神抖擻，連日來的鬱悶心情登時一掃而空，大笑道：「當年父皇有『房謀杜斷』，本王今日也有『劉謀杜斷』！哈哈，有二位賢達鼎力輔佐，本王又何懼李承乾這種宵小之徒！」

聽了這話，杜楚客頓時心花怒放，臉上也露出躊躇滿志之色。

劉洎則淡淡一笑，表情幾乎沒什麼變化。「殿下，您能重燃鬥志，劉某深感慶幸。不過，話說回來，飯還得一口一口吃，棋也得一步一步下，何況奪嫡這種刀頭舔蜜的凶險之事，更要如履如臨、謹慎為之！」

李泰點點頭，深以為然。

「思道兄，話是這麼說，可一旦抓住機會，還是得果斷出擊吧？」杜楚客斜著眼道。

「那是自然。」

李泰看著杜楚客。「你是不是有什麼想法了？」

「殿下，太子喜歡舞刀弄劍，東宮時常見血，且不乏有人被他虐殺而死，這事您知道吧？」

「知道啊，父皇不就因為這些事才厭惡他的嗎？不過，聽說最近他也收斂了不少。」

杜楚客冷笑。「最近是收斂了，可過去他殺的那些人，難道就該死嗎？」

「據我所知，他殺的都是犯我大唐、在西域燒殺擄掠的突厥人。這些人本來也該殺，雖說由他動刀不合律法，但說到底也沒什麼大不了的。」

「如果太子殺的都是窮凶極惡的突厥人，那倒也罷了，問題是被他殺死的人裡面，卻有我大唐子民！」

李泰一怔。「真有其事？」

杜楚客點點頭，對劉洎道：「思道兄，消息來源是你的，還是你來說吧。」

李泰趕緊看向劉洎。

劉洎也笑了笑。「山實兄這麼說就見外了，咱們都是替殿下辦事，何必分得那麼清呢？」

「該分還是得分！」杜楚客一揮手。「我這人從不貪天之功、掠人之美！」

「什麼分不分的，現在是計較這些的時候嗎？」李泰急了。「到底是怎麼回事，你們倒是快說清楚啊！」

「是這樣的，殿下。」劉洎緩緩道：「日前，我接到伊州刺史陳雄發來的一道奏表，表中稱，兩個月前，太子左衛率封師進曾前往伊州，抓回了數十名突厥人，其中卻有十三個是地地道道的伊州人，乃我大唐造籍在冊的編戶齊民，卻因事得罪封師進，被他誣為突厥人帶回了長安，就關在東宮。據我估計，這十三個人恐怕都已經被太子殺了。」

「竟然還有這種事！」李泰有些驚訝，更多的卻是竊喜。「不過，這個陳雄會這麼有膽識嗎，敢為了幾個老百姓就上表參奏太子？」

劉洎一笑。「本來我也覺得奇怪，不過山實兄稍微解釋了一下，我便釋然了。」

李泰趕緊看向杜楚客。

杜楚客也忍不住笑了。「那十三個人裡頭，有五個是陳雄的小舅子。」

「五個?!」李泰詫異。「哪來那麼多小舅子？」

「陳雄外放刺史之前，在朝中跟我是同僚，此人好色成性，總共娶了十二房妻妾，您說他小舅子少得了嗎？」

李泰不禁啞然失笑，問劉洎道：「那陳雄有沒有說，這群小舅子是怎麼得罪封師進的？」

「據說，是彼此車馬在路上衝撞了。陳雄那些小舅子在伊州霸道慣了，肯定沒料到會在那種地方惹上太子的人。」

「這回有好戲看了。」李泰笑道：「趕緊把此事上奏父皇。」

「這是自然。」劉洎依舊沉穩。「審驗四方章奏，及時上報天子，本來便是劉某職責所在。」

「光陳雄這道奏表還不夠分量。」李泰道：「依我看，最好由你再參一本，就說古人有言，太子犯法與庶民同罪，眼下太子如此目無法紀、草菅人命，實不堪為臣民表率，當予懲戒，以安朝野人心。」

劉洎略微沉吟了一下，道：「謹遵殿下之命。」

蕭君默沒有想到，自己居然會作為客人，被魏徵邀請到忘川茶樓的雅間中喝茶。

魏徵親自煮茶，手法嫻熟，可見這家茶樓作為他們的祕密聯絡點已經有些年頭了。蕭君默一邊喝著茶，一邊環顧房間中的一切，恍然覺得父親正坐在旁邊，三人正一起品茗談笑。

剎那間，蕭君默的眼睛濕潤了。

「這現煮的茶，薑味太濃，有些辣眼睛。」蕭君默極力掩飾。

「君默，在我面前，你又何須掩飾呢？」魏徵看著他，目光中有一種長者特有的慈祥。「想哭就哭一場吧，沒有人會說你軟弱。」

蕭君默被識破，卻絲毫沒有尷尬之感，反而忽然放鬆了下來。這麼一放鬆，眼淚果然便洶湧而出，順著臉頰無聲地落在了衣襟上。

「君默，你爹的事，我要負主要責任。」魏徵剛一開口，眼眶便紅了。「我早就該想到，魏王府是個危險之地，不應該再讓他回去……」

「太師，我爹跟隨您多少年了？」蕭君默用力抹了一把臉，岔開話題。

「屈指數來，可能有三十年了吧。」魏徵回憶著，泛出一個傷感的笑容。「當年你爹跟隨我時，差不多也是你這般大。年輕、果敢，勇於任事，志向遠大……」

「您和我爹，除了官員以外，真正的身分是什麼？」

魏徵沉默片刻，緩緩道：「君默，事情沒有你想像的那麼複雜，我和你爹都只是瓦崗舊人而已。當年，天下大亂，群雄紛起，我等追隨魏公李密，誓以拯濟蒼生、除暴安良為己任，在瓦崗寨樹起義旗，逐鹿中原，後來又隨魏公一起歸順大唐。然而，魏公入朝之後，卻遭到了排擠，故而暗中將我等舊部組織了起來，以防不測……」

「這個舊部包括哪些人？」蕭君默蹙起眉頭。「據我所知，我師傅李世勣大將軍，還有秦叔寶、程知節等軍中大將，也都是瓦崗出身，莫非他們也都加入了？」

魏徵搖搖頭。「當時世勣還在河北黎陽，尚未歸順，秦叔寶和程知節則投了洛陽的王世充。所以，被魏公重新召集起來的，其實只有我這一系，以及王伯當他們……」

「據說，當年李密以招撫中原舊部為名，降而復叛，從長安出走，結果與王伯當一起被斬殺於熊耳山，那個時候您在哪裡？為何沒有跟他一道走？」

魏徵苦笑了一下。「這正是我要說的。當年魏公出關招撫舊部，也是征得高祖同意的，但高祖畢竟對他心存猜忌，所以沒讓他把麾下部眾悉數帶走，而是命我這一部留在華州，只讓魏公帶著王伯當一部出關。結果正如你所知，他們遭遇了不幸，而我則躲過了『降而復叛』的罪名，也僥倖活了下來。」

蕭君默微微有些心驚。「這麼說，當年您和我爹其實也有『復叛』之意，只是陰差陽錯才躲過了一劫，最終反而成了我朝的忠臣和元老？」

魏徵自嘲一笑。「是可以這麼說，不過也不盡準確。事實上，當年魏公歸順後又起反意，我內心並不贊同，因為我已看出大唐乃人心所向，終究會定鼎天下，若再反叛只能是自取滅亡。然而我畢竟追隨魏公多年，不忍棄他而去，遂決意生死以之。不料最後造化弄人，我沒有為魏公殉節，卻反倒成全了對大唐的忠義，想來也是令人唏噓啊！」

「您既然忠於我大唐，為何會將瓦崗的這支祕密勢力保留這麼多年？說輕了，這是私結朋黨；說重了，這是蓄養死士，無論怎麼說都有謀反之嫌，您難道不這麼認為嗎？」

魏徵又一次笑了。「君默，你還年輕，世間之事，遠不是如此非黑即白、涇渭分明的。有時候，保留一點灰色的東西，並不見得就是居心叵測，而是為了……保持某種平衡。」

「保持平衡？」蕭君默不解。「什麼樣的平衡？」

「打個比方吧，當年我在東宮任職，是隱太子的人，而聖上，也就是當年的秦王，在威望、實力等各方面都超越了太子，這就是一種危險的不平衡。所以，我身為東宮之人，就要竭盡全力保持太子和秦王之間的平衡，防止秦王做出非分的危害太子的舉動。職是之故，我就必須保有一些灰色的力量，否則如何在黑與白的夾縫中生存？又如何與秦王抗衡呢？」

「太師這麼說倒也直言不諱。」蕭君默笑道：「晚輩佩服您的坦誠。」

「這都是陳年舊事了，我又何必諱言？」魏徵有些感慨。「當初我奉職東宮，自然要效忠於隱太子；後來聖上登基，我自然要效忠於聖上。這兩者，並不矛盾。」

「照您剛才的話說，對於您手下這支灰色力量，當初隱太子也是知情的？」

「是的。」

「那麼，在當初隱太子與秦王的對抗中，這支力量肯定也參與了，對吧？」

「這是自然。不瞞你說，我當時曾經勸過隱太子，儘早對秦王下手，只是隱太子有些優柔寡斷，所以才有了後來的玄武門之事。」

「那玄武門事變後，一切都已塵埃落定，您也轉而輔佐聖上，君臣同心，造就了我貞觀一朝的海晏河清之局。照理說這些年來，您手下的這支力量早已沒有存在的必要，您隨時可以解散它，可您為何沒有這麼做？」

「君默，這就是你把事情看得太簡單了。」魏徵道：「表面上海晏河清，不等於背後就沒有暗流湧動。事實上這幾年來，太子與魏王已經形成了一個水火不容的相爭之局，朝野上下有目共睹。因此出於保持平衡之需，灰色力量就仍有存在的必要。」

「難道您多年前就已經預測到了今天的局面？」

「不敢說完全預測到了，但我始終心存隱憂。因為當年的奪嫡之爭，教訓實在太過深刻，所以我不認為有了如今的太平，奪嫡這種事便會自動消隱。」

蕭君默深長地看著魏徵，不得不佩服他的深謀遠慮，也不得不佩服他對嫡長繼承制毫不動搖的捍衛與堅守。不過，儘管剛才魏徵的回答已經部分解答了蕭君默的困惑，但造成父親之死的最根本原因——辯才與〈蘭亭序〉之謎，卻依然沒有涉及。

「太師，我還有一個問題想要請教。」

「說吧。」魏徵笑笑。「老朽今日就是專門為你答疑解惑的。」

「多謝太師！」蕭君默看著他。「您和我爹，還有您手下的這支勢力，跟王羲之的〈蘭亭序〉有什麼關係？」

魏徵微微遲疑了一下，馬上道：「並沒有什麼關係。我和你爹只是擔心，魏王會利用辯才做什麼對太子不利的事情，所以才介入了這件事。」

「我想問的正是這個。辯才只是一個出家人，〈蘭亭序〉也只是一幅字帖，二者如何可能對太子不利？您和我爹到底在擔心什麼？」

魏徵又是一怔，趕緊道：「這同樣也是我和你爹的困惑。聖上自登基後便不遺餘力尋找〈蘭亭序〉，魏王又借編纂《括地志》之機千方百計尋找辯才，這背後肯定有什麼非同尋常的祕密。正是因為不知道這個祕密是什麼，以及它會造成怎樣的危害，你爹才會鋌而走險去盜取辯才情報，我也才會派人去劫辯才。」

滴水不漏！

魏徵顯然沒有說實話，但他的謊言又是如此合情合理，簡直沒有半點破綻可尋。蕭君默定定地看著魏徵，忽然笑了起來。

魏徵被他笑得有些發毛。「你……你何故發笑？」

「我笑太師有些貴人多忘了，我剛才在白鹿原跟您提到的那句古詩，就是你們的接頭暗號，而它又恰恰出自《蘭亭集》！世上怎麼會有這樣的巧合呢？難道太師還想跟我說，這二者之間毫無關係嗎？」

「這……這絕對是巧合！」魏徵道：「我只是因為喜歡這句古詩，便信手拿來作為暗號，絕沒有別的原因。」

「太師應該知道，我爹不僅親自手寫了一部《蘭亭集》，而且時常翻閱，愛不釋手！難道，這也是一個巧合？」

「我和你爹都喜歡六朝古詩，這也沒什麼好奇怪的吧？」

「那太師能說說喜歡的理由嗎？」

「喜歡就是喜歡，還能有什麼理由？」

蕭君默又笑了起來。「太師，如果您實在想不起來，不妨讓我幫您再找一個理由。」

魏徵警覺地看著他。「你到底想說什麼？」

蕭君默不語，而是用手蘸了蘸面前的茶水，在食案上寫了兩個字。

魏徵一看，頓時臉色大變。

食案上的那兩個字正是「魏滂」。

「魏滂，東晉名士，曾任會稽郡功曹，於東晉永和九年三月三日上巳節，與王羲之等人會於會稽山陰的蘭亭溪畔，曲水流觴，飲酒賦詩，寫下五言詩一首，其中便有這句『望岩愧脫屣，臨川謝揭竿』。」

蕭君默觀察著魏徵的表情，接著道：「由於對魏滂感興趣，所以我便查了他的世系，得知了他的一些後人。我現在唸一遍，太師幫我看看有沒有唸錯：魏滂之子魏虔，孫魏廣陵，曾孫魏愷，玄孫魏季舒，來孫魏處，昮孫魏釗，仍孫魏彥，雲孫魏長賢，耳孫便是您——魏徵魏太師。簡言之，您正是魏滂的九世孫！既然您使用的暗號，是出自您九世祖在蘭亭會上的詩句，那不正好說明您與〈蘭亭序〉淵源匪淺嗎？如果我所料不錯，在這家茶樓裡，很多人都不是稱呼您『太師』，而是稱您為『先生』吧？如果要在這『先生』前面再加兩個字，我猜，那一定也是這首蘭亭詩中的『臨川』二字！對嗎？」

魏徵臉色發白，說不出話，顯然已經默認了蕭君默的猜測。

沉默良久，魏徵才道：「魏滂正是老朽的先人。沒錯，他是參加了蘭亭會，我用的暗號也的確出自他的蘭亭詩，這些都是事實。但是賢姪，讓老朽不解的是，你查出這些又能證明什麼呢？」

「至少可以證明一點——您知道〈蘭亭序〉的祕密，卻一直在對我隱瞞，直到現在，您還在這麼做！」

魏徵喟然長嘆。「君默，你為何一定要追查這些？有時候，知道太多並不是什麼好事。」

「我剛才說過了，我必須知道我爹到底因何而死！所以，不徹底查清〈蘭亭序〉的祕密，我是不會罷手的。」

魏徵用一種異常複雜的眼神看著他。

「正因為你爹為此犧牲了性命，我才不希望你再捲進來……」

「我已經捲進來了！」蕭君默迎著魏徵的目光。

「但是，你還有機會全身而退……」

「太師，您既然不想告訴我，那我就不強求了。」蕭君默站起身來，冷冷打斷了他，然後深長一揖。「多謝您剛才去看望家父，也多謝您回答了我許多問題，晚輩告辭。」

說完，蕭君默便頭也不回地走了出去。

直到蕭君默離開許久，魏徵仍然一動不動地坐著。

今天這一席話，令魏徵的後背數度沁出了冷汗，這實在是讓他始料未及。這一生，他見慣了沙場上的刀光劍影，也見慣了朝堂上的爾虞我詐，就連在大殿上與皇帝面折廷爭，他也從來不慌不亂、氣定神閒，沒想到今天竟然會在一個年輕人的逼問下汗流浹背、窘迫難當。當然，這首先是因為魏徵要保守的這個祕密非同小可，但同時更是因為——這個年輕人的洞察力太過驚人！

魏徵知道，就憑這個年輕人的血性和膽識，他決意要做的事情，恐怕沒有任何人可以阻止。如果說〈蘭亭序〉的祕密就像是一團熊熊燃燒的火焰，那麼這個年輕人無疑就是一隻勇敢卻盲目的飛蛾，正不顧一切地朝著那團火焰飛去。

既然阻止不了飛蛾，那就只能盡力替他去遮擋火焰。想起當年對這個年輕人的親生父親所做的承諾，魏徵的心情不免越發沉重……

蕭君默走出忘川茶樓的時候，天空剛好放晴，太陽猶猶豫豫地從雲層中露出了半邊臉。

街道上的景物在陽光下變得鮮亮起來。

然而，蕭君默的心中卻陰霾一片。

方才蕭君默差點就向魏徵問及自己的身世，因為他料定魏徵肯定知道一切。可是，最後他還是忍住了。原因很簡單：既然魏徵對〈蘭亭序〉的祕密一直守口如瓶，那麼有關他身世的一切，魏徵即使知道，肯定也不會透露半個字。

所以，蕭君默最後只能告訴自己：無論是〈蘭亭序〉的祕密還是身世之謎，你都只能依靠自己去查個水落石出！

甘露殿內殿，李承乾面朝御榻跪著，神色雖略顯驚慌，更多的卻是不平。

他身側放著一根金玉手杖，面前的地上則扔著一道帛書奏表。

李世民在御榻前來回踱步，一臉怒容。「身為儲君，竟然擅殺平民，視人命如草芥，簡直沒把我大唐律法放在眼裡！你自己說說，該當何罪？」

「回父皇，兒臣無罪。」

「你還敢狡辯？那十三個伊州人不都被你抓回長安殺了嗎？」

「是的，是被兒臣殺了。」

「那還有什麼好說的？殺人償命欠債還錢，太子犯法與庶民同罪，這道理你不懂嗎？」

「兒臣曾奉旨多次監國，幫父皇處理軍國大政，滿朝稱善，這道理兒臣豈能不懂？」

侍立一旁的趙德全見太子句句頂撞，大為憂急，拚命給他使眼色，可李承乾卻視若無睹。

李世民越發憤怒，指著李承乾道：「既然懂，那你平白無故殺了這十三人，該不該抵命？」

「兒臣雖然殺了他們，但並非平白無故。」

「不就是車馬衝撞了你的屬下嗎？為這事你們便可胡亂殺人？」

「車馬衝撞只是陳雄的一面之詞，並非事實。」

「那你告訴朕，事實是什麼？」

「事實是，這十三人都是伊州的惡少紈褲，倚仗陳雄的權勢為非作歹，殘害百姓！兒臣抓他們之前早就調查過了，他們在陳雄調任伊州的短短兩年內便姦淫婦女數十人，打死平民二十七人，強占良田三百多頃、莊園五座，平時敲詐勒索綁架傷人之事更是不可勝數！似這等無法無天的地痞惡霸，卻因陳雄的包庇縱容而逍遙法外，伊州官民皆敢怒不敢言，兒臣不殺他們，誰才敢殺?!」

李世民愣了一下。他萬萬沒想到事實竟是如此，旋即緩下臉色，道：「既然事出有因，那是朕錯怪你了，起來回話吧。」

「謝父皇！」李承乾拄著金玉手杖站了起來。

一旁的趙德全這才鬆了一口氣。

李世民也在御榻上坐了下來。「倘若事實果真如你所說，你大可將此事奏報於朕，朕自會責成刑部依法嚴懲，何須你遠赴伊州去抓人？」

「回父皇，自古以來，有權之人便是官官相護，雖說我朝吏治清明，但貪贓枉法之徒仍不在少數，且伊州遠在西域邊陲，若依律法行事，一來二去耗時費力不說，陳雄等人聽到風聲必會偽造證據、收買證人，到頭來又是大事化小小事化了，還不如兒臣以其人之道還治其人之身來得爽快！」

李世民聞言，不禁苦笑。「你倒是爽快了，可照你這麼說，我大唐刑部、大理寺、御史臺三法司，豈不是形同虛設了？」

「當然不是！但凡事有經有權，三法司依循的是常經常軌，兒臣所行的是機宜權變，二者不可偏廢，皆有存在的理由。」

「朕多日不見你，沒想到你這口才是越來越好了。」李世民笑道，也不知是誇獎還是揶揄。

「謝父皇誇獎！」李承乾倒也直爽，根本不費心去揣度。「然兒臣所言句句發自肺腑，並非逞一時口舌之快。」

「朕還有一事不明，既然你要抓他們，直接抓就好了，幹麼還要設計一場車馬衝撞的戲？」

李承乾暗自一笑。「回父皇，兒臣若直接抓他們，勢必要說明原因，如此陳雄自知理虧，不僅不敢上表參奏兒臣，而且還會暗中運作，盡力掩蓋罪行；相反，兒臣設計車馬衝撞的假象，陳雄便會以為兒臣與他的小舅子們一樣，都是橫行霸道的紈褲，所以才敢參奏兒臣。換言之，兒臣這麼做，就是要讓陳雄自己跳出來，在父皇面前暴露罪行。」

趙德全在一旁聽得目瞪口呆，心裡是既驚且佩，連看李承乾的目光都有些陌生起來。

李世民恍然大悟，不禁深長地看著他。「承乾，你這等權謀，連朕都不免心驚了。做事情，善用腦、多權變是好事，可你別忘了，你是儲君，是未來的大唐天子。治國之道，當以正大光明為要，似此等機變巧詐之術，只能是在萬不得已時偶爾為之，來日你若登基，切不可以此自矜，更不可以權謀治天下，記住了嗎？」

「父皇教誨，兒臣謹記。」

「還有，日後若再遇上這種事，必須向朕奏報，絕不可再先斬後奏。此外，在東宮殺人也是大不祥之舉，儘管你殺得都有理由，可終究是違背國法的行為，會令朝野輿論詬病。所以，這些毛病從今以後必須戒除，切勿再犯！」

「是，兒臣一定改過，請父皇勿憂。」

李承乾拄著手杖步出甘露殿，幾個隨行宦官要上前攙扶，被他一揮手趕開了。殿前臺階下，停放著一乘四人抬的肩輿，是因他行動不便而由皇帝特許的。李承乾示意宦官們原地等候，自己則走上了大殿旁的一條迴廊。

剛在迴廊上拐了一個彎，就看見李元昌站在不遠處等著他。

「怎麼樣，皇兄罵你了嗎？」

待李承乾走近，李元昌趕緊上前，關切問道。

李承乾冷然一笑。「你猜呢？」

李元昌看了看他的表情，搖搖頭。「猜不出來。」

「父皇一開始自然是雷霆大怒。」李承乾不無得意地笑道：「可等他弄明白我是挖了個坑讓陳雄跳，整個人都懵了。」

「怪不得皇兄會懵。你這一招，誰見誰懵！」

「行了，廢話少說，讓你打聽的事怎麼樣了？」

李元昌左右看了看，湊近他。「你絕對猜不到，這回是誰在你背後下黑手！」

「誰？」

「最近頗得皇兄賞識之人。」

李承乾瞪了他一眼。「哪來那麼多廢話？到底是誰？」

「黃門侍郎，劉洎。」

李承乾一怔，旋即冷笑。「沒想到，這老小子也投靠了魏王。」

「是啊，他現在可是朝中呼聲最高的侍中人選，入閣拜相指日可待啊！」

李承乾目光陰冷。「等我繼承皇位，我看他還入什麼閣、拜什麼相！」

「要我說，你這回挖的坑實在夠大，不但陳雄傻乎乎地往裡跳，連劉洎這種老謀深算的傢伙也栽進來了。」李元昌豎了豎大拇指。「我算是服你了。」

「我早就料到，這個坑會栽進來很多人。」李承乾冷哼一聲。「接下來我倒要看看，李泰這小子還會使什麼陰招！」說完，袖子一拂，拄著手杖朝前走去。

「管他什麼招，兵來將擋水來土掩唄！」李元昌趕緊跟上來，嬉笑道：「反正我大唐皇太子總能運籌帷幄、決勝千里！」

「你少給我灌迷魂湯。」李承乾白了他一眼。「你上回不是說，有一個美若天仙的太常樂人要帶來見我嗎？今日無事，索性去太常寺看看。」

李元昌慌忙攔住他，笑道：「瞧你心急成這樣，這光天化日人多眼雜的，你堂堂一個太子去太常寺見一個樂人，也不怕人說三道四？回頭皇兄再罵你，你可別怪我。」

「那算了，你也別帶她來了。」李承乾冷冷道，轉頭走回了來路。「搞得神神祕祕的，還什麼美若天仙，我又不是沒見過女人！」

李元昌嘿嘿一笑。「是，這大唐天下有什麼樣的美女你沒見過？但是我保證，這個，絕對非同一般！」

李承乾看著他，忽然促狹一笑。「瞧你這為老不尊的樣子！要我說，你乾脆去平康坊開個青樓算了！」

「嘿，怎麼就扯到為老不尊上了？」李元昌急了。「我哪裡老了？我風華正茂青春正盛好不好？真要論起來，我還小你倆月呢！你才老，你大我六十多天，皺紋也比我多——」

李承乾笑著打斷他，又挖苦了一句，然後放聲大笑，朝遠處的隨行宦官招了下手。宦官們立刻抬起肩輿跑了過來。

此時，劉洎剛好從大殿另一側匆匆走來，剛要邁進殿門，聽見遠處的說笑聲，抬頭望了一眼，目光頓時一沉。

眼下皇帝緊急傳召他，劉洎已預感到事情不妙，此刻又見太子和漢王如此輕鬆愜意，立馬意識到自己這回肯定是栽了。

看來，這個李承乾並沒有想像中那麼好對付。

第十三章

玄泉

洛州伊闕，星星點點的燈火散布在夜色之中。

在與爾雅當鋪同一條街的一處宅院中，楚離桑和綠袖正坐在燈下說話。

二十多天前回到伊闕，楚離桑用蕭君默給她的錢安葬了母親，然後租賃了這座小院。小院離爾雅當鋪不遠，每天，她和綠袖都會去那裡站上一會兒。儘管當初的家已經變成了一片廢墟，只剩下滿目焦黑的斷壁殘垣，但她們每次回去，彷彿還是能看到昔日一家人其樂融融的情景。

伊闕換了一個新縣令，前任縣令被抓了，還有洛州刺史楊秉均和長史姚興也被誅了三族，本人也遭到朝廷通緝。這些消息多少令楚離桑感到了些許寬慰。得到消息的那天，她特意在母親牌位前點了香，把這些好消息都告訴了母親。

當然，她也告訴了母親，她們其實錯怪蕭君默了。當時來抄她們家的人是姚興，街頭巷尾的海捕文書上都有他的畫像，楚離桑一眼就認出來了。

雖然知道這事不是蕭君默幹的，但楚離桑對他的恨意並沒有減輕多少，因為她始終認為，把她們家害到這步田地的始作俑者就是他！其實，早在離開甘棠驛的那天，楚離桑心裡就已經拿定主意了，回鄉安葬完母親，守孝一個月後，她就要去長安找蕭君默算帳，同時想辦法救出父親。

這天晚上，楚離桑屈指一算，一個月也沒剩幾天了，便叫綠袖去打點行囊。

綠袖一聽要去長安找蕭君默算帳，便促狹地笑道：「咱們花著他的金子去找他算帳，這事怎麼想都覺得怪怪的。」

楚離桑瞪她一眼。「這點金子便迷了妳的心竅了？也不想想是誰把咱們害到這步田地的！」

「我當然知道是蕭君默，可細究起來，罪魁禍首其實是皇帝，他只是奉命行事而已。」

楚離桑氣得打了她一下。「妳怎麼處處替他說話？」

綠袖哎喲一下，嘟起嘴。「娘子妳還真打呀，疼死了！」

「這還是輕的呢，誰教妳成心找打？」

「娘子，我不是替蕭君默說話，我是覺得這個人其實心腸不壞。」綠袖道：「就說那天在甘棠驛吧，妳昏過去了，妳不知道他有多心疼妳，一會兒便進來看一次。瞧他著急的樣子，好像躺在床上的是他親娘似的……」

楚離桑大眼一瞪，作勢要打，綠袖慌忙躲開。

「幹麼說著說著又要打人？」

「誰讓妳狗嘴裡吐不出象牙！」

「好了好了，娘子息怒，我說錯話了還不行嗎？」綠袖嬉笑著。「不過話說回來，妳要怎麼找他算帳，難道真要殺了他？」

「這還用說？殺了他方能洩我心頭之恨！」楚離桑故意說得咬牙切齒，但口氣卻明顯有些軟。

事實上，方才綠袖說的那些話，她自己也深有同感。那天在甘棠驛，她雖然哭得幾近昏迷，但蕭君默是怎麼把她抱進隔壁房中的，她卻記得清清楚楚。時至今日，她彷彿還能感到他胸膛的溫度和掌心的那股暖意……

綠袖看她忽然有些呆了，一下就明白怎麼回事，便故意嘆了口氣，道：「唉，真是可惜啊！」

楚離桑回過神來。「可惜什麼？」

「可惜那麼英俊又那麼溫柔的一個郎君，竟然要變成娘子的刀下之鬼！那個詞叫什麼來著？暴什麼天物？」

「暴妳的大頭鬼！」楚離桑狠狠瞪她一眼。「妳是不是看上他了？」

「是呀，我是看上他了，娘子莫非要吃醋？」綠袖一本正經地說。

楚離桑終於忍無可忍，隨手抓起一把掃帚扔了過去。綠袖輕巧地躲開，仍舊咯咯笑個不停。楚離桑猛然跳起來，一邊四處找東西一邊罵道：「妳個沒羞沒臊的死丫頭，看我今天不打死妳！」

終於，楚離桑找到了一把銅尺，得意地朝綠袖揚了揚，一步步逼過去。綠袖誇張大叫：「唉呀，殺人啦，我家娘子要殺人啦！」一邊叫一邊跑了出去。

楚離桑追到房門口，腳尖不小心被門檻磕了一下，頓時疼得齜牙咧嘴，趕緊丟掉銅尺，抱著腳跳回房裡。

院子裡沉默了一會兒，緊接著便又傳來綠袖的一聲尖叫。

「三更半夜鬼叫什麼？」楚離桑揉著腳趾，沒好氣地喊道：「快給我進來，幫我揉揉腳，姑且饒妳這一回。」

院子裡卻靜悄悄的，毫無半點回應。

「這死丫頭，又搞什麼鬼！」楚離桑嘟囔著，一瘸一拐走了出去。

剛一走進院子，楚離桑整個人就僵住了。

兩個通身黑甲的人，一人一把刀橫在了綠袖的脖子上，周圍同樣站著十幾個黑甲人，個個拔刀在手，刀光雪亮。

一瞬間，楚離桑便反應了過來，正想有所動作，兩把同樣雪亮的龍首刀便一左一右架上了她的脖子。然後，又一個通身黑甲的人從暗處走了出來，徑直來到她面前站定，饒有興味地看著她。

這個黑甲人居然是個年輕貌美的女子！

「楚離桑，妳比我想像的好看。」女子笑盈盈地對她說。

楚離桑冷冷看著她。「妳是誰？」

「自我介紹一下，我叫桓蝶衣，朝中玄甲衛隊正。」桓蝶衣笑著上下打量她。「沒想到這窮鄉僻壤的地方，還有妳這麼標緻的人物。」

「不是敝縣窮鄉僻壤，而是尊使孤陋寡聞！」楚離桑一聽「玄甲衛」三字，心下已然明白幾分，冷笑道：「洛州乃前朝東都，睥睨天下；伊闕乃形勝之地，人文薈萃。尊使沒出過遠門就算了，何必在此賣弄，徒然貽笑大方。」

桓蝶衣從小在長安長大，確實很少出遠門，加之只喜習武不喜讀書，所以對大唐各地的山川風物、歷史人文幾乎沒有概念，現在被楚離桑這麼一嗆，心裡頓時有些羞惱，但臉上卻依舊保持著笑容。「看來楚姑娘不僅人長得標緻，口才也是極好的，只可惜落到今天這步田地。那話怎麼說來著？對了，天妒紅顏！」

「這還不是拜你們玄甲衛所賜。」楚離桑冷冷道：「桓隊正，像你們玄甲衛總幹這些傷天害理的事，就不怕遭報應嗎？」

「妳懂什麼！玄甲衛執行的是聖上的旨意，維護的是朝廷的綱紀！」桓蝶衣道：「也難怪，像妳這種平頭百姓、鄉野女子，自然是不明白的。」

「別廢話了，你們到底想幹什麼？」

「奉聖上旨意，請妳入京跟妳爹團聚。」

楚離桑詫異。「入京？」

「是啊，聖上仁慈，不忍見你們父女分離，就讓你們早日團圓嘍！」

楚離桑略一沉吟，當即猜出了皇帝的用意，心想早日見到父親也好，就算要死，一家人也可以死在一起，便冷冷一笑。「也好，本姑娘正想去長安，現在有你們護送，我連盤纏都省了。」

「哦？」桓蝶衣有些意外。「妳為何要去長安？」

「去會會一個老朋友。」

「老朋友？能告訴我是誰嗎？」

「告訴妳也無妨。是一個跟妳一樣，披著一身黑皮，到處耀武揚威、欺壓良善的人。」

桓蝶衣微一蹙眉，馬上反應過來。「妳說的是蕭君默？」

「看來妳很了解他，」楚離桑冷笑。「一猜就中了。」

「妳找他做什麼？」

「跟他算一筆帳。」

「算帳？」桓蝶衣明白了她的意思，冷笑道：「妳有什麼本事，也敢找他算帳？」

「我有什麼本事，桓隊正自己試一試不就知道了？」

桓蝶衣眉毛一挑。「妳敢挑釁我？」

「我只是在回答妳的問題。」

桓蝶衣臉色一沉，直直地盯著她。楚離桑跟她對視，毫無懼色。兩個人的目光絞殺在一起，誰也沒有眨眼。片刻後，桓蝶衣冷然一笑，解下腰間的佩刀，連同頭盔一起扔給旁邊一名黑甲人，然後對挾持楚離桑的二人道：「退下。」

一名黑甲人一怔。「隊正，大將軍有令，務必以最快速度將楚離桑……」

「我說了，退下！」桓蝶衣目光冷冽，口氣嚴厲。

兩名黑甲人無奈，只好收刀撤到一旁。

桓蝶衣又回頭環視院子裡的十幾名黑甲人。「都給我聽好了，誰都不許幫忙。」

眾黑甲人面面相覷。

「聽見了沒有？」桓蝶衣厲聲一喊。

「得令！」眾黑甲人慌忙答言。

桓蝶衣這才轉過臉來，看著楚離桑。「來吧，讓我瞧瞧妳的本事！」

楚離桑粲然一笑。「桓隊正可想好了？當著這麼多手下的面，輸了就不好看了。」

桓蝶衣像男人一樣扭動了一下手腕和脖子，冷冷一笑。「別耍嘴皮子功夫，出招吧！」

楚離桑身形一動，右掌立刻劈向桓蝶衣面門。桓蝶衣側身躲過，對著楚離桑當胸就是一拳，楚離桑左掌一擋，啪的一聲，二人各自震開數步……

太極宮兩儀殿，李世民端坐御榻，神色有些陰沉。

下面並排站著五個大臣：尚書左僕射房玄齡，侍中長孫無忌，中書令岑文本，吏部尚書侯君集，民部尚書唐儉。

「知道朕今夜召爾等入宮，所為何事嗎？」李世民聲音低沉，目光從五個人臉上逐一掃過。

五人面面相覷，都不敢答言。

「這幾日，朕仔細回想了一下，你們這五個人都曾經在不同場合，向朕舉薦過一個人，說此人忠正勤勉、老成幹練、斐有政聲，是不可多得的能臣。朕聽信爾等之言，把他放在了洛州刺史這麼重要的職位上，其結果呢？此人不僅貪贓枉法、魚肉百姓，而且膽大包天，竟然策劃並參與了對辯才的劫奪，導致了甘棠驛血案，實屬罪大惡極！爾等作為他的舉薦人，現在有何話說？」

按照唐制，五品以上官員通常由三省六部長官推薦，然後由皇帝直接下旨予以任命，稱為「冊授」；六品以下官員則須通過吏部考試，合格後才能出任，稱為「銓選」。楊秉均是從三品的官員，顯然由皇帝親自冊授，然而出了事情，舉薦人肯定要擔責，不可能把罪責推給皇帝。

「啟稟陛下，臣有罪！」房玄齡率先出列。「臣當初被楊秉均的巧言令色所蒙蔽，未經細查便向陛下舉薦，罪無可追，還請陛下責罰！」說著官袍一掀，當即跪了下去。

「陛下，臣也是誤信了官場傳言，臣亦有罪！」長孫無忌也跟著跪下了。

緊接著，岑文本、侯君集、唐儉三人也同時跪下，紛紛請罪，所說的理由也大同小異，無非是識人不明、偏聽偏信之類。

「這麼說，你們都只承認被人蒙蔽，而不想承認其他原因嘍？」

「回陛下，臣方才所言確屬實情，並無其他原因，還望陛下明鑑！」房玄齡道。長孫無忌等人也紛紛附和。

「難道，就沒人收了楊秉均的黑心錢？」李世民玩味著五人的表情。

眾人盡皆一驚，紛紛矢口否認。

李世民又環視他們一眼，淡淡一笑。「好吧，既然都這麼說，朕便信你們這一回。岑文本。」

「臣在。」

「你即刻擬旨，因爾等五人識人不明、所薦非人，致朝綱紊亂、百姓不安，為嚴明綱紀，特罰沒爾等一年俸祿，以儆效尤！」

「臣領旨。」

「朕這麼做，爾等可有異議？」

這處罰擺明了是從輕發落，眾人豈敢再有異議？於是眾口諾諾，無不打心眼裡感到慶幸。

李世民看著他們，暗自冷笑了一下，道：「玄齡、無忌留下，其他人可以下去了。」

岑文本、侯君集、唐儉三人行禮告退。

房玄齡和長孫無忌不禁交換了一下眼色，心裡同時敲起了鼓，不知皇帝葫蘆裡賣的什麼藥。

楚離桑和桓蝶衣妳來我往，已經打了數十回合，卻依然不分勝負。

綠袖和十幾名玄甲衛在一旁看得眼花撩亂，都替她們乾著急。

「楚離桑，妳就算贏了我也沒用，我照樣抓妳去長安！」桓蝶衣一聲輕斥，拳腳呼呼生風，攻勢凌厲。

楚離桑一邊輕盈躲閃，一邊冷笑道：「說得是，我輸贏都一樣，所以我輸得起。可妳呢？妳輸得起嗎？」

「不就是丟個面子嗎？我有什麼輸不起的？」桓蝶衣一邊全力進攻，一邊怒道：「面子是值幾文錢一斤？」

「此言差矣！」楚離桑瞅個破綻開始反擊，接連出腿掃向對方下盤。「您是堂堂玄甲衛隊正，又不像我們平頭百姓，豈能不要面子?!」

桓蝶衣聞言，越發氣急，一個不慎，被楚離桑掃中右腿，頓時向前撲倒，所幸她反應敏捷，就地一滾，然後單腿跪地，才沒有摔個狗啃泥。綠袖忍不住發出歡呼，被一旁玄甲衛厲聲一喝，慌忙把嘴閉上。

楚離桑看著桓蝶衣，嫣然一笑。「桓隊正快快請起，小女子可受不起妳這份大禮！」

桓蝶衣這才意識到自己狀似跪地行禮，頓時惱羞成怒，飛身而起，雙手像鷹爪一般抓向楚離桑，攻勢比剛才更為凶猛。

楚離桑心中一凜，再度轉入守勢，但稍一愣神，左臉便被桓蝶衣的指尖抓了一下，立時現出一道血絲。

桓蝶衣得意一笑，攻勢不停，嘴裡大聲道：「楚離桑，妳這麼標緻的臉，被我抓壞就可惜了，還是認輸吧！」

楚離桑發怒，索性不再一味防守，換了個套路與她展開對攻。

雙方的打鬥越發激烈起來……

房玄齡和長孫無忌都被賜了座位，李世民的臉色也已較方才有所緩和。

「留你們二位下來，是想跟你們談一樁舊事。」李世民看著他們。「還記得十六年前呂世衡留下的那幾個血字嗎？」

「當然記得！」長孫無忌搶先道：「臣至今記憶猶新。」

房玄齡若有所思，卻未答言。

「想必你們也都明白，朕這些年廣為搜羅王羲之真跡，就是想破解呂世衡留下的血字之謎，而千方百計尋找辯才，目的也是在此。」李世民緩緩道：「現在，雖然辯才三緘其口、隻字不吐，〈蘭亭序〉真跡也尚未找到，但透過甘棠驛一案，朕已經破解了一部分謎團。」

房玄齡和長孫無忌聞言，不禁睜大了眼睛，下意識地屏住了呼吸。

「當年呂世衡留下的『天干』二字，其實是『天刑』。這一點，想必二位也早就猜出來了，只是，你們可知這兩個字的出處？」

二人對視一眼，都搖了搖頭。

李世民扭頭，給了侍立一旁的趙德全一個眼色。趙德全會意，當即從旁邊的書架上取下《蘭亭集》，將書卷展開，平攤在李世民面前的書案上。

「你們可以湊近看一看。」李世民道。

房玄齡和長孫無忌趕緊湊到書案前，凝神一看，發現是一首頗長的五言詩，詩中有兩處地方赫然被朱筆打了兩個醒目的圓圈，詩文是：

體之固未易，三觴解天刑。方寸無停主，矜伐將自平。
雖無絲與竹，玄泉有清聲。雖無嘯與歌，詠言有餘馨。

一個圓圈正打在「天刑」二字上，另一個圓圈打在「玄泉」二字上。

原來這正是「天刑」二字的出處！房玄齡和長孫無忌恍然大悟，不禁對視一眼，但「玄泉」二字為何也做了記號，他們則全然不解。

「正如你們所見，」李世民道：「『天刑』二字，便是出自王羲之在蘭亭會上所作的這首五言詩，至於『三觴解天刑』這句話是否還有什麼特殊含義，朕暫時未解。今天想跟二位說的，主要是這『玄泉』二字。」

房玄齡和長孫無忌正認真地等著聽下去，李世民忽然輕輕拍了兩下掌，只見李世勣悄然從屏風後面走了出來。二人雖然有些意外，但也並不十分驚詫，因為玄甲衛的行事風格向來如此，他們早已見怪不怪了。

「接下來的事，讓世勣跟你們說吧。」李世民說著，示意李世勣坐下。

李世勣跟二人互相見了禮，在另一旁坐下，開門見山道：「從甘棠驛一案獲得的線索來看，目前江湖上存在著一支龐大的神祕勢力，並已將其勢力滲透到了朝廷之中。滲透進來的人中，有一個代號『玄泉』，正是此人，暗中幫助楊秉均獲得了洛州刺史的職務，所以我們認為，這個人很可能在朝中身居高位。換言之，他就在聖上今夜召見的人中，也就是在你們五個人當中！」

房玄齡和長孫無忌聞言，頓時大驚失色。

長孫無忌嚇得站起身來，慌忙道：「陛下明鑑！無忌對我大唐社稷向來忠心耿耿，絕對不可能與什麼江湖勢力有何瓜葛……」

房玄齡也坐不住了，趕緊起身解釋辯白。

「慌什麼！朕要是懷疑你們，還會跟你們說這些嗎？」李世民淡淡道：「五人中，朕真正信得過的，便是你們二人，至於他們三個麼……朕覺得嫌疑很大！」

長孫無忌和房玄齡對視一眼，如釋重負，這才慢慢坐了回去。

李世民示意李世勣接著說。

「房相公，」李世勣道：「您剛才說楊秉均巧言令色，言下之意，似乎跟他有過交往？」

房玄齡慌忙擺手。「絕無交往！只是房某職責所在，通常會在每年例行的官員考課結束之後，要求吏部推薦一些考評優異的官員到尚書省述職，而在吏部連續兩年的推薦中，都有楊秉均，所以我印象深刻。」

李世勣聞言，下意識地看了李世民一眼。

李世民詫異地看著房玄齡。「你是說，楊秉均在吏部考課中居然還被評為優異？」

「是的陛下，連續兩年，楊秉均都獲評中上，即第四等。」

按照唐制，朝廷有一套專門針對各級官員的政績考核辦法，稱為「考課之法」，標準是「四善」和「二十七最」。「四善」考察的是總體品行，標準為「德義有聞，清慎明著，公平可稱，恪勤匪懈」；「二十七最」是考核百官在各自職守上表現出的才幹，如「銓衡人物，擢盡才良，為選司之最」、「決斷不滯，與奪合理，為判事之最」、「部統有方，警守無失，為宿衛之最」、「禮義興行，肅清所部，為政教之最」等等。吏部根據這些標準對各級官員進行考核，把成績分為九等，報至尚書省予以公布。凡列為一至四等的官員，每進一等增發一季俸祿，五等無所增減，六等以下則每退一等扣發一季俸祿。

「這麼說，像楊秉均這等貪官惡官，每年還從朕這兒多領了一季俸祿？」李世民冷笑道：「如此看來，侯君集應該沒少拿楊秉均的黑心錢啊！」

房玄齡和長孫無忌對視一眼，不敢答言。

李世民示意李世勣繼續。

李世勣把目光轉向長孫無忌。「長孫相公，您方才似乎說到，舉薦楊秉均是因為聽信了官場傳言。請問，您具體是聽到何人在說楊秉均的好話？」

長孫無忌仔細回憶了一下。「我記得，好像岑文本和唐儉二人都講過，還有……對了，幾年前，代州都督劉蘭成有一次回朝，還專程來到門下省，給我遞了幾份官員履歷，其中一份便是楊秉均的。劉蘭成盛讚此人忠正勤勉、老成幹練，我看了履歷也覺得沒問題，於是沒多想便信了他。」

李世民眉頭一皺。「你跟劉蘭成也有交集？」

長孫無忌一驚，忙道：「陛下切莫誤會，我跟此人僅有數面之緣，毫無交集。我記得，當初他來門下省，好像也是朝中同僚引見的，否則我也不會接待他。」

「還記得是何人引見嗎？」李世民盯著他。

長孫無忌努力回想了一下，歉然道：「陛下恕罪，好幾年前的事了，臣實在是想不起來。」

李世民面露失望。

房玄齡沉吟著，忽然想到什麼，道：「陛下，臣記得，這個劉蘭成一直是楊秉均的頂頭上司。多年來，二人在仕途上的升遷軌跡似乎多有重疊，也頗為同步。臣懷疑，這個所謂的『玄泉』，會不會正是劉蘭成呢？」

李世民眉頭緊鎖。「你的意思是說，玄泉不一定身在朝中？」

「房相公的懷疑有一定道理。」李世勣道：「據郎將蕭君默的奏報，當時在甘棠驛，冥藏所言似乎並未確指玄泉就是朝中之人。」

「你把冥藏那句原話再說一遍。」李世民道。

「冥藏稱：『我真後悔，當初怎麼會讓玄泉幫著把這種人弄上刺史的位置。』」

李世民思忖著，道：「這麼聽來，果然並未確指。朕一直認定玄泉就是朝中大臣，或許是先入為主了。」

長孫無忌不解。「這個……這個冥藏又是何人？」

房玄齡也疑惑地看向李世勣。

李世勣道：「據目前掌握的情況，此人應該是這支神祕勢力的首領。」

長孫無忌和房玄齡二人皆恍然。

李世民把書案上的《蘭亭集》往後翻捲了一下，用指頭敲了敲某處文字。「看看吧。」

二人定睛一看，上面又是一首五言詩：

先師有冥藏，安用羈世羅。未若保沖真，齊契箕山阿。

在「冥藏」二字上，又有一個朱筆打的圓圈。

「這是王羲之五子王徽之所作的一首五言詩。」李世民道：「就跟『天刑』『玄泉』一樣，這『冥藏』二字，以及他們所用的接頭暗號，皆出自這卷《蘭亭集》！」

長孫無忌一臉訝異。「真沒想到，這卷書裡頭藏了這麼多東西！」

李世民冷哼一聲。「朕相信，這卷書裡頭藏的東西還多著呢！」說完才忽然想起來。「方才說到哪兒了？」

「回陛下，說到劉蘭成與楊秉均的關係。」房玄齡道。

「嗯，既然此二人關係匪淺，那就查！」李世民把目光轉向李世勣。「把調查重點轉到這個劉蘭成身上，給朕徹查，看他到底是不是玄泉！還有，侯君集是否受賄，岑文本和唐儉是否私下與楊秉均交往，也要一併查個清楚！」

「臣遵旨！」

楚離桑和桓蝶衣已經打了快半個時辰，兩人都是香汗淋漓、氣喘吁吁，卻誰也不願罷手。

桓蝶衣手如鷹爪，再次抓向楚離桑面門，楚離桑側身閃過，不料「鷹爪」卻碰巧抓住了她的肩頭，唰地一下，竟然把衣服給扯開了。楚離桑頓時香肩半露，在場黑甲人不約而同發出了一片噓聲。桓蝶衣也沒料到會這樣，登時一驚，隨手便把她的衣服重新拉了上去。

雖只是一瞬間的事情，但楚離桑已是羞惱至極。她一聲厲斥，像突然變了個人一樣，瘋狂地攻向桓蝶衣。

儘管桓蝶衣那一抓純屬無心，可難免還是有些歉疚。歉意一起，手上的力道便弱了，遂步步退卻，很快就被楚離桑逼到了院子的一個角落。

楚離桑這個院子是租賃的，角落裡還堆放著許多房東的東西，如鋤頭、鏟子、鐵耙、畚箕等物。桓蝶衣光顧著防守，絲毫沒有注意腳下，一不留神，就被橫放在地上的一把鋤頭絆倒，整個人仰面朝後倒下。

此時，角落裡斜靠著一枝鐵耙，一排尖尖的耙齒正對著桓蝶衣倒下的後腦勺。

就在黑甲人們發出一片驚呼的同時，一隻手穩穩地抓住了桓蝶衣的衣領。桓蝶衣下意識回頭去看，鋒利的耙齒距離她的眼珠還不到半寸，倘若沒有被及時拉住，她必死無疑！

楚離桑把桓蝶衣拉了起來，喘著粗氣道：「還打嗎？」

桓蝶衣又瞟了身後的鐵耙一眼，不禁心有餘悸，遂爽快地道：「不必，妳贏了！」

「這不算。」楚離桑道：「靠一枝鐵耙贏妳，勝之不武。」

桓蝶衣一笑。「這麼說，咱們就改天再戰？」

「一言為定！」

桓蝶衣戴上頭盔，重新繫上佩刀，對楚離桑道：「已經耽誤時辰了，抓緊上路吧！」

「妳總得讓我帶上幾件換洗衣物吧？」

「不必了，一應所需，都由我們玄甲衛提供。」

楚離桑苦笑。「也罷。不過，我可以跟妳走，但妳得把我的婢女放了。」

綠袖一聽就急了。「娘子，我不走，我要跟妳一起！」

「沒問題。」桓蝶衣道：「聖上只說請妳，沒包括她。」

綠袖的眼淚瞬間奪眶而出。「娘子，妳……妳好狠心，妳怎麼能把我一個人丟下？」

楚離桑走到她面前，笑著抹去她臉上的淚水。「好妹妹，咱們今生的緣分盡了，妳帶上那些錢，找個好人家嫁了吧，若有來世，咱們還做姊妹！」說完，頭也不回地走出了院門。十幾名玄甲衛立刻跟了出去。

綠袖整個人木了，只剩下眼淚不停流淌。

桓蝶衣走到她身邊時，忽然有些不忍，低聲道：「傻丫頭，她是為妳好……」

「我不要她為我好！」綠袖突然爆出一聲大喊，然後便號啕大哭，一邊哭一邊就要追出去。

桓蝶衣一驚，右掌往她後脖子一劈，綠袖身子一晃，癱軟了下去。桓蝶衣一把扶住，把她抱到牆邊靠著，輕輕掐了一把她的臉頰。「睡一覺吧，睡著就不難過了。聽妳姊的話，好好活下去，好死總不如賴活著！」

兩儀殿中，大臣們都已退下。

李世民獨坐榻上，看著書案上的那卷《蘭亭集》怔怔出神。

侍立一旁的趙德全走過來，輕聲道：「大家，都快三更了，您該歇息了。」

李世民回過神來，道：「朕不睏。」

趙德全面露擔憂之色。「大家，恕老奴多嘴，不睏也得歇息啊！這天下大事都在您一個人肩上擔著，您可得保重龍體啊！」

「再坐一會兒吧。」李世民溫和地笑了笑。「你陪朕說說話。」

趙德全一怔，隨即賠著笑。「老奴笨嘴拙舌的，這一時還真不知該跟大家說什麼。」

李世民瞟了他一眼，淡淡笑道：「撒謊。明明一肚子話想問朕，還不承認。」

趙德全嘿嘿一笑。「大家真不愧是真龍天子，把老奴的念頭都看得一清二楚，就像那佛家說的『他心通』似的。」

「行了，別奉承了，有話就問吧。」

「是，大家，老奴整晚上都在納悶呢，您既然知道房相公私底下跟魏王走得近，幹麼還把這《蘭亭集》的祕密都跟他說了？」

「朕就是要讓房玄齡父子去傳話，讓青雀知道這些事。」

趙德全困惑。「大家，這老奴就更不解了，您若想讓魏王知道，為何不親自跟他說？」

「這能一樣嗎？」李世民又瞥了他一眼。「朕要是親口告訴青雀，他就不敢拿這些事作什麼文章；若是讓房玄齡父子私下洩密，青雀必會有所動作。而朕想看的，就是房玄齡父子會如何洩密，青雀會如何動作！」

趙德全恍然大悟。

侍奉皇帝這麼多年，他已經不止一次見識過皇帝駕馭臣子的帝王術，但每一次都是在事後才看清，事前根本就摸不著也猜不透。

這回皇帝這麼做，目的就是要看看，房玄齡父子和魏王知道這些事後，是幫著維護社稷穩定，替皇帝分憂；還是一意徇私，拿這些祕密為其奪嫡開路。若是前者，李世民倒真有可能讓魏王取代太子入主東宮；若是後者，那房玄齡父子和魏王就只能是自取其咎，甚至是自取其辱了。

趙德全不禁感嘆：自古以來，世上最難測的東西莫過於帝王心術，而今上李世民的帝王術，那就更是出神入化、深不可測了，縱然不說古往今來絕無僅有，至少也是爐火純青、登峰造極！

都說有其父必有其子，趙德全有時候不禁會想，當朝太子李承乾為人處世之所以不循正軌、機變百出，又何嘗不是因為在某種程度上繼承了今上某一面的性格呢？

一連幾日陰雨連綿，蕭君默左右無事，索性把自己關在父親的書房中，一邊翻著《蘭亭集》，一邊圍繞著〈蘭亭序〉之謎苦思冥想。

正如李世民在他的《蘭亭集》上打了三個紅圈一樣，無獨有偶，蕭君默也在這卷《蘭亭集》上打了三個黑圈。

它們分別是「冥藏」「玄泉」和「臨川」。

如果說李世民那三個紅圈中的「天刑」、「冥藏」和「玄泉」還不好判斷其共性的話，那麼蕭君默圈裡面的這三個詞，則都有一個明顯的共性——它們都是某個人的代號。

「冥藏」是面具人。「玄泉」是潛伏者。「臨川」是魏徵。

蕭君默不禁想，既然魏徵的代號「臨川」源於其九世祖魏滂在蘭亭會上的五言詩，那麼以此類推，面具人的代號「冥藏」應該也是同理。翻開《蘭亭集》，可知「冥藏」二字出自王羲之五子王徽之的五言詩，由此可見，這個面具人極有可能是王羲之的後人。

之前為了調查辯才，蕭君默到過越州永欣寺，得知該寺方丈智永便是王羲之的七世孫，俗名王法極，自少出家，於武德九年圓寂，沒有子嗣。那麼，假如這個面具人真是王羲之後人，他就有可能是智永的姪兒或姪孫。

這條線索目前只能推到這裡，接下來便是「玄泉」。然而，這個「玄泉」卻讓蕭君默迷惑了。因為「玄泉」二字出自王羲之本人在蘭亭會上的五言詩，如果依照前面的推理，這個潛伏者也應該是王羲之的後人。但是，這可能嗎？

憑直覺，蕭君默覺得這不太可能，可目前線索太少，很難做出什麼有效的推斷，所以「玄泉」之謎也只能暫時擱置。

蕭君默調轉思路，把這些日子以來掌握的所有情況重新疏理了一遍，總結了幾個要點：

一、魏徵是一支神祕勢力的首領，成員有父親蕭鶴年、左屯衛中郎將李安儼等人，他們潛伏在朝中，目標似乎與辯才是一致的，就是極力守護〈蘭亭序〉的祕密。

二、冥藏是另一支神祕勢力的首領，成員有韋老六、楊秉均、姚興及潛伏者「玄泉」等人，他們的勢力遍及朝野，其目標似乎與魏徵和辯才相反，就是想奪取〈蘭亭序〉的祕密。

三、根據魏徵、冥藏與蘭亭會、《蘭亭集》之間如出一轍的關係，基本上可以斷定，他們同屬於一個更大的祕密組織。可既然如此，他們的行動目標為何會截然不同，乃至在甘棠驛殺得你死我活呢？蕭君默思來想去，覺得最有可能的一個解釋，就是雖然他們同屬一個組織，但是彼此的主張存在巨大分歧，導致最後分道揚鑣、各行其是。

思路行進到這裡，幾乎就停滯不前了。蕭君默在父親的書房裡信手翻看各種藏書，也沒有發現什麼令人感興趣的東西。最後，他的目光偶然停留在書房角落的一口木箱上。

父親有寫日記的習慣，雖然不是每天都寫，但至少會把他自己覺得重要的事情記錄下來。而父親這麼多年來的日記，就鎖在這口紅木箱子中。

蕭君默沒有多想便撬開了箱子，數十冊經摺裝的日記赫然出現在他的眼前。

在唐代，較為重要的書籍會用帛書書寫，卷軸裝幀，稱「卷軸裝」；而普通書籍或一般人自己寫的隨筆箚記之類，則會寫在一張長條形的紙上，摺疊起來可一面一面翻看，封面和封底再黏裱硬皮；因當時一部分佛經已經採用這種形式裝幀，所以這種硬皮摺疊的書便被稱為「經摺裝」。

蕭君默把一大摞日記全都搬到書案上，發現每一冊的封面上都寫有「武德某年」或「貞觀某年」的字樣，說明父親是一年記一本。日記從武德二年開始寫起，一直寫到眼下的貞觀十六年，共二十四冊，每本厚薄不一。

蕭君默翻看了武德年間的五、六冊，又翻看了貞觀年間的十幾冊，都沒什麼特別的發現，心裡略有些失望，轉念一想，便直接抽出了「武德九年」和「貞觀十六年」這兩冊。

武德九年發生了玄武門之變，無論社稷還是個人的命運都由此發生了重大轉折，所以這一年應該最有看頭。而貞觀十六年就是眼下，乃父親臨終前的最後一段日子所寫，也比較可能留下有用的線索。

果不其然，一翻開「武德九年」這一冊，蕭君默的目光就被當年轟動朝野的「呂氏滅門案」吸引住了。

父親時任長安縣令，不但親自勘查了現場，而且直接向皇帝報了案，後來又是負責此案的官員之一，所以記載得很詳細。

此案凶犯的犯罪手段極其殘忍，先是將呂家老小連同僕傭在內的十五口人全部殺死，後又焚屍滅跡，製造失火假象。根據父親的調查分析，十五口人一起被殺，而左鄰右舍卻絲毫沒有聽見動靜，可見凶手絕對是一個多人團夥，且訓練有素，因而並未在現場留下任何可供破案的線索。職是之故，這樁案子雖然有皇帝親自過問，且各級官府傾盡全力，最後還是沒有查出凶手，成了不了了之的懸案。

從日記中可以看出，父親對此頗感憾恨，視為一生中最失敗的事情之一。

根據此案的現場勘查紀錄，呂宅在大火中化為灰燼，其中也包括許多金銀器物，可見凶手的殺人動機並非謀財，極有可能是復仇。可當時呂世衡已經在玄武門事變中殉職，凶手何來那麼大的仇怨，還要將其滅門呢？

蕭君默覺得自己彷彿陷入了跟父親當年一樣的困境中，對此百思不解。

毫無頭緒，蕭君默只好又拿起了「貞觀十六年」的日記。

一翻開，才看了幾面，蕭君默就猛然來了精神。

他萬萬沒想到，在二月二十三日的日記中，父親居然寫下了諸多與當年「呂氏滅門案」有關的重大發現，而且這些發現居然與〈蘭亭序〉的祕密息息相關：

一、呂世衡的代號是「無涯」，隸屬於冥藏先生。在當年那場政變中，他有可能背叛了冥藏，也背叛了隱太子，暗中投靠了當年的秦王。因而招致冥藏的復仇，釀就了滅門慘案。

二、冥藏將呂家滅門，有可能不是完全出自洩憤和殺雞儆猴的目的，而是要尋找一種叫「羽觴」的東西。冥藏擔心「羽觴」落入皇帝之手，牽扯出太多祕密，最終把他都牽扯出來，故而為了取回「羽觴」潛入呂宅，最終引發血案。

三、呂世衡臨死前給秦王留下了某些線索，這些線索指向了〈蘭亭序〉的祕密。

四、正是因為呂世衡留下的線索，秦王登基後才開始廣為搜羅王羲之真跡，表面上說是喜愛其書法，其實是為了破解〈蘭亭序〉的祕密。

看著父親白紙黑字記下的這些發現，蕭君默一時間驚得目瞪口呆，同時也更加困惑——當年此案令父親如墜迷霧、一籌莫展，可為何時隔整整十六年後，父親突然就有了這麼多重大的發現？

帶著這個疑問接著往下看，蕭君默終於釋然。

這些都是「臨川先生」，也就是魏徵在二月二十三日這天對父親說的！

魏徵其實對這些事情早就洞若觀火，之所以深藏不露，是因為他認為這些年來天下太平，這一切就沒必要再提起。但是眼下，魏王與太子的奪嫡之爭越演越烈，朝局岌岌可危，且辯才一旦被找到，〈蘭亭序〉的祕密被揭開，後果更是不堪設想，所以才把這一切告訴了父親，目的就是要採取行動維護社稷穩定，同時阻止〈蘭亭序〉之謎大白於天下。

蕭君默立刻翻開《蘭亭集》，發現「無涯」二字與「玄泉」一樣，都是出自王羲之本人在蘭亭會上所作的五言詩，詩文是：

仰望碧天際，俯瞰綠水濱。寥朗無涯觀，寓目理自陳。

突然間獲取了這麼多前所未有的發現，蕭君默頗為驚喜。然而，這些線索卻都不足以讓他接著往下查，不免又有些遺憾。

由於父親猝然離世，這本「貞觀十六年」的日記只寫了薄薄十幾面，後面大部分是空白。蕭君默翻到了寫有文字的最後一面，即二月二十五日的日記。這是父親留在世上最後的文字，寫得有些潦草，且只有寥寥十幾個字，但蕭君默一看之下，頓時感到眼前一亮。

紙上寫著幾個人名，還有幾個含義不明的詞：

呂系　呂本　呂世衡　孟懷讓　羽觴　避禍遠遁

蕭君默最近早已把王羲之的蘭亭會研究透了，也將與會四十二人的名字牢牢記在了腦子裡。所以他一看便知，呂系、呂本也是其中兩名與會者，是一對兄弟，兗州任城人。蕭君默記得他們並未在蘭亭會上作詩，為此二人還被罰了三觥酒。現在，這兩人的名字赫然被父親寫在呂世衡之前，這是否意味著，他們是呂世衡的先祖？而呂世衡所傳承的「無涯」代號，正是來自他們？

蕭君默覺得可能性很大，不過眼下這個並非重點，當務之急是要搞清楚：這個孟懷讓是誰？父親為何會把他的名字寫在呂世衡後面？「羽觴」到底暗指什麼東西？「避禍遠遁」又是什麼意思？父親的意思是不是在懷疑：呂世衡在玄武門事變之前，擔心自己有可能陣亡，所以把羽觴暗中交給了這個叫孟懷讓的人。此後發生了呂氏滅門案，孟懷讓受到驚嚇，為了避禍，便帶著羽觴遠走他鄉？

蕭君默覺得，這是目前唯一合理的解釋。

為了證實這一點，蕭君默馬上又翻開「武德九年」的日記，果然在父親所記的有關「呂氏滅門案」的案情線索中，看見了這個名字。

孟懷讓，隴右鄯州湟水人，武德年間任職左屯營旅帥，駐守玄武門，是左屯營中郎將呂世衡的部下，曾在玄武門事變中負傷。「呂氏滅門案」發生後數日，突然舉家消失，不知所蹤。父親認為此事可疑，當年便親赴其家鄉隴右查找此人，結果發現孟懷讓根本沒有回鄉，也無人知曉他究竟去向何方。

由於當時沒有其他線索輔助，所以明明覺得此事十分蹊蹺，父親也別無他法，只好放棄追查。沒想到，時隔整整十六年後，父親聽了魏徵的一席話，才驀然悟出這個孟懷讓很可能與「羽觴」有關，因而在最後一篇日記中寫下了他的懷疑。然而，時過境遷，當年的「呂氏滅門案」早已被世人淡忘，這個孟懷讓到底躲在哪裡、是否還在世上都不得而知，所以父親最後也只能帶著這個疑問猝然離世。

至此，雖然整個〈蘭亭序〉之謎對蕭君默而言還是一團無邊無際的迷霧，但有了「無涯」、孟懷讓、「羽觴」等線索，蕭君默覺得至少看見了一線光明。

第十四章 羽觴

夜晚的平康坊，香車寶馬，酒綠燈紅，似乎連空氣中都飄蕩著奢華靡麗的氣息。

棲凰閣的雅間內，蘇錦瑟在珠簾後撫琴而歌，外間坐著李泰、房遺愛、杜荷三人。

杜荷五官清秀，面目俊朗，但顧盼之間神色倨傲，有著名門子弟固有的自負和張揚。他和房遺愛都是長安城呼風喚雨、不可一世的人物，二人不僅同為開國功臣之子，而且都是當朝駙馬——杜荷娶了今上第十六女城陽公主，房遺愛娶了第十七女高陽公主。杜荷本身又封襄陽郡公，官任尚乘奉御，房遺愛則官居太府卿、散騎常侍。二人都屬於含著金鑰匙出生，之後又平步青雲、少年得志的典型。

由於二人關係密切，所以李泰接納了房遺愛之後，順便也接納了杜荷，三人很快就打成了一片。此刻，三人緊緊圍坐著一張食案，當房遺愛把父親從皇帝那兒聽到的有關〈蘭亭序〉的祕密一一說出後，李泰和杜荷頓時驚得合不攏嘴。

李泰至此終於明白，為何父皇會千方百計尋找辯才和〈蘭亭序〉，原來朝野之中竟然潛伏著這樣一支可怕而神祕的勢力。

「殿下，」杜荷忽然湊近李泰，低聲道：「若能讓這支勢力為我所用，一起對付東宮，何愁大事不成！」

李泰一驚。「不可胡言！這種事情搞不好，就是謀反的大罪！」

杜荷不以為然。「殿下難道忘了，聖上當年在秦王府不也蓄養了八百死士嗎？謀大事者不拘小節，若處處小心謹慎，只能受制於人。」

李泰聞言，不禁沉吟起來，似乎心有所動。

「二郎此言雖然不無道理，但是這種江湖勢力往往是一把雙刃劍，掌控得好便罷，萬一掌控不好，就有被其反制甚至是反噬的危險。」房遺愛道。

杜荷是杜如晦次子，所以也被稱為「二郎」。他笑了笑。「這個我當然知道，可奪嫡本就是刀頭舔蜜的事，哪有十拿九穩萬無一失的？不都是提著腦袋上陣一搏嗎？再說了，這種江湖勢力雖不易掌控，但只需好好利用一回就夠了，一旦大事已辦，皇位到手，再卸磨殺驢也還不遲。」

李泰看著杜荷，忍不住笑道：「二郎，看不出你溫文爾雅的，用心居然這麼險！」

杜荷也笑道：「殿下這麼說令人惶恐，不過我權且把這話當成讚語吧。都說『房謀杜斷』，當年家父若非面臨大事有當機立斷之能，又豈能被聖上賞識呢？」

李泰哈哈一笑。「這倒也是！想當年，有二位之令尊輔佐父皇成就大業，今日我又得二位襄助，看來也是上天的安排，要讓我等三人都子承父業啊！」

「殿下說得好！」房遺愛舉起酒盅。「來，為了『房謀杜斷』、子承父業，乾一杯！」

「乾！」三隻酒盅豪邁地碰在一起。

珠簾內，蘇錦瑟有意無意地往外瞥了一眼，嘴角掠過一抹不易察覺的淺笑。

東宮崇教殿，燈火通明，絲竹聲聲，一場樂舞正在進行。

殿中，李承乾和李元昌各坐一榻，場下舞者五人，樂工十餘人。五名舞者皆為妙齡女子，朱唇動，素腕舉，且歌且舞。其中四名為伴舞，兼作和聲，當中一名身形婀娜、舞姿娉婷的女子，是領舞兼主唱。

自始至終，李承乾一直目不轉睛地盯著當中這名女子。只見其螓首蛾眉、明眸皓齒、手如柔荑、膚如凝脂，羅袖招搖如青雲出岫，腰肢款擺若嫩柳迎風。聽其歌聲，低吟處彷彿淙淙清泉淌過耳畔，婉轉而嫵媚；高唱時恍若飛鸞展翼直入雲霄，空靈而激越。

李元昌見李承乾看得痴了也聽得呆了，暗暗一笑，端起酒盅敲了敲食案。「太子，別光顧著看舞聽歌呀，酒也得喝！」

李承乾下意識地端起酒盅，卻僵硬地停在半空，目光仍片刻不離那名女子。

李元昌搖頭笑笑，自己把酒喝了。

「這支歌舞，喚作何名？」

趁著中間一段間奏，歌聲暫歇，李承乾趕緊扭頭問李元昌。

「舞女出西秦，躡影舞陽春。且複小垂手，廣袖拂紅塵。」李元昌搖頭晃腦地吟了一句，賣起了關子。

「這不是方才的唱詞嗎？」李承乾不解。

李元昌笑而不答，又吟出下半闋。「折腰應兩袖，頓足轉雙巾。蛾眉與曼臉，見此空愁人。」

李承乾略加沉吟，脫口而出道：「梁簡文帝的〈小垂手〉？」

梁簡文帝是梁武帝蕭衍第三子，名蕭綱，善文學，詩歌多描寫宮廷生活與男女私情，辭藻華麗，詩風柔靡輕豔，被後世稱為「宮體詩」。

李元昌拊掌而笑。

「不愧是我大唐太子，對六朝古詩如此精通，這支歌舞便喚作〈小垂手〉。」

「以蕭綱宮體詩為詞，譜曲編舞，怪不得如此曼妙！」李承乾感嘆道。

「那是！蕭綱不是說過嗎？『立身之道與文章異，立身先須謹重，文章且須放蕩』。若唱詞先就拘謹了，何來歌舞曼妙？」

「這女子，喚作何名？」李承乾嘴裡問著，目光卻又回到了舞池。

李元昌又是一笑，故作誇張地探頭探腦。「這裡這麼多女子，你指的是哪一位？」

李承乾白了他一眼。「中間那位。」

「中間？」李元昌裝腔作勢。哦，就是姿容最美、眼兒最媚、腰肢最軟、歌聲最為醉人的那一位吧？」

李承乾邪魅一笑。「七叔，我看你這個人，比蕭綱的豔詩還要放蕩！」

李元昌嘻嘻笑著。「我若不放蕩，也當不了你東宮的座上賓啊！」

「別廢話了，快告訴我。」

「飛鸞。」

李承乾眉頭微蹙。「藝名吧？」

「教坊樂人，誰不用藝名？」

「這名字不好，俗豔！」

李元昌呵呵一笑。「這還不簡單，您給賜一個不就完了？」

李承乾思忖了一下，又道：「這支〈小垂手〉，是飛鸞自己譜曲編舞的嗎？」

「對，蕭綱的好些詩，飛鸞都給譜曲編舞了。」李元昌道：「不過我覺得最好的，並不是這支〈小垂手〉。」

「那是什麼？」

李元昌衝他眨了眨眼，表情有些猥瑣。

「變童嬌豔質，踐董複超瑕。羽帳晨香滿，珠簾夕漏賒……」

李承乾一怔，頓覺尷尬，趕緊咳了一下。

這首詩同樣出自梁簡文帝蕭綱之手，是宮體詩中著名的「豔詩」，詩名〈孌童〉。「孌童」二字本義指容貌姣好、形同女子的美少年，但自南北朝始，便逐漸成為供人狎玩之「男色」的代名詞。李承乾乍聽之下，自然會覺得尷尬。

李元昌觀察著他的表情，又暗暗一笑。

此時歌舞恰好結束，二人當即拊掌。李元昌揮了揮手，樂工及四名伴舞女子快步退下，大殿中央便只剩下斂首低眉的飛鸞一人。

李元昌湊近李承乾，低聲道：「人就交給你了，我先走一步。別忘了，給飛鸞賜個好聽的名字。」說完又衝他神祕地眨了眨眼，旋即走了出去。

李承乾不明白他今夜為何總是如此神祕，搖頭笑笑，然後拄著手杖慢慢走到飛鸞面前，仔細地看著她。近距離之下，李承乾發現飛鸞的皮膚比遠看更加白皙細膩，五官似乎也更加清麗嫵媚，只是一直低著頭，總看不真切，便道：「把臉抬起來，讓本太子好好看看。」

飛鸞聞言，羞澀地抬起了臉。

李承乾一看，果然比遠看驚豔得多，心裡正感嘆李元昌眼光不錯，忽然發覺某個地方不太對勁，登時臉色稍變，急道：「把妳的領子拉下來一些。」

飛鸞被他急切的聲音嚇了一跳，顫聲道：「殿下，這……這是為何？」

李承乾一聽她說話的聲音如此嬌媚，越發覺得不對，大聲道：「拉下來！」

飛鸞瞬間就紅了眼眶，顯是被嚇著了，只好伸手把脖子上的衣領往下拉了一點。李承乾定睛一看，果然不出他所料，在飛鸞的脖頸上赫然有一處明顯的凸出，那是喉結，男人的喉結！

李承乾驚得退了幾步，難以置信地看著飛鸞。

至此他才終於明白，為何李元昌一整晚都笑得那麼神祕，特別是提到蕭綱的〈孌童〉一詩時，表情會顯得那麼猥瑣，原來他真的給自己送來了一名「孌童」！

可是，即使已經知道飛鸞是一個男子，李承乾卻依然不敢相信，因為她……不，是他，明明有著絕色女子的容貌和身姿，更有著令人迷醉的歌喉和嗓音，這樣的人，怎麼可能是一個男子?!

兩人就這樣僵在當場，整個大殿靜得可怕。

許久，李承乾才長長地嘆了口氣，道：「你走吧。」

飛鸞一驚，當即雙膝一軟，跪倒在地，眼淚無聲地流了下來。「殿下，您發發慈悲，別趕我走，讓我留下來吧，您讓我做什麼都可以……」

他的嗓音依舊跟女子一樣輕柔嫵媚，連哭泣的聲音也仍然是那麼哀婉動人。李承乾忍無可忍，大喊一聲。「別再用這種聲音說話！你讓我噁心！」

飛鸞渾身一震，緊緊捂著嘴，淚水撲簌撲簌往下掉。

李承乾瞥了他一眼，有些不忍，口氣緩和下來。「別哭了，我並沒有怪你什麼，也不是衝你發火，我只是……」其實他也不明白自己為什麼發這麼大的火。「起來吧，地上涼。」

飛鸞聞言，才稍稍止住哭泣，卻不肯站起來。

「為何不起來？」

飛鸞張了張嘴，想說話又不敢說。

李承乾揮了揮手。「說吧，我不怪你用什麼聲音。」

「多謝殿下！」飛鸞一開口，明顯又是女聲。「殿下要是趕飛鸞走，漢王殿下一定不會饒了飛鸞的……」

「他敢！」李承乾忍不住又喊了一聲。

飛鸞又是一驚，頓了頓才道：「就算漢王殿下饒過飛鸞，飛鸞也沒有臉回教坊了。」

「為什麼？」

「殿下有所不知，像我等教坊之人，從小被籍沒入宮，身分卑賤，只好苦練歌舞，就是為了有朝一日脫離教坊屬籍，過上正常人的日子。此次漢王選中飛鸞獻給殿下，坊中姊妹都說飛鸞要飛上枝頭變鳳凰了，倘若殿下不要飛鸞，飛鸞哪有臉再回去？只能……只能一死了之！」

李承乾聽得既煩躁又無奈，擺擺手道：「罷了罷了，我也不趕你走了，起來吧。」

「謝殿下！」飛鸞這才起身，偷眼看了看李承乾。李承乾也正好在看他，二人目光交接，趕緊又都躲開。

「你……多大了？」

「十五。」

「從小就入宮了嗎？」

「是的殿下，飛鸞剛一出生，家父便犯了事，被砍了腦袋，飛鸞便隨母親和姊妹一大家子人被籍沒入宮了。」

「那，你從小……從小就像個女子？」

飛鸞嫣然一笑。「從小母親就把我當女孩子養，坊中姊妹也都把我視為女子，久了，飛鸞自己也習慣了，都忘了自己是男兒身了。」

李承乾憐憫地看著他。「到了我這裡，你就恢復男兒身了。從明天起，把這些女子衣飾都給我換掉，行為舉止也改過來，聲音若是改不了，就……就算了。」

飛鸞有些意外，卻不敢說什麼，只道：「是，殿下。」說著又要習慣地斂衽一禮，驀然想起他剛說的話，只好既生硬又彆扭地作了個揖。

李承乾看著他的樣子，不禁噗哧一笑。

飛鸞也赧然而笑。

李承乾看著他緋紅的臉頰和嬌羞之狀，不免又有些看呆了，片刻後才想起什麼，道：「既入我東宮，你就不再是過去的飛鸞了，名字也要改掉。從今以後，你就叫……」

飛鸞滿臉期待地看著他。

「叫……稱心，對，就是稱心如意的稱心！」

飛鸞一喜，下意識地斂衽一禮。「飛……稱心謝殿下賜名！」做完動作才意識到錯了，趕緊又改為作揖。

「行為舉止，若一時不習慣，就慢慢改吧，不著急。」

二人目光交接，這次都沒再躲開，而是相視一笑。

風和日麗，春明門大街人潮擁擠，一隊玄甲衛騎士押解著一輛囚車向皇城方向行去。過往路人紛紛躲避，對著囚車上的人犯指指點點，竊竊私語。

囚車中的人五十開外，面目粗獷，身材魁梧，看得出是個勇武之人，但此刻卻披頭散髮，目光呆滯，一張臉暗如死灰。

他就是代州都督劉蘭成。

玄甲衛隊正羅彪一馬當先走在隊伍前列，因長途奔波，神色略顯倦怠，絡腮鬍上沾滿灰塵。他身後的一名年輕騎士策馬緊走幾步，趕上羅彪，低聲道：「大哥，我看您這一趟都累壞了，回頭把人犯交上去，可以休幾天假吧？」

羅彪面無表情道：「于二喜，你看大哥的樣子，像是累嗎？」

于二喜有些懵。「有……有點像。」

「你是哪隻眼睛瞎了？」

于二喜一怔，不敢答話。

羅彪瞥了他一眼。「老子這叫睏，懂嗎？是睏，不是累。」

于二喜忍不住嘟囔。「這不一樣嘛？」

「一樣個屁！」羅彪道：「睏就是睏，累就是累，要真是一樣意思的話，老祖宗幹麼要造兩個字出來？」

于二喜撓撓頭，顯得更懵了。

「你小子一撅屁股，老子就知道你要拉什麼屎！你是自己想休假，拿老子出來說事對吧？」

于二喜嘿嘿一笑。「大哥勿怪，您就當屬下一撅屁股，放了個屁算了。」

羅彪忍不住笑出聲來，拍了他的腦袋一下。「再忍幾天吧，我知道弟兄們都累壞了，等把這傢伙的案子結了，我去跟大將軍討賞，再要幾天假！」

于二喜樂了，回頭衝身後喊。「弟兄們，都給我打起精神來，別一個個蔫了吧唧的！」

就在羅彪等人押著劉蘭成回京的同日，一隊玄甲衛突然衝進了吏部衙署，直奔考功司值房，在眾目睽睽之下逮捕了考功司郎中崔適。

考功司是專門負責官員考課的部門，郎中便是該部門最高長官。

侯君集聽到動靜，從尚書值房中大步走出來，恰好看見玄甲衛強行抓著崔適朝大門口走去。

崔適拚命回頭，一次次看向侯君集，眼中充滿了恐懼和乞求。

侯君集立刻把目光挪開，轉了個身，背著雙手朝值房走了回去。

他腳步沉穩，和平時沒什麼兩樣，但心中卻已掀起了萬丈波瀾，同時腦子也開始飛速運轉，思考著對策。

也是在同一天，桓蝶衣帶著楚離桑回到了長安。

桓蝶衣在宮城的承天門前把楚離桑交給了內侍趙德全。楚離桑仰望著高大巍峨的宮門，又看了看宮門下鎧甲鋥亮、刀槍森然的軍士，淡然一笑，回頭對桓蝶衣道：「桓隊正，妳說我一旦進了這個宮門，還出得來嗎？」

桓蝶衣不知道該說什麼，只好聳聳肩。「但願吧，我希望妳能出來。」

回長安的這一路上，雖說她們二人的關係終究是官兵和人犯，且一路上總是相互挖苦、沒少鬥嘴，但不知為何，桓蝶衣此時竟然有了一種莫名的惜別之感。

「桓隊正跟我素昧平生，為何會希望我出來？」楚離桑道。

桓蝶衣笑了笑。「咱不是還有一場架沒打完嗎？」

楚離桑也笑了。「對，我把這一茬給忘了。那這樣吧，假如我出不來，咱們就把這場沒打完的架約在來世，妳看如何？」

桓蝶衣心裡驀然有一點難過，勉強笑道：「那就這麼說定了。」

一旁的趙德全聽見這兩個女子說的話，暗自嘆了口氣，柔聲道：「楚姑娘，一路勞頓，還是趕緊進宮歇息吧。」

「進了這道門，我還怕沒時間歇息嗎？」楚離桑看著他，嫣然一笑。「還是煩勞內使，趕緊帶我去見我爹吧！」說著，大步走了進去。

兩扇沉重的宮門在楚離桑身後緩緩闔上。

桓蝶衣仰起頭，看著碧藍如洗的天空，感覺今天的陽光分外刺眼。

一交完差，桓蝶衣便趕緊回到了玄甲衛衙署向舅父李世勣覆命。當然，除了覆命，她更著急的是想馬上見到蕭君默。幾日沒見他，桓蝶衣心裡總覺得空空落落的。雖然知道自己這樣很沒出息，但她就是情不自禁。

「這小子最近好像忙得很，」李世勣道：「成天跑得不見人影，也不知忙些什麼，就是不回本衙幫我分憂。」

「您還說呢！」桓蝶衣道：「您自己給他放的假，能怨誰？依我看，師兄就是讓您給寵壞的。」她從小父母雙亡，是李世勣一手養大，二人情同父女，她跟舅父說話便一向沒大沒小。

李世勣呵呵一笑。「我是念他辦辯才的案子辦得辛苦，想讓他多休息幾天，他可倒好，一下就成閒雲野鶴了。」

「前一陣子他都在查蕭伯父的下落，自然是忙。」桓蝶衣連忙幫蕭君默解釋。「現在知道蕭伯父去世了，他心情當然低落，也許是四處走走散散心吧。」

一說起蕭鶴年的事情，二人不禁都有些傷感。李世勣觀察桓蝶衣的神色，不知道蕭君默是否已將自己知道內情的事告訴了她，便嘆了口氣，出言試探道：「前幾日我去鶴年家裡祭拜，又問了下他身故的原因，管家老何還是支支吾吾，說得不清不楚。我總覺得此事蹊蹺，妳經常跟君默在一塊兒，有沒有聽他說起過什麼？」

桓蝶衣趕緊搖搖頭。「沒有啊，聽說蕭伯父就是到鄉下走親戚，失足墜馬，發現的時候人已經去世好多天了。這有什麼好蹊蹺的？」

李世勣看著她，知道蕭君默已經跟自己形成了默契，不想讓她捲進來。於是當下心安，卻有意要把戲演得逼真一些，便道：「妳和君默，不會是有什麼事瞞著我吧？」

「唉呀舅舅，您也太多疑了！」桓蝶衣抱起他的手臂撒嬌。「連我跟師兄您都信不過，這世上您還能信誰？」

「這可不好說。」李世勣故意板著臉。「越親近的人，越不會提防，所以越容易騙。」

「您這麼說，我可不理您了。」桓蝶衣嘟起嘴。「人家一回京就趕緊過來看您，還要聽您說這種話！」

「說得好聽！」李世勣笑。「妳是來看我的嗎？妳是一回京就急著找君默吧？」

桓蝶衣羞惱，跺了跺腳，回頭就走。「不理您了，我回家了！」

李世勣呵呵笑著，衝著她的背影道：「見到君默，記得跟他說，最近衙署裡忙得很，叫他回來報到啊。」

桓蝶衣被看穿了心思，又一陣羞惱，索性喊了聲「沒聽見」，徑直走了出去。

李世勣搖頭笑笑，自語道：「還說我寵壞了君默，妳才真是被我寵壞了。」

蕭君默動用玄甲衛的情報網和自己的關係網，花了好幾天時間，走訪了朝中數十位文武官員，最後總算找到了孟懷讓當年的一個同袍，也是義結金蘭的兄弟，一番軟硬兼施之下，終於打探到了孟懷讓的下落。

此人說孟懷讓當年並沒有遠遁，而是就近躲在了關內的藍田縣，距長安城不過七、八十里。蕭君默聞言，不禁暗暗苦笑。這就是所謂的「燈下黑」，最危險的地方最安全。父親當年遠走隴右追查孟懷讓，又怎麼可能想到他其實就躲在自己的眼皮底下？

此人又說，他曾去藍田探望過一次孟懷讓，想資助他，結果被他大罵了一頓，還說以後再去，兄弟便沒得做了，所以這麼多年，這個結拜兄弟一直沒敢再去看他。

藍田縣夾在秦嶺北麓和驪山南麓之間，地形複雜，溝壑縱橫，山溝谷地中散落著許多小鄉村，人煙寥落。蕭君默策馬在山裡轉悠了半天，迷了幾次路，好不容易才找到了一個名叫夾峪溝的小村子。據孟懷讓的那個結拜兄弟說，他就躲在這個犄角旮旯裡。

夾峪溝的村正是個上了年紀的老漢，拄著拐棍，耳聾得厲害，蕭君默在他耳邊又喊又叫，費了好大勁才讓他聽清了「孫阿大」三個字。這是孟懷讓的化名。老村正斜著眼上下打量他，道：「你是何人？找他做甚？」看那樣子，似乎頗為警惕。

蕭君默趕緊說自己是孫阿大的表姪，因多年未見表叔，甚是掛念，此次經商路過京師，便專程趕來看望，說著便從馬背上解下幾包乾果點心，塞進了老村正懷裡。

老村正依舊斜著眼。「老朽忝為一村之長，豈能被你這個來路不明之人幾包點心便收買了？」

蕭君默哭笑不得，連忙大聲道：「老丈，在下並非來路不明之人，而是正正經經的商人。」

「商人？」老村正一臉不屑道：「商人哪有正經的？不種不收不稼不穡，奸猾憊懶不勞而獲，還敢說自己正經?!」

蕭君默登時語塞，心想自己在長安什麼人都見過，偏偏就沒見過眼下這號的，真要跟他這麼糾纏下去，到明天也別想找到「孫阿大」，於是便賠了個笑臉，作了作揖，牽著馬兒轉身要走，打算自己去找。

不料老村正卻忽然大喊一聲。「站住！」

蕭君默一驚，回頭看著他。

「不經我老漢同意，你也敢在這地頭上瞎走？」

蕭君默連連苦笑，沒想到這老漢的派頭比京官還大，便道：「老丈，我真是孫阿大表侄，不信您帶我去見他，不就什麼都清楚了嗎？」

老村正又看了他半晌，這才挪步走過來，把點心塞回給他。「老朽一生清白，不能受你這奸商之賄，拿走！」

蕭君默無奈一笑，只好把東西收起，心想這老漢也不知被哪個奸商騙過，乃至創傷如此嚴重。

「跟我來吧。」老村正拄著拐棍在前面引路，邊走邊道：「這孫阿大也有親戚？我以為他的親戚都死絕了！」

蕭君默一聽，這心裡好不是滋味，忍不住道：「老丈，您貴為一村之正，理當親善鄉鄰、敦睦風俗，這麼背後說人家，不大好吧？」

蕭君默本以為老漢聽了這話，一定會不高興，沒想到他反而笑了笑，扭頭看著他。「你這後生雖然是個商人，不過此言倒也不失厚道。其實也不是老漢刻薄，這孫阿大自從入贅我村，便幾乎不與人來往，一副自生自滅的模樣，鄉親們也都嫌棄他。前年他婆娘病故，有人合起夥來要趕他走，要不是老漢護著，他哪能待得下去！」

孟懷讓是來此入贅的，顯然他之前的妻室已經過世。蕭君默想著，嘴上奉承著村正，心裡卻有些沉重。為了守護呂世衡留下的祕密，孟懷讓可謂苦心孤詣，算是把自己的一生都賠進去了，隱姓埋名流落到此這麼多年，他一定過得異常悽苦。

說著話，村正帶他來到了一處大宅院前。蕭君默仰頭一看，門楣上寫著「孫氏宗祠」幾個大字。孟懷讓怎麼可能在此？正納悶間，村正忽然拿拐棍在地上連擊三下，宗祠內突然擁出十幾個青壯鄉民，個個手持鐮刀鋤頭等物，把蕭君默圍在當中，一副如臨大敵之狀。

蕭君默驚詫地看著村正。「老丈，這是何意？」

老村正冷哼一聲。「年輕人，別裝了，你是來找孫阿大尋仇的吧？」

蕭君默苦笑。「老丈此言從何說起？」

「自從孫阿大來到我村，我便看出來了，他一定是來此躲避仇家的。」老村正一臉明察秋毫的表情。「年輕人，你方才有句話說對了，老漢我忝為一村之長，便要親善鄉鄰。這孫阿大雖然不會做人，可他只要在我夾峪溝一日，便一日是我孫氏族人，老漢我便要護著他！」

蕭君默終於聽明白了，心裡頓時對這老漢生出了幾分敬重。他知道多言無益，索性亮出了玄甲衛的腰牌。「村正，在下乃玄甲衛郎將，奉旨調查孫阿大，請你務必配合！」

老村正瞇著眼睛看了半天腰牌，終於神色一凜。「看來老朽又猜對了！將軍相貌堂堂，一身正氣，又豈能是什麼奸商呢！」

蕭君默在心裡樂了，真想問一句：老丈，商人到底哪兒得罪你了？

孟懷讓住在村東頭，一溜低矮的土牆圍著幾間破破爛爛的瓦房，就是他的家了。

蕭君默徑直走進院門的時候，看見一個身材壯實、約莫五十來歲的漢子，正和三個年輕後生一起圍坐著一張小桌子吃飯，飯菜簡陋，他們卻吃得津津有味。

漢子驀然抬頭，跟蕭君默目光一碰，似乎立刻意識到了什麼，嘴角掠過一絲苦笑。

「十六年了，你們終於還是來了！」

孟懷讓領著蕭君默進了屋裡，一聲長嘆，聲音中似乎飽含著無限淒涼。

孟家三間瓦房當中這一間稍大點的，便是他們家會客的廳堂了。蕭君默環視一眼，但見家徒四壁，屋頂還破了一個拳頭大的洞，一束陽光直射下來，恰好照在孟懷讓的半邊臉上。孟懷讓面目黝黑，皮膚粗糙，臉上皺紋縱橫，至少比實際年齡老了二十歲。

這十多年來，他過的這叫什麼日子？蕭君默心中不免一陣酸楚。

「能否只殺我一人，放過我的三個兒子？」孟懷讓淒然道。

「你連我是誰都不問，就認定我是來殺你的？」

「那就說吧，你是哪一路的，也好讓我死個明白！」

「你希望我是哪一路的？」蕭君默抱起雙手，靠著牆壁，從容不迫地看著他。

孟懷讓冷哼一聲。「不管你是哪一路的，你都休想從我這裡得到任何東西！」

「這麼說，你知道我是來跟你要東西的？」蕭君默笑道。

「別費勁了，你唯一能要到的東西，只有我的人頭。」

「你的人頭，對冥藏先生毫無價值。」蕭君默注視著他。

孟懷讓倏然一震。看得出來，儘管時隔多年，「冥藏」二字給他造成的恐懼仍然大得難以想像。由此足以證明，孟懷讓不僅是呂世衡在禁軍中的部下，更是他「無涯」勢力中的重要成員。

「你不會是冥藏的人。」片刻後，孟懷讓才強自鎮定道。

「為什麼？」

「冥藏若真想動手，不會只派你一個人來。」

「聰明！」蕭君默一笑。「那你猜我到底是什麼人？」

孟懷讓這才仔細打量了他一下，冷笑道：「看樣子，跟我當年一樣，也是吃皇糧的。」

「沒錯。」蕭君默忽然有些感慨。「想當年，無涯先生要是沒有在玄武門殉職，如今你也還在吃皇糧，又何必躲在這窮山溝裡吃苦受罪呢？」

他故意把重音稍稍落在了「無涯」二字上，然後觀察著孟懷讓的反應。

孟懷讓一怔，狐疑地看了看他，旋即道：「不可能……」

「什麼不可能？」

「你不可能是先生的人。」

「為何如此確定？」

孟懷讓冷笑。「先生的人現在都年過半百了，哪有你這樣乳臭未乾的？」

「我的乳臭乾沒乾，就不勞你操心了。」蕭君默笑道：「你現在要想的是，為何這麼多年來，連冥藏那麼厲害的人物都找不到你，卻偏偏是我把你給找出來了。」

孟懷讓果真思忖了起來，半晌才道：「那你告訴我，是為什麼？」

「因為我父親。」

「你父親？」

「對，蕭鶴年。」蕭君默看著他。「這個名字，你應該不陌生吧？」

孟懷讓回憶了一下，猛然想了起來。「長安令?!」

「沒錯。當年正是我父親負責先生一家被滅門的案子，同時也正是我父親，暗中保護了你。」

「保護我？」孟懷讓頗為驚訝。

「當然！家父當初其實已經知道先生把羽觴交給了你，也已經查出你躲到了這裡，卻故意遠走隴右，到你的家鄉去找你，目的就是轉移聖上和朝野的視線。你想想，家父若不是先生的人，會這麼做嗎？」

孟懷讓沉吟片刻，半信半疑道：「那他為何現在又想起我來了？」

蕭君默有些黯然。「讓我來找你，是……是家父的遺願。」

孟懷讓一愣。「令尊他……」

蕭君默點點頭。「眼下朝局複雜，冥藏蠢蠢欲動，家父為了維護社稷安寧，也為了守護〈蘭亭序〉的祕密，不幸遭了冥藏的毒手……」

孟懷讓聽到這些，無形中又信了幾分，道：「令尊讓你來找我，目的是什麼？」

「正如你所知，取回羽觴。」蕭君默盯著他的眼睛。「然後秉承無涯先生的遺志，把當年的弟兄或他們的後人召集起來，與冥藏抗衡，為先生報仇！」雖然蕭君默不知道「羽觴」究竟是什麼，但既然呂世衡和孟懷讓都在捨命保它，證明這東西至關重要，很可能是權杖之類的東西，所以就賭了一把。

果然，他賭對了，只聽孟懷讓道：「令尊的意思，是想重啟組織？」

蕭君默心中暗喜，點了點頭。

孟懷讓忽然又有些狐疑。「光有羽觴，他也辦不到吧？」

「為什麼？」

「據我所知，當年在玄武門，咱們的人已經死了大半，剩下的，身分都很隱祕，令尊怎麼可能知道他們是誰？」

「家父當然知道。」蕭君默只能又賭一把。「當年先生把羽觴交給了你，卻把組織名單交給了家父。」

「名單？」孟懷讓難以置信。「怎麼可能有名單？這事我怎麼不知道？」

「先生把羽觴交給你的事，家父當時也不知道。這就是先生的高明之處——把羽觴和名單分開，這樣任何人也無法單獨啟動組織。」蕭君默決定把這個謊扯圓。「只是因為你後來舉家逃遁，家父才猜出羽觴在你手裡。」

孟懷讓思忖著，似乎覺得有道理，卻又想到什麼。「既然令尊當年就知道是冥藏害了先生一家人，為什麼不把這事告訴聖上，將冥藏一網打盡，為先生報仇？」

這個問題蕭君默從來沒想過，頓時一怔，趕緊道：「事情哪有這麼簡單。冥藏在朝野的勢力盤根錯節，他本人又神祕莫測、來去無蹤，如何一網打盡？再說了，當年在蘭亭會上有多少世家，又何止先生這一家和冥藏那一家，如今何者為敵何者為友，你分得清嗎？萬一為了追查冥藏把〈蘭亭序〉的祕密全盤捅破，誰知道會牽連多少世家，又會犧牲多少無辜的兄弟！」

蕭君默這一席話大義凜然、擲地有聲，登時把孟懷讓說得啞口無言。蕭君默看著他的樣子，決定打鐵趁熱，多刺探一些東西，便道：「孟先生，家父臨終前，囑咐我問你一件事。」

「何事？」

「當年先生把羽觴交給你的時候，有沒有什麼交代？」

孟懷讓點點頭。「先生說，假如他在玄武門遭遇不幸，就讓我把羽觴交給秦王，並把所有關於組織的祕密都告訴他。」

蕭君默不解。「先生為何自己不說，卻要交代你？」

「當時先生一直在猶豫該不該說。說了，怕秦王會深入追查，牽扯出太多組織的祕密，對組織不利；不說，又怕冥藏暗中作亂，危害社稷。直到玄武門事變之前，先生仍然沒有下定決心，只好交代給了我。也許先生是想，若能活下去，就還可以慢慢考慮；若是陣亡了，就索性跟秦王全部交底吧。」

「那後來，你為何沒有依照先生囑託？」

孟懷讓苦笑了一下。「當初先生背著隱太子和冥藏歸順秦王，我便不贊同，玄武門事變後，秦王又一舉屠殺了太子和齊王的十個兒子，這事讓我對秦王更增了幾分惡感，所以我便猶豫了。後來冥藏又悍然將先生一家滅門，我知道他既是報復，也是想找羽觴，驚怒之下，未及多想，便跑到這裡藏匿了起來。結果，一藏就是這麼多年……」

蕭君默沒料到他對今上竟然頗有微詞，不禁慶幸自己方才口口聲聲只說保護社稷安寧，而沒有說保護聖上，否則一定會惹他反感。

「孟先生，因家父猝然離世，很多東西我只是一知半解。我想請問，關於〈蘭亭序〉的祕密，你知道多少？」

孟懷讓搖了搖頭。「我只聽先生說過，〈蘭亭序〉真跡隱藏著整個組織的重大祕密，至於具體是什麼，我沒敢問，我想就算問了，先生也不會說。」

「整個組織，你指的是……」

「當然是天刑盟了！」

蕭君默心中驀然一動，原來自己一直以來的猜測是對的，面具人冥藏和臨川先生魏徵果然同屬於一個更大的祕密組織，這個組織的名字就叫「天刑盟」！

「是啊，我想應該也是關係到本盟的大事！」蕭君默趕緊掩飾自己的無知。「那麼，本盟中的派系，你還知道幾個？」

孟懷讓眉頭一皺，有些狐疑道：「派系？你是指分舵吧？」

「對對，我的意思就是分舵，家父有些事語焉不詳，所以我也不是很明確。」

「我只知道本舵無涯，還有分舵玄泉，因為本盟就這兩個暗舵直屬於冥藏，其他分舵我便一無所知了。」

暗舵？分舵居然還有明、暗之分？而且聽孟懷讓的意思，似乎除了兩個暗舵外，其他分舵都不直接聽命於冥藏。

「那麼，關於玄泉分舵，你了解嗎？比如說……玄泉的真實身分？」

孟懷讓驀然警覺起來。「以我的級別，不可能知道他的真實身分。再說了，組織有規矩，很多事是不能隨便打聽的，難道令尊沒告訴你嗎？」

「這我當然知道。」蕭君默笑了笑。「我只是希望能找到更多本盟的兄弟。」

「別妄想了！」孟懷讓冷冷道：「玄泉一直是忠於冥藏的。你不找他還好，要是真找到他，恐怕你的人頭就不保了。」

「我是覺得過了這麼多年，玄泉未必沒有自己的想法。」蕭君默道：「當然，如果他仍然忠於冥藏，而且殺先生一家他也有份的話，我一定不會放過他。」

此刻，關於〈蘭亭序〉和天刑盟，蕭君默心裡還有一大堆問題想問，但看孟懷讓的神情，顯然已有所懷疑，再問下去八成就露餡兒了。不過還好，今天有了這麼多意外收穫，也算是不虛此行了。現在，還剩下最重要的一件事，便是拿到羽觴。蕭君默始終覺得，羽觴很可能會是解開〈蘭亭序〉之謎的一把鑰匙。

「孟先生，那你接下來有何打算？」

「打算？」孟懷讓苦笑。「我已經是個廢人了，還能有什麼打算？只能是在這個山溝裡了此殘生了！」

蕭君默這才想起來，剛才他從院子走進來時，一條腿瘸得很厲害，顯然是在玄武門事變中受傷致殘的。

「孟先生，你絕不是廢人！為了保護羽觴，你做了常人做不到的事，所以，你是英雄！」蕭君默這句話完全是肺腑之言，即使他今天來的主要目的是「騙取」羽觴。

孟懷讓有些動容。「多謝蕭郎！有你這句話，在下這麼多年的辛苦，也算值了！」

蕭君默看著他，鼻子忽然有點發酸，趕緊走了出去。片刻後，蕭君默又走進來，把一只看上去挺有分量的包裹放在靠牆的一張破床榻上。

這裡面，裝著足足二十錠金子，每一錠都足有一斤重。

「蕭郎這是何意？」孟懷讓驚訝。

「先生切勿推辭！這是我代表家父和本舵兄弟給你的一點心意。」蕭君默說著，又環視屋內一眼。「先生，蓋幾間新瓦房吧，還有你那幾個兒子，也都該娶媳婦了，你若拒絕，就是不認我這個兄弟！我想，無涯先生在天上，也不想看到你這般辛苦。」

孟懷讓聞言，眼淚終於不可遏止地流了下來。

「好吧，這心意我領了！」孟懷讓一把抹掉淚水，站起身來。「蕭郎，不是我不信你，但是在把羽觴交給你之前，咱們該講的規矩，還是要講。」

說完，孟懷讓看著蕭君默，似乎要等他說什麼話。

可蕭君默卻一時怔在那裡。「規矩？什麼規矩？」

孟懷讓的眉頭慢慢鎖緊了，眼中的信任之色開始淡去，一絲疑雲浮了上來。

蕭君默心裡大為焦急，這最後一關若是過不了，那今天這一趟可就功虧一簣了！他心念電轉，突然間悟到，自己跟孟懷讓說了這麼多，卻一直沒有跟他對過接頭暗號。孟懷讓說的「規矩」，會不會就是指這個呢？

已經沒有時間再讓蕭君默猶豫了。電光石火之間，王羲之那首五言詩中的一句便驀然躍入了他的腦海。

「寥朗無涯觀。」

蕭君默迎著孟懷讓的目光，平靜地唸出了這一句。

孟懷讓又定定地看了他一會兒，才露出一個欣然的笑容。「寓目理自陳。」

一枚狀似某種神獸的青銅印，正靜靜地躺在書案上。

這就是蕭君默從孟懷讓那裡取回的「羽觴」。

方才一拿到它，蕭君默便馬不停蹄地趕回了長安蘭陵坊的家中，並立刻把自己反鎖在書房內，迫不及待地研究了起來。

從外形看，這枚銅印跟南北朝時期流行的盛酒器具「羽觴」毫無相似之處，甚至風馬牛不相及，倒是更像朝廷調動軍隊所用的「虎符」。

銅印上的神獸造型，看上去很眼熟，只是一下叫不出名字。

蕭君默拿起來仔細端詳，只見神獸的頭部和尾部像龍，身形如虎豹，肩上有羽翼，四腳若麒麟，昂首挺胸的姿勢又像極了獅子。這到底是什麼東西？蕭君默極力在記憶中搜尋，忽然靈光一現：貔貅。

沒錯，這傢伙就是傳說中的上古神獸貔貅！

按古代傳說，貔貅是龍生九子中的第九子，又名天祿、辟邪，能騰雲駕霧，號令雷霆，是一種異常凶猛的瑞獸，常被用來寓意軍隊或勇猛之士。蕭君默又想起來，《史記．五帝本紀》中，便有黃帝軒轅氏「教熊羆貔貅貙虎，以與炎帝戰於阪泉之野」的記載。由此看來，作為祕密組織的天刑盟，取神獸貔貅之寓意來鑄造類似虎符的權杖，顯然是合乎情理的。

這枚銅印還有一個非常明顯的特徵，也能支援蕭君默的這個判斷——它只是半隻貔貅，而非一整隻。當蕭君默把這枚銅印翻到另外一面，發現上面鑄刻著四個字：無涯之觴。文字採用「陽刻」方式，即字體從背景中凸起。很顯然，這是一枚「陽印」，應該還有一枚採用「陰刻」方式的「陰印」與之配對。其道理正與虎符相同：虎符通常分成左右兩半，一半在朝廷，一半在軍中，調遣軍隊時須出示一半符節，若與另一半嚴絲合縫，便是真的虎符，否則便是假的。

如果上述判斷是對的，那麼很可能在天刑盟盟主手中，握有下面所有分舵的陰印，而陽印則在各分舵舵主手裡。一旦盟主要調動分舵，就必須出示陰印，能與陽印若合符節，方可發號施令。

除了這枚銅印的鑄刻方式外，上面那四個字的字體也引起了蕭君默的注意。

「無涯」和「觴」三個字都是古樸的篆文，雖然字形繁複、筆畫眾多，但一望可知是坊間通用的字，並非出自書法家之手。唯一不同的便是這個「之」字，它用的是明快俐落的行書字體，而且明顯是書法大家所寫。

蕭君默馬上就意識到，這個「之」字必定是這枚銅印中最重要的防偽手段。

也就是說，假如有人想偽造權杖號令分舵，他不難鑄刻出那三個貌似繁複的篆文，卻幾乎不可能仿冒出這個看上去異常簡單的「之」字。因為，同一個字讓不同的人寫出來，必然會有細微的差別，甚至同一個人在不同時候寫同一個字，也不可能完全一模一樣。由此可見，當年天刑盟中設計鑄造「羽觴」的人，肯定是一個書法大家，他必須把一個「之」寫出各種不同的樣子，才能鑄造出多枚羽觴，以供多個分舵之用，同時又因這些「之」字是他自己寫的，別人寫不出來，所以杜絕了仿冒和偽造。

推測至此，蕭君默不禁有些喜不自勝。

看來「羽觴」果然是解開〈蘭亭序〉之謎的一把鑰匙。自己透過這些日子的調查，似乎已經快接近這個謎團的核心了。

想到〈蘭亭序〉，又一個念頭突然躍入蕭君默的腦海，令他激動得跳了起來。王羲之所寫的〈蘭亭序〉，自己已經背得滾瓜爛熟了，裡面不是恰恰有許多「之」字嗎?!

蕭君默立刻翻開父親留下的那卷《蘭亭集》，卷首便是〈蘭亭序〉。他又通讀了一遍全文：

永和九年，歲在癸丑，暮春之初，會於會稽山陰之蘭亭，修禊事也。群賢畢至，少長咸集。此地有崇山峻嶺，茂林修竹；又有清流激湍，映帶左右，引以為流觴曲水，列坐其次。雖無絲竹管弦之盛，一觴一詠，亦足以暢敘幽情。

是日也，天朗氣清，惠風和暢，仰觀宇宙之大，俯察品類之盛，所以遊目騁懷，足以極視聽之娛，信可樂也。

夫人之相與，俯仰一世，或取諸懷抱，悟言一室之內；或因寄所託，放浪形骸之外。雖趣舍萬殊，靜躁不同，當其欣於所遇，蹔得於己，快然自足，不知老之將至。及其所之既倦，情隨事遷，感慨係之矣。向之所欣，俛仰之間，已為陳跡，猶不能不以之興懷，況修短隨化，終期於盡。古人云，死生亦大矣，豈不痛哉！

每攬昔人興感之由，若合一契，未嘗不臨文嗟悼，不能喻之於懷。固知一死生為虛誕，齊彭殤為妄作。後之視今，亦猶今之視昔。悲夫！故列敘時人，錄其所述，雖世殊事異，所以興懷，其致一也。後之攬者，亦將有感於斯文。

蕭君默仔細數了一遍，全文共三百二十四字，其中竟然有二十個「之」字。

這是否意味著，王羲之在〈蘭亭序〉真跡中將這二十個「之」全都寫成了不同的模樣，從而足足鑄刻了二十枚羽觴？倘若如此，那是否意味著，所謂的祕密組織天刑盟，除了盟主本人應該會有一枚「天刑之觴」外，下面足足有十九個分舵？

在蕭君默所知的範圍內，顯然沒人見過〈蘭亭序〉真跡，甚至也沒人手裡有〈蘭亭序〉的摹本，所以目前還無法驗證這個猜測，但能夠透過這枚羽觴如此接近〈蘭亭序〉的真相，已足以讓蕭君默感到欣慰和振奮了。

第十五章 大案

「陳雄一事，咱們都失算了。」

在魏王府書房裡，劉洎淡淡地對李泰和杜楚客道。

「沒想到，李承乾居然給陳雄和咱們都挖了一個大坑！」李泰有些憤然。「聽說陳雄被判了斬刑，家產也被抄沒了，李承乾夠狠！」

「城門失火，殃及池魚。」劉洎苦笑道：「那天，聖上把我好一頓數落。估計今年的吏部考課，我只能被評為最末等了。」

「勝敗乃兵家常事！」杜楚客斜了劉洎一眼。「思道兄不會是捨不得那幾季俸祿吧？」

「劉侍郎，回頭我讓人送一些錢帛到你府上。」李泰趕緊道：「這事不能讓你吃虧。」

劉洎再度苦笑，擺了擺手。「殿下，山實兄，你們真的就這麼輕看劉某嗎？」

「不，這不是輕看的事。」李泰道：「誰府上沒有一大家子人？誰不要吃穿用度？本王只是略表一點心意，侍郎千萬別誤會！」

二人正推辭間，杜楚客忽然想到什麼。「對了思道兄，聽說代州都督劉蘭成被玄甲衛抓了，昨天剛剛押解回京，也不知怎麼回事，你常在聖上身邊，可知其中內情？」

劉洎搖搖頭。「這回聖上口風很嚴，事先我完全不知情。」

李泰得意一笑。「這事，你們得問我。」

劉洎和杜楚客都意外地看向李泰。李泰遂一五一十將房遺愛那天在平康坊說的事，全都告訴了二人，其中包括〈蘭亭序〉已知的祕密及楊秉均、玄泉一案的來龍去脈。劉、杜二人聽了，不禁驚詫不已。

「乖乖！原來聖上這麼多年拚命尋找〈蘭亭序〉，就是為了挖出這支神祕勢力！」杜楚客驚嘆。「他們還把人都弄到朝中來了？」

「原洛州刺史楊秉均、長史姚興都是這個勢力的人，玄泉也是，而且據說是楊秉均的保護傘。」李泰道：「父皇懷疑劉蘭成就是玄泉，故而抓捕了他。」

劉、杜二人恍然。

「侯君集這回恐怕也麻煩了。」劉洎道：「考功司郎中崔適被捕，他身為吏部尚書，絕對脫不了干係！」

「這傢伙貪墨成性，也該輪到他吃點苦頭了！」杜楚客一臉幸災樂禍的表情。「說不定這回把他的吏部尚書免了，剛好換個咱們的人上去。」

劉洎一笑。「山實兄是不是打算到吏部一展抱負啊？」

「不瞞你說，我還真有這打算。」杜楚客眉毛一挑。「思道兄莫不是懷疑我沒這個實力？」

「豈敢豈敢！」劉洎連忙拱手道：「山實兄是大才，區區吏部又算得了什麼？」

「現在去謀這個吏部並非急務。眼下的當務之急，還是要謀劃一下怎麼對付東宮。」李泰說著，忽然想到什麼。「對了楚客，說到這個，那天在平康坊，你家二郎倒是給我出了個主意。」

杜荷就是杜楚客的姪子。

杜楚客一聽，馬上撇了撇嘴，不屑道：「這小子，還能有什麼好主意？」

「他說，咱們未嘗不可跟冥藏這股勢力暗中聯手，對付東宮。」李泰低聲道。

劉洎和杜楚客同時一驚。「這小子，我就知道他盡出些餿主意！」杜楚客一聽就急了。「這種誅九族的話，他也說得出口？」

「殿下，此言聽聽尚可，切莫當真！」劉洎道。

李泰笑了笑。「他就這麼一說，我也就這麼一聽。我當然知道，現在根本不到魚死網破的時候，真到了那一天，再談這事也不遲。」

「殿下這麼說，就顯出做大事的沉穩氣度了。」劉洎道：「若似杜家二郎如此操之過急、鋌而走險，只怕會引火焚身，令大業毀於一旦！」

「我家兄長，怎麼會生出這麼個兒子！」杜楚客搖頭嘆氣。「若是他在天有靈，只怕也會扼腕嘆息、徒喚奈何啊！」

「算了，不說他了。」李泰道：「還是說說你們的想法吧，咱們最近跟太子過招連連失手，父皇對他的印象已有所好轉，再這麼下去，別說奪嫡，我自保都成問題了。」

「殿下別急，我最近倒是查到了一件事。」劉洎捋著下頷短鬚，微笑著道：「若能好好利用，要扳回一局並非難事。」

李泰聞言，頓時精神一振。「侍郎快講，究竟何事？」

杜楚客也不禁目光一亮，緊盯著劉洎。

劉洎壓低聲音，對二人說了幾句話。

「太常樂人？」李泰一聽之下，大為失望。「區區聲色之娛，充其量只能說太子德行不修，恐怕傷不到他半根毫毛吧？」

劉洎自信一笑。

「若是普通太常樂人，當然不值得劉某拿來說事，問題在於，這個樂人並不一般。」

「如何不一般？」杜楚客不解。

「他，是個孌童！」

李泰和杜楚客同時一怔，對視了一眼，旋即相視而笑。

「還有，你們可知此人的父親，當年是因何事被誅的？」劉洎笑著問道。

李泰和杜楚客不禁都屏氣凝神地看著他。

劉洎撫著短鬚，輕輕吐出兩個字：

「謀反！」

蕭君默忙活了大半個月，覺得該查的事情已告一段落，便回玄甲衛衙署銷假，向李世勣報到。

「你這些日子成天東跑西顛的，究竟在忙些什麼？」李世勣問道，既像是關心，又像是有所懷疑而打探。

事前蕭君默已經想清楚了，自己最近查到的所有祕密恐怕都不能告訴師傅，原因有二：一、這些事都與父親盜取辯才情報的事有牽扯，一旦告訴師傅，他必定難以拿捏哪些事該向皇帝稟報，哪些事不能說，如此只能徒增困擾，所以乾脆別說。二、正如自己對桓蝶衣說的那樣，自己明知父親死於魏王之手，卻又沒有任何直接證據控告他，所以就算把所有祕密都告訴師傅，他也不能拿魏王怎麼樣，甚至有可能出於息事寧人的考慮，阻止自己報仇。既然如此，倒不如現在什麼都不說，自己一個人把事情查到底，等到把〈蘭亭序〉之謎全部查清，到時候該向皇帝奏報還是該對魏王出手，都有從容選擇的餘地。

由於早打定了主意，蕭君默便笑道：「沒忙什麼，就是找一些朋友說說話、散散心，否則您給我的假是幹麼用的？」

李世勣有些狐疑地看著他。「你爹的事，你最後還查出什麼沒有？是不是魏王幹的？」

蕭君默搖搖頭。「沒查出什麼有價值的線索，所以也不能認定是魏王。」

「你真的沒瞞我什麼？」

「當然沒有。倘若我已經查出是魏王幹的，早就跟他魚死網破了，怎麼可能跟沒事人似的，把殺父之仇給隱忍下來？」

「我估計魏王也沒這個膽子。」李世勣似乎打消了疑慮。「你爹畢竟是朝廷四品大員，要對你爹下手，他魏王也得擔不小的干係。」

果然是息事寧人的態度。蕭君默在心裡暗笑，點點頭道：「我的看法跟您一樣。」

「那最後還是沒找到你爹的下落嗎？」

「沒有。」蕭君默黯然道：「生不見人，死不見屍，所以我只能給他老人家立個衣冠塚。」這句話他倒是說了實情。「我就當我爹是厭倦了官場，看破了紅塵，到哪座深山老林出家了，或者去雲遊四海、浪跡天涯了。」

「你能想得開最好。」李世勣點點頭。「事已至此，傷感也無益。你只要一心奉公、盡忠於朝，將來加官晉爵、光宗耀祖，也算是對你爹盡孝了。我想，不管他是不是還活在世上，都會感到欣慰的。」

蕭君默強忍內心傷感，勉強笑道：「我最近逍遙了這麼些日子，朝中一定發生了不少事吧？師傅有什麼任務給我？」

「當然有，哪能讓你再閒著？」李世勣說著，扔了一本經摺裝的卷宗過來。「看看吧。」

蕭君默接住，打開來看。「劉蘭成？」

「對，聖上懷疑他就是楊秉均在朝中的保護傘——玄泉。」李世勣道：「由你去審，儘快把結果稟報給聖上。」

兩名宦官一左一右攙扶著辯才，走進了兩儀殿的殿門。趙德全跟在身後，暗暗嘆氣。

辯才臉色青灰，虛弱已極，連路都幾乎走不動了，那兩個宦官與其說是扶著他，還不如說是架著他在走。

李世民端坐御榻，冷冷地看著一行人走進殿中，給了趙德全一個眼色。趙德全趕緊搬過一張錦緞包裹的小圓凳，讓辯才坐下。

「法師，閉關多日，有沒有想起什麼要對朕說呢？」

辯才抬了抬眼皮，虛弱一笑。「貧僧該說的，都已經對陛下說過了。」

「真的沒話說了嗎？」

辯才搖了搖頭。

李世民冷冷一笑。「好吧，既然如此，那朕就找一個人來，幫你回憶回憶。」說完，輕輕拍了兩下掌。

幾名宦官和宮女帶著楚離桑從殿後繞了出來。楚離桑一看見憔悴不堪的父親，眼眶頓時一紅，緊緊捂住了嘴。

辯才垂著眼皮，並沒有看見她。

「法師，抬起眼睛，看看你面前的人是誰。」李世民道。

辯才聞言，緩緩抬起目光，一看到楚離桑，頓時渾身一震，立刻站了起來，卻差點跌倒。趙德全慌忙上前扶住。

楚離桑的淚水已經湧了出來，哽咽地道：「爹……」

辯才難以相信自己的眼睛，看了看楚離桑，又看了看李世民，原本灰白的臉頓時因義憤而有了血色。「陛下，連江湖上都知道禍不及妻兒的道理，可您貴為天下之主，卻連江湖人都不如嗎？」

李世民並不生氣，而是呵呵一笑。「你說對了，朕貴為天下之主，自然有乾綱獨斷的權力，那些什麼江湖道義，或許對你適用，但對朕來說，根本就不存在！」

辯才的臉因憤怒而漲紅，突然雙目一閉，身形一晃，幾乎暈厥。他身後那兩個宦官趕緊上前，跟趙德全一起用力扶住。

「爹！」楚離桑淚水漣漣，大喊了一聲，想要衝過去，卻被身旁的宦官宮女死死拉住。

「楚離桑，妳不必太過傷心。」李世民道：「朕請妳來，就是要妳勸勸妳爹，好好保重身體，別拿自己的命不當回事。」

「陛下！」楚離桑憤然看著李世民。「您究竟想從我父親這裡得到什麼？」

「〈蘭亭序〉，以及有關〈蘭亭序〉的所有祕密！」李世民迎著她的目光。「據朕所知，辯才並非妳的親生父親，所以朕想告訴妳，有關妳身世的真相，很可能也隱藏在這〈蘭亭序〉之謎中！因此，妳幫朕勸勸妳爹，把事情都說出來，也等於是在幫妳自己。」

儘管楚離桑早已知道自己並非辯才親生，可聽到自己的身世真相可能也與〈蘭亭序〉有關，一時心中大亂，忍不住看向父親。

辯才黯然垂首，躲開了她的目光。

楚離桑似乎明白了什麼，淒然苦笑。

「法師，」李世民看著辯才。「朕把你女兒請來，就是希望你們父女團圓，然後給朕、也給你們自己一個滿意的結果。朕記得，每一部佛經結尾，都有『皆大歡喜，信受奉行』這句話，現在，這個皆大歡喜的結局就擺在你眼前，就看你自己的選擇了。」

辯才痛苦地思忖著，顯然已經有所動搖。

楚離桑看見父親的痛苦之狀，大為不忍，隨即想明白了什麼，平靜地道：「爹，女兒還能和您見上一面，已經很知足了。您不必為難，該怎麼做，您自己決定，不要因為女兒改變初衷。」

辯才看著她，眼淚悄然流了下來。

李世民聞言，頓時有些不悅，但隱忍未發。

辯才忽然想到什麼。「桑兒，妳娘怎麼樣了，她還好吧？」

楚離桑眼睛驀地一紅，慌忙掩飾道：「娘很好，她在伊闕，跟綠袖在一塊兒呢，您別擔心。」

辯才一臉狐疑，一直緊盯著她。楚離桑越想掩飾，淚水卻越發洶湧，趕緊把頭扭到一邊。辯才彷彿意識到了什麼，雙腿一軟，頹然坐了回去。李世民暗暗一笑，給了那幾個宦官宮女一個眼色。那幾人當即抓著楚離桑的胳膊，強行帶她離開。

楚離桑一步三回頭，臉上爬滿了淚水，但很快便被帶了出去。

大殿裡變得一片靜寂。李世民看著辯才，忽然嘆了口氣，道：「法師，本來朕也不想告訴你，怕你太過傷心，但事已至此，似乎也沒必要再隱瞞了。尊夫人其實早在一個月前，就在甘棠驛……遇難了。」

辯才一臉木然，彷彿沒有聽見。

「法師，尊夫人已經因為這件事丟了性命，你難道還忍心看著你女兒步她後塵嗎？」

辯才依舊置若罔聞。

「法師，你一直勸朕遵循黃老的清靜無為之道，以無事治天下，不要追查〈蘭亭序〉之謎。可你想過沒有，冥藏、玄泉這些人，會因為朕的清靜無為就安分守己嗎？他們會從此放下屠刀，立地成佛嗎？朕如果不全力追查，剷除他們，還會有多少大唐臣民跟你一樣家破人亡、妻離子散？佛法慈悲，以救度眾生為己任，可法師身為佛子，難道忍心袖手旁觀，任由這些凶徒禍亂天下、荼毒蒼生嗎？」

李世民一番話說完，大殿內又恢復了死一般的沉寂。

辯才彷彿一具已然坐化的遺骸，自始至終一動不動。

趙德全滿心憂急地看了看他，又看了看皇帝，不知該怎麼辦。李世民卻很有耐心地等待著，眼中閃爍著一種胸有成竹、志在必得的光芒。

許久，辯才的嘴唇終於嚅動了一下。

趙德全趕緊把耳朵湊到他的嘴邊。

辯才的嘴唇又嚅動了一下。

趙德全終於聽清，臉上頓然露出驚喜的表情。

李世民似乎絲毫不意外，換了個舒服的姿勢靠在御榻上，淡淡道：「德全，他說什麼了？」

趙德全趕忙趨前幾步，驚喜得連聲音都有些顫抖。「回大家，法師說……他餓了！」

李世民的表情出奇地沉靜，只說了兩個字。「傳膳。」

蕭君默剛從李世勣的值房中出來，沒走多遠，桓蝶衣便從一棵大樹上突然跳了下來，把他嚇了一跳。

「都是堂堂玄甲衛隊正了，還這麼頑皮，也不怕弟兄們笑話！」蕭君默道。

「除了你，誰還敢笑話我？」

蕭君默端詳著她。「跑了趟伊闕，曬得這麼黑！」

桓蝶衣一驚，下意識捂著臉頰，嘟起嘴。「討厭！好幾天沒見了，一見面就不說好聽的。」

「我說妳曬黑了，又沒說妳變得不好看。」蕭君默一笑。「其實黑一點更好看，妳沒聽說過黑美人嗎？」

桓蝶衣哼了一聲。「我看你就是言不由衷。」

「妳這人可真難伺候。」蕭君默道：「說妳黑吧，妳就說我不說好話；說妳黑了好看，妳又說我言不由衷。我都不知道該怎麼跟妳說話了。」

桓蝶衣樂了，一把抱住他的胳膊。「那就不說了，陪我逛街去。」

「且慢且慢！」蕭君默揚了揚手裡的卷宗。「我有活兒幹了，可沒空陪妳。」

「什麼活兒？我看看。」桓蝶衣伸手就要去拿。

蕭君默趕緊躲掉。「事關機密，無可奉告，要問問師傅去。」

桓蝶衣氣得瞪了他一眼。

蕭君默笑了笑。「要看也成，那妳得跟我說說，妳這一趟都有什麼見聞。」他其實一看到桓蝶衣就想打聽楚離桑了，只是怕她多心，只好繞了個圈子。

桓蝶衣若有所思地看著他。「你想打聽什麼？」

「我不想打聽什麼，就是聽妳隨便說說。」

「騙人！」桓蝶衣道：「我知道，你是想打聽伊闕那個小美人吧？」

女人的直覺真是可怕！蕭君默想著，只好裝糊塗。「什麼美人？」

「別裝蒜！老實交代，你跟那個楚離桑是不是有點什麼？」

「有什麼？妳這話簡直莫名其妙！」

「我看得出來，那個小美人對你有意思。」

天哪！這都能看得出來?!蕭君默心裡有些慌了，強作鎮定道：「妳別瞎說，楚離桑現在是朝廷欽犯，妳這麼說不是害我嗎？」

「要不是對你有意思，她怎麼會說要來長安找你呢？」

蕭君默一怔。「她真這麼說了？」

桓蝶衣眉頭一皺。「被我說中了吧？看來你對她也有意思。」

「冤枉！」蕭君默大聲道：「我是被妳的話繞進去了，她跟我毫無關係，來找我幹麼？」

「她說要來找你算帳。」

「這不就對了嘛。」蕭君默道：「我抓了她爹，她恨我，所以她要找我算帳。要說她對我有意思，也只能是這個意思。」

「這可不一定，女人的話往往是反著說的。」桓蝶衣道：「她嘴上說恨你，其實心裡就是喜歡你的意思。」

蕭君默哭笑不得。「行了行了，妳饒了我吧，我得趕緊幹活去了，要不師傅準會罵我。」說著撒開雙腿，忙不迭地跑遠了，一副落荒而逃的樣子。

桓蝶衣哼了一聲，跺了跺腳。

蕭君默走進刑房的時候，看見劉蘭成的兩隻手被鐵鍊高高吊起，渾身上下傷痕累累，腦袋耷拉著，似乎已昏死過去。羅彪等三、四名玄甲衛光著膀子，汗流浹背，坐在一旁呼呼喘氣，顯然連他們都打累了。

看見蕭君默，眾人趕緊起身行禮。蕭君默擺擺手。「怎麼樣了？」

「這傢伙就是茅坑裡的石頭，又臭又硬！」羅彪抹了一把汗，道：「什麼都不說，可把弟兄們累壞了！」

蕭君默看著劉蘭成奄奄一息的樣子。「把他放下來，傷口處理一下，再去弄幾樣好菜來。」

劉蘭成聞言，居然抬起眼皮瞥了蕭君默一眼。

羅彪一怔。「您是說真的？」

蕭君默彷彿沒有聽見，又道：「再問問他，喜歡喝什麼酒，趕緊去給他買。」

「這位兄弟夠意思！」劉蘭成居然口齒不清地說了一句。

「我做人一向夠意思。」蕭君默笑著坐了下來。「剛好飯點也到了，今晚我就陪你喝幾盅，咱們好好聊聊。」

羅彪等人都愣在那兒，還沒反應過來。

劉蘭成往地上吐了一口帶血的唾沫，瞪著羅彪道：「老子要喝郎官清，快去買！」

羅彪大怒，抄起鞭子又要衝上去。

「羅彪，你還嫌自己不夠累嗎？」蕭君默淡淡道：「照我說的做，做完了，你跟弟兄們都下去歇著。」

夜幕低垂，皇城東南隅的太廟被籠罩在沉沉夜色之中。

一隊值夜的武候衛沿著太廟的北牆走來，經過十字街口，向西邊走去。

片刻後，從安上門街北面迅速走來一個身影。此人通身黑甲，在夜色中幾乎咫尺莫辨。他走到安上門街的十字路口時，突然向左一拐，然後貼著太廟北牆一路向東疾行。看樣子，此人很熟悉武候衛的巡邏時間和規律，所以能輕易避開巡邏隊。

約莫疾走了一炷香工夫，這個黑甲人大致判斷了一下所在的位置，然後放慢腳步，心裡開始默數右手邊的梧桐樹，數到第九棵時，他停住了腳步。

這裡距第十棵梧桐樹大約兩丈遠。黑甲人前後觀察了一下，確定周遭一個人都沒有，才清了清嗓子，低聲唸了一句：「雖無絲與竹。」

黑暗中什麼回應都沒有。

黑甲人又耐心地等了一會兒，才聽到前方傳來了一句回話。「玄泉有清聲。」聲音低沉暗啞，顯然經過了刻意掩飾。然後，一個黑影從第十棵梧桐樹後繞了出來，卻停在原地。

黑甲人躬身一揖。「見過玄泉先生。」

「你來遲了。」

兩人之間的距離恰到好處，既保證可以聽見彼此說話，又不至於看清彼此面目。

黑甲人忙道：「對不起先生，方才……方才屬下被派去買郎官清了。」

「郎官清？」

「是的先生，蕭君默一來就說要請劉蘭成喝酒，姓劉的又指名要喝蝦蟆陵酒肆的郎官清，所以屬下就……」

玄泉一抬手，制止了他的囉唆，沉聲道：「找機會，把這個東西交給劉蘭成。」說著，從袖中掏出了什麼。

黑甲人下意識要走過去，忽然想到規矩，趕緊止步。

一陣夜風吹來，梧桐樹葉沙沙作響，玄泉就在樹葉聲中悄然轉身，隱入了黑暗之中。黑甲人又照規矩等了一會兒，才走到第十棵梧桐樹旁，蹲下摸索了一陣，找到了一顆蠟丸。

黑甲人把蠟丸掰碎，看見裡面藏著一卷小紙條。紙條展開，有一指來寬，兩寸多長。黑甲人離開樹蔭，借著朦朧的月光，依稀看見上面用工筆小楷寫著十來個字。

黑甲人在月光中抬起頭來，赫然正是于二喜。

刑房內，蕭君默和劉蘭成隔著同一張食案對面坐著，案上擺滿菜餚。

于二喜站在一旁，提著一只漆製酒壺，要幫二人斟酒，那張小紙條就夾在他右手的無名指和小指之間。

蕭君默一抬手止住他。「不必了，我來。」

于二喜一怔，忙道：「怎麼能讓將軍斟酒呢？還是讓屬下來吧。」

蕭君默冷冷地看著他，不想再說第二遍。

于二喜尷尬，連忙把酒壺放下，同時鬆開右手的指頭，那卷小紙條旋即掉在劉蘭成的腿邊，但劉蘭成渾然不覺。

「劉都督，這是正宗蝦蟆陵酒肆的郎官清，你可得細細品嚐，別辜負了我們蕭將軍一番好意。」于二喜說著，給了劉蘭成一個眼色。劉蘭成順著他的目光往地上一瞥，看見了紙條，隨即把腿張開一些，擋住了紙條。

「二喜，你是不是買一趟酒就醉了？」蕭君默道。

「沒有沒有，將軍說笑了。」

「既然沒有，何故多話？」

「對不起將軍，屬下這就走，你們慢用，你們慢用。」于二喜賠著笑，趕緊退了出去。

蕭君默提起酒壺，給自己的酒盅斟滿，然後端起酒盅抿了一小口，卻不給劉蘭成斟酒。劉蘭成不悅道：「蕭君默，這就是你的待客之道嗎？」

「怎麼，劉都督看我喝，嘴就饞了？」蕭君默笑道。

「你在耍老子是不是？」劉蘭成怒了。

「劉都督少安毋躁。」蕭君默依舊笑道：「我不是不讓你喝，而是要等一等。」

「等什麼？」

「等一炷香之後，如果我沒有七竅流血，才敢給你斟酒。」

蕭君默說得雲淡風輕，劉蘭成卻早已臉色大變。「你是怕有人下毒？」

「不可不防。」蕭君默道：「雖說玄甲衛已經是長安城最安全的地方了，但還是小心為上。」

「要試毒，大可以找一個人來，或者找一條狗來，何必你親自上陣？」

「找個人或找條狗，就顯得我沒有誠意了。」蕭君默笑道：「都督放心，就算酒裡真有毒，方才那一小口，也不足以致命，頂多讓我躺上幾天。」

「你為了顯示你的誠意，就甘願為我這個階下囚試毒？」劉蘭成頗感意外。

「美酒當前，談什麼囚不囚？」蕭君默真誠地道：「都督若真是拿我當朋友，就不要再講這種話了。」

劉蘭成看著他，目光中不覺流露出些許感激和敬佩。

東宮。夜色漆黑，幾名宦官提著燈籠在前引路，後面緊跟著一個身穿道袍、體形瘦高的道士。一行人腳步匆匆，接近麗正殿大門的時候，殿前臺階上信步走下一人，正是李元昌。

李元昌迎著道士走過來，看見對方的樣貌後，不禁莞爾。「侯尚書，你穿上這身道服，端的是一派仙風道骨啊！趕明兒咱們也上終南山開個道場煉幾爐丹怎麼樣？」

「道士」走到李元昌面前，赫然正是吏部尚書侯君集。

侯君集淡淡一笑。「終南山是落拓失意者待的地方，連老夫都嫌冷清，王爺正當盛年，又怎麼捨得這萬丈紅塵呢？」

李元昌笑道：「我只說煉丹，又沒說出家，侯尚書未免太敏感了吧？」

「老夫這兩年都很敏感，所以王爺和我說話要小心。」

李元昌一怔，旋即大笑了兩聲。「侯尚書雖然脫了官服，這赫赫官威可是絲毫未減哪！」

「在王爺面前，老夫豈敢談什麼官威？」侯君集訕訕道：「再大的官，不也是拜你們李家所賜嗎？老夫惶恐都來不及，哪敢逞什麼官威？」

「尚書此言差矣！」李元昌收起笑容。「您的官是皇兄賜的，可皇兄是皇兄，我是我，不是一回事，請尚書別混為一談。」

「當然不是一回事！」侯君集笑笑。「否則老夫豈敢冒天下之大不韙，易容換服夜闖東宮？這不等於找死嗎？」

「尚書今夜是來找富貴的，莫說『死』字！」李元昌做了個請的手勢。「請吧，太子殿下該等急了。」

酒過三巡，劉蘭成明顯已有幾分醉意。

短短半個時辰內，蕭君默輕輕鬆鬆幾番問話，劉蘭成就已經把他怎麼拿楊秉均的錢，又怎麼幫楊秉均到朝廷跑官要官的事情一五一十全都說了。

當然，劉蘭成並不是在酒醉的狀態下招供。相反，他頭腦很清醒。他知道，皇帝既然已經抓了他，他這些劣跡終究無法隱藏，遲早得坦白。但是，他寧可喝著美酒，痛痛快快把這些事情說出來，也不願在嚴刑拷打下被人逼問出來。

簡言之，蕭君默非常了解他這個人的性格，所以使用了最簡單卻最有效的辦法。就憑這一點，劉蘭成就佩服眼前這個年輕人。

「蕭將軍，今晚陪我喝這頓酒之前，你沒少做功課，了解我這個人吧？」劉蘭成睜著惺忪的醉眼道。

蕭君默一笑。「都督真是明白人，什麼都瞞不過你。」

確實，走進刑房之前，蕭君默已經仔細調閱了他的全部檔案和履歷，還走訪了幾位他在朝中的熟人。說起來，這個劉蘭成也很不簡單，純粹的寒門庶族出身，卻憑其勇猛無畏和刻苦勤勉的精神，在唐朝的統一戰爭中屢立軍功，從一名普通士兵一步步幹到了三品都督。相比於那些憑藉家世門第身居高位的權貴子弟，蕭君默無疑只敬佩這種人。只可惜他太過貪財，不滿足於朝廷給的俸祿，便貪贓納賄，幫人跑官買官，才走到今天這個地步。

「你這個年輕人，前途無量！」劉蘭成看著他，豎起大拇指道。

「怎麼講？」

「你聰明、細心，又有膽有識，將來肯定官運亨通！」

「官運亨通靠的不是這些吧？」蕭君默笑道：「自古以來，好像都是都督和楊秉均這種路子，官運更為亨通。」

劉蘭成搖搖頭，苦笑了一下。「我現在後悔了，不能走這條路，寧可戴小一點的烏紗帽，也絕不該走這條路！」

早知今日，又何必當初呢？一個寒門子弟能透過個人奮鬥做到都督，這麼多年得克服多少困難，經歷多少挫折，忍受多少常人難以想像的艱辛，可最終卻因貪戀黃白之物而毀掉一世功業，留下身後罵名，實在可悲可嘆！

蕭君默一邊在心裡感嘆，一邊問道：「劉都督當初到吏部買官，找的是現任尚書侯君集嗎？」

劉蘭成回憶了一下，搖搖頭。「不是，是前任尚書唐儉。侯君集我沒打過交道，至於後來楊秉均自己有沒有找他，我就不太清楚了。」

蕭君默看著他，知道他沒說假話，便示意坐在一旁角落裡的書吏記下來。

書吏埋頭書案，奮筆疾書。

「侯尚書，這次考功司郎中崔適被捕，你可能會受到牽連吧？」

東宮麗正殿書房中，李承乾問侯君集。

侯君集鎮定自若地笑了笑。「小小牽連，恐是在所難免。」

「小牽連？」李元昌忍不住插嘴。「據我所知，這回吏部的案子牽扯的可是洛州刺史楊秉均，是皇兄親自過問的，一旦牽連，恐怕不會小吧？」

「如果我像個死人一樣什麼都不做，自然牽連就大。但我侯君集並不是死人，多少還能動幾下，所以，請殿下和王爺放一百個心，眼下，誰都還奈何我不得。」

李元昌不太喜歡侯君集陰陽怪氣的腔調，於是撇撇嘴，不理他了。

李承乾點點頭。「如此甚好，我就怕你在這節骨眼上被牽扯到。」

「殿下，請看看侯某這隻手！」侯君集說著，忽然把寬大的袖子捋了上去，露出右手的整條臂膀，只見肌肉結實、青筋浮起，上面還有大大小小的許多傷疤。李元昌一看，越發嫌惡，趕緊把頭扭開。

李承乾詫異。「侯尚書這是何意？」

「侯某這隻手，砍過數千顆首級，也被人砍過數十刀，但現在還結結實實地長在侯某的肩膀上！所以，侯某留著這隻好手，就是要讓殿下用的！在輔佐殿下登上皇位、成就大業之前，侯某怎麼能出事呢？」

李承乾這才明白他是在表忠心，當即朗聲大笑，拍了幾下掌。「侯尚書一片精忠赤誠，令我十分感佩！那麼尚書不妨說說，我該怎麼用你這隻手呢？」

「很簡單，手起刀落！」侯君集中氣十足地道，同時揮手做了個砍人的動作。「殿下若想讓魏王的人頭三更落地，我就不會讓他活到五更！」

李承乾沒料到他會把話說得這麼露骨，淡淡一笑。「侯尚書，我很欣賞你的忠勇和果敢，不過，魏王和我畢竟是一母同胞的兄弟，雖然他有些事做得過分了些，但不到萬不得已之時，還是不要動刀為好。」

「殿下宅心仁厚，魏王卻未必如是。」侯君集道：「想當年，隱太子何嘗不是像殿下一樣顧念手足之情，其結果便是成了親兄弟的刀下冤魂，誠可謂一失足成千古恨！殿下今日，難道還想重蹈覆轍嗎？」

「侯尚書既然如此坦率，那我也不跟你繞彎子了。」李承乾道：「實不相瞞，我也動過武力解決的念頭，不過眼下確實不到時候。此外，魏王那邊有我的人，據他傳回的消息，魏王現在也還不敢走這一步。所以，我們大可以先把刀磨利了，至於什麼時候出鞘，還得看情況再說。」

「殿下所言甚是，侯某今天來，就是想跟殿下商議磨刀的事。」

「侯尚書，」李元昌插言道：「據我所知，你在軍中有不少死忠的舊部，你所謂的刀，是不是指他們？」

「死忠？」侯君集冷笑。「這年頭，還有真正死忠的人嗎？侯某是有不少舊部，不過這些人，只能在事後作為穩定大局之用，卻不能在緊要關頭當刀使。」

「為何？」

「現在的人，個個利字當頭，你今夜跟他密謀，他天還沒亮就可能把你賣了！」

「尚書說得對。」李承乾道：「眼下朝局複雜、人心叵測，找那些軍中將領，確實風險較大，不可不慎。」

「既然軍中之人不可用，那麼依尚書之見，還有什麼人可用？」李元昌問道。

侯君集陰陰一笑。「江湖勢力。」

李承乾和李元昌對視一眼，不約而同地發出了笑聲。

侯君集有些納悶。「二位何故發笑？」

「不瞞你說，我和漢王這兩天也在琢磨這事呢。」李承乾道。

侯君集越發詫異。「殿下跟江湖勢力也有關係？」

「關係倒沒有，目前只是有些想法。」李承乾道：「最近朝中楊秉均一案鬧得沸沸揚揚，尚書可知其中內情？」

侯君集回憶了下。「只是聽說，玄甲衛押解辯才回朝的時候，在陝州甘棠驛似乎遭遇了江湖勢力的劫殺。」

「正是！那尚書知不知道，那支勢力的首領叫什麼？」

侯君集搖了搖頭。

「冥藏。他還把人打入了朝中，據說身居高位，代號『玄泉』。」

侯君集大為驚訝。「殿下，老夫真沒想到，您是足不出戶而知天下啊！」

李承乾得意一笑。「知天下談不上，不過該知道的事，我倒是略知一二。」

「那，殿下跟我說這些的意思是……」

「若有可能的話，跟這個冥藏聯絡上。」李承乾眼中有一絲寒光隱隱閃爍。「我有一種直覺，這個冥藏，會是一把好刀！」

吏部考功司郎中崔適涉嫌的是受賄瀆職案，不算重大案犯，所以沒關在玄甲衛，而是關在刑部的牢房。

此刻，崔適坐在一間昏暗的單人牢房中，蓬頭垢面，雙目無神。

牢門上的鐵鍊一陣叮噹亂響，一個獄卒打開牢門，提著一桶牢飯走進來，粗聲粗氣道：「犯人崔適，吃飯時間到了！」

崔適回過神來，苦笑了一下。「現在都幾更天了，才送晚飯，你們就不怕把人餓死？」

「餓死拉倒！」獄卒道：「反正養著你們也是浪費糧食！」

崔適再度苦笑。「案子還沒審，有沒有罪還不好說，你就敢讓我死？萬一崔某東山再起，還不知道誰先死呢！」

獄卒呵呵一笑，拿一只大碗往木桶裡隨意一鏟，盛了大半碗黏糊糊的粗麥飯，往前一遞，冷不防道：「吃了這碗飯，你就知道能不能東山再起了。」

崔適聽出了弦外之音，頓時緊盯著獄卒。獄卒朝那碗飯努努嘴。崔適會意，一把搶過，伸出髒兮兮的手就往飯裡抓去。這一抓，果然讓他抓到了什麼東西，拿出來一看，居然是一綹五色絲繩。

在唐代民間，這種五色絲繩被稱為「長命縷」，一般纏在兒童手臂上，以求辟邪去災，祛病延年。此刻，崔適拿著這綹長命縷，手竟然開始顫抖，臉色也瞬間蒼白。他認出來了，這是他年前親手繫在小兒子手腕上的長命縷。它現在居然到了這個獄卒手上，其背後的含義不言自明。

「崔郎中，有人讓我給你捎個字，你聽清了。」獄卒湊近，在他耳旁說了什麼。

崔適一聽，眼中頓時充滿了絕望。

獄卒說的字是「扛」。

崔適很清楚，這是侯君集捎給他的字，意思就是讓他把所有罪責都扛下來。

「崔郎中，你若是聽明白了，自然有人照料你的家人；若是聽不明白，這『長命縷』可就變『短命縷』了。」

昏暗的牢房中，崔適呆若木雞，連獄卒什麼時候走了都不知道。

玄甲衛刑房中，一壺郎官清已經見底，劉蘭成該交代的也都交代了，唯獨還未涉及「玄泉」一事。雖然蕭君默憑直覺感到，他不可能是玄泉，但審案畢竟不能靠直覺，所以蕭君默決定最後試他一下。

「劉都督，在下閒來無事時，喜歡讀一些六朝古詩。」蕭君默漫不經心地道：「昨天剛讀到一首，其中有一句挺有味道，都督想不想聽聽？」

劉蘭成仰起頭，喝光了最後半杯酒，打了個響嗝，笑道：「劉某是個粗人，對這些東西向來不感興趣，不過將軍要是有雅興，說來聽聽也無妨。」

蕭君默凝視著他，慢慢吟道：「雖無絲與竹，玄泉有清聲；雖無嘯與歌，詠言有餘馨。」

劉蘭成聽著，目光卻自始至終毫無變化。

憑這幾年辦案的經驗，蕭君默對人的觀察早已細緻入微，尤其是人的眼睛——在四目相對的情況下，一個人的眼神是很難藏住什麼東西的。假如劉蘭成真的是玄泉，無論他如何掩飾，方才聽到這句詩時，眼神一定會起變化。然而，他沒有。所以蕭君默完全可以確定，劉蘭成不是玄泉。

命人把劉蘭成送回牢房後，蕭君默從書吏那兒取走筆錄，來到自己的值房，連夜便把審訊結果整理成了一份結案奏表，準備明日一早便上呈李世勣並向皇帝稟報。

將近四更時分，蕭君默終於寫完了最後一個字。他把筆擱在架上，長長地伸了個懶腰。就在這時，羅彪興沖沖地跑了進來，剛到門口就大呼小叫。「將軍，您太神了，喝一頓酒就把什麼都審出來了！」

蕭君默把奏表啪地合上，揉了揉眼睛。「我不是讓你去歇著嗎？幹麼又跑過來？」

「我高興啊！」羅彪樂呵呵的。「這傢伙這麼痛快就承認他是玄泉，還不夠讓人驚喜嗎？」

「你說什麼？」蕭君默驀地一怔。

「將軍，您就別得了便宜賣乖了！」羅彪笑道：「就剛剛，劉蘭成在牢房裡大呼小叫的，說他就是玄泉，我想您定是給他施加什麼壓力了，所以他只好老實招供。」

蕭君默已經完全懵了。

到底是哪兒出了問題？劉蘭成明明不是玄泉，為什麼要承認?!

此時的蕭君默當然不知道，就在剛才的刑房中，劉蘭成已經偷偷把于二喜丟下的那卷紙條攥在了手心裡。回到牢房後，他趁看守不備，偷偷展開一看，上面用工筆小楷寫著：

二子三孫皆在我手　認下玄泉　大家平安

在這行字的後面，赫然有一個落款，寫著「楊秉均」。

劉蘭成頓時大驚失色。他認得出楊秉均的筆跡，更清楚楊秉均的為人，他既然說自己的兩個兒子和三個孫子都在他手裡，那肯定不是隨便嚇唬他。所以，劉蘭成不得不面臨一個無比艱難的抉擇：如果承認自己是玄泉，其他家人恐怕難逃被株連的命運，但兩個兒子、三個孫子的命就保住了；如果他不承認，其他家人固然罪責較輕，但兒子和孫子們必死無疑，這樣他劉家就得絕後！

思來想去，劉蘭成最終還是選擇了承認。

他把紙條吞進了肚裡，開始大呼小叫起來：老子就是玄泉……

蕭君默飛也似地跑到了牢房，質問劉蘭成為何要撒謊承認。劉蘭成苦笑，最後對他說了一句話。「蕭郎，謝謝你把劉某當朋友！你儘管去跟聖上稟報，說我就是玄泉，要殺要剮隨便！但是接下來，劉某一個字都不會說了，若有來世，劉某再陪蕭郎大醉一場！」

說完這句話，劉蘭成真的就變成了啞巴，一個字都不再吐露。

次日一早，李世勣來到衙署，聽說劉蘭成已經招認，大喜過望，連聲讚嘆蕭君默有能耐，沒讓他失望。蕭君默一臉苦笑，不知該說什麼。李世勣隨後親自提審劉蘭成，想進一步挖出冥藏及神祕勢力的更多線索，不料劉蘭成卻死活不肯再開口。

李世勣無奈，只能如實上奏。李世民聽完稟報，沉吟半晌，道：「既然如此，那就斬了吧，家產籍沒，所有家屬流放嶺南。」

轟動一時的「玄泉案」至此塵埃落定，但蕭君默心中的困惑卻揮之不去。

他把昨晚的事情仔細回顧了一遍，發現唯一的問題就出在于二喜身上，立刻命羅彪把于二喜找來。羅彪卻道：「這小子跟著我，最近累得跟狗一樣，現在案子好不容易結了，我就給了他一天假。」蕭君默隨即又趕到于二喜家中，家人卻說他根本沒有回過家。

蕭君默心裡有了一種不祥的預感。

果不其然，第二天，于二喜就從宣義坊的清明渠中被撈了上來，屍體腫脹變形。仵作勘驗後，稱死者生前喝了很多酒，興許是醉酒失足溺斃的。但是，蕭君默知道，于二喜絕非醉酒溺斃，而是被人滅口了。

殺他的人，就是那個深深隱藏在朝中的真正的玄泉！

吏部的案子也在同時有了結果，考功司郎中崔適供認，收受了楊秉均的賄賂，連續兩年在考課中弄虛作假、營私舞弊。刑部秉承皇帝旨意，試圖讓崔適承認尚書侯君集才是受賄瀆職案的主犯，但崔適卻咬死了此案是他一人所為，與侯君集毫無關係。

李世民聞報，也沒有辦法，只好下旨判崔適革職流放，判侯君集因失察之過罰沒一年俸祿。另外，現任民部尚書唐儉因在吏部尚書任上收受劉蘭成賄賂，被革除了尚書職務。

兩起大案同時落下帷幕，但李世民的心中卻一點都不輕鬆。

他隱隱覺得，兩起案件似乎都了結得有些倉促，而且其中疑點不少。可是，在沒有其他任何證據和線索的情況下，暫時也只能不了了之。

現在，李世民的重點仍然是在辯才身上。

只要他肯開口，一切謎團便迎刃而解了。

第十六章 宮禁

蕭君默心裡惦記著楚離桑，便動用自己的情報網找了在宮裡當差的一個宦官，跟他打聽楚離桑的情況。

宦官叫米滿倉，二十來歲，說話結巴，由於家中貧困，曾為了籌錢給母親治病，盜賣過宮裡的東西。蕭君默當初查到他頭上，但看他可憐，便沒有告發他。米滿倉對此自然是心懷感激。巧合的是，米滿倉正是看守楚離桑的宦官之一，這不禁讓蕭君默喜出望外。

米滿倉費了半天勁，才說清了基本情況，楚離桑被軟禁在後宮東海池旁的凝雲閣，身邊十二時辰都有人看守。

蕭君默問：「她的情緒如何？」

米滿倉道：「不、不好，成天以、以、淚……」

「以淚洗面。」蕭君默幫他說著，心裡有些難受。「那她有正常進食嗎？」

「茶、茶、飯……」

「茶飯不思。」

米滿倉點點頭。

「那她這樣子，聖上就不擔心她身體垮了怎麼辦？」蕭君默話一出口，才覺得這個問題三言兩語不好回答，對米滿倉有些困難，便換了個問題。「她有跟你們說話嗎？」

「有。」

蕭君默心中稍覺安慰，一個人願意跟人說話，就說明還沒完全絕望。

「她有沒有輕生的傾向？」

「無。」

蕭君默心裡更踏實了點，想了想，又問：「辯才是否開始吃飯了？」

「是。」

「那他是否開口了？」

「否。」

「那依你看，他會開口嗎？」

「未必。」

「你是覺得，他還在猶豫？」

「是。」

蕭君默現在最擔心辯才開口，因為一旦說出〈蘭亭序〉的祕密，他和楚離桑就沒有了利用價值，皇帝肯定會把他們滅口。此外，一旦祕密揭破，魏徵也極有可能暴露，皇帝一向信任魏徵，假如知道他居然是潛伏在朝中的天刑盟成員，豈能饒得了他?!

蕭君默很想多打聽一些楚離桑的情況，但碰上這麼個說話費勁的，實在問不清楚，情急之下，一個大膽的念頭忽然躍入了他的腦海。

「滿倉，」蕭君默道：「想個法子，我跟你一起入宮。」

米滿倉嚇得目瞪口呆，冷不丁蹦出了一句完整的。「那怎麼行？」

「怎麼不行？」蕭君默笑。「看來我得多嚇嚇你，這樣你說話就利索了。」

「這跟說話沒、沒關係！」

「滿倉你聽我說，我只進去一會兒，跟楚離桑說幾句話就走，絕對不會連累你。」

「這可是殺、殺頭大、大罪！」

「沒那麼嚴重。」蕭君默笑著，從袖中摸出一枚金錠，塞進他手裡。「滿倉，你娘給你取這個名字，那可是寄予厚望啊！可像你這樣，老是盜賣宮裡的小玩意兒，小打小鬧的，你家的米啥時候才能滿倉？」

米滿倉掂量著手裡的金錠，猶豫了起來。

「你只要帶我進去，別的啥事不管，回頭我還有重謝！」

米滿倉終於一咬牙。「成！」

蕭君默一笑。

「不過，咱得有、有、言……」

「有言在先。」

「只能一、一……」

「一小會兒。」

「我、我啥……」

「你啥事不管。」

「出、出了……」

「出了事都算我的！」

米滿倉這才露出了滿意的笑容。

太極宮的後宮有四大海池。所謂「海池」實為人工湖，其中東海池是由龍首渠引滻水注入而成，北、西、南三面海池由清明渠引潏水分注而成。四大海池煙波浩渺、水光瀲灩，周圍桃紅柳綠、蝶舞鶯啼，為肅穆森嚴的皇宮平添了幾分柔美宜人的景致。

凝雲閣位於東海池旁，北面不遠處就是巍峨的玄武門。

楚離桑就被軟禁在凝雲閣中。

為了見到楚離桑，蕭君默可謂煞費苦心。由於凝雲閣位於宮城東北角，假如從南面入宮，必須穿越重重宮門殿閣，風險太大，所以直接不予考慮。較為安全的方法，還是從宮城北面的禁苑進入，然後經西內苑，入玄武門，便可到達凝雲閣。

唐代長安，有三座大型的苑囿，分別為西內苑、東內苑、禁苑。三苑之中，禁苑的規模最大。東、西兩苑只有方圓數里，而禁苑則囊括了長安西北部的大片地區，北枕渭水，西含漢長安城遺址，南接宮城，方圓足足一百二十里。

禁苑四周雖然建有苑牆，但因蔓延的範圍太廣，且比一般城牆低矮，所以存在一定的安全隱患。蕭君默剛入玄甲衛頭一年偵破的第一件案子，便是一名獵人誤闖禁苑之事。經查明，有一小段苑牆因暴雨而坍塌，該獵人為追逐一隻麋鹿，竟從缺口處闖進了禁苑。儘管事後坍塌苑牆立即被修復了，可蕭君默還是覺得，若有居心叵測之人想要潛入禁苑，肯定不難找到其他漏洞。

蕭君默萬萬沒想到，這回自己竟然成了這個「居心叵測之人」，而且果真沒費多大工夫便找到了一處「漏洞」！那是在禁苑東北面的飲馬門附近，一處苑牆的牆基因雨水浸泡向下塌陷，露出了一個可容一人鑽過的小洞。蕭君默看著那個洞，不禁啞然失笑。

這日午後，蕭君默進入禁苑，利用樹林的掩護一路疾行，很快來到了西內苑，躲藏在玄武門外的一處樹叢中。日暮時分，米滿倉依照事先的約定，帶著一套宦官衣帽來此跟他會合。蕭君默換過衣帽後，兩人又按照事先的計畫抓了幾十隻蝴蝶，裝進了兩隻籠子，一直等到天黑之後才向玄武門走去。

蕭君默身材高大，為了偽裝，不得不彎腰俯首，還得學著米滿倉走小碎步，心裡憋屈得要死。進入玄武門時，守門軍士雖然跟米滿倉熟識，但還是循例攔住了他。

「滿倉，這麼晚了還到內苑瞎走什麼？」一名軍士問道。

「抓、抓蝶。」

「抓蝴蝶？」軍士瞧了瞧他們手上的籠子，果然看見很多顏色鮮豔、個頭很大的蝴蝶。「又是給那個姓楚的小娘子抓的吧？」

米滿倉嘿嘿笑著，算是回答。

「這小娘子，要求還挺多啊！」軍士笑道：「前幾日讓你到禁苑採花，現在又是抓蝴蝶，她還真把自個兒當公主了？」

米滿倉賠笑。「聖、聖上有、有命，她有、有求、必應。」

軍士看他結結巴巴的樣子，不禁跟另外幾名軍士相視而笑。他當然知道皇帝早就下令，只要是楚離桑的要求都必須滿足，但卻故意逗他。「滿倉，我覺得你有問題啊！」

米滿倉一驚，張大了嘴。

蕭君默低著頭，眉頭微蹙。他明知軍士是在逗米滿倉，所以並不太緊張，但這麼耽擱下去難免露出破綻，心裡不禁焦急。

「啥、啥問題？」

「前幾日你說要採龍爪花，說宮裡頭沒有，得到禁苑裡採。可今天抓蝴蝶，宮裡到處都是，為何還要去禁苑呢？」

「這、這蝶，宮裡沒、沒有。」

「奇了怪了！什麼蝴蝶宮裡頭沒有？」

「這叫、大、大紫、蛺蝶。」米滿倉急得汗都出來了。「禁、禁苑，才、才有。」

「是嗎？大紫蛺蝶？」軍士拿過籠子瞧了瞧，覺得無趣，又遞還給他。「滿倉，我覺得這姓楚的小娘子就是在耍你們玩吧？趕明兒她要是想摘星星、摘月亮，你們也上天給她摘嗎？」

「那、那好辦。」

「好辦？」軍士詫異。「怎麼就好辦了？」

「讓她做、做個夢，就、就有了！」

軍士反應過來，頓時和其他人一塊兒哈哈大笑，又道：「滿倉，看不出來你一個結巴，也會講笑話。」

米滿倉嘿嘿賠著笑。

蕭君默仍舊彎著腰低著頭，覺得自己已經快忍不住了。

「走吧走吧，不耽誤你工夫了。」軍士揮揮手。

蕭君默暗暗鬆了一口氣，趕緊一陣小碎步跟著米滿倉走過了城樓下的門洞。

二人過了玄武門，快步往左手邊行去，穿過幾重殿閣，約莫走了一炷香工夫，然後繞過一片小竹林，便見一座精緻的二層小樓矗立在水岸邊。

這便是凝雲閣了，院牆外花木扶疏、修竹亭亭。

走進院子，燈籠高掛，比外面亮堂了許多，蕭君默趕緊把頭埋得更低了。米滿倉跟樓下的七、八個宦官打著招呼，領著蕭君默徑直登上樓梯，來到了二樓。

二樓繡房外站著兩名宮女。米滿倉的職務顯然比她們高，剛一到門口，宮女立即把房門推開了。二人抬腳邁了進去，只見房裡又站著四名宮女，楚離桑斜倚著欄杆坐在窗邊，背對著門口。蕭君默一看到楚離桑的身影，心裡便莫名一動，許多滋味瞬間湧上心頭。

其實他跟楚離桑總共也才見過幾面，可不知為何，蕭君默總覺得跟她之間好像已經共同經歷了很多。米滿倉示意蕭君默在門口候著，提著兩隻籠子走到楚離桑身邊，低聲道：「楚、楚姑娘，您、您要的蛺、蛺蝶。」

楚離桑回頭瞥了一眼，淡淡道：「我什麼時候說過要蝴蝶了？」

「您忘了？」米滿倉說話忽然利索了起來。「昨兒早、早上說的。」

楚離桑記得自己明明沒說過，但懶得跟他計較，便頭也不回道：「放著吧。」

米滿倉嘿嘿笑著，把籠子放在一旁，在袖子裡摸索著什麼，道：「咱家費、費盡、辛苦，楚姑娘好、好歹也、也看一眼。」

楚離桑不耐煩，回頭正想衝他發火，忽然看見米滿倉的袖口露出一個東西，定睛一看，竟然是被蕭君默拿去的那把寶石匕首。

楚離桑又驚又疑，困惑地看著米滿倉。

蕭君默站在門邊，暗自一笑，卻仍不敢抬頭。

米滿倉把匕首塞了回去，示意楚離桑把四個宮女支走。楚離桑會意，對那幾個宮女道：「妳們先下去吧，這兒有米內使伺候就行了。」

一個宮女慌忙道：「楚姑娘，聖上有旨，奴婢們不能離開您半步。」

「妳們到樓下候著，我有事就叫妳們，同在一座樓，妳們還怕我飛了不成？」

宮女面露難色，卻一動不動。

「妳們不走是吧？」楚離桑盯著她。

宮女支吾著，就是不肯挪步。

「行，妳們不走，我就從這樓上跳下去。」楚離桑說著站起身來。「看妳們有幾個腦袋！」

宮女慌了神，連連擺手。「楚姑娘別急，奴婢們這就走，這就走！」說完趕緊領著其他三名宮女一起退了出去。

米滿倉走過來，把匕首遞給蕭君默，低聲道：「說、說好了，一、一……」

「一小會兒。」蕭君默接過匕首，塞進袖中。

米滿倉點點頭，這才走了出去。

蕭君默掩上房門，插上門閂，長吁了一口氣。

楚離桑緊盯著這個寬肩厚背的「宦官」，目光中滿是疑惑。

蕭君默緩緩轉過身來。

楚離桑一驚，差點叫出了聲。

「別來無恙，楚離桑。」蕭君默看著她，一臉雲淡風輕的笑容。

平康坊棲凰閣，李泰與蘇錦瑟相擁坐在榻上，耳鬢廝磨，悄悄說著什麼。蘇錦瑟嬌嗔地推了李泰一把，李泰朗聲大笑。

這一個多月來，李泰已經成了這裡的常客。準確地說，他已經成了棲凰閣頭牌歌姬蘇錦瑟唯一的客人。他以每月一千緡的費用包下了蘇錦瑟，不許她再接待任何人。棲凰閣老鴇樂得合不攏嘴，因為一千緡差不多就是整個棲凰閣一個月的收入了。

「四郎在奴家這兒揮金如土，就不怕家裡長輩怪罪嗎？」蘇錦瑟說著，從食案上的銀盤中挑了一顆櫻桃，塞進李泰嘴裡。

「錢財乃身外之物，花在哪裡不是花？何況花在妳這可人兒身上，更是千值萬值！」李泰笑道：「至於家裡長輩麼，妳就無須擔心了，家父他老人家有的是錢，讓我花八輩子都花不完。」

「是嗎？四郎家裡做何營生，這麼有錢？」

「這個麼……」李泰遲疑了一下。「家父早年走南闖北，攢下了一份不小的家業，也得了不少土地，算是……算是個大田主吧！」

「大田主？有多大？」蘇錦瑟睜著一雙清澈的大眼睛，看上去純真無邪。

李泰笑著，一把攬過她，也拿了顆櫻桃給她。「反正大得很，絕對讓妳吃不窮，妳就別打聽那麼多了。」

蘇錦瑟看著手裡鮮豔欲滴的櫻桃，若有所思道：「四郎，都說這櫻桃是『初春第一果』、『百果第一枝』，尋常百姓難得吃上一顆，都是各地進貢給聖上，聖上再賞賜給重臣的。令尊這個大田主，莫非也得到聖上賞賜了？」

李泰呵呵一笑，搶過櫻桃塞進她嘴裡。「這麼好的東西都堵不住妳的嘴。妳管是不是賞賜呢？我們自家地裡長的不成嗎？」

「這櫻桃是哪兒產的？」

「好像是……洛陽吧。」

「你們家的地那麼大？連洛陽都有？」

「錦瑟，」李泰嬉皮笑臉。「妳是不是急著要嫁給我了，所以老打聽我的家底？」

「算了，你既然不願多說，奴家也不討人嫌了。」蘇錦瑟掙脫開他的懷抱。「就這櫻桃，考考你，現作一首詩。」

李泰一怔。「作詩？」

「對啊！現在就作。」

李泰面有難色。「那我要作不出來呢？」

「作不出來就罰你。」

「罰什麼？」

蘇錦瑟嬌嗔一笑。「罰你今夜老實回家睡覺，不准在這兒過夜。」

李泰愁眉苦臉。「這麼罰是不是重了點？」

「嫌重你就拿點才氣出來啊！」蘇錦瑟道：「想跟我蘇錦瑟做朋友，光有錢可不行！」

李泰撓了撓頭，忽然眼珠一轉，大腿一拍。「有了！」

「這麼快？」

「聽好了！」李泰矜持一笑，當即煞有介事地吟道：「華林滿芳景，洛陽遍陽春。朱顏含遠日，翠色影長津。喬柯囀嬌鳥，低枝映美人。昔作園中實，今來席上珍。」

蘇錦瑟有點難以置信。「眼珠一轉，一首詩就出來了？」

李泰一臉得意。「倚馬可待，文不加點！什麼叫才氣？這就叫才氣！」

蘇錦瑟噗哧一笑。「好一個倚馬可待、文不加點，只可惜……」

「可惜什麼？妳敢說這首詩不好嗎？」

「好是好。」蘇錦瑟淡淡道：「只可惜……是抄襲之作。」

李泰一驚，支吾道：「胡說！這……這明明是我自己作的。」

「這明明是令尊作的。」蘇錦瑟幽幽地道：「什麼時候變成你的了？」

李泰更是驚得整個人站了起來。「妳……妳怎麼知道？」

方才李泰吟出的這首詩，正是太宗李世民所作的〈賦得櫻桃〉，當時只在宮禁和朝中有傳，民間根本不得而知，所以李泰這一驚非同小可。

「殿下，您不必再瞞奴家了。」蘇錦瑟微然一笑。「您說的大田主，不就是當今聖上嗎？」

「你怎麼進來的？」楚離桑難以置信地看著蕭君默。

蕭君默拍了拍身上的宦官服，笑道：「雖然有點辛苦，不過這大唐天下，還沒有我蕭君默想進卻進不了的地方！」

「好大的口氣！」楚離桑冷笑。「你就不怕我大聲一喊，你的人頭就落地了？」

「妳不會喊。」

「為什麼？」

「因為我是好心好意來看妳的，妳這麼通情達理的人，怎麼會不識好人心呢？」

「我跟你毫無關係，你為什麼要來看我？」

「誰說我們毫無關係？咱們雖然算不上是老朋友，也可以說是舊相識吧？」

「我和你之間，不過是有一樁宿怨罷了。」楚離桑冷冷道：「談不上是什麼舊相識。」

「宿怨也好，舊仇也罷，」蕭君默大大咧咧地在床榻上坐了下來，還找了個舒服的姿勢靠著。

「總之咱們關係匪淺，對吧？再說了，妳不是揚言要來長安找我算帳嗎？妳現在又出不去，我只好自己找過來了。」

楚離桑一聽，微微有些尷尬，道：「你到底想幹什麼？」

「不幹什麼。」蕭君默道：「就是問問妳，到底想跟我算什麼帳。」

「你還有臉問？」楚離桑憤然道：「把我害到這步田地的，難道不是你嗎？」

蕭君默摸了摸鼻子。「我承認，雖然是職責所在，不得不為，但妳的事情，我確實負有部分責任。所以，我這不是還債來了嗎？」

「那好啊！」楚離桑也在一張圓凳上坐了下來。「你想怎麼還？」

蕭君默一攤手。「妳是債主，由妳說了算。」

「很好！」楚離桑手一伸。「先把東西還我。」

「什麼東西？」蕭君默裝糊塗。

「我的匕首。」

蕭君默做出一副捨不得的表情，在袖子裡摸摸索索，半晌才掏出匕首，指了指上面的硬皮刀鞘。「這個皮套值不少錢呢！刀子是妳的，刀鞘卻是我後來找人做的，妳不能都要回去吧？」

楚離桑一怔，不悅道：「東西讓你用了那麼久，難道就白用了嗎？那刀鞘就算是利息，便宜你了，快給我！」

蕭君默想了想，點點頭。「這麼說好像也有道理。」說完作勢要扔。楚離桑伸手去接，蕭君默卻又縮了回來。楚離桑一惱，狠狠盯著他。「又怎麼啦？」

「不對呀！」蕭君默道：「我忽然想起來，這東西我付了錢的呀！」

「胡說！」楚離桑柳眉倒豎。「明明是你強行奪走的，什麼時候付錢了？」

「在甘棠驛啊！」蕭君默急道：「我不是給妳留了好幾錠金子嗎？難道是被劉驛丞給吞了？」

楚離桑一愣，下意識地把手縮了回去。

「嘖嘖，現在的人哪，真是靠不住！」蕭君默做痛心疾首狀。「瞧他劉驛丞老實巴交的一個人，竟然會把我留給妳的錢吞了，真是人心不古！」

「你別冤枉人家了。」楚離桑悻悻道：「他把錢給我了，沒吞。」

「是嗎？這就好，這就好。」蕭君默連連點頭。「那說明此人人品不錯。不過話說回來，我也沒有明說那些錢是買這把匕首的，所以這事我也有錯，妳一時沒想起來，也可以諒解，妳放心，我不會怪妳的。」

楚離桑大為氣惱，可是吃人的嘴短，拿人的手軟，她確實花了蕭君默不少的錢，人家拿這把匕首抵帳也不算過分。本來理直氣壯要討回自己的東西，這下反倒理屈詞窮了，一時惱恨卻又無從發洩，眼淚登時便流了下來，趕緊背過身去。

蕭君默一看，頓時慌了神，心裡懊悔不迭，連聲暗罵自己玩得過火了，隨即走到她身後，拿著匕首碰碰她的手臂。

「喂，別生氣了，跟妳鬧著玩呢，今晚我把這東西帶過來，本來就是想還妳的。」

「我不要，你拿走！」楚離桑的眼淚撲撲簌簌地往下掉。

蕭君默不知如何是好，只好繞到她面前，楚離桑立刻又轉身背對他。蕭君默急得抓耳撓腮，從沒感覺這麼狼狽過。就在這時，門被輕輕推了一下，沒推開，旋即響起敲門聲。米滿倉在外面低聲道：「時、時、時辰……」

「敲什麼敲？」蕭君默趕緊躥到門後，沒好氣道：「我知道現在什麼時辰，再給你一錠金子，買你一刻。」

門外停了一下，又敲了起來。「這不、不是錢、錢的事……」

「兩錠。」

敲門聲又停了片刻，然後再度響起。

「三錠！」

敲門聲終於靜止下來。

蕭君默感覺幾乎可以透過門板看見米滿倉見錢眼開的嘴臉，惱恨道：「米滿倉，你這是敲詐勒索你知道嗎？」

門外似乎輕輕一笑。「又不是、我、我逼……」

「又不是你逼我的，是我自己願意的對不對？」蕭君默不耐煩。「三錠金子買你半個時辰，給我閉嘴，別再吵了！」說完趕緊走回楚離桑身邊，還沒開口就聽她冷冷道：「你給他再多金子也沒用，我跟你沒什麼話好說，你快走吧！」

蕭君默笑了笑，把匕首放在案上。

「那東西你也拿走，我不要了。」

「妳在這裡不安全，得有個東西防身。」蕭君默說著，旋即正色道：「楚離桑，時間緊迫，咱們得說正事了。」

楚離桑忍不住抬頭看他。「什麼正事？」

「妳爹的事。」

「我爹？」楚離桑詫異。「你到底想說什麼？」

「聖上一心要逼妳爹開口，現在又把妳抓來了，我擔心妳爹恐怕撐不了太久，遲早會把什麼事都說出來——」

「我爹說不說，跟你有什麼關係？」楚離桑冷冷打斷他。

「跟我個人是沒什麼關係，但關係到妳和妳爹的性命。」

楚離桑一驚。「怎麼說？」

「妳爹保守的祕密干係重大，在把他的祕密掏出來之後，聖上是不會留著他的。」

楚離桑大驚。「你的意思是皇帝會殺人滅口？」

蕭君默點點頭。

楚離桑滿腹狐疑。「可是，你一個玄甲衛，為什麼會跑來跟我說這些？我怎麼知道你不是又在騙我？」

蕭君默苦笑。「楚離桑，看著我的眼睛，妳看我像是在說謊嗎？」

楚離桑一聽，不由自主地看著他。果然，他的雙眸無比清澈，似乎一眼能看到心裡。可驀然間，楚離桑又想起了伊闕菩提寺中的一幕——那個暴雨之夜，那個叫「周祿貴」的落魄書生打著一把傘給她遮雨時，眼神也是如此清澈，但那明明是個騙局！

思慮及此，楚離桑迎著蕭君默的目光，只說了一個字。「像。」

蕭君默無奈地嘆了口氣。

「別演戲了！想當初，那個周祿貴也是用這種眼神看著我，結果呢？」楚離桑冷冷一笑。「你一個堂堂玄甲衛，卻裝出一副要來幫我的樣子，你覺得我會信嗎？」

蕭君默苦笑無語。

是啊，我曾經把她和她一家人騙得那麼慘，現在憑什麼讓她相信我？

棲凰閣中，李泰又驚又疑地看著蘇錦瑟，下意識倒退了幾步。「蘇錦瑟，妳是不是把我和二郎他們說的話，全都偷聽去了？」

蘇錦瑟不慌不忙地站了起來，迎著李泰的目光。「殿下，您難道真的把奴家當成個無知無識、只會賣笑的煙花女子嗎？」

「我知道妳這人心高氣傲。」李泰冷冷道：「可我沒想到妳竟然居心叵測！」

蘇錦瑟淡淡一笑。「殿下自幼長於深宮，應該比誰都清楚，宮裡頭的人，哪一個不是居心叵測？奴家一個淪落風塵的弱女子，再怎麼居心叵測，也不如他們吧？」

「妳說，妳偷聽我們的談話，意欲何為？」

「奴家沒有偷聽殿下的話。」

「事實就擺在眼前，妳又何必強辯？」

「殿下，事實是，從您第一天來到棲凰閣，奴家便已知道您的身分，還有房玄齡家的二郎房遺愛、杜如晦家的二郎杜荷，也都一樣。從你們第一天出現在這裡，奴家便什麼都知道了。您說，奴家還需要偷聽什麼嗎？」

李泰用一種不可思議的眼神看著她。「那就是說，這個表面上燈紅酒綠的溫柔鄉，其實是妳精心布下的陷阱，就等我們一個接一個往裡跳了？」

「奴家若是成心想害殿下，倒是可以這麼說。」蘇錦瑟嫣然一笑。「可奴家非但不是要害殿下，反而是來幫殿下的。您說，這還能叫陷阱嗎？」

「幫我？」李泰冷笑。「妳不過就是棲凰閣的一個頭牌歌姬，憑什麼幫我？」

蘇錦瑟搖搖頭，嘆了一口氣。「殿下，奴家說過多少遍了，可您還是用這種眼光看奴家。」

「那我該用什麼眼光看妳？」

「謀臣。」

「妳說什麼?!」李泰不自覺地眯起了眼睛。

「倘若殿下覺得這頭銜太大，不適合奴家這種身分的女子，那咱們就換個說法。」蘇錦瑟從容自若。「殿下要奪嫡，奴家可以做您的鋪路石；殿下要對東宮下手，奴家可以做您的刀！」

李泰再度震驚，警覺地看著她。「妳到底是什麼人？」

蘇錦瑟卻不作答，兀自走到榻上坐下，渺渺地望了窗外一眼，然後淺淺一笑。「靜夜未央，更漏正長，值此春宵，莫負良辰！殿下，您不必一副如臨大敵的樣子。」說著拍拍身旁的坐榻。「坐吧殿下，奴家又不是老虎，還能吃了您不成？」

李泰猶豫著坐了下來，卻只靠在一側，離她遠遠的。

蘇錦瑟笑了笑，用纖纖玉指夾起一顆櫻桃，挨到李泰身邊。「殿下，不管奴家是什麼人，這櫻桃還是櫻桃，不會因為奴家的身分而變味，是吧？」說著便把櫻桃湊到他的嘴邊。

李泰遲疑了一下，才僵硬地張開嘴。

櫻桃含在嘴裡嚼著，李泰卻只覺味同嚼蠟。誰說不會變味？方才還是那麼清甜可口的東西，現在全然沒了味道。

「回答我的問題。」李泰板著面孔，把還沒嚼碎的櫻桃一口嚥了下去。

「這樣吧，給奴家三天時間。三天後的此刻，請殿下再來，奴家介紹一位娘家人給殿下。到時候，奴家是什麼人，憑什麼能幫殿下，您問他便清楚了。」

李泰冷笑。「妳覺得過了今夜，本王還會來妳這個棲凰閣嗎？」

「反正奴家把話帶到了。」蘇錦瑟依舊笑靨嫣然。「至於殿下來不來，那是您的自由。」

李泰不語，接著霍然起身，徑直朝外走去，同時頭也不回地扔下一句話。「告訴妳那個娘家人，三天後最好自備一口棺材，興許用得上。」

凝雲閣中，蕭君默和楚離桑默然相對，氣氛凝滯而尷尬。

「楚離桑，那妳說，妳要怎麼才能信得過我？」蕭君默打破了沉默。

「別費勁了，我永遠不會信你。」楚離桑的語氣十分冰冷。

「那要是我把妳和妳爹都救出去呢？」

情急之下驀然蹦出這句話，連蕭君默自己都感到頗為驚訝。

楚離桑更是一臉驚愕地看著他。「你說什麼?!」

「解鈴還須繫鈴人。」蕭君默不知從哪裡冒出了一股勇氣。「既然是我虧欠了你們，當然得由我來彌補。」

「你想怎麼做？」

「此事並不容易，妳容我好好謀劃一下。」

「救我們，不就等於背叛皇帝了嗎？」楚離桑用一種陌生的眼光看著他。「你一個玄甲衛郎將，為什麼要做這種事？」

「我也不知道。」蕭君默故作輕鬆地笑笑。「也許，是良心不安吧。」

「你們玄甲衛做事，不是向來只求結果不問良心嗎？」楚離桑揶揄道。

蕭君默一怔，旋即笑笑。「妳是不是把我說過的話都記著？」

「我可沒那閒工夫！」楚離桑白了他一眼。「我只是好奇，一個沒良心的人，現在怎麼就良心發現了？」

蕭君默嘆了口氣。「說心裡話，我一直想用玄甲衛的這條鐵律說服自己，可後來發現……我還是說服不了。」

「這麼說，你要棄惡從善、改邪歸正了？」

蕭君默忍不住一笑。「也沒這麼不堪吧？此一時彼一時，當初去抓妳爹，我對所有事情都一無所知，可現在不同了，我已經知道皇帝抓妳爹的原因，也大致知道，妳爹保守的那個祕密非同小可，可能關係到很多人的身家性命，所以看法自然跟以前不一樣。」

「關於那個祕密，你知道多少？」

「知道一點吧，不多。」

「能告訴我嗎？」

「三言兩語說不清楚，反正所有祕密都跟〈蘭亭序〉有關。若能把你們救出去，我再慢慢跟妳說，或者，妳再好好問問妳爹。」

楚離桑想著什麼，忽然自嘲一笑。

「妳笑什麼？」

「我在笑，本來是想找你報仇的，可現在這樣子，倒像是跟你一夥的了。」

「這是天意，說明咱倆有緣。」蕭君默笑。「可能命中注定，咱倆就該是一夥的。」

「誰要跟你一夥?!」楚離桑羞惱。「要不是被關在這裡，我殺你的心都有！」

蕭君默看著她，驀然想起桓蝶衣那句話。「女人的話往往是反著說的，她嘴上說恨你，其實心裡就是喜歡你的意思。」隨即笑了笑，道：「妳真的這麼恨我嗎？」

「當然！要不是你抓了我爹，我娘她也不會……」楚離桑說到這兒，眼眶登時又紅了。

蕭君默剛剛有些自鳴得意，立刻又慌了神，忙道：「現在要救你們出去，只好委屈妳跟我一夥，不過等你們逃出去後，咱立馬散夥，好不好？或者妳要是不甘心，到時候再捅我一刀！」

「再捅一刀可不是捅你的手臂了。」

「無所謂，只要記得捅完之後，挖個坑把我埋了就好！」

「這可是你說的。」

「我說的，君子一言，快馬一鞭！」蕭君默舉起右手，信誓旦旦。

楚離桑看他賭咒發誓一臉認真的表情，忍不住笑了下。

蕭君默小心賠著笑，心想俗話說「女人心海底針」，可真是一點都不假，這一會兒哭一會兒笑的，也不知心裡到底在想什麼。

就在這時，門突然又敲響了，而且敲得很急。

蕭君默眉頭一皺。「米滿倉，你可別得寸進尺——」

話還沒說完，就聽見米滿倉在外面道：「快快，聖、聖、聖……」

蕭君默一驚。「聖上來了？」

門外沒回話，但顯然如此。

二人四目相對，一下都驚呆了。蕭君默率先回過神來，一個箭步衝到窗邊，探頭一看，小樓下面已經站滿了全副武裝的禁軍士兵，趕緊把頭縮了回來。這時，樓下已響起趙德全的一聲高喊。「聖上駕到！」緊接著便是一行人咚咚咚走上樓梯的聲音。

蕭君默飛快掃了整個房間一眼，幾乎沒有任何可以藏身的地方。

楚離桑也急得團團轉。

忽然，蕭君默發現角落裡放著一口衣箱，立刻衝過去打開箱蓋，一股腦兒把裡面的錦衣羅裳抱起來，全都扔到了床榻上，然後示意楚離桑開門，接著便整個人跳入了衣箱中。

就在蕭君默合上箱蓋的同時，楚離桑打開門閂，門立刻被推開，米滿倉和方才那四個宮女快步走了進來。楚離桑旋即轉身，飛快拿起榻上的一件衣裳，在自己身上比量著。

李世民一步邁了進來，用威嚴的目光掃視了房間一圈。

宦官宮女們趕緊跪地行禮。

楚離桑不慌不忙，仍舊背對著門口，專心致志地比著衣裳。

李世民輕輕咳了一聲。楚離桑這才慢慢轉過身來，看見皇帝，只微微斂衽一禮，卻不說話。李世民笑了笑，開口道：「楚姑娘，在宮裡可還住得慣？」

「我若說住不慣，陛下會讓我出宮嗎？」楚離桑淡淡道，又轉身去擺弄那些衣裳。

李世民面色微慍，卻強作笑顏道：「妳才來幾天，住不慣也正常，多住些時日，妳便會喜歡上宮裡了。」說著，忽然看見窗邊地上那兩籠蝴蝶，有些詫異，忍不住走了過去。

楚離桑不經意地回頭，猛然看見，那口衣箱的蓋子沒蓋嚴實，縫隙處竟然露出了一截灰色袍衫。而那兩籠蝴蝶離衣箱不遠，李世民只要一回身一低頭，立刻就會發現。楚離桑大為驚恐，手心立刻沁出冷汗。此時，米滿倉也發現了這個紕漏，臉色唰地一下就白了。

「楚姑娘喜歡蝴蝶？」李世民問道。

「是的，若說這宮裡有什麼讓我喜歡的，也就是花和蝴蝶吧。」

李世民笑了幾聲，對站在門邊的趙德全道：「德全，你吩咐下去，只要是楚姑娘喜歡的東西，都要立刻置辦，不得有誤！」

「老奴遵旨。」趙德全躬身道：「不瞞大家，老奴早就吩咐過了，底下的奴才們想必也是盡心盡力的。」

李世民「嗯」了一聲，目光開始在屋中隨意掃視。

楚離桑心裡大驚，趕緊暗暗使力，把手裡的一件絲質衣裳撕開了一道口子，同時誇張地冷笑了一聲，道：「陛下，您給小女子置辦的這些衣裳，是別人穿剩下的吧？」

李世民臉色一沉。「楚姑娘何出此言？」

楚離桑把衣裳提起來晃了晃。「陛下自己看看吧。」

李世民立刻走過來，接過去一看，頓時臉色大變，沉聲道：「德全，你過來！」趙德全驚詫，慌忙跑過來一看，登時傻眼，跪伏在地。「大家恕罪，老奴昏瞶，辦事不力，請大家息怒！」

李世民正要再訓斥，楚離桑心中不忍，趕緊搶著道：「陛下不要責怪他們，這幾日他們都伺候得很好，這點小口子算不上什麼，小女子自己縫補一下便好了。」

就在這時，衣箱裡的蕭君默似乎也察覺到了，輕輕把露在外面的那一截袍衫扯回了箱子裡。

經此不快，李世民也無心再逗留，跟楚離桑又說了幾句客套話後，便匆匆離開了。楚離桑照舊把那四個宮女支走，然後插上門閂，跟米滿倉一塊兒打開了衣箱。

蕭君默整個人蜷縮在箱子裡，滿頭大汗，一動不動。

楚離桑大驚失色，慌忙拍了拍他的臉頰。蕭君默仍然沒有反應。楚離桑焦急地對米滿倉道：「怎麼不動了？不會是憋壞了吧？」

米滿倉卻冷冷一笑。「放、放心，金子、還、還沒給，他死、死、死……」

「我死不了！」蕭君默猛然從箱子中坐起，把楚離桑嚇了一跳。

「米滿倉，拜託你以後別說這個字。」蕭君默一臉不滿。「不死也被你說死！」

楚離桑忍不住笑了起來。

「剛才著急了吧？」蕭君默抹了一把汗。

「我才不急。」楚離桑哼了一聲。「你死不死關我什麼事？」

蕭君默嘿嘿一笑，從箱子裡爬出來，卻冷不防道：「楚離桑，明日妳必須先辦一件事。」

楚離桑不解。「什麼事？」

「找趙德全，就說凝雲閣這些下人都伺候得很好，請聖上多多賞賜她們。」

米滿倉一聽，頓時滿面笑容。

「這事很急嗎？」楚離桑還是一頭霧水。

蕭君默點點頭。「非常急，因為剛才出了一個大紕漏，必須用賞賜堵她們的嘴。」

楚離桑一驚。「剛才的紕漏不是已經瞞過去了嗎？」

「我不是指那個。我指的是，那四個宮女方才明明看見我在房間裡，可第二回上來我就不見了。妳說，這是不是個大紕漏？」

楚離桑驚得捂住了嘴。

米滿倉也回過神來，笑容僵住了。

「那，替她們請賞就沒事了嗎？」楚離桑又問。

「保證沒事。因為這事要是說出去，她們也得擔責，本來也不敢亂說，請賞只是讓她們心裡舒服一點，樂得保守祕密就是了。」

楚離桑恍然。

「再說了，宦官鑽宮女的房間，這事在宮裡也不算稀罕，雖然妳不是宮女，可在她們看來，做得也差不多是一回事。」

楚離桑有些迷糊，不太清楚怎麼回事，卻見米滿倉捂著嘴在一旁嗤嗤偷笑，頓時明白過來，臉頰一紅，當胸給了蕭君默一拳。

蕭君默吃痛，齜牙咧嘴。米滿倉在一旁笑得更開心了。蕭君默一邊揉著胸口一邊道：「對了，還有一件事。」

「又有什麼事？」楚離桑有些不耐煩。

「明天請賞，不包括這個人。」蕭君默指著身旁的米滿倉。

米滿倉急了。「憑什麼?!」這三個字居然說得十分利索。

「你吃了我的四錠金子，又要拿聖上的賞，世上哪有這麼便宜的事？」蕭君默斜著眼看他。米滿倉急得臉色漲紅。「你、你、你這人……」

「行了行了，楚姑娘該歇息了。」蕭君默把米滿倉肩膀一勾，摟著一塊兒往外走。「有事咱們到外面說，還得聊聊怎麼把她帶出去呢。」

「啥?!」米滿倉萬分驚愕。

「要不這樣吧，楚姑娘，」蕭君默回頭道：「明天請賞也算他一份，畢竟人家要幫妳出宮呢！」說著就強行把米滿倉摟了出去。

米滿倉急著要跟蕭君默掰扯，卻越急越說不出話。

看著二人的身影從門口消失，楚離桑不禁啞然失笑。

經過這一晚，蕭君默在她心目中的印象已大為改觀。當初那個落魄書生「周祿貴」給她留下的那些不尋常的感覺，又絲絲縷縷浮上了心間……

第十七章 冥藏

稱心進入東宮不過十來天，卻已經和太子李承乾形影不離。他換上了男人的裝束，但言行舉止仍然形同女子，舞姿和歌聲也依舊婉約嫵媚。李承乾這些日子幾乎什麼事都沒幹，每天都沉浸在他的歌舞之中，還跟他一起研究漢代樂府和六朝詩歌，並且譜寫編排了很多新的歌舞。稱心連聲誇讚太子有藝術天賦，還說只可惜他生在帝王家，否則必能成為極好的樂人，將來足以名留青史。

李承乾聞言大笑，對稱心道：「人人都巴不得生在帝王家，只有你說可惜。再說了，就算生在帝王家，不一樣可以譜曲作樂嗎？我將來未必就不能成為一個好樂人。」

稱心黯然道：「殿下將來是要做皇帝的，做了皇帝，哪還能做樂人？」

李承乾看著他道：「說到我做皇帝的事，你好像很不開心？」

稱心趕緊笑笑。「沒有沒有，殿下切莫誤會，我是感嘆這世間之事，魚與熊掌無法兼得。」

李承乾忽然拉住他的手，道：「只要你成為好樂人，那我就算是兼得了！將來我做了皇帝，就拜你為太常卿，專門制禮作樂，並且在全天下選采樂童，都交給你調教，讓你譜寫的歌舞傳遍天下，傳諸後世！」

稱心聽得又感動又興奮，一朵紅雲飛上了臉頰。

李承乾就是在這一天，擁著他走進了寢室。此後，兩人便同臥同起、出雙入對，幾乎不避東宮下人的耳目，對與稱心交好的那些太常樂人也不避諱。連李元昌都覺得有些過分，笑罵李承乾重色輕友，可李承乾卻不以為意，依然故我。

東宮的夜晚，因稱心的到來而倍顯熱鬧。

此刻，雖然已經是三更時分，東宮崇教殿裡依然是一派笙歌燕舞。

李承乾和李元昌照舊坐在榻上觀賞，稱心在下面獨舞，十幾名樂工在兩旁伴奏。正當眾人都沉浸在舞樂中不可自拔的時候，一個宦官匆匆跑進來，附在李承乾耳旁說了什麼。李承乾一怔，當即揮了一下手，一時間整座大殿立刻沉寂下來。

「出什麼事了？」李元昌不解。

「魏徵來了。」李承乾面無表情道。

「這老傢伙是不是瘋了？」李元昌大為不悅。「三更半夜不睡覺跑這兒來幹麼?!」

李承乾冷冷地掃了他一眼。李元昌這才悻悻閉嘴，趕緊招呼下面的樂工迴避。稱心不由看向李承乾，卻見他雙目低垂，只好跟著樂工們急急繞過屏風，走進後殿。

「他們避一下就好了，我要避嗎？」李元昌問。

李承乾不語，只揮了揮手。

李元昌一臉憤然，不情不願地站了起來。恰在此時，魏徵已經大步走進了殿中，同時朗聲道：「漢王殿下就不用避了，正好老夫也想跟您聊聊。」

李承乾趕緊起身行禮。「太師。」

魏徵回了一禮。

李元昌撇了撇嘴。「魏太師，你們上了年紀的人是不是夜裡都睡不著，所以起來四處遛達？」

「七叔！」李承乾沉聲道：「不可對太師無禮！」

魏徵笑了笑，不以為意道：「王爺說得沒錯，人上了年紀，夜裡確實睡不好。」

一群宦官急匆匆地撤掉了食案上的酒菜果蔬。魏徵看著他們一通忙活，含笑不語。好不容易收拾停當，李承乾趕緊請魏徵入座。

三人剛一坐下，李元昌馬上道：「太師說想跟我聊聊，不知要聊什麼？」

李承乾暗暗給了他一個眼色，李元昌卻視而不見。

魏徵一笑。「咱們就從方才的話題聊起吧。像老夫這種上了年紀的人，是想睡也睡不著，不知像王爺這種正當盛年的人，為何能睡卻偏偏不睡呢？」

李元昌一怔，道：「我們身體好啊，幾天幾夜不睡也沒事。」

魏徵聞言，忽然哈哈笑了幾聲。

「太師何故發笑？」

「我是笑，我魏徵也曾年輕過，可王爺您呢？您老過嗎？您知道年輕時肆意糟蹋身體，老來會被身體如何報復嗎？」

李承乾眉頭微微一皺，似乎已聽出了指桑罵槐的味道。

李元昌啞口無言，半晌才道：「人各有志，你有你的活法，我有我的活法，憑什麼人人都要像你活得這般無趣？」

「子非魚，安知魚之樂？王爺怎麼就知道我魏徵活得無趣？莫非要像王爺一樣日夜縱情聲色，才叫活得有趣？」

李承乾已經聽不下去了，倏然站起身來，對魏徵深長一揖。「太師，您有什麼話，就直接對我說吧，咱們就不要指著和尚罵禿驢了。」

魏徵示意他坐下，笑笑道：「其實老夫也非有意指桑罵槐，只是話趕話就說到這兒了。」

「太師就別藏著掖著了。」李元昌冷笑。「你大半夜不睡覺，不就是專門來興師問罪的嗎？」

「既知老夫是來興師問罪，那王爺可知自己犯了何罪？」

李元昌忍無可忍，拍案而起。「魏徵，你別欺人太甚！我李元昌堂堂皇族貴胄，有沒有罪還輪不到你來問！」

李承乾知道勸不住，索性苦笑不語。

「王爺果然是血氣方剛！」魏徵淡淡笑道：「這才說了幾句，您就跳起來了，咱們還怎麼好好聊天呢？」

「我跟你沒什麼好聊的！」李元昌怒氣沖沖，扭頭對李承乾道：「殿下，我看你也睏了，大夥兒都早點歇了吧，我先走一步！」說完又瞪了魏徵一眼，甩甩袖子走了出去。

魏徵和李承乾各自苦笑。

殿外，月光如水，流瀉一地。

稱心和一個相熟的年輕樂工並肩坐在大殿後門的臺階上，小聲說著話。

樂工叫阿福，從小跟稱心一塊兒長大，二人情同手足。

「飛鸞，」阿福仍然改不了口。「你這回總算是熬出頭了，瞧殿下寵幸你的樣子，真讓人既羨且妒啊！」

稱心笑。「你倒是心直口快，連妒忌都說。」

阿福呵呵一笑。「咱倆是什麼交情，我怎麼不敢說？我妒忌死你了！」

「把樂器彈好，彈出了境界，將來你也能出頭的。」

阿福苦笑。「我又不像你天生麗質，瞧我這歪瓜裂棗的模樣，誰瞎了眼寵幸我呀？」

稱心掩嘴而笑。

「對了飛鸞，方才是誰來了？瞧太子那樣，好像挺緊張的。」

「可能是魏太師吧。」稱心眼中掠過一絲憂慮。

「殿下是太子，就是未來的皇帝，又何須怕魏徵呢？」

「魏太師是聖上派來輔佐殿下的，殿下自然要敬他三分，這種話你以後別再亂講了。」

阿福吐了吐舌頭，又道：「聽說太子過兩天要帶你到曲江遊玩，是真的嗎？」

曲江位於長安城的東南隅，最初由漢武帝開鑿，因其水波浩渺，池岸曲折，形似廣陵之江，故名「曲江」。隋朝時，曲江被納入京城，因長安的地勢東南高西北低，曲江之地高於皇城，隋文帝便命人深挖曲江，鑿為深池，後世遂稱之為曲江池。此地煙水明媚，楊柳依依，兩岸殿閣綿延，景色綺麗，是長安最著名的風景名勝，上自王公貴族、文人仕女，下至平民百姓、販夫走卒，無不將其視為遊玩宴飲、休閒娛樂的最佳去處。

稱心自幼籍沒入宮，長在教坊，幾乎從未出過門，李承乾心疼他，提議帶他去遊覽曲江，稱心卻怕拋頭露面，惹人非議。李承乾說，咱們輕車簡從，便裝出遊，莫讓人認出便是。稱心終究忍不住對外面世界的好奇，便答應了。沒想到今天早上剛定下來的事，這個夥伴立馬就知曉了。

「你是順風耳嗎？怎麼啥事你都知道？」稱心白了他一眼。

阿福嘿嘿笑道：「我替你高興嘛，這又不是什麼壞事，幹麼怕人知道？」

稱心當然是打心眼裡期盼這次難得的出遊，但不知為什麼，他心裡又總有一絲隱隱的不安，好像是覺得自己天生命薄福淺，不該享有這種好處似的。

崇教殿內，在一陣難堪的沉默之後，李承乾開口道：「太師，我知道，您一定是為了稱心的事來的。」

「殿下自小聰明穎悟，而今依然如此，只可惜近朱者赤，近墨者黑，跟漢王這種人在一起，您的聰明不免打了折扣了。」

李承乾淡淡一笑。「太師的意思是我交友不慎了？」

魏徵直言不諱道：「也可以這麼說。」

「既然聰明在我，便無懼愚人在側；既然我本朱赤，又何懼墨來染黑？漢王是漢王，我是我，太師不必多慮。」

「並非老夫多慮，而是殿下日夜笙歌，聖上必然不悅。」魏徵道：「更何況，殿下寵幸的還不是一般的太常樂人，而是一名孌童。」

「我寵幸孌童不假，但這事會損害聰明嗎？沒聽說過啊！」

「身為儲君，需要的不光是聰明，還有德行。寵幸孌童，損害的便是德行！」

「德行？」李承乾微微冷笑。「自古以來，成者王侯敗者賊，只要贏了，天下人都會給你歌功頌德；若是輸了，再好的德行又有何用？」

「殿下，暫且不說這話有所偏頗，即便這話是對的，您也得考慮怎麼才能贏。若以老夫看來，一個聰明有餘德行不足的儲君，便很可能會輸！」

「這可不好說。魏王能不能鬥得過我，還在未定之天。」

「但就稱心這件事來說，您便是在授人以柄，魏王不可能不加以利用。」

「那就讓他利用好了。」李承乾滿不在乎地笑道：「我倒要看看，最後到底鹿死誰手！」

「殿下，您寵幸稱心，可曾調查過他的身分和來歷？」

「我知道，他父親十幾年前犯事被砍了頭，但這又能說明什麼？事情不都過去了嗎？」

魏徵苦笑。「有些事，過去便過去了，但有些事，不論時隔多久，都永遠過不去！」

「比如什麼？」

魏徵看著李承乾的眼睛，一字一頓道：「比如謀反。」

李承乾一怔。「您是說，稱心的父親當年是因謀反被誅的？」

魏徵點點頭。

「具體是何情由？」

「我若說出具體情由，殿下恐怕會更為駭異。」

李承乾下意識地身體前傾，盯著魏徵。「太師快說，究竟何事？」

「稱心之父，名陸審言，武德年間任職尚輦奉御，即高祖身邊近臣，官職雖然不高，卻因恪盡職守而頗受高祖賞識。」魏徵回憶著，目光變得邈遠。「武德九年，玄武門事變發生時，陸審言自始至終守在高祖身旁，經歷了那場不堪回首的往事。高祖退位後，據說陸審言便一直心存怨懟。貞觀二年，他在一次酒後對友人說了一句話，被人告發，旋即下獄。聖上聽到那句話後，雷霆大怒，立刻以謀反罪名斬了陸審言。可惜啊，名為『審言』，實則出言未審、禍從口出啊！」

李承乾蹙緊了眉頭。「就為了酒後的一句話，父皇便說他謀反？」

魏徵苦笑。

「到底是一句什麼話？」

魏徵看著他。「殿下，這句話我若說出口，我也罪同謀反了。」

李承乾沉吟片刻，又道：「那我只問太師一個問題，陸審言那句話，是不是說出了玄武門事變不為人知的內情？」

魏徵猶豫了許久，最後點了點頭。

李承乾頓時倒吸了一口冷氣。

「殿下，老夫言盡於此，該怎麼做，相信殿下自有決斷。」

魏徵說完這句話，便告辭離去了。李承乾一直呆呆地坐著，甚至連魏徵走的時候都忘記了起身相送。

殿外，稱心和阿福還在說話，李承乾不知何時已無聲地走到他們身後。

二人察覺，慌忙起身。阿福躬身一揖，趕緊溜了。稱心觀察著李承乾的臉色，輕聲道：「殿下，太師是不是提起我的事了？」

李承乾還在出神，聽見他說話，道：「你說什麼？」

稱心又說了一遍。李承乾笑了笑。「沒有，他提你做什麼？他是跟我商量別的事。」

稱心看著他。「殿下，要不，去曲江池的事，就算了吧。」

「幹麼要算了？不是都說好了嗎？」

稱心遲疑著。「我這心裡，總覺得有些不安。」

李承乾看著他，心中疼惜，卻又不得不佩服他直覺的敏銳。事實上，聽完剛才魏徵一席話，李承乾已經意識到了問題的嚴重。因為稱心並非一般的孌童，而是牽扯到了謀反案，並且案情還牽涉到玄武門事變的隱祕內幕，倘若此事讓魏王拿去作文章，父皇必定不會輕饒了自己，說不定盛怒之下廢掉自己的太子位都有可能。

是故，李承乾不得不暗暗下了一個決心：送走稱心。

至少要暫時讓他離開東宮，等日後自己繼承了皇位，再把他接回來。

雖然這些話很難說出口，而且一定會傷了稱心的心，但長痛不如短痛，所以李承乾一番猶豫之後，終究還是一咬牙，說出了自己的決定，最後道：「過兩天遊完曲江，我便命人直接送你離開長安，你的去處我會安排妥當的。」

稱心一聽，整個人便僵住了，淚水無聲地流了下來。

「稱心，我不是要趕你走，也不是要就此分開，只是讓你暫時離開一陣子，避避風頭。」

「我知道，我知道……」稱心頻頻點頭，淚水漣漣。「像稱心這種罪臣之後，本來便是不該連累殿下的，是稱心沒有自知之明，對不起殿下……」

李承乾大為不忍，柔聲道：「稱心，這都是你父親做的事情，跟你無關，你不必自責。何況你父親也不一定有錯，日後，我要是繼承了皇位，一定下旨重審此案，為你父親平反，讓你揚眉吐氣，不再過這種暗無天日的日子。」

稱心抬起臉，眼中露出欣喜之色。「殿下此言當真？」

「當然，我怎麼會騙你呢？」李承乾攬過稱心的肩頭，輕輕抹去他臉上的淚水。

片刻後，二人相擁著向東宮深處走去。

濃濃的夜色很快便把他們吞沒了。

大殿的臺階旁，阿福躲在暗處，一直目送著他們的背影消失在黑暗中，才轉身離開。

「你說什麼?!」

兩儀殿內，李世民驀然聽到劉洎奏報，說太子寵幸孌童，而且那個孌童還是昔日因謀反被誅的陸審言之子，頓時怒目圓睜、臉色鐵青。

「陛下息怒。」劉洎道：「臣目前也只是風聞，尚未證實，說不定此事只是誤傳而已。」

趙德全侍立一旁，也不禁感到驚愕。

「無風不起浪。」李世民冷冷道：「既然有傳聞，那就一定有原因！」

「陛下所言甚是！不過，眼見為實，耳聽為虛，此事不僅關係到太子殿下的聲譽，還牽扯到當年的謀反案，實在非同小可，臣還是懇請陛下親自查證，以免冤枉了太子。」

「說得對！」李世民立刻站起身來，對趙德全道：「走，跟朕去東宮！」

趙德全大驚，卻又不敢阻攔。

「陛下！」劉洎趕緊趨前一步，躬身一揖。「現在便去東宮，臣以為不妥。」

「為何？」

「就算陛下在東宮找到了那個孌童稱心，也不能證明任何事情，太子完全可以說他是正常欣賞歌舞，而且根本不知道稱心的底細。如此一來，非但無法弄清事實，反而陷陛下於難堪之地。」

李世民想了想，覺得也有道理，便坐了回去，道：「那依你之見呢？」

「陛下，臣倒是有一個簡便且有效的辦法，只是臣說出這個辦法之前，還要先請陛下恕罪。」

說著，劉洎官袍一撩，跪了下去。

李世民詫異。「你何罪之有？」

「回陛下，臣為了製造條件讓陛下查證此事，便暗中命人到東宮打探消息。臣此舉雖出於一片公心，但畢竟擺不上檯面，故而心中慚愧，只能向陛下請罪。」

李世民淡淡道：「你自己都說是出於公心了，那還有什麼罪？起來吧，說說，你都打探到了什麼消息。」

「謝陛下！」劉洎起身。「臣得知，兩天之後，太子要微服帶稱心到曲江遊玩，但也不知是真是假。」

「那你所謂的辦法，就是讓朕也微服到曲江一遊，親眼看看此事嘍？」

「陛下聖明！臣以為如此一來，太子便不能說他與稱心毫無關係了。當然，如果到時候事實證明，太子並無任何不軌之舉，只是臣捕風捉影，那便可還太子清白，更是再好不過。」

「劉洎，你這人說話做事，還真是滴水不漏啊！」李世民淡淡笑道，也不知是讚賞還是揶揄。

劉洎微微一驚，連忙又跪了下去。「陛下恕罪，臣只是出於本心，有什麼便說什麼，該怎麼做便怎麼做，並非蓄意為之。」

「起來吧，別動不動就請罪。在門下省做事，本來便是要心思縝密、做事嚴謹，這又不是什麼缺點。」李世民道：「都說你是做侍中的料，今日看來，這話倒也中肯。」

「謝陛下！」劉洎起身，心中暗喜。

蕭君默把米滿倉叫到了家裡，商量如何營救辯才父女。

米滿倉起初死活不同意，直到聽蕭君默開出了令他意想不到的高價，才動了心。然後，二人又經過一番艱難的討價還價，最後才以三十錠金子的價錢成交。

接下來，二人又足足花了一個多時辰，才商量出了一個營救計畫。

米滿倉發牢騷，結結巴巴說救了辯才父女，他自己就得跑路了，今後整個大唐恐怕都不會再有他的容身之處。

蕭君默說，你就別得了便宜賣乖了，這三十錠金子可是我的全部家當，聖上這些年給我的賞賜都在這兒了，拿著這些錢，你走到哪兒不是個富家翁？這回你家的米算是滿倉了，可我家的米倉卻空了。

米滿倉嘿嘿一笑，說這就是你們做男人的苦惱了。

蕭君默一怔，說這跟男人不男人有什麼關係？

米滿倉又結結巴巴地說了半天，大意是你就別裝蒜了，你喜歡楚姑娘，一心想娶她，自然得付出代價，像我們這種淨了身的人多好，也不用花錢娶媳婦，一人吃飽全家不餓。

蕭君默好氣又好笑，說：「你是哪隻眼睛看出我喜歡楚離桑了？」

米滿倉嗤嗤笑著，說這還要用眼睛看嗎？聞都能聞得出來！

蕭君默翻了翻白眼，趕緊岔開話題，說別扯這些沒用的了，趕緊再把計畫討論一下，看看還有沒有什麼紕漏。隨後，二人又商量了好一會兒，蕭君默才取出十五錠金子，作為定金給了米滿倉，然後送他出門。

二人剛走到門口，桓蝶衣就徑直走了進來，一看到身著便裝卻面白無鬚的米滿倉，頓時一臉狐疑。直到米滿倉的背影消失在大門口，桓蝶衣才收回目光，問道：「他是誰？」

「一個朋友。」

「你口味可真雜，連這號朋友都有？」

「什麼意思？」蕭君默裝糊塗。

「別裝了，他不就是一個宦官嗎？」

蕭君默一笑。「宦官怎麼了？宦官也是人，怎麼就不能交個朋友說個話了？」

「你跟他交朋友，恐怕不是為了跟他說話吧？」

蕭君默心裡暗暗叫苦，嘴上卻道：「妳可別冤枉我，我口味再雜，也不至於跟他怎麼樣吧？」

桓蝶衣白了他一眼。「我不是說你跟他怎麼樣。」

「那妳什麼意思？」

「我的意思是說，你跟他交朋友，不是為了跟他說話，而是要透過他跟某人說話。」桓蝶衣盯著他。「我說得對嗎？」

老天爺，女人的直覺真是太可怕了！蕭君默在心裡連連哀嘆，只好強作笑顏。「對了，妳那天不是說要逛街嗎？我今天剛好沒事，走，陪妳逛街去。」說著趕緊朝門口走去。

桓蝶衣一把攔住他，又盯住他的臉。「被我說中了吧？」

「說中什麼了？」蕭君默苦笑。「我根本聽不懂妳在說什麼。」

「你找這個宦官，就是想讓他幫你入宮去找楚離桑吧？」

「她一心要找我報仇，我會主動去找她？」蕭君默不悅道：「何況私闖宮禁就是死罪，我吃飽了飯撐的去找死啊？桓蝶衣，難道師兄在妳眼中就是這麼傻的一個人嗎？」

桓蝶衣仍然看著他，冷冷道：「是。」

蕭君默哭喪著臉。「蝶衣，妳就別再胡攪蠻纏了……」

「我沒有胡攪蠻纏！」桓蝶衣道：「我說你傻是有原因的。」

「什麼原因？」

「一個人喜歡另一個人的時候，就會犯傻！我覺得你現在就是這樣！」

「妳無憑無據的，憑什麼這麼說我？」蕭君默急了。

「你看你看，被我連連說中，欲辯無詞，結果就惱羞成怒了吧？」

「行了行了，我辯不過妳。」蕭君默告饒。「妳還逛不逛街？不逛我可一個人去逛了。」

「我沒心情了。」

「怎麼就沒心情了？」

「我不想一個男人陪我逛街的時候，心裡卻想著另外一個女人。」桓蝶衣丟下這句話，便頭也不回地走了。

蕭君默怔怔站在原地，直到桓蝶衣離開許久，還是沒有回過味來。

李泰自己都沒料到，明明不想再來棲凰閣了，可到了蘇錦瑟跟他約定的時間，居然鬼使神差又來到了這個地方。

棲凰閣依舊是一派紙醉金迷，鶯鶯燕燕們依舊站在廳堂裡搔首弄姿，老鴇見到他依舊是滿臉堆笑、殷勤備至，可李泰一走進來，心裡卻立刻生出了一種物是人非的酸澀與陌生之感。

蘇錦瑟看到他出現在雅間門口的時候，似乎絲毫不覺得驚訝，仍舊像往常一樣笑靨嫣然地迎上來，輕輕摟住他的胳膊，然後把香唇貼在他耳旁，說著兩人之間常有的那些私密體己話，彷彿三天前的那一幕根本沒有發生。

究竟是一種什麼樣的力量，才能把一個如此優雅又風情萬種的女人，變得如此神祕又令人心懼？李泰想，一定是這個問題背後的答案，再次吸引自己來到了棲凰閣。

「殿下今夜能賞光，就說明您不怪罪奴家了，是吧？」蘇錦瑟陪他走到榻上坐下，給他斟了一盅酒。

「快讓妳的娘家人出來吧，別耽誤我的工夫。」李泰冷冷道。

蘇錦瑟眼中掠過一絲感傷，似乎因李泰的冷漠而心生悵然，但旋即恢復了笑容。「也對，殿下日理萬機，奴家是不該跟您多說話。」說完便徑直走到珠簾前，輕聲道：「先生，魏王殿下到了，您可以出來了。」

話音落處，一個五十多歲商人打扮的中年男子撥開珠簾走了出來。此人身材頎長，面貌儒雅，眼中卻有著一種儒者和商人都沒有的凌厲和威嚴。他面帶微笑，直接走到李泰面前，拱手一揖，朗聲道：「在下王弘義，祖籍山東瑯琊，乃蘇錦瑟養父，行商為業，雲遊四方，今日初入京師，便能得見魏王殿下，實乃三生有幸！」

蘇錦瑟若有若無地看了李泰一眼，悄悄走出去，帶上了房門。

李泰上下打量著這個叫王弘義的人，口氣並不太客氣。「閣下既然是瑯琊王氏，那也算是世家大族了，怎麼就淪落成商人了呢？」

「殿下說得是。」王弘義並未理會他的揶揄，淡淡笑道：「若說三百年前，從中原到江左，瑯琊王氏的確都是數一數二的名門望族，但經此多年離亂，早已不復昔日榮光。如今一無權，二無勢，空有郡望而已，若不經商自存，何以安身立命呢？」

「是啊，想當年，『王與馬，共天下』，那是何等風光煊赫！王氏一族的權勢，可是連晉朝皇帝都要敬畏三分哪！」李泰哂笑道：「可惜今日卻湮沒無聞，這是不是要怪你們這些後人不肖啊？」

李泰所說的「王與馬，共天下」，是著名的歷史典故，指的就是東晉初年，瑯琊王氏一族與晉朝司馬皇族共治天下的局面。當時西晉經「五胡亂華」、「永嘉之禍」而滅亡，衣冠南渡後，晉元帝司馬睿依賴大士族王導、王敦兄弟的鼎力輔佐，才在江東站穩了腳跟，開創了東晉。當時，王導位高權重，聯合南北士族，運籌帷幄，縱橫捭闔，政令己出；王敦則總掌兵權，專任征伐，後來又坐鎮荊州，控制都城建康。正是在這樣的背景下，司馬睿登基之日，竟惶恐地拉著王導的手同坐御榻，一同接受群臣朝賀，表示願與王氏共有天下。此後，王氏家族的權勢達於極盛，「王與馬，共天下」的局面在江左維持了二十餘年。即使後來庾氏家族代之而興，王氏家族的政治勢力、社會地位和文化影響仍是經久不衰。一代書聖王羲之，便是王導的堂姪。

「殿下所言非虛。」王弘義聽到李泰冷嘲熱諷，卻不以為意。「家道淪落，我等不肖子孫自然是愧對先人！只不過，世事無常，時運輪轉，水滿則溢，月盈則虧，興亡之間自有定數，盛衰更迭亦是常理。以此而論，我王氏一族既已沉寂二百多年，有朝一日因緣際會、否極泰來，也不是不可能的事情！」

李泰聞言，終於收起嘲諷的神色，看著王弘義道：「閣下既有此抱負，可見不是一般的商人，那麼閣下究竟做何營生，可否告知呢？」

王弘義笑了笑。「既然殿下垂問，在下也就直言不諱了。在下經營的並不是物，而是人。」

「哦？」李泰瞇著眼睛。「人又如何經營？願聞其詳。」

「說起人之經營，古往今來，最成功之人，莫過於秦國丞相呂不韋了。想當年，他不過是一介商人，雖腰纏萬貫卻地位卑微，而秦國公子嬴異人也不過是趙國的一個人質，可就是在呂不韋的苦心經營之下，嬴異人最後變成了秦王，呂不韋也成了國相。可見世間最大的營生，從來都不是物，而是人。」

李泰臉色一沉。「閣下的意思，是不是把本王當成嬴異人，把你自己當成呂不韋了？」

由於王弘義說的是「奇貨可居」的典故，所以無形中就把李泰比喻成了像嬴異人一樣的「奇貨」，李泰自然是滿心不悅。

王弘義連忙拱手。「殿下誤會了，在下只是打個比方，以此回答殿下『人如何經營』的問題，絕無褻瀆殿下之意。」

李泰又看了他一會兒，才緩下臉色，示意王弘義入座，道：「閣下此來，想必也是有誠意的，只是不知閣下有什麼能力幫助本王？」

王弘義在另一邊榻上坐下，淡淡一笑。「在下的能力，還是一個字：人。」

「什麼意思？」

「想當年，聖上在藩時，麾下可謂謀士如雲、猛將如雨，秦王府中又蓄養了八百死士，因而才有後來的玄武門之事。今日殿下若欲效法聖上，豈可麾下無人？」

李泰微微一震，重新打量著對方。「那閣下都有些什麼人？」

「在朝，有謀臣，可供殿下驅使；在野，有死士，可為殿下效死！」

李泰一驚。「你在朝中也有人？」

王弘義含笑不語。

李泰一邊凝視著他，一邊心念電轉，猛然想起了什麼。「你既然是瑯琊王導的後人，那必定也是王羲之的後人了？」

王弘義微微頷首。

李泰又在腦中急劇搜索著最近獲知的有關〈蘭亭序〉之謎的所有片段，突然不由自主地蹦出了一句：「先師有冥藏。」

他記得房遺愛說過，這是甘棠驛那支江湖勢力的接頭暗號，其首領的代號為「冥藏」，手下有人潛伏在朝中，代號為「玄泉」。

王弘義仍舊面帶微笑地看著李泰，從口中輕輕吐出了一句：「安用羈世羅。」

李泰這一驚真是非同小可，從榻上跳了起來，瞪大眼睛道：「你……你就是冥藏先生?!」

李泰沒有聽見回答，依舊只看見一個神祕莫測的微笑。

曲江池畔，豔陽高照。

江上波光粼粼，岸邊遊人如織。

時節已是初夏，暖風薰人，到此遊玩的紅男綠女們雖已換上輕衫薄紗，但還是被明晃晃的陽光逼出了一頭細汗。李承乾和稱心都身著便裝，漫步來到北岸的一處石欄邊。稱心顯然很開心，一雙黑白分明的大眼睛四處張望，看什麼都覺得新鮮，恨不得把所有的美景在一瞬間盡收眼底。

李承乾看著他，內心頗感欣慰。

稱心的額頭、鼻尖都沁出了細密的汗珠，李承乾掏出汗巾，伸手要幫他擦。稱心連忙要去接汗巾，李承乾卻執意推開他的手，輕柔地幫他擦拭了起來。

一旁經過的路人無意中看見這兩個男子的曖昧舉動，無不指指點點、竊竊私語。

稱心羞澀，忙低聲道：「殿下，還是我自己來吧，別讓人家說閒話。」

「怕什麼？」李承乾不以為然。「是他們少見多怪，一群田舍夫！」說完狠狠地掃了圍觀路人一眼。

太子畢竟是太子，雖然穿著便裝，卻自有不言而威的霸氣。路人被他的目光一掃，果然心頭一凜，紛紛走開了。

「殿下好威風！」稱心笑道。

「這是當然！」李承乾傲然道：「他們要是再多看一眼，我就讓封師進把他們一個個扔到江裡去餵王八！」

封師進是太子左衛率，也就是東宮的侍衛長，當初正是他帶人到伊州抓了陳雄的小舅子。此刻他也穿著便裝，正與幾名手下分散在四周暗中保護。待會兒遊完曲江，李承乾正是要讓他護送稱心前往終南山，那裡有一處李承乾幾年前精心修建的別館。

稱心聞言，不禁捂嘴而笑。

李承乾看著他白裡透紅的臉龐，忍不住又伸手在他臉頰上揩了一把。

此時的李承乾萬萬沒有想到，就在距離他們不過數十步遠的山坡上，有一座涼亭，微服的李世民正坐在亭子裡，把他們二人的一舉一動全部看在了眼裡。李世民身邊，是同樣身著便裝的李世勣及其手下。

李世民的胸膛劇烈起伏，臉色鐵青，驀然閉上了眼睛。

李世勣和手下對視了一眼。他們都知道，這是皇帝內心最為震怒的表現。

日近中天，一陣熱風從江面拂來，李承乾頓覺燥熱難當，便對稱心道：「熱死人了，到馬車裡躲躲吧，順便吃點東西。」說著便牽起稱心的手，鑽進了停在一旁的馬車裡。

封師進正想走近馬車一些，突然覺得腰部被什麼硬物抵住了，低頭一看，居然是一把鋒利的匕首，再抬頭一看，李世勣正面帶笑容看著他。

「封將軍，別亂動，刀子不長眼。」

與此同時，他的幾個手下也都被李世勣的手下以相同手法制住了。

封師進大為驚愕，可還沒等他回過神來，李世民就出現在他的眼前。封師進的臉色瞬間變得慘白，一顆豆大的汗珠從額角掉了下來。

李世民慢慢朝馬車走過去。到了馬車前，剛想伸手去掀車簾，忽然想到什麼，又把手縮了回來，悄悄靠近一步，開始側耳聆聽。

此刻，馬車裡的李承乾和稱心根本沒有意識到外面發生了什麼。兩人正拿著糕點互相餵食，輕聲嬉笑。

「殿下，你答應我的，要經常到終南山看我，你可不能食言。」稱心道。

「當然不會。」

「你發誓。」稱心撒著嬌。

李承乾不假思索。「我發誓，若是食言，就讓天打五雷轟！」

稱心趕緊捂住他的嘴。「不許發這麼重的。」

李承乾想了想。「那我發誓，若是食言，就讓父皇廢了我的太子位！」

馬車外，李世民痛苦地閉上了眼睛。

稱心歪著頭沉吟了一下，道：「這個誓我接受，其實當太子也不見得多好，不當反而更自在。」

李承乾笑。「你倒是心寬，這世上的男人，有誰不想當太子的？就說我四弟魏王吧，拚了命都想謀我的太子位！」

「他想謀，索性就讓給他好了。」稱心道：「你跟我一起，咱們只當逍遙自在的樂人。」

李承乾苦笑。「既然生在了帝王家，身上便有一份責任，豈能像你這般逍遙快活？」

車外，李世民聞言，似乎稍覺寬慰。

「還有件事你也不能食言。」稱心道。

「什麼事？」

「將來你若做了皇帝，一定要還我爹清白。」

「這是自然。」李承乾想著什麼，忽然道：「稱心，你爹當年的事，你知道多少？」

車外，李世民眉頭一緊，越發凝神細聽。

「聽我娘說起過一些，也沒多少。」

「那你知不知道，你爹當年是說了一句什麼話，才出事的？」

稱心神色黯然，點了點頭。

李承乾目光一亮。「那你快告訴我，那句話到底是什麼？」

稱心眼中泛出驚恐。「殿下，我爹就是因為這句話被砍頭的，你……」

「沒事的，這兒就咱倆，又沒旁人。」李承乾忙道：「你想讓我日後重審你爹的案子，你就得告訴我實情，對吧？」

稱心猶豫半晌，才囁嚅道：「殿下真的相信，我爹他……他是清白的嗎？」

「那就得看你爹說的是一句什麼話了，所以，你必須告訴我。」

又糾結了片刻，稱心才終於鼓足勇氣，道：「我爹說，當年秦王不僅在玄武門殺害了兄弟，而且，在六月四日那一天，他還……」

「還什麼？」李承乾睜大了眼睛。

「還……還囚君父於後宮。」

李承乾渾身一震，如遭雷擊。

至此他終於明白，父皇當年為何不由分說地以謀反罪名誅殺陸審言。原來玄武門事變只有一半真相被外人所知，另一半真相卻被父皇刻意掩蓋，不料竟被陸審言的一句酒後真言給捅破了！

「囚君父於後宮」，這句話雖然只有短短六個字，但裡面包含的東西卻足以石破天驚。

在李承乾的記憶中，從小到大，父皇對外宣稱的玄武門事變真相，一直都是太子李建成和齊王李元吉如何三番五次想謀害他，他為了自保，迫於無奈才發動政變，殺了太子和齊王。然而關於事變當天，高祖李淵的情況，父皇卻一直諱莫如深、語焉不詳，只說事變爆發時，高祖正與裴寂、蕭瑀等一幫宰輔重臣在海池上泛舟，直到尉遲敬德奉父皇之命，「擐甲持戈」入宮護駕，並奏稱太子、齊王已因謀反被誅，高祖才如夢初醒，得知了事變經過。

對此李承乾一直覺得蹊蹺，後宮的四大海池距離玄武門都不算遠，為何秦王府部眾與東宮、齊府兵兩幫人馬在玄武門殺得雞飛狗跳，高祖竟然毫無察覺，而仍在海池愜意泛舟呢？宮裡有那麼多禁軍士兵、宦官宮女，居然沒有一個人在事變爆發之初立刻向高祖稟報，而是等到事變已接近尾聲時，才由尉遲敬德入宮奏明高祖，這符合常理嗎？

當然，儘管李承乾有所懷疑，也不可能去深究這一切。因為在這場事變中取得完勝，進而當上皇帝的是他的父親，從而被立為太子的李承乾也是這件事最大的既得利益者之一，他又怎麼可能替失敗的一方——無論是太子、齊王還是高祖——去追究真相呢？

李承乾沒有這麼傻，所以上述疑問便隨著時間的流逝漸漸被他淡忘了。

然而，此時此刻，突然到來的真相卻令李承乾萬分震驚，也重新掀起了他內心的巨大波瀾。很顯然，所謂「高祖泛舟海池」的一幕肯定是父皇事後捏造的謊言，正如陸審言這句話所透露的一樣，當時的真相，一定是父皇在玄武門誅殺了太子和齊王後，立刻率部入宮囚禁了高祖，並逼迫高祖下詔，宣布太子和齊王是謀反者，而秦王則是正義的一方。之後，高祖又下詔冊立秦王為太子，繼而主動退位讓秦王登基，顯然也都是在秦王武力逼迫下不得不做出的無奈之舉。

真相大白的這一刻，李承乾不禁汗流浹背，久久回不過神來。

稱心驚恐地看著他，嘴唇顫抖著。「殿下，您……您怎麼啦？」

還沒等李承乾回話，車門的簾幕就被一隻大手猛然掀開，然後皇帝李世民暴怒的臉龐便同時映入了二人萬般驚駭的瞳孔……

第十八章 遇刺

蕭君默把營救辯才和楚離桑的日期定在了四月二十五日。

他記得，大概是兩個月前的這一天，他抓捕了辯才，所以定在同一天營救辯才，就是為了凸顯還債的意味，讓自己的良心好受一些。

就像米滿倉說的，這件事一做，自己就只能跑路了。長安肯定是回不來了，就連大唐天下是否還有容身之處都不好說。但蕭君默現在儘量不去思考未來，因為想了也沒有多大意義，只能是走一步看一步了。

行動前一天，蕭君默給自己打了一個簡單的行囊，裡面只有幾錠金子、幾貫銅錢、一副火鐮火石、一卷《蘭亭集》、一枚玉珮，還有那枚「羽觴」。想自己活了二十多年，最後值得帶走的卻只有這幾樣東西，蕭君默不禁有些悵然。

短短兩個月前，他還是堂堂的玄甲衛郎將，是被所有人一致看好、前程不可限量的青年才俊。可眼下，他卻是一個養父已故、身世不明、在世上沒有半個親人的孤家寡人，而且馬上就要變成一個被朝廷通緝的欽犯，即將踏上茫茫不可知的逃亡之路。

看著行囊，蕭君默想了想，還是把那枚玉珮挑出來，貼身佩戴在胸前。這是尋找自己身世的唯一線索，可不能弄丟了。

然後，蕭君默走出了家門，想去找幾個他還心存掛念的人，因為這一生他恐怕回不了長安了，所以必須去見他們最後一面。

他首先找到了李世勣。

兩人有一搭沒一搭地聊了一些過去的事情，蕭君默心裡不免一陣傷感。當然，李世勣並沒有看出來，仍然在勉勵他盡忠職守，將來好加官晉爵、光耀門楣。

蕭君默嘴上敷衍，心裡卻連連苦笑。

大約聊了半個時辰，蕭君默告辭而出，走到門口的時候差點沒忍住眼淚。

接著，他去找了桓蝶衣，卻走遍整個衙署都沒看見她，最後才聽同僚說她好像出任務了。蕭君默只好作罷，想起桓蝶衣跟他打打鬧鬧的一幕幕，心裡和眼底就同時湧起了一種溫潤之感。其實他早就看出來了，桓蝶衣喜歡他，尤其最近老是吃楚離桑的醋，這一點就更是表露無遺，然而蕭君默始終只把她當成妹妹，從沒往那個地方想。

蝶衣，對不起，師兄讓妳失望了。離開玄甲衛衙署的時候，蕭君默默默在心裡說，希望妳能找到一個真心喜歡妳的如意郎君。雖然師兄喝不了妳的喜酒，但無論在海角還是天涯，師兄都會遙遙祝福妳。

最後，蕭君默想起了一個人。

不知為什麼，此時的蕭君默忽然很想見他最後一面。

這個人就是魏徵。

魏徵對蕭君默的突然到訪顯然有些意外，但還是熱情地接待了他。

二人落坐後，蕭君默開門見山地說自己要出一趟遠門，所以來看一看太師，興許將來見面的機會就少了。

魏徵有些訝異，然後用那彷彿能洞穿一切的目光看了他一會兒，才淡淡笑道：「年輕人出去闖一闖、多歷練歷練也是好的，不過長安是你的家，不管走多遠，你終究還是要回來的。」

蕭君默忽然有些後悔跟他說了實話。因為他連自己去哪裡、做什麼都不問，就像是已經猜出他的想法似的。「太師，您都不問問我想去哪裡、做何打算嗎？」

魏徵一笑。「要是想說，你自然會說；若是不想說，我又何必多此一問？」

蕭君默也忍不住笑了。

跟聰明人打交道就是這樣，有時候好像特別簡單，有時候又顯得特別複雜。

「太師，」蕭君默忽然取下胸前的玉珮。「您認識這枚玉珮嗎？」

魏徵接過去看了一眼，搖搖頭。「從沒見過。怎麼，有什麼來歷嗎？」

蕭君默觀察著他的表情，不得不佩服他的定力。一想起今天很可能是與魏徵見最後一面了，蕭君默忽然有了一種衝動，便道：「太師，您知道嗎？我爹，其實不是我的親生父親，這枚玉珮的主人才是。」

饒是魏徵再有定力，眼神也終於出現了波動。

「有這種事？」魏徵極力掩飾著。「那你是如何得知的？」

「我爹出事前，給我留下了一份帛書。」

魏徵微微一震。他萬萬沒想到，蕭鶴年臨終前竟然會打破他們二十多年來的約定，把這個祕密透露給了蕭君默。可看蕭君默的神色，似乎又不太知道內情。「那，你爹有沒有說，你的親生父親是誰？」

「本來他已經在帛書中寫了，只可惜……」蕭君默苦笑了一下。「在魏王府的水牢裡，帛書被老鼠咬得稀爛，我只找到了幾塊布片，只知道我的生父另有其人，卻不知道是誰。」

這是魏徵第一次聽到蕭鶴年最終的遭遇，果然與他料想的一樣，蕭鶴年就是在魏王府中遇害的。魏徵心裡難過，臉上卻不動聲色道：「真是可惜。」

「太師，我爹追隨您多年，按說我的身世，他一定不會對您隱瞞吧？」

魏徵躲開他的目光。

「話雖如此，不過每個人都有自己的隱私，你爹也不可能把什麼都告訴我。」

「那就是說，對我的身世，您確實一無所知嘍？」儘管明知這一問純粹是白問，蕭君默還是忍不住說出了口。

魏徵搖搖頭。「確實一無所知。」

「太師，假如說我現在馬上就要死了，您會不會把真相告訴我？」蕭君默不知道自己為何會突然這麼說。

魏徵愕然。「賢姪何出此言？我實在是不知情，否則何必不告訴你呢？」

「我也不知道，你們為何都要瞞著我。」蕭君默悵然道：「我只能猜測，我的生父是個非同一般的人物，而且經歷了什麼非同尋常的事情，所以你們不讓我知道真相，其實是為我好，對嗎？就像不讓我捲入〈蘭亭序〉的謎團中，也是為我好一樣。」

魏徵心裡，再次對眼前的這個年輕人產生了些許畏懼。跟他交談，實在是有一種如臨深淵、如履薄冰之感。「君默，往事已矣，就算什麼真相都不知道，你不也活得好好的嗎，何必去追問那麼多呢？」

「當然，一頭豬什麼都不知道，牠也可以活得好好的。」蕭君默一臉譏笑。「可我是人，而人終究是有念想、有感情的，不是只要活著就滿足了，對不對太師？」

「賢姪所言甚是。但是你想過沒有，這世上其實有很多人，是連生存都很艱難的。所以，為了活下去，他們就不得不拋棄自己的念想，割捨自己的情感。即使這麼做很痛苦，但人最重要的是活著，為了活著而捨棄那些，就是值得的。」

「是嗎？那假如現在就讓太師您放棄嫡長繼承制，讓您擁護魏王登基，以此來換取您活下去，您願意嗎？您還會認為這是值得的嗎？」蕭君默直視著魏徵。

魏徵一怔，後背登時沁出了冷汗。「賢姪，不瞞你說，老夫能活到今天，自然已經捨棄了許多，之所以還留著一口氣，在這世上苟延殘喘，也只是因為還有一點責任不敢放棄罷了。倘若真如你所說，朝局走到那一步，那老夫也只能一死了之了。」

「這麼說，太師的想法不就跟我一樣嗎？」蕭君默道：「人心裡頭的東西，不管是叫念想，還是叫責任，終究是比活著本身更重要的。為了這些，活著就有意義；若捨棄這些，人不過是一具行屍走肉罷了！」

魏徵忽然有點激動，贊同地點點頭。「志士仁人，無求生以害仁，有殺身以成仁！賢姪所言，與古聖人的教誨可謂精髓相通啊！」

「既然太師贊同我的想法，又為何把我的命看得那麼重要，而絲毫不顧及我心中的念想呢？」

這一刻，魏徵幾乎有了一種衝動，很想把一切都告訴這個迷惘神傷的年輕人，同時卻又驀然想起，二十一年前那個玉珮主人對他的囑託，心中瞬間陷入交戰，額頭在不經意間便已冷汗涔涔。

片刻後，魏徵才掏出汗巾擦了擦臉，歉然笑道：「這鬼天氣，明明才剛小滿就這麼熱了。」

蕭君默看著他，知道他一定是有難言之隱，便又拿起玉珮道：「太師，晚輩才疏學淺，不知道這玉珮上面的文字和圖案都是什麼意思，太師能不能幫晚輩分析一下，至少給晚輩一些線索？」

魏徵聽出來了，這個聰明的年輕人是在給出一個折衷的辦法，既讓自己透露一些線索給他，又不至於讓自己違背當年對玉珮主人的承諾。魏徵覺得，眼下看來，似乎也只有這個辦法可以緩解雙方內心的煎熬了。

思慮及此，魏徵便接過玉珮，裝模作樣地看了看，才道：「據老夫所知，這靈芝和蘭花，一般有象徵子孫的意思，所以賢姪的猜測沒錯，這應該就是你的生父留給你的。」

蕭君默知道魏徵已經接受了他的辦法，心中一喜，忙道：「還有呢？」

「還有麼……」魏徵翻看著玉珮。「這『多聞』二字，首先當然是勉勵你廣學多聞；其次，這兩個字好像是佛教用語，這會不會是在暗示，你生父的身分跟佛教有關呢？」

雖然這樣的線索極為寬泛，但至少聊勝於無。說起佛教，蕭君默還是有些了解的。他知道，在武德年間，也就是自己出生的那個年代，由於高祖李淵追認老子李耳為先祖，崇信道教，所以對佛教並不太友善，甚至在武德九年一度有過滅佛的想法，後來多虧了太子李建成勸諫，佛教才避免了一次法難。

不知為什麼，蕭君默想到這段往事，便信口對魏徵說了，不料魏徵突然臉色一變，趕緊岔開了話題。蕭君默大為狐疑，不明白剛才還好好的，怎麼一說起這個話題，魏徵就變得如此緊張。難道，自己的生父跟這起事件有關？

魏徵又扯了些別的話題，然後很客氣地挽留蕭君默在府上吃飯。蕭君默知道再說下去也問不出什麼，便起身告辭。

魏徵親自把他送到了府門口，最後說道：「賢姪，老夫還是那句話，不論你走多遠，去做什麼，最後一定記得要回來，這裡才是你的家。」

蕭君默心裡越發酸楚，連忙深長一揖，便匆匆上馬離開了。

魏徵站在府門前，一直目送著蕭君默的身影慢慢消失，眼中竟隱隱有些濕潤。

賢姪，老夫何嘗不想告訴你一切？只是故人當年千叮萬囑，一定不能讓你知道身世真相，更不能讓你捲進朝堂的紛爭之中，只希望你做個普通人，平平安安過完一生。老夫既然承諾了故人，就不能不信守諾言。所以賢姪，請你原諒老夫吧，老夫能對你說的，也只有這麼多了。日後，你若能自己查出真相，那是你的造化，也是你自己選擇的命運，最後當然只能由你自己承擔。老夫已時日無多，別無所求，只求無愧於本心，無愧於故人！

蕭君默離了魏府，策馬出了春明門，快馬揚鞭朝白鹿原馳去。

該見的人都見了，最後，他當然還要到父親的墳上去祭拜一下。這一走不知還能不能回來，日後想上墳掃墓都沒機會了，蕭君默心裡對這個養父充滿了愧疚。

他買了很多祭品，供上了墳頭，還在墓碑前點了三炷高香，恭恭敬敬地磕了三個響頭，然後便靜靜跪在墳前，在心裡陪父親聊天說話。

天上又淅淅瀝瀝地下起了小雨，不遠處的灞水煙雨迷濛，周遭的景物越發顯得淒清和蒼涼，彷彿是在襯托蕭君默此時的心情。

他閉著眼睛，卻驟然感覺有一股殺氣自四面八方瀰漫了過來。

蕭君默一動不動，直到身後的殺氣逼近至三尺之內，才突然轉身，一躍而起，同時佩刀出鞘，寒光一閃，直接刺入了一名黑衣人的胸膛，且自後背穿出。這幾個動作一氣呵成，快如閃電，根本沒有給對手反應的機會。

那個偷襲的黑衣人高舉著橫刀，低頭看了胸口一眼，似乎還沒意識到發生了什麼。

蕭君默猛然把刀抽回，一道血光噴濺而出，黑衣人直挺挺地撲倒在地。

此刻，四周至少有三十名黑衣人，以蕭君默和墳墓為圓心，形成了一個密閉的、圍獵一般的圓圈。而且，圓圈正在不斷收緊。方才偷襲未遂的那名黑衣人，顯然只是投石問路跟他打個招呼而已。真正的獵殺，現在才剛剛開始。

蕭君默迅速判斷了一下目前的形勢，心中暗暗一凜。

看這些人的裝扮，很可能正是甘棠驛松林中的那夥人，也就是冥藏的手下。

很顯然，蕭君默當初狠狠耍了冥藏一把，他現在是派人報仇來了，而且看這樣子，頗有志在必得之勢。

如果是在樹林中或者街區坊巷之中，蕭君默相信對付這三十名刺客並沒有太大的問題，因為他可以借助障礙物躲閃騰挪，將他們各個擊破，實在不行，要逃命也比較有機會。可眼下要命的是，這裡是一片無遮無攔的開闊地，必須跟他們實打實地正面對抗，饒是他武功再高，在力量對比如此懸殊的情況下，恐怕也是凶多吉少。

包圍圈縮至兩丈開外時，一名黑衣人突然獰笑兩聲，開口道：「蕭君默，咱們又見面了！」

楊秉均?!

蕭君默定睛一看，說話的人臉上蒙著黑布，左眼上竟然遮著一個黑眼罩，但從僅剩的右眼還是可以認出，此人正是楊秉均。

「楊使君，才多久沒見，你怎麼把眼珠子給弄丟了？」蕭君默笑道。

楊秉均索性扯下臉上的黑布，冷冷道：「這還不是拜你所賜?!」

「哦？這就奇了！」蕭君默道：「自從洛州一別，我就再沒見過你了，何以弄丟了眼睛卻賴到我頭上？」

「要不是你，老子現在還是堂堂洛州刺史，怎麼會落到這步田地？又怎麼會被冥藏先生剜掉眼珠子？」楊秉均咬牙切齒。

蕭君默當即明白了，笑道：「原來是這麼回事，那也只能怪你自己了！當官你不稱職，連做賊你都做不地道，冥藏懲戒你一下也是應該的。」

「小子，別太得意，張大眼睛瞧瞧，你今天還逃得掉嗎？」楊秉均獰笑。「正好你爹的墳在這裡，待會兒我讓弟兄們把墳刨開，讓你和你爹合葬，也省了一塊墓地。」

蕭君默呵呵一笑。「使君倒是想得周到，只怕我手裡的龍首刀不答應！」

楊秉均不再言語，右手一揮，所有黑衣人立刻一擁而上，數十把寒光閃閃的橫刀同時攻向蕭君默，或砍，或刺，或劈，或挑，或揮，或掃，幾乎織成了一張密不透風的刀網，不給他任何逃生的機會。

蕭君默右足在墓碑上輕輕一點，整個人騰空而起，然後一個鷂子翻身，脫開合圍，落在兩名黑衣人身後，手中刀一刺一砍，兩人當即倒地。緊接著，長刀又劃出一道弧光，與另一邊的三把橫刀依次相交，鏗鏘聲起，三個黑衣人均被震退數步。

蕭君默長刀一挺，竟然徑直衝向了楊秉均。

楊秉均一驚，連忙拔刀在手，快速後退幾步，口中大喊：「快圍住他，殺了他！」

就在蕭君默的刀鋒離楊秉均面門不過兩步遠的地方時，一眾黑衣人終於再次圍住了他，蕭君默不得不回手格擋。兵刃相交，火星四濺。蕭君默稍不留神，後背被劃開了一道口子，鮮血立刻滲了出來。

楊秉均一臉獰笑。

太極宮，甘露殿。

李承乾面如死灰地跪在殿中，旁邊站著輕鬆自若的李泰。李世民在御榻前來回踱步，邊走邊問一旁的趙德全。「吳王快到了沒有？」

「回大家，按路程算，快的話今日午時便能到，就算慢一點，暮鼓前也能趕到。」

「吩咐下去，一入宮立刻到這裡來見朕！」

「老奴遵旨。」趙德全回頭跟一個宦官說了下，宦官匆匆退了出去。

「還有雉奴呢，怎麼到現在也還沒來？」李世民一臉焦躁。

「大家別急，老奴這就讓人再去催催。」趙德全說著，趕緊又回頭點了一名宦官……

宮中甬道，長孫無忌與一名眉清目秀的華服少年匆匆走來，身後跟著一群宦官宮女。

這個少年就是李世民的第九子，也是嫡三子李治，時年十五歲，小名雉奴。李治時封晉王，遙領并州都督，因年齡尚小，並未就藩，也未開府，至今仍居宮內。他半個時辰前便接到了父皇的傳詔，但長孫無忌卻一直拉著他叮囑個沒完，所以就來遲了。

「雉奴，千萬記住，待會兒不管你父皇說什麼都不能頂嘴，就算罵你你也得受著。」長孫無忌道：「還有，你那幾個皇兄挨罵的時候，你就在旁邊聽著就好，只需在關鍵時刻說幾句圓場的話，讓你父皇聽著順耳，讓幾個皇兄下得來臺即可。」

李治不禁笑道：「舅父，你這幾句車軲轆話都來來回回說一上午了，我耳朵都起繭子了。」

長孫無忌是李承乾、李泰、李治三人的親舅舅，但他跟兩個大外甥一向少有往來，卻對李治情有獨鍾，從小就疼愛他，待李治稍長，更是成了他不掛名的師傅，時刻在他身邊教導指點。表面看來，長孫無忌獨獨鍾愛李治，似乎只是出於緣分——反正就是看著順眼，彼此投緣，沒什麼道理好講。不過，明眼人其實看得出來，長孫無忌不喜太子和魏王的真正原因，是這兩個皇子都已成年，生活閱歷和政治經驗相對豐富，性格早已成熟，且擁有各自的政治班底，長孫無忌難以掌控他們。

反之，李治年齡尚幼，性格又較為柔弱，相比太子和魏王要容易掌控得多，因此長孫無忌自然會把寶押在他身上。

換言之，若能幫李治在這場奪嫡之爭中勝出，長孫無忌不僅後半生富貴無憂，而且不難在日後一手掌控朝政大權。

這回東宮爆出孌童醜聞，李世民雷霆大怒，索性把太子、魏王、晉王、吳王四個皇子都叫來，準備通通訓一訓。長孫無忌擔心李治不知應對，便專程入宮一番叮嚀。

李治知道，其他三個皇兄或多或少都有問題，但他自己從小就是個孝順柔弱的乖乖兒，卻也被父皇點了名，不禁頗為納悶。

此刻，李治一邊快步走著，一邊提出了自己的困惑。

長孫無忌一笑。「這是好事！此次能被點到名的，都是聖上平時最寵愛的，換句話說，假如太子被廢，新太子便在你和魏王、吳王三人之中了。」

李治聞言，若有所思。「就算大哥被廢了，也該是三哥四哥，怎麼也輪不到我吧？」

長孫無忌意味深長地一笑。「這可未必。依我看，你勝出的機會，反而比魏王和吳王更大！」

李治想著什麼，正待再問，便見甘露殿的一個宦官迎面跑了過來，氣喘吁吁地喊著。「大家有旨，命晉王趕緊上殿覲見！」

一串血點飛濺而出，又一個黑衣人倒在了蕭君默的刀下。

一番拚殺，已經有十來個黑衣人倒在了血泊之中，蕭君默身上也已多處見血，雖然都沒傷著要害，但血流了不少，把整件白色袍衫都染紅了。

剩下的二十來個黑衣人仍舊把蕭君默團團圍著，攻勢越來越猛。

蕭君默已然有些體力不支，慢慢退到墳墓邊，利用墳墓作為唯一的屏障與對方周旋，明顯處於防禦態勢，只能不時攻一、兩招。

楊秉均一直站在五丈開外冷眼旁觀，此刻發現時機成熟，遂高舉橫刀，衝過去加入了戰團。

雨越下越大，血水混著雨水在蕭君默的身上流淌。

周遭一片雨霧蒼茫，偌大的白鹿原上杳無人蹤，連天上的飛鳥都已躲到樹林中避雨。

看來今天要命喪此處了！

蕭君默又奮力砍殺了一名黑衣人，在心裡苦笑了一下。

甘露殿內，李承乾仍舊跪在地上，李泰和李治一左一右站在兩旁。

李世民端坐御榻，瞟了眼殿外的雨幕，沉聲道：「吳王可能被雨耽擱了，就不等他了，咱們先開始吧。」

李承乾面無表情。李泰和李治同時躬身一拜。「兒臣謹聽父皇教誨！」

李世民盯著李承乾。「承乾，此事因你而起，你自己說說經過吧。」

「其實此事也很簡單。」李承乾似乎早就想好了，不假思索道：「兒臣喜歡一個太常樂人，可他是一名男子，其父多年前因酒後亂言被砍了腦袋，就這樣子。」

李泰和李治下意識對視了一眼。李治面目沉靜，李泰則暗含笑意。

李世民大聲冷笑。「聽你這麼說，就好像你什麼錯都沒有，都是朕小題大做、無事生非嘍？」

「兒臣沒有這麼說。」李承乾梗著脖子道。

「你寵幸孌童，敗壞朝綱，此罪一；結交逆臣之子，還想為逆臣翻案，此罪二；目無君父，妄言宮闈祕事，此罪三；明知故犯，執迷不悟，妄圖送走孌童遮掩罪行，此罪四；現在還毫無悔意，公然頂撞朕，此罪五！李承乾，倘若朕數罪並罰，你說你的太子之位還能保得住嗎？」

「太子乃父皇冊封，父皇自然可以隨時拿回去，兒臣毫無怨言。」

趙德全在一旁聽著，忍不住暗暗嘆氣。

「好啊！還頗有一副敢作敢當的樣子嘛！」李世民哂笑道：「那朕要是說你罪同謀反，你是不是敢把腦袋也交出來啊？」

「兒臣的命也是父皇給的，父皇自然也可以拿回去。」李承乾依然毫無懼色。

李泰忍不住暗笑。

李世民忽然斜了李泰一眼。「青雀，你不必在一旁幸災樂禍，你自己也不是什麼事都沒有。」

李泰一怔，囁嚅道：「父皇，兒臣……兒臣有什麼事？」

「你跟一幫權貴子弟成天泡在平康坊的青樓裡，縱情聲色，揮金如土，你以為朕不知道？」

李泰一驚，慌忙跪下，不敢回話。

李治一看兩個兄長都跪著，就他一個人站著似乎有點突兀，想了想，也跟著跪了下去。

李世民把目光轉到李治身上。「雉奴，你是不是也犯了什麼錯，所以朕還沒問話你就跪了？」

李治想了想。「回父皇，古人說兄友弟恭，兒臣雖然沒犯什麼錯，但兩位皇兄既然都跪著，兒臣自然也有義務陪跪，所以……所以兒臣就跪下了。」

李世民有些忍俊不禁，和趙德全交換了一下眼色，強行忍住了笑。

不料，李承乾卻在這時笑出了聲。

「承乾，你還敢笑？」李世民再次板起面孔。「你是不是以為他們都跪下了，你就沒事了？」

「兒臣當然不敢這麼認為。」

「那你笑什麼？」

「兒臣笑的是『陪跪』一詞著實新鮮，也笑兒臣三兄弟，雖然都是父皇母后所生，卻有人聰明得那麼可恨，有人老實得如此可愛。」

李世民聽出了弦外之音，頓時眉頭一皺。

李泰聞言，忍不住斜了李承乾一眼。「大哥，你這話什麼意思？」

「這裡就咱們仨，什麼意思你都聽不出來？」李承乾一臉譏笑。他很清楚，此次稱心事件，他會在曲江池被父皇抓個正著，背後顯然是李泰在搞鬼，所以早就憋了一肚子氣。

「大哥，你要罵人也得有證據啊！」李泰不自覺地提高了聲音。「你這回幹的好事是被父皇發現的，跟我有何干係？你不能血口噴人哪！」

「我什麼都還沒說，你就自己跳出來了，這不就是證據嗎？」李承乾冷笑道。

李泰一時語塞，正待回嘴，李世民突然重重拍案，厲聲道：「夠了！朕還沒死呢，你們幾個要兄弟鬩牆窩裡鬥，也等朕死了再說！」

雨中的白鹿原，楊秉均攻勢凌厲，招招都衝著蕭君默的要害。

蕭君默且戰且退，不僅要抵擋他的攻擊，還要防備其他黑衣人的圍攻，頓時左支右絀，險象環生。楊秉均其實武藝稀鬆，若是在平時，就算八個楊秉均也不見得是蕭君默的對手，但眼下楊秉均是以逸待勞、以眾凌寡，蕭君默則是強弩之末、獨臂難支，所以勝負已成定局，蕭君默活命的機會非常渺茫，被楊秉均斬於刀下只是時間問題了。

蕭君默情知難逃此劫，索性賣了個破綻，假裝腳底一滑，慌忙用刀拄地，把整個人暴露在楊秉均面前。楊秉均大喜，欺身近前，手中橫刀高舉，向著蕭君默當頭劈落。不料蕭君默卻不格擋，而是長刀突刺，直搗楊秉均的心口。

這分明是同歸於盡的一招！

楊秉均大驚失色，只好中途變招，側身一閃，堪堪躲過蕭君默的刀鋒。

此時蕭君默已抱定必死之心，所以不再防備身後，手腕一翻，龍首刀橫著劃過楊秉均胸口，楊秉均一聲慘叫，受傷不輕。然而，與此同時，蕭君默身後的一名黑衣人卻把刀砍在了蕭君默的肩頭。蕭君默受不住力，單腿跪地，手中長刀往地上一插，才沒有完全撲倒。

楊秉均見狀，強忍傷痛，再次揮刀砍向蕭君默的脖頸。

此刻蕭君默已完全沒有機會格擋了，遂淒然一笑，等著最後時刻的到來。

千鈞一髮之際，突然嗖的一聲，從東南方向射來一枝利箭，瞬間洞穿了楊秉均的手腕。楊秉均一聲哀號，手中橫刀噹啷落地。

蕭君默和眾黑衣人盡皆詫異，扭頭望去，只見一隊飛騎正從一片土坡上疾馳而下，為首一匹高大的白馬上，坐著一名通身盔甲的彪悍騎將。

騎將一邊策馬飛奔一邊搭弓上箭，緊接著又是一箭射來，不偏不倚地射入一名黑衣人的咽喉，此人哼也不哼便仰面倒下。

那名騎將兩箭得手，第三枝箭轉瞬又搭上了弓弦。

眾黑衣人驚恐莫名，也顧不上蕭君默了，慌忙擁著受傷的楊秉均向灞水岸邊逃去。他們的馬匹都繫在河邊的柳樹上。

轉眼之間，那隊飛騎便到了面前。

楊秉均等人也已騎上馬向西北方向逃竄。那名騎將朗聲對眾騎兵道：「追！給我抓個活口，看是何方悍匪敢在天子腳下殺人！」

眾騎兵領命追了過去。

騎將翻身下馬，大步朝蕭君默走來。

蕭君默早已認出來人，鬆了一口氣，一屁股坐在了泥地裡。一放鬆下來，他才感覺全身到處都痛，不禁嘶嘶地倒吸了幾口冷氣。

「你不是老吹自己武功多高嗎？怎麼也被人揍成這樣？」騎將笑著，一下蹲在他面前，看著他身上的傷口，目光就像是在欣賞。

「你連兩頭熊都打不過，還有臉說我？」蕭君默摸了摸周身的傷口，疼得齜牙咧嘴。「他們足足有三十多人，換成是你，早死八回了！」

「我現在可是你的救命恩人，你說話的口氣就不能好點？」騎將仍舊面帶笑容。

此人還很年輕，看上去只比蕭君默大個兩、三歲，丰神俊逸，英氣逼人，雖然看得出遠道而來風塵僕僕的樣子，但眉眼間卻神采奕奕，臉上的笑容更是灑脫不羈、燦若朝陽。

「我都救你兩回了，你才還我一次就這麼得意，有意思嗎你？」蕭君默白了他一眼。

「是啊，總算還了你一次，本王頓覺神清氣爽啊！」騎將笑道：「早知道剛才第二箭就先不射，等他們再砍你我再射，這樣就算還了你兩次，咱們的帳就清了！」

「你這麼會算帳，當什麼都督啊，回朝當個度支郎算了。」蕭君默一摸肩頭，竟摸了一手的血，趕緊甩了甩。

「還真被你說中了，父皇剛把我的都督免了，我現在是無官一身輕啊！」

蕭君默眉頭一皺。「怎麼回事？」

這個剛剛救下蕭君默的騎將，正是李世民第三子、時任安州都督的吳王李恪。他數日前接到了李世民傳詔回朝的詔書，同日被免去了都督之職。

李恪站起來，聳聳肩。「我的長史權萬紀跟父皇上了密奏，說我遊獵無度、滋擾百姓。」

蕭君默一笑。「你可真行，竟然被自己的手下告了黑狀，說出去都丟死人！」

「權萬紀表面是我的屬下，實際上還不是父皇放在身邊盯我的，他不告黑狀才怪！」

「唉，我說，」蕭君默抬頭看他。「我傷得這麼重，你不趕緊送我回城就醫，還一個勁兒地說，想害死我啊？」

「是你自己多話說個沒完，怪誰啊？」李恪嘴裡這麼說，手上卻已用力把蕭君默拉了起來。

蕭君默被扯動傷口，疼得臉都變形了。

李恪這才留意到他的臉色異常蒼白，肅然道：「你還別說，你的臉現在已經跟死人一樣了。」

蕭君默確已虛弱不堪，卻仍強作笑顏。「你少咒我，我死了對你沒好處，回頭要是再被哪頭熊壓在身下，可沒人救你了。」

說起來，蕭君默跟吳王李恪淵源頗深。早在蕭君默任職玄甲衛的第一年，到安州執行任務，恰好碰上李恪出城打獵，不小心墜馬掛在山崖，被路過的蕭君默救了起來。第二年，李恪回朝述職，又到終南山打獵，跟手下跑散了，被兩頭黑熊圍攻，恰巧又被蕭君默給救了。李恪笑稱蕭君默是他的福星，蕭君默說事不過三，再來一回你就死定了。二人從此便有了過命的交情，雖然不常見面，卻無形中已親如兄弟。

「少廢話！趕緊上馬，我看你快不行了！」李恪一臉緊張。

蕭君默一笑。「瞧你這沒見過世面的樣子！我這人身體好，血多，流不完的……」話音未落，他兩眼一閉，身子一晃，便癱軟了下去。

李恪一把抱住他，忍不住罵道：「又嘴硬！你遲早得死在這張嘴上！」

蕭君默卻一動不動，顯然已經暈厥。

李恪急了，慌忙拍他的臉。「哎，你別嚇我，說死你還真死了？」

看蕭君默還是沒有半點動靜，李恪趕緊打了聲呼哨。不遠處的那匹白馬聞聲，立刻昂首奮蹄跑了過來。

甘露殿裡一片沉寂，只有李世民粗重的呼吸聲顯得異常清晰。

「青雀，你老實回答朕，這次的事情，跟你有沒有關係？」李世民看著李泰。

「冤枉啊父皇！」李泰急道：「自始至終，兒臣有跟您提過孌童的事嗎？事前兒臣根本什麼都不知道啊！」

李世民沉吟不語。

李承乾冷笑。「你沒提，不等於你的人沒提。如果我沒有猜錯，這次背後告我的人，一定是黃門侍郎劉洎吧？」

李泰也笑了笑。「什麼人告你的我不知道，但就算是劉洎，他這麼做也是出於對父皇和社稷的赤膽忠心，更是出於挽救你的一片苦心！如果你硬要說他是我的人，那麼我承認，在這一點上，劉洎和我的確是一條心！我相信，朝中所有的忠臣孝子和正人君子，也都跟我們是一條心！」

李泰這番話說得大義凜然、擲地有聲，無懈可擊，不但替自己解了圍，還幫劉洎圓了場，更重要的是隨順上意，讓李世民聽了十分入耳。所以話音一落，李世民當即面露讚賞之色，道：「青雀這話說得在理，若臣子均存此心，君父亦復何憂！承乾，別的事不說，在識大體、顧大局這一點上，青雀就做得比你好，你還別不服。」

李承乾隱隱冷笑，不說話了。

「多謝父皇首肯！」李泰一喜，道：「兒臣雖然無德無能，但時刻謹記父皇平日的諄諄教誨，不敢暫忘。」

「嗯。」李世民點點頭。「那你日後流連青樓的時候，最好也要記得朕的教誨。」

李承乾暗暗一笑。連李治都忍不住咧了咧嘴，卻強忍著不敢流露笑意。

李泰大為尷尬，忙道：「父皇教訓得是，兒臣今後一定痛改前非，絕不再涉足平康坊半步！」

「雉奴，」李世民看向李治。「你的兩個兄長，其所作所為，何者為是，何者為非，朕的態度如何，你也都看見了，從今以後，該如何立身處世，不用朕再教你了吧？」

李治忙道：「父皇一片苦心，兒臣自然明白。請父皇放心，兒臣今後一定小心為人、謹慎處事，絕不敢給父皇增添煩惱。」

李世民微微皺眉。「雉奴，小心謹慎固然是對的，但你的問題不是不夠謹慎，恰恰是太過拘謹，偏於柔弱了。凡事過猶不及，倘若你什麼事都不敢做，那便是缺乏擔當，日後又如何作為一個藩王屏衛社稷、侍奉父兄呢？」

李治有些懵。「那、那請父皇示下，兒臣該做些什麼事？」

「重要的不是現在馬上去做什麼事，而是要在平素的語默動靜、言行舉止之間，培養起一個皇子、一個藩王該有的膽識、魄力與擔當。換言之，你該做的，不是不給朕增添煩惱，而是要主動幫朕分憂，聽明白了嗎？」

李治似懂非懂，只好點了點頭。

李世民嘆了口氣，轉頭對趙德全道：「瞧瞧朕這三個兒子，一個是有膽識，卻失之於魯莽；一個是很聰明，卻失之於算計；還有一個是太仁厚，又失之於老實暗弱。朕心實無聊賴啊！」

李承乾、李泰、李治聽了，不禁面面相覷。一句話把三個人的優缺點全部點明說透，既肯定了他們的長處，又不留情面地揭了他們的短，不免令三人都有些震動。

趙德全忙道：「大家目光如炬、洞徹人心，老奴佩服得五體投地！不過三位皇子還年輕，璞玉尚待雕琢，真金亦需火煉，只要大家耐心調教，假以時日必可使三位皇子揚長避短、各成其美！」

李世民似笑非笑。「你倒是會說話，就是太過八面玲瓏，說了跟沒說一樣。」

趙德全嘿嘿笑著，俯首不語了。

就在這時，一個宦官匆匆進殿，奏道：「啟稟大家，太子太師魏徵求見。」

李世民冷然一笑。「朕估摸著，他也該來了！」

趙德全瞟了眼殿門，只見外面大雨如注，忍不住小聲嘀咕。「雨下這麼大，太師他……」

「雨大？」李世民又冷笑了一下。「出了這麼大的事，就是天上下刀子，他魏徵也會來。」然後對著殿門口的宦官道：「讓他進來吧。」

宦官領命退出。李世民環視了跪在地上的三人一眼，道：「你們都下去吧，青雀和雉奴都記著朕今日說的話；承乾先別出宮，在偏殿等候裁決。」

承天門，大雨滂沱，天地間一片灰濛。

一群守門的甲士都縮在門洞裡，百無聊賴地望著外面厚重的雨幕。

突然間，雨幕中衝出了一騎白馬，馬上之人通身盔甲，胸前還抱著一個渾身是血的白衣男子，直直朝著宮門衝來。

甲士們大為驚詫。為首隊正神色一凜，一聲令下：「擋！」眾甲士紛紛把手中長矛指向來人，瞬間便結成了一道長槍陣。

「我是吳王李恪，都給我讓開！」馬上之人厲聲高喊，不但不停，反而加快了速度。「奉旨入宮，擋路者死！」

甲士們都慌了神，趕緊看向隊正。隊正也猶豫了，不知該攔還是該讓，因為即使奉旨入宮，也從未有人拿著這樣一副拚命的架勢來硬闖的。

轉瞬之間，白馬距宮門已不過三丈之遠。甲士們只聽馬蹄噠噠，後面儼然又跟著一隊飛騎。為首的白馬騎將見他們不讓，唰地抽出了佩刀，身後眾騎也跟著全部抽刀在手。

眼看一場廝殺就要在宮門前爆發，甲士們全都一臉惶急。

就在李恪即將躍入門洞的一剎那，隊正終於大喊一聲：「讓！」

眾甲士唰地一下收起長矛，向兩邊閃開。李恪猶如疾風一般從他們身邊掠過，緊接著那隊飛騎又嗖嗖嗖地與他們擦身而過。

直到李恪跟他的飛騎消失在宮城的雨幕之中，守門隊正才吞了一口唾沫，喃喃道：「這吳王莫不是瘋了?!」

李恪抱著渾身是血的蕭君默衝進太醫署的大門時，著實把裡頭老老少少的太醫全都嚇了一跳。

「趕緊救人，都愣著幹什麼?!」李恪一聲怒吼。太醫們這才回過神來，趕緊七手八腳地把蕭君默抬進了屋裡。

「救不活他，本王唯你們是問！」李恪扔下這句話，又大踏步走進了雨中。

太醫們面面相覷，靜默了一瞬，然後便各自衝向自己的藥箱……

「朕命你教導太子，可你就教出了這麼個結果？」

甘露殿裡，李世民冷冷地對站在下面的魏徵道。

雨水浸透了魏徵的烏紗和官袍，又滴滴答答地淌到地上，片刻之間，便在他的腳邊積成了一小灘水。

「臣失職，有負聖恩，還請陛下降罪！」魏徵說著，撲通一下跪在那灘水上。

李世民皺了皺眉，有些不忍，給了趙德全一個眼色。趙德全趕緊搬了一張圓凳過去，低聲道：「太師，地上涼，大家讓您坐著回話。」

魏徵卻執拗地跪著，朗聲道：「啟稟陛下，臣知此次太子犯了大錯，理應嚴懲，但不知陛下打算如何懲戒？」

趙德全尷尬，只好把圓凳放在一邊，悄悄走回李世民身旁。

「朕正在考慮，是否該廢黜他。」

魏徵知道皇帝肯定會這麼說，便道：「陛下，請恕臣直言，此時廢黜太子，有三不可。」

「哦？」李世民眉毛一挑。「原來你冒著大雨入宮，不是來請罪的，而是來勸諫的？」

「回陛下，臣的本職便是直言進諫，這麼多年都是如此，陛下可以不聽，但臣不能不說。再者，事有先後，臣把該說的說了，然後陛下再治臣的罪，臣絕無怨尤！」

「也罷，那你且說說，何謂三不可？」

「謝陛下！無庸諱言，近年在諸位皇子中，魏王最蒙聖眷，所獲榮寵一度超過東宮，以致對儲君之位漸生覬覦，此乃朝野共知。若陛下此時廢黜太子，改立魏王，則無論此次孌童事件是否與魏王有瓜葛，都會給朝野上下造成一種印象，認為儲君之位可經營而得。設若陛下後世子孫皆紛起效法，必不利於我大唐之長治久安，故臣以為不可。」

事實上，這也正是李世民的顧慮之一，但他不動聲色，道：「接著說。」

「此次事件牽連陸審言謀反案，事涉宮闈之祕，暫且不論這個祕密是什麼，若因此而廢黜太子，必然會在朝野掀起軒然大波，令萬千臣民對此祕密皆生好奇探求之心，這定非陛下所樂見，故臣以為不可。」

李世民不得不承認，這確實是自己更深的一層擔憂。當年武力逼宮囚禁高祖之事，所知之人甚少，若因此次孌童事件而被掀開，的確是極大的不智。縱使朝野皆不知真相為何，但僅僅是臣民之間口耳相傳或心存腹誹，便是李世民無法接受的。

「那第三又是什麼？」

「儲君乃為國本，非到萬不得已，不可輕言廢黜。此次太子所犯之錯，歸根結柢只是德行不修，並非真的意欲謀反，若予以廢黜，則有因小失大之嫌。如前朝隋文帝，因小事而廢黜太子楊勇，另立包藏禍心、矢志奪嫡的晉王楊廣，以致社稷傾覆，二世而亡，此殷鑑不遠，來者可追，還望陛下三思，切勿重蹈覆轍！」

魏徵說完，李世民頓時陷入了長長的沉默。

他發現，魏徵的這「三不可」，無一不切中他內心的隱憂。因此，與其說魏徵是在勸諫，不如說是在幫李世民說出在心裡想卻不便說出的話。換言之，這是給李世民搭了張梯子，好讓他下臺。這麼多年來，李世民之所以屢屢接受魏徵的犯顏直諫，非但不為之惱怒，反而還覺其言「嫵媚」，原因就在於魏徵的諫言總是能夠擊中要害，讓李世民找不到反對的理由。

就在李世民的沉默中，魏徵突然打了一個異常響亮的噴嚏。

一時間，大殿上的氣氛有些尷尬。

李世民忍不住笑出了聲，趙德全察言觀色，也趕緊放聲而笑，最後，連魏徵自己也不得不跟著笑了起來。

於是，尷尬的氣氛便在君臣三人的笑聲中渙然冰釋，而這場突如其來、驚心動魄的儲君危機，也就在這陣笑聲中悄然消散、化為無形了……

第十九章

祕閣

李世民最後採納了魏徵的諫言，打消了廢黜太子的念頭，隨後針對該事件頒發了一道詔令：一、將稱心斬首棄市；二、太子禁足三個月，在東宮閉門思過，其間不得觀賞任何歌舞伎樂；三、將每月發放給東宮的錢帛、物料扣除三成，為期一年。

這樣的處理結果顯然是程度最輕的懲戒了。李承乾接詔時，居然有點不太相信，愣了好一會兒，直到趙德全催他趕緊領旨謝恩，他才回過神來。

儘管自己在這起事件中毫髮無傷，可一想到從此便要與稱心陰陽永隔，李承乾的心裡不禁痛如刀割。但事已至此，他也無可奈何。

最後，李承乾把這筆帳記在了魏王和劉洎頭上。

他暗暗發誓，總有一天要讓他們付出血的代價！

吳王李恪脫掉鎧甲換上朝服匆匆趕到甘露殿的時候，鬢髮凌亂不堪，髮絲還在淌水。李世民看到他狼狽的樣子，皺了皺眉，問他為何不避雨。李恪便將自己在白鹿原遭遇的事情一五一十稟報。

李世民頓時一驚，道：「蕭君默現在如何？」

「應該沒有性命之憂。」李恪道：「雖然受了些傷，不過都未傷及要害，只是失血過多，目前還在昏迷，兒臣已經把他送入太醫署了。」說完又想到什麼，趕緊道：「父皇，此事有點不合規矩，兒臣未及向父皇請旨便自作主張，還請父皇恕罪。」

「人命關天，你這麼做是對的。」李世民道：「更何況，蕭君默是辯才一案的有功之臣，朕更不能讓他出事。就讓他留在太醫署養病吧，這段時間，你替朕多照料一下。」

李恪大喜，趕緊謝恩。辯才一案，他在安州也有耳聞，只是沒料到父皇對此案如此看重，連帶著還對蕭君默如此重視。

「這回朕免了你的都督一職，你可有怨言？」李世民看著他。

李恪灑脫一笑。「父皇多慮了。兒臣就當是一次回京向父皇盡孝的機會，感激還來不及，豈會有怨言？」

李世民又看了他一會兒，知道他沒有說謊。

事實上，除了三個嫡子，李恪是餘下八個庶子中最讓李世民看重的，因為李恪兼有文韜武略，為人英武果敢，最似青年時代的李世民。所以，假如李承乾被廢黜，那麼李恪便是李世民心目中最有條件繼任太子的人選之一。此次李世民以免職為由把他召回朝中，真正目的其實是想把他留在身邊備選。職是之故，儘管目前李世民暫時打消了廢黜李承乾的想法，可還是決定把李恪留在京城住一陣子。

「朕在親仁坊給你安排了一處宅子，你先住進去。」李世民道：「需要什麼東西，可隨時稟告，朕讓德全給你安排。」

「謝父皇。」

李世民忽然想起什麼。「方才你說，在白鹿原有命手下去追那幫刺客，結果如何？」

李恪搖搖頭。「沒追上，那幫亡命徒看來都訓練有素，既凶殘又狡猾，不好對付。」

李世民想了想。「這樣吧，朕交個差事給你去辦。」

李恪一喜。「父皇請講。」

「查一查這幫刺客，看看是什麼樣的亡命徒，敢在天子腳下刺殺朝臣。」

「兒臣遵旨！」

蕭君默萬萬沒料到，自己營救辯才父女的計畫，竟因一場突如其來的刺殺擱淺了。

而他更沒料到，自己居然被安置在宮中的太醫署養傷。

其實他的傷勢不重，經太醫調理數日，喝了一些補血補氣的藥後，便大為好轉了，只是幾處較大的傷口還未癒合，身體還有些虛弱。蕭君默惦記著營救的事，執意要出宮，李恪卻死活不讓，還派了兩名親兵守著他。蕭君默哭笑不得，感覺自己好像被軟禁了。原本住在宮外，他還可以利用禁苑的漏洞，化裝成宦官潛入後宮，可現在住在宮內，反而寸步難行，跟楚離桑恍若咫尺天涯，連給米滿倉遞個話的機會都沒有，著實讓他鬱悶難當。

李恪一天來太醫署看他兩、三回，沒少損他。蕭君默閒得無聊，就跟他打嘴仗解悶。這天，蕭君默在太醫署的院子裡練拳，李恪又來了，一看到他便笑道：「現在有勁了？那天躺在我懷裡，軟得跟個女人似的。」

蕭君默嘆了口氣。「你一個堂堂親王，除了天天來損我就沒正事幹了嗎？」

「現在照料你是本王第一正事，父皇旨意。」李恪正色道。

「其實我已經好了。」蕭君默舒展了一下筋骨，揮了揮拳頭。「能請你別再照料我了嗎？放我回家。」

「真的好了？」

「當然！」

李恪看著他，突然出手，當胸一拳打了過去。蕭君默慌忙格擋，大叫道：「有你這麼偷襲的嗎？太卑鄙了！」李恪不理他，連連出擊，拳掌交替。蕭君默拚盡全力抵擋，無奈腳底虛浮，兩隻手也使不上勁，不過四、五個回合，一個不慎便又向後倒去。

李恪一個箭步衝上去，抱住了他的腰，笑道：「你現在除了嘴巴硬，全身上下都是軟的，還敢吵著回家？」

蕭君默氣急敗壞地推開他，怒道：「方才是你偷襲，不算，再來！」

李恪搖頭笑笑。「就你現在這樣，恐怕連女人都打不過。」

蕭君默更怒，揮拳衝了上去。李恪一邊閃避，一邊大聲道：「桓姑娘，我幫妳試過了，這傢伙現在就這兩下子，妳揚眉吐氣的時候到了！」

蕭君默一怔，趕緊收起架勢。桓蝶衣就在這時走了過來，笑道：「師兄，方才吳王說了，只要你過了我這一關，就可以回家。」

蕭君默無奈苦笑，舉手做投降狀。「行了，我鬥不過你們，我現在就睡覺去。」說著便朝屋裡走去。

桓蝶衣和李恪相視一笑。

「你現在就該在這兒乖乖養傷，哪兒都別想去！」桓蝶衣跟他進了屋裡，還在一個勁兒地訓他。「出了這麼大的事，也不給我和舅舅傳個話，害我們都急死了，以為你也失蹤了！要不是吳王奉旨和舅舅一起追查刺客，我們都不知道你出事了！」

「到底是多大的事？」蕭君默笑。「我又不是第一回受傷。」

「你還嘴硬？吳王說你那天流了好多血，再晚一步興許就沒救了！」

「吳王就是個大嘴巴，他說的話妳也信？」

「不管怎麼說，你現在的任務就是安心養傷，別七想八想！」桓蝶衣瞪了他一眼。「更別想著要去找那個楚離桑。」

蕭君默心裡咯噔一下，趕緊岔開話題。「楊秉均之事查得怎麼樣了？」

「吳王和舅舅正聯手全力搜捕。」桓蝶衣道：「對了，吳王說你一直認定楊秉均就躲在城裡，為什麼？」

「楊秉均這回不像是私自行動。」蕭君默思忖著。「那天圍攻我的那些刺客身手都不弱，所以我猜楊秉均應該是奉了冥藏的命令。我估計這回不光是楊秉均到了京城，恐怕冥藏本人也來了。」

桓蝶衣微微一驚，道：「照你這麼說，那他們此次來京，一定不光是為了報復你，還會有更大的行動？」

「聰明。」蕭君默豎了豎大拇指。「殺我只是順帶幹的事情，絕不是他們的主要目的。」

「那他們到底想幹什麼？」

「這也是我想知道的。」蕭君默無奈一笑。

事實上，蕭君默心裡很清楚，不管冥藏此次來京究竟意欲何為，至少其目的之一是跟自己一樣的，那就是——劫走辯才。

就蕭君默之前已經查到的線索來看，冥藏雖然是天刑盟主舵的首領，但一直以來，他能有效掌控的好像只有本舵和玄泉、無涯這兩個所謂的「暗舵」，至於其他分舵，他似乎都鞭長莫及。比如魏徵的臨川舵，這麼多年，冥藏似乎一直不知道它的存在，更別說那些散落在江湖中的分舵了。由此可見，冥藏一心想抓辯才，目的很可能是透過他獲取〈蘭亭序〉的核心祕密，進而找到並號令那些隱藏在江湖中的分舵。

想到這裡，蕭君默忽然靈光一閃。根據之前圍繞「無涯之觴」所做的推論，王羲之在〈蘭亭序〉真跡中很可能寫了二十個不同的「之」，以此鑄刻各分舵「羽觴」的陰陽雙印；由此來看，會不會是因為冥藏手中沒有各分舵的陰印，所以他必須千方百計找到〈蘭亭序〉真跡，以便準確複製各分舵陰印，從而號令它們呢？

至此，蕭君默基本上可以得出結論，〈蘭亭序〉真跡中那二十個不同的「之」字，肯定便是它的核心祕密了，至少也是核心祕密之一！

看見蕭君默忽然呆了，桓蝶衣不悅道：「想什麼呢？你肯定又有什麼事瞞著我吧？」

「妳放心。」蕭君默一笑。「反正我不是在想楚離桑。」

桓蝶衣氣急，猛地往他肩膀捶了一拳。蕭君默被打到傷口，其實不是很痛，卻故意誇張地叫了起來。桓蝶衣這才想起他受了傷，大為不忍，趕緊問他怎麼樣了。

蕭君默一屁股坐在榻上，一邊揉著肩膀，一邊愁眉苦臉道：「我真命苦啊，成天被妳和吳王兩個欺負，想說理都沒地方說去！」

桓蝶衣連聲道歉。

蕭君默看她著急擔憂的樣子，忍不住笑了起來。「算了算了，反正我現在無親無故，就妳一個師妹，就不跟妳計較了。」

桓蝶衣一聽，心裡驀然一動，眼中不由升起了一股柔情。

蕭君默慌忙把目光挪開，心裡暗罵自己該死，明明沒事幹麼又惹她呢？

想起自己剛才那句話，蕭君默便真的不由自主地想起楚離桑來了。自己那天明明說了要救她，而且承諾很快便會想出辦法，但現在被傷勢耽擱，一晃就好幾天過去了，她又不知自己的音訊，心裡肯定又在罵他是騙子了。

真是造化弄人！

蕭君默在心裡苦笑，不明白自己和楚離桑之間為什麼總是會磕磕碰碰、誤會不斷。

凝雲閣上，楚離桑斜倚著欄杆，怔怔地望著不遠處的水面發呆。

陽光下的海池，碧波蕩漾，一對鴛鴦正在水中自在徜徉。只見羽毛鮮豔的雄鴛頻頻向雌鴦曲頸點頭，把嘴浸入水中，然後又豎直頭部豔麗的冠羽，不時地左右擺動頭部……

楚離桑看著看著，不禁羞澀而笑。她記得從前聽母親說過，這是雄鴛在向雌鴦表達愛意，之後牠們便要在一起洞房花燭、生兒育女了。

由於不好意思看那「洞房花燭」的情景，楚離桑把頭轉了回來。就在這時，米滿倉提著一隻鳥籠走了進來，籠子裡立著一隻五彩繽紛的鸚鵡。

「楚、楚姑娘，妳要的、鳥、鳥來了。」米滿倉故意說得很大聲，給了楚離桑一個眼色。

房裡依舊站著那四名宮女。楚離桑瞥了她們一眼，對米滿倉道：「提過來，讓我仔細瞧瞧。」

米滿倉依言走了過來。

楚離桑假裝逗弄籠中的鸚鵡，低聲問：「打聽到了嗎？」

「有、有了，蕭郎他、他、他……」

「直接說結果！」楚離桑急道。

「遇刺了！」米滿倉終於把話憋了出來。

楚離桑大驚失色，睜圓了眼睛。「你說什麼?!」聲音不自覺便提高了，米滿倉趕緊衝她眨眼。

楚離桑既驚恐又焦急，強自鎮定下來，又問：「那他……出事了嗎？」

「還好，沒、沒死。」

楚離桑長長地鬆了一口氣，撫住心口，那裡還在怦怦亂跳。

「就是受、受傷了。」

「傷得怎麼樣？嚴重嗎？」

「應無大、大礙。」

楚離桑的心跳這才緩緩平復下去。這幾天她一直在心裡罵蕭君默，覺得他就是個徹頭徹尾的騙子，沒想到他竟然是出了這麼大的事，看來自己又錯怪他了。

「蕭郎他、早、早計畫、好了，妳放、放心。」

米滿倉話音剛落，籠中鸚鵡忽然叫了起來。「你放、放心，你放、放心……」米滿倉嚇了一跳，狠狠拍打了幾下鳥籠，那鸚鵡才閉了嘴。

楚離桑忍不住一笑，心裡不覺便輕鬆了一些。

只是一想到經此變故，不知會不會夜長夢多，楚離桑心頭復又沉重。還有，父親那頭該怎麼應付皇帝，也讓人心焦。前幾天，她曾讓米滿倉去打聽了一下，米滿倉說法師一切正常，該吃吃，該睡睡，讓她別擔心。可楚離桑總覺得事情這麼拖下去也不是辦法，倘若父親執意不開口，皇帝遲早有一天會失去耐心。

「朕就快失去耐心了！」

佛光寺的禪房裡，李世民一臉不悅地對辯才道。

辯才端坐蒲團，臉色紅潤，神情安詳。

「法師最近好吃好睡、養尊處優，卻依舊隻字不吐，這合適嗎？」李世民提高了聲音。

辯才淡淡一笑。「陛下別急，容貧僧再休養幾日。」

「再休養幾日？」李世民冷笑。「冥藏已經殺到京城了！你知道嗎？」

就在剛才，桓蝶衣回玄甲衛衙署向李世勣說了蕭君默的判斷，李世勣當即入宮向皇帝奏報。

辯才聞言，微微一震。

「冥藏竟敢在光天化日之下刺殺玄甲衛郎將，還差一點就得手了！天知道接下去他還會掀起什麼風浪！」李世民怒視著辯才。「法師如此氣定神閒，卻置社稷蒼生之安危於不顧，是不是太自私了一點?!」

辯才沉吟半晌，才重重嘆了口氣，道：「事已至此，我大唐怕是逃不過這一場劫難了。」

「劫難?!」李世民眉頭一皺。「既然你也知道會有一場劫難，那就把〈蘭亭序〉的祕密全都說出來！把一切都告訴朕，讓朕來挽回這場劫難！」

辯才面色凝重，沉默不語。

「法師，請你別忘了，你的養女還在宮中，如果你還是這樣執意不說，那朕便不敢保證她的平安了。」

辯才苦笑了一下，終於開口。「陛下，貧僧可以說，但請恕貧僧直言，就算陛下知道了〈蘭亭序〉的祕密，恐怕也挽回不了什麼。」

「你只管說你該說的。」李世民道：「其他的，朕自有決斷，無須你來操心！」

「好吧。」辯才從容地看著李世民。「不過貧僧在開口之前，想跟陛下做一個約定。」

李世民一怔。「什麼約定？」

「貧僧每三日，只回答陛下三個問題。」辯才道：「多了，請恕貧僧無可奉告。」

李世民有些詫異，旋即冷然一笑。「你是怕朕知道了一切之後，會卸磨殺驢？」

「飛鳥盡，良弓藏；狡兔死，走狗烹。」辯才淡淡一笑，道：「自古以來，哪個帝王不是這麼幹的？倘若貧僧一口氣全部說光了，那陛下還養著貧僧和小女做什麼，豈不是白白增加宮裡的開支用度？」

「難道朕就不可以放你們回家嗎？」

辯才搖頭苦笑。「事關〈蘭亭序〉，都是一些驚天祕密，陛下自然會擔心，一旦放了我們，這些可怕的祕密就有可能洩露到民間，乃至散播天下。所以，為了杜絕萬一，陛下肯定要將貧僧和小女滅口，這才能一勞永逸，根除後患！對嗎陛下？」

李世民啞然失笑，片刻後才道：「也罷，既然話說到了這分兒上，咱們也不必繞圈子了，朕現在就問你第一個問題，『天刑』二字究竟何意？」

「東晉永和九年，王羲之與眾友人在蘭亭會上，祕密成立了一個組織，名字便是『天刑盟』。『天刑』二字，意為上天的法則，或者天降的刑罰。簡言之，天刑盟的宗旨，便是替天行道。依此宗旨，王羲之給組織定下的第一條規矩便是：邦有道則隱，邦無道則現。」

李世民恍然大悟。

至此，困擾李世民多年的呂世衡留下的血字之謎，終於真相大白。「天刑」二字，原來便是這個神祕組織的名稱，呂世衡當年極力想告訴自己的，原來便是這個！

但是，辯才所說的「邦無道則現」，卻深深刺激了李世民。他盯著辯才，憤然道：「自從朕登基之後，我大唐天下便河清海晏、國泰民安，在法師看來，難道是『邦無道』嗎？」

「陛下功績，天下人有目共睹，貧僧自然是認為『邦有道』。」

「既然如此，冥藏為何還要出來禍亂天下？他是天刑盟的首領嗎？」

「最近的一任天刑盟盟主，是王羲之七世孫，也是貧僧先師——上智下永老和尚，冥藏是他的姪孫，本名王弘義，乃天刑盟主舵冥藏舵的舵主，並非盟主。當年陛下追隨高祖澄清四海、鼎定天下，先師便看出我大唐必能給天下蒼生帶來一個太平盛世，故而遵循『邦有道則隱』的原則，下令各分舵進入沉睡狀態，而後主動切斷了與各分舵的聯絡。遺憾的是，王弘義的看法和主張均與先師不同，此人野心勃勃，一意要復興家族，讓瑯琊王氏重現當年『王與馬，共天下』的榮光，故而與先師分道揚鑣。此後，先師圓寂，臨終前囑咐貧僧，一定要恪守『邦有道則隱』的原則，讓天刑盟從此消失於江湖。這也是貧僧這麼多年一直保守祕密的原因所在。也正因此，貧僧才會一再勸陛下『以無事治天下』，不要為了追查〈蘭亭序〉的祕密而無意中喚醒整個天刑盟，因為這恰恰遂了王弘義的心願。此人唯恐天下不亂，一心要重啟並掌控整個組織，進而在亂局之下火中取栗，以實現他的個人野心。所以，冥藏的所作所為，並不能代表天刑盟，請陛下不要誤解。」

聽完這一番話，李世民默然良久。

倘若真如辯才所說，整個天刑盟都被喚醒且落入冥藏手中的話，那勢必會有一場劫難。但是，以李世民的性格，他是不可能「以無事治天下」的，更不可能坐等冥藏出招再後發制人，他必須掌握先機，把一切危險因素都扼殺在萌芽狀態，就像當年征戰天下、馳騁沙場時，他也總是身先士卒、衝鋒陷陣，並且總能旗開得勝、一舉制敵一樣！

「天刑盟的勢力到底有多大？重啟並掌控天刑盟的關鍵，是不是就藏在〈蘭亭序〉真跡之中？」李世民緊盯著辯才。「還有，〈蘭亭序〉真跡現在到底在哪裡？」

辯才笑了笑。「陛下，這是另外三個問題了，您忘了方才的約定了嗎？」

李世民又盯著辯才看了一會兒，才點點頭，站起身來。「三天之後，請法師準備好答案。」

桓蝶衣走後，蕭君默便又閒得發慌，忽然想起了一件事。

太極宮中有一座著名的藏書樓，被稱為「祕閣」，其中收藏著古往今來數十萬卷著作典籍，主收諸子百家、官修正史，旁涉稗官野史、志怪異聞，可謂應有盡有。蕭君默對祕閣嚮往已久，但平時是絕對沒有權力進入的，只能望洋興嘆。可現在不同了，蕭君默想，一來自己正閒得難受，二來可以找吳王幫忙，趁機進入祕閣一觀，以遂平生之願，豈非樂事一樁？

這麼一想，蕭君默立刻興奮了起來，馬上讓守在門口的親兵去找吳王，說有要事相商。約莫半個時辰後，李恪匆匆趕來，可一看到他百無聊賴的樣子，馬上意識到被騙了，遂一臉譏嘲道：「怎麼，才一會兒沒見，立馬又想我了？」

蕭君默笑。「是啊，這才叫兄弟嘛！」

李恪瞪了他一眼。「讓你養個病都不安分！本王忙得很，你可別耍我！」

「不耍你，真的是有事請你幫忙。」

「什麼事？」

「我快悶死了！帶我去祕閣，看看書。」

「這就是你說的『要事』？」李恪一臉不悅。「就為了這麼芝麻綠豆大的事，你就急急忙忙讓人把我叫來？」

蕭君默嘿嘿一笑。「對你這種堂堂親王，這當然是小事，可對我這種芝麻綠豆大的官，進祕閣就是比登天還難的大事！我不找你找誰？」

李恪得意。「好吧，看在你如此低三下四求我的分上，本王就勉為其難了。」

蕭君默心中大喜，卻不想被他踩得太狠，便道：「我低三下四了嗎？沒有吧？」

「沒有嗎？沒有就算了，本王還有事呢。」李恪轉身就要走。

蕭君默慌忙拉住他，賠笑道：「有有有，真的有好吧？你愛怎麼說都成！」

李恪這才笑了。「能讓你這麼嘴硬的人服軟，真是人生一大樂事啊！」

「好好好，你高興就好，趕緊走吧！」蕭君默拉起他就走。李恪臉上樂開了花。

祕閣果然名不虛傳，蕭君默一走進去，便覺一股莊重肅穆的文翰之氣撲面而來。

整座藏書樓共有三層，每一層都陳列著一排排高大的楠木書架，裝幀精美的書卷層層疊疊地堆放在書架上，可謂浩如煙海、汗牛充棟！

吾生也有涯，而知也無涯，以有涯隨無涯，殆矣！蕭君默穿梭在書架之間，不覺在心中發出了莊周之嘆。方才吳王領他進來時，交代書監說：「蕭將軍在幫本王查案子，需要調閱祕閣的書籍史料，你務必全力配合！」書監頻頻點頭，諾諾連聲。然後吳王衝他眨了眨眼，便先走了。蕭君默不禁在心裡感嘆：權力真是個好東西，怪不得世人都那麼渴望，不擇手段也要得到它。

書監陪著蕭君默轉了幾圈，蕭君默嫌不自在，把他打發走了，隨後信步走到陳列史籍的區域，心中驀然閃過一念：何不趁此機會查查有關〈蘭亭序〉的事？

主意已定，蕭君默便從頭開始整理相關思路，看看有什麼問題和疑點是可以借助這裡豐富的藏書進行追查的。

東晉永和九年三月初三，是傳統的「上巳節」。依照民間習俗，人們通常會在這一天到水邊洗濯汙垢、消災祈福，同時遊春踏青、飲酒賦詩，稱之為「修禊」。王羲之就是在這一天，與六個兒子、三十五個屬官及友人，在會稽郡山陰縣的蘭亭溪畔，舉行了蘭亭會。

由於王羲之及其與會者都是當時名士，蘭亭會上又有曲水流觴、飲酒賦詩的風雅之事，所以後世向來把此次集會看成是一次「文人雅集」。但蕭君默現在已經知道，王羲之事實上就是在這次集會上成立了龐大的祕密組織天刑盟，可見，所謂的「文人雅集」完全是王羲之為了掩人耳目而設計的幌子，純粹是一個偽裝。

那麼，這裡首先要查證的第一個問題便是：王羲之是在一種怎樣的歷史背景之下，出於什麼動機，才召集這次會議成立天刑盟的？

儘管蕭君默對東晉一朝的大體史實並不算太陌生，但要弄清這個問題，勢必要在大量史料中做一番爬梳剔抉的功夫，絕非憑藉籠統疏闊的記憶便可辦到。很快，他便從書架上取下了六、七百卷書，堆在一旁的書案上和地上，儼然堆成了一座書山。書監遠遠偷看了一眼，當即露出驚詫的表情。蕭君默衝他笑了笑。書監趕緊滿臉堆笑，抬起手打了個招呼，然後立刻把頭縮了回去。

蕭君默在書案前坐了下來，開始翻檢文獻。他剛搬下來的六、七百卷書，主要是南朝臧榮緒的

《晉書》等二十餘種晉代專史，另外還有東晉時期大量的詔令、儀注、起居注，以及個人文集、筆記史等，已足夠他理出一個全面且清晰的歷史脈絡了。

隨著書卷的翻動，一幅波瀾壯闊、金戈鐵馬的歷史畫卷，便透過三百多年的歲月煙塵，在蕭君默面前徐徐展開……

晉穆帝永和九年，天下又是一個風雲激盪的「三國鼎立」之局：東晉據有淮河、長江以南；前秦氐族苻氏占據以長安為中心的關中地區；前燕鮮卑族慕容氏占據黃河下游地區。秦、燕之間互相攻伐，一直想吞併對手，統一北方，同時又覬覦東晉，頻頻縱兵南侵；東晉則自建立之後，便不斷出師北伐，試圖恢復中原，卻又屢屢失敗。

當時在位的晉穆帝司馬聃，是個典型的幼主。他兩歲即位，由其母褚太后掌政，即使到了永和九年，他也才年僅十一歲。值此兵戈橫行的亂世，晉朝竟然是一對孤兒寡母主政，儘管下面不乏輔政大臣和文武百官，但時局之艱危亦可想而知。

王羲之召開蘭亭會的前一年，即永和八年，東晉再度北伐卻大敗而歸。與此同時，東晉朝廷內部又產生了嚴重分裂——大將桓溫與宰相殷浩水火不容，二人的鬥爭日趨白熱化。當時，王羲之是殷浩提拔且重用之人，曾力勸殷浩與桓溫和衷共濟，但殷浩不從。

由此可見，當時的東晉可謂內憂外患、形勢險惡，王羲之面對如此危局，又置身於將相的矛盾之中，內心的焦慮可想而知。史載，王羲之被時人譽為「有鑑裁」，即明辨是非；性格「以骨鯁稱」，即正直磊落。在蕭君默看來，這樣的人，必然是注重實務、反對清談的。

為了證實上述判斷，蕭君默又翻看了許多史料，終於在《世說新語》中找到了一則記載。在永和五、六年間，王羲之與謝安同遊冶城，當時的謝安正避世隱居，崇尚清談，一再拒絕朝廷徵召，執意不入仕途，於是王羲之便毫不客氣地批評了謝安：

謝悠然遠想，有高世之志。王謂謝曰：「夏禹勤王，手足胼胝；文王旰食，日不暇給。今四郊多壘，宜人人自效。而虛談廢務，浮文妨要，恐非當今所宜。」

所謂「四郊多壘，宜人人自效」，意指當時的東晉戰事不斷、邊患頻仍，自該人人效力於國家。於此可見，王羲之一直是心繫天下的。而到了永和八年，殷浩北伐慘敗，王羲之更是痛心疾首。蕭君默找到了他當時寫給殷浩的一封信，其中有這麼幾段話：

自寇亂以來，處內外之任者，未有深謀遠慮，括囊至計，而疲竭根本，各從所志，竟無一功可論，一事可記，忠言嘉謀棄而莫用，遂令天下將有土崩之勢，何能不痛心悲慨也。任其事者，豈得辭四海之責！

今軍破於外，資竭於內……任國鈞者，引咎責躬，深自貶降以謝百姓，更與朝賢思布平政，除其煩苛，省其賦役，與百姓更始，庶可以允塞群望，救倒懸之急。

在此，王羲之的一腔憂國憂民之心溢於言表。蕭君默記得，曾見過王羲之的一幅字帖〈增運帖〉，其中也有這樣一句話：為居時任，豈可坐視危難？

永和九年，主幼國危，內憂外患。「軍破於外，資竭於內」，王羲之若不願「坐視危難」，他又能怎麼做呢？

答案就在蘭亭會。

既然時任宰輔的殷浩志大才疏，無力挽回時局，王羲之便只能另闢蹊徑、獨樹一幟了。也許，謀求在朝廷之外祕密建立一支武裝力量，以濟時艱，力挽狂瀾，便是當時王羲之勢在必行之舉！

弄清了蘭亭會的歷史背景和王羲之當時的心態，蕭君默又列出了當年四十二名與會者的名單，準備進一步查證他們的確切身分和時任官職：

王羲之、謝安、謝萬、孫綽、徐豐之、孫統、王彬之、王凝之、王肅之、王徽之、袁嶠之、郗曇、王豐之、華茂、庾友、虞說、魏滂、謝繹、庾蘊、孫嗣、曹茂之、華平、桓偉、王玄之、王蘊之、王渙之、謝瑰、卞迪、王獻之、丘髦、羊模、孔熾、劉密、虞谷、勞夷、後綿、華耆、謝藤、任儗、呂系、呂本、曹禮。

不查不知道，這一查竟然把蕭君默嚇了一跳。

考諸史料，東晉政權先後由瑯琊王氏、潁川庾氏、譙國桓氏、陳郡謝氏、太原王氏等掌控，而在這場蘭亭會上，這五大士族居然都有代表出席：王羲之及六個兒子是瑯琊王氏家族；庾友、庾蘊兄弟是潁川庾氏家族；桓偉是桓溫之子，譙國桓氏家族；謝安、謝萬兄弟是陳郡謝氏家族；王蘊之是太原王氏家族。除此五大家族外，郗曇是高平郗氏家族，孫統、孫綽、孫嗣是太原孫氏家族，袁嶠之是陳郡袁氏家族。這些士族精英在當時或此後的東晉政壇上都是叱吒風雲、炙手可熱的人物，值此南北緊張對峙之際，國家危急存亡之秋，他們竟然全都會聚一處，要說是出於閒情逸致來此「雅集」，恐怕沒人會信。

此外，這些人的時任官職也非常耐人尋味，如王羲之本人是會稽內史兼右軍將軍，謝瑰是朝中侍郎，郗曇是散騎常侍，王蘊之是吏部郎，桓偉是冠軍將軍，袁嶠之是龍驤將軍，孫統是右將軍司馬，虞說是鎮軍司馬，卞迪是鎮軍大將軍掾等等。其中軍政大員有五、六人，在軍中任職者多達二十餘人，且大部分來自都城建康或北伐前線，絕非後世所說的熱衷清談的「文人名士」。不難推想，這些身繫家國安危的士族精英、軍政要員，願意擱下手中急務，千里迢迢來到會稽，自然不是參加什麼「修禊」活動，而是來決定他們是否加入以王羲之為首的祕密組織天刑盟……

顯而易見，即使拋開天刑盟暫且不論，蘭亭會的本質，也絕不會是一般的名士集會，而是一場重大而祕密的士族精英聚會，是一次事關東晉興衰存亡的政治和軍事會議。

蕭君默專注地翻檢著史料，隨著點點滴滴的發現而心潮起伏，不覺已過了幾個時辰，窗外日影西斜，天色漸暗。祕閣書監很殷勤地端來了點心和茶水，並替他點燃了一旁的幾盞燈燭。蕭君默道了聲謝，書監客氣了幾句，馬上又走開了。

難得有機會進入祕閣、見到這麼多史料，蕭君默自然不急著離開。他決定就著已知的線索繼續查下去，看看還能弄清多少謎團。

根據蕭君默此前的推測，假如王羲之真的在〈蘭亭序〉中寫了二十個不同的「之」，那麼會後他肯定是用這些「之」鑄刻了二十枚羽觴；如果其中一枚是作為盟印，即「天刑之觴」的話，那麼剩下的十九枚羽觴肯定就是十九個舵的權杖。

可問題在於，那天與會者總共有四十二人，為何只成立了十九個舵？

蕭君默想，最合理的解釋，應該是有一部分人與王羲之的主張不同，拒絕參與。想到這裡，一個靈感忽然躍入他的腦海：那天的蘭亭會上，不是有很多人作詩不成而被罰酒嗎？難道這些飽讀詩書之人真的連一首詩都作不出來？不太可能。最有可能的解釋，應該是這些人透過「作詩不成」的舉動，來表示他們不支持、不參與王羲之的祕密組織。這可能也是王羲之在會前就與眾人約定好的：若贊成，便以詩明志；若不贊成，便不作詩以表棄權。

為了確認這一點，蕭君默立刻又翻開相關史料，發現那天包括王羲之在內，共有十一人，各成四言、五言詩一首；還有十五人，分別成詩一首；另有十六人，詩不成，罰酒三巨觥。

寫詩幾首就不必管了，只要寫了肯定就表示贊同並願意加入，但問題是，總共有二十六人寫了詩，這又與自己推測的「一盟十九舵」不符，難道自己的推測錯了？

困惑了片刻，蕭君默驀然想到：當天的與會者中，有很多是父子、兄弟連袂出席的，比如王羲之父子多人，還有謝安、謝萬兄弟，孫綽、孫統兄弟等，那麼，即使他們都寫了詩，也不大可能在同一家族中成立好幾個分舵，而應該只會成立一個分舵。

思慮及此，蕭君默立刻針對剛剛寫下的名單，對二十六個作詩的人進行歸類：

王羲之、長子王玄之、次子王凝之、三子王渙之、四子王肅之、五子王徽之。

謝安、謝萬：兄弟。

孫統、孫綽、孫嗣：孫統是孫綽之兄，孫綽是孫嗣之父。

庾友、庾蘊：兄弟。

另有十三人為單獨出席：徐豐之、王彬之、袁嶠之、郗曇、王豐之、華茂、虞說、魏滂、謝繹、曹茂之、華平、桓偉、王蘊之。

四組父子兄弟，加上十三人，為數十七，又與自己推測的「十九舵」不符，這是怎麼回事？蕭君默冥思苦想了好一會兒，無意中把目光移到未寫詩的名單上，驀然看到「呂系」、「呂本」這兩個人名，頓時靈光一現，豁然開朗！

呂系、呂本兩兄弟，很可能就是呂世衡的先祖，即無涯舵的首任舵主。孟懷讓說過，「無涯」和「玄泉」均屬暗舵，既然是「暗」舵，就說明他們在蘭亭會當天故意沒有作詩，表面上反對，實則暗中加入。而這兩個舵的名號，則取自王羲之本人在蘭亭會上所作的那首最長的五言詩，其中幾句便是：

仰望碧天際，俯瞰綠水濱。寥朗無涯觀，寓目理自陳。

雖無絲與竹，玄泉有清聲。雖無嘯與歌，詠言有餘馨。

設立暗舵，無疑是王羲之的高明之處。

據孟懷讓所說，兩個暗舵都直屬於主舵冥藏，可見王羲之如此安排，目的便是要保護主舵，以防萬一。換言之，另外那十七個明舵即使明知組織裡有兩個暗舵存在，也無從得知他們的確切身分，假如這些明舵企圖反對主舵，那兩個暗舵便可以暗中出手，保護主舵。

現在看來，王羲之本人肯定是天刑盟的首任盟主，而主舵冥藏的首任舵主，無疑就是王羲之五子王徽之，因為「冥藏」二字，正出自他在蘭亭會上所作的五言詩。雖然據蕭君默所知，王徽之當時還很年輕，才十六歲，但他猜測，冥藏舵作為主舵，一開始肯定是由王羲之本人直接領導的，很可能是在王羲之晚年或去世後，冥藏舵才正式交到王徽之手中。

至此，「一盟十九舵」的猜測終於得到了證實。蕭君默目前已知其中四個舵：冥藏、臨川、無涯、玄泉。至於另外十五個舵，眼下是否還存在於世，以及隱藏在什麼地方，只能留待日後進一步追查了。

此時，窗外已然夜色深沉，蕭君默伸了個懶腰，正想把一片凌亂的書卷裝回帙袋，腦中忽然又冒出一個貌似與蘭亭會無關的念頭：為何王羲之七個兒子的名字都跟他一樣有一個「之」字，而絲毫不避家嚴之諱呢？

出於好奇，蕭君默便又坐下，再度拿起書卷翻查起來。很快，他便在相關史料中找到了答案——王羲之家族「世事張氏五斗米道」，而該道信眾取名時，通常都不避家諱。

據蕭君默所知，五斗米道其實便是道教最早的一個教派。對於老子和莊子的道家思想，蕭君默頗為熟稔，但是作為民間宗教的道教，他就有些陌生了。

蕭君默隨即又走到書架前，找出了幾十卷相關書籍，迅速翻看了起來。

原來，五斗米道又稱天師道，由道教創始人張道陵於東漢順帝年間在蜀地創立。張道陵自稱太上老君降命為「天師」，造作道書以教百姓，從其道者出米五斗，故世稱五斗米道。張道陵死後，其子張衡繼之；張衡死，其子張魯繼之，世稱「三張」。

漢獻帝初平年間，張魯率眾攻占漢中、巴郡等地，開始實施政教合一的統治。他號稱「師君」，為天師道最高首領，又是最高行政長官；初入道者稱「道民」；入道已久、通道精深者任「祭酒」，各領部眾；領眾多者稱「治頭大祭酒」。張魯以「治」為單位，在其統治區域內，設有二十四治；各治不置長吏，以祭酒管理軍政，同時為一治道民之本師。

這個意外發現讓蕭君默不禁有些興奮，因為從某種意義上說，張魯時期的天師道，就是一個龐大、嚴密且帶有神祕色彩的組織，既然王羲之家族及其本人都信奉天師道，具有這樣的歷史淵源，那麼繼天師道之後創立祕密組織天刑盟，於他而言便是駕輕就熟、順理成章之事了……

沉思間，李恪不知何時已神不知鬼不覺地站在他身邊。蕭君默乍一抬頭，猛然嚇了一跳。

「喂，人嚇人嚇死人你知道嗎？怎麼走路都不出聲呢！」蕭君默叫了起來，以此掩飾內心隱隱的慌亂——雖然他知道李恪不見得能窺破什麼，但還是感到不安。

李恪看了看一片狼藉的書卷案牘，又若有所思地看著蕭君默，卻一言不發。

蕭君默忽然覺得此時的李恪有些陌生，而此時李恪的想法正與他如出一轍。

李恪把蕭君默送回了太醫署的小院裡，卻一直定定地看著他，就是不走。

蕭君默故意呵欠連天，李恪卻視而不見。蕭君默實在忍不住，便道：「你不會是懶得回親仁坊，今晚想跟我擠一張床吧？」

「告訴我，關於王羲之和〈蘭亭序〉，你都知道些什麼？」李恪正色道。

「王羲之還用問？千古書聖啊！〈蘭亭序〉也不用說呀，天下第一行書嘛！」蕭君默只能裝傻。

「別跟我裝傻充愣！我知道，你已經查出了不少東西。」李恪一屁股在床榻上坐下。「你要是不說，我今晚就不走了。」

「不走就不走唄！」蕭君默滿不在乎，索性往床榻上橫著一躺，扯過被子蓋在身上，還閉上了眼睛。「不過，我睡覺可會打呼嚕，據說聲如悶雷、連綿不絕，你要是不在意，那就一起睡吧。」

「誰想跟你一起睡？」李恪一把扯掉他的被子，沉聲道：「本王跟你說話呢，給我起來！」

蕭君默睜開眼，無奈一笑，坐了起來。「你到底想幹麼？你自己不睡還不讓別人睡了？」

「不回答我的問題，你休想睡覺！」

「就算你是皇子，是堂堂親王，可你也沒權力不讓人睡覺吧？」

「不信我有這權力，你就試試！」

蕭君默瞪了他一眼，索性又躺了回去，翻身背對著他。

「來人！」李恪突然高聲一喊，門外兩名親兵立刻應聲跑了進來。李恪道：「你們倆聽好了，給我齊聲高唱軍歌，現在就唱，越大聲越好！」

兩名親兵一愣，面面相覷。

蕭君默暗暗苦笑。

「唱啊！愣著幹什麼？」李恪提高了聲音。

兩名親兵遲疑了一下，小聲唱了起來。「受律辭元首，相將討叛臣……」

「大聲點！」李恪厲聲一喝。

兩名親兵慌忙振作起來，開始漸漸放開聲音。「咸歌《破陣樂》，共賞太平人。四海皇風被，千年德水清。戎衣更不著，今日告功成……」

這就是《秦王破陣樂》，大唐第一軍歌，曲風威武雄壯。兩名親兵剛開始還找不準調門和拍子，李恪便幫他們打起了節拍，還輕聲領唱。這兩個傢伙瞬間找到了感覺，從第二句開始便放聲高歌，歌聲居然高亢嘹亮，把蕭君默的耳朵震得嗡嗡直響。

蕭君默索性扯過被子，把頭包了起來。

李恪斜著眼看他，一臉得意。

「主聖開昌曆，臣忠奉大猷。君看偃革後，便是太平秋！」兩名親兵扯著嗓子唱到了最後的高潮部分，聲音大得簡直要把屋頂都掀了。

李恪在一旁悠然自得。「第二遍，接著唱！」

蕭君默忍無可忍，翻身坐起，哭喪著臉道：「行了行了，我服你了，讓他們走行嗎？」

李恪呵呵一笑，這才把兩名親兵打發了出去。

「你到底想知道什麼？」蕭君默沒好氣。

李恪看著他，緩緩道：「父皇自登基之後便開始苦心搜求〈蘭亭序〉真跡，此後千方百計找到了王羲之後人智永和尚的弟子辯才，接著便發生了震驚朝野的甘棠驛血案。現在你這個辦案人、玄甲衛高手，竟然遭到那個叫冥藏的所謂江湖勢力刺殺，差點丟了小命。這幾天，我幾乎把長安城翻了個兒，可就是找不到那個楊秉均；今日，你又在祕閣待了大半天，幾乎把東晉一朝的史料都翻爛了。你難道想告訴我，所有這些事情都是偶然發生的，背後什麼關聯、什麼祕密都沒有嗎？」

蕭君默看著李恪，一直在猶豫該不該把自己查到的事情都告訴他。

論交情，兩人早已親如兄弟，自己沒有理由向他隱瞞；但論身分，他是堂堂皇子、魏王李泰的兄長，自己卻是身負殺父之仇的人，遲早要找李泰報仇，而且已經打定了主意要營救辯才父女，轉眼就會變成朝廷欽犯，又怎麼可以把一切都告訴他？

權衡再三，蕭君默最後只好隱瞞了一部分，說出了另外一部分。

他隱瞞的部分是：父親盜取辯才情報被魏王所害一事、父親與魏徵在天刑盟中的真實身分，以及無涯舵、羽觴、孟懷讓的事。除此之外，他把自己對冥藏、玄泉現有的了解，天刑盟的接頭方式和暗號，以及今天查到的有關王羲之和蘭亭會的祕密、「一盟十九舵」的推斷，還有〈蘭亭序〉真跡可能藏有關鍵祕密等，都一一告訴了李恪。

李恪聽得瞠目結舌，半天回不過神來。

「這回你該滿意了吧？」蕭君默打了個長長的呵欠，聽見外面已經敲響了四更梆子。

由於蕭君默隱瞞了一半事實，所以另外一半他究竟是怎麼查出來的，難免令人生疑。李恪便產生了類似疑惑，於是一口氣提了好幾個問題。

「你只需要知道結果就夠了。」蕭君默道：「至於我是怎麼查出來的，你就不必多問了。」

李恪想了想，點頭笑笑。「好吧，反正你們玄甲衛向來喜歡故弄玄虛。」

蕭君默忽然想到什麼。「這些事你可以告訴聖上，但別說是我告訴你的。」

「為何？」李恪不解。

「我們玄甲衛向來喜歡故弄玄虛，所以這個你也不必問了。」

李恪笑。「說你胖你還喘上了！」

「還有，我勸你，若你想把這些事告訴聖上，最好也以匿名密奏的方式，別由你自己去說。」

「這又是為何？」李恪越發不解。

「據我所知，聖上對有關〈蘭亭序〉的事都很敏感，尤其當這些事跟奪嫡之爭攪在一起的時候，就更敏感。」蕭君默看著李恪。「你又是皇子，倘若聖上發現你知道得太多，就會對你產生猜忌和防範，這對你沒好處。」

蕭君默起初並不知道皇帝對此事是何態度，但李世勣偶爾會對他透露一些消息，加之辯才和楚離桑被抓入宮後，蕭君默自己也有了些判斷，所以對李世民眼下的心態瞭若指掌。

李恪有些佩服地看著他。「想不到你這人還深諳權謀啊！」

「我對吳王殿下您如此忠心，還把這麼多祕密都告訴了您，是否可以跟您討一些賞呢？」蕭君默打著呵欠道。

「沒問題，你說！」李恪很爽快。「看是要錢帛還是要美女，隨你挑！」

蕭君默皺眉。「我在你眼裡就這麼俗？」

李恪笑。「你是不是男人？是男人哪有不喜歡這些東西的？」

「這些我當然喜歡。」蕭君默道：「但眼下並不需要。」

「那你需要什麼？」

「第一，我現在需要好好睡一覺，請殿下開恩。」

李恪又笑。「准了！還有呢？」

「第二，明天就放我回家。」

李恪看著他可憐巴巴的樣子，忍住笑，板起臉道：「這我可得跟太醫商量一下，他們說放我才能放。」

蕭君默苦笑。「這不就是吳王殿下您一句話的事嗎？」

「就算放你回家，你也得好好給我待著養傷，別又東跑西顛，再碰上刺客可沒人救你了！」

蕭君默心頭暗喜，臉上卻懶洋洋的。「是，遵命。」接著又小聲嘀咕。「跟個老太婆似的，囉哩囉唆……」

「你說什麼？」

「我說多謝殿下關懷，蕭某感激涕零。」

「這還差不多！」

第二十章 入局

李泰自從被父皇一番訓誡之後，便不敢再涉足棲凰閣了，但心裡卻始終放不下蘇錦瑟，索性便把她接到了自己的府邸，讓她住進了後花園的春暖閣。

蘇錦瑟頗為感動，每日為李泰鳴琴鼓瑟、引吭而歌，儼然又變回了當初那個驚豔絕塵、風情萬種的可人兒，讓李泰一度忘記了她其實是冥藏的養女、祕密組織天刑盟的重要成員。直到這天日暮時分，蘇錦瑟未經李泰允許，便將一個人暗中帶進魏王府，才讓李泰驀然記起了她的真正身分。

蘇錦瑟暗中帶進來的這個人，一身婦人裝扮，頭上戴著帷帽，遮住了臉。當他卸下偽裝之後，李泰才看清，這是一個五十多歲的男人，右手的手腕纏著繃帶，左眼上戴著一個黑眼罩，整個人都透著一種莫名的陰鷙和凶險。李泰看著他，心裡不由升起了一股寒意。

「錦瑟，妳把一個來路不明的人領到府裡，竟然不事先跟我商量一下，還有沒有把我這個殿下放在眼裡了？」李泰陰沉著臉，口氣極為不悅。

「請殿下恕罪，實在是事出有因，奴家來不及向您稟報，只好自作主張了。」蘇錦瑟撒嬌地抱住他的胳膊，滿臉堆笑道：「不過，他也不算是什麼來路不明的人，他是我父親手底下的老人了，日後正是要為殿下效死力的。」

李泰聞言，這才臉色稍緩，瞥了對方一眼，冷冷道：「自報家門吧。」

那人趨前一步，拱手道：「殿下，說起在下原先的身分，您一定不陌生。」

李泰又抬眼打量了他一下，這才覺得此人有些面熟，卻想不起來在哪兒見過。「別跟我繞圈子了，你到底是何人？」

「在下乃前洛州刺史楊秉均。」

李泰一聽，彷彿一聲驚雷在耳邊炸響，騰地一下便從榻上跳了起來。

這個人便是甘棠驛一案的要犯，父皇下死令要捉拿的十惡不赦之徒！而且前幾日剛剛在白鹿原刺殺蕭君默未遂，現在正被玄甲衛全城搜捕，可蘇錦瑟竟然把他大搖大擺地領到了自己面前！

李泰整張臉因驚怒而扭曲，指著楊秉均，一時竟說不出話。

楊秉均卻毫無懼意，仍舊鎮定自若地拱拱手道：「楊某突然出現在殿下面前，是有些唐突和冒昧，不過正如錦瑟姑娘所說，楊某此來是要為殿下效死力的。說白了，楊某現在就是殿下手裡的一把刀，雖然刀上沾血，看上去有點不祥，但終究還是一把鋒利的刀，對殿下還是有用的。」

李泰驚怒未消，一把推開了蘇錦瑟，雙目圓睜，死死盯著楊秉均。「你確實是一把刀，可你這把刀現在卻架到了我的脖子上！我一個堂堂親王，豈能窩藏你這種罪大惡極的凶徒！」說著把臉轉向蘇錦瑟。「錦瑟，要麼妳現在立刻把他帶走，本王就當沒見過他，要麼本王立刻命人將他拿下，妳自己選吧！」

蘇錦瑟和楊秉均交換了一下眼色，旋即淡淡一笑。「殿下，您對此事一時難以接受，奴家可以理解。不過，奴家相信，您不會把事做絕的。」

李泰大聲冷笑。「你們都快把本王逼到絕地了，本王為何不能把事做絕？」

「殿下，請恕奴家說一句實話，眼下，您和奴家，還有我父親、楊秉均，都已經是一條船上的人了，把他拿下，對您只有壞處，沒有半點好處。」

「一派胡言！」李泰冷笑不止。「本王憑什麼跟你們是一條船？本王現在完全可以把你們全都抓了，交給父皇，說不定父皇還會賞賜我呢！」

蘇錦瑟也冷冷一笑。「是嗎？殿下這麼說，是否過於樂觀了？就算您把我們都抓了，交給聖上，可聖上就會相信您是清白的嗎？就算我們這些人都恪守江湖道義，不反咬您一口，但聖上只要稍微查一下，就知道您和我們私下交往已非一日兩日，殿下覺得您有把握洗清所有的嫌疑嗎？」

李泰登時語塞，張著嘴說不出話，半晌才咬牙切齒道：「蘇錦瑟，妳這分明就是訛詐！都說最毒莫過婦人心，看來妳是成心把本王往火坑裡推啊！」

「殿下這麼說就不公平了！」蘇錦瑟眉毛一揚。「當初您來棲凰閣，是奴家逼您來的嗎？後來奴家約您跟家父見面，也說了讓您自由選擇，可您最後來了，難道也是奴家逼您的嗎？就算現在奴家住在您的府裡，也是您主動來接奴家的，可曾是奴家逼您？從頭到尾，自始至終，這一切都是殿下您自己做的決定，怎麼這會兒變成是奴家推您入火坑了?!」

李泰傻眼，徹底無語，只好頹然坐了回去。

楊秉均在一旁暗自冷笑。

東宮麗正殿，李承乾、李元昌、侯君集三人在說話，都面露喜色。

「殿下，您此次能逢凶化吉，正應了古人所說的『王者不死』！」侯君集道：「如此看來，殿下實乃天命所歸，這大唐天下遲早是您的，誰也別想搶走！」

「這次還是多虧了太師及時勸諫。」李承乾道：「否則，我這太子位怕是不保了。」

「我倒不這麼看。」李元昌道：「雖說他魏徵勸諫有功，對殿下還算忠心，這個情咱們是得領，但廢不廢你，終究還是得皇兄拿主意。倘若皇兄真的想廢，他魏徵勸諫有用嗎？我看他說破天去也是白搭。」

李承乾沉默不語。

「王爺這話不錯。」侯君集道：「魏徵這老頭，平時賣弄唇舌還行，若真到了魚死網破的關頭，他能頂什麼用？」

「侯尚書，」李承乾岔開話題，不願再談魏徵。「我上次交代你去辦的事，可有進展？」

侯君集嘿嘿一笑。

「殿下所託，老夫豈能不盡心？我都安排好了，過幾日，我便帶人來拜見殿下。」

李承乾有些驚喜。「這麼快？」

「這次稱心的事鬧得這麼大，眼看魏王就要圖窮匕見了，老夫豈敢不快！」

「是冥藏嗎？」李承乾問。

「殿下，您可知當年王羲之邀集一幫世家大族，在蘭亭會上幹了什麼事？」侯君集不答反問，且一臉神祕。

「蘭亭會？世人都說是一次曲水流觴、飲酒賦詩的文人雅集，不過您既然這麼問，看來是另有隱情了？」

「殿下果然聰明！」侯君集笑道：「王羲之當年和謝安、孫綽、桓偉這幫大士族，借著蘭亭詩會的名頭，暗中成立了一個祕密組織，稱為天刑盟。」

李承乾記得，自己安插在魏王那邊的內線，傳回的消息中便有「天刑」二字，只是不知它竟然是王羲之創立的祕密組織。「侯尚書，那據你所知，這天刑盟與冥藏的勢力是何關係？」

「冥藏只是天刑盟的主舵，天刑盟總共有十九個舵，除冥藏舵外，下面足足還有十八個舵！」

李承乾一驚，下意識和李元昌對望了一眼，李元昌也是驚詫不已。

「看你的意思，打算引見的定非冥藏，而是另有其人吧？」李承乾問。

侯君集大笑。「跟殿下這種聰明人打交道，就是爽快！沒錯，此人並非冥藏，而是東晉大名鼎鼎的宰相謝安之後人——謝紹宗！」

「這個謝紹宗也是天刑盟的人？」

「沒錯，當年謝安、謝萬兄弟，在蘭亭會上成立的分舵，名為羲唐，謝紹宗便是如今羲唐舵的舵主！」

「既是世家大族之後，想來也不是泛泛之輩。」李承乾略加沉吟。「那便依你，儘快帶他來見一見，是否可用之人，等見了面再說。」

「請殿下相信老夫的眼光，老夫與此人打交道已有多年，一直相交甚契，只是不知道他還有這層隱祕身分。這個謝紹宗雖是江湖之人，但滿腹經綸、足智多謀，此次老夫為了完成殿下所託，便出言試探，想讓他引見一些江湖朋友，他這才自曝身分。殿下想想，能與老夫相交多年卻始終深藏不露者，可是等閒之人？」

李承乾笑笑不語。

李元昌插言道：「侯尚書，請恕我直言，是不是等閒之人，得由殿下說了算，能不能與此人共謀大業，還是得由殿下來決斷，現在說什麼都為時過早，你說對嗎？」

侯君集撇了撇嘴。「當然。老夫不過是替殿下著急，想著儘快把刀磨利，先發制人，早定大業而已！」

「尚書一片赤誠，我豈能不知？」李承乾淡淡笑道：「我心裡其實也急，何況我最近得到消息，魏王也已經在磨刀了，但越是這種時候，越不能行差踏錯。所以，要選何人來用，必須慎之又慎，容不得半點差池。」

侯君集聞言，頓時有些驚詫。「魏王已經先下手了？」

「是啊侯尚書，」李元昌道：「所以你剛才說先發制人，其實也已經說晚了。」

侯君集越發驚訝，想著什麼。

「殿下，您安插在魏王那邊的內線，到底是何人，消息可靠嗎？」

李承乾摸了摸鼻子，卻不說話。

李元昌搶著道：「侯尚書，你這個問題不該問吧？」

「為何不能問？」侯君集有些不悅。「老夫已經把身家性命都交付殿下了，難道殿下還要防著老夫嗎？」說著便看向李承乾，李承乾卻不動聲色。

「侯尚書，你這話就不好聽了，什麼叫防著你呢？殿下做事，自有他的安排，豈能事事都公開來說？」

「既然如此，那老夫也無話可說了。」侯君集拉下臉來，霍然起身，似乎要走的樣子。

李承乾眉頭一皺，不得不笑道：「侯尚書少安毋躁，咱們既然要在一起做大事，我怎麼會瞞著你呢？其實，我早就安排好了，就算你不提，今晚本來也是要讓他與你見面的。」

侯君集轉怒為喜，拱了拱手。「殿下如此氣度，才是真正做大事之人！不像某些人，裝模作樣，故弄玄虛，令人大倒胃口！」說著瞟了李元昌一眼。

李元昌急了。「嗳，我說侯尚書，你這就有點過分了吧？」

李承乾凌厲地瞪了李元昌一眼。李元昌無奈，只好悻悻閉嘴，強行把一肚子火壓了下去。李承乾又對侯君集笑了笑，然後扭頭朝著後面的屏風道：「二郎，出來吧，跟侯尚書打個招呼。」

侯君集大為好奇，不知這「二郎」到底是什麼人。

片刻，從屏風後慢慢走出一個面目俊朗、神色略顯倨傲的華服青年。

侯君集頓時睜大了眼睛。「杜二郎?!」

李承乾安插在魏王身邊的內線，正是杜如晦之子：杜荷。

魏王府春暖閣中，李泰面如死灰，坐在榻上發愣。

蘇錦瑟和楊秉均交換了一下眼色。楊秉均會意，當即開口打破沉默。「殿下，楊某雖然來得有些倉促，但畢竟為官多年，還是懂得一些往來之道的，所以今日，楊某並非兩手空空，而是給殿下準備了一份禮物。」

李泰連眼皮都不抬，根本不理他。

蘇錦瑟見狀，笑了笑，走到李泰身邊，挨著他坐下，伸手要去攬他的胳膊。李泰把手一縮，往一旁挪了挪，彷彿在躲避瘟疫。蘇錦瑟又是一笑。「殿下，您一個堂堂親王，難不成真被他楊秉均給嚇著了？」

李泰冷哼一聲。「他算什麼東西！本王能被他嚇著？」

楊秉均聞言，臉色也不由沉了下來。

「既然不是，殿下又何必這樣呢？奴家看您生氣，心裡比您還難受！」蘇錦瑟說著，再次伸手挽住了李泰的胳膊。李泰動了動，卻沒有再躲開。

「本王是在納悶，怎麼認識了你們之後，羊肉沒吃到，就先惹了一身臊呢？」

蘇錦瑟咯咯笑著。「楊秉均今天就是給您送肉來的，可您偏不聽他說，奴家又有什麼辦法？」

李泰聽出了弦外之音。「什麼肉？」

「那您得問他了。」

李泰這才把臉轉向楊秉均。「說吧，你給本王帶來了什麼禮物？」

楊秉均矜持一笑。「殿下可能不知道，其實楊某一個月前便來到了京城，閒來無事，就幫殿下做了件事情。」

「幫我做事情？」李泰一頭霧水。「什麼事情？」

「殿下交遊廣闊，朋友眾多，楊某擔心殿下交到什麼損友，便暗中幫殿下鑑別了一下……」

「你好大的膽子，竟敢跟蹤本王！」李泰一聽就怒了。「本王跟什麼人交朋友，還輪不到你來操心！」

「殿下息怒。」蘇錦瑟勸道：「幹麼不聽他把話說完呢？」

李泰怒氣未消。「有話快說有屁快放，別跟本王兜圈子！」

楊秉均又不以為意地笑了笑。「是，謹遵殿下之命，楊某這就『放』。殿下方才說，跟什麼人交朋友，無須楊某操心，一般而言，這麼說當然沒錯，可問題是，萬一殿下交到的朋友，是東宮派來的人呢？」

李泰猛地一震。「你說什麼？」

「我說，萬一殿下交到的朋友，是東宮派來的人呢？」

李泰驚得站了起來。「你是說，我身邊有東宮的細作？」

楊秉均點點頭。

「快說！是什麼人？」

「杜如晦之子，杜荷。」

李泰大為震驚，愣了半晌才道：「你是怎麼知道的？」

「楊某方才說了，閒來無事，便把殿下身邊的一些朋友都跟蹤調查了一遍，結果發現，這一個月之內，杜荷與太子在各種場合祕密會面，至少達五次之多！」

李泰一臉難以置信的表情，怔怔地坐回榻上。

蘇錦瑟又和楊秉均對視了一眼，對李泰道：「殿下，楊秉均這份禮物，分量不算太輕吧？」

李泰沉默了好一會兒，嘆了口氣，這才看著楊秉均道：「你就先在府裡住下吧，一應所需，都由錦瑟安排。不過你要記著，千萬不能見任何人，更不可在府裡隨意走動，做任何事情，都要事先經過本王同意。」

「這是自然。」蘇錦瑟笑道：「他要敢不老實，奴家第一個不會放過他。」

「多謝殿下收留，楊某感激不盡！」楊秉均俯首一揖。

這幾日，吳王李恪與玄甲衛聯手搜捕楊秉均，幾乎把長安城翻了個底朝天，不但查遍了城內外的每一處客棧，而且在所有里坊都張貼了楊秉均的畫像和懸賞告示，在鼓勵舉報的同時，還以連坐法警告坊民互相監督，不可放過任何外來可疑人員。眼看楊秉均就要走投無路、束手就擒，冥藏先生王弘義便當機立斷，命蘇錦瑟把楊秉均藏進魏王府。

此舉顯然對魏王極為不利，所以蘇錦瑟猶豫著不敢答應。王弘義說，現在只有魏王可以保住楊秉均，而且這麼做還有一個好處。蘇錦瑟問什麼好處。王弘義說如此一來，魏王便有把柄落在咱們手裡，從此他跟咱們便徹底成了一條船上的人，只能對咱們死心塌地。

蘇錦瑟真心不想用這麼陰狠的招數逼迫魏王，可她也知道，養父這一手，在江湖上就叫投名狀，是徹底跟魏王捆綁在一起的最好辦法。她想來想去，覺得這麼做顯然對組織有利，加之父命難違，最後也只好答應了。

太極宮的西面有一座安仁殿，前有安仁門，背倚南海池，周圍建有殿牆，自成一座小宮院。時年十五歲的晉王李治便居住在此殿。

長孫無忌的辦公地點在門下內省，值房就在太極殿東邊，平常公務之餘，他只需穿過幾個宮門和幾座殿閣，不消片刻便可走到安仁殿。這一日，天氣晴朗，豔陽高照，長孫無忌閒暇無事，又徑直來到了安仁殿。殿裡的宦官宮女早已跟他熟稔，見過禮後，便告訴他晉王殿下在大殿西邊的偏殿裡讀書。

長孫無忌走進偏殿的書房時，看見李治正靜靜坐在案前，獨自微笑，案上放著一卷書。

「雉奴何故獨自發笑？」長孫無忌在他對面坐了下來。

「舅父來了？」李治打著招呼。「我在笑那天，父皇召見我們兄弟三人的事。」

那天的大致經過長孫無忌也聽說了，知道李治因老實仁厚出了糗，還被皇帝責備說過於柔弱、缺乏擔當。長孫無忌以為此刻李治是在自嘲，忙道：「雉奴，你年紀還小，不必跟幾位兄長去爭風頭，很多事情現在不會，可以慢慢學，不必自慚形穢，更不必妄自菲薄。」

「舅父何時看見我自慚形穢、妄自菲薄了？」李治笑著問。

「那你剛才這是……」長孫無忌有些不解。

李治笑了笑。「舅父以為我獨自一人在此發笑，是因自慚形穢而自嘲嗎？」

長孫無忌皺了皺眉。李治是他從小看著長大的，心性仁厚，性格安靜，為人謹慎，質樸無華。他自認為還是了解這孩子的，但不知為什麼，最近這些日子，他有時會覺得看不太懂李治，好像這孩子忽然間便長大了，有了很多他不了解的心思。

「那你倒是說說，因何發笑？」長孫無忌問。

「我是在笑，大哥和四哥看不懂我倒也罷了，現在連父皇也看不懂我，想想便覺有趣。」

長孫無忌越發迷糊，差點說對呀，此刻就連我也看不懂你了，但還是忍住，道：「你這麼說是何意？什麼看懂看不懂的？」

李治笑笑不語，卻把書案上的那卷書往前一推。

長孫無忌拿過來一看，是先秦縱橫家鬼谷子所著之書，不禁眉頭一蹙。「雉奴，你什麼時候也看起這種權謀書來了？」

「怎麼，舅父不喜歡我看這種書？」

「我朝以仁政治天下，有空還是要多看看儒家聖賢的經典。」

「儒家經典只是面子上的書，當然要看，不過我從小就看過不少了。」李治淡淡笑道：「現在，我得換換口味，看看這些藏在面子背後的書。」

長孫無忌聽明白了，這小傢伙現在也懂「陽儒陰法」這一套了，看來果真是長大了。「雉奴，這縱橫家的權謀書，倒也不是不能看，只是得善學善用。」

「舅父難道不認為，我那天在甘露殿的表現，就是善學善用的好例子嗎？」李治看著他。

長孫無忌和他對視著，卻捉摸不透他眼中的東西。「你到底想說什麼？」

「聖人之道陰，愚人之道陽。」李治指了指案上的書。「鬼谷子先生說的。那天在甘露殿，人人都覺得我雉奴仁厚得過頭了，尤其是我陪兩位兄長一跪，大哥居然說我老實得可愛。舅父，您說，如果天下人都認為我雉奴老實，這不是挺好的事嗎？這樣就沒有人想到要來害我了，反正我對他們又沒有威脅，對不對？那些聰明能幹的人，自己就去鬥得你死我活了，我雉奴只需在旁邊看著就好。我想，鬼谷子先生說的『聖人之道陰』，大概就是這意思吧？相反，我那幾位大哥，把他們的心思全都露在了明處，這不就是『愚人之道陽』嗎？」

聽完這一番話，長孫無忌忽然感覺後背隱隱生寒。

他萬萬沒想到，李治小小年紀，竟然已經把這套權謀術理解得如此透澈，且運用得如此純熟，完全不露痕跡，連皇帝都被他瞞過了——原來那天在甘露殿上，他是故意以老實柔弱、不諳世事的面目示人，其實背地裡，恰恰是他的心機最深！

僅此一點，便不知要讓多少仕宦多年的人望塵莫及了。

「雉奴，你長大了！」長孫無忌看著他，眼中似乎充滿了萬千感慨。

「還早著呢！」李治笑著擺擺手。「頂多就是長了一點點，還需舅父多多調教。」

長孫無忌笑。「就你現在這七竅玲瓏的心思，還有這大智若愚的手段，連舅父恐怕都要甘拜下風了，還如何調教得了你？」

「舅父謙虛了。」李治眨了眨眼，道：「凡是當年輔佐父皇決勝玄武門的人，哪個心思不比我玲瓏？」

長孫無忌搖頭笑笑。「時移世易啊！想當年，我輔佐你父皇，對手只有隱太子和巢王這一黨，只要誅此二人，大功便可告成！可現如今，你看看你這些大哥，太子、魏王、吳王，甚至是那個遠在齊州的齊王，哪個是省油的燈？」

「舅父不必多慮。」李治反倒勸慰起長孫無忌來了。「目前朝局是挺複雜，不過以我看來，形勢應該很快便會明朗了。」

「哦？」長孫無忌大感興趣。「此話怎講？」

「原因我剛才已經說了。」李治笑道：「愚人之道陽，那些把自己全都暴露在明處的人，又豈能長久相安無事呢？我想，用不了多久，他們便會決出一個勝負。到那時候，局勢不就比現在明朗多了嗎？」

「那他們在那兒決勝負，你做什麼？」長孫無忌故意直言相逼。

「我嗎？」李治深長一笑，道：「我就在這安仁殿裡，老實做人，安靜讀書。鬼谷子先生說了，『天地之化，在高與深；聖人之道，在隱與匿』。我就學習天地與聖人，躲著就好，不跟他們瞎摻和！」

長孫無忌哈哈大笑。「老這麼躲著，好像也不是辦法吧？」

李治淡淡一笑。「對了舅父，我前天讀到劉向在《說苑》裡寫的一個小故事，挺有意思，我說給您聽聽？」

「好，我洗耳恭聽！」

「園中有樹，其上有蟬，蟬高居悲鳴飲露，不知螳螂在其後也！螳螂委身曲附，欲取蟬，而不顧知黃雀在其傍也！黃雀延頸，欲啄螳螂，而不知彈丸在其下也！舅父，這個故事您覺得如何？」

長孫無忌聽完，不禁拊掌而笑。「妙，甚妙！那你說說，你那幾位大哥，誰是蟬，誰是螳螂，誰又是黃雀呢？」

「我不知道。」李治搖搖頭，表情看上去純真無邪。「我只知道，我不會在樹上陪他們玩，那多危險！」

長孫無忌忽然收起笑容，身子前傾，壓低嗓音。「照你的意思，你就是樹下那個人嘍？」

李治看著長孫無忌，依舊一臉純真。「我就是個什麼也不懂、什麼也不會的孩子，不敢上樹，當然只能在下面玩玩小彈弓嘍！」

長孫無忌和他對視了片刻，然後重重拍了下書案。

「好！既然你心懷此志，那舅父便陪你一塊兒，跟他們玩！」

李世民賜給李恪的宅子，位於親仁坊的西北隅，若從府邸的北門出來，往右一拐就是東市；若從西門出來，便是筆直寬闊的啟夏門大街，往北過兩個坊可直達皇城，過四個坊便是宮城，交通非常便捷。

這座新賜的吳王府，雖然占地面積不如魏王府大，但殿閣之富麗、裝飾之華美卻也不遑多讓。

是日午時，兩駕不起眼的輕便馬車先後從東市方向駛來，從北門悄然進入了吳王府。兩駕馬車之前都在東市轉悠了好幾圈，顯然是為了防止被人跟蹤，而且各自抵達吳王府的時間也間隔了一刻左右，明顯也是故意錯開的。

第一駕馬車上，下來了一位臉膛黑紅、眉毛粗濃的大漢，一身商人裝扮。此人雖已年近六旬，但走路依然虎虎生風，他就是右武候大將軍尉遲敬德。

作為玄武門之變的主要功臣之一，尉遲敬德早在貞觀元年便已擔任這個職務，後來相繼出任同州刺史、鄜州都督、夏州都督，三年前卻被人密告謀反，雖然查無實據，但李世民似乎已對他有所猜忌。尉遲敬德心中不悅，便託疾回京。李世民順勢免了他的都督一職，仍授以右武候大將軍。

就這樣，過了十多年，在仕途上繞了一大圈，尉遲敬德居然又回到了原來的職位上，心中的不甘和怨憤自不待言。

第二駕馬車上，下來的是一位四十出頭、目光灼灼的男子。此人雖然也是商人裝扮，但氣質與一般的平民百姓明顯不同。他就是李唐宗室成員之一、李世民的族弟——江夏王李道宗，時任禮部尚書。

武德初年，李道宗曾跟隨李世民南征北戰，立下赫赫戰功，貞觀初年又率部屢破突厥、吐谷渾等，被譽為當時名將，歷任靈州都督、刑部尚書等職，五年前首次出任禮部尚書，卻因貪贓納賄被人告發，旋即下獄免官。兩年前，即貞觀十四年，吐蕃國主松贊干布遣使入朝，請求通婚，李世民遂指定李道宗之女，以公主身分嫁給松贊干布，這個女兒就是享譽後世的文成公主。由於此舉有功於國，李世民便讓李道宗復出，仍任禮部尚書。

尉遲敬德與李道宗一入吳王府，立刻有人上前迎接，先後將二人領到王府東邊的李恪書房。

李恪自幼喜歡武藝和兵法，對尉遲敬德與李道宗的赫赫戰功素來仰慕，遂從少年時代起便經常向二人求教，往來甚密，所以三人關係非同一般。

三人在書房落坐後，李恪也不寒暄，一下便直奔主題。「今日請二位前來，主要是想請教，如今太子與魏王水火不容，父皇又恰在此時召我回京，在此情勢下，我當如何自處？」

「依我看，殿下也不必謙讓。」尉遲敬德粗聲粗氣道：「他們二人我都看不慣，要說這儲君之位，還是只有殿下來坐最合適！」

李恪一笑，道：「大將軍倒是快人快語。不過男兒立身，以建功立業為要，也不是非爭這個太子位不可。」

「不當太子算什麼建功立業？」尉遲敬德眉毛一豎。「你以為你把皇位讓給他們，日後便能安安心心當你的親王了？除非你打小就是個窩囊廢，否則像你這樣一身文韜武略，他們日後豈能容得下你？」

「大將軍謬讚了，我不過就是個逍遙親王，身無寸功，怎敢奢談文韜武略？」

「王爺，瞧瞧你這個姪兒！」尉遲敬德指著李恪對李道宗道：「都什麼時候了，他還在這兒溫良恭儉讓！」

李道宗笑笑。「敬德兄不必心急，殿下只是還沒想好而已，不等於他就一心想讓。」

「這種事有什麼好想的？皇位就一個，你要我要他也要，那怎麼辦？只能搶嘍，看誰的本事最大嘛！」

李恪和李道宗聞言，不禁相視而笑。

「敬德兄，」李道宗道：「那依你之見，倘若殿下真想搶的話，這皇位又該怎麼搶？」

尉遲敬德一怔。「這事你別問我！老夫又沒那麼多花花腸子，只能負責動手，動腦子的事還得你們來。」

李道宗又笑了笑，這才把臉轉向李恪。「殿下此番免職回京，可猜得出聖上的心意？」

「免職不過是個幌子。」李恪一笑。「為了避免大哥和四弟猜疑，父皇也算是煞費苦心了。如果我沒有猜錯的話，父皇以免職為由召我回京，應該是有意要考察我。」

「聰明。」李道宗點點頭。「那殿下做何打算？」

「這就是我請二位來的原因，想聽聽你們的高見。」

「我沒啥高見，還是一個字：搶！」尉遲敬德又甕聲甕氣道，一看李恪和李道宗又在偷笑，便想了想。「當然，若要把話說漂亮一些，那就是四個字：當仁不讓！」

「我贊同敬德兄這四個字。」李道宗忍住笑，然後看著李恪。「不過，眼下太子和魏王爭得雞飛狗跳，殿下暫時還是不要入局，先冷眼旁觀，等時機成熟再出手。」

「我也是這麼想的。」李恪點點頭道：「如今的當務之急，還是要先完成父皇交辦的差事，抓住刺客楊秉均。可惱人的是，這傢伙就像憑空消失了一樣，完全不知所蹤。」

「想抓楊秉均，用咱們官府的老辦法行不通！」尉遲敬德道：「對付這種江湖之人，還得找江湖上的朋友。」

「哦？莫非敬德兄認識江湖上的朋友？」李道宗大感興趣。

尉遲敬德嘿嘿一笑。「不瞞二位，當年老夫在鄜州當都督，被人誣告謀反，便是因為與江湖朋友過從太密所致。」

李恪與李道宗交換了一下眼色，然後對尉遲敬德道：「大將軍能否說仔細一些？」

「這事說來話長。聖上這些年不是到處搜羅王羲之真跡嗎？按說這都是刺史的活兒，跟老夫無關，可當年，呂世衡給聖上留了那幾個血字的事，老夫也參與了，所以這些年一直好奇，想查個究竟。恰好當時鄜州有個姓孫的大戶，家中藏了幾幅王羲之草書字帖，被人舉報了；刺史去要，不料這姓孫的在當地竟頗有勢力，一番軟硬兼施，刺史便不敢動了。老夫心裡惦記著呂世衡那個謎團，料想這姓孫的既然藏有王羲之的真跡，又是當地一霸，說不定跟呂世衡的事有關係，便親自帶兵去抄他家。結果跟此人見面之後，居然甚為投緣，非但沒抄他，一來二去反倒成了朋友。那姓孫的感念老夫手下留情，便送了老夫不少土地田莊，還主動提出跟老夫拜把子，老夫看他豪爽仗義，便應允了。」

李恪眉頭微蹙，忽然想到什麼。「此人叫什麼？」

「孫伯元。」

「他的先人，是不是東晉名士孫綽？」

尉遲敬德一怔。「這個老夫倒是不知。不過好像聽他提過，說他先祖當年跟王羲之私交甚篤，所以家中才藏有王羲之真跡。」

李道宗察覺李恪臉色有異。「殿下為何會問這個？」

李恪俯首沉吟，腦中不斷回憶著蕭君默告訴他的有關蘭亭會的一切。李道宗和尉遲敬德見他忽然沉默不語，不禁面面相覷。

如果這個孫伯元真是孫綽後人，那麼根據尉遲敬德的描述，他顯然也是天刑盟中的一個分舵舵主。李恪想，倘若自己遲早要介入奪嫡之爭，那麼身邊絕對不能沒有江湖死士。正如當年父皇與隱太子相爭時，秦王府蓄養了八百死士、東宮私蓄了二千長林兵一樣。如今這個孫伯元既然是尉遲敬德的結拜兄弟，那正是天賜良機，自己完全可以將其納入麾下，以備不時之需。

主意已定，李恪抬起頭來，看著二人，然後便將蕭君默告訴他的一切，一五一十地告訴了他們。李道宗和尉遲敬德頓時大為驚異，相顧愕然。

至此，尉遲敬德總算解開了埋藏在心頭十六年、有關呂世衡血字的謎團。

「約這個孫伯元見面。」李恪一臉神色凝重，對尉遲敬德道：「告訴他，若他不辭，本王必當重用！」

李道宗一聽，便知道這個英武果敢的李恪已是決意入局了。

深夜，大雨瓢潑。

長安城東南角有一座青龍坊，坊內東北隅有一條石橋，橋下之水引自曲江，因近日驟降暴雨，水位明顯抬高了許多。

此刻，石橋下的渠水邊站著一個黑影。他一動不動，彷彿一尊石雕。

片刻後，雨中駛來一駕馬車，緩緩停在石橋上。一個人從車上下來，打著油紙傘，借著遠處人家昏黃的燈火，深一腳淺一腳地來到了橋下，然後有意找了個背光的地方站著。

「先師有冥藏。」看到黑影後，打傘的人沙啞著嗓子唸道。他的聲音經過刻意掩飾，顯得過於低沉，差點就被嘩嘩啦啦的雨水和渠水聲淹沒了。

「安用羈世羅。」黑影轉過臉來，正是王弘義。

「見過冥藏先生。」來人深長一揖。

「玄泉，咱們有好幾年沒見了吧？」王弘義微笑道。

「是的先生，應該快三年了。」

「聽說這幾年你在朝中，做得挺有聲色，而且馬上要入閣拜相了？」

「這都要拜先生所賜。」

王弘義笑著擺擺手。

「這是你自己能幹，就不必過謙了。想當年，在昭行坊，我曾經對你說過，你的任務便是潛伏在李世民的朝廷中，把官當得越大越好。如今看來，你終究沒讓我失望啊！」

「屬下謹記先生教誨，一刻不敢忘失。」

「很好！本盟的弟兄要都能像你如此能幹，又這般忠誠，何愁大業不興！」

「先生此來，要給屬下什麼任務？」

「要讓你做的事很多。第一件，便是辯才之事。他近況如何？」

「據說已經開口，不過說得很慢。」

王弘義眉頭一蹙。

「這可不是什麼好消息，倘若讓他把所有祕密都捅出去，對本盟極為不利。」

「是的，屬下也有此慮。」

「有沒有辦法，把他劫出來？」

玄泉略加沉吟，搖搖頭。「雖然宮中有屬下的人，但想把人劫走，恐怕很難。」

王弘義眉頭深鎖，片刻後道：「既然如此，就做掉他！寧可咱們得不到〈蘭亭序〉，也不能讓它落到李世民手裡。」

「是，屬下這就去安排。」玄泉一拱手，轉身就走。

「玄泉。」

玄泉停下來，卻沒有回頭。

「凡事都要小心。接下來，會有很多大事要你去辦，你可不能有絲毫閃失。」

「屬下謹記。」玄泉說完，便徑直走進了大雨之中。

他居然背對著我說話?!

在王弘義的記憶中，這似乎還是頭一次。雖然這麼多年過去了，玄泉的語氣還是那麼恭敬，每次任務也都執行得乾淨俐落，但今天這個前所未有的反常舉動，還是讓王弘義心裡生出了一種不祥的預感。

儘管只是一個微不足道的細節，但很多時候，細節往往會暴露一個人的真實內心。

第二十一章 營救

蕭君默那天提出要回家後，李恪次日便找了幾個太醫給他檢查身體，結果發現，雖然傷口的癒合情況很好，但要完全癒合還需要時間，所以太醫建議再休養幾日。為此，李恪又強行把他留了三天。蕭君默愁眉苦臉，叫苦連天；其間，桓蝶衣又來看過他幾次，也和李恪一個鼻孔出氣，硬是不讓他走。

挨到第三天下午，李恪來看他，蕭君默拉下臉來，說我閒得都快長毛了，你再不讓我走，我從現在起就開始絕食！李恪沒辦法，只好又把太醫找來。太醫查看後說，傷口已基本癒合，只要出去以後不要有劇烈運動，當無大礙。李恪這才點了頭，同意讓蕭君默出宮回家。

蕭君默如蒙大赦，走出承天門的時候，深長地吸了一口氣，對送他出來的李恪道：「自由真他X的可貴！人不自由，毋寧死！」

李恪笑道：「你好歹是個讀書人，說話也這麼糙？」

「話糙理不糙。」蕭君默道：「以後要再看見有人想殺我，你千萬別救，我寧可死也不再當你的囚犯。」

「好心當成驢肝肺！」李恪笑罵。「我救了你的小命又照顧你這麼多天，就換來你這句話？」

蕭君默眼睛一瞪。「我救了你兩回也沒聽你謝我啊！就說你被熊壓著那回，你不是還罵我多管閒事嗎？說就算沒我，你自己也能對付，是不是你說的？」

李恪撓了撓頭，笑道：「行了行了，快走吧，把你這種閒雲野鶴關著，我心裡也不好受。」

「這才像句人話！」蕭君默也笑了笑，捶了他肩頭一拳。「走了！」

李恪送了他一匹膘肥體壯的黑馬。蕭君默翻身上馬，提起韁繩，讓馬在原地轉了幾圈，心裡忽然生出了些許不捨。

因為他知道，這很可能是與李恪的最後一面了。

今天是初一，也是米滿倉每月僅有的一次出宮採買物品的時間，蕭君默待會兒便會直奔東市找到米滿倉，叫他通知楚離桑做好準備，就在今夜營救她和辯才出宮。如果順利的話，今夜自己就將離開長安，遠走天涯。

蕭君默騎在馬上，仰頭望天，只見空中流雲變幻，就好似人間滄桑、世事無常，想起和李恪打打鬧鬧的一幕幕，心中越發傷感，便大聲對李恪道：「李恪，假如有一天你找不著我了，會不會悶得慌？」

「這樣最好，我落個清靜！」李恪一說完，便發現蕭君默的眼神有些異樣，這才意識到他的話有問題。「你說這話什麼意思？」

蕭君默知道不能再說下去了，便大笑了幾聲，只道：「李恪，有件事我得告訴你，這事兒挺重要的。」

李恪眉頭一蹙，忙問道：「什麼事？」

「你唱歌會跑調！真的，都從長安跑到西域去了。」蕭君默一邊大笑一邊道：「以後別再唱了，唱跑調的軍歌你打不贏仗的。」話音未落便拍著馬疾馳而去，只扔給李恪一串響亮的笑聲。

李恪好氣又好笑，看著他漸漸遠去的背影，心裡陡然生出了一絲莫名的不安。

五月初一，空中繁星滿天，唯獨不見月亮。

蕭君默照舊在禁苑的樹叢裡與米滿倉會合，換上了宦官的衣服，接著兩人一起抓了一些螢火蟲，裝進了兩隻紙籠裡，然後一人提著一隻紙籠，晃晃悠悠地走進了玄武門。

守門軍士只看了他們一眼，便懶得再理他們了。

這些日子，米滿倉按照蕭君默事先教他的，時不時便會帶一、兩個宦官到禁苑去抓這個抓那個，都說是楚離桑要的。軍士問了幾次，最後也煩了，索性不再搭理。

兩人順利通過玄武門，緊接著便直奔佛光寺。

按照蕭君默的計畫，要先設法救出辯才，然後趕回凝雲閣，再救出楚離桑，讓兩人都換上宦官衣物，最後再以抓更多螢火蟲為由，出玄武門，入禁苑，從飲馬門那個牆洞逃出。

然而，此時的蕭君默並不知道，這天正是李世民與辯才約定好的每三天回答「三個問題」的日子。本來，李世民此刻早已到佛光寺了，但恰好幾天前晉陽發生了地震，今日奏表剛到，李世民便耽擱了。

晉陽是李唐的龍興之地，李世民自然格外關注，便召了相關官員入宮商討賑災和善後事宜。此時，兩儀殿中，李世民正一邊聽官員奏報，一邊不時瞟著不遠處的漏刻，有些心不在焉。比起晉陽地震，他顯然更加惦記辯才的事……

還有一個因素，也是蕭君默事先沒有料到的，那便是米滿倉這些日子老是在玄武門進進出出，早就引起了一個人的警覺。

這個人就是負責宮禁安全的左屯衛中郎將李安儼。

就在蕭君默和米滿倉匆匆經過玄武門大約一刻之後，李安儼便帶著一支禁軍巡邏至此。他問守門軍士。「凝雲閣那個姓米的宦官，這兩天還是照樣進進出出嗎？」

「是的將軍。」守門軍士答。

「他到底在搞什麼名堂？」

「回將軍，聽說是那個楚離桑天天要他們到禁苑去抓東西。」

「都是些什麼東西？」

「各種花花草草。另外，蝴蝶啊，螢火蟲啊，蛐蛐兒啊，什麼都有。」

李安儼眉頭一皺。「他們一般是幾個人進出？」

「不一定，有時兩個，有時三個。」

「今天他們出去了嗎？」

「出去的時候不是卑職當班，但是剛才他們進來的時候，卑職看見了。」

「進來了多長時間？」

「大約……大約一刻。」

「幾個人？」

「兩個。」

「除了姓米的，另外那個叫什麼？」

「這個……請將軍恕罪，卑職沒問。」

「那他長什麼樣子？」

「這個……這個卑職也沒看清，只知道高高大大的，但一直彎著腰低著頭。」

李安儼眼中射出一道狐疑之光，沉吟片刻，對身後的巡邏隊揮一揮手。「走，去凝雲閣！」

佛光寺是宮禁內的皇家寺院，相當於皇帝的私人佛堂，所以規模比外面的一般寺廟小，兩側並無偏殿和別院，只有中軸線上的前後三進，前為彌勒殿，中為大雄寶殿，後為藏經閣，最後面是幾間禪房，辯才就住在其中一間。

也因為是宮中佛堂，所以佛光寺內並沒有常駐的方丈和僧人，只有幾個負責香燭灑掃的宦官。平時若皇帝延請高僧入宮講經，便會讓高僧及隨從住在這裡，但自從辯才入住後，李世民當然就沒再邀請高僧進來了，眼下寺裡只有辯才一個和尚。

由於佛光寺深居宮中，四周有重重殿閣、道道宮門以及防備森嚴的禁軍，辯才根本插翅難飛，所以李世民只在寺內安排六名禁軍守衛，另外就是五、六個常駐在此的宦官，此外再無旁人。

蕭君默事先已經命米滿倉把這些情況都摸清了，因此按照他的計畫，是從寺院後牆翻進去，避開前殿那六名禁軍，直接進入禪房，頂多只需對付幾名宦官，便可將辯才救出來。然而這天晚上，當蕭君默和米滿倉氣喘吁吁地趕到佛光寺時，一下就傻眼了——只見院牆下居然站立著一排禁軍士兵，大約每十步便有一人。

蕭君默和米滿倉面面相覷，都是一臉驚愕。

他們當然不知道，自從三天前辯才開始回答問題，李世民便忽然生出了加強防衛的想法，於是增派了一支足足一百人的禁軍，把整個寺院的四周院牆全部圍了起來。此時，蕭君默和米滿倉提著燈籠，埋著頭，假裝匆匆路過的樣子，把整個寺院繞了一圈，結果都是滿臉絕望。最後，兩人躲在寺院正門對面的灌木叢中，愣愣地看著院牆下的士兵，都不知該怎麼辦。

「你、你的金、金子，真、真不好、掙！」米滿倉繞了一圈都在唸叨這句話。

「你發什麼牢騷！」蕭君默瞪他。「你不是把情況都摸清了嗎？這麼多兵哪兒來的？」

「我、我……」米滿倉憋得滿臉通紅，卻不知該說什麼。

蕭君默心裡當然知道，皇帝心思難測，肯定是有了什麼不祥的預感，所以增派了這些禁軍。面對這始料未及的突發情況，蕭君默有些束手無策，想到自己已經在楚離桑面前誇下了海口，真的感到無地自容。

最重要的還不是自己的面子問題，而是無論辯才說不說出〈蘭亭序〉的祕密，他們父女倆最終都難逃一死，只是時間遲早而已。而這一切的始作俑者，歸根結柢卻是自己。從某種意義上說，他就是害死楚離桑一家人的兇手。

一想到這裡，蕭君默便愧悔難當，真想一頭撞死！

自怨自艾了片刻，蕭君默慢慢收束心神，開始冷靜思考對策。開弓沒有回頭箭，即便只有一絲可能，也必須竭盡全力殊死一搏！他權衡了一下，從後院翻牆出入估計是行不通了，因為即使他順利幹掉幾名士兵，撕開一道缺口翻牆進去，可辯才沒有武功，想把他從牆頭弄出來，肯定會發出聲響，這樣勢必驚動其他士兵。

所以剩下的辦法，只能是從正門出入了。

方才他仔細數了一下，正門的士兵有十人，大門處站著兩人，左右院牆下各站著四人。由於今晚沒有月亮，除了大門口掛著燈籠之外，兩側院牆幾乎是一片漆黑，而且每個士兵之間隔了十步，彼此基本是看不到的，只能靠聲音和響動相互呼應。

蕭君默估量了一下，以自己的身手從一側院牆悄悄摸過去，在不弄出動靜的前提下，依次幹掉四個士兵是有可能的，遺憾的是這些人都是無辜的，他有些下不了手。而且，就算自己狠心下手，也還有一個最大的難點，就是門口那兩名面對面的士兵。

怎麼同時幹掉這兩個人，又不弄出半點動靜？

除非再來一個武功高手跟自己配合，兩人各負責一個，否則這就是不可能的。

假如米滿倉會武功就好了，問題是這傢伙手無縛雞之力，別說殺一個禁軍士兵，就是把一頭豬放在他面前，他估計都幹不掉。想到這裡，蕭君默不免大為沮喪。

「回、回去，睡覺！」米滿倉又開始嘟囔。「這錢，不、不掙了！」

「你走吧，我自己想辦法。」蕭君默心煩意亂，但還是不想讓米滿倉跟他一起去送死。人家只是求財，讓他把命搭上，對他並不公平。

不料米滿倉聞言，又有些遲疑。「你、你不走？」

「別管我了，你回凝雲閣待著。若我能把辯才救出來，再過去跟你會合。」

米滿倉猶豫不決。

「別想了，不管此事成不成，那些金子都歸你。」

米滿倉有些意外，抬頭看著他。

「要是我死了，每年清明記得來看看我。」蕭君默盡力做出滿不在乎的樣子。「在我墳頭澆幾杯郎官清，我也就心滿意足了。」

米滿倉驀然有些動容，往地上吐了口唾沫，呸呸連聲。「不、不吉利！你不走，我、我也不走，咱一、一塊兒幹！」

蕭君默看著他，心裡有些感動，正想跟他說沒必要一塊兒送死，忽然察覺不遠處有什麼動靜，趕緊把米滿倉的頭壓低，自己也伏下來，示意他別出聲。

黑暗中，蕭君默睜大了眼睛，只見兩條黑影從西邊的長廊躥了過來，飛快躲進他們左手邊的灌木叢中。

這又是哪路人馬?!蕭君默大惑不解，只能靜靜觀察。

兩個黑影似乎悄悄探出頭觀望了一下，旋即從灌木叢中躥了出去，不但速度快得驚人，而且幾乎沒發出半點聲音。蕭君默大為驚疑，當即斷定這兩人的身手絕不在自己之下。這時米滿倉也看見了那兩個黑影，頓時嚇得捂住了嘴，一臉驚愕地看著蕭君默。

「走，跟過去看看。」蕭君默低聲道，拉起米滿倉的衣領，然後兩人貓著腰，跟在那兩個黑影的身後出了灌木叢。

兩儀殿中，幾名官員還在喋喋不休地向李世民稟報著什麼。

李世民神情有些焦躁，卻又只能強行按捺，目光不時瞟向漏刻。

侍立一旁的趙德全知道皇帝的心思，卻也不敢說什麼。

那幾個官員似乎談到了什麼關鍵議題，都搶著說話，結果竟然爭辯了起來。李世民眉頭緊鎖，越發不耐……

凝雲閣一樓，六、七個宦官正圍著一張几案，熱火朝天地玩著「樗蒲」。

這是一種源於漢末、盛行於唐的棋類遊戲，可用於賭博，博戲中用於擲彩的骰子最初是用樗木製成，故稱樗蒲。骰子共有五枚，有黑有白，花色各異，被稱為「五木」，透過扔擲能產生十二種不同的排列組合，最高彩被稱為「盧」。所以，遊戲者在擲五木時往往會大呼小叫，希望得到「盧」。這就是所謂「呼盧」，後來便成了賭博的代名詞。

「盧，盧，盧！」此刻，六、七個腦袋正湊在一起，大喊大叫，絲毫沒有發現一臉肅然的李安儼已經從門口走了進來。

「讓我也押一把如何？」

宦官們同時一驚，慌忙回頭，見李安儼和十幾名禁軍士兵正冷冷地看著他們，頓時大窘。宮中雖然沒有明令禁止樗蒲遊戲，卻嚴禁以此賭博。為首宦官趕緊賠笑道：「李將軍說笑了，咱家不過是隨便玩玩，沒賭錢的。」

「諸位內使賭不賭錢我不管。」李安儼冷冷道：「我只想提醒諸位，把樓上的人看緊了，萬一出了什麼閃失，你們的腦袋就得搬家，我也得吃不了兜著走。」

「不會不會，將軍放心，楚姑娘好著呢，絕對萬無一失！」宦官連連賠笑。

李安儼掃了他們一眼。「誰是米滿倉？」

「滿倉？滿倉他到禁苑抓螢火蟲去了，楚姑娘吩咐的。」

「這我知道，可他剛才已經進了玄武門，怎麼，沒回來嗎？」

宦官們面面相覷，都搖了搖頭。

「有誰知道他的去向？」

宦官們又搖搖頭。李安儼眉頭一緊，沉聲道：「這麼說，他竟敢擅離職守了？」

宦官們都不敢答言。

「走，帶我到樓上瞧瞧！」李安儼對為首宦官道。

「是，將軍請。」

二樓的繡房內，四名宮女正圍坐在一塊兒吃點心，還嘰嘰喳喳小聲說笑著。楚離桑坐在床榻上看書，目光沉靜。這些日子，她和這幾個宮女早就混熟了。一開始宮女們還很拘謹，天天像四根木頭戳在那兒，不敢亂動也不敢說話，可自從楚離桑幫她們請了賞，又經常把皇帝賜的各種水果點心分給她們吃，宮女們便對她感恩戴德，很快跟她熱絡了起來，天天姊姊長姊姊短地叫。

「楚姊姊，您真好！」一個宮女一邊咬著油酥餅，一邊諂媚地笑著。「姊妹們都說您是活菩薩，人又漂亮心又好，我們是上輩子積了什麼德才會遇見您呢！」

楚離桑淡淡一笑。「妳們當然希望我是菩薩。就跟廟裡一樣，水果點心都說是供菩薩的，其實還不都讓上供的給吃了？」

宮女們捂著嘴笑。

「是姊姊自己說不吃的，這會兒倒怨起我們來了。」方才那個宮女笑著，拿起一塊油酥餅要過來。楚離桑擺擺手。「妳吃吧，我沒胃口。」宮女衝她做了個鬼臉，順勢把餅又塞進了嘴裡。楚離桑笑著白了她一眼。「饞貓！」

這些油酥餅，是下午米滿倉從宮外帶進來的，並非皇帝所賜。米滿倉偷偷跟楚離桑說，餅裡放了蒙汗藥，是蕭君默安排的，今晚他便來救他們父女出宮。楚離桑又驚又喜。盼了這麼久，總算盼到了這一天，所以太陽還沒落山，她的心就開始撲通撲通地跳了起來。好不容易等到夜色降臨，她心裡就越發激動和緊張，只好找了本佛經裝模作樣地看起來，同時不斷告訴自己一定要冷靜，千萬別在這節骨眼上露出破綻。

米滿倉說油酥餅吃下去後，大概得半個時辰後才能發揮藥效，然後宮女們就會一覺睡到大天亮了。按照蕭君默的安排，米滿倉給樓下的宦官們也準備了酒菜，裡頭也放了藥。只要樓上樓下這些人全被迷倒，他們就好行動了。此刻，楚離桑看宮女們一口一口咬著油酥餅，心裡不由得又緊張起來，生怕她們吃不夠，藥效出不來。

就在這時，宦官突然領著李安儼推門進來，宮女們一驚，慌忙放下手裡的餅，一個個站了起來。楚離桑心裡暗暗叫苦，真是怕什麼來什麼。

李安儼掃了食案一眼，走過來，從食盒裡拿起一塊酥餅，湊近鼻子聞了起來。

楚離桑的心頓時又開始撲通亂跳，不知道蒙汗藥有沒有味道，會不會被他聞出來。

「李將軍，你想吃就說，我也不會攔著你，可你這麼聞是什麼意思？」情急之下，楚離桑只好反守為攻。

李安儼有些尷尬，只好把餅放回了食盒裡。

「將軍用手拿過的餅，還想讓姊妹們吃嗎？」楚離桑又道。

四個宮女都忍不住暗笑。

李安儼越發尷尬，想了想，只好拿一張紙把餅包起來，揣進了懷裡。「那……那就多謝楚姑娘的餅了。」

「不客氣。」楚離桑冷冷道：「天都這麼晚了，將軍還貿然闖進來，不知是什麼意思？」

「請楚姑娘原諒。」李安儼拱拱手。「在下懷疑這樓裡的人行蹤詭異，怕姑娘有什麼閃失，便上來瞧一眼，沒別的意思。」

楚離桑心裡一驚，忙問：「行蹤詭異？將軍說的是誰？」

「米滿倉。」

楚離桑的心驀地往下一沉。完了，行動還沒開始，就被這個禁軍將領給盯上了，今晚還怎麼逃出去?!

「米滿倉怎麼了？」楚離桑問。

「他老早就從禁苑回來了，卻沒回凝雲閣，現在也沒人知道他去了哪兒，楚姑娘不覺得有些蹊蹺嗎？」

「這有什麼好蹊蹺的？」楚離桑冷笑。「難道他就不能拉個肚子、上個茅廁什麼的？」

幾個宮女忍不住嗤嗤笑了起來。

李安儼咳了咳。「即便如此，可這時間也未免久了一些。」

「我大唐律法規定上個茅廁必須得多長時間了嗎？」

「這……這倒沒有。」

「既然沒有，那將軍還有必要疑神疑鬼嗎？」

李安儼語塞，只好拱拱手。「時辰不早了，請姑娘早點歇息，在下告辭。」說完便走了出去。

楚離桑暗暗鬆了口氣，衝著李安儼的背影道：「我們姊妹幾個馬上就寬衣就寢了，將軍可別再半夜闖進來！」

李安儼在門口頓了一頓，沒說什麼就走了。

幾個宮女再也憋不住，終於放聲笑了出來。

佛光寺外，蕭君默和米滿倉貼著大門西側的牆根，一點一點慢慢往大門方向挪動。

四周一片漆黑，幾乎咫尺莫辨。不過，蕭君默的夜視能力向來優於常人。方才那兩條黑影從西邊長廊躥過來時，他就已經借著遠處燈籠的微光看出來了，這兩人都是一身宦官裝扮，只是不知道是否跟自己一樣也是假的。

他們剛才從灌木叢出來後，直接撲向了佛光寺的院牆，蕭君默便料定他們的目標跟自己一樣，都是辯才，卻不知他們是來救他還是來殺他的。

沿著牆根摸黑朝前走了十來步，蕭君默的腳就碰上了一團軟軟的東西。

蕭君默心裡咯噔一下，知道那兩個人動手了，幹了自己方才在腦海中勾畫卻未及實施的事情。他蹲下來，定睛一看，果不其然，這是一名士兵，已經被悄無聲息地扭斷了脖子。能徒手殺人於瞬間，且不弄出半點動靜，絕對是高手中的高手！

蕭君默不禁有些心悸。看來這兩人的身手比自己有過之無不及，如果他們是想救辯才，那便是上天有眼，感謝他們幫了自己一個大忙！可萬一他們是要殺辯才，那僅憑自己一人之力，絕對是阻止不了的。

接下來，蕭君默和米滿倉繼續朝著大門方向挪動，每隔十步便會遇見一具士兵的屍體，死法都跟前面那個一模一樣，總共是四具屍體。殺人手法如此乾淨俐落，讓蕭君默不禁在心裡連連驚嘆。片刻後，蕭君默和米滿倉逐漸靠近寺院大門，光線漸漸明亮起來，可以清楚地看見前面那兩個刺客正緊貼著牆根挪動。

蕭君默示意身後的米滿倉止步，二人停留在黑暗中，觀察著那兩人的下一步行動。

大門處那兩個面對面站著的士兵，就是讓蕭君默不敢輕舉妄動的最大難點。當然，蕭君默很清楚，這一點對前面那兩個刺客而言，絲毫不構成問題。

果然，那兩人轉眼便摸到了臺階下，然後同時躍出，各自抓住了一名士兵的頭，在他們發出喊聲之前，兩名刺客同時用力一扭，那兩個士兵的腦袋往下一勾，身子就像空麻袋一樣軟了下去。

所有動作行雲流水、一氣呵成！

蕭君默心裡大為驚嘆，同時再次無奈地意識到，自己根本不是這兩個刺客的對手。

兩儀殿中，幾名官員終於結束了他們的高談闊論和激烈爭辯，在聽完李世民幾句簡明扼要的旨意之後，便一一行禮退了下去。

李世民趕緊起身，急不可耐地對趙德全道：「走，佛光寺！」

趙德全瞥了一眼漏刻，小聲道：「大家，已經快丑時了……」

李世民淩厲地掃了他一眼。

趙德全心中一凜，趕緊高聲對著殿內其他宦官道：「聖上起駕——」

凝雲閣一樓，李安儼對手下士兵道：「留兩個人在這兒，其他人跟我走。」說完，便帶著大部分士兵走了出去。

剩下兩名士兵一左一右站在了大門兩側。

那些宦官看了看士兵，又看了看放在案上的幾只食盒，然後又對望了一下，都有些無奈和氣惱。那食盒裡裝著酒菜，是米滿倉特意買來犒勞他們的，本想玩完樗蒲再吃，不承想卻被李安儼這幫人給攪和了。

二樓繡房中，宮女們一邊吃著油酥餅，一邊開始呵欠連連，眼皮都打起了架。

楚離桑仍舊拿著書坐在床榻上，嘴角掠過一絲微笑。然而，樓下的宦官們卻一點動靜都沒有，顯然滴酒未沾，這可不妙！

蕭君默和米滿倉一閃身，從大門進入了佛光寺。

根據蕭君默事先了解的情況，彌勒殿、大雄寶殿、藏經閣三處各有兩名禁軍士兵。以那兩名刺客的身手，幹掉這六個士兵自然也是易如反掌。

果然，一摸進彌勒殿，蕭君默就看見兩名士兵都倒在了地上，身體是向下趴著的，腦袋卻幾乎被扭轉了半圈，仰面朝上，眼睛圓睜，死狀怪異恐怖。方才外面黑乎乎的，加上急著想進來，米滿倉只知道死了人，卻啥也沒看清，現在一看到死狀那麼恐怖，頓時嚇得倒退了幾步。蕭君默嘆了口氣，上前幫那兩名士兵合上雙目，然後快步朝大雄寶殿跑去。

米滿倉愣了愣，趕緊跟了上去。

後面的情形大致與彌勒殿相似，有兩名士兵倒在了大雄寶殿裡，還有兩名倒在藏經閣門口，而一路從外面進來，蕭君默還先後看見了三名宦官的屍體。

看著這一幕幕慘狀，蕭君默忽然有一種直覺——

這兩名刺客恐怕不是來救辯才的，而是來殺他的！

凝雲閣一樓，六、七個宦官各自坐著打盹，兩名士兵仍舊筆直地立在門口。

楚離桑忽然從樓梯上走了下來。

兩個士兵一怔，都狐疑地看著她。

楚離桑不理他們，而是徑直走下樓梯，停住腳步看著那些宦官。為首的宦官下意識抬起眼皮，一看見她，慌忙站起身來。「楚姑娘，這麼晚了，您怎麼還沒休息？」

楚離桑嫣然一笑。「睡不著。肚子餓得咕嚕叫，油酥餅又被樓上那群饞貓吃光了，就想來問問你們有沒有吃的。」

為首的宦官大喜，連忙走過去，打開食盒。「楚姑娘，這是米滿倉犒勞大夥兒的，您想吃什麼，隨便挑。」

這時其他宦官也都醒了，見狀無不竊喜，知道今晚有酒喝了。

楚離桑走過來，瞟了眼食盒。「喲，這麼多酒菜，你們幹麼捨不得吃呢？」

為首宦官嘿嘿一笑，朝門口努了努嘴。

楚離桑也朝門口瞟了一眼，大聲道：「怕什麼？大夥兒在這兒幫本姑娘值夜，辛苦得很，喝幾杯酒又礙著誰了？你們喝，我作主了！」

宦官們喜笑顏開，七手八腳地把食盒裡的酒菜取了出來。楚離桑說要一根雞腿，為首宦官殷勤地幫她拽了兩根，用盤子盛了。楚離桑又叫他斟了兩杯酒，然後一手拿著一杯走到那兩個士兵面前，笑道：「兩位軍爺也辛苦了，來一杯吧？」

兩個士兵面面相覷。一個士兵道：「多謝楚姑娘好意，上頭規定，當值期間不能飲酒。」

「我也不讓你們多喝，就一杯！」楚離桑把兩杯酒往前一遞。「來，給我一分薄面。」

此時，後面的宦官們已經喝了起來，濃烈的酒香陣陣飄來，兩個士兵也都有些忍不住了。

楚離桑看著他們。「怎麼，還怕我在酒裡下了藥不成？兩個大男人，連我一個小女子敬的酒都不敢喝嗎？」

話說到了這分兒上，這兩人豈有不喝之理？連忙道謝著接過，同時一飲而盡。楚離桑笑了笑，又拿過一壺往一個士兵懷裡一塞。「累了就喝一口，這樣才有精神！」

隨後，楚離桑叫宦官們慢慢喝，便端起那個盛著雞腿的盤子，翩然回樓上去了。

二樓繡房，楚離桑推門進來，看見那四個宮女早已趴在案上睡得死沉，鼾聲此起彼伏。她暗暗一笑，心裡只盼那兩名士兵忍不住誘惑，多喝幾口酒。

佛光寺內，蕭君默和米滿倉快步來到辯才所居的禪房門口，聽見裡面已經傳出了說話聲。蕭君默趕緊拉著米滿倉躲在了門對面的花叢後。

從洞開的房門望進去，禪房一覽無餘。只見辯才正閉目盤腿坐在蒲團上，一名身材壯實的宦官站在他身後，只要他一動手，便可輕易扭斷辯才的脖子。另外一個瘦高個兒宦官站在辯才面前，正在跟他說話。

「辯才，臨死之前，還有什麼話想說嗎？」瘦宦官道。

辯才睜開眼睛。「死不足畏，貧僧只是不想死得不明不白。」

「我這人做事，向來是不喜歡囉唆的，不過，既然咱們都是天刑盟的弟兄，我就破個例，讓你死個明白！」瘦宦官笑道：「實不相瞞，是玄泉先生派我們來的。」

蕭君默心中一驚：又是這個玄泉！

此時的蕭君默當然不知道，這兩人就是玄泉奉冥藏之命派出的刺客，他們的表面身分是宮中的宦官，但真實身分卻是玄泉的得力手下，且跟他一樣都在宮中潛伏多年。

辯才淡淡一笑。「據說玄泉在朝中如魚得水，他何故要殺我？」

「先生要殺你，自有先生的理由。辯才，你最大的錯誤，就是一輩子都對智永那個老和尚愚忠。他身為盟主，卻故步自封，冥頑不化，既不思振興本盟大業，又不讓冥藏先生接手，還把所有分舵的陰印全都毀了，這不是自毀長城嗎？結果整個天刑盟被他搞得四分五裂！就這麼個瘋和尚，你還一心一意追隨他，你到底圖什麼？」

蕭君默將一字一句聽得一清二楚，大為釋然。看來自己的推測沒錯，正是因為智永把那些羽觴中的陰印全毀了，冥藏才急於找到〈蘭亭序〉真跡以便複製陰印，重新掌控四分五裂的天刑盟。

辯才聽了瘦宦官這番話，不禁苦笑。「看來你級別不低啊，知道的東西還挺多。」

「不瞞你說，我是玄泉先生的右使。」

「玄泉派一個級別這麼高的人來殺我，還是挺看得起貧僧啊！」

「辯才，走到這一步，是你咎由自取，你別怪先生。」

蕭君默正凝神聽著，米滿倉忽然拉了拉他的衣袖，低聲道：「我去、解、解個手。」

「懶人屎尿多！」蕭君默瞪他。「辯才都快死了，你不幫我救他，這時候解什麼手?!」

米滿倉哭喪著臉。「憋、憋不住。」

蕭君默哭笑不得，揮揮手讓他快去。其實就算米滿倉留在這兒，也根本幫不上忙。眼看屋裡的談話已接近尾聲，蕭君默不禁心急如焚。他知道，就算自己平時狀態最好的時候，也不見得是屋裡那兩人的對手，更何況現在傷勢還未痊癒。然而事到如今，雖明知一死，也只能往上衝了，因為他不能眼睜睜看著辯才死在自己面前。

屋內，辯才對瘦宦官道：「貧僧尚有一事不解，想請問右使。」

「說。」

「殺了我，〈蘭亭序〉的下落便無人知曉。冥藏不是一直想得到它？又怎麼捨得讓我死？」

「冥藏先生當然不希望你死，只是你現在落到了李世民手裡，如果讓你活下去，天刑盟的祕密就大白於天下了。所以，先生寧可不要〈蘭亭序〉，也必須讓你永遠閉嘴！」

辯才恍然，點點頭。「既如此，貧僧也無話可說了，多謝右使直言相告。」

「不客氣。畢竟是本盟兄弟，我不能讓你做糊塗鬼。」

「行了，耽誤你不少工夫，動手吧！」

瘦宦官看著辯才，面露讚賞之色。「不愧是咱們天刑盟的人，早已看破生死了！」

辯才淡淡一笑，閉上了眼睛。

最後的時刻到了，一把匕首從蕭君默袖中滑入手掌。他握緊匕首，正待衝進去，突然，不遠處傳來了米滿倉的叫聲。「別殺我、別殺我……」

蕭君默大吃一驚。

屋內兩名刺客也同時一震。瘦宦官示意手下暫勿動手，大步衝到門口，只見一個十六、七歲的小宦官正拿著一把菜刀架在米滿倉脖子上，推著他一步步走過來。

小宦官喊道：「都別動，敢動我就殺了他！」

瘦宦官滿臉困惑。

蕭君默頓時哭笑不得，原來小宦官把米滿倉當成是跟刺客一夥的了。

瘦宦官也許是看此人年紀太小，想逗逗他，便舉起雙手，笑道：「好，我不動，你過來，我把辯才交給你。」

「此話當真？」小宦官天真地問。

瘦宦官點點頭。

小宦官果真把米滿倉推到了門口。蕭君默知道自己不能不現身了，隨即一個箭步衝上去，瞬間奪下菜刀，拿刀柄往小宦官頭上一敲，小宦官當即癱軟在地。米滿倉嚇得渾身篩糠，臉色煞白，慌忙躲到蕭君默身後。蕭君默無意中一瞥，看見他前襟下襬濕了一片，顯然是被那把菜刀嚇得失禁了，頓時好氣又好笑。

瘦宦官看見暗處又跳出來一名宦官，搖頭笑道：「你們這些笨蛋，好好躲著就能活命了，卻一個個跳出來送死！」他顯然是把蕭君默也當成這佛光寺的人了。

蕭君默冷冷盯著他。「你的任務結束了，現在該把人交給我了。」

瘦宦官一怔。「你是何人？」

蕭君默背起雙手，一臉倨傲之色。「先師有冥藏。」

瘦宦官大驚。「你……你是冥藏先生的人？」

第二十二章 逃亡

宮中長廊，一行人正腳步匆忙地朝佛光寺走來。

李世民坐在一頂八人抬的鑾輿上，趙德全緊跟在旁邊，前面有一群宦官打著燈籠在引路，還有一隊禁軍士兵，後面也跟著一隊宦官和士兵。

李世民閉著眼睛，嘴裡卻催促道：「快！」

「快快快，大家有旨，走快點！」趙德全對著前面的宦官連聲喊道。

佛光寺北邊，李安儼正帶著十餘名部下快步走來。

「將軍，咱們這是去哪兒？」身邊的副手忍不住問。

「找米滿倉。」

「找他？宮裡這麼大，上哪兒找去？」

「我知道他在哪兒。」李安儼胸有成竹。

副手前後看了看，判斷了一下方向，忽然道：「您是說，米滿倉在佛光寺？」

李安儼不語，加快了腳步。副手和士兵們連忙快步緊跟。

在辯才的禪房前，蕭君默冷冷地看著那個瘦宦官。「先生有令，把辯才交給我，你們的任務就完成了。」

瘦宦官大為狐疑，道：「不可能，我接到的命令，明明是殺死辯才，這是玄泉先生親口跟我說的啊。」

「玄泉也是在執行冥藏先生的命令，不是嗎？」

「可、可是……」

「沒什麼可是，先生本來就不想殺辯才。你想想，辯才若是死了，〈蘭亭序〉從此消失，重新凝聚天刑盟的希望不就落空了嗎？」

瘦宦官大為不解。「既然如此，先生為何還讓我們來殺辯才？」

「先生這麼做，自有先生的理由。」蕭君默學著他剛才的口吻。

蕭君默方才這幾句話，雖然讓瘦宦官始料未及，但非天刑盟的人是無論如何說不出來的，所以他既不敢懷疑蕭君默的身分，卻又總覺得有些不對勁，只好接著問道：「我能請教一下，究竟是何理由嗎？回頭也好跟玄泉先生覆命。」

「理由我可以告訴你，但你最好埋在心底，別跟玄泉說。」蕭君默知道必須給他一個有說服力的理由，所以只能賭一把了。

瘦宦官越發困惑。「為什麼？」

「玄泉潛伏朝中多年，雖然從沒背叛過先生，但先生畢竟好幾年沒見到他了。此次先生來京，有很多大事要做，為了考察玄泉對先生是否完全忠心，就有必要先交給他一個任務，看看他做得如何。我剛才跟了你一路，發現你身手還不錯，而且在組織裡的職位也不低。既然玄泉肯把你這個右使派出來，說明對先生交代的事情還是上心的，也說明他還算忠誠。回頭，我會向先生稟報的。」

瘦宦官有些恍然，可聽到蕭君默說跟了自己一路，又懷疑他是偷聽了剛才的談話才編出這一套措辭，眼中再次露出疑惑之色。

蕭君默知道他在想什麼，便冷冷一笑。「你也別怪先生多疑，當年無涯舵呂世衡背叛先生一事，想必你也知道，其教訓何其慘痛。先生就這兩個左膀右臂，當年就折了一個，如今豈堪再折？所以說，先生也是不得已而為之，你們要諒解先生的苦衷！」

瘦宦官終於釋然。能夠說出如此內情的人，絕對是天刑盟的人無疑了，而且級別肯定不低。為了確認這一點，瘦宦官問：「敢問閣下在冥藏先生身邊所任何職？」

「巧得很！」蕭君默一笑。「在下跟你一樣，也是右使。」

雖然都是右使，但主舵的右使，級別顯然比分舵的右使高，所以瘦宦官一聽便肅然起敬，躬身一揖道：「屬下有眼不識泰山，還望先生見諒！」

此人至少五十了，卻恭恭敬敬叫自己先生，蕭君默忍不住在心裡偷著樂，臉上卻正色道：「已經耽誤不少時間了，你得配合我，趕緊把人帶出宮。」

瘦宦官立刻拱手。「屬下遵命！」隨即對屋內的胖宦官招招手，胖宦官趕緊把辯才帶了出來。方才辯才在屋裡，早知道來人是蕭君默，也聽到了他說的話，心裡大感困惑，搞不懂他為何知道了這麼多天刑盟的祕密，出門的時候忍不住多看了他幾眼。

蕭君默趁那兩人不注意，偷偷跟辯才眨了眨眼。

辯才不知他葫蘆裡賣的什麼藥，只好暗暗苦笑。

此時比辯才更看不懂蕭君默的，便是米滿倉。他怎麼也想不明白，為何蕭君默幾句話就能把這兩名凶悍的刺客說得服服貼貼，還讓他們自認「屬下」。

蕭君默拍了他腦袋一下，低聲道：「別傻愣著了，快走！」

四人擁著辯才匆匆向寺門走去。蕭君默看著地上那些士兵的屍體，忽然靈機一動。化裝成禁軍，豈不是比宦官更容易混出宮嗎？隨即叫住他們，把主意一說，五個人便七手八腳扒下士兵們身上的盔甲和佩刀，一一換上。

隨後，五人快步走出了佛光寺。可剛走出寺門沒多遠，便見西邊一大隊人馬迎面而來，分明是天子鑾駕！

眾人都是一驚，不由都看向蕭君默。

蕭君默眼睛一轉，看著瘦宦官。「兄弟，考驗我們忠心的時候到了！」

作為上司對下屬說的話，這裡的「我們」其實便是「你們」，瘦宦官豈能聽不出來？他當即胸脯一挺。「請先生下令，屬下赴湯蹈火，在所不辭！」

蕭君默做出一臉沉痛的表情，道：「其實，本該由我去引開他們，可是出宮的祕道，你們又不知道……」

瘦宦官見狀，頓時有些感動，越發堅決道：「不，請先生趕緊走吧，讓屬下去引開他們！」

蕭君默做動容狀，拍拍他的肩膀，似乎有萬千感慨都說不出來。

瘦宦官和胖宦官雙雙抱拳，向蕭君默深長一揖。「先生保重！」

蕭君默鄭重點頭。「二位保重！」

兩人即刻抽刀出鞘，飛快地衝向李世民的鑾駕。

蕭君默趕緊轉身，拉起辯才的手朝北邊急奔，米滿倉緊緊跟在身後。很快，三人便聽見身後傳來了激烈的廝殺聲，同時好多宦官扯著嗓子大喊：「有刺客！護駕、護駕——」

寺院周邊的士兵們聞聲而動，都從黑暗中跑了過來。蕭君默趕緊衝他們喊道：「有刺客，弟兄們快去護駕，我去稟報李將軍！」

眾士兵見他們三人都穿著禁軍鎧甲，且夜色漆黑，也看不清面目，加之遠處那些宦官確實叫得撕心裂肺，便都顧不上多想，一個個從他們身邊跑了過去。

「好、好玩！」米滿倉忽然傻笑著蹦出一句。

蕭君默一邊跑一邊笑。「一個小孩都能把你嚇尿，還好玩?!」

米滿倉窘，趕緊噤聲。

辯才氣喘吁吁地跑著，冷不防道：「蕭將軍多日不見，這戲演得是越發爐火純青了！」

蕭君默聞言，不禁苦笑了一下。是啊，為什麼自己每次跟辯才在一起都不得不演戲呢？而且每回都演得這麼像，要說自己不是騙子，恐怕也沒人信了。

正在苦笑自嘲，迎面又見一隊禁軍朝他們奔來。蕭君默故技重施，張開嗓子喊。「有刺客，弟兄們快去護駕，我去稟報——」

就在後面三個字即將脫口而出的瞬間，蕭君默驀然看見了李安儼的臉。此時雙方已經非常接近，蕭君默生生打住，改口道：「我去稟報大將軍，弟兄們快去護駕——」然後趕緊假裝抬手抹汗，遮了遮臉。

李安儼跑到他們三人面前的時候，似乎頓了一下，旋即回頭對身後喊道：「弟兄們，保護聖上，快！」

雙方很快擦肩而過，蕭君默長長地鬆了一口氣。

凝雲閣，樓下的宦官和士兵橫七豎八地躺在地上，樓上的宮女們也都睡死了，整座小樓一片闃寂。然而，蕭君默三人趕到時，把整座樓上上下下仔細找了一遍，卻始終不見楚離桑蹤影。三人都急得滿頭大汗，面面相覷。

蕭君默對米滿倉道：「我再去找找，你先把士兵的盔甲扒一套下來，準備讓她換上。」

辯才趕緊道：「我也去找！」

蕭君默苦笑。「法師就在這裡等吧，宮裡你不熟，萬一我把楚姑娘找回來，你又不見了，那怎麼辦？」

辯才想了想，不作聲了。

「放心吧法師，我一定把她毫髮無傷地帶來見你。」

方才在路上，蕭君默已經把解救他們父女的意圖簡單說了，辯才終於恍然，對他的印象大為改觀，此時又聽到他這麼說，頓時頗為感動，點點頭道：「那就多謝蕭將軍了！」

凝雲閣的背後有一小片竹林。蕭君默在凝雲閣四周找了一圈，都不見人，遂摸黑鑽進了竹林。才走了十幾步遠，只覺腦後一股殺氣襲來，趕緊低頭，但見嘩啦一下，面前的一叢竹子已經被一把鋒利的橫刀齊齊砍斷。

蕭君默大吃一驚，就地一個旋轉，飛快繞到偷襲者身後，左手攔腰一抱，右手橫刀就向對方脖子抹去。

楚離桑驀然發出一聲尖叫，蕭君默生生頓住。不料楚離桑卻用手肘往後一頂，重重打在蕭君默右腹。那裡有一處傷口，蕭君默痛得彎下了腰，忍不住呻吟了一下。楚離桑這才聽出是他，驚異道：「是你？你怎麼穿成這樣？」

蕭君默強忍疼痛，苦笑道：「不穿成這樣我早死了。」

之前，楚離桑設法將所有看守都迷倒後，怕還有人會來，為防萬一，不得不躲進了竹林。沒想到方才差一點就把蕭君默殺了，心裡不覺有些愧疚，但一想起剛才被他攔腰抱住，頓時又是一陣羞惱。蕭君默看她神色，也察覺到了，當下也有些尷尬。

「我爹呢？救出來了嗎？」楚離桑這一問，才算消解了彼此的尷尬。

「當然，妳也不看是誰出的手！」

楚離桑一喜，飛快跑出了竹林。

蕭君默摸著自己受痛的傷口，忍不住衝她的背影一喊：「唉，也不問問我痛不痛，妳這女子，好沒良心！」

楚離桑早就跑得沒影了。

佛光寺中，李世民站在辯才的禪房門口，看著空蕩蕩的房間，臉色鐵青。

方才那兩名刺客突然殺向鑾駕，著實讓李世民驚愕萬分。即位這麼多年，除了三年前在九成宮避暑遭遇一次突厥人的暗殺之外，還從來沒人敢刺殺李世民。此刻這兩名刺客居然敢在宮中動手，實在是令他驚怒不已。更讓他意想不到的是，這兩人的武功竟然十分高強，轉眼便殺了十幾名禁軍侍衛，眼看就快衝到他的鑾駕面前，所幸李安儼和佛光寺的士兵們及時趕到，才與侍衛合力將二人誅殺。

李世民本想抓活口，無奈這兩人太過凶悍，要想活捉勢必搭上更多侍衛性命，加之擔心辯才出事，不願再耽擱，便任由侍衛們殺了這兩名刺客。隨後，李世民在李安儼和一眾侍衛、宦官簇擁下進入佛光寺，一路所見的慘狀再次令他和眾人目瞪口呆。

趕到禪房時，雖然沒有看到想像中辯才被殺的畫面，讓李世民多少有幾分慶幸，但人去屋空的結果還是令他極為震怒。李安儼一臉惶恐，連忙跪地請罪。

李世民怒視著他。「身負宮禁安全之責，卻出了這麼大的事，你當然是罪責難逃！」

「是，微臣死罪！不過事先微臣已經有所察覺，只恨還是來遲了一步！」

李世民眉頭一皺。「你事先便察覺了？」

「是的陛下，凝雲閣宦官米滿倉形跡可疑，微臣方才一路趕來，正是擔心他對辯才下手。」

「既然如此，那你還等什麼？」李世民厲聲道：「立刻關閉所有宮門，全力搜捕米滿倉，把辯才給朕抓回來！」

「微臣遵旨！」

玄武門下，守門軍士不知宮中已亂成一鍋粥，正三三兩兩湊在一塊兒聊天。

突然，宮中傳出一陣緊過一陣的號角聲，聲音急促而高亢，正是出現突發情況的信號。軍士們臉色一變，紛紛朝宮中方向望去。緊接著，不遠處又傳來刀劍鏗鏘的廝殺之聲，為首軍士不再猶豫，立刻點了十幾名部下，朝發出聲音的方向衝了過去。

跑了十幾丈遠，為首軍士便見前方人影幢幢，但在黑暗中，什麼都看不清，便大喝一聲。「前方何人?!」

四名全副武裝的禁軍侍衛快步迎上來，當先一人邊跑邊喊：「快，宮中出了刺客，往淑景殿方向去了！我等剛跟他們交手，沒抓住！」

為首軍士聞言大驚，未及多想，便帶著部下往宮城西北隅的淑景殿方向奔去。不料那四人卻與他們反方向奔跑。為首軍士詫異，回頭大喊：「爾等去哪裡？」

「我等奉李將軍命，去軍營召集弟兄們搜捕刺客！」那名侍衛遠遠扔過來一句，同時腳步不停，帶著其他三人沒入了夜色之中。

禁軍左、右屯衛都駐防在玄武門外，若果真奉李安儼之命去召集人手，的確是要往這條路跑，方向並沒錯。為首軍士遂打消疑慮，率部向宮中跑去。

此刻，玄武門還剩下七、八名軍士，個個持刀在手，全都面朝宮中，神情緊張。忽然間，黑暗中跑過來四名禁軍侍衛，還沒等這些軍士做出反應，便聽當先一人高聲喊道：「快，宮中出了刺客，傳聖上旨意，立刻關閉宮門！」

先是聽到號角聲，繼而又是廝殺聲，現在又接到關閉宮門的命令，這一切無不順理成章，所以軍士們毫不猶豫，立刻回頭去關宮門。就在兩扇沉重的宮門即將閉闔之際，那四名禁軍侍衛飛快地從門縫裡衝了出去。

一名軍士詫異，對著他們背影喊：「爾等去哪裡？」

「奉李將軍命，去叫禁苑的弟兄們加強警戒！」那名侍衛回頭喊道：「爾等要嚴守宮門，不得放任何人出宮，聽清了沒有？」

這名侍衛身材高大，聲音洪亮，語氣中透著一股威嚴。這種威嚴必然是經常發號施令的人才有的，而且宮中出了刺客，必然要通知禁苑中的巡邏隊加緊防範，這個命令也非常合理，所以守門軍士一聽，便沒有絲毫懷疑，脫口而出道：「遵命！」

緊接著，宮門便在這四人身後訇然關上了。

蕭君默與楚離桑、辯才、米滿倉相視而笑，都長吁了一口氣。

就在蕭君默等人出了玄武門的同時，李安儼也帶人趕到了凝雲閣。看著樓上樓下那些鼾聲如雷的宮女和宦官，還有躺在門口呼呼大睡的兩名部下，李安儼眉頭緊鎖，一言不發。

唐代的禁苑占地廣闊，面積比整個長安城還大，苑中樹林密布，地勢起伏，小道縱橫交錯，地形非常複雜。這對逃亡顯然是有利的，所以雖有多支禁軍巡邏隊在此來往巡視，但要撞上卻也不太容易。

上了！

蕭君默往返禁苑多次，早已摸出了一條安全路線，遂帶著三人往東北面的飲馬門方向一路疾行。然而，讓蕭君默萬萬想不到的是，當他們匆匆繞過一片土坡時，竟然與一支禁軍巡邏隊迎面撞上了！

這是一支小隊，總共八人，卻足足提了四盞燈籠，因此雙方一照面，便彼此看得一清二楚，想躲都躲不開。蕭君默只好低聲叫三人小心，然後硬著頭皮迎上前去，大聲道：「宮中出了刺客，爾等要加強警戒，都給我打起精神來！」

先聲奪人，是蕭君默的一貫招數。方才出宮的一路上，他都是靠這一招矇混過關的，可這一次，他失算了。

這支巡邏隊的隊正是一名老禁軍，五十開外，經驗異常豐富。他打量了蕭君默一下，便迅速把目光轉向他身後三人。楚離桑等人趕緊把頭埋低。蕭君默暗暗叫苦，下意識擋在了楚離桑身前。隊正走上前來，笑道：「幾位兄弟都是新來的吧，我怎麼沒見過？」

蕭君默也鎮定地笑了笑。「老兄這話口氣大了，十六衛禁軍，人數成千上萬，你都見過嗎？」

「這倒也是。」隊正冷冷一笑，盯著他。「敢問兄弟是哪部的？」

「左屯衛，李安儼將軍部下。」

「李將軍部下，不好好在玄武門待著，到禁苑來幹什麼？」

「我剛才說了，宮中出了刺客，我等奉命前來通知你們加強警戒。」

「刺客?!那我倒是得打起精神了。」隊正說著，歪了歪頭，眼睛滴溜溜地在楚離桑身上轉。

「這位兄弟如此細皮嫩肉，怎麼看都不像是當兵的呀！」

蕭君默心頭一凜，暗暗把手放在腰間的刀柄上，笑道：「龍生九子，尚且各有不同，何況我等芸芸眾生？難道都要像老兄如此皮糙肉厚，才叫當兵的？」

隊正嘿嘿一笑，卻不答言，目光已經盯在了楚離桑的胸脯上。楚離桑下意識地往後縮了縮。隊正似乎看出了什麼，臉上浮出淫邪的笑容。蕭君默看在眼裡，心中一嘆。他向來不願隨便殺人，但是眼下，不開殺戒恐怕是不可能了。

隊正淫笑著，突然出手，向楚離桑胸部抓去。

蕭君默的刀幾乎同時出鞘。

刀光閃過，一隻斷掌掉在了地上，手指頭還在微微抽動。隊正抓著自己的斷腕，發出一聲淒厲的號叫。楚離桑也驚得叫出了聲。隊正身後的七名士兵呆了一瞬，旋即抽刀撲了上來。蕭君默揮刀迎戰，雙方開始了一場短兵相接的廝殺……

玄武門，李安儼帶著部下匆匆趕到，見宮門緊閉，急問：「誰命你們關閉宮門的？」

「方才有四名侍衛前來傳令，說是奉您之命。」守門軍士道。

李安儼頓時明白了一切。「他們人呢？」

「出……出宮了，往禁苑去了。」

李安儼罵了一聲娘，厲聲道：「把門打開，所有人都跟我來！」

蕭君默跟對方一交上手，便砍倒了兩人，接著又跟另外三人纏鬥了起來。楚離桑也一人對付兩個。辯才和米滿倉都不會武功，只能拿著刀做做樣子。隊正右手被砍，血流如注，但仍左手持刀，嘴裡嘶吼著，跌跌撞撞地攻擊辯才和米滿倉。若在平時，二人必死無疑，但現在足可以跟隊正周旋，遂一直逗引著他在土坡上跑來跑去，把隊正氣得嗷嗷大叫。

約莫打鬥了一炷香工夫後，蕭君默又砍倒了一人，便漸感體力不支了。身上的多處傷口都已撕裂，血水滲透內衣，從鎧甲的縫隙中不斷流出。對方二人見狀，知道他已是強弩之末，遂加大了攻擊力度，好幾次都險些得手。楚離桑此時也已砍殺一人，見蕭君默情勢危急，遂奮力進攻，終於將另一人砍倒在血泊中。

接下來變成了二對二的捉對廝殺。蕭君默壓力驟減，遂拚盡全力，反守為攻；楚離桑只有一個對手，也漸漸占了上風。

然而，他們並不知道，李安儼此時已經召集了數百名部下，兵分十路，對整個禁苑展開了大範圍搜索。

他親自率領數十人，選擇了其中一路進行追蹤。而這一路，大致就是蕭君默等人的逃跑路線。就在蕭君默、楚離桑與對方捉對廝殺的這一刻，李安儼已經追到了土坡附近，並已隱隱聽到了他們兵刃相交的鏗鏘聲。

「將軍，看來刺客被巡邏隊發現了！」旁邊的副手喜道。

李安儼卻面無表情，只揮了揮手，快步向土坡走去。

土坡附近，隊正已經因失血過多昏死在草叢中，辯才和米滿倉騰出手來，趕緊過來幫蕭君默和楚離桑。二人雖不會武功，但僅僅是在士兵身後騷擾，便分散了他們的注意力。很快，楚離桑便一刀刺穿士兵，結束了戰鬥。幾乎同時，蕭君默也用盡最後一絲力氣，砍殺了對手，但自己也支撐不住了，身體搖晃了起來。米滿倉慌忙把他扶住。

楚離桑見蕭君默滿身是血，急得眼眶通紅，趕緊掏出汗巾去捂他的傷口。無奈他身上傷口太多，到處都在流血，根本捂不過來，楚離桑手忙腳亂，眼淚瞬間落下。

蕭君默虛弱地笑笑。「我血多，流不完的，別擔心。」

楚離桑一聽，眼淚掉得更急。

就在這時，土坡另一側傳來急促而雜遝的腳步聲，顯然是大隊人馬殺過來了。四人同時一驚，辯才急道：「快，你們倆扶著蕭郎，趕快走！」

蕭君默側耳聽了一下，苦笑道：「來不及了。」

楚離桑大為憂急，跺了跺腳。「那怎麼辦？」

蕭君默抬眼一看，發現右手邊有一片半人高的草叢，便道：「只能躲了。」

李安儼終於趕到土坡，卻見地上躺著八具屍體和四只燈籠，蕭君默等人早已消失不見。

「將軍，看這樣子，他們一定跑不遠。」副手道。

李安儼借著地上燈籠的光亮，舉目四望，似乎感覺到了什麼，道：「叫弟兄們原地待命。」說完，便徑直朝右手邊那處茂密的草叢走去。

蕭君默四人躲在草叢中，眼看李安儼一步步朝他們逼來，頓時面面相覷。

忽然，蕭君默發現楚離桑那條汗巾居然掉在了一丈開外的地方，並且沒有落到地上，而是掛在了草上，頓時無奈苦笑。此時楚離桑也發現了，不禁低聲暗罵自己該死。蕭君默下意識地握住了刀柄。他意識到，今天這一劫，恐怕是逃不過去了。

在距蕭君默等人三丈開外的地方，李安儼緩緩抽出了佩刀，然後用刀在面前的草叢裡來回劃拉，邊劃拉邊往前走。片刻後，他便走到了汗巾掉落的地方。蕭君默四人不自覺地屏住了呼吸。

李安儼忽然抬頭，四面觀望，手中橫刀不經意碰到汗巾，然後汗巾便順著草滑落了下去，再也看不見了。

蕭君默和楚離桑對視一眼，不相信世上竟然會有這樣的運氣。

李安儼又站了片刻，隨即轉身，大踏步走了回去。

蕭君默眉頭微蹙。

他隱隱感覺，今天的李安儼似乎有些怪異。近在眼前、沾滿血的汗巾居然會被他無意中掃落，他真的是無意的嗎？

李安儼走回來，對副手道：「走吧，這兒沒人，去別處搜。」

副手立刻命士兵們整隊，然後等待李安儼指令。

李安儼走到隊正的屍體旁，看了看，回頭對副手道：「留一些人下來，幫這些弟兄收屍吧。」

「是。」

李安儼剛想舉步，忽然感覺腳脖子被人抓住了，低頭一看，嚇了一跳。

隊正居然還沒死，正用左手死死抓著他，然後顫顫巍巍地抬起那隻斷手，指向了蕭君默等人藏身的草叢。

李安儼驀然一驚，趕緊蹲下來，彷彿不經意地把他的斷手按下，低聲道：「兄弟，別急，馬上就抬你進宮，你不會死的。」

隊正的臉色蒼白如紙，嘴唇囁動著，含混不清地說著什麼。李安儼趴下，把耳朵湊到他嘴邊。隊正氣若游絲道：「他們……躲在……草叢裡……」

李安儼看著隊正，冷不防笑了一下，然後右手的手掌便悄悄覆蓋在隊正的口鼻上。由於他背對著手下蹲著，所以沒有人看得見他的動作，都以為他是在聽隊正說話。

隊正被捂著口鼻，慢慢失去呼吸，兩隻眼球大大凸出，驚恐又錯愕地盯著李安儼。而李安儼臉上，卻一直保持著一個笑容——這是隊正一生中見過的最平靜又最可怕的笑容。

很快，隊正的四肢微微抽搐了幾下，便徹底沒有了聲息。

李安儼緩緩鬆開手，然後站起身來，若無其事地走到副手身邊。

「那位兄弟說什麼？」副手問。

李安儼嘆了口氣。「說家中尚有八十老母，讓我幫著照顧，我答應他了。」

「那他現在……死了嗎？」

「對，這是他最後的話。」

李安儼率部往別的方向去了，只留下數人打掃戰場。蕭君默等人悄悄離開了草叢，然後進入一片樹林，繼續朝東北方向進發。此時蕭君默仍然血流不止，臉色越來越蒼白。所幸此處距離出口已不算太遠，楚離桑和米滿倉一左一右攙扶著他，約莫走了一刻鐘，四人終於來到了飲馬門附近的苑牆，牆底下有一個小洞，洞口遮掩著一些枯枝雜草。

米滿倉從旁邊草叢中取出了兩只事先藏好的包裹，一隻鼓鼓囊囊的是他自己的，裡面是蕭君默先後給他的三十幾錠金子，還有他自己平時攢下的一些細軟；另外一只是蕭君默的，裡面是《蘭亭集》、羽觴、火鐮火石和一些錢。隨後，蕭君默率先從小洞中爬出，接著，楚離桑、辯才、米滿倉也相繼爬了出來。

四人對望，都如釋重負地笑了。

一場驚心動魄、險象環生的營救行動，至此總算大功告成。

離洞口不遠處有一片小樹林，蕭君默事先在樹林中藏了四匹馬。然而，當他們來到原本繫馬的地方時，發現那些馬竟然都不見了。蕭君默大惑不解，隨後四人又在附近找了一圈，還是不見馬匹的蹤影。

「會不會是你記錯地方了？」楚離桑問。

「不可能。」蕭君默道：「我出入禁苑多次，都是把馬繫在這兒，不可能記錯。」

「那可能是沒繫牢吧？」辯才道。

蕭君默搖搖頭。

辯才想了想，自己也覺得不太可能。

「只有一種可能。」蕭君默眉頭緊鎖。「就是有人發現了這些馬，把牠們牽走了。」

其他三人頓時面面相覷。現在他們雖然逃出了宮城，暫時擺脫了危險，但如果沒有馬匹，他們就等於是瘸子，更何況以蕭君默現在的身體狀況，靠兩條腿根本就走不遠。等天一亮，朝廷一定會在禁苑周圍展開大規模搜捕，到時候還是跑不掉！

就在眾人愁眉不展之際，蕭君默頭頂的樹上忽然傳出一聲冷笑。「師兄，看來還是你聰明，只有你猜對了。」

蕭君默聞聲，不禁搖頭苦笑。

沒等他們反應，一個身影從樹上躍下，同時便有一把龍首刀橫在了蕭君默的脖子上。

楚離桑定睛一看，此人竟然是桓蝶衣，怪不得聲音如此耳熟。

「蝶衣，既然妳跟到了這裡，那我也不多說了。」蕭君默淡淡笑道：「謝謝妳還來送我一程。」

女人的直覺要比蕭君默想像的可怕得多。早在桓蝶衣到伊闕去抓楚離桑的時候，便已經察覺她對蕭君默有意，回京後又感覺蕭君默心中似乎也有同樣情愫。之後，桓蝶衣在蕭君默家中碰見了宦官米滿倉，便起了疑心，覺得蕭君默可能是想入宮去見楚離桑。當然，蕭君默第一次入宮的事，桓蝶衣並未察覺，直到他這次受傷期間，天天吵著要回家，桓蝶衣才再度產生懷疑。所以，今日蕭君默一出宮，她便跟蹤了他，結果發現他與米滿倉又在東市碰面，於是越發堅信自己的懷疑是對的。之後，她又繼續跟蹤蕭君默，發現他竟然帶著四匹馬來到了這裡，頓時驚愕不已。

桓蝶衣本以為蕭君默只是想入宮看望楚離桑而已，沒想到他竟然是想救她出宮！而且既然有四匹馬，不難推斷蕭君默也想把辯才劫出來。想到這裡，桓蝶衣整個人差點崩潰。她萬萬沒想到，玄甲衛中最聰明、最能幹、最前程無量的師兄，竟然會為了一個女人甘願背叛朝廷，並捨棄他擁有的一切！

桓蝶衣驚怒之下，差點就回玄甲衛向舅父舉報了，可最終還是沒有走這一步。因為她知道，一旦這麼做，不但會讓舅父難做，也會置蕭君默於死地。

所以，整個晚上，她一直在這個樹林裡糾結、痛苦、彷徨、憤怒。她在腦海中一遍又一遍地向蕭君默大聲質問：「你為什麼要這麼做？這個叫楚離桑的女人，值得你付出這麼大的代價嗎?!」

此刻，桓蝶衣終於把這句話吼了出來，然後跟隨話音而落的，便是遏制不住的眼淚。

「蝶衣，妳聽我說。」蕭君默無奈道：「我這麼做的原因有很多，不是妳說的這麼簡單。」

「你別再騙我了！」桓蝶衣大喊：「從頭到尾，你一直都在騙我！」

蕭君默語塞，一時竟不知該說什麼。

楚離桑看見桓蝶衣那麼痛苦，有些於心不忍，道：「桓姑娘，蕭郎他舊傷復發了，血流了很多，必須馬上找醫師，否則就——」

「我才不管！」桓蝶衣帶著哭腔喊道：「他死了最好！我一點都不會為他難過！」話雖這麼說，但眼淚明顯比剛才更多了。

「桓姑娘，妳要是實在氣不過，就給我一刀吧。」楚離桑誠懇地道：「蕭郎這次捨命救我們父女，真的是出於好心，不是妳想的那樣。」

「妳別以為我不敢殺妳！」桓蝶衣恨恨道：「事情都是因妳而起，是妳害了師兄！」

楚離桑苦笑著點點頭。「是的，是我害了他，妳衝我來吧。」

桓蝶衣冷哼一聲，手腕一翻，舉著刀直直朝楚離桑衝了過去。蕭君默想攔她，自己卻站立不穩，米滿倉趕緊又過來扶住。

眼看那把龍首刀就快刺中楚離桑，辯才挺身往前一擋，刀鋒刺入了他的右胸，還好他穿著鎧甲，所以刺得不深，但鮮血還是湧了出來。楚離桑叫了一聲爹，慌忙用手捂住辯才的傷口，眼淚奪眶而出，隨即扶他靠著一根樹幹坐下。

桓蝶衣是盛怒之下一時衝動，其實並不敢真殺楚離桑，現在一看反而傷到了辯才，頓時傻眼，手無力地垂落下來。

「桓蝶衣！」楚離桑卻怒了，冷冷盯著她。「我記得，咱們還有一場未了的約定，乾脆就在今日了結吧！」

桓蝶衣被這句話再次激起了鬥志，當即把刀一橫。「好，就今日，來吧！」

楚離桑也緩緩抽出了橫刀。

兵刃相交，兩個女子轉眼便殺成了一團。蕭君默極力想阻止她們，卻已經虛弱得說不出話。米滿倉看著他，急得都快哭了。就在這時，禁苑內傳出了禁軍士兵鼓噪叫喊的聲音。楚離桑稍一分神，桓蝶衣的刀已朝她當胸刺來。千鈞一髮之際，黑暗的樹林中突然飛出一枚銀針，瞬間射中桓蝶衣脖頸。桓蝶衣一個踉蹌，用手捂住脖子，身形晃了晃，旋即栽倒在地。

所有人都被這突如其來的變故驚呆了。

還沒等他們弄明白怎麼回事，不遠處便有幾條黑影徑直朝他們走了過來。楚離桑一驚，趕緊挺身上前，把刀一橫。「來者何人？」

「諸位莫慌！」當先的一個黑影沉聲道：「老夫是來幫你們的。」

蕭君默猛地一震，幾乎不敢相信自己的耳朵。

是他?!

可他怎麼會在這種時候出現在這個地方?

但見那幾個黑影走到蕭君默面前幾步外站定,果然沒錯,來人正是魏徵。

蕭君默雖然虛弱,但腦子還是清醒的。他迅速回顧了一遍今夜李安儼的種種反常之舉,頓時恍然大悟——原來魏徵早已識破一切,所以命李安儼暗中協助他們脫逃!

事實上,早在蕭君默那天去向魏徵告別,說他要出遠門的時候,魏徵便已猜出他有可能想解救辯才,隨即命李安儼暗中調查。很快,李安儼便發現米滿倉頻繁出入禁苑,行動詭異,遂獨自勘查禁苑的苑牆,發現了飲馬門附近的小洞,隨即稟報魏徵。魏徵知道難以阻止蕭君默,加之他自己也想阻止皇帝追查〈蘭亭序〉的祕密,遂決意暗中幫蕭君默解救辯才。於是,便有了今夜李安儼名為追捕、實則保護的種種反常舉動。

一開始,李安儼假裝去凝雲閣查米滿倉,目的其實是想弄清蕭君默的計畫,以便盡力配合。當他察覺宮女吃的油酥餅被下了藥,且注意到樓下有一些酒菜後,立刻明白蕭君默的意圖,隨即留了兩名士兵在凝雲閣。其實這兩人都是他在組織裡的得力手下,他給二人安排的任務,便是確保楚離桑能夠順利脫逃。所以,即便楚離桑不主動下樓叫眾人喝酒,這兩人也會適時邀宦官們開喝。後來見楚離桑主動出擊,他們便順水推舟,喝了她敬的酒。隨後二人假裝被迷倒,其實一直在暗中觀察,直到蕭君默帶著辯才來到凝雲閣救走楚離桑,他們的任務才算完成。

李安儼離開凝雲閣後,迅速趕往佛光寺,目的也是要配合蕭君默的行動。當雙方在半路上遭遇,李安儼其實一眼就認出了蕭君默和辯才,卻佯裝上當,匆匆與他們擦肩而過。隨後,李安儼又虛張聲勢，派出了大批人手搜索禁苑，目的不過是向皇帝交差。其實他早就從飲馬門附近的小洞推測出了蕭君默的逃脫路線，所以親自帶隊搜索這一路。

後來，當蕭君默等人躲在禁苑的草叢中時，李安儼更是有意撥落了那條沾血的汗巾，最後又下狠手殺了隊正，並把隊伍帶往了別的方向，這才讓蕭君默等人得以安然脫險……

此刻，蕭君默與魏徵四目相對，隨即相視一笑，彼此心照不宣。

「太師，多謝您所做的一切。」蕭君默道：「晚輩銘記在心。」

魏徵擺擺手。「賢姪言重了，你做的這些事，其實也是老夫想做的。就此而言，咱倆也算是一條道上的，就不必言謝了。」

這時，楚離桑扶著辯才走了過來。辯才打量了一下魏徵，心中似乎也都明白了，拱拱手道：「久聞魏太師大名，今日終於親見本尊，不勝榮幸啊！」

魏徵肅然，對著辯才深長一揖。「屬下臨川魏徵，見過左使。」

此言一出，蕭君默和楚離桑頓時都有些驚詫。

蕭君默稍微一想，旋即釋然。辯才既然在天刑盟盟主智永身邊追隨多年，便是他的左膀右臂，所以身居天刑盟左使之職，自然也是情理中事。

辯才淡淡笑道：「魏太師不必拘禮。自從先師給本盟下達了『沉睡』指令，我便不再是什麼左使了，只能算是一介方外之人。」

這時，禁苑內的鼓噪聲更大了，似乎已經有人發現了苑牆下的那個小洞。眾人不覺神色一凜。

魏徵忙道：「左使，屬下帶了幾個人過來，都是忠誠精幹的弟兄，讓他們護送您吧。」

蕭君默這才看了看魏徵身後那幾名精壯的漢子，發現他們居然是忘川茶樓的茶博士和夥計。

辯才擺擺手。「多謝太師好意，貧僧想去辦幾件私事，人多反而不便。」

魏徵聽出了弦外之音，知道辯才不想讓人知道他的去向，也就不再堅持，隨即命手下去把那四匹被桓蝶衣藏匿的馬牽過來。此時，楚離桑扶起了地上的桓蝶衣，讓她靠在一棵樹下。蕭君默看著昏迷不醒的桓蝶衣，眼中不無擔憂。

「賢姪不必擔心。」魏徵對蕭君默道：「桓姑娘只是中了輕度的迷魂散，並未受傷，不消片刻自會醒來。」

蕭君默點點頭，沒說什麼。這時馬匹已經牽了過來，他又看了桓蝶衣一眼，才在米滿倉的幫助下騎上了馬背。

四人與魏徵互道珍重後，便拍馬沿著渭水向東邊馳去。魏徵一直目送著他們離開，才帶著手下返身沒入了樹林之中。

蕭君默身上的幾處傷口都還在流血。他臉色蒼白，表情痛苦，漸漸放慢了速度。

四人馳出樹林的時候，蕭君默明顯已經落在了後邊。

楚離桑察覺，剛一回頭，就看見蕭君默的頭往下一勾，身子一軟，整個人從馬上栽了下來……

樹林裡，桓蝶衣迷迷糊糊醒來，發現身邊已空無一人。她苦笑了一下，甩了甩頭，然後爬起來，跌跌撞撞地向坐騎跑了過去。

繁星滿天的夜空之下，四匹駿馬在龍首原上疾馳。

楚離桑抱著蕭君默騎了一匹，辯才和米滿倉各騎一匹，還有一匹的韁繩被拽在米滿倉手裡。

在他們身後，距離很遠的一片高崗上，桓蝶衣正勒馬而立，眼中淚光閃動。望著地平線上漸漸遠去的幾個黑點，桓蝶衣止不住潸然淚下。她知道，蕭君默這一去，恐怕永遠也回不了長安了，可她並不知道蕭君默會去哪裡，更不知道這一生還能不能再見到他。

蕭君默在馬上顛簸著，雙目緊閉，如同死去一般。

沒有人注意到，一滴淚珠從他的眼角悄然滑下，落進了龍首原的塵土裡。

第一集完

國家圖書館出版品預行編目資料

蘭亭序殺局 卷一 玄甲衛 / 王覺仁 作 . -- 初版 . -- 臺北市：三采文化，2018.4 -- 面；公分 . --（iRead 106）

ISBN 978-986-342-961-6（平裝）

1. 大眾小說 2. 歷史小說 3. 推理

857.7 107002726

◎封面圖片提供：
Dimec ／ Shutterstock.com

suncolor
三采文化集團

iRead 106

蘭亭序殺局

卷一 玄甲衛

作者｜王覺仁
責任編輯｜戴傳欣 美術主編｜藍秀婷 封面設計｜李蕙雲 美術編輯｜徐珮綺
行銷經理｜張育珊 行銷企劃｜劉哲均 版權負責｜孔奕涵
內頁排版｜優士穎企業有限公司 校對｜黃薇霓

發行人｜ 張輝明 總編輯｜ 曾雅青 發行所｜ 三采文化股份有限公司
地址｜ 台北市內湖區瑞光路 513 巷 33 號 8 樓
傳訊｜ TEL:8797-1234 FAX:8797-1688 網址｜ www.suncolor.com.tw
郵政劃撥｜ 帳號：14319060 戶名：三采文化股份有限公司
初版發行｜ 2018 年 4 月 27 日 定價｜ NT$400
2 刷｜ 2018 年 6 月 25 日
原书名：《兰亭序杀局》作者：王觉仁
港澳台地区繁体中文版，由中南博集天卷文化传媒有限公司授权出版发行。